SHAN TIAN SHE
-新制對應版-

網羅新日本語能力試驗文法必考範圍

日本語 單字分類 辭典

NIHONGO TANGO・BUNRUI ZITEN

N1. N2 單字分類辭典

【吉松由美・田中陽子・西村惠子・千田晴夫・山田社日檢題庫小組 合著】

U0080112

山田社

前言

> 日檢考高分的頂尖高手，
> 都在偷學的單字記憶法，
> 那就是搶高分的祕訣：
> 情境記憶法！
> 日語自學，考上 N2,N1，就靠這一本！
> 《日本語單字分類辭典 單字分類辭典》「情境分類」大全，
> 再出 N1,N2 單字完全收錄版了。

新制日檢考試重視「活用在交流上」。
因此，在什麼場合，如何用詞造句？就成為搶高分的祕訣。
本書配合新日檢考試要求，場景包羅廣泛，這個場合，都是這麼說，
從「單字→單字成句→情境串連」式學習，
打好「聽說讀寫」綜合實踐能力。
結果令人驚嘆，史上最聰明的學習法！讓你快速取證、搶百萬年薪！

學習日語除了文法，最重要的就是增加單字量。如果文法是骨架，單字就是肌肉。本書精心將日檢考試必考 N1,N2 單字，直接幫您創造情境，分類到日常生活中常見的場景，利用想像自己在生活情境中，使用該單字的樣子。也就是利用體驗無窮的想像樂趣，來刺激記憶，幫助您快速提升單字肌肉量，勁爆提升您的日語力！

史上最強的新日檢單字集《日本語單字分類辭典 N1,N2 單字分類辭典》，首先以情境分類，串連相關單字。而單字是根據日本國際交流基金（JAPAN FOUNDATION）舊制考試基準及新發表的「新日本語能力試驗相關概要」，加以編寫彙整而成的。除此之外，本書精心分析從 2010 年開始的新日檢考試內容，增加了過去未收錄的日檢各級程度常用單字，加以調整了單字的程度，可說是內容最紮實的日檢單字書。

無論是累積應考實力，或是考前迅速總複習，都能讓您考場上如虎添翼，金腦發威。精心編制過的內容，讓單字不再會是您的死穴，而是您得高分的最佳利器！

「背單字總是背了後面忘了前面！」「背得好好的單字，一上考場大腦就當機！」「背了單字，但一碰到日本人腦筋只剩一片空白鬧詞窮。」「單字只能硬背好無聊，每次一開始衝勁十足，後面卻完全無力。」「我很貪心，我想要有主題分類，又有五十音順好查的單字書。」這些都是讀者的真實心聲！

您的心聲我們聽到了。本書的單字採用情境式主題分類，還有搭配金牌教師編著的實用例句，相信能讓您甩開對單字的陰霾，輕鬆啟動記憶單字的按鈕，提升學習興趣及成效！

▼ 內容包括：

1. 主題王—情境帶領加強實戰應用力

日檢考高分的頂尖高手，都在偷學的單字記憶法，那就是情境記憶法。本書採用情境式學習法，由淺入深將單字分類成：**時間、住房、衣服…動植物、氣象、機關單位…通訊、體育運動、藝術…經濟、政治、法律…心理、感情、思考等**不同情境。讓您不僅能一次把相關單字整串背起來，還方便運用在日常生活中，再搭配金牌教師編寫的實用短例句，讓您在腦內產生對單字的印象，應考時就能在瞬間理解單字，包您一目十行，絕對合格！

2. 單字王—高出題率單字全面深化記憶

根據新制規格，由日籍金牌教師群所精選高出題率單字。每個單字所包含的詞性、意義、用法等等，讓您精確瞭解單字各層面的字義，活用的領域更加廣泛，幫您全面強化學習記憶，分數更上一層樓。

3. 速攻王—說明易懂掌握單字最準確

依照情境主題將單字分類串連，從「**單字→單字成句→情境串連**」式學習，幫助您快速將單字一串記下來，頭腦清晰再也不混淆。每一類別並以五十音順排列，方便您輕鬆找到您要的單字！中譯解釋的部份，去除冷門字義，並依照常用的解釋依序編寫而成。讓您在最短時間內，迅速掌握日語單字。

4. 例句王—活用單字的勝者學習法

要活用就需要「聽說讀寫」四種總和能力，怎麼活用呢？書中每個單字下面帶出一個例句，例句不僅配合情境，更精選該單字常接續的詞彙、常使用的場合、常見的表現，配合日檢各級所需時事、職場、生活、旅遊等內容，貼近日檢各級程度。從例句來記單字，加深了對單字的理解，對根據上下文選擇適切語彙的題型，更是大有幫助，同時也紮實了聽說讀寫的超強實力。

5. 聽力王—高分合格最佳利器

新制日檢考試，把聽力的分數提高了，合格最短距離就是加強聽力學習。為此，書中還附贈光碟，幫助您熟悉日籍教師的標準發音及語調，讓您累積聽力實力。

在精進日文的道路上，只要有效的改變，日文就可以大大的進步，只要持續努力，就能改變結果！本書廣泛地適用於一般的日語中高階者，大學生，碩士博士生、參加 N1 到 N2 日本語能力考試的考生，以及赴日旅遊、生活、研究、進修人員，也可以作為日語翻譯、日語教師的參考書。搭配本書附贈的朗讀光碟，充分運用通勤、喝咖啡等零碎時間學習，讓您走到哪，學到哪！絕對提供您最完善、最全方位的日語學習！

目錄

詞性說明

詞性	定義	例（日文／中譯）
名詞	表示人事物、地點等名稱的詞。有活用。	門（もん）／大門
形容詞	詞尾是い。説明客觀事物的性質、狀態或主觀感情、感覺的詞。有活用。	細（ほそ）い／細小的
形容動詞	詞尾是だ。具有形容詞和動詞的雙重性質。有活用。	静（しず）かだ／安静的
動詞	表示人或事物的存在、動作、行為和作用的詞。	言（い）う／說
自動詞	表示的動作不直接涉及其他事物。只説明主語本身的動作、作用或狀態。	花（はな）が咲（さ）く／花開。
他動詞	表示的動作直接涉及其他事物。從動作的主體出發。	母（はは）が窓（まど）を開（あ）ける／母親打開窗戶。
五段活用	詞尾在ウ段或詞尾由「ア段＋る」組成的動詞。活用詞尾在「ア、イ、ウ、エ、オ」這五段上變化。	持（も）つ／拿
上一段活用	「イ段＋る」或詞尾由「イ段＋る」組成的動詞。活用詞尾在イ段上變化。	見（み）る／看 起（お）きる／起床
下一段活用	「エ段｜る」或詞尾由「エ段＋る」組成的動詞。活用詞尾在エ段上變化。	寝（ね）る／睡覺 見（み）せる／讓…看
下二段活用	詞尾在ウ段・エ段或詞尾由「ウ段・エ段＋る」組成的動詞。活用詞尾在ウ段到エ段這二段上變化。	得（う）る／得到 寝（ね）る／睡覺
變格活用	動詞的不規則變化。一般指カ行「来る」、サ行「する」兩種。	来（く）る／到來 する／做
カ行變格活用	只有「来る」。活用時只在カ行上變化。	来（く）る／到來
サ行變格活用	只有「する」。活用時只在サ行上變化。	する／做
連體詞	限定或修飾體言的詞。沒活用，無法當主詞。	どの／哪個
副詞	修飾用言的狀態和程度的詞。沒活用，無法當主詞。	余（あま）り／不太…

副助詞	接在體言或部分副詞、用言等之後，增添各種意義的助詞。	～も ／也…
終助詞	接在句尾，表示說話者的感嘆、疑問、希望、主張等語氣。	か ／嗎
接續助詞	連接兩項陳述內容，表示前後兩項存在某種句法關係的詞。	ながら ／邊…邊…
接續詞	在段落、句子或詞彙之間，起承先啟後的作用。沒活用，無法當主詞。	しかし ／然而
接頭詞	詞的構成要素，不能單獨使用，只能接在其他詞的前面。	<ruby>御<rt>お</rt></ruby>～ ／貴（表尊敬及美化）
接尾詞	詞的構成要素，不能單獨使用，只能接在其他詞的後面。	～<ruby>枚<rt>まい</rt></ruby> ／…張（平面物品數量）
造語成份 （新創詞語）	構成復合詞的詞彙。	<ruby>一昨年<rt>いっさくねん</rt></ruby> ／前年
漢語造語成份 （和製漢語）	日本自創的詞彙，或跟中文意義有別的漢語詞彙。	<ruby>風呂<rt>ふ ろ</rt></ruby> ／澡盆
連語	由兩個以上的詞彙連在一起所構成，意思可以直接從字面上看出來。	<ruby>赤<rt>あか</rt></ruby>い <ruby>傘<rt>かさ</rt></ruby> ／紅色雨傘 <ruby>足<rt>あし</rt></ruby>を<ruby>洗<rt>あら</rt></ruby>う ／洗腳
慣用語	由兩個以上的詞彙因習慣用法而構成，意思無法直接從字面上看出來。常用來比喻。	<ruby>足<rt>あし</rt></ruby>を<ruby>洗<rt>あら</rt></ruby>う ／脫離黑社會
感嘆詞	用於表達各種感情的詞。沒活用，無法當主詞。	ああ ／啊（表驚訝等）
寒暄語	一般生活上常用的應對短句、問候語。	お<ruby>願<rt>ねが</rt></ruby>いします ／麻煩…

必　　　勝

N2

情境分類單字

1-1 時、時間、時刻 (1) /
時候、時間、時刻 (1)

01 ｜あくる【明くる】

(連體) 次，翌，明，第二
例 明くる朝が大変でした。
譯 第二天早上累壞了。

02 ｜いっしゅん【一瞬】

(名) 一瞬間，一剎那
例 一瞬の出来事だった。
譯 一剎那間發生的事。

03 ｜いったん【一旦】

(副) 一旦，既然；暫且，姑且
例 一旦約束したことは必ず守る。
譯 一旦約定了的事就應該遵守。

04 ｜いつでも【何時でも】

(副) 無論什麼時候，隨時，經常，總是
例 勘定はいつでもよろしい。
譯 哪天付款都可以。

05 ｜いまに【今に】

(副) 就要，即將，馬上；至今，直到現在
例 今に追い越される。
譯 即將要被超越。

06 ｜いまにも【今にも】

(副) 馬上，不久，眼看就要
例 今にも雨が降りそうだ。
譯 眼看就要下雨。

07 ｜いよいよ【愈々】

(副) 愈發；果真；終於；即將要；緊要關頭
例 いよいよ夏休みだ。
譯 終於要放暑假了。

08 ｜えいえん【永遠】

(名) 永遠，永恆，永久
例 永遠の眠りについた。
譯 長眠不起。

09 ｜えいきゅう【永久】

(名) 永遠，永久
例 永久に続く。
譯 萬古長青。

10 ｜おえる【終える】

(他下一・自下一) 做完，完成，結束
例 仕事を終える。
譯 工作結束。

11 ｜おわる【終わる】

（自五・他五）完畢，結束，告終；做完，完結；（接於其他動詞連用形下）…完

例 夢で終わる。

譯 以夢告終。

12 ｜き【機】

（名・接尾・漢造）時機；飛機；（助數詞用法）架；機器

例 時機を待つ。

譯 等待時機。

13 ｜きしょう【起床】

（名・自サ）起床

例 起床時間を設定する。

譯 設定起床時間。

14 ｜きゅう【旧】

（名・漢造）陳舊；往昔，舊日；舊曆，農曆；前任者

例 旧正月に餃子を食べる。

譯 舊曆年吃水餃。

15 ｜じき【時期】

（名）時期，時候；期間；季節

例 時期が重なる。

譯 時期重疊。

16 ｜じこく【時刻】

（名）時刻，時候，時間

例 時刻どおりに来る。

譯 遵守時間來。

17 ｜してい【指定】

（名・他サ）指定

例 時間を指定する。

譯 指定時間。

18 ｜しばる【縛る】

（他五）綁，捆，縛；拘束，限制；逮捕

例 時間に縛られる。

譯 受時間限制。

19 ｜しゅんかん【瞬間】

（名）瞬間，剎那間，剎那；當時，…的同時

例 決定的瞬間を捉えた。

譯 捕捉關鍵時刻。

20 ｜しょうしょう【少々】

（名・副）少許，一點，稍稍，片刻

例 少々お待ちください。

譯 請稍等一下。

1-1 時、時間、時刻 (2) ／ 時候、時間、時刻 (2)

21 ｜しょうみ【正味】

（名）實質，內容，淨剩部分；淨重；實數；實價，不折不扣的價格，批發價

例 正味1時間かかった。

譯 實際花了整整一小時。

22 ｜ずらす

（他五）挪開，錯開，差開

例 時期をずらす。

譯 錯開時期。

23 ｜ずれる

(自下一)（從原來或正確的位置）錯位，移動；離題，背離（主題、正路等）

例 タイミングがずれる。

譯 錯失時機。

24 ｜そのころ

(接) 當時，那時

例 そのころはちょうど移動中でした。

譯 那時正好在移動中。

25 ｜ただちに【直ちに】

(副) 立即，立刻；直接，親自

例 直ちに出動する。

譯 立刻出動。

26 ｜たちまち

(副) 轉眼間，一瞬間，很快，立刻；忽然，突然

例 たちまち売り切れる。

譯 一瞬間賣個精光。

27 ｜たったいま【たった今】

(副) 剛才；馬上

例 たった今まいります。

譯 馬上前往。

28 ｜たま【偶】

(名) 偶爾，偶然；難得，少有

例 たまの休日が嬉しい。

譯 難得少有的休息日真叫人高興。

29 ｜たらず【足らず】

(接尾) 不足…

例 10分足らずで着く。

譯 不到十分鐘就抵達了。

30 ｜ちかごろ【近頃】

(名・副) 最近，近來，這些日子來；萬分，非常

例 近頃の若者が出世したがらない。

譯 最近的年輕人成功慾很低。

31 ｜ちかぢか【近々】

(副) 不久，近日，過幾天；靠的很近

例 近々訪れる。

譯 近日將去拜訪您。

32 ｜つぶす【潰す】

(他五) 毀壞，弄碎，熔毀，熔化；消磨，消耗；宰殺；堵死，填滿

例 時間を潰す。

譯 消磨時間。

33 ｜どうじ【同時】

(名・副・接) 同時，時間相同；同時代；同時，立刻；也，又，並且

例 同時に出発する。

譯 同時出發。

34 ｜とき【時】

(名) 時間；(某個)時候；時期，時節，季節；情況，時候；時機，機會

例 その時がやって来る。

譯 時候已到。

35 ｜とたん【途端】

(名・他サ・自サ) 正當…的時候；剛…的時候，一…就…

例 買った途端に後悔した。

譯 才剛買下就後悔了。

36 ｜とっくに

(他サ・自サ) 早就，好久以前

例 とっくに帰った。

譯 早就回去了。

37 ｜ながい【永い】

(形) (時間)長，長久

例 永い眠りにつく。

譯 長眠。

38 ｜ながびく【長引く】

(自五) 拖長，延長

例 病気が長引く。

譯 疾病久久不癒。

39 ｜のびのび【延び延び】

(名) 拖延，延緩

例 運動会が雨で延び延びになる。

譯 運動會因雨勢而拖延。

40 ｜はつ【発】

(名・接尾) (交通工具等)開出，出發；(信、電報等)發出；(助數詞用法)(計算子彈數量)發，顆

例 6時発の列車が遅れる。

譯 六點發車的列車延誤了。

41 ｜ふきそく【不規則】

(名・形動) 不規則，無規律；不整齊，凌亂

例 不規則な生活をする。

譯 生活不規律。

42 ｜ぶさた【無沙汰】

(名・自サ) 久未通信，久違，久疏問候

例 大変ご無沙汰致しました。

譯 久違了。

43 ｜ふだん【普段】

(名・副) 平常，平日

例 普段の状態に戻る。

譯 回到平常的狀態。

44 ｜ま【間】

(名・接尾) 間隔，空隙；間歇；機會，時機；(音樂)節拍間歇；房間；(數量)間

例 間に合う。

譯 趕得上。

45 ｜まっさき【真っ先】

(名) 最前面，首先，最先

例 真っ先に駆けつける。

譯 最先趕到。

46 ｜まもなく【間も無く】

(副) 馬上，一會兒，不久

例 間もなく試験が始まる。

譯 快考試了。

47 ｜やがて

[副] 不久，馬上；幾乎，大約；歸根究柢，亦即，就是

[例] やがて夜(よる)になった。

[譯] 不久天就黑了。

N2 ◉ 1-2 (1)

1-2 季節、年、月、週、日 (1) /
季節、年、月、週、日 (1)

01 ｜おひる【お昼】

[名] 白天；中飯，午餐

[例] お昼(ひる)の献立(こんだて)を用意(ようい)した。

[譯] 準備了午餐的菜單。

02 ｜か【日】

[漢造] 表示日期或天數

[例] 二日(ふつか)かかる。

[譯] 需要兩天。

03 ｜がんじつ【元日】

[名] 元旦

[例] 元日(がんじつ)から営業(えいぎょう)する。

[譯] 從元旦開始營業。

04 ｜がんたん【元旦】

[名] 元旦

[例] 元旦(がんたん)に初詣(はつもうで)に行(い)く。

[譯] 元旦去新年參拜。

05 ｜さきおととい【一昨昨日】

[名] 大前天，前三天

[例] 一昨昨日(さきおととい)の出来事(できごと)だ。

[譯] 大前天的事情。

06 ｜しあさって

[名] 大後天

[例] しあさっての試合(しあい)が中止(ちゅうし)になった。

[譯] 大後天的比賽中止了。

07 ｜しき【四季】

[名] 四季

[例] 四季(しき)を味(あじ)わう。

[譯] 欣賞四季。

08 ｜しゅう【週】

[名・漢造] 星期；一圈

[例] 先週(せんしゅう)から腰痛(ようつう)が酷(ひど)い。

[譯] 上禮拜開始腰疼痛不已。

09 ｜じゅう【中】

[名・接尾] (舊)期間；表示整個期間或區域

[例] 熱帯地方(ねったいちほう)は1年中(いちねんじゅう)暑(あつ)い。

[譯] 熱帶地區整年都熱。

10 ｜しょじゅん【初旬】

[名] 初旬，上旬

[例] 10月(がつ)の初旬(しょじゅん)は紅葉(こうよう)がきれいだ。

[譯] 十月上旬紅葉美極了。

11 ｜しんねん【新年】

[名] 新年

[例] 新年(しんねん)を迎(むか)える。

[譯] 迎接新年。

12 ｜せいれき【西暦】

㊌ 西暦，西元

㋑ 東京オリンピックが西暦 2020 年です。

㊧ 東京奧林匹克是在西元2020年。

13 ｜せんせんげつ【先々月】

(接頭) 上上個月，前兩個月

㋑ 先々月の下旬に伊豆に行った。

㊧ 上上個月的下旬去了伊豆。

14 ｜せんせんしゅう【先々週】

(接頭) 上上週

㋑ 先々週から痛みが強くなった。

㊧ 上上週開始疼痛加劇。

15 ｜つきひ【月日】

㊌ 日與月；歲月，時光；日月，日期

㋑ 月日が経つ。

㊧ 時光流逝。

16 ｜とうじつ【当日】

(名・副) 當天，當日，那一天

㋑ 大会の当日に配布される。

㊧ 在大會當天發送。

17 ｜としつき【年月】

㊌ 年和月，歲月，光陰；長期，長年累月；多年來

㋑ 年月が流れる。

㊧ 歲月流逝。

18 ｜にちじ【日時】

㊌ （集會和出發的）日期時間

㋑ 出発の日時が決まった。

㊧ 出發的時日決定了。

19 ｜にちじょう【日常】

㊌ 日常，平常

㋑ 日常会話ができる。

㊧ 日常會話沒問題。

20 ｜にちや【日夜】

(名・副) 日夜；總是，經常不斷地

㋑ 日夜研究に励む。

㊧ 不分晝夜努力研究。

N2 ● 1-2 (2)

1-2 季節、年、月、週、日 (2) ／
季節、年、月、週、日 (2)

21 ｜にっちゅう【日中】

㊌ 白天，晝間（指上午十點到下午三、四點間）；日本與中國

㋑ 日中の一番暑い時に出かけた。

㊧ 在白天最熱之時出門了。

22 ｜にってい【日程】

㊌ （旅行、會議的）日程；每天的計畫（安排）

㋑ 日程を変える。

㊧ 改變日程。

23 ｜ねんかん【年間】

(名・漢造) 一年間；（年號使用）期間，年間

㋑ 年間所得が少ない。

㊧ 年收入低。

24 ｜ねんげつ【年月】

名 年月，光陰，時間

例 長い年月がたつ。

譯 經年累月。

25 ｜ねんじゅう【年中】

名・副 全年，整年；一年到頭，總是，始終

例 年中無休にて営業しております。

譯 營業全年無休。

26 ｜ねんだい【年代】

名 年代；年齡層；時代

例 1990 年代に登場した。

譯 在1990年代(90年代)登場。

27 ｜ねんど【年度】

名 (工作或學業)年度

例 年度が変わる。

譯 換年度。

28 ｜はやおき【早起き】

名 早起

例 早起きは苦手だ。

譯 不擅長早起。

29 ｜はんつき【半月】

名 半個月；半月形；上(下)弦月

例 半月かかる。

譯 花上半個月。

30 ｜はんにち【半日】

名 半天

例 半日で終わる。

譯 半天就結束。

31 ｜ひがえり【日帰り】

名・自サ 當天回來

例 日帰りの旅行がおすすめです。

譯 推薦一日遊。

32 ｜ひづけ【日付】

名 (報紙、新聞上的)日期

例 日付を入れる。

譯 填上日期。

33 ｜ひにち【日にち】

名 日子，時日；日期

例 同窓会の日にちを決める。

譯 決定同學會的日期。

34 ｜ひるすぎ【昼過ぎ】

名 過午

例 もう昼過ぎなの。

譯 已經過中午了。

35 ｜ひるまえ【昼前】

名 上午；接近中午時分

例 昼前なのにもうお腹がすいた。

譯 還不到中午肚子已經餓了。

36 ｜へいせい【平成】

名 平成(日本年號)

例 平成の次は令和に決定致しました。

譯 平成之後決定為令和。

37 | まふゆ【真冬】

[名] 隆冬，正冬天

[例] 真冬(まふゆ)に冷水浴(れいすいよく)をして鍛(きた)える。

[譯] 在嚴冬裡沖冷水澡鍛鍊體魄。

38 | よ【夜】

[名] 夜，晚上，夜間

[例] 夜(よ)が明(あ)ける。

[譯] 天亮。

39 | よあけ【夜明け】

[名] 拂曉，黎明

[例] 夜明(よあ)けになる。

[譯] 天亮。

40 | よなか【夜中】

[名] 半夜，深夜，午夜

[例] 夜中(よなか)まで起(お)きている。

[譯] 直到半夜都還醒著。

N2 ● 1-3

1-3 過去、現在、未来 / 過去、現在、未來

01 | いこう【以降】

[名] 以後，之後

[例] 8月以降(がついこう)はずっといる。

[譯] 八月以後都在。

02 | いずれ【何れ】

[代・副] 哪個，哪方；反正，早晚，歸根到底；不久，最近，改日

[例] いずれまたお話(はな)ししましょう。

[譯] 改日我們再聊聊。

03 | いつか【何時か】

[副] 未來的不定時間，改天；過去的不定時間，以前；不知不覺

[例] 願(ねが)い事(ごと)はいつかは叶(かな)う。

[譯] 願望總有一天會實現。

04 | いつまでも【何時までも】

[副] 到什麼時候也…，始終，永遠

[例] いつまでも忘(わす)れない。

[譯] 永遠不會忘記。

05 | いらい【以来】

[名] 以來，以後；今後，將來

[例] 生(う)まれて以来(いらい)ずっと愛(あい)され続(つづ)けている。

[譯] 出生以來一直都被深愛著。

06 | かこ【過去】

[名] 過去，往昔；(佛)前生，前世

[例] 過去(かこ)を顧(かえり)みる。

[譯] 回顧往事。

07 | きんだい【近代】

[名] 近代，現代(日本則意指明治維新之後)

[例] 近代化(きんだいか)を進(すす)める。

[譯] 推行近代化。

08 | げん【現】

[名・漢造] 現，現在的

[例] 現社長(げんしゃちょう)が会長(かいちょう)に就任(しゅうにん)する。

[譯] 現在的社長就任為會長。

09 ｜ げんざい【現在】

⒜ 現在，目前，此時

例 現在に至る。

譯 到現在。

10 ｜ げんし【原始】

⒜ 原始；自然

例 原始林が広がる。

譯 原始森林展現開來。

11 ｜ げんじつ【現実】

⒜ 現實，實際

例 現実に起こる。

譯 發生在現實中。

12 ｜ こん【今】

⒝ 現在；今天；今年

例 今日の日本が必要としている。

譯 如今的日本是很需要的。

13 ｜ こんにち【今日】

⒜ 今天，今日；現在，當今

例 今日に至る。

譯 直到今日。

14 ｜ さからう【逆らう】

⒤ 逆，反方向；違背，違抗，抗拒，違拗

例 歴史の流れに逆らう。

譯 違抗歷史的潮流。

15 ｜ さきほど【先程】

⒡ 剛才，方才

例 先程お見えになりました。

譯 剛才蒞臨的。

16 ｜ しょうらい【将来】

⒢ 將來，未來，前途；（從外國）傳入；帶來，拿來；招致，引起

例 将来を考える。

譯 思考將來要做什麼。

17 ｜ すえ【末】

⒜ 結尾，末了；末端，盡頭；將來，未來，前途；不重要的，瑣事；（排行）最小

例 末が案じられる。

譯 前途堪憂。

18 ｜ せんご【戦後】

⒜ 戰後

例 戦後の発展がめざましい。

譯 戰後的發展極為出色。

19 ｜ ちゅうせい【中世】

⒜ （歷史）中世紀，古代與近代之間（在日本指鎌倉、室町時代）

例 中世のヨーロッパを舞台にした。

譯 以中世紀歐洲為舞台。

20 ｜ とうじ【当時】

⒣ 現在，目前；當時，那時

例 当時を思い出す。

譯 憶起當時。

21 ｜のちほど【後程】

（副）過一會兒

例 後程またご相談しましょう。

譯 回頭再來和你談談。

22 ｜み【未】

（漢造）未，沒；（地支的第八位）末

例 未知の世界が広がっている。

譯 未知的世界展現在眼前。

23 ｜らい【来】

（連體）（時間）下個，下一個

例 来年3月に卒業する。

譯 明年三月畢業。

N2 ● 1-4

1-4 期間、期限 ／
期間、期限

01 ｜いちじ【一時】

（造語・副）某時期，一段時間；那時；暫時；一點鐘；同時，一下子

例 一時のブームが去った。

譯 風靡一時的熱潮已過。

02 ｜えんちょう【延長】

（名・自他サ）延長，延伸，擴展；全長

例 期間を延長する。

譯 延長期限。

03 ｜かぎり【限り】

（名）限度，極限；（接在表示時間、範圍等名詞下）只限於…，以…為限，在…範圍內

例 限りある命を楽しむ。

譯 享受有限的生命。

04 ｜かぎる【限る】

（自他五）限定，限制；限於；以…為限；不限，不一定，未必

例 今日に限る。

譯 限於今日。

05 ｜き【期】

（名）時期；時機；季節；（預定的）時日

例 入学の時期が訪れる。

譯 又到開學期了。

06 ｜きげん【期限】

（名）期限

例 期限が切れる。

譯 期滿，過期。

07 ｜たんき【短期】

（名）短期

例 短期の留学生が急増した。

譯 短期留學生急速增加。

08 ｜ちょうき【長期】

（名）長期，長時間

例 長期にわたる。

譯 經過很長一段時間。

09 ｜ていきてき【定期的】

（形動）定期，一定的期間

例 定期的に送る。

譯 定期運送。

住居

- 住房 -

2-1 家 /
住家

01 ｜いしょくじゅう【衣食住】
㊐ 衣食住
例 衣食住に困らない。
訳 不愁吃穿住。

02 ｜いど【井戸】
㊐ 井
例 井戸を掘る。
訳 挖井。

03 ｜がいしゅつ【外出】
㊐・自サ 出門，外出
例 外出を控える。
訳 減少外出。

04 ｜かえす【帰す】
㊕五 讓…回去，打發回家
例 家に帰す。
訳 讓…回家。

05 ｜かおく【家屋】
㊐ 房屋，住房
例 家屋が立ち並ぶ。
訳 房屋羅列。

06 ｜くらし【暮らし】
㊐ 度日，生活；生計，家境
例 暮らしを立てる。
訳 謀生。

07 ｜じたく【自宅】
㊐ 自己家，自己的住宅
例 自宅で事務仕事をやっている。
訳 在家中做事務性工作。

08 ｜じゅうきょ【住居】
㊐ 住所，住宅
例 住居を移転する。
訳 移居。

09 ｜しゅうぜん【修繕】
㊐・他サ 修繕，修理
例 古い家屋を修繕した。
訳 整修舊房屋。

10 ｜じゅうたく【住宅】
㊐ 住宅
例 住宅が密集する。
訳 住宅密集。

11 ｜じゅうたくち【住宅地】
㊐ 住宅區
例 閑静な住宅地にある。
訳 在安靜的住宅區。

12 ｜スタート【start】

(名・自サ) 起動，出發，開端；開始（新事業等）

例 新生活がスタートする。

譯 開始新生活。

13 ｜たく【宅】

(名・漢造) 住所，自己家，宅邸；（加接頭詞「お」成為敬稱）尊處

例 先生のお宅を訪問した。

譯 拜訪了老師的尊府。

14 ｜ついで

(名) 順便，就便；順序，次序

例 ついでの折に立ち寄る。

譯 順便過來拜訪。

15 ｜でかける【出かける】

(自下一) 出門，出去，到…去；剛要走，要出去；剛要…

例 家を出かけた時に電話が鳴った。

譯 正要出門時，電話響起。

16 ｜とりこわす【取り壊す】

(他五) 拆除

例 古い家を取り壊す。

譯 拆除舊屋。

17 ｜のき【軒】

(名) 屋簷

例 軒を並べる。

譯 房屋鱗次櫛比。

18 ｜べっそう【別荘】

(名) 別墅

例 別荘を建てる。

譯 蓋別墅。

19 ｜ほうもん【訪問】

(名・他サ) 訪問，拜訪

例 お宅を訪問する。

譯 到貴宅拜訪。

2-2 家の外側 /
住家的外側

01 ｜あまど【雨戸】

(名) （為防風防雨而罩在窗外的）木板套窗，滑窗

例 雨戸を開ける。

譯 拉開木板套窗。

02 ｜いしがき【石垣】

(名) 石牆

例 石垣のある家に住みたい。

譯 想住有石牆的房子。

03 ｜かきね【垣根】

(名) 籬笆，柵欄，圍牆

例 垣根を取り払う。

譯 拆除籬笆。

04 ｜かわら【瓦】

(名) 瓦

例 瓦で屋根を葺く。

譯 用瓦鋪屋頂。

05 ｜すきま【隙間】

(名) 空隙，隙縫；空閒，閒暇

(例) 隙間ができる。

(譯) 產生縫隙。

06 ｜すずむ【涼む】

(自五) 乘涼，納涼

(例) 縁側で涼む。

(譯) 在走廊乘涼。

07 ｜へい【塀】

(名) 圍牆，牆院，柵欄

(例) 塀が傾く。

(譯) 圍牆傾斜。

08 ｜ものおき【物置】

(名) 庫房，倉房

(例) 物置に入れる。

(譯) 放入倉庫。

09 ｜れんが【煉瓦】

(名) 磚，紅磚

(例) 煉瓦を積む。

(譯) 砌磚。

2-3 部屋、設備 /
房間、設備

01 ｜あわ【泡】

(名) 泡，沫，水花

(例) 泡が立つ。

(譯) 起泡泡。

02 ｜いた【板】

(名) 木板；薄板；舞台

(例) 床に板を張る。

(譯) 地板鋪上板子。

03 ｜かいてき【快適】

(形動) 舒適，暢快，愉快

(例) 快適な空間になる。

(譯) 成為舒適的空間。

04 ｜かんき【換気】

(名・自他サ) 換氣，通風，使空氣流通

(例) 窓を開けて換気する。

(譯) 打開窗戶使空氣流通。

05 ｜きゃくま【客間】

(名) 客廳

(例) 客間に通す。

(譯) 請到客廳。

06 ｜きれい【綺麗・奇麗】

(形) 好看，美麗；乾淨；完全徹底；清白，純潔；正派，公正

(例) 部屋をきれいにする。

(譯) 把房間打掃乾淨。

07 ｜ざしき【座敷】

(名) 日本式客廳；酒席，宴會，應酬；宴客的時間；接待客人

(例) 座敷に通す。

(譯) 到客廳。

08 ｜しく【敷く】

(自五・他五) 鋪上一層，(作接尾詞用)鋪滿，遍佈，落滿鋪墊，鋪設；布置，發佈

例 座布団を敷く。
譯 鋪坐墊。

09 | しょうじ【障子】

名 日本式紙拉門，隔扇
例 壁に耳あり、障子に目あり。
譯 隔牆有耳，隔籬有眼。

10 | しょくたく【食卓】

名 餐桌
例 食卓を囲む。
譯 圍著餐桌。

11 | しょさい【書斎】

名 (個人家中的)書房，書齋
例 書斎に閉じこもる。
譯 關在書房裡。

12 | せんめん【洗面】

名・他サ 洗臉
例 洗面台が詰まった。
譯 洗臉台塞住了。

13 | ちらかす【散らかす】

他五 弄得亂七八糟；到處亂放，亂扔
例 部屋を散らかす。
譯 把房間弄得亂七八糟。

14 | ちらかる【散らかる】

自五 凌亂，亂七八糟，到處都是
例 部屋が散らかる。
譯 房間凌亂。

15 | てあらい【手洗い】

名 洗手；洗手盆，洗手用的水；洗手間
例 手洗いに行く。
譯 去洗手間。

16 | とこのま【床の間】

名 壁龕(牆身所留空間，傳統和室常有擺設插花或是貴重的藝術品之特別空間)
例 床の間に飾る。
譯 裝飾壁龕。

17 | ひっこむ【引っ込む】

自五・他五 引退，隱居；縮進，縮入；拉入，拉進；拉攏
例 部屋の隅に引っ込む。
譯 退往房間角落。

18 | ふう【風】

名・漢造 樣子，態度；風度；習慣；情況；傾向；打扮；風；風教；風景；因風得病；諷刺
例 和風に染まる。
譯 沾染上日本風味。

19 | ふすま【襖】

名 隔扇，拉門
例 襖を開ける。
譯 拉開隔扇。

20 | ふわふわ

副・自サ 輕飄飄地；浮躁，不沈著；軟綿綿的
例 ふわふわの掛け布団が好きだ。
譯 喜歡軟綿綿的棉被。

21 | べんじょ【便所】

(名) 廁所，便所
例 便所へ行く。
譯 上廁所。

22 | またぐ【跨ぐ】

(他五) 跨立，叉開腿站立；跨過，跨越
例 敷居をまたぐ。
譯 跨過門檻。

23 | めいめい【銘々】

(名・副) 各自，每個人
例 銘々に部屋がある。
譯 每人都有各自的房間。

24 | ものおと【物音】

(名) 響聲，響動，聲音
例 物音がする。
譯 發出聲響。

25 | やぶく【破く】

(他五) 撕破，弄破
例 障子を破く。
譯 把紙拉門弄破。

2-4 住む / 居住

01 | うすぐらい【薄暗い】

(形) 微暗的，陰暗的
例 薄暗い部屋に閉じ込められた。
譯 被關進微暗的房間。

02 | かしま【貸間】

(名) 出租的房間
例 貸間を探す。
譯 找出租房子。

03 | かしや【貸家】

(名) 出租的房子
例 貸家の広告をアップする。
譯 上傳出租房屋的廣告。

04 | かす【貸す】

(他五) 借出，出借；出租；提出策劃
例 部屋を貸す。
譯 房屋租出。

05 | げしゅく【下宿】

(名・自サ) 租屋；住宿
例 おじの家に下宿している。
譯 在叔叔家裡租房間住。

06 | すまい【住まい】

(名) 居住；住處，寓所；地址
例 一人住まいが不安になってきた。
譯 對獨居開始感到不安。

07 | だんち【団地】

(名) (為發展產業而成片劃出的)工業區；(有計畫的集中建立住房的)住宅區
例 団地に住む。
譯 住在住宅區。

パート 3 第三章 食事
-用餐-

3-1 食事、食べる、味 /
用餐、吃、味道

01 | あじわう【味わう】

(他五) 品嚐；體驗，玩味，鑑賞

例 味わって食べる。

譯 邊品嚐邊吃。

02 | おうせい【旺盛】

(形動) 旺盛

例 食欲が旺盛だ。

譯 食慾很旺盛。

03 | おかわり【お代わり】

(名・自サ) (酒、飯等)再來一杯、一碗

例 ご飯をお代わりする。

譯 再來一碗飯。

04 | かじる【齧る】

(他五) 咬，啃；一知半解

例 木の実をかじる。

譯 啃樹木的果實。

05 | カロリー【calorie】

(名) (熱量單位)卡，卡路里；(食品營養價值單位)卡，大卡

例 カロリーが高い。

譯 熱量高。

06 | くう【食う】

(他五) (俗)吃，(蟲)咬

例 飯を食う。

譯 吃飯。

07 | こうきゅう【高級】

(名・形動) (級別)高，高級；(等級程度)高

例 高級な料理を楽しめる。

譯 可以享受高級料理。

08 | こえる【肥える】

(自下一) 肥，胖；土地肥沃；豐富；(識別力)提高，(鑑賞力)強

例 口が肥える。

譯 講究吃。

09 | こんだて【献立】

(名) 菜單

例 献立を作る。

譯 安排菜單。

10 | さしみ【刺身】

(名) 生魚片

例 刺身は苦手だ。

譯 不敢吃生魚片。

11 ｜さっぱり

(名・他サ) 整潔，俐落，瀟灑；（個性）直爽，坦率；（感覺）爽快，病癒；（味道）清淡

例 さっぱりしたものが食べたい。

譯 想吃些清淡的菜。

12 ｜しおからい【塩辛い】

(形) 鹹的

例 味は塩辛い。

譯 味道很鹹。

13 ｜しつこい

(形)（色香味等）過於濃的，油膩；執拗，糾纏不休

例 しつこい味がする。

譯 味道濃厚

14 ｜しゃぶる

(他五)（放入口中）含，吸吮

例 飴をしゃぶる。

譯 吃糖果。

15 ｜じょう【上】

(名・漢造) 上等；（書籍的）上卷；上部，上面；上好的，上等的

例 うな丼の上を頼んだ。

譯 點了上等鰻魚丼。

16 ｜じょうひん【上品】

(名・形動) 高級品，上等貨；莊重，高雅，優雅

例 上品な味をお楽しみください。

譯 享用口感高雅的料理。

17 ｜しょくせいかつ【食生活】

(名) 飲食生活

例 食生活が豊かになった。

譯 飲食生活變得豐富。

18 ｜しょくよく【食欲】

(名) 食慾

例 食欲がない。

譯 沒有食慾。

19 ｜そのまま

(副) 照樣的，按照原樣；（不經過一般順序、步驟）就那樣，馬上，立刻；非常相像

例 そのまま食べる。

譯 就那樣直接吃。

20 ｜そまつ【粗末】

(名・形動) 粗糙，不精緻；疏忽，簡慢；糟蹋

例 粗末な食事をとる。

譯 粗茶淡飯。

21 ｜ちゅうしょく【昼食】

(名) 午飯，午餐，中飯，中餐

例 昼食をとる。

譯 吃中餐。

22 ｜ちょうしょく【朝食】

(名) 早餐

例 朝食はパンとコーヒーで済ませる。

譯 早餐吃麵包和咖啡解決。

23 ｜ついか【追加】

（名・他サ）追加，添付，補上

例 料理を追加する。

譯 追加料理。

24 ｜つぐ【注ぐ】

（他五）注入，斟，倒入（茶、酒等）

例 お茶を注ぐ。

譯 倒茶。

25 ｜のこらず【残らず】

（副）全部，通通，一個不剩

例 残らず食べる。

譯 一個不剩全部吃完。

26 ｜のみかい【飲み会】

（名）喝酒的聚會

例 飲み会に誘われる。

譯 被邀去參加聚會。

27 ｜バイキング【Viking】

（名）自助式吃到飽

例 朝食のバイキング。

譯 自助式吃到飽的早餐

28 ｜まかなう【賄う】

（他五）供給飯食；供給，供應；維持

例 食事を賄う。

譯 供餐。

29 ｜ゆうしょく【夕食】

（名）晚餐

例 夕食はハンバーグだ。

譯 晚餐吃漢堡排。

30 ｜よう【酔う】

（自五）醉，酒醉；暈（車、船）；（吃魚等）中毒；陶醉

例 酒に酔う。

譯 喝醉酒。

31 ｜よくばる【欲張る】

（自五）貪婪，貪心，貪得無厭

例 欲張って食べ過ぎる。

譯 貪心結果吃太多了。

N2 ● 3-2

3-2 食べ物 /
食物

01 ｜あめ【飴】

（名）糖，麥芽糖

例 飴をしゃぶらせる。

譯 （為了討好，欺騙等而）給（對方）些甜頭。

02 ｜ウィスキー【whisky】

（名）威士忌（酒）

例 スコッチウィスキーを飲む。

譯 喝蘇格蘭威士忌。

03 ｜おかず【お数・お菜】

（名）菜飯，菜餚

例 ご飯のおかずになる。

譯 成為配菜。

04 ｜おやつ

名 （特指下午二到四點給兒童吃的）點心，零食

例 おやつを食べる。

譯 吃零食。

---

05 ｜か【可】

名 可，可以；及格

例 お弁当持ち込み可。

譯 可攜帶便當進入。

---

06 ｜かし【菓子】

名 點心，糕點，糖果

例 和菓子を家庭で作る。

譯 在家裡製作日本點心。

---

07 ｜かたよる【偏る・片寄る】

自五 偏於，不公正，偏袒；失去平衡

例 栄養が偏る。

譯 營養不均。

---

08 ｜クリーム【cream】

名 鮮奶油，奶酪；膏狀化妝品；皮鞋油；冰淇淋

例 生クリームを使う。

譯 使用鮮奶油。

---

09 ｜じさん【持参】

名・他サ 帶來（去），自備

例 弁当を持参する。

譯 自備便當。

---

10 ｜しょくえん【食塩】

名 食鹽

例 食塩と砂糖で味付けする。

譯 以鹽巴和砂糖調味。

---

11 ｜しょくひん【食品】

名 食品

例 食品売り場を拡大する。

譯 擴大食品販賣部。

---

12 ｜しょくもつ【食物】

名 食物

例 食物アレルギーをおこす。

譯 食物過敏。

---

13 ｜しる【汁】

名 汁液，漿；湯；味噌湯

例 みそ汁を作る。

譯 做味噌湯。

---

14 ｜ちゃ【茶】

名・漢造 茶；茶樹；茶葉；茶水

例 茶を入れる。

譯 泡茶。

---

15 ｜チップ【chip】

名 （削木所留下的）片削；洋芋片

例 ポテト・チップスを作る。

譯 做洋芋片。

16 │ とうふ【豆腐】

⒜ 豆腐

例 豆腐は安い。

譯 豆腐很便宜。

---

17 │ ハム【ham】

⒜ 火腿

例 ハムサンドをください。

譯 請給我火腿三明治。

---

18 │ めし【飯】

⒜ 米飯；吃飯，用餐；生活，生計

例 飯を炊く。

譯 煮飯。

---

19 │ もち【餅】

⒜ 年糕

例 餅をつく。

譯 搗年糕。

---

20 │ もる【盛る】

⒤他五 盛滿，裝滿；堆滿，堆高；配藥，下毒；刻劃，標刻度

例 ご飯を盛る。

譯 盛飯。

---

21 │ れいとうしょくひん【冷凍食品】

⒜ 冷凍食品

例 冷凍食品は便利だ。

譯 冷凍食品很方便。

3-3 調理、料理、クッキング／
調理、菜餚、烹調

01 │ あぶる【炙る・焙る】

⒤他五 烤；烘乾；取暖

例 海苔をあぶる。

譯 烤海苔。

---

02 │ いる【煎る・炒る】

⒤他五 炒，煎

例 豆を煎る。

譯 炒豆子。

---

03 │ うすめる【薄める】

⒤他下一 稀釋，弄淡

例 水で薄める。

譯 摻水稀釋。

---

04 │ かねつ【加熱】

⒤名・他サ 加熱，高溫處理

例 牛乳を加熱する。

譯 把牛乳加熱。

---

05 │ こがす【焦がす】

⒤他五 弄糊，烤焦，燒焦；(心情)焦急，焦慮；用香薰

例 ご飯を焦がす。

譯 把飯煮糊。

---

06 │ こげる【焦げる】

⒤自下一 烤焦，燒焦，焦，糊；曬褪色

例 茶色に焦げる。

譯 燒焦成茶色。

07 | すいじ【炊事】

（名・自サ）烹調，煮飯

例 彼は炊事当番になった。

譯 輪到他做飯。

08 | そそぐ【注ぐ】

（自五・他五）（水不斷地）注入，流入；（雨、雪等）落下；（把液體等）注入，倒入；澆，灑

例 水を注ぐ。

譯 灌入水。

09 | ちょうみりょう【調味料】

（名）調味料，佐料

例 調味料を加える。

譯 加入調味料。

10 | できあがり【出来上がり】

（名）做好，做完；完成的結果（手藝，質量）

例 出来上がりを待つ。

譯 等待成果。

11 | できあがる【出来上がる】

（自五）完成，做好；天性，生來就…

例 ようやく出来上がった。

譯 好不容易才完成。

12 | ねっする【熱する】

（自サ・他サ）加熱，變熱，發熱；熱中於，興奮，激動

例 火で熱する。

譯 用火加熱。

13 | ひをとおす【火を通す】

（慣）加熱；烹煮

例 さっと火を通す。

譯 很快地加熱一下。

14 | ゆげ【湯気】

（名）蒸氣，熱氣；（蒸汽凝結的）水珠，水滴

例 湯気が立つ。

譯 冒熱氣。

15 | れいとう【冷凍】

（名・他サ）冷凍

例 肉を冷凍する。

譯 將肉冷凍。

3-4 食器 / 餐廚用具

01 | かま【窯】

（名）窯，爐；鍋爐

例 窯で焼く。

譯 在窯裡燒。

02 | かんづめ【缶詰】

（名）罐頭；不與外界接觸的狀態；擁擠的狀態

例 缶詰にする。

譯 關起來。

03 | さじ【匙】

（名）匙子，小杓子

例 匙ですくう。

譯 用匙舀。

04 | さら【皿】

[名] 盤子；盤形物；(助數詞)一碟等

[例] 目(め)を皿(さら)のようにする。

[譯] 睜大雙眼。

05 | しょっき【食器】

[名] 餐具

[例] 食器(しょっき)を洗(あら)う。

[譯] 洗餐具。

06 | ずみ【済み】

[名] 完了，完結；付清，付訖

[例] 使用済(しようず)みの紙(かみ)コップを活用(かつよう)できる。

[譯] 使用過的紙杯可以加以活用。

07 | せともの【瀬戸物】

[名] 陶瓷品

[例] 瀬戸物(せともの)を紹介(しょうかい)する。

[譯] 介紹瓷器。

08 | ひび【罅・皹】

[名] (陶器、玻璃等)裂紋，裂痕；(人和人之間)發生裂痕；(身體、精神)發生毛病

[例] 罅(ひび)が入(はい)る。

[譯] 出現裂痕。

09 | びんづめ【瓶詰】

[名] 瓶裝；瓶裝罐頭

[例] 瓶詰(びんづめ)で売(う)る。

[譯] 用瓶裝銷售。

10 | ふさぐ【塞ぐ】

[他五・自五] 塞閉；阻塞，堵；佔用；不舒服，鬱悶

[例] 瓶(びん)の口(くち)を塞(ふさ)ぐ。

[譯] 塞住瓶口。

11 | やかん【薬缶】

[名] (銅、鋁製的)壺，水壺

[例] やかんで湯(ゆ)を沸(わ)かす。

[譯] 用壺燒水。

パート
4
第四章

衣服
- 衣服 -

N2 ⊙ 4-1

4-1 衣服、洋服、和服 /
衣服、西服、和服

01 | いふく【衣服】
[名] 衣服
[例] 衣服（いふく）を整（ととの）える。
[譯] 整裝。

02 | いりょうひん【衣料品】
[名] 衣料；衣服
[例] 衣料品店（いりょうひんてん）を営（いとな）む。
[譯] 經營服飾店。

03 | うつす【映す】
[他五] 映，照；放映
[例] 姿（すがた）を映（うつ）す。
[譯] 映照出姿態。

04 | おでかけ【お出掛け】
[名] 出門，正要出門
[例] お出（で）かけ用（よう）の靴（くつ）がない。
[譯] 沒有出門用的鞋子。

05 | かおり【香り】
[名] 芳香，香氣
[例] 香（かお）りを付（つ）ける。
[譯] 讓…有香氣。

06 | きじ【生地】
[名] 本色，素質，本來面目；布料；(陶器等)毛坏
[例] ドレスの生地（きじ）が粗（あら）い。
[譯] 洋裝布料質地粗糙。

07 | きれ【切れ】
[名] 衣料，布頭，碎布
[例] 余（あま）ったきれでハンカチを作（つく）る。
[譯] 用剩布做手帕。

08 | けがわ【毛皮】
[名] 毛皮
[例] 毛皮（けがわ）のコートが特売中（とくばいちゅう）だ。
[譯] 毛皮大衣特賣中。

09 | しみ【染み】
[名] 汙垢；玷汙
[例] 服（ふく）に醤油（しょうゆ）の染（し）みが付（つ）く。
[譯] 衣服沾上醬油。

10 | つるす【吊るす】
[他五] 懸起，吊起，掛著
[例] 洋服（ようふく）を吊（つ）るす。
[譯] 吊起西裝。

11 | ドレス【dress】
[名] 女西服，洋裝，女禮服

例 ドレスを脱ぐ。
譯 脱下洋裝。

12｜ねまき【寝間着】

(名) 睡衣
例 寝間着に着替える。
譯 換穿睡衣。

13｜はだぎ【肌着】

(名)(貼身)襯衣，汗衫
例 婦人の肌着の品は豊富です。
譯 女性的汗衫類產品很豐富。

14｜はなやか【華やか】

(形動) 華麗；輝煌；活躍；引人注目
例 華やかな服装で出席する。
譯 穿著華麗的服裝出席。

15｜ふくそう【服装】

(名) 服裝，服飾
例 服装に凝る。
譯 講究服裝。

16｜ふくらむ【膨らむ】

(自五) 鼓起，膨脹；(因為不開心而)噘嘴
例 ポケットが膨んだ。
譯 口袋鼓起來。

17｜みずぎ【水着】

(名) 泳裝
例 水着に着替える。
譯 換上泳裝。

18｜モダン【modern】

(名・形動) 現代的，流行的，時髦的
例 モダンな服装で現れる。
譯 穿著時髦的服裝出現。

19｜ゆかた【浴衣】

(名) 夏季穿的單衣，浴衣
例 浴衣を着る。
譯 穿浴衣。

20｜ゆったり

(副・自サ) 寬敞舒適
例 ゆったりした服が着たくなる。
譯 想穿寬鬆的服裝。

21｜わふく【和服】

(名) 日本和服，和服
例 和服姿で現れる。
譯 以和服打扮出場。

22｜ワンピース【one-piece】

(名) 連身裙，洋裝
例 ワンピースを着る。
譯 穿洋裝。

N2 ● 4-2

4-2 着る、装身具／
穿戴、服飾用品

01｜うらがえす【裏返す】

(他五) 翻過來；通敵，叛變
例 靴下を裏返して履く。
譯 襪子反過來穿。

02 ｜うわ【上】

漢造 （位置的）上邊，上面，表面；（價值、程度）高；輕率，隨便

例 上着を脱ぐ。

譯 脫上衣。

03 ｜エプロン【apron】

名 圍裙

例 エプロンを付ける。

譯 圍圍裙。

04 ｜おび【帯】

名 （和服裝飾用的）衣帶，腰帶；「帶紙」的簡稱

例 帯を巻く。

譯 穿衣帶。

05 ｜かぶせる【被せる】

他下一 蓋上；（用水）澆沖；戴上（帽子等）；推卸

例 帽子を被せる。

譯 戴上帽子。

06 ｜きがえ【着替え】

名 換衣服；換的衣服

例 着替えを持つ。

譯 攜帶換洗衣物。

07 ｜げた【下駄】

名 木屐

例 下駄を履く。

譯 穿木屐。

08 ｜じかに【直に】

副 直接地，親自地；貼身

例 肌に直に着る。

譯 貼身穿上。

09 ｜たび【足袋】

名 日式白布襪

例 足袋を履く。

譯 穿日式白布襪。

10 ｜たれさがる【垂れ下がる】

自五 下垂

例 ひもが垂れ下がる。

譯 帶子垂下。

11 ｜つける【着ける】

他下一 佩帶，穿上

例 服を身に付ける。

譯 穿上衣服。

12 ｜ながそで【長袖】

名 長袖

例 長袖の服を着る。

譯 穿長袖衣物。

13 ｜バンド【band】

名 樂團帶；狀物；皮帶，腰帶

例 バンドを締める。

譯 繫皮帶。

14 ｜ブローチ【brooch】

名 胸針

例 ブローチを付ける。

譯 別上胸針。

例 紐がつく。

譯 帶附加條件。

15 │ほころびる【綻びる】

（自下一）脱線；使微微地張開，綻放

例 袖口が綻びる。

譯 袖口綻開。

16 │ほどく【解く】

（他五）解開（繩結等）；拆解（縫的東西）

例 結び目を解く。

譯 把結扣解開。

N2 ● 4-3

4-3 繊維 /
衣料纖維

01 │けいと【毛糸】

名 毛線

例 毛糸で編む。

譯 以毛線編織。

02 │てぬぐい【手ぬぐい】

名 布手巾

例 手ぬぐいを絞る。

譯 扭（乾）毛巾。

03 │ぬの【布】

名 布匹；棉布；麻布

例 布を織る。

譯 織布。

04 │ひも【紐】

名 （布、皮革等的）細繩，帶

05 │ようもう【羊毛】

名 羊毛

例 羊毛を刈る。

譯 剪羊毛。

06 │わた【綿】

名 （植）棉；棉花；柳絮；絲棉

例 綿を入れる。

譯 （往衣被裡）塞棉花。

パート 5 第五章 人体
- 人體 -

5-1 身体、体 /
胴體、身體

01 | あびる【浴びる】
(他上一) 洗，浴；曬，照；遭受，蒙受
例 シャワーを浴びる。
譯 淋浴。

02 | い【胃】
(名) 胃
例 胃が痛い。
譯 胃痛。

03 | かつぐ【担ぐ】
(他五) 扛，挑；推舉，擁戴；受騙
例 荷物を担ぐ。
譯 搬行李。

04 | きんにく【筋肉】
(名) 肌肉
例 筋肉を鍛える。
譯 鍛鍊肌肉。

05 | こし【腰】
(名・接尾) 腰；(衣服、裙子等的)腰身
例 腰が抜ける。
譯 站不起來；嚇得腿軟。

06 | こしかける【腰掛ける】
(自下一) 坐下
例 ベンチに腰掛ける。
譯 坐長板凳。

07 | ころぶ【転ぶ】
(自五) 跌倒，倒下；滾轉；趨勢發展，事態變化
例 滑って転ぶ。
譯 滑倒。

08 | しせい【姿勢】
(名) (身體)姿勢；態度
例 姿勢をとる。
譯 採取…姿態。

09 | しゃがむ
(自五) 蹲下
例 しゃがんで小石を拾う。
譯 蹲下撿小石頭。

10 | しんしん【心身】
(名) 身和心；精神和肉體
例 心身を鍛える。
譯 鍛鍊身心。

11 | しんぞう【心臓】

名 心臓；厚臉皮，勇氣
例 心臓が強い。
譯 心臟很強。

12 | ぜんしん【全身】

名 全身
例 症状が全身に広がる。
譯 症狀擴散到全身。

13 | だらり（と）

副 無力地（下垂著）
例 だらりとぶら下がる。
譯 無力地垂吊。

14 | ていれ【手入れ】

名・他サ 收拾，修整；檢舉，搜捕
例 肌の手入れをする。
譯 保養肌膚。

15 | どうさ【動作】

名・自サ 動作
例 動作が速い。
譯 動作迅速。

16 | とびはねる【飛び跳ねる】

自下一 跳躍
例 飛び跳ねて喜ぶ。
譯 欣喜而跳躍。

17 | にぶい【鈍い】

形 （刀劍等）鈍，不鋒利；（理解、反應）慢，遲鈍，動作緩慢；（光）朦朧，（聲音）渾濁

例 動作が鈍い。
譯 動作遲鈍。

18 | はだ【肌】

名 肌膚，皮膚；物體表面；氣質，風度；木紋
例 肌が白い。
譯 皮膚很白。

19 | はだか【裸】

名 裸體；沒有外皮的東西；精光，身無分文；不存先入之見，不裝飾門面
例 裸になる。
譯 裸體。

20 | みあげる【見上げる】

他下一 仰視，仰望；欽佩，尊敬，景仰
例 空を見上げる。
譯 仰望天空。

21 | もたれる【凭れる・靠れる】

自下一 依靠，憑靠；消化不良
例 ドアに凭れる。
譯 靠在門上。

22 | もむ【揉む】

他五 搓，揉；捏，按摩；（很多人）互相推擠；爭辯；（被動式型態）錘鍊，受磨練
例 肩を揉む。
譯 按摩肩膀。

23 | わき【脇】

(名) 腋下，夾肢窩；(衣服的)旁側；旁邊，附近，身旁；旁處，別的地方；(演員)配角

例 脇<ruby>わき</ruby>に抱<ruby>かか</ruby>える。

譯 夾在腋下。

5-2 顔 (1) /
臉 (1)

01 | あむ【編む】

(他五) 編，織；編輯，編纂

例 お下<ruby>さ</ruby>げを編<ruby>あ</ruby>む。

譯 編髮辮。

02 | いき【息】

(名) 呼吸，氣息；步調

例 息<ruby>いき</ruby>をつく。

譯 喘口氣。

03 | うがい【嗽】

(名・自サ) 漱口

例 うがい薬<ruby>ぐすり</ruby>が苦手<ruby>にがて</ruby>だ。

譯 漱口水我最怕了。

04 | うなずく【頷く】

(自五) 點頭同意，首肯

例 軽<ruby>かる</ruby>くうなずく。

譯 輕輕地點頭。

05 | えがお【笑顔】

(名) 笑臉，笑容

例 笑顔<ruby>えがお</ruby>を作<ruby>つく</ruby>る。

譯 強顏歡笑。

06 | おおう【覆う】

(他五) 覆蓋，籠罩，掩飾；籠罩，充滿；包含，蓋擴

例 顔<ruby>かお</ruby>を覆<ruby>おお</ruby>う。

譯 蒙面。

07 | おもなが【面長】

(名・形動) 長臉，橢圓臉

例 面長<ruby>おもなが</ruby>の人<ruby>ひと</ruby>に合<ruby>あ</ruby>う。

譯 適合臉長的人。

08 | くち【口】

(名・接尾) 口，嘴；用嘴說話；口味；人口，人數；出入或存取物品的地方；口，放進口中或動口的次數；股，份

例 口<ruby>くち</ruby>がうまい。

譯 花言巧語，善於言詞。

09 | くぼむ【窪む・凹む】

(自五) 凹下，塌陷

例 目<ruby>め</ruby>がくぼむ。

譯 眼窩深陷。

10 | くわえる【銜える】

(他一) 叼，銜

例 楊枝<ruby>ようじ</ruby>をくわえる。

譯 叼著牙籤。

11 | けむい【煙い】

(形) 煙撲到臉上使人無法呼吸，嗆人

例 煙草<ruby>たばこ</ruby>が煙<ruby>けむ</ruby>い。

譯 菸薰嗆人。

12 ｜こきゅう【呼吸】

名・自他サ 呼吸，吐納；（合作時）步調，拍子，節奏；竅門，訣竅

例 呼吸がとまる。

譯 停止呼吸。

13 ｜さぐる【探る】

他五 （用手腳等）探，摸；探聽，試探，偵查；探索，探求，探訪

例 手で探る。

譯 用手摸索。

14 ｜ささやく【囁く】

自五 低聲自語，小聲說話，耳語

例 耳元でささやく。

譯 附耳私語。

15 ｜しょうてん【焦点】

名 焦點；（問題的）中心，目標

例 焦点が合う。

譯 對準目標。

16 ｜しらが【白髪】

名 白頭髮

例 白髪が増える。

譯 白髮增多。

17 ｜すきとおる【透き通る】

自五 通明，透亮，透過去；清澈；清脆（的聲音）

例 透き通った声で話す。

譯 以清脆的聲音說話。

18 ｜するどい【鋭い】

形 尖的；（刀子）鋒利的；（視線）尖銳的；激烈，強烈；（頭腦）敏銳，聰明

例 鋭い目つきで見つめる。

譯 以銳利的目光注視著。

19 ｜そる【剃る】

他五 剃（頭），刮（臉）

例 ひげを剃る。

譯 刮鬍子。

20 ｜ためいき【ため息】

名 嘆氣，長吁短嘆

例 ため息をつく。

譯 嘆氣。

N2 ● 5-2 (2)

5-2 顔 (2) /
臉 (2)

21 ｜たらす【垂らす】

名 滴；垂

例 よだれを垂らす。

譯 流口水。

22 ｜ちぢれる【縮れる】

自下一 捲曲；起皺，出摺

例 毛が縮れる。

譯 毛卷曲。

23 ｜つき【付き】

接尾 （前接某些名詞）樣子；附屬

例 顔つきが変わる。

譯 神情變了。

24 | つっこむ【突っ込む】

(他五・自五) 衝入，闖入；深入；塞進，插入；沒入；深入追究

例 首を突っ込む。

譯 一頭栽入。

25 | つや【艶】

(名) 光澤，潤澤；興趣，精彩；豔事，風流事

例 艶が出る。

譯 顯出光澤。

26 | のぞく【覗く】

(自五・他五) 露出(物體的一部份)；窺視，探視；往下看；晃一眼；窺探他人秘密

例 隙間から覗く。

譯 從縫隙窺看。

27 | はさまる【挟まる】

(自五) 夾，(物體)夾在中間；夾在(對立雙方中間)

例 歯に挟まる。

譯 卡牙縫，塞牙縫。

28 | ぱっちり

(副・自サ) 眼大而水汪汪；睜大眼睛

例 目がぱっちりとしている。

譯 眼兒水汪汪。

29 | ひとみ【瞳】

(名) 瞳孔，眼睛

例 瞳を輝かせる。

譯 目光炯炯。

30 | ふと

(副) 忽然，偶然，突然；立即，馬上

例 ふと見ると何かが落ちている。

譯 猛然一看好像有東西掉落。

31 | ほほえむ【微笑む】

(自五) 微笑，含笑；(花)微開，乍開

例 にっこりと微笑む。

譯 嫣然一笑。

32 | ぼんやり

(名・副・自サ) 模糊，不清楚；迷糊，傻楞楞；心不在焉；笨蛋，呆子

例 ぼんやりと見える。

譯 模糊的看見。

33 | まえがみ【前髮】

(名) 瀏海

例 前髪を切る。

譯 剪瀏海。

34 | みおろす【見下ろす】

(他五) 俯視，往下看；輕視，藐視，看不起；視線從上往下移動

例 下を見下ろす。

譯 往下看。

35 | みつめる【見詰める】

(他下一) 凝視，注視，盯著

例 顔を見つめる。

譯 凝視對方的臉孔。

36 | めだつ【目立つ】

(自五) 顯眼，引人注目，明顯

例 ニキビが目立ってきた。

譯 痘痘越來越多了。

5-3 手足 /
手腳

01 | あおぐ【扇ぐ】

(自・他五)（用扇子）搧（風）

例 うちわで扇ぐ。

譯 用團扇搧。

02 | あしあと【足跡】

(名) 腳印；(逃走的)蹤跡；事蹟，業績

例 足跡を残す。

譯 留下足跡。

03 | あしもと【足元】

(名) 腳下；腳步；身旁，附近

例 足下にも及ばない。

譯 望塵莫及。

04 | あしをはこぶ【足を運ぶ】

(慣) 去，前往拜訪

例 何度も足を運ぶ。

譯 多次前往拜訪。

05 | きよう【器用】

(名・形動) 靈巧，精巧；手藝巧妙；精明

例 彼は手先が器用だ。

譯 他手很巧。

06 | くむ【汲む】

(他五) 打水，取水

例 バケツに水を汲む。

譯 用水桶打水。

07 | くむ【組む】

(自五) 聯合，組織起來

例 足を組む。

譯 蹺腳。

08 | こぐ【漕ぐ】

(他五) 划船，搖櫓，蕩槳；蹬(自行車)，打(鞦韆)

例 自転車をこぐ。

譯 踩自行車。

09 | こする【擦る】

(他五) 擦，揉，搓；摩擦

例 目を擦る。

譯 揉眼睛。

10 | しびれる【痺れる】

(自下一) 麻木；(俗)因強烈刺激而興奮

例 足がしびれる。

譯 腳麻。

11 | しぼる【絞る】

(他五) 扭，擠；引人(流淚)；拼命發出(高聲)，絞盡(腦汁)；剝削，勒索；拉開(幕)

例 タオルを絞る。

譯 擰毛巾。

12 ｜しまう【仕舞う】

（自五・他五・補動）結束，完了，收拾；收拾起來；關閉；表不能恢復原狀

例 ナイフをしまう。

譯 把刀子收拾起來。

13 ｜すっと

（副・自サ）動作迅速地，飛快，輕快；（心中）輕鬆，痛快，輕鬆

例 すっと手を出す。

譯 敏捷地伸出手。

14 ｜たちどまる【立ち止まる】

（自五）站住，停步，停下

例 呼ばれて立ち止まる。

譯 被叫住而停下腳步。

15 ｜ちぎる

（他五・接尾）撕碎（成小段）；摘取，揪下；（接動詞連用形後加強語氣）非常，極力

例 花びらをちぎる。

譯 摘下花瓣。

16 ｜のろい【鈍い】

（形）（行動）緩慢的，慢吞吞的；（頭腦）遲鈍的，笨的；對女人軟弱，唯命是從的人

例 足が鈍い。

譯 走路慢。

17 ｜のろのろ

（副・自サ）遲緩，慢吞吞地

例 のろのろ（と）歩く。

譯 慢吞吞地走。

18 ｜はがす【剥がす】

（他五）剝下

例 ポスターをはがす。

譯 拿下海報。

19 ｜ひっぱる【引っ張る】

（他五）（用力）拉；拉上，拉緊，強拉走；引誘；拖長，拖延；拉（電線等）；（棒球向左面或右面）打球

例 綱を引っ張る。

譯 拉緊繩索。

20 ｜ふさがる【塞がる】

（自五）阻塞；關閉；佔用，佔滿

例 手が塞がっている。

譯 騰不出手來。

21 ｜ふし【節】

（名）（竹、葦的）節；關節，骨節；（線、繩的）繩結；曲調

例 指の節を鳴らす。

譯 折手指關節。

22 ｜ぶつ【打つ】

（他五）（「うつ」的強調説法）打，敲

例 平手で打つ。

譯 打一巴掌。

23 ｜ぶらさげる【ぶら下げる】

（他下一）佩帶，懸掛；手提，拎

例 バケツをぶら下げる。

譯 提水桶。

24 │ふるえる【震える】

(自下一) 顫抖，發抖，震動

例 手が震える。

譯 手顫抖。

25 │ふれる【触れる】

(他下一・自下一) 接觸，觸摸(身體)；涉及，提到；感觸到；抵觸，觸犯；通知

例 電気に触れる。

譯 觸電。

26 │ほ【歩】

(名・漢造) 步，步行；(距離單位)步

例 歩を進める。

譯 邁步向前。

27 │もちあげる【持ち上げる】

(他下一) (用手)舉起，抬起；阿諛奉承，吹捧；抬頭

例 荷物を持ち上げる。

譯 舉起行李。

28 │ゆっくり

(副・自サ) 慢慢地，不著急的，從容地；安適的，舒適的；充分的，充裕的

例 ゆっくり歩く。

譯 慢慢地走。

Memo

パート 6 第六章 生理
- 生理（現象）-

6-1 誕生、生命 /
誕生、生命

01 ｜いでん【遺伝】
(名・自サ) 遺傳
例 ハゲは遺伝するの。
譯 禿頭會遺傳嗎？

02 ｜いでんし【遺伝子】
(名) 基因
例 遺伝子が存在する。
譯 存有遺傳基因。

03 ｜うまれ【生まれ】
(名) 出生；出生地；門第，出生
例 生まれ変わる。
譯 脱胎換骨。

04 ｜さん【産】
(名) 生產，分娩；（某地方）出生；財產
例 お産をする。
譯 生產。

05 ｜じんめい【人命】
(名) 人命
例 人命にかかわる。
譯 攸關人命。

06 ｜せい【生】
(名・漢造) 生命，生活；生業，營生；出生，生長；活著，生存
例 生は死の始めだ。
譯 生為死的開始。

07 ｜せいめい【生命】
(名) 生命，壽命；重要的東西，關鍵，命根子
例 生命を維持する。
譯 維持生命。

6-2 老い、死 /
老年、死亡

01 ｜いたい【遺体】
(名) 遺體
例 遺体を埋葬する。
譯 埋葬遺體。

02 ｜かかわる【係わる】
(自五) 關係到，涉及到；有牽連，有瓜葛；拘泥
例 命に係わる。
譯 攸關性命。

03 ｜さる【去る】

(自五・他五・連體) 離開；經過，結束；（空間、時間）距離；消除，去掉

例 世を去る。

譯 逝世。

04 ｜じさつ【自殺】

(名・自サ) 自殺，尋死

例 自殺を図る。

譯 企圖自殺。

05 ｜ししゃ【死者】

(名) 死者，死人

例 災害で死者が出る。

譯 災害導致有人死亡。

06 ｜したい【死体】

(名) 屍體

例 白骨死体が発見された。

譯 骨骸被發現了。

07 ｜じゅみょう【寿命】

(名) 壽命；（物）耐用期限

例 寿命が尽きる。

譯 壽命已盡。

08 ｜しわ

(名)（皮膚的）皺紋；（紙或布的）縐折，摺子

例 しわが増える。

譯 皺紋增加。

09 ｜せいぞん【生存】

(名・自サ) 生存

例 事故の生存者を収容した。

譯 收容事故的倖存者。

10 ｜たつ【絶つ】

(他五) 切，斷；絕，斷絕；斷絕，消滅；斷，切斷

例 命を絶つ。

譯 自殺。

11 ｜ちぢめる【縮める】

(他下一) 縮小，縮短，縮減；縮回，捲縮，起皺紋

例 命を縮める。

譯 縮短壽命。

12 ｜つる【吊る】

(他五) 吊，懸掛，佩帶

例 首を吊る。

譯 上吊。

13 ｜ふける【老ける】

(自下一) 上年紀，老

例 年の割には老けてみえる。

譯 顯得比實際年齡還老。

6-3 発育、健康 / 發育、健康

01 ｜いくじ【育児】

(名) 養育兒女

例 育児に追われる。

譯 忙於撫育兒女。

02 ｜いけない

(形・連語) 不好，糟糕；沒希望，不行；不能喝酒，不能喝酒的人；不許，不可以

例 いけない子に育ってほしくない。

譯 不想培育出壞孩子。

03 ｜いじ【維持】

(名・他サ) 維持，維護

例 健康を維持する。

譯 維持健康。

04 ｜こんなに

(副) 這樣，如此

例 こんなに大きくなったよ。

譯 長這麼大了喔！

05 ｜さほう【作法】

(名) 禮法，禮節，禮貌，規矩；(詩、小説等文藝作品的)作法

例 作法をしつける。

譯 進行禮節教育。

06 ｜しょうがい【障害】

(名) 障礙，妨礙；(醫)損害，毛病；(障礙賽中的)欄，障礙物

例 障害を乗り越える。

譯 跨過障礙。

07 ｜せいちょう【生長】

(名・自サ) (植物、草木等)生長，發育

例 生長が早い。

譯 長得快，發育得快。

08 ｜そくてい【測定】

(名・他サ) 測定，測量

例 体力を測定する。

譯 測量體力。

09 ｜ちぢむ【縮む】

(自五) 縮，縮小，抽縮；起皺紋，出摺；畏縮，退縮，惶恐；縮回去，縮進去

例 背が縮む。

譯 縮著身體。

10 ｜のびのび(と)【伸び伸び(と)】

(副・自サ) 生長茂盛；輕鬆愉快

例 子供が伸び伸びと育つ。

譯 讓小孩在自由開放的環境下成長。

11 ｜はついく【発育】

(名・自サ) 發育，成長

例 発育を妨げる。

譯 阻擾發育。

12 ｜ひるね【昼寝】

(名・自サ) 午睡

例 昼寝(を)する。

譯 睡午覺。

13 ｜わかわかしい【若々しい】

(形) 年輕有朝氣的，年輕輕的，富有朝氣的

例 色つやが若々しい。

譯 色澤鮮艷。

6-4 体調、体質 /
身體狀況、體質

01 ｜あくび【欠伸】

(名・自サ) 哈欠

例 あくびが出る。

譯 打哈欠。

02 ｜あらい【荒い】

(形) 凶猛的；粗野的，粗暴的；濫用

例 呼吸が荒い。

譯 呼吸急促。

03 ｜あれる【荒れる】

(自下一) 天氣變壞；(皮膚)變粗糙；荒廢，荒蕪；暴戾，胡鬧；秩序混亂

例 肌が荒れる。

譯 皮膚變粗糙。

04 ｜いしき【意識】

(名・他サ) (哲學的)意識；知覺，神智；自覺，意識到

例 意識を失う。

譯 失去意識。

05 ｜いじょう【異常】

(名・形動) 異常，反常，不尋常

例 異常が見られる。

譯 發現有異常。

06 ｜いねむり【居眠り】

(名・自サ) 打瞌睡，打盹兒

例 居眠り運転をする。

譯 開車打瞌睡。

07 ｜うしなう【失う】

(他五) 失去，喪失；改變常態；喪，亡；迷失；錯過

例 気を失う。

譯 意識不清。

08 ｜きる【切る】

(接尾) (接助詞運用形)表示達到極限；表示完結

例 疲れきる。

譯 疲乏至極。

09 ｜くずす【崩す】

(他五) 拆毀，粉碎

例 体調を崩す。

譯 把身體搞壞。

10 ｜しょうもう【消耗】

(名・自他サ) 消費，消耗；(體力)耗盡，疲勞；磨損

例 体力を消耗する。

譯 消耗體力。

11 ｜しんたい【身体】

(名) 身體，人體

例 身体検査を受ける。

譯 接受身體檢查。

12 ｜すっきり

(副・自サ) 舒暢，暢快，輕鬆；流暢，通暢；乾淨整潔，俐落

例 頭がすっきりする。

譯 神清氣爽。

13 ｜たいおん【体温】

(名) 體溫

例 体温を測る。

譯 測量體溫。

14 ｜とれる【取れる】

(自下一)（附著物）脱落，掉下；需要，花費(時間等)；去掉，刪除；協調，均衡

例 疲れが取れる。

譯 去除疲勞。

15 ｜はかる【計る】

(他五) 測量；計量；推測，揣測；徵詢，諮詢

例 心拍数をはかる。

譯 計算心跳次數。

16 ｜はきけ【吐き気】

(名) 噁心，作嘔

例 吐き気がする。

譯 令人作嘔，想要嘔吐。

17 ｜まわす【回す】

(他五・接尾) 轉，轉動；(依次)傳遞；傳送；調職；各處活動奔走；想辦法；運用；投資；(前接某些動詞連用形)表示遍布四周

例 目を回す。

譯 吃驚。

18 ｜めまい【目眩・眩暈】

(名) 頭暈眼花

例 めまいを感じる。

譯 感到頭暈。

19 ｜よみがえる【蘇る】

(自五) 甦醒，復活；復興，復甦，回復；重新想起

例 記憶が蘇る。

譯 重新憶起。

6-5 痛み /
痛疼

01 ｜いたみ【痛み】

(名) 痛，疼；悲傷，難過；損壞；（水果因碰撞而）腐爛

例 痛みを訴える。

譯 訴說痛苦。

02 ｜いたむ【痛む】

(自五) 疼痛；苦惱；損壞

例 心が痛む。

譯 傷心。

03 ｜うなる【唸る】

(自五) 呻吟；(野獸)吼叫；發出鳴聲；吟，哼；贊同，喝彩

例 うなり声を上げる。

譯 發出呻吟聲。

04 ｜きず【傷】

(名) 傷口，創傷；缺陷，瑕疵

例 傷を負う。

譯 受傷。

05 ｜こる【凝る】

(自五) 凝固，凝集；（因血行不周、肌肉僵硬等）痠痛；狂熱，入迷；講究，精緻

例 肩が凝る。

譯 肩膀痠痛。

06 ｜ずつう【頭痛】

(名) 頭痛

例 頭痛が治まる。

譯 頭痛止住。

07 ｜ていど【程度】

(名・接尾)（高低大小）程度，水平；（適當的）程度，適度，限度

例 軽い程度でした。

譯 程度輕。

08 ｜むしば【虫歯】

(名) 齲齒，蛀牙

例 虫歯が痛む。

譯 蛀牙疼。

09 ｜やけど【火傷】

(名・自サ) 燙傷，燒傷；（轉）遭殃，吃虧

例 手に火傷をする。

譯 手燙傷。

10 ｜よる【因る】

(自五) 由於，因為；任憑，取決於；依靠，依賴；按照，根據

例 不注意によって怪我する。

譯 由於疏忽受傷。

6-6 病気、治療 / 疾病、治療

01 ｜あそこ

(代) 那裡；那種程度；那種地步

例 彼の病気があそこまで悪いとは思わなかった。

譯 沒想到他的病會那麼嚴重。

02 ｜がい【害】

(名・漢造) 為害，損害；災害；妨礙

例 健康に害がある。

譯 對健康有害。

03 ｜かぜぐすり【風邪薬】

(名) 感冒藥

例 風邪薬を飲む。

譯 吃感冒藥。

04 ｜がち【勝ち】

(接尾) 往往，容易，動輒；大部分是

例 病気がちな人が多い。

譯 很多人常常感冒。

05 ｜かんびょう【看病】

(名・他サ) 看護，護理病人

例 病人を看病する。

譯 護理病人。

06 ｜きみ・ぎみ【気味】

(名・接尾) 感觸，感受，心情；有一點兒，稍稍

例 風邪気味に効く。

譯 對感冒初期有效。

07 ｜くるしめる【苦しめる】

(他下一) 使痛苦，欺負

例 持病に苦しめられる。

譯 受宿疾折磨。

08 ｜こうかてき【効果的】

(形動) 有效的

例 効果的な治療を求める。

譯 尋求有效的醫治方法。

09 ｜こうりょく【効力】

(名) 效力，效果，效應

例 効力を生じる。

譯 生效。

10 ｜こくふく【克服】

(名・他サ) 克服

例 病を克服する。

譯 戰勝病魔。

11 ｜こっせつ【骨折】

(名・自サ) 骨折

例 足を骨折する。

譯 腳骨折。

12 ｜さしつかえ【差し支え】

(名) 不方便，障礙，妨礙

例 日常生活に差し支えありません。

譯 生活上沒有妨礙。

13 ｜じゅうしょう【重傷】

(名) 重傷

例 重傷を負う。

譯 受重傷。

14 ｜じゅうたい【重体】

(名) 病危，病篤

例 重体に陥る。

譯 病危。

15 ｜じゅんちょう【順調】

(名・形動) 順利，順暢；（天氣、病情等）良好

例 順調に回復する。

譯 （病情）恢復良好。

16 ｜しょうどく【消毒】

(名・他サ) 消毒，殺菌

例 傷口を消毒する。

譯 消毒傷口。

17 ｜せいかつしゅうかんびょう【生活習慣病】

(名) 文明病

例 糖尿病は生活習慣病の一つだ。

譯 糖尿病是文明病之一。

18 ｜たたかう【戦う・闘う】

(自五) （進行）作戰，戰爭；鬥爭；競賽

例 病気と闘う。

譯 和病魔抗戰。

19 ｜ていか【低下】

名・自サ 降低，低落；（力量、技術等）下降

例 機能が急に低下する。

譯 機能急遽下降。

20 ｜てきせつ【適切】

名・形動 適當，恰當，妥切

例 適切な処置をする。

譯 適當的處理。

21 ｜でんせん【伝染】

名・自サ （病菌的）傳染；（惡習的）傳染，感染

例 麻疹が伝染する。

譯 傳染麻疹。

22 ｜びょう【病】

漢造 病，患病；毛病，缺點

例 仮病をつかう。

譯 裝病。

23 ｜やむ【病む】

自他五 得病，患病；煩惱，憂慮

例 肺を病む。

譯 得了肺病。

24 ｜ゆけつ【輸血】

名・自サ （醫）輸血

例 輸血を受ける。

譯 接受輸血。

6-7 体の器官の働き /
身體器官功能

01 ｜あせ【汗】

名 汗

例 汗をかく。

譯 流汗。

02 ｜あふれる【溢れる】

自下一 溢出，漾出，充滿

例 涙があふれる。

譯 淚眼盈眶。

03 ｜きゅうそく【休息】

名・自サ 休息

例 休息を取る。

譯 休息。

04 ｜きゅうよう【休養】

名・自サ 休養

例 休養を取る。

譯 休養。

05 ｜くしゃみ【嚔】

名 噴嚔

例 くしゃみが出る。

譯 打噴嚔。

06 ｜けつあつ【血圧】

名 血壓

例 血圧が上がる。

譯 血壓上升。

07 | じゅんかん【循環】

(名・自サ) 循環

例 血液が循環する。

譯 血液循環。

08 | しょうか【消化】

(名・他サ) 消化(食物);掌握,理解,記牢(知識等);容納,吸收,處理

例 消化に良い。

譯 有益消化。

09 | しょうべん【小便】

(名・自サ) 小便,尿;(俗)終止合同,食言,毀約

例 立ち小便をする。

譯 站著小便。

10 | しんけい【神経】

(名) 神經;察覺力,感覺,神經作用

例 神経が太い。

譯 神經大條,感覺遲鈍。

11 | すいみん【睡眠】

(名・自サ) 睡眠,休眠,停止活動

例 睡眠を取る。

譯 睡覺。

12 | はく【吐く】

(他五) 吐,吐出;説出,吐露出;冒出,噴出

例 息を吐く。

譯 呼氣,吐氣。

Memo

7-1 人物 /
人物

01 | いだい【偉大】

形動 偉大的，魁梧的

例 偉大な人物が登場する。

譯 偉人上台。

02 | えんじ【園児】

名 幼園童

例 園児が多い。

譯 有很多幼園童。

03 | おんなのひと【女の人】

名 女人

例 女の人に嫌われる。

譯 被女人討厭。

04 | かくう【架空】

名 空中架設；虛構的，空想的

例 架空の人物がいる。

譯 有虛擬人物。

05 | かくじ【各自】

名 每個人，各自

例 各自で用意する。

譯 每人各自準備。

06 | かげ【影】

名 影子；倒影；蹤影，形跡

例 影が薄い。

譯 不受重視。

07 | かねそなえる【兼ね備える】

他下一 兩者兼備

例 知性と美貌を兼ね備える。

譯 兼具智慧與美貌。

08 | けはい【気配】

名 跡象，苗頭，氣息

例 気配がない。

譯 沒有跡象。

09 | さいのう【才能】

名 才能，才幹

例 才能に恵まれる。

譯 很有才幹。

10 | じしん【自身】

名・接尾 自己，本人；本身

例 扉は自分自身で開ける。

譯 門要自己開。

11 | じつに【実に】

[副] 確實，實在，的確；(驚訝或感慨時)實在是，非常，很

[例] 実(じつ)に頼(たの)もしい。

[譯] 實在很可靠。

12 | じつぶつ【実物】

[名] 實物，實在的東西，原物；(經)現貨

[例] 実物(じつぶつ)そっくりに描(えが)く。

[譯] 照原物一樣地畫。

13 | じんぶつ【人物】

[名] 人物；人品，為人；人材；人物(繪畫的)，人物(畫)

[例] 危険人物(きけんじんぶつ)を追放(ついほう)する。

[譯] 逐出危險人物。

14 | たま【玉】

[名] 玉，寶石，珍珠；球，珠；眼鏡鏡片；燈泡；子彈

[例] 玉(たま)にきず。

[譯] 美中不足

15 | たん【短】

[名・漢造] 短；不足，缺點

[例] 長(ちょう)をのばし、短(たん)を補(おぎな)う。

[譯] 取長補短。

16 | な【名】

[名] 名字，姓名；名稱；名分；名譽，名聲；名義，藉口

[例] 名(な)を売(う)る。

[譯] 提高聲望。

17 | にんげん【人間】

[名] 人，人類；人品，為人；(文)人間，社會，世上

[例] 人間味(にんげんみ)に欠(か)ける。

[譯] 缺乏人情味。

18 | ねんれい【年齢】

[名] 年齡，歲數

[例] 年齢(ねんれい)が高(たか)い。

[譯] 年紀大。

19 | ひとめ【人目】

[名] 世人的眼光；旁人看見；一眼望盡，一眼看穿

[例] 人目(ひとめ)に立(た)つ。

[譯] 顯眼。

20 | ひとりひとり【一人一人】

[名] 逐個地，依次的；人人，每個人，各自

[例] 一人一人診察(ひとりひとりしんさつ)する。

[譯] 一一診察。

21 | みぶん【身分】

[名] 身份，社會地位；(諷刺)生活狀況，境遇

[例] 身分(みぶん)が高(たか)い。

[譯] 地位高。

22 | よっぱらい【酔っ払い】

[名] 醉鬼，喝醉酒的人

[例] 酔(よ)っぱらい運転(うんてん)をするな。

[譯] 請勿酒醉駕駛。

23｜よびかける【呼び掛ける】

（他下一）招呼，呼喚；號召，呼籲

例 <ruby>人<rt>ひと</rt></ruby>に<ruby>呼<rt>よ</rt></ruby>びかける。

譯 呼喚他人。

7-2 老若男女 /
男女老少

01｜ウーマン【woman】

（名）婦女，女人

例 キャリアウーマンになる。

譯 成為職業婦女。

02｜おとこのひと【男の人】

（名）男人，男性

例 <ruby>男<rt>おとこ</rt></ruby>の<ruby>人<rt>ひと</rt></ruby>に<ruby>会<rt>あ</rt></ruby>う。

譯 跟男性會面。

03｜じどう【児童】

（名）兒童

例 <ruby>児童<rt>じどう</rt></ruby><ruby>虐待<rt>ぎゃくたい</rt></ruby>があとを<ruby>絶<rt>た</rt></ruby>たない。

譯 虐待兒童問題不斷的發生。

04｜じょし【女子】

（名）女孩子，女子，女人

例 <ruby>女子<rt>じょし</rt></ruby><ruby>学生<rt>がくせい</rt></ruby>が<ruby>行方<rt>ゆくえ</rt></ruby><ruby>不明<rt>ふめい</rt></ruby>になった。

譯 女學生行蹤不明。

05｜せいしょうねん【青少年】

（名）青少年

例 <ruby>青少年<rt>せいしょうねん</rt></ruby>の<ruby>犯罪<rt>はんざい</rt></ruby>をなくす。

譯 消滅青少年的犯罪。

06｜せいべつ【性別】

（名）性別

例 <ruby>性別<rt>せいべつ</rt></ruby>を<ruby>記入<rt>きにゅう</rt></ruby>する。

譯 填寫性別。

07｜たいしょう【対象】

（名）對象

例 <ruby>子供<rt>こども</rt></ruby>を<ruby>対象<rt>たいしょう</rt></ruby>とした。

譯 以小孩為對象。

08｜だんし【男子】

（名）男子，男孩，男人，男子漢

例 <ruby>男子<rt>だんし</rt></ruby>だけのクラスが<ruby>設<rt>もう</rt></ruby>けられる。

譯 設立只有男生的班級。

09｜としした【年下】

（名）年幼，年紀小

例 <ruby>年下<rt>としした</rt></ruby>なのに<ruby>生意気<rt>なまいき</rt></ruby>だ。

譯 明明年紀小還那麼囂張。

10｜びょうどう【平等】

（名・形動）平等，同等

例 <ruby>男女平等<rt>だんじょびょうどう</rt></ruby>が<ruby>進<rt>すす</rt></ruby>んでいる。

譯 男女平等很先進。

11｜ぼうや【坊や】

（名）對男孩的親切稱呼；未見過世面的男青年；對別人男孩的敬稱

例 <ruby>坊<rt>ぼう</rt></ruby>やは<ruby>今年<rt>ことし</rt></ruby>いくつ。

譯 小弟弟，你今年幾歲？

12 ｜ぼっちゃん【坊ちゃん】

(名)（對別人男孩的稱呼）公子，令郎；
少爺，不通事故的人，少爺作風的人

例 坊ちゃん育ち。

譯 嬌生慣養。

13 ｜めした【目下】

(名) 部下，下屬，晚輩

例 目下の者を可愛がる。

譯 愛護晚輩。

7-3 いろいろな人を表すことば(1)／
各種人物的稱呼(1)

01 ｜おう【王】

(名) 帝王，君王，國王；首領，大王；（象棋）王將

例 ライオンは百獣の王だ。

譯 獅子是百獸之王。

02 ｜おうさま【王様】

(名) 國王，大王

例 裸の王様。

譯 國王的新衣。

03 ｜おうじ【王子】

(名) 王子；王族的男子

例 第二王子が成人を迎える。

譯 二王子迎接成年。

04 ｜おうじょ【王女】

(名) 公主；王族的女子

例 王女に仕える。

譯 侍奉公主。

05 ｜おおや【大家】

(名) 房東；正房，上房，主房

例 大家さんと相談する。

譯 與房東商量。

06 ｜おてつだいさん【お手伝いさん】

(名) 傭人

例 お手伝いさんを雇う。

譯 雇傭人。

07 ｜おまえ【お前】

(代・名) 你（用在交情好的對象或同輩以下。較為高姿態説話）；神前，佛前

例 お前の彼女が見てるぞ。

譯 你的女友睜著眼睛在看喔！

08 ｜か【家】

(漢造) 專家

例 専門家もびっくりする。

譯 專家都嚇一跳。

09 ｜ガールフレンド【girl friend】

(名) 女友

例 ガールフレンドとデートに行く。

譯 和女友去約會。

10 ｜がくしゃ【学者】

(名) 學者；科學家

例 著名な学者を育成した。

譯 培育了著名的學者。

11 │かたがた【方々】

(名・代・副)(敬)大家；您們；這個那個，種種；各處；總之
例 父兄の方々が応援に来られる。
譯 各位父兄長輩前來支援。

12 │かんじゃ【患者】

(名)病人，患者
例 患者を診る。
譯 診察患者。

13 │ぎいん【議員】

(名)(國會，地方議會的)議員
例 議員を辞する。
譯 辭去議員職位。

14 │ぎし【技師】

(名)技師，工程師，專業技術人員
例 レントゲン技師が行う。
譯 Ｘ光技師著手進行。

15 │ぎちょう【議長】

(名)會議主席，主持人；(聯合國等)主席
例 議長を務める。
譯 擔任會議主席。

16 │キャプテン【captain】

(名)團體的首領，船長；隊長；主任
例 キャプテンに従う。
譯 服從隊長。

17 │ギャング【gang】

(名)持槍強盜團體，盜伙

例 ギャングに襲われる。
譯 被盜匪搶劫。

18 │きょうじゅ【教授】

(名・他サ)教授；講授，教
例 書道を教授する。
譯 教書法。

19 │コーチ【coach】

(名・他サ)教練，技術指導；教練員
例 ピッチングをコーチする。
譯 指導投球的技巧。

20 │こうし【講師】

(名)(高等院校的)講師；演講者
例 講師を務める。
譯 擔任講師。

21 │こくおう【国王】

(名)國王，國君
例 国王に会う。
譯 謁見國王。

22 │コック【cook】

(名)廚師
例 コックになる。
譯 成為廚師。

23 │さくしゃ【作者】

(名)作者
例 本の作者が登場する。
譯 書的作者上場。

各種人物的稱呼(1)│55

24 | し【氏】

(代・接尾・漢造)（做代詞用）這位，他；（接人姓名表示敬稱）先生；氏，姓氏；家族

例 トランプ氏が大統領になる。

譯 川普成為總統。

25 | しかい【司会】

(名・自他サ) 司儀，主持會議（的人）

例 司会を務める。

譯 擔任司儀。

26 | ジャーナリスト【journalist】

(名) 記者

例 ジャーナリストを目指す。

譯 想當記者。

27 | しゅしょう【首相】

(名) 首相，內閣總理大臣

例 首相に指名される。

譯 被指名為首相。

28 | しゅふ【主婦】

(名) 主婦，女主人

例 専業主婦がブログで稼ぐ。

譯 專業的家庭主婦在部落格上賺錢。

29 | じゅんきょうじゅ【准教授】

(名)（大學的）副教授

例 准教授に就任しました。

譯 擔任副教授。

30 | じょうきゃく【乗客】

(名) 乗客，旅客

例 乗客を降ろす。

譯 讓乘客下車。

7-3 いろいろな人を表すことば (2) /
各種人物的稱呼 (2)

31 | しょうにん【商人】

(名) 商人

例 大阪商人は商売が上手い。

譯 大阪商人很會做生意。

32 | じょおう【女王】

(名) 女王，王后；皇女，王女

例 新しい女王が誕生した。

譯 新的女王誕生了。

33 | じょきょう【助教】

(名) 助理教員；代理教員

例 助教に内定した。

譯 已內定採用為助教。

34 | じょしゅ【助手】

(名) 助手，幫手；（大學）助教

例 助手を雇う。

譯 雇用助手。

35 | しろうと【素人】

(名) 外行，門外漢；業餘愛好者，非專業人員；良家婦女

例 素人向きの本を読んだ。

譯 閱讀給非專業人士看的書。

36 | しんゆう【親友】

(名) 知心朋友
(例) 親友を守る。
(譯) 守護知心好友。

37 | たいし【大使】

(名) 大使
(例) 大使に任命する。
(譯) 任命為大使。

38 | ちしきじん【知識人】

(名) 知識份子
(例) 知識人の意見が一致した。
(譯) 知識分子的意見一致。

39 | ちじん【知人】

(名) 熟人，認識的人
(例) 知人を訪れる。
(譯) 拜訪熟人。

40 | ちょしゃ【著者】

(名) 作者
(例) 著者の素顔が知りたい。
(譯) 想知道作者的真面目。

41 | でし【弟子】

(名) 弟子，徒弟，門生，學徒
(例) 弟子を取る。
(譯) 收徒弟。

42 | てんのう【天皇】

(名) 日本天皇

(例) 天皇陛下が 30 日に退位する。
(譯) 天皇陛下在30日退位。

43 | はかせ【博士】

(名) 博士；博學之人
(例) 物知り博士が説明してくれる。
(譯) 知識淵博的人為我們進行説明。

44 | はんじ【判事】

(名) 審判員，法官
(例) 裁判所の判事が参加する。
(譯) 加入法院的審判員。

45 | ひっしゃ【筆者】

(名) 作者，筆者
(例) 本文の筆者をお呼びしました。
(譯) 邀請本文的作者。

46 | ぶし【武士】

(名) 武士
(例) 武士に二言なし。
(譯) 武士言必有信。

47 | ふじん【婦人】

(名) 婦女，女子
(例) 婦人警官が現れた。
(譯) 女警出現了。

48 | ふりょう【不良】

(名・形動) 不舒服，不適，壞，不良；(道德、品質)敗壞；流氓，小混混
(例) 不良少年がパクリをする。
(譯) 不良少年偷東西。

49 | ボーイフレンド【boy friend】

[名] 男朋友

[例] ボーイフレンドと映画(えいが)を見(み)る。

[譯] 和男朋友看電影。

---

50 | ぼうさん【坊さん】

[名] 和尚

[例] 坊(ぼう)さんがお経(きょう)を上(あ)げる。

[譯] 和尚念經。

---

51 | まいご【迷子】

[名] 迷路的孩子，走失的孩子

[例] 迷子(まいご)になる。

[譯] 迷路。

---

52 | ママ【mama】

[名]（兒童對母親的愛稱）媽媽；（酒店的）老闆娘

[例] スナックのママがきれいだ。

[譯] 小酒館的老闆娘很漂亮。

---

53 | めいじん【名人】

[名] 名人，名家，大師，專家

[例] 料理(りょうり)の名人(めいじん)が手(て)がける。

[譯] 料理專家親自烹煮。

---

54 | もの【者】

[名]（特定情況之下的）人，者

[例] 家(いえ)の者(もの)が車(くるま)で迎(むか)えに来(く)る。

[譯] 家裡人會開車來接我。

---

55 | やくしゃ【役者】

[名] 演員；善於做戲的人，手段高明的人

[例] 役者(やくしゃ)が揃(そろ)う。

[譯] 人才聚集。

N2 ◎ 7-4

7-4 人の集まりを表すことば／各種人物相關團體的稱呼

01 | こくみん【国民】

[名] 國民

[例] 国民(こくみん)の義務(ぎむ)を果(は)たす。

[譯] 竭盡國民的義務。

---

02 | じゅうみん【住民】

[名] 居民

[例] 都市(とし)の住民(じゅうみん)を襲(おそ)う。

[譯] 襲擊城市的居民。

---

03 | じんるい【人類】

[名] 人類

[例] 人類(じんるい)の進化(しんか)を導(みちび)く。

[譯] 導向人類的進化。

---

04 | のうみん【農民】

[名] 農民

[例] 農民人口(のうみんじんこう)が増(ふ)える。

[譯] 農民人口增多。

---

05 | われわれ【我々】

[代]（人稱代名詞）我們；（謙卑說法的）我；每個人

[例] 我々(われわれ)の仲間(なかま)を紹介致(しょうかいいた)します。

[譯] 我來介紹我們的夥伴。

7-5 容姿 /
姿容

01 ｜げひん【下品】
形動 卑鄙，下流，低俗，低級
例 笑い方が下品だ。
譯 笑得很粗俗。

02 ｜さま【様】
名・代・接尾 樣子，狀態；姿態；表示尊敬
例 様になる。
譯 像樣。

03 ｜スタイル【style】
名 文體；（服裝、美術、工藝、建築等）
樣式；風格，姿態，體態
例 映画から流行のスタイルが生まれる。
譯 從電影產生流行的款式。

04 ｜すてき【素敵】
形動 絕妙的，極好的，極漂亮；很多
例 素敵な服装をする。
譯 穿著美麗的服裝。

05 ｜スマート【smart】
形動 瀟灑，時髦，漂亮；苗條；智能型，
智慧型
例 スマートな体型がいい。
譯 我喜歡苗條的身材。

06 ｜せんれん【洗練】
名・他サ 精鍊，講究

例 あの人の服装は洗練されている。
譯 那個人的衣著很講究。

07 ｜ちゅうにくちゅうぜい【中肉中背】
名 中等身材
例 中肉中背の男が歩いていた。
譯 體型中等的男人在路上走著。

08 ｜ハンサム【handsome】
名・形動 帥，英俊，美男子
例 ハンサムな少年が踊っている。
譯 英俊的少年跳著舞。

09 ｜びよう【美容】
名 美容
例 美容整形した。
譯 做了整形美容。

10 ｜ひん【品】
名・漢造 （東西的）品味，風度；辨別好壞；
品質；種類
例 品がない。
譯 沒有風度。

11 ｜へいぼん【平凡】
名・形動 平凡的
例 平凡な顔こそが美しい。
譯 平凡的臉才美。

12 ｜ほっそり
副・自サ 纖細，苗條
例 体つきがほっそりしている。
譯 身材苗條。

13 ｜ぽっちゃり

(副・自サ) 豐滿，胖

例 ぽっちゃりして可愛い。

譯 胖嘟嘟的很可愛。

---

14 ｜みかけ【見掛け】

(名) 外貌，外觀，外表

例 人は見掛けによらない。

譯 人不可貌相。

---

15 ｜みっともない【見っとも無い】

(形) 難看的，不像樣的，不體面的，不成體統；醜

例 みっともない服装をしている。

譯 穿著難看的服裝。

---

16 ｜みにくい【醜い】

(形) 難看的，醜的；醜陋，醜惡

例 醜いアヒルの子が生まれた。

譯 生出醜小鴨。

---

17 ｜みりょく【魅力】

(名) 魅力，吸引力

例 魅力がある。

譯 有魅力。

7-6 態度、性格 (1) /
態度、性格 (1)

---

01 ｜あいまい【曖昧】

(形動) 含糊，不明確，曖昧，模稜兩可；可疑，不正經

例 曖昧な態度をとる。

譯 採取模稜兩可的態度。

---

02 ｜あつかましい【厚かましい】

(形) 厚臉皮的，無恥

例 厚かましいお願いですが。

譯 真是不情之請，不過……。

---

03 ｜あやしい【怪しい】

(形) 奇怪的，可疑的；靠不住的，難以置信；奇異，特別；笨拙；關係曖昧的

例 動きが怪しい。

譯 行徑可疑的。

---

04 ｜あわただしい【慌ただしい】

(形) 匆匆忙忙的，慌慌張張的

例 あわただしい毎日がやってくる。

譯 匆匆忙忙的每一天即將到來。

---

05 ｜いきいき【生き生き】

(副・自サ) 活潑，生氣勃勃，栩栩如生

例 生き生きとした表情をしている。

譯 一副生動的表情。

---

06 ｜いさましい【勇ましい】

(形) 勇敢的，振奮人心的；活潑的；(俗) 有勇無謀

例 勇ましく立ち向かう。

譯 勇往直前。

---

07 ｜いちだんと【一段と】

(副) 更加，越發

例 一段と美しくなった。

譯 變得更加美麗。

---

08 ｜いばる【威張る】

(自五) 誇耀，逞威風

例 部下に威張る。
譯 對部下擺架子。

09 ｜うろうろ

(副・自サ) 徘徊；不知所措，張慌失措
例 慌ててうろうろする。
譯 慌張得不知所措。

10 ｜おおざっぱ【大雑把】

(形動) 草率，粗枝大葉；粗略，大致
例 大雑把な見積もりを出す。
譯 拿出大致的估計。

11 ｜おちつく【落ち着く】

(自五) (心神，情緒等)穩靜；鎮靜，安祥；
穩坐，穩當；(長時間)定居；有頭緒；
淡雅，協調
例 落ち着いた人になりたい。
譯 想成為穩重沈著的人。

12 ｜かしこい【賢い】

(形) 聰明的，周到，賢明的
例 賢いやり方があった。
譯 有聰明的作法。

13 ｜かっき【活気】

(名) 活力，生氣；興旺
例 活気にあふれる。
譯 充滿活力。

14 ｜かって【勝手】

(形動) 任意，任性，隨便
例 勝手な行動を取る。
譯 採取專斷的行動。

15 ｜からかう

(他五) 逗弄，調戲
例 子供をからかう。
譯 逗小孩。

16 ｜かわいがる【可愛がる】

(他五) 喜愛，疼愛；嚴加管教，教訓
例 子供を可愛がる。
譯 疼愛小孩。

17 ｜かわいらしい【可愛らしい】

(形) 可愛的，討人喜歡；小巧玲瓏
例 可愛らしい猫が出迎えてくれる。
譯 可愛的貓出來迎接我。

18 ｜かんげい【歓迎】

(名・他サ) 歡迎
例 歓迎を受ける。
譯 受歡迎。

19 ｜きげん【機嫌】

(名) 心情，情緒
例 機嫌を取る。
譯 討好，取悅。

20 ｜ぎょうぎ【行儀】

(名) 禮儀，禮節，舉止
例 行儀が悪い。
譯 沒有禮貌。

21 ｜くどい
形 冗長乏味的，（味道）過於膩的
例 表現がくどい。
譯 表現過於繁複。

22 ｜けってん【欠点】
名 缺點，欠缺，毛病
例 欠点を改める。
譯 改正缺點。

23 ｜けんきょ【謙虚】
形動 謙虚
例 謙虚に反省する。
譯 虚心地反省。

24 ｜けんそん【謙遜】
名・形動・自サ 謙遜，謙虚
例 謙遜の文化を持つ。
譯 擁有謙虚文化。

25 ｜けんめい【懸命】
形動 拼命，奮不顧身，竭盡全力
例 懸命にこらえる。
譯 拼命忍耐。

26 ｜ごういん【強引】
形動 強行，強制，強勢
例 強引なやり方が批判される。
譯 強勢的做法深受批評。

27 ｜じぶんかって【自分勝手】
形動 任性，恣意妄為

例 あの人は自分勝手だ。
譯 那個人很任性。

28 ｜じゅんじょう【純情】
名・形動 純真，天真
例 純情な青年を騙す。
譯 欺騙純真的少年。

29 ｜じゅんすい【純粋】
名・形動 純粹的，道地；純真，純潔，無雜念的
例 純粋な動機を持つ。
譯 擁有純正的動機。

30 ｜じょうしき【常識】
名 常識
例 常識がない。
譯 沒有常識。

7-6 態度、性格 (2) /
態度、性格 (2)

31 ｜しんちょう【慎重】
名・形動 慎重，穩重，小心謹慎
例 慎重な態度をとる。
譯 採取慎重的態度。

32 ｜ずうずうしい【図々しい】
形 厚顔，厚皮臉，無恥
例 ずうずうしい人が溢れている。
譯 到處都是厚臉皮的人。

33 ｜すなお【素直】

(形動) 純真，天真的，誠摯的，坦率的；大方，工整，不矯飾的；（沒有毛病）完美的，無暇的

例 素直な女性がタイプだ。

譯 我喜歡純真的女性。

34 ｜せきにんかん【責任感】

(名) 責任感

例 責任感が強い。

譯 責任感很強。

35 ｜そそっかしい

(形) 冒失的，輕率的，毛手毛腳的，粗心大意的

例 そそっかしい人に忘れ物が多い。

譯 冒失鬼經常忘東忘西的。

36 ｜たいそう【大層】

(形動・副) 很，非常，了不起；過份的，誇張的

例 たいそうな口をきく。

譯 誇大其詞。

37 ｜たっぷり

(副・自サ) 足夠，充份，多；寬綽，綽綽有餘；（接名詞後）充滿（某表情、語氣等）

例 自信たっぷりだ。

譯 充滿自信。

38 ｜たのもしい【頼もしい】

(形) 靠得住的；前途有為的，有出息的

例 頼もしい人が好きだ。

譯 我喜歡可靠的人。

39 ｜だらしない

(形) 散慢的，邋遢的，不檢點的；不爭氣的，沒出息的，沒志氣

例 金にだらしない。

譯 用錢沒計畫。

40 ｜たんじゅん【単純】

(名・形動) 單純，簡單；無條件

例 単純な計算ができない。

譯 無法做到簡單的計算。

41 ｜たんしょ【短所】

(名) 缺點，短處

例 短所を直す。

譯 改正缺點。

42 ｜ちょうしょ【長所】

(名) 長處，優點

例 長所を生かす。

譯 發揮長處。

43 ｜つよき【強気】

(名・形動) （態度）強硬，（意志）堅決；（行情）看漲

例 強気で談判する。

譯 以強硬的態度進行談判。

44 ｜とくしょく【特色】

(名) 特色，特徵，特點，特長

例 特色を生かす。

譯 發揮特長。

45 ｜ とくちょう【特長】

㊎ 專長

例 特長を生かす。

譯 活用專長。

46 ｜ なまいき【生意気】

㊛・㊥ 驕傲，狂妄；自大，逞能，臭美，神氣活現

例 生意気を言う。

譯 說大話。

47 ｜ なまける【怠ける】

㊙ 懶惰，怠惰

例 仕事を怠ける。

譯 工作怠惰。

48 ｜ にこにこ

㊕・㊙ 笑嘻嘻，笑容滿面

例 にこにこする。

譯 笑嘻嘻。

49 ｜ にっこり

㊕・㊙ 微笑貌，莞爾，嫣然一笑，微微一笑

例 にっこりと笑う。

譯 莞爾一笑。

50 ｜ のんき【呑気】

㊛・㊥ 悠閑，無憂無慮；不拘小節，不慌不忙；蠻不在乎，漫不經心

例 呑気に暮らす。

譯 悠閒度日。

51 ｜ パターン【pattern】

㊎ 形式，樣式，模型；紙樣；圖案，花樣

例 行動のパターンが変わった。

譯 行動模式改變了。

52 ｜ はんこう【反抗】

㊛・㊙ 反抗，違抗，反擊

例 命令に反抗する。

譯 違抗命令。

53 ｜ ひきょう【卑怯】

㊛・㊥ 怯懦，卑怯；卑鄙，無恥

例 卑怯なやり方だ。

譯 卑鄙的作法。

54 ｜ ふけつ【不潔】

㊛・㊥ 不乾淨，骯髒；（思想）不純潔

例 不潔な心を起こす。

譯 生起骯髒的心。

55 ｜ ふざける【巫山戲る】

㊙ 開玩笑，戲謔；愚弄人，戲弄人；（男女）調情，調戲；（小孩）吵鬧

例 謝罪しないだと、ふざけるな。

譯 說不謝罪，開什麼玩笑。

56 ｜ ふとい【太い】

㊙ 粗的；肥胖；膽子大；無恥，不要臉；聲音粗

例 神経が太い。

譯 粗枝大葉。

57 | ふるまう【振舞う】

(自五・他五)（在人面前的）行為，動作；
請客，招待，款待
例 愛想よく振舞う。
譯 舉止和藹可親。

58 | ふんいき【雰囲気】

(名) 氣氛，空氣
例 雰囲気が明るい。
譯 愉快的氣氛。

59 | ほがらか【朗らか】

(形動)（天氣）晴朗，萬里無雲；明朗，
開朗；（聲音）嘹亮；（心情）快活
例 朗らかな顔が印象的でした。
譯 愉快的神色令人印象深刻。

60 | まごまご

(名・自サ) 不知如何是好，惶張失措，手
忙腳亂；閒蕩，遊蕩，懶散
例 出口が分からずまごまごしている。
譯 找不到出口，不知如何是好。

61 | もともと

(名・副) 與原來一樣，不增不減；從來，
本來，根本
例 彼は元々親切な人だ。
譯 他原本就是熱心的人。

62 | ゆうじゅうふだん【優柔不断】

(名・形動) 優柔寡斷
例 優柔不断な性格でも可愛い。
譯 優柔寡斷的個性也很可愛。

63 | ゆうゆう【悠々】

(副・形動) 悠然，不慌不忙；綽綽有餘，
充分；（時間）悠久，久遠；（空間）浩瀚
無垠
例 悠々と歩く。
譯 不慌不忙地走。

64 | よう【様】

(名・形動) 樣子，方式；風格；形狀
例 話し様が悪い。
譯 說的方式不好。

65 | ようき【陽気】

(名・形動) 季節，氣候，陽氣（萬物發育之
氣）；爽朗，快活；熱鬧，活躍
例 陽気になる。
譯 變得爽朗快活。

66 | ようじん【用心】

(名・自サ) 注意，留神，警惕，小心
例 用心深い人だ。
譯 非常謹慎自保的人。

67 | ようち【幼稚】

(名・形動) 年幼的；不成熟的，幼稚的
例 幼稚な議論が続いている。
譯 幼稚的爭論持續著。

68 | よくばり【欲張り】

(名・形動) 貪婪，貪得無厭（的人）
例 欲張りな人に悩まされている。
譯 因貪得無厭的人而感到頭痛。

69 ｜よゆう【余裕】

名 富餘，剩餘；寬裕，充裕

例 余裕がある。

譯 綽綽有餘。

70 ｜らくてんてき【楽天的】

形動 樂觀的

例 楽天的な性格が裏目に出る。

譯 因樂天的性格而起反效果。

71 ｜りこしゅぎ【利己主義】

名 利己主義

例 利己主義はよくない。

譯 利己主義是不好的。

72 ｜れいせい【冷静】

名・形動 冷靜，鎮靜，沉著，清醒

例 冷静を保つ。

譯 保持冷靜。

7-7 人間関係 (1) /
人際關係 (1)

01 ｜おたがいさま【お互い様】

名・形動 彼此，互相

例 お互い様です。

譯 彼此彼此。

02 ｜かんせつ【間接】

名 間接

例 間接的に影響する。

譯 間接影響。

03 ｜きょうりょく【強力】

名・形動 力量大，強力，強大

例 強力な味方になる。

譯 成為強大的夥伴。

04 ｜こうさい【交際】

名・自サ 交際，交往，應酬

例 交際がひろい。

譯 交際廣。

05 ｜こうりゅう【交流】

名・自サ 交流，往來；交流電

例 交流を深める。

譯 深入交流。

06 ｜さく【裂く】

他五 撕開，切開；扯散；分出，擠出，勻出；破裂，分裂

例 二人の仲を裂く。

譯 兩人關係破裂。

07 ｜じょうげ【上下】

名・自他サ （身分、地位的）高低，上下，低賤

例 上下関係にうるさい。

譯 非常注重上下關係。

08 ｜すき【隙】

名 空隙，縫；空暇，功夫，餘地；漏洞，可乘之機

例 隙に付け込む。

譯 鑽漏洞。

09 ｜せっする【接する】

(自他サ) 接觸；連接，靠近；接待，應酬；連結，接上；遇上，碰上

例 多くの人に接する。

譯 認識許多人。

10 ｜そうご【相互】

(名) 相互，彼此；輪流，輪班；交替，交互

例 相互に依存する。

譯 互相依賴。

11 ｜そんざい【存在】

(名・自サ) 存在，有；人物，存在的事物；存在的理由，存在的意義

例 級友から存在を無視された。

譯 同學無視他的存在。

12 ｜そんちょう【尊重】

(名・他サ) 尊重，重視

例 人権を尊重する。

譯 尊重人權。

13 ｜たちば【立場】

(名) 立腳點，站立的場所；處境；立場，觀點

例 立場が変わる。

譯 立場改變。

14 ｜たにん【他人】

(名) 別人，他人；（無血緣的）陌生人，外人；局外人

例 赤の他人を家族だと思えるのか。

譯 能否把毫無關係的人當作家人呢？

15 ｜たまたま【偶々】

(副) 偶然，碰巧，無意間；偶爾，有時

例 たまたま出会う。

譯 偶然遇見。

16 ｜たより【便り】

(名) 音信，消息，信

例 便りが絶える。

譯 音信中斷。

17 ｜たよる【頼る】

(自他五) 依靠，依賴，仰仗；拄著；投靠，找門路

例 兄を頼りにする。

譯 依靠哥哥。

18 ｜つきあい【付き合い】

(名・自サ) 交際，交往，打交道；應酬，作陪

例 付き合いがある。

譯 有交往。

19 ｜であい【出会い】

(名) 相遇，不期而遇，會合；幽會；河流會合處

例 別れと出会い。

譯 分離及相遇。

20 ｜てき【敵】

(名・漢造) 敵人，仇敵；（競爭的）對手；障礙，大敵；敵對，敵方

例 敵に回す。

譯 與…為敵。

7-7 人間関係 (2) /
人際關係 (2)

21 ｜どういつ【同一】

(名・形動) 同樣，相同；相等，同等

例 同一歩調を取る。

譯 採取同一步調。

---

22 ｜とけこむ【溶け込む】

(自五) (理、化)融化，溶解，熔化；融合，融

例 チームに溶け込む。

譯 融入團隊。

---

23 ｜とも【友】

(名) 友人，朋友；良師益友

例 友となる。

譯 成為朋友。

---

24 ｜なかなおり【仲直り】

(名・自サ) 和好，言歸於好

例 弟と仲直りする。

譯 與弟弟和好。

---

25 ｜なかま【仲間】

(名) 伙伴，同事，朋友；同類

例 仲間に入る。

譯 加入夥伴。

---

26 ｜なかよし【仲良し】

(名) 好朋友；友好，相好

例 仲良しになる。

譯 成為好友。

---

27 ｜ばったり

(副) 物體突然倒下(跌落)貌；突然相遇貌；
突然終止貌

例 ばったり (と) 会う。

譯 突然遇到。

---

28 ｜はなしあう【話し合う】

(自五) 對話，談話；商量，協商，談判

例 楽しく話し合う。

譯 相談甚歡。

---

29 ｜はなしかける【話しかける】

(自下一) (主動)跟人説話，攀談；開始談，
開始説

例 子供に話しかける。

譯 跟小孩説話。

---

30 ｜はなはだしい【甚だしい】

(形) (不好的狀態)非常，很，甚

例 甚だしい誤解がある。

譯 有很大的誤會。

---

31 ｜ひっかかる【引っ掛かる】

(自五) 掛起來，掛上，卡住；連累，牽累；
受騙，上當；心裡不痛快

例 甘い言葉に引っ掛かる。

譯 被花言巧語騙過去。

---

32 ｜へだてる【隔てる】

(他下一) 隔開，分開；(時間)相隔；遮擋；
離間；不同，有差別

例 友達の仲を隔てる。

譯 離間朋友之間的關係。

33 ｜ぼろ【襤褸】

(名) 破布，破爛衣服；破爛的狀態；破綻，缺點

例 ぼろが出る。

譯 露出破綻。

34 ｜まさつ【摩擦】

(名・自他サ) 摩擦；不和睦，意見紛歧，不合

例 摩擦が起こる。

譯 產生分歧。

35 ｜まちあわせる【待ち合わせる】

(自他下一)（事先約定的時間、地點）等候，會面，碰頭

例 駅で4時に待ち合わせる。

譯 四點在車站見面。

36 ｜みおくる【見送る】

(他五) 目送；送別；（把人）送到（某的地方）；觀望，擱置，暫緩考慮；送葬

例 友達を見送る。

譯 送朋友。

37 ｜みかた【味方】

(名・自サ) 我方，自己的這一方；夥伴

例 味方に引き込む。

譯 拉入自己一夥。

38 ｜ゆうこう【友好】

(名) 友好

例 友好を深める。

譯 加深友好關係。

39 ｜ゆうじょう【友情】

(名) 友情

例 友情を結ぶ。

譯 結交朋友。

40 ｜りょう【両】

(漢造) 雙，兩

例 両者の合意が必要だ。

譯 需要雙方的同意。

41 ｜わ【和】

(名) 和，人和；停止戰爭，和好

例 和を保つ。

譯 保持和諧。

42 ｜わるくち・わるぐち【悪口】

(名) 壞話，誹謗人的話；罵人

例 悪口を言う。

譯 説壞話。

7-8 神仏、化け物 /
神佛、怪物

01 ｜あくま【悪魔】

(名) 惡魔，魔鬼

例 悪魔を払う。

譯 驅逐魔鬼。

02 ｜おがむ【拝む】

(他五) 叩拜；合掌作揖；懇求，央求；瞻仰，見識

例 神様を拝む。

譯 拜神。

03 ｜おに【鬼】

(名・接頭) 鬼：人們想像中的怪物，具有人的形狀，有角和獠牙。也指沒有人的感情的冷酷的人。熱衷於一件事的人。也引申為大型的，突出的意思。

例 鬼に金棒。

譯 如虎添翼。

04 ｜おばけ【お化け】

(名) 鬼；怪物

例 お化け屋敷に入る。

譯 進到鬼屋。

05 ｜おまいり【お参り】

(名・自サ) 參拜神佛或祖墳

例 神社にお参りする。

譯 到神社參拜。

06 ｜おみこし【お神輿・お御輿】

(名) 神轎；(俗)腰

例 お神輿を担ぐ。

譯 扛神轎。

07 ｜かみ【神】

(名) 神，神明，上帝，造物主；(死者的)靈魂

例 神に祈る。

譯 向神禱告。

08 ｜かみさま【神様】

(名) (神的敬稱)上帝，神；(某方面的)專家，活神仙，(接在某方面技能後)…之神

例 神様を信じる。

譯 信神。

09 ｜しんこう【信仰】

(名・他サ) 信仰，信奉

例 信仰を持つ。

譯 有信仰。

10 ｜しんわ【神話】

(名) 神話

例 神話になる。

譯 成為神話。

11 ｜せい【精】

(名) 精，精靈；精力

例 森の精が宿る。

譯 存有森林的精靈。

12 ｜ほとけ【仏】

(名) 佛，佛像；(佛一般)溫厚，仁慈的人；死者，亡魂

例 仏に祈る。

譯 向佛祈禱。

親族

- 親屬 -

8-1 家族 /
家族

01 | あまやかす【甘やかす】

(他五) 嬌生慣養，縱容放任；嬌養，嬌寵

例 甘やかして育てる。

譯 嬌生慣養。

02 | いっか【一家】

(名) 一所房子；一家人；一個團體；一派

例 一家の主が亡くなった。

譯 一家之主去世。

03 | おい【甥】

(名) 姪子，外甥

例 叔父甥の間柄だけだった。

譯 僅只是叔姪的關係。

04 | おやこ【親子】

(名) 父母和子女

例 仲の良い親子だ。

譯 感情融洽的親子。

05 | ぎゃくたい【虐待】

(名・他サ) 虐待

例 児童虐待は深刻な問題だ。

譯 虐待兒童是很嚴重的問題。

06 | こうこう【孝行】

(名・自サ・形動) 孝敬，孝順

例 孝行を尽くす。

譯 盡孝心。

07 | ささえる【支える】

(他下一) 支撐；維持，支持；阻止，防止

例 暮らしを支える。

譯 維持生活。

08 | しまい【姉妹】

(名) 姉妹

例 三人姉妹が 100 円ショップを営んでいる。

譯 姉妹三人經營著百元商店。

09 | しんせき【親戚】

(名) 親戚，親屬

例 親戚のおじさんがかっこいい。

譯 我叔叔很帥氣。

10 | しんるい【親類】

(名) 親戚，親屬；同類，類似

例 親類づきあい。

譯 像親戚一樣往來

11 | せい【姓】

(名・漢造) 姓氏；族，血族；（日本古代的）氏族姓，稱號

例 姓が変わる。

譯 改姓。

12 | ぜんぱん【全般】

(名) 全面，全盤，通盤

例 生活全般にわたる。

譯 遍及所有生活的方方面面。

13 | つれ【連れ】

(名・接尾) 同伴，伙伴；（能劇，狂言的）配角

例 子供連れの客が多い。

譯 有許多帶小孩的客人。

14 | どくしん【独身】

(名) 單身

例 独身で暮らしている。

譯 獨自一人過生活。

15 | ははおや【母親】

(名) 母親

例 母親のいない子になってしまう。

譯 成為無母之子。

16 | ぶじ【無事】

(名・形動) 平安無事，無變故；健康；最好，沒毛病；沒有過失

例 無事を知らせる。

譯 報平安。

8-2 夫婦 /
夫婦

01 | おくさま【奥様】

(名) 尊夫人，太太

例 奥様はお元気ですか。

譯 尊夫人別來無恙？

02 | こんやく【婚約】

(名・自サ) 訂婚，婚約

例 婚約を発表する。

譯 宣佈訂婚訊息。

03 | ともに【共に】

(副) 共同，一起，都；隨著，隨同；全，都，均

例 一生を共にする。

譯 終生在一起。

04 | にょうぼう【女房】

(名)（自己的）太太，老婆

例 世話女房が付いている。

譯 有位對丈夫照顧周到的妻子。

05 | はなよめ【花嫁】

(名) 新娘

例 花嫁の姿がひときわ映える。

譯 新娘的打扮格外耀眼奪目。

06 | ふさい【夫妻】

(名) 夫妻

例 林氏夫妻を招く。

譯 邀請林氏夫婦。

07 ｜ふじん【夫人】

名 夫人
例 夫人同伴で出席する。
譯 與夫人一同出席。

08 ｜よめ【嫁】

名 兒媳婦，妻，新娘
例 嫁にいく。
譯 嫁人。

N2 ● 8-3

8-3 先祖、親 /
祖先、父母

01 ｜せんぞ【先祖】

名 始祖；祖先，先人
例 先祖の墓がある。
譯 祖先的墳墓。

02 ｜そせん【祖先】

名 祖先
例 祖先から伝わる。
譯 從祖先代代流傳下來。

03 ｜だい【代】

名・漢造 代，輩；一生，一世；代價
例 代が変わる。
譯 換代。

04 ｜ちちおや【父親】

名 父親
例 父親に似る。
譯 和父親相像。

05 ｜つとめ【務め】

名 本分，義務，責任
例 親の務めを果たす。
譯 完成父母的義務。

06 ｜どくりつ【独立】

名・自サ 孤立，單獨存在；自立，獨立，
不受他人援助
例 親から独立する。
譯 脫離父母獨立。

07 ｜はか【墓】

名 墓地，墳墓
例 墓まいりする。
譯 上墳祭拜。

08 ｜ふぼ【父母】

名 父母，雙親
例 父母の膝下を離れる。
譯 離開父母。

09 ｜まいる【参る】

自五・他五 (敬)去，來；參拜(神佛)；認輸；
受不了，吃不消；(俗)死；(文)(從前
婦女寫信，在收件人的名字右下方寫的
敬語)鈞啟；(古)獻上；吃，喝；做
例 お墓に参る。
譯 去墓地參拜。

10 ｜まつる【祭る】

他五 祭祀，祭奠；供奉
例 先祖をまつる。
譯 祭祀先祖。

8-4 子、子孫 /
孩子、子孫

01 │ おさない【幼い】
㊟ 幼小的，年幼的；孩子氣，幼稚的
例 幼い子供がいる。
譯 有幼小的孩子。

02 │ しそん【子孫】
㊟ 子孫；後代
例 子孫の繁栄を願う。
譯 祈求多子多孫。

03 │ すえっこ【末っ子】
㊟ 最小的孩子
例 末っ子に生まれる。
譯 我是么兒。

04 │ すがた【姿】
㊟·接尾 身姿，身段；裝束，風采；形跡，身影；面貌，狀態；姿勢，形象
例 姿が消える。
譯 消失蹤跡。

05 │ てきする【適する】
自サ (天氣、飲食、水土等)適宜，適合；適當，適宜於(某情況)；具有做某事的資格與能力
例 子供に適した映画を紹介する。
譯 介紹適合兒童觀賞的電影。

06 │ ふたご【双子】
㊟ 雙胞胎，孿生；雙
例 双子を生んだ。
譯 生了雙胞胎。

07 │ むけ【向け】
造語 向，對
例 子供向けの番組が減った。
譯 以小孩為對象的節目減少了。

パート 9 動物
第九章
- 動物 -

9-1 動物の仲間 /
動物類

01 ｜いきもの【生き物】
(名) 生物，動物；有生命力的東西，活的東西
例 生き物を殺す。
譯 殺生。

02 ｜うお【魚】
(名) 魚
例 うお座に入る。
譯 進入雙魚座。

03 ｜うさぎ【兎】
(名) 兔子
例 ウサギの登り坂だ。
譯 事情順利進行。

04 ｜えさ【餌】
(名) 飼料，飼食
例 鳥に餌をやる。
譯 餵鳥飼料。

05 ｜か【蚊】
(名) 蚊子
例 蚊に刺される。
譯 被蚊子咬。

06 ｜きんぎょ【金魚】
(名) 金魚
例 金魚すくいが楽しい。
譯 撈金魚很有趣。

07 ｜さる【猿】
(名) 猴子，猿猴
例 猿も木から落ちる。
譯 智者千慮必有一失。

08 ｜す【巣】
(名) 巢，窩，穴；賊窩，老巢；家庭；蜘蛛網
例 巣離れをする。
譯 離巢，出窩。

09 ｜ぜつめつ【絶滅】
(名・自他サ) 滅絕，消滅，根除
例 絶滅の危機に瀕する。
譯 瀕臨絕種。

10 ｜ぞう【象】
(名) 大象
例 アフリカ象は絶滅の危機にある。
譯 非洲象面臨滅亡的危機。

11 | ぞくする【属する】

(自サ) 屬於，歸於，從屬於；隸屬，附屬

例 虎はネコ科に属する。

譯 老虎屬於貓科。

12 | つばさ【翼】

(名) 翼，翅膀；(飛機)機翼；(風車)翼板；使者，使節

例 想像の翼が広がる。

譯 想像的翅膀擴展開來。

13 | とら【虎】

(名) 老虎

例 虎の尾を踏む。

譯 若蹈虎尾。

14 | とる【捕る】

(他五) 抓，捕捉，逮捕

例 鼠を捕る。

譯 捉老鼠。

15 | なでる【撫でる】

(他下一) 摸，撫摸；梳理(頭髮)；撫慰，安撫

例 犬の頭を撫でる。

譯 撫摸狗的頭。

16 | なれる【馴れる】

(自下一) 馴熟

例 この馬は人に馴れている。

譯 這匹馬很親人。

17 | にわとり【鶏】

(名) 雞

例 鶏を飼う。

譯 養雞。

18 | ねずみ

(名) 老鼠

例 ねずみが出る。

譯 有老鼠。

19 | むれ【群れ】

(名) 群，伙，幫；伙伴

例 群れになる。

譯 結成群。

9-2 動物の動作、部位 /
動物的動作、部位

01 | かけまわる【駆け回る】

(自五) 到處亂跑

例 子犬が駆け回る。

譯 小狗到處亂跑。

02 | きば【牙】

(名) 犬齒，獠牙

例 ライオンの牙が獲物を噛み砕く。

譯 獅子的尖牙咬碎獵物。

03 | しっぽ【尻尾】

(名) 尾巴；末端，末尾；尾狀物

例 しっぽを出す。

譯 露出馬腳。

04 | はう【這う】

(自五) 爬，爬行；(植物)攀纏，緊貼；(趴)下

例 蛇が這う。

譯 蛇在爬行。

05 | はね【羽】

(名) 羽毛；(鳥與昆蟲等的)翅膀；(機器等)翼，葉片；箭翎

例 羽を伸ばす。

譯 無所顧慮，無拘無束。

06 | はねる【跳ねる】

(自下一) 跳，蹦起；飛濺；散開，散場；爆裂開

例 馬がはねる。

譯 馬騰躍。

07 | ほえる【吠える】

(自下一) (狗、犬獸等)吠，吼；(人)大聲哭喊，喊叫

例 犬が吠える。

譯 狗吠叫。

Memo

_____ _____

_____ _____

_____ _____

_____ _____

_____ _____

_____ _____

_____ _____

_____ _____

_____ _____

_____ _____

植物
- 植物 -

10-1 野菜、果物 /
蔬菜、水果

01 │いちご【苺】
(名) 草莓
例 苺を栽培する。
譯 種植草莓。

02 │うめ【梅】
(名) 梅花，梅樹；梅子
例 梅の実をたくさんつける。
譯 梅樹結了許多梅子。

03 │かじつ【果実】
(名) 果實，水果
例 果実が実る。
譯 結出果實。

04 │じゃがいも【じゃが芋】
(名) 馬鈴薯
例 じゃが芋を茹でる。
譯 用水煮馬鈴薯。

05 │すいか【西瓜】
(名) 西瓜
例 西瓜を冷やす。
譯 冰鎮西瓜。

06 │たね【種】
(名) (植物的)種子，果核；(動物的)品種；
原因，起因；素材，原料
例 種を吐き出す。
譯 吐出種子。

07 │まめ【豆】
(名・接頭) (總稱)豆；大豆；小的，小型；
(手腳上磨出的)水泡
例 豆を撒く。
譯 撒豆子。

08 │み【実】
(名) (植物的)果實；(植物的)種子；成功，
成果；內容，實質
例 実がなる。
譯 結果。

09 │みのる【実る】
(自五) (植物)成熟，結果；取得成績，
獲得成果，結果實
例 柿が実る。
譯 結柿子。

10 │もも【桃】
(名) 桃子
例 桃のおいしい季節がやってきた。
譯 到了桃子的盛產期。

10-2 草、木、樹木 /
草木、樹木

01 ｜いね【稲】
名 水稲，稲子
例 稲を刈る。
譯 割稻。

02 ｜うえき【植木】
名 植種的樹；盆景
例 植木を植える。
譯 種樹。

03 ｜がいろじゅ【街路樹】
名 行道樹
例 街路樹がきれいだ。
譯 行道樹很漂亮。

04 ｜こうよう【紅葉】
名・自サ 紅葉；變成紅葉
例 紅葉を見る。
譯 賞楓葉。

05 ｜こくもつ【穀物】
名 五穀，糧食
例 穀物を輸入する。
譯 進口五穀。

06 ｜こむぎ【小麦】
名 小麥
例 小麦粉をこねる。
譯 揉麵粉糰。

07 ｜しなやか
形動 柔軟，和軟；巍巍顫顫，有彈性；優美，柔和，溫柔
例 しなやかな竹は美しい。
譯 柔軟的竹子美極了。

08 ｜しばふ【芝生】
名 草皮，草地
例 芝生に寝転ぶ。
譯 睡在草地上。

09 ｜しょくぶつ【植物】
名 植物
例 植物を育てる。
譯 種植植物。

10 ｜すぎ【杉】
名 杉樹，杉木
例 杉の花粉が飛び始めた。
譯 杉樹的花粉開始飛散。

11 ｜たいぼく【大木】
名 大樹，巨樹
例 百年を超える大木がある。
譯 有百年以上的大樹。

12 ｜たけ【竹】
名 竹子
例 竹が茂る。
譯 竹林繁茂。

13 ｜なみき【並木】

名 街樹，路樹；並排的樹木

例 並木道がきれいでした。

譯 蔭林大道美極了。

14 ｜まつ【松】

名 松樹，松木；新年裝飾正門的松枝，裝飾松枝的期間

例 松を植える。

譯 種植松樹。

15 ｜もみじ【紅葉】

名 紅葉；楓樹

例 紅葉を楽しむ。

譯 觀賞紅葉。

10-3 植物関連のことば／
植物相關用語

01 ｜うわる【植わる】

自五 栽上，栽植

例 桃が植わっている。

譯 種著桃樹。

02 ｜えんげい【園芸】

名 園藝

例 園芸を楽しむ。

譯 享受園藝。

03 ｜おんしつ【温室】

名 溫室，暖房

例 温室で苺を作る。

譯 在溫室栽培草莓。

04 ｜から【殻】

名 外皮，外殼

例 殻を脱ぐ。

譯 脫殼，脫皮。

05 ｜かる【刈る】

他五 割，剪，剃

例 草を刈る。

譯 割草。

06 ｜かれる【枯れる】

自上一 枯萎，乾枯；老練，造詣精深；(身材)枯瘦

例 作物が枯れる。

譯 作物枯萎。

07 ｜かんさつ【観察】

名・他サ 觀察

例 植物を観察する。

譯 觀察植物。

08 ｜さくもつ【作物】

名 農作物；莊稼

例 園芸作物を栽培する。

譯 栽培園藝作物。

09 ｜しげる【茂る】

自五 (草木)繁茂，茂密

例 雑草が茂る。

譯 雜草茂密。

10 ｜しぼむ【萎む・凋む】

自五 枯萎，凋謝；扁掉

例 花がしぼむ。
訳 花兒凋謝。

例 鉢植えの手入れをする。
訳 照顧盆栽。

11 | ちらばる【散らばる】
(自五) 分散；散亂
例 花びらが散らばる。
訳 花瓣散落。

17 | まく【蒔く】
(他五) 播種；(在漆器上)畫泥金畫
例 種を蒔く。
訳 播種。

12 | なる【生る】
(自五) (植物)結果；生，產出
例 柿が生る。
訳 長出柿子。

18 | みつ【蜜】
(名) 蜜；花蜜；蜂蜜
例 花の蜜を吸う。
訳 吸花蜜。

13 | におう【匂う】
(自五) 散發香味，有香味；(顏色)鮮豔美麗；隱約發出，使人感到似乎…
例 花が匂う。
訳 花散發出香味。

19 | め【芽】
(名) (植)芽
例 芽が出る。
訳 發芽。

14 | ね【根】
(名) (植物的)根；根底；根源，根據；天性，根本
例 根がつく。
訳 生根。

20 | ようぶん【養分】
(名) 養分
例 養分を吸收する。
訳 吸收養分。

15 | はち【鉢】
(名) 缽盆；大碗；花盆；頭蓋骨
例 バラを鉢に植える。
訳 玫瑰花種在花盆裡。

21 | わかば【若葉】
(名) 嫩葉、新葉
例 若葉が萌える。
訳 長出新葉。

16 | はちうえ【鉢植え】
(名) 盆栽

11-1 物、物質 /
物、物質

01 | えきたい【液体】

(名) 液體

例 液体に浸す。

譯 浸泡在液體之中。

02 | かたまり【塊】

(名・接尾) 塊狀，疙瘩；集團；極端…的人

例 欲の塊が踊っている。

譯 貪得無厭的人上竄下跳。

03 | かたまる【固まる】

(自五)（粉末、顆粒、黏液等）變硬，凝固；固定，成形；集在一起，成群；熱中，篤信（宗教等）

例 粘土が固まる。

譯 把黏土捏成一塊。

04 | きたい【気体】

(名)（理）氣體

例 気体は通すが水は通さない。

譯 氣體可通過，但水無法通過。

05 | きんぞく【金属】

(名) 金屬，五金

例 金属は熱で溶ける。

譯 金屬被熱熔化。

06 | くず【屑】

(名) 碎片；廢物，廢料（人）；（挑選後剩下的）爛貨

例 人間のくずだ。

譯 無用的人。

07 | げすい【下水】

(名) 污水，髒水，下水；下水道的簡稱

例 下水処理場に届く。

譯 抵達污水處理場。

08 | こうぶつ【鉱物】

(名) 礦物

例 豊かな鉱物資源に恵まれる。

譯 豐富的礦資源。

09 | こたい【固体】

(名) 固體

例 固体に変わる。

譯 變成固體。

10 | こな【粉】

(名) 粉，粉末，麵粉

例 粉になる。

譯 變成粉末。

11 ｜こんごう【混合】

名・自他サ 混合

例 砂と小石を混合する。

譯 混合砂和小石子。

12 ｜さび【錆】

名（金屬表面因氧化而生的）鏽；（轉）惡果

例 金属が錆付く。

譯 金屬生鏽。

13 ｜さんせい【酸性】

名（化）酸性

例 尿が酸性になる。

譯 尿變成酸性的。

14 ｜さんそ【酸素】

名（理）氧氣

例 酸素マスクをつける。

譯 戴上氧氣面具。

15 ｜すいそ【水素】

名 氫

例 水素を含む。

譯 含氫。

16 ｜せいぶん【成分】

名（物質）成分，元素；（句子）成分；（數）成分

例 成分を分析する。

譯 分析成分。

17 ｜ダイヤモンド【diamond】

名 鑽石

例 大きなダイヤモンドをずらりと並べる。

譯 大顆鑽石排成一排。

18 ｜たから【宝】

名 財寶，珍寶；寶貝，金錢

例 国の宝に指定された。

譯 被指定為國寶。

19 ｜ちしつ【地質】

名（地）地質

例 地質を調べる。

譯 調查地質。

20 ｜つち【土】

名 土地，大地；土壤，土質；地面，地表；地面土，泥土

例 土が乾く。

譯 土地乾旱。

21 ｜つぶ【粒】

名・接尾（穀物的）穀粒；粒，丸，珠；（數小而圓的東西）粒，滴，丸

例 麦の粒が大きい。

譯 麥粒很大。

22 ｜てつ【鉄】

名 鐵

例 鉄の意志が生んだ。

譯 產生如鋼鐵般的意志。

23 ｜どう【銅】

名 銅

例 銅を含む。

譯 含銅。

24 | とうめい【透明】

(名・形動) 透明；純潔，單純
例 透明なガラスで仕切られた。
譯 被透明的玻璃隔開。

25 | どく【毒】

(名・自サ・漢造) 毒，毒藥；毒害，有害；
惡毒，毒辣
例 毒にあたる。
譯 中毒。

26 | はなび【花火】

(名) 煙火
例 花火を打ち上げる。
譯 放煙火。

27 | はへん【破片】

(名) 破片，碎片
例 ガラスの破片が飛び散る。
譯 玻璃碎片飛散開來。

28 | はめる【嵌める】

(他下一) 嵌上，鑲上；使陷入，欺騙；擲入，使沈入
例 指輪にダイヤをはめる。
譯 在戒指上鑲入鑽石。

29 | ぶっしつ【物質】

(名) 物質；(哲)物體，實體
例 物質文明が発達した。
譯 物質文明進步發展。

30 | ふる【古】

(名・漢造) 舊東西；舊，舊的

例 古新聞をリサイクルする。
譯 舊報紙資源回收。

31 | ほうせき【宝石】

(名) 寶石
例 宝石で飾る。
譯 用寶石裝飾。

32 | ほこり【埃】

(名) 灰塵，塵埃
例 埃を払う。
譯 擦灰塵。

33 | む【無】

(名・接頭・漢造) 無，沒有；徒勞，白費；
無…，不…；欠缺，無
例 無から有を生ずる。
譯 無中生有。

34 | やくひん【薬品】

(名) 藥品；化學試劑
例 化学薬品を取り扱っている。
譯 管理化學藥品。

N2 ● 11-2

11-2 エネルギー、燃料 /
能源、燃料

01 | あげる【上げる】

(他下一・自下一) 舉起，抬起，揚起，懸掛；
(從船上)卸貨；增加；升遷；送入；表示做完；表示自謙
例 温度を上げる。
譯 提高溫度。

02 ｜オイル【oil】

名 油，油類；油畫，油畫顏料；石油

例 オイル漏れがひどい。

譯 嚴重漏油。

03 ｜すいじょうき【水蒸気】

名 水蒸氣；霧氣，水霧

例 水蒸気がふき出す。

譯 噴出水蒸汽。

04 ｜すいぶん【水分】

名 物體中的含水量；（蔬菜水果中的）液體，含水量，汁

例 水分をとる。

譯 攝取水分。

05 ｜すいめん【水面】

名 水面

例 水面に浮かべる。

譯 浮出水面。

06 ｜せきたん【石炭】

名 煤炭

例 石炭を燃やす。

譯 燒煤炭。

07 ｜せきゆ【石油】

名 石油

例 石油を採掘する。

譯 開採石油。

08 ｜だんすい【断水】

名・他サ・自サ 斷水，停水

例 夜間断水する。

譯 夜間限時停水。

09 ｜ちかすい【地下水】

名 地下水

例 地下水を蓄える。

譯 儲存地下水。

10 ｜ちょくりゅう【直流】

名・自サ 直流電；（河水）直流，沒有彎曲的河流；嫡系

例 直流に変換する。

譯 變換成直流電。

11 ｜でんりゅう【電流】

名 （理）電流

例 電流が通じる。

譯 通電。

12 ｜でんりょく【電力】

名 電力

例 電力を供給する。

譯 供電。

13 ｜とうゆ【灯油】

名 燈油；煤油

例 灯油で動く。

譯 以燈油啟動。

14 ｜ばくはつ【爆発】

名・自サ 爆炸，爆發

例 火薬が爆発する。

譯 火藥爆炸。

15 ｜はつでん【発電】

（名・他サ）發電

例 川を発電に利用する。

譯 利用河川發電。

16 ｜ひ【灯】

（名）燈光，燈火

例 灯をともす。

譯 點燈。

17 ｜ほのお【炎】

（名）火焰，火苗

例 炎に包まれる。

譯 被火焰包圍。

18 ｜ようがん【溶岩】

（名）（地）溶岩

例 溶岩が流れる。

譯 熔岩流動。

11-3 原料、材料 /
原料、材料

01 ｜げんりょう【原料】

（名）原料

例 石油を原料とするプラスチック。

譯 塑膠是以石油為原料做出來的。

02 ｜コンクリート【concrete】

（名・形動）混凝土；具體的

例 コンクリートが固まる。

譯 水泥凝固。

03 ｜ざいもく【材木】

（名）木材，木料

例 材木を選ぶ。

譯 選擇木材。

04 ｜ざいりょう【材料】

（名）材料，原料；研究資料，數據

例 材料がそろう。

譯 備齊材料。

05 ｜セメント【cement】

（名）水泥

例 セメントを塗る。

譯 抹水泥。

06 ｜どろ【泥】

（名・造語）泥土；小偷

例 泥がつく。

譯 沾上泥土。

07 ｜ビタミン【vitamin】

（名）（醫）維他命，維生素

例 ビタミン C に富む。

譯 富含維他命 C。

08 ｜もくざい【木材】

（名）木材，木料

例 建築用の木材を事前にカットする。

譯 事先裁切建築用木材。

パート 12 第十二章 天体、気象

- 天體、氣象 -

12-1 天体 /
天體

01 ｜うちゅう【宇宙】

(名) 宇宙；(哲)天地空間；天地古今

例 宇宙旅行に申し込む。

譯 申請太空旅行。

02 ｜おせん【汚染】

(名・自他サ) 汚染

例 大気汚染が問題となった。

譯 大氣汚染成為問題。

03 ｜かがやく【輝く】

(自五) 閃光，閃耀；洋溢；光榮，顯赫

例 太陽が空に輝く。

譯 太陽在天空照耀。

04 ｜かんそく【観測】

(名・他サ) 觀察(事物)，(天體，天氣等)觀測

例 天体を観測する。

譯 觀測天體。

05 ｜きあつ【気圧】

(名) 氣壓；(壓力單位)大氣壓

例 高気圧が張り出す。

譯 高氣壓伸展開來。

06 ｜きらきら

(副・自サ) 閃耀

例 星がきらきら光る。

譯 星光閃耀。

07 ｜ぎらぎら

(副・自サ) 閃耀(程度比きらきら還強)

例 太陽がぎらぎら照りつける。

譯 陽光照得刺眼。

08 ｜こうきあつ【高気圧】

(名) 高氣壓

例 南の海上に高気圧が発生した。

譯 南方海面上形成高氣壓。

09 ｜こうせん【光線】

(名) 光線

例 太陽の光線が反射される。

譯 太陽光線反射。

10 ｜たいき【大気】

(名) 大氣；空氣

例 大気が地球を包んでいる。

譯 大氣將地球包圍。

11 | みかづき【三日月】

名 新月，月牙；新月形
例 三日月のパンが可愛い。
譯 月牙形的麵包很可愛。

12 | みちる【満ちる】

自上一 充滿；月盈，月圓；（期限）滿，到期；潮漲
例 月が満ちる。
譯 滿月。

12-2 気象、天気、気候 (1) /
氣象、天氣、氣候(1)

01 | あけがた【明け方】

名 黎明，拂曉
例 明け方まで勉強する。
譯 開夜車通宵讀書。

02 | あたたかい【暖かい】

形 溫暖，暖和；熱情，熱心；和睦；充裕，手頭寬裕
例 懐が暖かい。
譯 手頭寬裕。

03 | あらし【嵐】

名 風暴，暴風雨
例 嵐の前の静けさが漂う。
譯 籠罩著暴風雨前寧靜的氣氛。

04 | いきおい【勢い】

名 勢，勢力；氣勢，氣焰
例 勢いを増す。
譯 勢頭增強。

05 | いっそう【一層】

副 更，越發
例 一層寒くなった。
譯 更冷了。

06 | おだやか【穏やか】

形動 平穩；溫和，安詳；穩妥，穩當
例 穏やかな天気に恵まれた。
譯 遇到溫和的好天氣。

07 | おとる【劣る】

自五 劣，不如，不及，比不上
例 昨日に劣らず暑い。
譯 不亞於昨天的熱。

08 | おんだん【温暖】

名・形動 溫暖
例 地球温暖化を防ぐ。
譯 防止地球暖化。

09 | かいせい【快晴】

名 晴朗，晴朗無雲
例 天気は快晴だ。
譯 天氣晴朗無雲。

10 | かくべつ【格別】

副 特別，顯著，格外；姑且不論
例 今日の寒さは格別だ。
譯 今天格外寒冷。

11 | かみなり【雷】

名 雷；雷神；大發雷霆的人

例 雷が鳴る。
譯 雷鳴。

12｜きおん【気温】

名 氣溫
例 気温が下がる。
譯 氣溫下降。

13｜きこう【気候】

名 氣候
例 気候が暖かい。
譯 天氣溫暖。

14｜きょうふう【強風】

名 強風
例 強風が吹く。
譯 強風吹拂。

15｜ぐずつく【愚図つく】

自五 陰天；動作遲緩拖延
例 天気が愚図つく。
譯 天氣總不放晴。

16｜くずれる【崩れる】

自下一 崩潰；散去；潰敗，粉碎
例 天気が崩れる。
譯 天氣變天。

17｜こごえる【凍える】

自下一 凍僵
例 手足が凍える。
譯 手腳凍僵。

18｜さす【差す】

他五・助動・五型 指，指示；使，叫，令，命令做…
例 西日が差す。
譯 夕陽照射。

19｜さむさ【寒さ】

名 寒冷
例 寒さで震える。
譯 冷得發抖。

20｜さわやか【爽やか】

形動 (心情、天氣)爽朗的，清爽的；(聲音、口齒)鮮明的，清楚的，巧妙的
例 爽やかな朝が迎えられる。
譯 迎接清爽的早晨。

N2 🔊 12-2(2)

12-2 気象、天気、気候 (2) /
氣象、天氣、氣候(2)

21｜じき【直】

名・副 直接；(距離)很近，就在眼前；(時間)立即，馬上
例 雨が直にやむ。
譯 雨馬上會停。

22｜しずまる【静まる】

自五 變平靜；平靜，平息；減弱；平靜的(存在)
例 風が静まる。
譯 風平息下來。

23 | しずむ【沈む】

(自五) 沉沒，沈入；西沈，下山；消沈，落魄，氣餒；沈淪

例 太陽が沈む。

譯 日落。

24 | てる【照る】

(自五) 照耀，曬，晴天

例 日が照る。

譯 太陽照射。

25 | てんこう【天候】

(名) 天氣，天候

例 天候が変わる。

譯 天氣轉變。

26 | にっこう【日光】

(名) 日光，陽光；日光市

例 洗濯物を日光で乾かす。

譯 陽光把衣服曬乾。

27 | にわか

(名・形動) 突然，驟然；立刻，馬上；一陣子，臨時，暫時

例 天候がにわかに変化する。

譯 天候忽然起變化。

28 | ばいう【梅雨】

(名) 梅雨

例 梅雨前線が停滞する。

譯 梅雨鋒面停滯不前。

29 | はれ【晴れ】

(名) 晴天；隆重；消除嫌疑

例 さわやかな晴れの日だ。

譯 舒爽的晴天。

30 | ひあたり【日当たり】

(名) 採光，向陽處

例 日当りがいい。

譯 採光佳。

31 | ひかげ【日陰】

(名) 陰涼處，背陽處；埋沒人間；見不得人

例 日陰で休む。

譯 在陰涼處休息。

32 | ひざし【日差し】

(名) 陽光照射，光線

例 日差しを浴びる。

譯 曬太陽。

33 | ひのいり【日の入り】

(名) 日暮時分，日落，黃昏

例 夏の日の入りは午後6時30分だ。

譯 夏天的日落時刻是下午6點30分。

34 | ひので【日の出】

(名) 日出（時分）

例 初日の出が見られる。

譯 可以看到元旦的日出。

35 | ひよけ【日除け】

(名) 遮日；遮陽光的遮棚

例 日除けに帽子をかぶる。
譯 戴上帽子遮陽。

36 | ふぶき【吹雪】

名 暴風雪
例 吹雪に遭う。
譯 遇到暴風雪。

37 | ふわっと

副・自サ 輕軟蓬鬆貌；輕飄貌
例 ふわっとした雪を見る。
譯 仰望輕飄飄的雲朵。

38 | まう【舞う】

自五 飛舞；舞蹈
例 雪が舞う。
譯 雪花飛舞。

39 | めっきり

副 變化明顯，顯著的，突然，劇烈
例 めっきり寒くなる。
譯 明顯地變冷。

40 | ものすごい【物凄い】

形 可怕的，恐怖的，令人恐懼的；猛烈的，驚人的
例 ものすごく寒い。
譯 冷得要命。

41 | ゆうだち【夕立】

名 雷陣雨
例 夕立が上がる。
譯 驟雨停了。

42 | ゆうひ【夕日】

名 夕陽
例 夕日が沈む。
譯 夕陽西下。

43 | よほう【予報】

名・他サ 預報
例 予報が当たる。
譯 預報説中。

44 | らくらい【落雷】

名・自サ 打雷，雷擊
例 落雷で火事になる。
譯 打雷引起火災。

N2 ● 12-3

12-3 さまざまな自然現象／
各種自然現象

01 | あかるい【明るい】

形 明亮的，光明的；開朗的，快活的；精通，熟悉
例 明るくなる。
譯 發亮。

02 | およぼす【及ぼす】

他五 波及到，影響到，使遭到，帶來
例 被害を及ぼす。
譯 帶來危害。

03 | かさい【火災】

名 火災
例 火災に遭う。
譯 遭遇火災。

04 ｜かんそう【乾燥】

(名・自他サ) 乾燥；枯燥無味

例 空気が乾燥している。

譯 空氣乾燥。

05 ｜きよい【清い】

(形) 清澈的，清潔的；(內心)暢快的，問心無愧的；正派的，光明磊落；乾脆

例 清い水を湧き出させる。

譯 湧出清水。

06 ｜きり【霧】

(名) 霧，霧氣；噴霧

例 霧が晴れる。

譯 霧散。

07 ｜くだける【砕ける】

(自下一) 破碎，粉碎

例 コップが粉々に砕ける。

譯 杯子摔成碎片。

08 ｜くもる【曇る】

(自五) 天氣陰，朦朧

例 鏡が曇る。

譯 鏡子模糊。

09 ｜げんしょう【現象】

(名) 現象

例 自然現象が発生する。

譯 發生自然現象。

10 ｜さびる【錆びる】

(自上一) 生鏽，長鏽；(聲音)蒼老

例 包丁が錆びる。

譯 菜刀生鏽。

11 ｜しめる【湿る】

(自五) 受潮，濡濕；(火)熄滅，(勢頭)漸消

例 のりが湿る。

譯 紫菜受潮變軟了。

12 ｜しも【霜】

(名) 霜；白髮

例 霜が降りる。

譯 降霜。

13 ｜じゅうりょく【重力】

(名) (理)重力

例 重力が加わる。

譯 加上重力。

14 ｜じょうき【蒸気】

(名) 蒸汽

例 蒸気が立ち上る。

譯 蒸氣冉冉升起。

15 ｜じょうはつ【蒸発】

(名・自サ) 蒸發，汽化；(俗)失蹤，出走，去向不明，逃之夭夭

例 水分が蒸発する。

譯 水分蒸發。

16 ｜せっきん【接近】

(名・自サ) 接近，靠近；親密，親近，密切

例 台風が接近する。

譯 颱風靠近。

17 ｜ぞうすい【増水】

（名・自サ）氾濫，漲水

例 川が増水して危ない。

譯 河川暴漲十分危險。

18 ｜そなえる【備える】

（他下一）準備，防備；配置，裝置；天生具備

例 地震に備える。

譯 地震災害防範。

19 ｜てんねん【天然】

（名）天然，自然

例 天然の良港に恵まれている。

譯 天然的良港得天獨厚。

20 ｜どしゃくずれ【土砂崩れ】

（名）土石流

例 土砂崩れで通行止めだ。

譯 因土石流而禁止通行。

21 ｜とっぷう【突風】

（名）突然颳起的暴風

例 突風に帽子を飛ばされる。

譯 帽子被突然颳起的風給吹走了。

22 ｜なる【成る】

（自五）成功，完成；組成，構成；允許，能忍受

例 氷が水に成る。

譯 冰變成水。

23 ｜にごる【濁る】

（自五）混濁，不清晰；（聲音）嘶啞；（顏色）不鮮明；（心靈）污濁，起邪念

例 空気が濁る。

譯 空氣混濁。

24 ｜にじ【虹】

（名）虹，彩虹

例 七色の虹が出る。

譯 出現七色彩虹。

25 ｜はんえい【反映】

（名・自サ・他サ）（光）反射；反映

例 湖面に反映する。

譯 反射在湖面。

26 ｜ぴかぴか

（副・自サ）雪亮地；閃閃發亮的

例 ぴかぴか光る。

譯 閃閃發光。

27 ｜ひとりでに【独りでに】

（副）自行地，自動地，自然而然也

例 窓が独りでに開いた。

譯 窗戶自動打開了。

28 ｜ふせぐ【防ぐ】

（他五）防禦，防守，防止；預防，防備

例 火を防ぐ。

譯 防火。

29 ｜ふんか【噴火】

(名・自サ) 噴火

例 噴火口が残っている。

譯 留下火山口。

30 ｜ほうそく【法則】

(名) 規律，定律；規定，規則

例 法則に合う。

譯 合乎規律。

31 ｜まんいち【万一】

(名・副) 萬一

例 万一に備える。

譯 以備萬一。

32 ｜わく【湧く】

(自五) 湧出；產生(某種感情)；大量湧現

例 清水が湧く。

譯 清水泉湧。

Memo

パート
13
第十三章

地理、場所
- 地理、地方 -

13-1 地理 (1) /
地理 (1)

01 ｜いずみ【泉】

㉂ 泉，泉水；泉源；話題

例 本は知識の泉だ。

譯 書籍是知識之泉源。

02 ｜いど【緯度】

㉂ 緯度

例 緯度が高い。

譯 緯度高。

03 ｜うんが【運河】

㉂ 運河

例 運河を開く。

譯 開運河。

04 ｜おか【丘】

㉂ 丘陵，山崗，小山

例 丘を越える。

譯 越過山崗。

05 ｜おぼれる【溺れる】

（自下一）溺水，淹死；沉溺於，迷戀於

例 川で溺れる。

譯 在河裡溺水。

06 ｜おんせん【温泉】

㉂ 温泉

例 温泉に入る。

譯 泡溫泉。

07 ｜かい【貝】

㉂ 貝類

例 貝を拾う。

譯 撿貝殼。

08 ｜かいよう【海洋】

㉂ 海洋

例 海洋公園に行く。

譯 去海洋公園。

09 ｜かこう【火口】

㉂ （火山）噴火口；（爐灶等）爐口

例 火口からマグマが噴出する。

譯 從火山口噴出岩漿。

10 ｜かざん【火山】

㉂ 火山

例 火山が噴火する。

譯 火山噴火。

11 | きし【岸】

名 岸，岸邊；崖

例 岸を離れる。

譯 離岸。

12 | きゅうせき【旧跡】

名 古蹟

例 京都の名所旧跡を訪ねる。

譯 造訪京都的名勝古蹟。

13 | けいど【経度】

名 （地）經度

例 経度を調べる。

譯 查詢經度。

14 | けわしい【険しい】

形 陡峭，險峻；險惡，危險；（表情等）
嚴肅，可怕，粗暴

例 険しい山道が続く。

譯 山路綿延崎嶇。

15 | こうち【耕地】

名 耕地

例 耕地面積を知りたい。

譯 想知道耕地面積。

16 | こす【越す・超す】

自他五 越過，跨越，渡過；超越，勝於；
過，度過；遷居，轉移

例 山を越す。

譯 翻越山嶺。

17 | さばく【砂漠】

名 沙漠

例 砂漠に生きる。

譯 在沙漠生活。

18 | さんりん【山林】

名 山上的樹林；山和樹林

例 山林に交わる。

譯 出家。

19 | じばん【地盤】

名 地基，地面；地盤，勢力範圍

例 地盤を固める。

譯 堅固地基。

20 | じめん【地面】

名 地面，地表；土地，地皮，地段

例 地面がぬれる。

譯 地面溼滑。

21 | しんりん【森林】

名 森林

例 森林を守る。

譯 守護森林。

22 | すいへいせん【水平線】

名 水平線；地平線

例 太陽が水平線から昇る。

譯 太陽從地平線升起。

23 | せきどう【赤道】

名 赤道

例 赤道を横切る。

譯 穿過赤道。

24 ｜ぜんこく【全国】

名 全國

例 全国を巡る。

譯 巡迴全國。

25 ｜たいりく【大陸】

名 大陸，大洲；（日本指）中國；（英國指）歐洲大陸

例 新大陸を発見した。

譯 發現新大陸。

26 ｜たき【滝】

名 瀑布

例 滝のように汗が流れる。

譯 汗流如注。

27 ｜たに【谷】

名 山谷，山澗，山洞

例 人生山あり谷あり。

譯 人生有高有低，有起有落。

28 ｜たにぞこ【谷底】

名 谷底

例 谷底に転落する。

譯 跌到谷底。

29 ｜ダム【dam】

名 水壩，水庫，攔河壩，堰堤

例 ダムを造る。

譯 建造水庫。

30 ｜たんすい【淡水】

名 淡水

例 淡水魚が見られる。

譯 可以看到淡水魚。

N2 ● 13-1(2)

13-1 地理 (2) ／
地理 (2)

31 ｜ち【地】

名 大地，地球，地面；土壤，土地；地表；場所；立場，地位

例 地に落ちる。

譯 落到地上。

32 ｜ちへいせん【地平線】

名 （地）地平線

例 地平線が見える。

譯 看得見地平線。

33 ｜ちめい【地名】

名 地名

例 地名を調べる。

譯 調查地名。

34 ｜ちょうじょう【頂上】

名 山頂，峰頂，極點，頂點

例 頂上を目指す。

譯 以山頂為目標。

35 ｜ちょうてん【頂点】

名 （數）頂點；頂峰，最高處；極點，絕頂

例 頂点に立つ。

譯 立於頂峰。

36 ｜つりばし【釣り橋・吊り橋】

名 吊橋

例 吊り橋を渡る。

譯 過吊橋。

37 ｜とう【島】

名 島嶼

例 離島が数多くある。

譯 有許多離島。

38 ｜とうげ【峠】

名 山路最高點(從此點開始下坡)，山巔；頂部，危險期，關頭

例 峠に着く。

譯 到達山頂。

39 ｜とうだい【灯台】

名 燈塔

例 灯台守が住んでいる。

譯 住守著燈塔守衛。

40 ｜とびこむ【飛び込む】

自五 跳進；飛入；突然闖入；(主動)投入，加入

例 川に飛び込む。

譯 跳進河裡。

41 ｜ながめ【眺め】

名 眺望，瞭望；(眺望的)視野，景致，景色

例 眺めが良い。

譯 視野好。

42 ｜ながめる【眺める】

他下一 眺望；凝視，注意看；(商)觀望

例 星を眺める。

譯 眺望星星。

43 ｜ながれ【流れ】

名 水流，流動；河流，流水；潮流，趨勢；血統；派系，(藝術的)風格

例 流れを下る。

譯 順流而下。

44 ｜なみ【波】

名 波浪，波濤；波瀾，風波；聲波；電波；潮流，浪潮；起伏，波動

例 波に乗る。

譯 趁著浪頭，趁勢。

45 ｜の【野】

名・漢造 原野；田地，田野；野生的

例 野の花が飾られている。

譯 擺飾著野花。

46 ｜のはら【野原】

名 原野

例 野原で遊ぶ。

譯 在原野玩耍。

47 ｜はら【原】

名 平原，平地；荒原，荒地

例 野原の花が咲く。

譯 野地的小花綻放著。

48 ｜はんとう【半島】

名 半島
例 伊豆半島を1周する。
譯 繞伊豆半島一周。

49 ｜ふうけい【風景】

名 風景，景致；情景，光景，狀況；（美術）風景
例 風景を楽しむ。
譯 觀賞風景。

50 ｜ふるさと【故郷】

名 老家，故郷
例 故郷に帰る。
譯 回故郷。

51 ｜へいや【平野】

名 平原
例 関東平野が見える。
譯 可眺望關東平原。

52 ｜ぼんち【盆地】

名 （地）盆地
例 山の間が盆地になっている。
譯 山中間形成盆地。

53 ｜みさき【岬】

名 （地）海角，岬
例 岬には燈台がある。
譯 海角上有燈塔。

54 ｜みなれる【見慣れる】

自下一 看慣，眼熟，熟識
例 景色が見慣れる。
譯 看慣景色。

55 ｜りく【陸】

名・漢造 陸地，旱地；陸軍的通稱
例 陸が見える。
譯 看見陸地。

56 ｜りゅういき【流域】

名 流域
例 長江流域が水稲の生産地である。
譯 長江流域是生產水稻的中心區域。

57 ｜れっとう【列島】

名 （地）列島，群島
例 日本列島を横断する。
譯 横越日本列島。

N2 ● 13-2

13-2 場所、空間／地方、空間

01 ｜あき【空き】

名 空隙，空白；閒暇；空額
例 空きを作る。
譯 騰出空間。

02 ｜したまち【下町】

名 （普通百姓居住的）小工商業區；（都市中）低窪地區
例 下町で町工場を営む。
譯 於庶民（工商業者）居住區開工廠。

03 | しんくう【真空】

名 真空；（作用、勢力達不到的）空白，真空狀態

例 真空パックをして保存する。

譯 真空包裝後保存起來。

04 | てんてん【転々】

副・自サ 轉來轉去，輾轉，不斷移動；滾轉貌，嘰哩咕嚕

例 各地を転々とする。

譯 輾轉各地。

05 | とうざい【東西】

名 （方向）東和西；（國家）東方和西方；方向；事理，道理

例 東西に分ける。

譯 分為東西。

06 | どこか

連語 某處，某個地方

例 どこか遠くへ行きたい。

譯 想要去某個遙遠的地方。

07 | とち【土地】

名 土地，耕地；土壤，土質；某地區，當地；地面；地區

例 土地が肥える。

譯 土地肥沃。

08 | なつかしい【懐かしい】

形 懷念的，思慕的，令人懷念的；眷戀，親近的

例 故郷が懐かしい。

譯 懷念故鄉。

09 | ば【場】

名 場所，地方；座位；（戲劇）場次；場合

例 その場で断った。

譯 當場推絕了。

10 | バック【back】

名・自サ 後面，背後；背景；後退，倒車；金錢的後備，援助；靠山

例 綺麗な景色をバックにする。

譯 以美麗的風景為背景。

11 | ひろば【広場】

名 廣場；場所

例 広場で行う。

譯 於廣場進行。

12 | ひろびろ【広々】

副・自サ 寬闊的，遼闊的

例 広々とした庭だ。

譯 寬敞的院子。

13 | ほうぼう【方々】

名・副 各處，到處

例 方々でもてはやされる。

譯 到處受歡迎。

14 | ほうめん【方面】

名 方面，方向；領域

例 大阪方面へ出張する。

譯 到大阪方向出差。

15 ｜ まちかど【街角】

⒜ 街角，街口，拐角

例 街角に佇む。

譯 佇立於街角。

---

16 ｜ むげん【無限】

(名・形動) 無限，無止境

例 無限の空間がある。

譯 有無限的空間。

---

17 ｜ むこうがわ【向こう側】

⒜ 對面；對方

例 川の向こう側にいる。

譯 在河川的另一側。

---

18 ｜ めいしょ【名所】

⒜ 名勝地，古蹟

例 名所を見物する。

譯 參觀名勝。

---

19 ｜ よそ【他所】

⒜ 別處，他處；遠方；別的，他的；不顧，無視，漠不關心

例 よそを向く。

譯 看別的地方。

---

20 ｜ りょうめん【両面】

⒜ （表裡或內外）兩面；兩個方面

例 物事を両面から見る。

譯 從正反兩面來看事情。

13-3 地域、範囲 (1) ／
地域、範囲 (1)

01 ｜ あちこち

㈹ 這兒那兒，到處

例 あちこちにある。

譯 到處都有。

---

02 ｜ あちらこちら

㈹ 到處，四處；相反，顛倒

例 あちらこちらに散らばっている。

譯 四處散亂著。

---

03 ｜ いたる【至る】

(自五) 到，來臨；達到；周到

例 至る所が音楽であふれる。

譯 到處充滿音樂。

---

04 ｜ おうべい【欧米】

⒜ 歐美

例 欧米諸国が対立する。

譯 歐美各國相互對立。

---

05 ｜ おき【沖】

⒜ （離岸較遠的）海面，海上；湖心；（日本中部方言）寬闊的田地、原野

例 沖に出る。

譯 出海。

---

06 ｜ おくがい【屋外】

⒜ 戶外

例 屋外運動靴が必要だ。

譯 戶外需要運動鞋。

07 ｜おんたい【温帯】

(名) 溫帶

例 温帯気候に属す。

譯 屬於溫帶氣候。

08 ｜がい【外】

(接尾・漢造) 以外，之外；外側，外面，外部；妻方親戚；除外

例 予想外の答えを出す。

譯 做出意料之外的答案。

09 ｜かいがい【海外】

(名) 海外，國外

例 海外で暮らす。

譯 居住海外。

10 ｜かくじゅう【拡充】

(名・他サ) 擴充

例 工場を拡充する。

譯 擴大工廠。

11 ｜かくだい【拡大】

(名・自他サ) 擴大，放大

例 規模が拡大する。

譯 擴大規模。

12 ｜かくち【各地】

(名) 各地

例 各地を巡る。

譯 巡迴各地。

13 ｜かくちょう【拡張】

(名・他サ) 擴大，擴張

例 領土を拡張する。

譯 擴大領土。

14 ｜かしょ【箇所】

(名・接尾) (特定的)地方；(助數詞)處

例 訛りのある箇所。

譯 糾正錯誤的地方。

15 ｜かんさい【関西】

(名) 日本關西地區(以京都、大阪為中心的地帶)

例 関西地方を襲った。

譯 襲擊關西地區。

16 ｜かんたい【寒帯】

(名) 寒帶

例 寒帯の動物が南下した。

譯 寒帶動物向南而去。

17 ｜かんとう【関東】

(名) 日本關東地區(以東京為中心的地帶)

例 関東地方が強く揺れる。

譯 關東地區強烈搖晃。

18 ｜きょうかい【境界】

(名) 境界，疆界，邊界

例 境界線を引く。

譯 劃上界線。

19 ｜くいき【区域】

(名) 區域

例 危険区域に入った。

譯 進入危險地區。

20 ｜くうちゅう【空中】

(名) 空中，天空

(例) ロボットが空中を飛ぶ。

(譯) 機器人飛在空中。

---

21 ｜ぐん【郡】

(名) （地方行政區之一）郡

(例) 国の下に郡を置く。

(譯) 國下面設郡。

---

22 ｜こっきょう【国境】

(名) 國境，邊境，邊界

(例) 国境を越える。

(譯) 越過國境。

---

23 ｜さい【際】

(名・漢造) 時候，時機，在…的狀況下；彼此之間，交接；會晤；邊際

(例) この際にお伝え致します。

(譯) 在這個時候通知您

---

24 ｜さかい【境】

(名) 界線，疆界，交界；境界，境地；分界線，分水嶺

(例) 生死の境をさまよう。

(譯) 在生死之間徘徊。

---

25 ｜しきち【敷地】

(名) 建築用地，地皮；房屋地基

(例) 学校の敷地を図にした。

(譯) 把學校用地繪製成圖。

26 ｜しゅう【州】

(漢造) 大陸，州

(例) 世界は五大州に分かれている。

(譯) 世界分五大洲。

---

27 ｜しゅうい【周囲】

(名) 周圍，四周；周圍的人，環境

(例) 周囲を森に囲まれている。

(譯) 被周圍的森林圍繞著。

---

28 ｜しゅうへん【周辺】

(名) 周邊，四周，外圍

(例) 都市の周辺に住んでいる。

(譯) 住在城市的四周。

---

29 ｜しゅと【首都】

(名) 首都

(例) 首都が変わる。

(譯) 改首都。

---

30 ｜しゅとけん【首都圏】

(名) 首都圈

(例) 首都圏の人口が減り始める。

(譯) 首都圈人口開始減少。

N2 ● 13-3(2)

13-3 地域、範囲 (2) ／
地域、範圍 (2)

31 ｜じょうきょう【上京】

(名・自サ) 進京，到東京去

(例) 18歳で上京する。

(譯) 十八歲到東京。

32 | ちいき【地域】

名 地區
例 周辺の地域が緑であふれる。
譯 周圍地區綠意盎然。

33 | ちたい【地帯】

名 地帶，地區
例 安全地帯を求める。
譯 尋找安全地帶。

34 | ちょうめ【丁目】

結尾 (街巷區劃單位)段，巷，條
例 田中町三丁目に住む。
譯 住在田中町三段。

35 | と【都】

名・漢造 首都；「都道府縣」之一的行政
單位，都市；東京都
例 東京都水道局が管理する。
譯 東京都水利局進行管理。

36 | とかい【都会】

名 都會，城市，都市
例 彼は都会育ちだ。
譯 他在城市長大的。

37 | とくてい【特定】

名・他サ 特定；明確指定，特別指定
例 特定の店しか扱わない。
譯 只有特定的店家使用。

38 | としん【都心】

名 市中心

例 都心から５キロ離れている。
譯 離市中心五公里。

39 | なんきょく【南極】

名 (地)南極；(理)南極(磁針指南的一端)
例 南極海が凍る。
譯 南極海結冰。

40 | なんべい【南米】

名 南美洲
例 南米大陸をわたる。
譯 橫越南美洲。

41 | なんぼく【南北】

名 (方向)南與北；南北
例 南北に縦断する。
譯 縱貫南北。

42 | にほん【日本】

名 日本
例 日本語で話す。
譯 用日語交談。

43 | ねったい【熱帯】

名 (地)熱帶
例 熱帯気候がない。
譯 沒有熱帶氣候。

44 | ばんち【番地】

名 門牌號；住址
例 番地を記入する。
譯 填寫地址。

45 │ひとごみ【人込み・人混み】

(名) 人潮擁擠（的地方），人山人海

例 人込みを避ける。

譯 避開人群。

46 │ふきん【付近】

(名) 附近，一帶

例 付近の商店街が変わりつつある。

譯 附近的店家逐漸改變樣貌。

47 │ぶぶん【部分】

(名) 部分

例 部分的には優れている。

譯 一部份還不錯。

48 │ぶんぷ【分布】

(名・自サ) 分布，散布

例 分布区域が拡大する。

譯 擴大分布區域。

49 │ぶんや【分野】

(名) 範圍，領域，崗位，戰線

例 分野が違う。

譯 不同領域。

50 │ほっきょく【北極】

(名) 北極

例 北極星を見る。

譯 看見北極星。

51 │みやこ【都】

(名) 京城，首都；大都市，繁華的都市

例 ウィーンは音楽の都だ。

譯 維也納是音樂之都。

52 │ヨーロッパ【Europe】

(名) 歐洲

例 ヨーロッパへ行く。

譯 去歐洲。

N2 ● 13-4(1)

13-4 方向、位置 (1) ／
方向、位置 (1)

01 │あがる【上がる】

(自五・他五・接尾) （效果，地位，價格等）上升，提高；上，登，進入；上漲；提高加薪；吃，喝，吸(煙)；表示完了

例 値段が上がる。

譯 漲價。

02 │あと【後】

(名) （地點、位置）後面，後方；（時間上）以後；（距現在）以前；（次序）之後，其後；以後的事；結果，後果；其餘，此外；子孫，後人

例 後を付ける。

譯 跟蹤。

03 │いち【位置】

(名・自サ) 位置，場所；立場，遭遇；位於

例 位置を占める。

譯 占據位置。

04 │かこう【下降】

(名・自サ) 下降，下沉

例 パラシュートが下降する。

譯 降落傘下降。

05 ｜かみ【上】

(名・漢造) 上邊，上方，上游，上半身；以前，過去；開始，起源於；統治者，主人；京都；上座；（從觀眾看）舞台右側

例 上座に座る。

譯 坐上位。

06 ｜ぎゃく【逆】

(名・漢造) 反，相反，倒；叛逆

例 逆にする。

譯 弄反過來。

07 ｜げ【下】

(名) 下等；（書籍的）下卷

例 状況は下の下だ。

譯 狀況為下下等。

08 ｜さかさ【逆さ】

(名) (「さかさま」的略語)逆，倒，顛倒，相反

例 上下が逆さになる。

譯 上下顛倒。

09 ｜さかさま【逆様】

(名・形動) 逆，倒，顛倒，相反

例 裏表を逆さまに着る。

譯 穿反。

10 ｜さかのぼる【遡る】

(自五) 溯，逆流而上；追溯，回溯

例 流れをさかのぼる。

譯 回溯。

11 ｜さゆう【左右】

(名・他サ) 左右方；身邊，旁邊；左右其詞，支支吾吾；（年齡）大約，上下；掌握，支配，操縱

例 命運を左右する。

譯 支配命運。

12 ｜すいへい【水平】

(名・形動) 水平；平衡，穩定，不升也不降

例 水平に置く。

譯 水平放置。

13 ｜ぜんご【前後】

(名・自サ・接尾) （空間與時間）前和後，前後；相繼，先後；前因後果

例 前後を見回す。

譯 環顧前後。

14 ｜せんたん【先端】

(名) 頂端，尖端；時代的尖端，時髦，流行，前衛

例 流行の先端を行く。

譯 走在流行尖端。

15 ｜せんとう【先頭】

(名) 前頭，排頭，最前列

例 先頭に立つ。

譯 站在先鋒。

16 ｜そい【沿い】

(造語) 順，延

例 線路沿いに歩く。

譯 沿著鐵路走路。

17 | それる【逸れる】

(自下一) 偏離正軌，歪向一旁；不合調，走調；走向一邊，轉過去

例 話がそれる。

譯 話離題了。

---

18 | たいら【平ら】

(名・形動) 平，平坦；(山區的)平原，平地；(非正坐的)隨意坐，盤腿作；平靜，坦然

例 平らな土地が少ない。

譯 平坦的大地較少。

---

19 | ちてん【地点】

(名) 地點

例 通過地点をライトアップする。

譯 點亮通過的地點。

---

20 | ちゅうおう【中央】

(名) 中心，正中；中心，中樞；中央，首都

例 中央に置く。

譯 放在中間。

N2 ● 13-4(2)

13-4 方向、位置 (2) /
方向、位置 (2)

21 | ちゅうかん【中間】

(名) 中間，兩者之間；(事物進行的)中途，半路

例 中間を取る。

譯 折衷。

---

22 | ちょくせん【直線】

(名) 直線

例 一直線に進む。

譯 直線前進。

---

23 | つうか【通過】

(名・自サ) 通過，經過；(電車等)駛過；(議案、考試等)通過，過關，合格

例 列車が通過する。

譯 列車通過。

---

24 | とうちゃく【到着】

(名・自サ) 到達，抵達

例 目的地に到着する。

譯 到達目的地。

---

25 | どく【退く】

(自五) 讓開，離開，躲開

例 早く退いてくれ。

譯 快點讓開。

---

26 | どける【退ける】

(他下一) 移開

例 石を退ける。

譯 移開石頭。

---

27 | なだらか

(形動) 平緩，坡度小，平滑；平穩，順利；順利，流暢

例 なだらかな坂をくだる。

譯 走下平緩的斜坡。

---

28 | はす【斜】

(名) (方向)斜的，歪斜

例 道を斜に横切る。

譯 斜行走過馬路。

29 ｜はん【反】

(名・漢造) 反，反對；(哲)反對命題；犯規；反覆

例 靴を反対に履く。

譯 鞋子穿反了。

30 ｜ひだりがわ【左側】

(名) 左邊，左側

例 左側に並ぶ。

譯 排在左側。

31 ｜ひっくりかえる【引っくり返る】

(自五) 翻倒，顛倒，翻過來；逆轉，顛倒過來

例 コップが引っくり返る。

譯 翻倒杯子。

32 ｜ふち【縁】

(名) 邊緣，框，檐，旁側

例 眼鏡の縁がない。

譯 沒有鏡框。

33 ｜ふりむく【振り向く】

(自五) (向後)回頭過去看；回顧，理睬

例 彼女は自分の方を振り向いた。

譯 她往我這裡看。

34 ｜へいこう【平行】

(名・自サ) (數)平行；並行

例 平行線に終わる。

譯 以平行線告終。

35 ｜ほうがく【方角】

(名) 方向，方位

例 方角を表す。

譯 表示方向。

36 ｜ほうこう【方向】

(名) 方向；方針

例 方向が変わる。

譯 方向改變。

37 ｜まがりかど【曲がり角】

(名) 街角；轉折點

例 曲がり角で別れる。

譯 在街角道別。

38 ｜まんまえ【真ん前】

(名) 正前方

例 銀行は駅の真ん前にある。

譯 車站正前方有銀行。

39 ｜みぎがわ【右側】

(名) 右側，右方

例 右側に郵便局が見える。

譯 右手邊能看到郵局。

40 ｜むかう【向かう】

(自五) 向著，朝著；面向；往…去，向…去；趨向，轉向

例 鏡に向かう。

譯 對著鏡子。

41 | むき【向き】

㊔ 方向；適合，合乎；認真，慎重其事；傾向，趨向；（該方面的）人，人們

例 向きが変わる。

譯 轉變方向。

42 | めじるし【目印】

㊔ 目標，標記，記號

例 目印をつける。

譯 留記號。

43 | もどす【戻す】

（自五・他五）退還，歸還；送回，退回；使倒退；（經）市場價格急遽回升

例 本を戻す。

譯 歸還書。

44 | やじるし【矢印】

㊔（標示去向、方向的）箭頭，箭形符號

例 矢印の方向に進む。

譯 沿箭頭方向前進。

45 | りょうたん【両端】

㊔ 兩端

例 ケーブルの両端に挿入する。

譯 插入電線兩端。

Memo

施設、機関

- 設施、機關單位 -

14-1 施設、機関 /
設施、機關單位

01 | かいいん【会員】

② 會員

例 会員制になっております。

譯 為會員制。

02 | かいかん【会館】

② 會館

例 市民会館を作る。

譯 建造市民會館。

03 | かかり【係・係り】

② 負責擔任某工作的人;關聯,牽聯

例 案内係がゲートを開ける。

譯 招待員打開大門。

04 | かしだし【貸し出し】

② (物品的)出借,出租;(金錢的)貸放,
借出

例 本の貸し出しを行う。

譯 進行書籍出租。

05 | かんちょう【官庁】

② 政府機關

例 官庁に勤める。

譯 在政府機關工作。

06 | きかん【機関】

② (組織機構的)機關,單位;(動力裝置)
機關

例 行政機関が定める。

譯 行政機關規定。

07 | きぎょう【企業】

② 企業;籌辦事業

例 企業を起こす。

譯 創辦企業。

08 | けんがく【見学】

名・他サ 參觀

例 工場見学を始める。

譯 開始參觀工廠。

09 | けんちく【建築】

名・他サ 建築,建造

例 立派な建築を残す。

譯 留下漂亮的建築。

10 | こうそう【高層】

② 高空,高氣層;高層

例 高層ビルが立ち並ぶ。

譯 高樓大廈林立。

11 ｜こくりつ【国立】

㊚ 國立

例 国立公園を訪ねる。

譯 尋訪國家公園。

12 ｜こや【小屋】

㊚ 簡陋的小房，茅舍；(演劇、馬戲等的)棚子；畜舍

例 小屋を建てる。

譯 蓋小屋。

13 ｜せつび【設備】

(名・他サ) 設備，裝設，裝設

例 設備が整う。

譯 設備完善。

14 ｜センター【center】

㊚ 中心機構；中心區；(棒球)中場

例 国際交流センターが設置される。

譯 設立國際交流中心。

15 ｜そうこ【倉庫】

㊚ 倉庫，貨棧

例 倉庫にしまう。

譯 存入倉庫。

16 ｜でいりぐち【出入り口】

㊚ 出入口

例 出入り口に立つ。

譯 站在出入口。

17 ｜はしら【柱】

(名・接尾) (建)柱子；支柱；(轉)靠山

例 柱が倒れる。

譯 柱子倒下。

18 ｜ふんすい【噴水】

㊚ 噴水；(人工)噴泉

例 噴水を設ける。

譯 架設噴泉。

19 ｜やくしょ【役所】

㊚ 官署，政府機關

例 役所に勤める。

譯 在政府機關工作。

N2 ○ 14-2

14-2 いろいろな施設 /
各種設施

01 ｜おとしもの【落とし物】

㊚ 不慎遺失的東西

例 落とし物を届ける。

譯 送交遺失物。

02 ｜きょく【局】

(名・接尾) 房間，屋子；(官署，報社)局，室；特指郵局，廣播電臺；局面，局勢；(事物的)結局

例 郵便局が近い。

譯 郵局很近。

03 ｜クラブ【club】

㊚ 俱樂部，夜店；(學校)課外活動，社團活動

例 ナイトクラブが増加している。

譯 夜總會增多。

04 ｜ こうしゃ【校舎】

名 校舎

例 校舎を建て替える。

譯 改建校舎。

05 ｜ さかば【酒場】

名 酒館，酒家，酒吧

例 酒場で喧嘩が始まった。

譯 酒吧裡開始吵起架了。

06 ｜ じいん【寺院】

名 寺院

例 寺院に参拝する。

譯 參拜寺院。

07 ｜ してん【支店】

名 分店

例 支店を出す。

譯 開分店。

08 ｜ しゅくはく【宿泊】

名・自サ 投宿，住宿

例 ホテルに宿泊する。

譯 投宿旅館。

09 ｜ しょてん【書店】

名 書店；出版社，書局

例 書店を回る。

譯 尋遍書店。

10 ｜ しろ【城】

名 城，城堡；（自己的）權力範圍，勢力範圍

例 城が落ちる。

譯 城池陷落。

11 ｜ すいしゃ【水車】

名 水車

例 水車が回る。

譯 水車轉動。

12 ｜ たいざい【滞在】

名・自サ 旅居，逗留，停留

例 ホテルに滞在する。

譯 住在旅館。

13 ｜ てんじかい【展示会】

名 展示會

例 着物の展示会に行った。

譯 去參加和服展示會。

14 ｜ てんぼうだい【展望台】

名 瞭望台

例 展望台からの眺め。

譯 從瞭望台看到的風景。

15 ｜ とう【塔】

名・漢造 塔

例 宝塔に登る。

譯 登上寶塔。

16 ｜ とめる【泊める】

他下一 （讓…）住，過夜；（讓旅客）投宿；（讓船隻）停泊

例 観光客を泊める。

譯 讓觀光客投宿。

17 ｜びよういん【美容院】

㊄ 美容院，美髮沙龍
例 美容院に行く。
譯 去美容院。

18 ｜ビルディング【building】

㊄ 建築物
例 朝日ビルディングを賃貸する。
譯 朝日大樓出租。

19 ｜ボーイ【boy】

㊄ 少年，男孩；男服務員
例 ホテルのボーイを呼ぶ。
譯 叫喚旅館的男服務員。

20 ｜ほり【堀】

㊄ 溝渠，壕溝；護城河
例 堀で囲む。
譯 以城壕圍著。

21 ｜まちあいしつ【待合室】

㊄ 候車室，候診室，等候室
例 駅の待合室で待つ。
譯 在候車室等候。

22 ｜まどぐち【窓口】

㊄（銀行，郵局，機關等）窗口；（與外界交涉的）管道，窗口
例 3番の窓口へどうぞ。
譯 請至三號窗口。

23 ｜やど【宿】

㊄ 家，住處，房屋；旅館，旅店；下榻處，過夜

例 宿に泊まる。
譯 住旅店。

24 ｜ゆうえんち【遊園地】

㊄ 遊樂場
例 遊園地で遊ぶ。
譯 在遊樂園玩

25 ｜ようちえん【幼稚園】

㊄ 幼稚園
例 幼稚園に入る。
譯 上幼稚園。

26 ｜りょう【寮】

㊄・漢造 宿舍（狹指學生、公司宿舍）；茶室；別墅
例 寮生活をする。
譯 過著宿舍生活。

27 ｜ロビー【lobby】

㊄（飯店、電影院等人潮出入頻繁的建築物）大廳，門廳；接待室，休息室，走廊
例 ホテルのロビーで待ち合わせる。
譯 在飯店的大廳碰面。

14-3 病院／醫院

01 ｜いりょう【医療】

㊄ 醫療
例 医療が提供される。
譯 提供醫療。

02 ｜えいせい【衛生】

名 衛生
例 環境衛生を維持する。
譯 維護環境衛生。

03 ｜きゅうしん【休診】

名・他サ 停診
例 日曜休診が多い。
譯 週日大多停診。

04 ｜げか【外科】

名 （醫）外科
例 外科医を育てる。
譯 培育外科醫生。

05 ｜しんさつ【診察】

名・他サ （醫）診察，診斷
例 診察を受ける。
譯 接受診斷。

06 ｜しんだん【診断】

名・他サ （醫）診斷；判斷
例 診断が出る。
譯 診斷書出來了。

07 ｜せいけい【整形】

名 整形
例 整形外科で診てもらう。
譯 看整形外科。

08 ｜ないか【内科】

名 （醫）內科

例 内科医になる。
譯 成為內科醫生。

09 ｜フリー【free】

名・形動 自由，無拘束，不受限制；免費；
無所屬；自由業
例 検査はフリーパスだった。
譯 不用檢查。

10 ｜みまい【見舞い】

名 探望，慰問；蒙受，挨（打），遭受（不幸）
例 見舞いにいく。
譯 去探望。

11 ｜みまう【見舞う】

他五 訪問，看望；問候，探望；遭受，
蒙受（災害等）
例 病人を見舞う。
譯 探望病人。

14-4 店／
商店

01 ｜いちば【市場】

名 市場，商場
例 魚市場が大変混雑している。
譯 魚市場擁擠不堪。

02 ｜いてん【移転】

名・自他サ 轉移位置；搬家；（權力等）
轉交，轉移
例 今月末に移転する。
譯 這個月底搬遷。

03 ｜えいぎょう【営業】

（名・自他サ）營業，經商

例 営業を開始。

譯 開始營業。

04 ｜かんばん【看板】

（名）招牌；牌子，幌子；（店舖）關門，停止營業時間

例 看板にする。

譯 打著招牌；以…為榮；商店打烊。

05 ｜きっさ【喫茶】

（名）喝茶，喫茶，飲茶

例 喫茶店で待ち合わせ。

譯 在咖啡店碰面。

06 ｜きょうどう【共同】

（名・自サ）共同

例 共同で経営する。

譯 一起經營。

07 ｜ぎょうれつ【行列】

（名・自サ）行列，隊伍，列隊；（數）矩陣

例 行列のできる店などがある。

譯 有排隊人潮的店家等等。

08 ｜クリーニング【cleaning】

（名・他サ）（洗衣店）洗滌

例 クリーニングに出す。

譯 送去洗衣店洗。

09 ｜これら

（代）這些

例 これらの商品を扱っている。

譯 銷售這些商品。

10 ｜サービス【service】

（名・自他サ）售後服務；服務，接待，侍候；（商店）廉價出售，附帶贈品出售

例 サービスをしてくれる。

譯 得到（減價）服務。

11 ｜しな【品】

（名・接尾）物品，東西；商品，貨物；（物品的）質量，品質；品種，種類；情況，情形

例 よい品を揃えた。

譯 好貨一應俱全。

12 ｜しまい【仕舞い】

（名）終了，末尾；停止，休止；閉店；賣光；化妝，打扮

例 おしまいにする。

譯 打烊；結束。

13 ｜シャッター【shutter】

（名）鐵捲門；照相機快門

例 シャッターを下ろす。

譯 放下鐵捲門。

14 ｜しょうてん【商店】

（名）商店

例 商店が立ち並ぶ。

譯 商店林立。

15 | じょうとう【上等】

(名・形動) 上等，優質；很好，令人滿意

例 上等な品を使っている。

譯 用的是高級品。

16 | ショップ【shop】

(接尾) (一般不單獨使用)店舖，商店

例 ショップを開店する。

譯 店舖開張。

17 | ずらり（と）

(副) 一排排，一大排，一長排

例 石をずらりと並べる。

譯 把石頭排成一排。

18 | そばや【蕎麦屋】

(名) 蕎麥麵店

例 蕎麦屋で昼食を取る。

譯 在蕎麥麵店吃中餐。

19 | つとめる【努める】

(他下一) 努力，為…奮鬥，盡力；勉強忍住

例 サービスに努める。

譯 努力服務。

20 | ていきゅうび【定休日】

(名) (商店、機關等)定期公休日

例 定休日が変わる。

譯 改變公休日。

21 | でむかえる【出迎える】

(他下一) 迎接

例 客を駅に出迎える。

譯 到車站接客人。

22 | てん【店】

(名) 店家，店

例 店員になる。

譯 成為店員。

23 | とうじょう【登場】

(名・自サ) (劇)出場，登台，上場演出；(新的作品、人物、產品)登場，出現

例 新製品が登場する。

譯 新商品登場。

24 | ひきとめる【引き止める】

(他下一) 留，挽留；制止，拉住

例 客を引き止める。

譯 挽留客人。

25 | ひとまず【一先ず】

(副) (不管怎樣)暫且，姑且

例 ひとまず閉店する。

譯 暫且停止營業。

26 | ひょうばん【評判】

(名) (社會上的)評價，評論；名聲，名譽；受到注目，聞名；傳說，風聞

例 評判が広がる。

譯 風聲傳開。

27 | へいてん【閉店】

名・自サ （商店）關門；倒閉

例 あの店は7時閉店だ。

譯 那間店七點打烊。

28 | みせや【店屋】

名 店鋪，商店

例 店屋が並ぶ。

譯 商店林立。

29 | や【屋】

接尾 （前接名詞，表示經營某家店或從事某種工作的人）店，舖；（前接表示個性、特質）帶點輕蔑的稱呼；(寫作「舍」)表示堂號，房舍的雅號

例 ケーキ屋がある。

譯 有蛋糕店。

30 | やっきょく【薬局】

名 （醫院的）藥局；藥鋪，藥店

例 薬局に処方箋を出す。

譯 在藥局開立了處方箋。

31 | ようひんてん【洋品店】

名 舶來品店，精品店，西裝店

例 洋品店を開く。

譯 開精品店。

Memo

_____

_____

_____

_____

_____

_____

_____

_____

_____

_____

_____

_____

_____

_____

15-1 交通、運輸 /
交通、運輸

01 ｜あう【遭う】
(自五) 遭遇，碰上
例 事故に遭う。
譯 碰上事故。

02 ｜いどう【移動】
(名・自他サ) 移動，轉移
例 部隊を移動する。
譯 部隊轉移。

03 ｜うんぱん【運搬】
(名・他サ) 搬運，運輸
例 木材を運搬する。
譯 搬運木材。

04 ｜エンジン【engine】
(名) 發動機，引擎
例 エンジンがかかる。
譯 引擎啟動。

05 ｜かそく【加速】
(名・自他サ) 加速
例 アクセルを踏んで加速する。
譯 踩油門加速。

06 ｜かそくど【加速度】
(名) 加速度；加速
例 進歩に加速度がつく。
譯 加快速度進步。

07 ｜かもつ【貨物】
(名) 貨物；貨車
例 貨物を輸送する。
譯 送貨。

08 ｜げしゃ【下車】
(名・自サ) 下車
例 途中下車する。
譯 中途下車。

09 ｜こうつうきかん【交通機関】
(名) 交通機關，交通設施
例 交通機関を利用する。
譯 乘坐交通工具。

10 ｜さいかい【再開】
(名・自他サ) 重新進行
例 電車が運転を再開する。
譯 電車重新運駛。

11 ｜ざせき【座席】
(名) 座位，座席，乘坐，席位
例 座席に着く。
譯 就座。

12 ｜さまたげる【妨げる】

(他下一) 阻礙，防礙，阻攔，阻撓

例 交通を妨げる。

譯 妨礙交通。

13 ｜じそく【時速】

(名) 時速

例 平均時速は 15 キロです。

譯 時速15公里。

14 ｜しゃりん【車輪】

(名) 車輪；（演員）拼命，努力表現；拼命於，盡力於

例 車輪の下敷きになる。

譯 被車輪輾過去。

15 ｜せいげん【制限】

(名・他サ) 限制，限度，極限

例 制限を越える。

譯 超過限度。

16 ｜そくりょく【速力】

(名) 速率，速度

例 速力を上げる。

譯 加快速度。

17 ｜でむかえ【出迎え】

(名) 迎接；迎接的人

例 出迎えに上がる。

譯 去迎接。

18 ｜トンネル【tunnel】

(名) 隧道

例 トンネルを掘る。

譯 挖隧道。

19 ｜はいたつ【配達】

(名・他サ) 送，投遞

例 新聞を配達する。

譯 送報紙。

20 ｜はっしゃ【発車】

(名・自サ) 發車，開車

例 発車が遅れる。

譯 逾時發車。

21 ｜ハンドル【handle】

(名)（門等）把手；（汽車、輪船）方向盤

例 ハンドルを回す。

譯 轉動方向盤。

22 ｜ひょうしき【標識】

(名) 標誌，標記，記號，信號

例 交通標識が曲がっている。

譯 交通標誌彎曲了。

23 ｜ぶつかる

(自五) 碰，撞；偶然遇上；起衝突

例 自転車にぶつかる。

譯 撞上腳踏車。

24 ｜べん【便】

(名・形動・漢造) 便利，方便；大小便；信息，音信；郵遞；隨便，平常

例 便がいい。

譯 很方便。

25 ｜めんきょしょう【免許証】

名（政府機關）批准；許可證，執照

例 運転免許証を見せてください。

譯 駕照讓我看一下。

26 ｜モノレール【monorail】

名 單軌電車，單軌鐵路

例 モノレールが走る。

譯 單軌電車行駛著。

27 ｜ゆそう【輸送】

名・他サ 輸送，傳送

例 貨物を輸送する。

譯 輸送貨物。

28 ｜ヨット【yacht】

名 遊艇，快艇

例 ヨットに乗る。

譯 乘遊艇。

15-2 鉄道、船、飛行機／
鐵路、船隻、飛機

01 ｜おうふく【往復】

名・自サ 往返，來往；通行量

例 往復切符を買う。

譯 購買來回車票。

02 ｜かいさつ【改札】

名・自サ（車站等）的驗票

例 改札を抜ける。

譯 通過驗票口。

03 ｜きかんしゃ【機関車】

名 機車，火車

例 蒸気機関車を運転する。

譯 駕駛蒸汽火車。

04 ｜こうくう【航空】

名 航空；「航空公司」的簡稱

例 航空会社を利用する。

譯 使用航空公司。

05 ｜こうど【高度】

名・形動（地）高度，海拔；（地平線到天體的）仰角；（事物的水平）高度，高級

例 高度を下げる。

譯 降低高度。

06 ｜さいしゅう【最終】

名 最後，最終，末末；（略）末班車

例 最終に間に合う。

譯 趕上末班車。

07 ｜してつ【私鉄】

名 私營鐵路

例 私鉄に乗る。

譯 搭乘私鐵。

08 ｜しゅうてん【終点】

名 終點

例 終点で降りる。

譯 在終點站下車。

09 ｜じょうしゃ【乗車】

名・自サ 乘車，上車；乘坐的車

例 乗車の手配をする。
譯 安排乗車。

10 ｜じょうしゃけん【乗車券】
名 車票
例 乗車券を拝見する。
譯 檢查車票。

11 ｜しんだい【寝台】
名 床，床鋪，（火車）臥鋪
例 寝台列車が利用される。
譯 臥鋪列車被使用。

12 ｜せき【隻】
接尾 （助數詞用法）計算船，箭，鳥的單位
例 船が 2 隻停泊している。
譯 兩艘船停靠著。

13 ｜せん【船】
漢造 船
例 旅客船が沈没した。
譯 客船沉沒了。

14 ｜せんろ【線路】
名 （火車、電車、公車等）線路；（火車、有軌電車的）軌道
例 線路を敷く。
譯 鋪軌道。

15 ｜そうさ【操作】
名・他サ 操作（機器等），駕駛；（設法）安排，（背後）操縱
例 ハンドルを操作する。
譯 操作方向盤。

16 ｜だっせん【脱線】
名・他サ （火車、電車等）脱軌，出軌；（言語、行動）脱離常規，偏離本題
例 列車が脱線する。
譯 火車脱軌。

17 ｜ていしゃ【停車】
名・他サ・自サ 停車，剎車
例 各駅に停車する。
譯 各站皆停。

18 ｜てつどう【鉄道】
名 鐵道，鐵路
例 鉄道を利用する。
譯 乘坐鐵路。

19 ｜とおりかかる【通りかかる】
自五 碰巧路過
例 通りかかった船に救助された。
譯 被經過的船隻救了。

20 ｜とおりすぎる【通り過ぎる】
自上一 走過，越過
例 うっかりして駅を通り過ぎてしまった。
譯 一不小心車站就走過頭了。

21 ｜ひこう【飛行】
名・自サ 飛行，航空
例 宇宙飛行士にあこがれる。
譯 憧憬成為太空人。

22 | びん【便】

名・漢造 書信；郵寄，郵遞；（交通設施等）班機，班車；機會，方便

例 定期便に乗る。

譯 搭乘定期班車（機）。

23 | ふみきり【踏切】

名 （鐵路的）平交道，道口；（轉）決心

例 踏切を渡る。

譯 過平交道。

24 | ヘリコプター【helicopter】

名 直昇機

例 ヘリコプターが飛んでいる。

譯 直升飛機飛翔著。

25 | ボート【boat】

名 小船，小艇

例 ボートに乗る。

譯 搭乘小船。

26 | まんいん【満員】

名 （規定的名額）額滿；（車、船等）擠滿乘客，滿座：（會場等）塞滿觀眾

例 満員の電車が走る。

譯 滿載乘客的電車在路上跑著。

27 | やこう【夜行】

名・接頭 夜行；夜間列車；夜間活動

例 夜行列車が出る。

譯 夜間列車發車。

28 | ゆうらんせん【遊覧船】

名 渡輪

例 遊覧船に乗る。

譯 搭乘渡輪。

15-3 自動車、道路 /
汽車、道路

01 | いっぽう【一方】

名・副助：接 一個方向；一個角度；一面，同時；（兩個中的）一個；只顧，愈來愈…；從另一方面説

例 この道路が一方通行になっている。

譯 前方為單向通行道路。

02 | おうだん【横断】

名・他サ 橫斷；橫渡，橫越

例 道路を横断する。

譯 橫越馬路。

03 | おうとつ【凹凸】

名 凹凸，高低不平

例 凹凸が激しい。

譯 非常崎嶇不平。

04 | おおどおり【大通り】

名 大街，大馬路

例 大通りを横切る。

譯 橫過馬路。

05 | カー【car】

名 車，車的總稱，狹義指汽車

例 マイカー通勤が減った。

譯 開自用車上班的人減少了。

06 ｜カーブ【curve】

名・自サ 轉彎處；彎曲；（棒球、曲棍球）曲線球

例 急カーブを曲がる。

譯 急轉彎。

07 ｜かいつう【開通】

名・自他サ （鐵路、電話線等）開通，通車，通話

例 トンネルが開通する。

譯 隧道通車。

08 ｜こうさ【交差】

名・自他サ 交叉

例 道路が交差する。

譯 道路交叉。

09 ｜こうそく【高速】

名 高速

例 高速道路が建設された。

譯 建設高速公路。

10 ｜しめす【示す】

他五 出示，拿出來給對方看；表示，表明；指示，指點，開導；呈現，顯示

例 道を示す。

譯 指路。

11 ｜しゃこ【車庫】

名 車庫

例 車庫に入れる。

譯 開車入庫。

12 ｜しゃどう【車道】

名 車道

例 車道に飛び出す。

譯 衝到車道上。

13 ｜じょうようしゃ【乗用車】

名 自小客車

例 乗用車を買う。

譯 買汽車。

14 ｜せいび【整備】

名・他也サ 配備，整備；整理，修配；擴充，加強，組裝；保養

例 車のエンジンを整備する。

譯 保養車子的引擎。

15 ｜ちゅうしゃ【駐車】

名・自サ 停車

例 路上に駐車する。

譯 在路邊停車。

16 ｜つうこう【通行】

名・自サ 通行，交通，往來；廣泛使用，一般通用

例 通行止めになる。

譯 停止通行。

17 ｜つうろ【通路】

名 （人們通行的）通路，人行道；（出入通行的）空間，通道

例 通路を通る。

譯 過人行道。

18 ｜とびだす【飛び出す】

(自五) 飛出，飛起來，起飛；跑出；(猛然)
跳出；突然出現

例 子供がとび出す。

譯 小孩突然跑出來。

19 ｜パンク【puncture 之略】

(名・自サ) 爆胎；脹破，爆破

例 タイヤがパンクする。

譯 爆胎。

20 ｜ひきかえす【引き返す】

(自五) 返回，折回

例 途中で引き返す。

譯 半路上折回。

21 ｜ひく【轢く】

(他五) (車)壓，軋(人等)

例 自動車が人を轢いた。

譯 汽車壓了人。

22 ｜ひとどおり【人通り】

(名) 人來人往，通行；來往行人

例 人通りが激しい。

譯 來往行人頻繁。

23 ｜へこむ【凹む】

(自五) 凹下，潰下；屈服，認輸；虧空，
赤字

例 道が凹む。

譯 路面凹下。

24 ｜ほそう【舗装】

(名・他サ) (用柏油等)鋪路

例 舗装した道路が壊れた。

譯 鋪過的路崩壞了。

25 ｜ほどう【歩道】

(名) 人行道

例 歩道を歩く。

譯 走人行道。

26 ｜まわりみち【回り道】

(名) 繞道，繞遠路

例 回り道をしてくる。

譯 繞道而來。

27 ｜みちじゅん【道順】

(名) 順路，路線；步驟，程序

例 道順を聞く。

譯 問路。

28 ｜ゆるい【緩い】

(形) 鬆，不緊；徐緩，不陡；不急；不嚴格；
稀薄

例 緩いカーブ。

譯 慢彎。

29 ｜よこぎる【横切る】

(他五) 橫越，橫跨

例 通りを横切る。

譯 穿越馬路。

パート 16 第十六章 通信、報道
- 通訊、報導 -

16-1 通信、電話、郵便 /
通訊、電話、郵件

01 ｜いちおう【一応】
㊅ 大略做了一次，暫，先，姑且
例 一応目を通す。
譯 大略看過。

02 ｜いんさつ【印刷】
（名・自他サ）印刷
例 チラシを印刷してもらう。
譯 請他印製宣傳單。

03 ｜えはがき【絵葉書】
㊅ 圖畫明信片，照片明信片
例 絵葉書を出す。
譯 寄明信片。

04 ｜おうたい【応対】
（名・他サ）應對，接待，應酬
例 電話の応対が丁寧になった。
譯 電話的應對變得很有禮貌。

05 ｜ざつおん【雑音】
㊅ 雜音，噪音
例 電話に雑音が入る。
譯 電話裡有雜音。

06 ｜じゅわき【受話器】
㊅ 聽筒
例 受話器を使う。
譯 使用聽筒。

07 ｜ちょくつう【直通】
（名・自サ）直達（中途不停）；直通
例 直通の電話番号ができた。
譯 有了直通的電話號碼。

08 ｜つうしん【通信】
（名・自サ）通信，通音信；通訊，聯絡；報導消息的稿件，通訊稿
例 無線で通信する。
譯 以無線電聯絡。

09 ｜つつみ【包み】
㊅ 包袱，包裹
例 包みが届く。
譯 包裹送到。

10 ｜でんせん【電線】
㊅ 電線，電纜
例 電線を張る。
譯 架設電線。

11 ｜でんちゅう【電柱】

⒜ 電線桿

例 電柱を立てる。

譯 立電線桿。

12 ｜でんぱ【電波】

⒜ （理）電波

例 電波を出す。

譯 發出電波。

13 ｜といあわせ【問い合わせ】

⒜ 詢問，打聽，查詢

例 問い合わせが殺到する。

譯 詢問人潮不斷湧來。

14 ｜とりあげる【取り上げる】

（他下一）拿起，舉起；採納，受理；奪取，剝奪；沒收（財產），徵收（税金）

例 受話器を取り上げる。

譯 拿起話筒。

15 ｜ないせん【内線】

⒜ 内線；（電話）内線分機

例 内線番号にかける。

譯 撥打內線分機號碼。

16 ｜ねんがじょう【年賀状】

⒜ 賀年卡

例 年賀状を書く。

譯 寫賀年卡。

17 ｜はなしちゅう【話し中】

⒜ 通話中

例 お話し中失礼ですが…。

譯 不好意思打擾您了…。

18 ｜よびだす【呼び出す】

（他五）喚出，叫出；叫來，喚來，邀請；傳訊

例 電話で呼び出す。

譯 用電話叫人來。

16-2 伝達、通知、情報／
傳達、告知、信息

01 ｜あと【跡】

⒜ 印，痕跡，遺跡；跡象；行蹤下落；家業；後任，後繼者

例 跡を絶つ。

譯 絕跡。

02 ｜おしらせ【お知らせ】

⒜ 通知，訊息

例 お知らせが届く。

譯 消息到達。

03 ｜けいじ【掲示】

（名・他サ）牌示，佈告欄；公佈

例 掲示が出る。

譯 貼出告示。

04 ｜ごらん【ご覧】

⒜ （敬）看，觀覽；（親切的）請看；（接動詞連用形）試試看

例 ご覧に入れる。

譯 請看…。

05 ｜つうち【通知】

(名・他サ) 通知，告知

例 通知が届く。

譯 接到通知。

06 ｜ふつう【不通】

(名)（聯絡、交通等）不通，斷絕；沒有音信

例 音信不通になる。

譯 音訊不通。

07 ｜ぼしゅう【募集】

(名・他サ) 募集，徵募

例 募集を行う。

譯 進行招募。

08 ｜ポスター【poster】

(名) 海報

例 ポスターを張る。

譯 張貼海報。

N2 ● 16-3

16-3 報道、放送 / 報導、廣播

01 ｜アンテナ【antenna】

(名) 天線

例 アンテナを張る。

譯 搜集情報。

02 ｜かいせつ【解説】

(名・他サ) 解説，説明

例 ニュース解説が群を抜く。

譯 新聞解説出類拔萃。

03 ｜こうせい【構成】

(名・他サ) 構成，組成，結構

例 番組を構成する。

譯 組織節目。

04 ｜こうひょう【公表】

(名・他サ) 公布，發表，宣布

例 公表をはばかる。

譯 害怕被公布。

05 ｜さつえい【撮影】

(名・他サ) 攝影，拍照；拍電影

例 屋外で撮影する。

譯 在屋外攝影。

06 ｜スピーチ【speech】

(名・自サ)（正式場合的）簡短演説，致詞，講話

例 スピーチをする。

譯 致詞，演講。

07 ｜せろん・よろん【世論】

(名) 世間一般人的意見，民意，輿論

例 世論を反映させる。

譯 反應民意。

08 ｜そうぞうしい【騒々しい】

(形) 吵鬧的，喧囂的，宣嚷的；（社會上）動盪不安的

例 世間が騒々しい。

譯 世上騷亂。

09 │のる【載る】

(他五) 登上，放上；乘，坐，騎；參與；上當，受騙；刊載，刊登

例 新聞に載る。

譯 登在報上，上報。

10 │ほうそう【放送】

(名・他サ) 廣播；(用擴音器)傳播，散佈(小道消息、流言蜚語等)

例 放送が中断する。

譯 廣播中斷。

11 │ろんそう【論争】

(名・自サ) 爭論，爭辯，論戰

例 論争が起こる。

譯 引起爭論。

Memo

パート 17 第十七章 スポーツ

-體育運動-

17-1 スポーツ / 體育運動

01 ｜いんたい【引退】

(名・自サ) 隱退，退職

例 引退声明を発表する。

譯 宣布退休。

02 ｜およぎ【泳ぎ】

(名) 游泳

例 泳ぎを習う。

譯 學習游泳。

03 ｜からて【空手】

(名) 空手道

例 空手を習う。

譯 練習空手道。

04 ｜かんとく【監督】

(名・他サ) 監督，督促；監督者，管理人；
(影劇)導演；(體育)教練

例 野球チームの監督になる。

譯 成為棒球隊教練。

05 ｜くわえる【加える】

(他下一) 加，加上

例 メンバーに新人を加える。

譯 會員有新人加入。

06 ｜こうせき【功績】

(名) 功績

例 功績を残す。

譯 留下功績。

07 ｜スケート【skate】

(名) 冰鞋，冰刀；溜冰，滑冰

例 アイススケートに行こう。

譯 我們去溜冰吧！

08 ｜すもう【相撲】

(名) 相撲

例 相撲にならない。

譯 力量懸殊。

09 ｜せいしき【正式】

(名・形動) 正式的，正規的

例 正式に引退を表明した。

譯 正式表明引退之意。

10 ｜たいそう【体操】

(名) 體操；體育課

例 体操をする。

譯 做體操。

11 ｜てきど【適度】

(名・形動) 適度，適當的程度

例 適度な運動をする。

譯 適度的運動。

12 ｜ もぐる【潜る】

(自五) 潜入（水中）；鑽進，藏入，躲入；
潜伏活動，違法從事活動

例 水中に潜る。

譯 潛入水中。

13 ｜ ランニング【running】

(名) 賽跑，跑步

例 公園でランニングする。

譯 在公園跑步。

17-2 試合 /
比賽

01 ｜ アウト【out】

(名) 外，外邊；出界；出局

例 アウトになる。

譯 出局。

02 ｜ おぎなう【補う】

(他五) 補償，彌補，貼補

例 欠員を補う。

譯 補足缺額。

03 ｜ おさめる【収める】

(他下一) 接受；取得；收藏，收存；收集，
集中；繳納；供應，賣給；結束

例 勝利を手中に収める。

譯 勝券在握。

04 ｜ おどりでる【躍り出る】

(自下一) 躍進到，跳到

例 トップに躍り出る。

譯 一躍而居冠。

05 ｜ かいし【開始】

(名・自他サ) 開始

例 試合開始を待つ。

譯 等待比賽開始。

06 ｜ かえって【却って】

(副) 反倒，相反地，反而

例 かえって足手まといだ。

譯 反而礙手礙腳。

07 ｜ かせぐ【稼ぐ】

(名・他五)（為賺錢而）拼命的勞動；（靠工
作、勞動）賺錢；爭取，獲得

例 点数を稼ぐ。

譯 爭取（優勝）分數。

08 ｜ きょうぎ【競技】

(名・自サ) 競賽，體育比賽

例 競技に出る。

譯 參加比賽。

09 ｜ くみあわせ【組み合わせ】

(名) 組合，配合，編配

例 組み合わせが決まる。

譯 決定編組。

10 ｜ けいば【競馬】

(名) 賽馬

例 競馬場に行く。

譯 去賽馬場。

11 ｜ けん【券】

(名) 票，証，券

例 入場券を求める。
訳 購買入場券。

12｜こうけん【貢献】

（名・自サ）貢獻
例 優勝に貢献する。
訳 對獲勝做出貢獻。

13｜さいちゅう【最中】

名 動作進行中，最頂點，活動中
例 試合の最中に雨が降って来た。
訳 正在比賽的時候下起雨來了。

14｜じゃくてん【弱点】

名 弱點，痛處；缺點
例 弱点をつかむ。
訳 抓住弱點。

15｜しゅうりょう【終了】

（名・自他サ）終了，結束；作完；期滿，
屆滿
例 試合が終了する。
訳 比賽終了。

16｜じゅん【準】

（接頭）準，次
例 準優勝が一番悔しい。
訳 亞軍最叫人心有不甘。

17｜しょうはい【勝敗】

名 勝負，勝敗
例 勝敗が決まる。
訳 決定勝負。

18｜しょうぶ【勝負】

（名・自サ）勝敗，輸贏；比賽，競賽
例 勝負をする。
訳 比賽。

19｜スタンド【stand】

（結尾・名）站立；台，托，架；檯燈，桌燈；
看台，觀眾席；（攤販式的）小酒吧
例 観衆がスタンドを埋めた。
訳 觀眾席坐滿了人。

20｜せんしゅ【選手】

名 選拔出來的人；選手，運動員
例 代表選手に選ばれる。
訳 被選為代表選手。

21｜ぜんりょく【全力】

名 全部力量，全力；（機器等）最大出力，
全力
例 全力を挙げる。
訳 不遺餘力。

22｜たいかい【大会】

名 大會；全體會議
例 大会で優勝する。
訳 在大會上取得冠軍。

23｜チャンス【chance】

名 機會，時機，良機
例 チャンスが来る。
訳 機會到來。

24 | にゅうじょう【入場】

(名・自サ) 入場

例 関係者以外の入場を禁ず。

譯 相關人員以外，請勿入場。

25 | にゅうじょうけん【入場券】

(名) 門票，入場券

例 入場券売場がある。

譯 有門票販售處。

26 | ねらう【狙う】

(他五) 看準，把…當做目標；把…弄到手；伺機而動

例 優勝を狙う。

譯 想取得優勝。

27 | ひきわけ【引き分け】

(名) (比賽)平局，不分勝負

例 引き分けになる。

譯 打成平局。

28 | へいかい【閉会】

(名・自サ・他サ) 閉幕，會議結束

例 閉会式が開かれた。

譯 舉辦閉幕式。

29 | めざす【目指す】

(他五) 指向，以…為努力目標，瞄準

例 優勝を目指す。

譯 以優勝為目標。

30 | メンバー【member】

(名) 成員，一份子；(體育)隊員

例 メンバーを揃える。

譯 湊齊成員。

31 | ゆうしょう【優勝】

(名・自サ) 優勝，取得冠軍

例 優勝を狙う。

譯 以冠軍為目標。

32 | ようす【様子】

(名) 情況，狀態，容貌，樣子；緣故；光景，徵兆

例 様子を窺う。

譯 暗中觀察狀況。

17-3 球技、陸上競技 /
球類、田徑賽

01 | かいさん【解散】

(名・自他サ) 散開，解散，(集合等)散會

例 野球部を解散する。

譯 就地解散棒球隊。

02 | グラウンド【ground】

(造語) 運動場，球場，廣場，操場

例 グラウンドで走る。

譯 在操場跑步。

03 | ゴール【goal】

(名) (體)決勝點，終點；球門；跑進決勝點，射進球門；奮鬥的目標

例 ゴールに到達する。

譯 抵達終點。

04 ｜ころがす【転がす】

(他五) 滾動，轉動；開動(車)，推進；轉賣；弄倒，搬倒

例 ボールを転がす。

譯 滾動球。

05 ｜サイン【sign】

(名・自サ) 簽名，署名，簽字；記號，暗號，信號，作記號

例 サインを送る。

譯 送暗號。

06 ｜すじ【筋】

(名・接尾) 筋；血管；線，條；紋絡，條紋；素質，血統；條理，道理

例 筋がいい。

譯 有天分，有才能。

07 ｜トラック【track】

(名) (操場、運動場、賽馬場的)跑道

例 トラックを1周する。

譯 繞跑道一圈。

08 ｜にげきる【逃げ切る】

(自五) (成功地)逃跑

例 危なかったが、逃げ切った。

譯 雖然危險但脫逃成功。

09 ｜のう【能】

(名・漢造) 能力，才能，本領；功效；(日本古典戲劇)能樂

例 野球しか能がない。

譯 除了棒球以外沒別的本事。

10 ｜マラソン【marathon】

(名) 馬拉松長跑

例 マラソンに出る。

譯 參加馬拉松大賽。

パート 18 第十八章 趣味、娯楽

- 愛好、嗜好、娛樂 -

18-1 娯楽 /
娛樂

01 ｜かいすいよく【海水浴】

名 海水浴場

例 海水浴場が近い。

譯 海水浴場很近。

02 ｜かんしょう【鑑賞】

名・他サ 鑑賞，欣賞

例 映画を鑑賞する。

譯 鑑賞電影。

03 ｜キャンプ【camp】

名・自サ 露營，野營；兵營，軍營；登山隊基地；(棒球等)集訓

例 渓谷でキャンプする。

譯 在溪谷露營。

04 ｜ごらく【娯楽】

名 娛樂，文娛

例 ここは娯楽が少ない。

譯 這裡娛樂很少。

05 ｜たび【旅】

名・他サ 旅行，遠行

例 旅をする。

譯 去旅行。

06 ｜とざん【登山】

名・自サ 登山；到山上寺廟修行

例 家族を連れて登山する。

譯 帶著家族一同爬山。

07 ｜ぼうけん【冒険】

名・自サ 冒險

例 冒険をする。

譯 冒險。

08 ｜めぐる【巡る】

自五 循環，轉回，旋轉；巡遊；環繞，圍繞

例 湖を巡る。

譯 沿湖巡行。

09 ｜レクリエーション【recreation】

名 (身心)休養；娛樂，消遣

例 レクリエーションの施設が整っている。

譯 休閒設施完善。

10 ｜レジャー【leisure】

名 空閒，閒暇，休閒時間；休閒時間的娛樂

例 レジャーを楽しむ。

譯 享受休閒時光。

18-2 趣味 /
· 嗜好

01 ｜あたり【当（た）り】
(名) 命中；感覺，觸感；味道；猜中；中獎；
待人態度；如願；（接尾）每，平均
例 当たりが出る。
譯 中獎了。

02 ｜あみもの【編み物】
(名) 編織；編織品
例 編み物をする。
譯 編織。

03 ｜いけばな【生け花】
(名) 生花，插花
例 生け花を習う。
譯 學插花。

04 ｜うらなう【占う】
(他五) 占卜，占卦，算命
例 身の上を占う。
譯 算命。

05 ｜くみたてる【組み立てる】
(他下一) 組織，組裝
例 模型を組み立てる。
譯 組裝模型。

06 ｜ご【碁】
(名) 圍棋
例 碁を打つ。
譯 下圍棋。

07 ｜じゃんけん【じゃん拳】
(名) 猜拳，划拳
例 じゃんけんをする。
譯 猜拳。

08 ｜しょうぎ【将棋】
(名) 日本象棋，將棋
例 将棋を指す。
譯 下日本象棋。

09 ｜てじな【手品】
(名) 戲法，魔術；騙術，奸計
例 手品を使う。
譯 變魔術。

10 ｜どうわ【童話】
(名) 童話
例 童話に引かれる。
譯 被童話吸引住。

11 ｜なぞなぞ【謎々】
(名) 謎語
例 謎々遊びをする。
譯 玩猜謎遊戲。

12 ｜ふうせん【風船】
(名) 氣球，氫氣球
例 風船を飛ばす。
譯 放氣球。

芸術
- 藝術 -

19-1 芸術、絵画、彫刻 /
藝術、繪畫、雕刻

01 | えがく【描く】
他五 畫，描繪；以…為形式，描寫；想像
例 夢を描く。
譯 描繪夢想。

02 | えのぐ【絵の具】
名 顏料
例 絵の具を塗る。
譯 著色。

03 | かいが【絵画】
名 繪畫，畫
例 抽象絵画を飾る。
譯 掛上抽象畫擺飾。

04 | きざむ【刻む】
他五 切碎；雕刻；分成段；銘記，牢記
例 文字を刻む。
譯 刻上文字。

05 | げいのう【芸能】
名 （戲劇，電影，音樂，舞蹈等的總稱）
演藝，文藝，文娛
例 芸能人が集う。
譯 聚集了演藝圈人士。

06 | こうげい【工芸】
名 工藝
例 工芸品を販売する。
譯 賣工藝品。

07 | しゃせい【写生】
名・他サ 寫生，速寫；短篇作品，散記
例 花を写生する。
譯 花卉寫生。

08 | しゅうじ【習字】
名 習字，練毛筆字
例 習字を習う。
譯 學書法。

09 | しょどう【書道】
名 書法
例 書道を習う。
譯 學習書法。

10 | せいさく【制作】
名・他サ 創作（藝術品等），製作；作品
例 芸術作品を制作する。
譯 創作藝術品。

11 | そうさく【創作】
名・他サ （文學作品）創作；捏造（謊言）；
創新，創造
例 創作に専念する。
譯 專心從事創作。

12 ｜そしつ【素質】

名 素質，本質，天分，天資
例 素質に恵まれる。
譯 具備天分。

13 ｜ちかよる【近寄る】

自五 走進，靠近，接近
例 近寄ってよく見る。
譯 靠近仔細看。

14 ｜ちょうこく【彫刻】

名・他サ 雕刻
例 仏像を彫刻する。
譯 雕刻佛像。

15 ｜はいく【俳句】

名 俳句
例 俳句を読む。
譯 吟詠俳句。

16 ｜ぶんげい【文芸】

名 文藝，學術和藝術；（詩、小説、戲劇等）語言藝術
例 文芸映画が生まれた。
譯 誕生文藝電影。

17 ｜ほり【彫り】

名 雕刻
例 彫りの深い顔立ち。
譯 五官深邃。

18 ｜ほる【彫る】

他五 雕刻；紋身
例 像を彫る。
譯 刻雕像。

19-2 音楽 /
音樂

01 ｜オーケストラ【orchestra】

名 管絃樂（團）；樂池，樂隊席
例 オーケストラを結成する。
譯 組成管弦樂團。

02 ｜オルガン【organ】

名 風琴
例 電子オルガンが広まる。
譯 電子風琴普及。

03 ｜おん【音】

名 聲音，響聲；發音
例 ノイズ音を低減する。
譯 減低噪音。

04 ｜か【歌】

漢造 唱歌；歌詞
例 和歌を一首詠んだ。
譯 朗誦了一首和歌。

05 ｜がっき【楽器】

名 樂器
例 楽器を奏でる。
譯 演奏樂器。

06 ｜がっしょう【合唱】

名・他サ 合唱，一齊唱；同聲高呼
例 合唱部に入る。
譯 參加合唱團。

07 ｜かよう【歌謡】

名 歌謠，歌曲

例 歌謠曲を歌う。

譯 唱歌謠。

08 ｜からから

副・自サ 乾的、硬的東西相碰的聲音(擬音)

例 からから音がする。

譯 鏗鏗作響。

09 ｜がらがら

名・副・自サ・形動 手搖鈴玩具；硬物相撞聲；直爽；很空

例 がらがらとシャッターを開ける。

譯 嘎啦嘎啦地把鐵門打開。

10 ｜きょく【曲】

名・漢造 曲調；歌曲；彎曲

例 曲を演奏する。

譯 演奏曲子。

11 ｜コーラス【chorus】

名 合唱；合唱團；合唱曲

例 コーラス部に入る。

譯 參加合唱團。

12 ｜こてん【古典】

名 古書，古籍；古典作品

例 古典音楽を楽しむ。

譯 欣賞古典音樂。

13 ｜コンクール【concours】

名 競賽會，競演會，會演

例 合唱コンクールに出る。

譯 出席合唱比賽。

14 ｜さっきょく【作曲】

名・他サ 作曲，譜曲，配曲

例 交響曲を作曲する。

譯 作交響曲。

15 ｜たいこ【太鼓】

名 （大）鼓

例 太鼓を叩く。

譯 打鼓。

16 ｜テンポ【tempo】

名 （樂曲的）速度，拍子；（局勢、對話或動作的）速度

例 テンポが落ちる。

譯 節奏變慢。

17 ｜どうよう【童謠】

名 童謠；兒童詩歌

例 童謠を作曲する。

譯 創作童謠歌曲。

18 ｜ひびき【響き】

名 聲響，餘音；回音，迴響，震動；傳播振動；影響，波及

例 鐘の響きが時を告げる。

譯 鐘聲的餘音宣報時刻。

19 ｜ひびく【響く】

自五 響，發出聲音；發出回音，震響；傳播震動；波及；出名

例 天下に名が響く。

譯 名震天下。

20 ｜ みんよう【民謡】

名 民謠，民歌

例 民謡を歌う。

譯 唱民謠。

21 ｜ リズム【rhythm】

名 節奏，旋律，格調，格律

例 リズムを取る。

譯 打節拍。

N2 19-3

19-3 演劇、舞踊、映画 ／
戲劇、舞蹈、電影

01 ｜ あく【開く】

自五 開，打開；（店舗）開始營業

例 幕が開く。

譯 開幕。

02 ｜ あらすじ【粗筋】

名 概略，梗概，概要

例 物語のあらすじが見えない。

譯 看不清故事大概。

03 ｜ えんぎ【演技】

名・自サ （演員的）演技，表演；做戲

例 演技派の俳優が演じる。

譯 由演技派演員出演。

04 ｜ かいえん【開演】

名・自他サ 開演

例 7 時に開演する。

譯 七點開演。

05 ｜ かいかい【開会】

名・自他サ 開會

例 司会者のあいさつで開会する。

譯 司儀致詞宣布會議開始。

06 ｜ かんきゃく【観客】

名 觀眾

例 観客層を広げる。

譯 擴大觀眾層。

07 ｜ きゃくせき【客席】

名 觀賞席；宴席，來賓席

例 客席を見渡す。

譯 遠望觀眾席。

08 ｜ けいこ【稽古】

名・自他サ （學問、武藝等的）練習，學習；（演劇、電影、廣播等的）排演，排練

例 けいこをつける。

譯 訓練。

09 ｜ げき【劇】

名・接尾 劇，戲劇；引人注意的事件

例 劇を演じる。

譯 演戲。

10 ｜ けっさく【傑作】

名 傑作

例 傑作が生まれる。

譯 創作出傑作。

11 ｜ しばい【芝居】

名 戲劇，話劇；假裝，花招；劇場

例 芝居がうまい。

譯 演技好。

12 ｜しゅやく【主役】

名 （戲劇）主角；（事件或工作的）中心人物

例 主役が決まる。

譯 決定主角。

13 ｜ステージ【stage】

名 舞台，講台；階段，等級，步驟

例 ステージに立つ。

譯 站在舞台上。

14 ｜せりふ

名 台詞，念白；（貶）使人不快的説法，説辭

例 せりふをとちる。

譯 念錯台詞。

15 ｜だい【題】

名・自サ・漢造 題目，標題；問題；題辭

例 題が決まる。

譯 訂題。

16 ｜ダンス【dance】

名・自サ 跳舞，交際舞

例 ダンスを習う。

譯 學習跳舞。

17 ｜びみょう【微妙】

形動 微妙的

例 微妙な言い回しが面白い。

譯 微妙的説法很耐人尋味。

18 ｜プログラム【program】

名 節目（單），説明書；計畫（表），程序（表）；編制（電腦）程式

例 プログラムを組む。

譯 編制程序。

19 ｜まく【幕】

名・漢造 幕，布幕；（戲劇）幕；場合，場面；螢幕

例 幕を開ける。

譯 揭幕。

20 ｜みごと【見事】

形動 漂亮，好看；卓越，出色，巧妙；整個，完全

例 見事に成功する。

譯 成功得漂亮。

21 ｜めいさく【名作】

名 名作，傑作

例 不朽の名作だ。

譯 不朽的名作。

22 ｜ものがたり【物語】

名 談話，事件；傳説；故事，傳奇；（平安時代後散文式的文學作品）物語

例 物語を語る。

譯 説故事。

数量、図形、色彩
- 数量、圖形、色彩 -

20-1 数 /
數目

01 | いっしゅ【一種】

(名) 一種；獨特的；（説不出的）某種，稍許

例 彼は一種の天才だ。

譯 他是某種天才。

02 | おのおの【各々】

(名・副) 各自，各，諸位

例 各々の考えがまとまらず。

譯 各自的想法無法一致。

03 | きじゅん【基準】

(名) 基礎，根基；規格，準則

例 基準に達する。

譯 達到基準。

04 | きゅうげき【急激】

(形動) 急遽

例 急激な変化に耐える。

譯 忍受急遽的變化。

05 | きゅうそく【急速】

(名・形動) 迅速，快速

例 急速な変化が予測される。

譯 預測將有迅速的變化。

06 | くらい【位】

(名) （數)位數；皇位，王位；官職，地位；（人或藝術作品的）品味，風格

例 位が上がる。

譯 升級。

07 | ぐうすう【偶数】

(名) 偶數，雙數

例 偶数の部屋にいすがある。

譯 偶數的房間有椅子。

08 | ごく【極】

(副) 非常，最，極，至，頂

例 極親しい関係を持つ。

譯 保持極親關係。

09 | しめる【占める】

(他下一) 占有，佔據，佔領；（只用於特殊形)表得到（重要的位置）

例 過半数を占める。

譯 佔有半數以上。

10 | しょうしか【少子化】

(名) 少子化

例 少子化が進んでいる。

譯 少子化日趨嚴重。

11 ｜すう【数】

(名・接頭) 數，數目，數量；定數，天命；
（數學中泛指的）數；數量

例 端数を切り捨てる。

譯 去掉尾數。

12 ｜たいはん【大半】

(名) 大半，多半，大部分

例 大半を占める。

譯 佔大半。

13 ｜だいぶぶん【大部分】

(名・副) 大部分，多半

例 出席者の大部分が賛成する。

譯 大部分的出席者都贊成。

14 ｜たっする【達する】

(他サ・自サ) 到達；精通，通過；完成，
達成；實現；下達(指示、通知等)

例 義援金が 200 億円に達する。

譯 捐款達二百億日圓。

15 ｜たんすう【単数】

(名) （數）單數，（語）單數

例 一人は単数である。

譯 一個人是單數。

16 ｜ちょうか【超過】

(名・自サ) 超過

例 時間を超過する。

譯 超過時間。

17 ｜とおり【通り】

(接尾) 種類；套，組

例 方法は二通りある。

譯 辦法有兩種。

18 ｜なかば【半ば】

(名・副) 一半，半數；中間，中央；半途；
（大約）一半，一半(左右)

例 半ばの月を眺める。

譯 眺望仲秋之月。

19 ｜なし【無し】

(名) 無，沒有

例 何も言うことなし。

譯 無話可説。

20 ｜なんびゃく【何百】

(名) （數量）上百

例 蚊が何百匹もいる。

譯 有上百隻的蚊子。

21 ｜ひと【一】

(接頭) 一個；一回；稍微；以前

例 一勝負しようぜ。

譯 比賽一回吧！

22 ｜ひとしい【等しい】

(形) （性質、數量、狀態、條件等）相等的，
一樣的；似的

例 ＡはＢに等しい。

譯 Ａ等於Ｂ。

23 ｜ひとすじ【一筋】

(名) 一條，一根；（常用「一筋に」）一
心一意，一個勁兒

例 一筋の光が差し込む。

譯 一道曙光照射進來。

24 ｜ひととおり【一通り】

(副) 大概，大略；(下接否定)普通，一般；
一套；全部

例 一通り読む。

譯 略讀。

25 ｜ひょうじゅん【標準】

(名) 標準，水準，基準

例 標準的なサイズが１番売れる。

譯 一般的尺寸賣最好。

26 ｜ぶ【分】

(名・接尾) (優劣的)形勢，(有利的)程度；
厚度；十分之一；百分之一

例 二割三分の手数料がかかる。

譯 要23%的手續費。

27 ｜ふくすう【複數】

(名) 複數

例 複數形がない。

譯 沒有複數形。

28 ｜ほぼ【略・粗】

(副) 大約，大致，大概

例 仕事がほぼ完成した。

譯 工作大略完成了。

29 ｜まいすう【枚數】

(名) (紙、衣、版等薄物)張數，件數

例 枚數を数える。

譯 數張數。

30 ｜まれ【稀】

(形動) 稀少，稀奇，希罕

例 稀なでき事だ。

譯 罕見的事。

31 ｜メーター【meter】

(名) 米，公尺；儀表，測量器

例 水道のメーターが回っている。

譯 自來水錶運轉著。

32 ｜めやす【目安】

(名) (大致的)目標，大致的推測，基準；
標示

例 目安を立てる。

譯 確定標準。

33 ｜もっとも【最も】

(副) 最，頂

例 世界で最も高い山。

譯 世界最高的山。

34 ｜やく【約】

(名・副・漢造) 約定，商定；縮寫，略語；
大約，大概；簡約，節約

例 約10キロ走った。

譯 跑了大約十公里。

35 ｜よび【予備】

(名) 預備，準備

例 予備の電池を買う。

譯 買預備電池。

20-2 計算 /
計算

01 ｜えんしゅう【円周】
(名) (數)圓周
例 円周率を求める。
譯 計算出圓周率。

02 ｜かくりつ【確率】
(名) 機率，概率
例 確率が高い。
譯 機率高。

03 ｜かげん【加減】
(名・他サ) 加法與減法；調整，斟酌；程度，狀態；(天氣等)影響；身體狀況
例 手加減がわからない。
譯 不知道斟酌力道。

04 ｜かじょう【過剰】
(名・形動) 過剩，過量
例 過剰な反応が起こる。
譯 發生過度的反應。

05 ｜くわわる【加わる】
(自五) 加上，添上
例 新しい要素が加わる。
譯 增添新的因素。

06 ｜げきぞう【激増】
(名・自サ) 激增，劇增
例 人口が激増する。
譯 人口激增。

07 ｜ごうけい【合計】
(名・他サ) 共計，合計，總計
例 合計を求める。
譯 算出總計。

08 ｜ぞうか【増加】
(名・自他サ) 增加，增多，增進
例 人口が増加する。
譯 人口增加。

09 ｜ぞうげん【増減】
(名・自他サ) 增減，增減
例 売り上げは月によって増減がある。
譯 銷售因月份有所增減。

10 ｜とうけい【統計】
(名・他サ) 統計
例 統計を出す。
譯 做出統計數字。

11 ｜ぴたり
(副) 突然停止；緊貼地，緊緊地；正好，正合適，正對
例 計算がぴたりと合う。
譯 計算的數字正確。

12 ｜ほうていしき【方程式】
(名) (數學)方程式
例 方程式を解く。
譯 解方程式。

13 ｜まし
(名・形動) 增，增加；勝過，強

例 一割増になる。
いちわりまし

譯 增加一成。

---

14 ｜りつ【率】

名 率，比率，成數；有力或報酬等的程度

例 能率を上げる。
のうりつ あ

譯 提高效率。

---

15 ｜わる【割る】

他五 打，劈開；用除法計算

例 6を2で割る。
わ

譯 6除以2。

20-3 量／
量、容量

---

01 ｜あまる【余る】

自五 剩餘；超過，過分，承擔不了

例 目に余る。
め あま

譯 令人看不下去。

---

02 ｜ある【或る】

連體 (動詞「あり」的連體形轉變，表示不明確、不肯定)某，有

例 ある程度の時間がかかる。
てい ど じ かん

譯 要花費某種程度上的時間。

---

03 ｜ある【有る・在る】

自五 有；持有，具有；舉行，發生；有過；在

例 二度あることは三度ある。
に ど さん ど

譯 禍不單行。

---

04 ｜いく【幾】

接頭 表數量不定，幾，多少，如「幾日」(幾天)；表數量、程度很大，如「幾千万」(幾千萬)

例 幾千万の星を見上げた。
いくせんまん ほし み あ

譯 抬頭仰望幾千萬星星。

---

05 ｜いくぶん【幾分】

副・名 一點，少許，多少；(分成)幾分；(分成幾分中的)一部分

例 寒さがいくぶん和らいだ。
さむ やわ

譯 寒氣緩和了一些。

---

06 ｜いってい【一定】

名・自他サ 一定；規定，固定

例 一定の収入が保証される。
いってい しゅうにゅう ほ しょう

譯 保證有一定程度的收入。

---

07 ｜うんと

副 多，大大地；用力，使勁地

例 うんと殴る。
なぐ

譯 狠揍。

---

08 ｜おお【大】

造語 (形狀、數量)大，多；(程度)非常，很；大體，大概

例 大騒ぎになっている。
おおさわ

譯 變成大混亂的局面。

---

09 ｜おおいに【大いに】

副 很，頗，大大地，非常地

例 大いに感謝している。
おお かんしゃ

譯 非常感謝。

10 ｜おもに【主に】

(副) 主要，重要；（轉）大部分，多半

例 バイクを主に取り扱う。

譯 以機車為重點處理。

11 ｜かはんすう【過半数】

(名) 過半數，半數以上

例 過半数に達する。

譯 超過半數。

12 ｜きょだい【巨大】

(形動) 巨大，雄偉

例 巨大な船が浮かんでいる。

譯 巨大的船漂浮著。

13 ｜げんど【限度】

(名) 限度，界限

例 限度を超える。

譯 超過限度。

14 ｜すべて【全て】

(名・副) 全部，一切，通通；總計，共計

例 全てを語る。

譯 説出一切詳情。

15 ｜たしょう【多少】

(名・副) 多少，多寡；一點，稍微

例 多少の貯金はある。

譯 有一點積蓄。

16 ｜だらけ

(接尾) （接名詞後）滿，淨，全；多，很多

例 借金だらけになる。

譯 一身債務。

17 ｜たりょう【多量】

(名・形動) 大量

例 多量の出血を防ぐ。

譯 預防大量出血。

18 ｜たる【足る】

(自五) 足夠，充足；值得，滿足

例 読むに足りない本。

譯 不值得看的書。

19 ｜だん【段】

(名・形名) 層，格，節；（印刷品的）排，段；樓梯；文章的段落

例 段差がある。

譯 有高低落差。

20 ｜ちゅう【中】

(名・接尾・漢造) 中央，當中；中間；中等；…之中；正在…當中

例 中ジョッキを持つ。

譯 手拿中杯。

21 ｜ていいん【定員】

(名) （機關，團體的）編制的名額；（車輛的）定員，規定的人數

例 定員に達する。

譯 達到規定人數。

22 ｜どっと

(副) （許多人）一齊（突然發聲），哄堂；（人、物）湧來，雲集；（突然）病重，病倒

例 人がどっと押し寄せる。

譯 人群湧至。

23 ｜ばくだい【莫大】

名・形動 莫大，無尚，龐大

例 莫大な損失を被った。

譯 遭受莫大的損失。

24 ｜ぶん【分】

名・漢造 部分；份；本分；地位

例 これはあなたの分です。

譯 這是你的份。

25 ｜ぶんりょう【分量】

名 分量，重量，數量

例 分量が足りない。

譯 份量不足。

26 ｜ぼうだい【膨大】

名・形動 龐大的，臃腫的，膨脹

例 膨大な予算をかける。

譯 花費龐大的預算。

27 ｜ほうふ【豐富】

形動 豐富

例 天然資源が豊富な国だ。

譯 擁有豐富天然資源的國家。

28 ｜みまん【未満】

接尾 未滿，不足

例 二十歳未満の少年がいる。

譯 有未滿二十歲的少年。

29 ｜ゆいいつ【唯一】

名 唯一，獨一

例 唯一無二の友がいた。

譯 有獨一無二的朋友。

30 ｜よけい【余計】

形動・副 多餘的，無用的，用不著的；過多的；更多，格外，更加，越發

例 余計な事をするな。

譯 別多管閒事。

31 ｜よぶん【余分】

名・形動 剩餘，多餘的；超量的，額外的

例 人より余分に働く。

譯 比別人格外辛勤。

32 ｜りょう【量】

名・漢造 數量，份量，重量；推量；器量

例 量をはかる。

譯 測數量。

33 ｜わずか【僅か】

副・形動（數量、程度、價值、時間等）很少，僅僅；一點也（後加否定）

例 わずかにずれる。

譯 稍稍偏離。

N2 ● 20-4

20-4 長さ、広さ、重さなど／
長度、面積、重量等

01 ｜いちぶ【一部】

名 一部分，（書籍、印刷物等）一冊，一份，一套

例 一部始終を話す。

譯 述說（不好的）事情來龍去脈。

02 ｜おもたい【重たい】

形（份量）重的，沉的；心情沉重

例 重たい荷物を持つ。

譯 抬帶沈重的行李。

03 ｜かんかく【間隔】

名 間隔，距離
例 間隔を取る。
譯 保持距離。

04 ｜さ【差】

名 差別，區別，差異；差額；差數
例 差が著しい。
譯 差別明顯。

05 ｜じゅうりょう【重量】

名 重量，分量；沈重，有份量
例 重量を測る。
譯 秤重。

06 ｜しょう【小】

名 小(型)，(尺寸，體積)小的；小月；謙稱
例 大は小を兼ねる。
譯 大能兼小。

07 ｜すいちょく【垂直】

名・形動 (數)垂直；(與地心)垂直
例 垂直に立てる。
譯 垂直站立。

08 ｜すんぽう【寸法】

名 長短，尺寸；(預定的)計畫，順序，步驟；情況
例 寸法を測る。
譯 量尺寸。

09 ｜そくりょう【測量】

名・他サ 測量，測繪

例 土地を測量する。
譯 測量土地。

10 ｜だい【大】

名・漢造 (事物、體積)大的；量多的；優越，好；宏大，大量；宏偉，超群
例 1月は大の月だ。
譯 一月是大月。

11 ｜だいしょう【大小】

名 (尺寸)大小；大和小
例 大小にかかわらず。
譯 不論大小。

12 ｜たいせき【体積】

名 (數)體積，容積
例 体積を測る。
譯 測量體積。

13 ｜たば【束】

名 把，捆
例 束を作る。
譯 打成一捆。

14 ｜ちょう【長】

名・漢造 長，首領；長輩；長處
例 長幼の別をわきまえる。
譯 懂得長幼有序。

15 ｜ちょうたん【長短】

名 長和短；長度；優缺點，長處和短處；多和不足
例 長短を計る。
譯 測量長短。

16 ｜ちょっけい【直径】

[名]（數）直徑

[例] 円の直径が４である。

[譯] 圓形直徑有４。

17 ｜とうぶん【等分】

[名・他サ] 等分，均分；相等的份量

[例] ３等分する。

[譯] 分成三等分。

18 ｜はんけい【半径】

[名] 半徑

[例] 半径５センチの円になる。

[譯] 成為半徑５公分的圓。

19 ｜めんせき【面積】

[名] 面積

[例] 面積を測る。

[譯] 測量面積。

20 ｜ようせき【容積】

[名] 容積，容量，體積

[例] 容積が小さい。

[譯] 容量很小。

21 ｜リットル【liter】

[名] 升，公升

[例] １リットルの牛乳がスーパーで並んでいる。

[譯] 一公升的牛奶擺在超市裡。

20-5 回数、順番／次數、順序

01 ｜かいすう【回数】

[名] 次數，回數

[例] 回数を重ねる。

[譯] 三番五次。

02 ｜かさなる【重なる】

[自五] 重疊，重複；（事情、日子）趕在一起

[例] 用事が重なる。

[譯] 很多事情趕在一起。

03 ｜きゅう【級】

[名・漢造] 等級，階段；班級，年級；頭

[例] 英検１級に合格する。

[譯] 英檢一級合格。

04 ｜こうしゃ【後者】

[名] 後來的人；（兩者中的）後者

[例] 後者が特に重要だ。

[譯] 後者特別重要。

05 ｜こんかい【今回】

[名] 這回，這次，此番

[例] 今回が２回目です。

[譯] 這次是第二次。

06 ｜さい【再】

[漢造] 再，又一次

[例] 再チャレンジする。

[譯] 再挑戰一次。

07 ｜さいさん【再三】

(副) 屢次，再三
例 再三注意する。
譯 屢次叮嚀。

08 ｜しばしば

(副) 常常，每每，屢次，再三
例 しばしば起こる。
譯 屢次發生。

09 ｜じゅう【重】

(接尾) (助數詞用法)層，重
例 五重の塔に登る。
譯 登上五重塔。

10 ｜じゅんじゅん【順々】

(副) 按順序，依次；一點點，漸漸地，逐漸
例 順々に席を立つ。
譯 依序離開座位。

11 ｜じゅんじょ【順序】

(名) 順序，次序，先後；手續，過程，經過
例 順序が違う。
譯 次序不對。

12 ｜ぜんしゃ【前者】

(名) 前者
例 前者を選ぶ。
譯 選擇前者。

13 ｜ぞくぞく【続々】

(副) 連續，紛紛，連續不斷地
例 続々と入場する。
譯 紛紛入場。

14 ｜だい【第】

(漢造) 順序；考試及格，錄取；住宅，宅邸
例 第五回大会を開催する。
譯 召開第五次大會。

15 ｜たび【度】

(名・接尾) 次，回，度；(反覆)每當，每次；(接數詞後)回，次
例 この度はおめでとう。
譯 這次向你祝賀。

16 ｜たびたび【度々】

(副) 屢次，常常，再三
例 たびたびの警告も無視された。
譯 多次的警告都被忽視。

17 ｜ダブる

(自五) 重複；撞期
例 おもかげがダブる。
譯 雙影。

18 ｜つぐ【次ぐ】

(自五) 緊接著，繼…之後；次於，並於
例 不幸に次ぐ不幸に見舞われた。
譯 遭逢接二連三的不幸。

19 ｜ばんめ【番目】

(接尾) (助數詞用法，計算事物順序的單位)第
例 四番目の姉が来られない。
譯 四姊無法來。

20 ｜ひっくりかえす【引っくり返す】

(他五) 推倒，弄倒，碰倒；顛倒過來；推翻，否決

例 順序を引っ繰り返す。

譯 順序弄反了。

21 ｜まいど【毎度】

名 曾經，常常，屢次；每次

例 毎度ありがとうございます。

譯 屢蒙關照，萬分感謝。

22 ｜やたらに

形動・副 胡亂的，隨便的，任意的，馬虎的；過份，非常，大膽

例 やたらに金を使う。

譯 胡亂花錢。

20-6 図形、模様、色彩 /
圖形、花紋、色彩

01 ｜あおじろい【青白い】

形 (臉色)蒼白的；青白色的

例 青白い月の光が射す。

譯 映照著青白色的月光。

02 ｜えん【円】

名 (幾何)圓，圓形；(明治後日本貨幣單位)日元

例 円を描く。

譯 畫圓。

03 ｜かくど【角度】

名 (數學)角度；(觀察事物的)立場

例 あらゆる角度から分析する。

譯 從各種角度來分析。

04 ｜かっこ【括弧】

名 括號；括起來

例 括弧でくくる。

譯 括在括弧裡。

05 ｜がら【柄】

名・接尾 身材；花紋，花樣；性格，人品，身分；表示性格，身分，適合性

例 柄に合わない。

譯 不合身分。

06 ｜カラー【color】

名 色，彩色；(繪畫用)顏料

例 カラーコピーをとる。

譯 彩色影印。

07 ｜きごう【記号】

名 符號，記號

例 記号をつける。

譯 標上記號。

08 ｜きゅう【球】

名・漢造 球；(數)球體，球形

例 球の体積を求める。

譯 解出球的體積。

09 ｜きょくせん【曲線】

名 曲線

例 曲線を描く。

譯 畫曲線。

10 ｜ぎん【銀】

名 銀，白銀；銀色

例 銀の世界が広がる。

譯 展現一片銀白的雪景。

11 ｜グラフ【graph】

名 圖表，圖解，座標圖；畫報

例 グラフを書く。

譯 畫圖表。

12 ｜けい【形・型】

漢造 型，模型；樣版，典型，模範；樣式；形成，形容

例 模型を作る。

譯 製作模型。

13 ｜こん【紺】

名 深藍，深青

例 紺色のズボンがピンク色になった。

譯 深藍色的褲子變成粉紅色的。

14 ｜しかくい【四角い】

形 四角的，四方的

例 四角い窓からのぞく。

譯 從四角窗窺視。

15 ｜ず【図】

名 圖，圖表；地圖；設計圖；圖畫

例 図で説明する。

譯 用圖說明。

16 ｜ずけい【図形】

名 圖形，圖樣；（數）圖形

例 図形を描く。

譯 描繪圖形。

17 ｜せい【正】

名・漢造 正直；（數）正號；正確，正當；更正，糾正；主要的，正的

例 正三角形でいろんな形を作る。

譯 以正三角形做出各種形狀。

18 ｜せいほうけい【正方形】

名 正方形

例 正方形の用紙を使う。

譯 使用正方形的紙張。

19 ｜たいかくせん【対角線】

名 對角線

例 対角線を引く。

譯 畫對角線。

20 ｜だえん【楕円】

名 橢圓

例 楕円形になる。

譯 成為橢圓形。

21 ｜ちょうほうけい【長方形】

名 長方形，矩形

例 長方形の箱が用意されている。

譯 準備了長方形的箱子。

22 ｜ちょっかく【直角】

名・形動 （數）直角

例 直角に曲がる。

譯 彎成直角。

23 ｜でこぼこ【凸凹】

名・自サ 凹凸不平，坑坑窪窪；不平衡，不均勻

例 でこぼこな地面をならす。

譯 坑坑洞洞的地面整平。

24 ｜てんてん【点々】

(副) 點點，分散在；（液體）點點地，滴滴地往下落

例 点々と滴る。

譯 滴滴答答地滴落下來。

25 ｜ひょう【表】

(名・漢造) 表，表格；奏章；表面，外表；表現；代表；表率

例 表で示す。

譯 用表格標明。

26 ｜ましかく【真四角】

(名) 正方形

例 真四角の机が置いてある。

譯 放著正方形的桌子。

27 ｜まっか【真っ赤】

(名・形) 鮮紅；完全

例 真っ赤になる。

譯 變紅。

28 ｜まる【丸】

(名・接尾) 圓形，球狀；句點；完全

例 丸を書く。

譯 畫圈圈。

29 ｜まんまるい【真ん丸い】

(形) 溜圓，圓溜溜

例 真ん丸い月が出る。

譯 圓月出來了。

30 ｜もよう【模様】

(名) 花紋，圖案；情形，狀況；徵兆，趨勢

例 模様をつける。

譯 描繪圖案。

31 ｜よこなが【横長】

(名・形動) 長方形的，橫寬的

例 横長の鞄を背負っている。

譯 背著橫長的包包。

32 ｜よつかど【四つ角】

(名) 十字路口；四個犄角

例 四つ角に交番がある。

譯 十字路口有派出所。

33 ｜らせん【螺旋】

(名) 螺旋狀物；螺旋

例 螺旋階段が登りにくい。

譯 螺旋梯難以攀登。

34 ｜りょくおうしょく【緑黄色】

(名) 黃綠色

例 緑黄色野菜を毎日十分取っている。

譯 每天充分攝取黃綠色蔬菜。

35 ｜わ【輪】

(名) 圈，環，箍；環節；車輪

例 輪を描く。

譯 圍成圈子。

パート
21
第二十一章
教育
- 教育 -

21-1 教育、学習 /
教育、學習

01 ｜がく【学】

(名・漢造) 學校；知識，學問，學識

例 学がある。

譯 有學問。

02 ｜がくしゅう【学習】

(名・他サ) 學習

例 英語を学習する。

譯 學習英文。

03 ｜がくじゅつ【学術】

(名) 學術

例 学術雑誌に論文を掲載する。

譯 將論文刊登在學術雜誌上。

04 ｜がくもん【学問】

(名・自サ) 學業，學問；科學，學術；見識，知識

例 学問を修める。

譯 求學。

05 ｜がっかい【学会】

(名) 學會，學社

例 学会に出席する。

譯 出席學會。

06 ｜かてい【課程】

(名) 課程

例 教育課程が重視される。

譯 教育課程深受重視。

07 ｜きそ【基礎】

(名) 基石，基礎，根基；地基

例 基礎を固める。

譯 鞏固基礎。

08 ｜きょうよう【教養】

(名) 教育，教養，修養；(專業以外的) 知識學問

例 教養を身につける。

譯 提高素養。

09 ｜こうえん【講演】

(名・自サ) 演説，講演

例 環境問題について講演する。

譯 演講有關環境問題。

10 ｜さんこう【参考】

(名・他サ) 參考，借鑑

例 参考になる。

譯 可供參考。

11 ｜ しくじる

（他五）失敗，失策；(俗)被解雇

例 試験にしくじる。

譯 考壞了。

12 ｜ じしゅう【自習】

（名・他サ）自習，自學

例 家で自習する。

譯 在家自習。

13 ｜ しぜんかがく【自然科學】

（名）自然科學

例 自然科学を研究する。

譯 研究自然科學。

14 ｜ じっけん【実験】

（名・他サ）實驗，實地試驗；經驗

例 実験が失敗する。

譯 實驗失敗。

15 ｜ じっしゅう【実習】

（名・他サ）實習

例 病院で実習する。

譯 在醫院實習。

16 ｜ しどう【指導】

（名・他サ）指導；領導，教導

例 指導を受ける。

譯 接受指導。

17 ｜ しゃかいかがく【社会科學】

（名）社會科學

社会科学を学ぶ。

譯 學習社會科學。

18 ｜ じょうきゅう【上級】

（名）（層次、水平高的)上級，高級

例 上級になる。

譯 升上高級。

19 ｜ じょうたつ【上達】

（名・自他サ）（學術、技藝等）進步，長進；
上呈，向上傳達

例 上達が見られる。

譯 看出進步。

20 ｜ しょきゅう【初級】

（名）初級

例 初級コースを学ぶ。

譯 學習初級課程。

21 ｜ しょほ【初歩】

（名）初學，初步，入門

例 初歩から学ぶ。

譯 從入門開始學起。

22 ｜ じんぶんかがく【人文科學】

（名）人文科學，文化科學(哲學、語言學、
文藝學、歷史學領域)

例 人文科学を学ぶ。

譯 學習人文科學。

23 ｜ せんこう【専攻】

（名・他サ）專門研究，專修，專門

例 社会学を専攻する。

譯 專修社會學。

24 | たいいく【体育】

(名) 體育；體育課
例 <ruby>体育<rt>たいいく</rt></ruby>の<ruby>授業<rt>じゅぎょう</rt></ruby>で<ruby>走<rt>はし</rt></ruby>る。
譯 在體育課上跑步。

25 | てつがく【哲学】

(名) 哲學；人生觀，世界觀
例 それは<ruby>僕<rt>ぼく</rt></ruby>の<ruby>哲学<rt>てつがく</rt></ruby>だ。
譯 那是我的人生觀。

26 | どうとく【道徳】

(名) 道德
例 <ruby>道徳<rt>どうとく</rt></ruby>に<ruby>反<rt>はん</rt></ruby>する。
譯 違反道德。

27 | ならう【倣う】

(自五) 仿效，學
例 <ruby>先例<rt>せんれい</rt></ruby>に<ruby>倣<rt>なら</rt></ruby>う。
譯 仿照前例。

28 | ほうしん【方針】

(名) 方針；(羅盤的)磁針
例 <ruby>方針<rt>ほうしん</rt></ruby>が<ruby>定<rt>さだ</rt></ruby>まる。
譯 定下方針。

29 | ほけん【保健】

(名) 保健，保護健康
例 <ruby>保健体育<rt>ほけんたいいく</rt></ruby>が<ruby>始<rt>はじ</rt></ruby>まった。
譯 開始保健體育。

30 | まなぶ【学ぶ】

(他五) 學習；掌握，體會

例 <ruby>日本語<rt>にほんご</rt></ruby>を<ruby>学<rt>まな</rt></ruby>ぶ。
譯 學日語。

31 | み【身】

(名) 身體；自身，自己；身份，處境；心，精神；肉；力量，能力
例 <ruby>身<rt>み</rt></ruby>に<ruby>付<rt>つ</rt></ruby>く。
譯 掌握要領。

21-2 学校 /
學校

01 | うらぐち【裏口】

(名) 後門，便門；走後門
例 <ruby>裏口<rt>うらぐち</rt></ruby><ruby>入学<rt>にゅうがく</rt></ruby>をさせる。
譯 讓他走後門入學。

02 | がっか【学科】

(名) 科系
例 <ruby>建築<rt>けんちく</rt></ruby><ruby>学科<rt>がっか</rt></ruby>を<ruby>第一志望<rt>だいいちしぼう</rt></ruby>にする。
譯 以建築系為第一志願。

03 | がっき【学期】

(名) 學期
例 <ruby>学期末<rt>がっきまつ</rt></ruby><ruby>試験<rt>しけん</rt></ruby>を<ruby>受<rt>う</rt></ruby>ける。
譯 考期末考試。

04 | キャンパス【campus】

(名) (大學)校園，校內
例 <ruby>大学<rt>だいがく</rt></ruby>のキャンパスがある。
譯 有大學校園。

05 | きゅうこう【休校】

(名・自サ) 停課
例 地震で休校になる。
譯 因地震而停課。

06 | こうか【校歌】

(名) 校歌
例 校歌を歌う。
譯 唱校歌。

07 | こうとう【高等】

(名・形動) 高等，上等，高級
例 高等学校を卒業する。
譯 高中畢業。

08 | ざいこう【在校】

(名・自サ) 在校
例 在校生代表が祝辞を述べる。
譯 在校生代表致祝賀詞。

09 | しつ【室】

(名・漢造) 房屋，房間；(文)夫人，妻室；家族；窖，洞；鞘
例 職員室を改装した。
譯 改換職員室的裝潢。

10 | じつぎ【実技】

(名) 實際操作
例 実技試験で不合格になる。
譯 實際操作測驗不合格。

11 | じゅけん【受験】

(名・他サ) 參加考試，應試，投考
例 大学を受験する。
譯 參加大學考試。

12 | しりつ【私立】

(名) 私立，私營
例 私立(学校)に進学する。
譯 到私立學校讀書。

13 | しんろ【進路】

(名) 前進的道路
例 進路が決まる。
譯 決定出路問題。

14 | すいせん【推薦】

(名・他サ) 推薦，舉薦，介紹
例 代表に推薦する。
譯 推薦為代表。

15 | スクール【school】

(名・造) 學校；學派；花式滑冰規定動作
例 英会話スクールに通う。
譯 上英語會話課。

16 | せいもん【正門】

(名) 大門，正門
例 正門から入る。
譯 從正門進去。

17 | ひきだす【引き出す】

(他五) 抽出，拉出；引誘出，誘騙；(從銀行)提取，提出
例 生徒の能力を引き出す。
譯 引導出學生的能力。

18 ｜ふぞく【付属】

(名・自サ) 附屬

例 大学付属小学校に通う。

譯 上大學附屬小學。

21-3 学生生活 (1) /
學生生活 (1)

01 ｜あらわれ【現れ・表れ】

(名) (為「あらわれる」的名詞形)表現；現象；結果

例 努力の現れが結果となっている。

譯 努力所得的結果。

02 ｜あんき【暗記】

(名・他サ) 記住，背誦，熟記

例 丸暗記を防ぐ。

譯 防止死記硬背。

03 ｜いいん【委員】

(名) 委員

例 学級委員に選ばれた。

譯 被選為班級幹部。

04 ｜いっせいに【一斉に】

(副) 一齊，一同

例 一斉に立ち上がる。

譯 一同起立。

05 ｜うけもつ【受け持つ】

(他五) 擔任，擔當，掌管

例 1年A組を受け持つ。

譯 擔任一年A班的導師。

06 ｜えんそく【遠足】

(名・自サ) 遠足，郊遊

例 遠足に行く。

譯 去遠足。

07 ｜おいつく【追い付く】

(自五) 追上，趕上；達到；來得及

例 成績が追いつく。

譯 追上成績。

08 ｜おうよう【応用】

(名・他サ) 應用，運用

例 応用がきかない。

譯 無法應用。

09 ｜か【課】

(名・漢造) (教材的)課；課業；(公司等)科

例 第3課を予習する。

譯 預習第三課。

10 ｜かいてん【回転】

(名・自サ) 旋轉，轉動，迴轉；轉彎，轉換（方向）；（表次數）周，圈；（資金）週轉

例 頭の回転が速い。

譯 腦筋轉動靈活。

11 ｜かいとう【解答】

(名・自サ) 解答

例 数学の問題に解答する。

譯 解答數學問題。

12 ｜がくねん【学年】

名 學年（度）；年級
例 学年末試験が終了した。
譯 學期末考試結束了。

13 ｜がくりょく【学力】

名 學習實力
例 学力が高まる。
譯 提高學習實力。

14 ｜かせん【下線】

名 下線，字下畫的線，底線
例 下線を引く。
譯 畫底線。

15 ｜がっきゅう【学級】

名 班級，學級
例 学級担任を生かす。
譯 使班導發揮作用。

16 ｜かつどう【活動】

名・自サ 活動，行動
例 野外行動を行う。
譯 舉辦野外活動。

17 ｜かもく【科目】

名 科目，項目；（學校的）學科，課程
例 試験科目が9科目ある。
譯 考試科目有九科。

18 ｜きゅうこう【休講】

名・自サ 停課

例 授業が休講になる。
譯 停課。

19 ｜くみ【組】

名 套，組，隊；班，班級；（黑道）幫
例 組に分ける。
譯 分成組。

20 ｜こうてい【校庭】

名 學校的庭園，操場
例 校庭で遊ぶ。
譯 在操場玩。

21 ｜サークル【circle】

名 伙伴，小組；周圍，範圍
例 文学のサークルに入った。
譯 參加文學研究社。

22 ｜さいてん【採点】

名・他サ 評分數
例 採点が甘い。
譯 給分寬鬆。

23 ｜さわがしい【騒がしい】

形 吵鬧的，吵雜的，喧鬧的；（社會輿論）議論紛紛的，動盪不安的
例 教室が騒がしい。
譯 教室吵雜。

24 ｜しいんと

副・自サ 安靜，肅靜，平靜，寂靜
例 教室がシーンとなる。
譯 教室安靜無聲。

25 | じかんわり【時間割】

名 時間表

例 時間割を組む。

譯 安排課表。

26 | しゅうかい【集会】

(名・自サ) 集會

例 集会を開く。

譯 舉行集會。

27 | しゅうごう【集合】

(名・自他サ) 集合；群體，集群；（數）集合

例 9 時に集合する。

譯 九點集合。

28 | しゅうだん【集団】

名 集體，集團

例 集団生活になじめない。

譯 無法習慣集體生活。

29 | しょう【賞】

(名・漢造) 獎賞，獎品，獎金；欣賞

例 賞を受ける。

譯 獲獎。

30 | せいしょ【清書】

(名・他サ) 謄寫清楚，抄寫清楚

例 ノートを清書する。

譯 抄寫筆記。

21-3 学生生活 (2) /
學生生活 (2)

31 | せいせき【成績】

名 成績，效果，成果

例 成績が上がる。

譯 成績進步。

32 | ゼミ【seminar】

名 （跟著大學裡教授的指導）課堂討論；研究小組，研究班

例 ゼミの論文が掲載された。

譯 登載研究小組的論文。

33 | ぜんいん【全員】

名 全體人員

例 全員参加する。

譯 全體人員都參加。

34 | せんたく【選択】

(名・他サ) 選擇，挑選

例 選択に迷う。

譯 不知選哪個好。

35 | そつぎょうしょうしょ【卒業証書】

名 畢業證書

例 卒業証書を受け取る。

譯 領取畢業證書。

36 | たんい【単位】

名 學分；單位

例 単位を取る。

譯 取得學分。

37 ｜ちゅうたい【中退】

名・自サ 中途退學

例 大学を中退する。

訳 大學中輟。

38 ｜つうがく【通学】

名・自サ 上學

例 電車で通学する。

訳 搭電車上學。

39 ｜とい【問い】

名 問，詢問，提問；問題

例 問いに答える。

訳 回答問題。

40 ｜とうあん【答案】

名 試卷，卷子

例 答案を出す。

訳 交卷。

41 ｜とうばん【当番】

名・自サ 值班（的人）

例 当番が回ってくる。

訳 輪到值班。

42 ｜としょしつ【図書室】

名 閱覽室

例 図書室で宿題をする。

訳 在閱覽室做功課。

43 ｜とりだす【取り出す】

他五 （用手從裡面）取出，拿出；（從許多東西中）挑出，抽出

例 かばんからノートを取り出す。

訳 從包包裡拿出筆記本。

44 ｜パス【pass】

名・自サ 免票，免費；定期票，月票；合格，通過

例 試験にパスする。

訳 通過測驗。

45 ｜ばつ

名 （表否定的）叉號

例 ばつを付ける。

訳 打叉。

46 ｜ひっき【筆記】

名・他サ 筆記；記筆記

例 講義を筆記する。

訳 做講義的筆記。

47 ｜ひっきしけん【筆記試験】

名 筆試

例 筆記試験を受ける。

訳 參加筆試。

48 ｜ふゆやすみ【冬休み】

名 寒假

例 冬休みは短い。

訳 寒假很短。

49 | まんてん【満点】

㊔ 満分；最好，完美無缺，登峰造極

例 満点を取る。

譯 取得満分。

50 | みなおす【見直す】

自他五 （見）起色，（病情）轉好；重看，重新看；重新評估，重新認識

例 答案を見直す。

譯 把答案再檢查一次。

51 | やくわり【役割】

㊔ 分配任務（的人）；（分配的）任務，角色，作用

例 役割を決める。

譯 決定角色。

52 | らん【欄】

名・漢造 （表格等）欄目；欄杆；（書籍、刊物、版報等的）專欄

例 欄に記入する。

譯 寫入欄內。

53 | れいてん【零点】

㊔ 零分；毫無價值，不夠格；零度，冰點

例 零点を取る。

譯 得到零分。

Memo

_____   _____

_____   _____

_____   _____

_____   _____

_____   _____

_____   _____

_____   _____

行事、一生の出来事

- 儀式活動、一輩子會遇到的事情 -

01｜ぎしき【儀式】 N2●22

(名) 儀式，典禮

例 儀式を行う。

譯 舉行儀式。

02｜きちょう【貴重】

(形動) 貴重，寶貴，珍貴

例 貴重な体験ができた。

譯 得到寶貴的經驗。

03｜きねん【記念】

(名・他サ) 紀念

例 記念品をもらう。

譯 收到紀念品。

04｜きねんしゃしん【記念写真】

(名) 紀念照

例 七五三の記念写真を撮る。

譯 拍攝七五三的紀念照。

05｜ぎょうじ【行事】

(名) (按慣例舉行的)儀式，活動

例 行事を行う。

譯 舉行儀式。

06｜さいじつ【祭日】

(名) 節日；日本神社祭祀日；宮中舉行重要祭祀活動日；祭靈日

例 日曜祭日は会社が休み。

譯 節假日公司休息。

07｜しき【式】

(名・漢造) 儀式，典禮，(特指)婚禮；方式；樣式，類型，風格；做法；算式，公式

例 式を挙げる。

譯 舉行儀式(婚禮)。

08｜しきたり

(名) 慣例，常規，成規，老規矩

例 古い仕来りを捨てる。

譯 捨棄古老成規。

09｜しゅくじつ【祝日】

(名) (政府規定的)節日

例 祝日を祝う。

譯 慶祝國定假日。

10｜じんせい【人生】

(名) 人的一生；生涯，人的生活

例 人生が変わる。

譯 改變人生。

11｜そうしき【葬式】

(名) 葬禮

例 葬式を出す。

譯 舉行葬禮。

12 ｜そんぞく【存続】

(名・自他サ) 繼續存在，永存，長存

例 存続を図る。

譯 謀求永存。

13 ｜つく【突く】

(他五) 扎，刺，戳；撞，頂；支撐；冒著，不顧；沖，撲（鼻）；攻擊，打中

例 鐘を突く。

譯 敲鐘。

14 ｜でんとう【伝統】

(名) 傳統

例 伝統を守る。

譯 遵守傳統。

15 ｜はなばなしい【華々しい】

(形) 華麗，豪華；輝煌；壯烈

例 華々しい結婚式が話題になっている。

譯 豪華的婚禮成為話題。

16 ｜ぼん【盆】

(名・漢造) 拖盤，盆子；中元節略語

例 盆が来る。

譯 盂蘭盆會要到來。

17 ｜めでたい【目出度い】

(形) 可喜可賀，喜慶的；順利，幸運，圓滿；頭腦簡單，傻氣；表恭喜慶祝

例 めでたく入学する。

譯 順利地入學。

Memo

_____
_____
_____
_____
_____
_____

パート
23
第二十三章
道具
- 工具 -

23-1 道具 (1) /
工具 (1)

01 | あつかう【扱う】
(他五) 操作，使用；對待，待遇；調停，仲裁
例 大切に扱う。
譯 認真的對待。

02 | あらい【粗い】
(形) 大；粗糙
例 目の粗い籠を使う。
譯 使用縫大的簍子。

03 | かたな【刀】
(名) 刀的總稱
例 腰に刀を差す。
譯 刀插在腰間。

04 | かね【鐘】
(名) 鐘，吊鐘
例 鐘をつく。
譯 敲鐘。

05 | かみくず【紙くず】
(名) 廢紙，沒用的紙
例 紙くずを拾う。
譯 撿廢紙。

06 | かみそり【剃刀】
(名) 剃刀，刮鬍刀；頭腦敏銳(的人)
例 剃刀でひげをそる。
譯 用剃刀刮鬍子。

07 | かんでんち【乾電池】
(名) 乾電池
例 乾電池を入れ換える。
譯 換電池。

08 | かんむり【冠】
(名) 冠，冠冕；字頭，字蓋；有點生氣
例 草かんむりになっている。
譯 為草字頭。

09 | きかい【器械】
(名) 機械，機器
例 医療器械を開発する。
譯 開發醫療器械。

10 | きぐ【器具】
(名) 器具，用具，器械
例 器具を使う。
譯 使用工具。

11 | くさり【鎖】

名 鎖鏈，鎖條；連結，聯繫；(喻)段，段落

例 鎖につなぐ。

譯 拴在鎖鏈上。

12 | くだ【管】

名 細長的筒，管

例 管を通す。

譯 疏通管子。

13 | くちべに【口紅】

名 口紅，脣膏

例 口紅をつける。

譯 擦口紅。

14 | くるむ【包む】

他五 包，裹

例 風呂敷でくるむ。

譯 以方巾包覆。

15 | コード【cord】

名 (電)軟線

例 テレビのコードを差し込む。

譯 插入電視的電線。

16 | こうすい【香水】

名 香水

例 香水をつける。

譯 擦香水。

17 | こと【琴】

名 古琴，箏

例 琴を習う。

譯 學琴。

18 | コレクション【collection】

名 蒐集，收藏；收藏品

例 切手のコレクションを趣味とする。

譯 以郵票收藏做為嗜好。

19 | コンセント【consent】

名 電線插座

例 コンセントを差す。

譯 插插座。

20 | シーツ【sheet】

名 床單

例 シーツを洗う。

譯 洗床單。

21 | じしゃく【磁石】

名 磁鐵；指南針

例 磁石で紙を固定する。

譯 用磁鐵固定紙張。

22 | じゃぐち【蛇口】

名 水龍頭

例 蛇口をひねる。

譯 轉開水龍頭。

23 | じゅう【銃】

名・漢造 槍，槍形物；有槍作用的物品

例 銃を撃つ。

譯 開槍。

24 ｜すず【鈴】

名 鈴鐺，鈴

例 鈴が鳴る。

譯 鈴響。

---

25 ｜せん【栓】

名 栓，塞子；閥門，龍頭，開關；阻塞物

例 栓を抜く。

譯 拔起塞子。

---

26 ｜せんす【扇子】

名 扇子

例 扇子であおぐ。

譯 用扇子搧風。

---

27 ｜ぞうきん【雑巾】

名 抹布

例 雑巾で拭く。

譯 用抹布擦拭。

---

28 ｜タイプライター【typewriter】

名 打字機

例 タイプライターで印字する。

譯 用打字機打字。

---

29 ｜タイヤ【tire】

名 輪胎

例 タイヤがパンクする。

譯 輪胎爆胎。

---

30 ｜ためし【試し】

名 嘗試，試驗；驗算

例 試しに使ってみる。

譯 試用看看。

23-1 道具 (2) /
工具 (2)

---

31 ｜ちゅうこ【中古】

名 (歷史)中古(日本一般是指平安時代，或包含鎌倉時代)；半新不舊

例 中古のカメラが並んでいる。

譯 陣列半新的照相機。

---

32 ｜ちゅうせい【中性】

名 (化學)非鹼非酸，中性；(特徵)不男不女，中性；(語法)中性詞

例 中性洗剤がおすすめ。

譯 推薦中性洗滌劑。

---

33 ｜ちょうせつ【調節】

名・他サ 調節，調整

例 調節ができる。

譯 可以調節。

---

34 ｜ちりがみ【ちり紙】

名 衛生紙；粗草紙

例 ちり紙で拭く。

譯 用衛生紙擦拭。

---

35 ｜つな【綱】

名 粗繩，繩索，纜繩；命脈，依靠，保障

例 命綱が２本付いている。

譯 附有兩條救命繩。

36 ｜トイレットペーパー【toilet paper】

㊔ 衛生紙，廁紙

例 トイレットペーパーがない。

譯 沒有衛生紙。

---

37 ｜なわ【縄】

㊔ 繩子，繩索

例 縄にかかる。

譯 （犯人）被捕，落網。

---

38 ｜にちようひん【日用品】

㊔ 日用品

例 日用品を揃える。

譯 備齊了日用品。

---

39 ｜ねじ

㊔ 螺絲，螺釘

例 ねじが緩む。

譯 螺絲鬆動；精神鬆懈。

---

40 ｜パイプ【pipe】

㊔ 管，導管；煙斗；煙嘴；管樂器

例 パイプが詰まる。

譯 管子堵塞。

---

41 ｜はぐるま【歯車】

㊔ 齒輪

例 歯車がかみ合う。

譯 齒輪咬合；協調。

---

42 ｜バケツ【bucket】

㊔ 木桶

例 バケツに水を入れる。

譯 把水裝入木桶裡。

---

43 ｜はしご

㊔ 梯子；挨家挨戶

例 はしごを上る。

譯 爬梯子。

---

44 ｜ばね

㊔ 彈簧，發條；（腰、腿的）彈力，彈跳力

例 ばねがきく。

譯 有彈性。

---

45 ｜はり【針】

㊔ 縫衣針；針狀物；（動植物的）針，刺

例 針に糸を通す。

譯 把線穿過針頭。

---

46 ｜はりがね【針金】

㊔ 金屬絲，（鉛、銅、鋼）線；電線

例 針金細工が素晴らしい。

譯 金屬絲工藝品真別緻。

---

47 ｜ひつじゅひん【必需品】

㊔ 必需品，日常必須用品

例 生活必需品を詰める。

譯 塞滿生活必需品。

---

48 ｜ピン【pin】

㊔ 大頭針，別針；（機）拴，樞

例 ピンで止める。

譯 用大頭針釘住。

49 ｜ふえ【笛】

㊝ 横笛；哨子

例 笛が鳴る。

譯 笛聲響起。

50 ｜ブラシ【brush】

㊝ 刷子

例 ブラシを掛ける。

譯 用刷子刷。

51 ｜ふろしき【風呂敷】

㊝ 包巾

例 風呂敷を広げる。

譯 打開包袱。

52 ｜ぼう【棒】

㊞·漢造 棒，棍子；（音樂）指揮；（畫的）直線，粗線

例 足を棒にする。

譯 腳痠得硬邦邦的。

53 ｜ほうき【箒】

㊝ 掃帚

例 箒で掃く。

譯 用掃帚打掃。

54 ｜マスク【mask】

㊝ 面罩，假面；防護面具；口罩；防毒面具；面相，面貌

例 マスクを掛ける。

譯 戴口罩。

55 ｜めざまし【目覚まし】

㊝ 叫醒，喚醒；小孩睡醒後的點心；醒後為打起精神吃東西；鬧鐘

例 目覚ましをセットする。

譯 設定鬧鐘。

56 ｜めざましどけい【目覚まし時計】

㊝ 鬧鐘

例 目覚まし時計を掛ける。

譯 設定鬧鐘。

57 ｜めん【面】

㊞·接尾·漢造 臉，面；面具，假面；防護面具；用以計算平面的東西；會面

例 面をかぶる。

譯 戴上面具。

58 ｜モーター【motor】

㊝ 發動機；電動機；馬達

例 モーターを動かす。

譯 開動電動機。

59 ｜ようと【用途】

㊝ 用途，用處

例 用途が広い。

譯 用途廣泛。

60 ｜ろうそく【蝋燭】

㊝ 蠟燭

例 蝋燭を吹き消す。

譯 吹滅蠟燭。

23-2 家具、工具、文房具 /
傢俱、工作器具、文具

01 | くぎ【釘】
名 釘子
例 釘を刺す。
譯 再三叮嚀。

02 | くっつける【くっ付ける】
他下一 把…粘上，把…貼上，使靠近
例 のりでくっ付ける。
譯 用膠水黏上。

03 | けずる【削る】
他五 削，刨，刮；刪減，削去，削減
例 鉛筆を削る。
譯 削鉛筆。

04 | ざぶとん【座布団】
名 (舖在席子上的)棉坐墊
例 座布団を敷く。
譯 舖上坐墊。

05 | シャープペンシル【(和) sharp + pencil】
名 自動鉛筆
例 シャープペンシルで書く。
譯 用自動鉛筆寫。

06 | しん【芯】
名 蕊；核；枝條的頂芽
例 鉛筆の芯が折れる。
譯 鉛筆芯斷了。

07 | すみ【墨】
名 墨；墨汁，墨水；墨狀物；(章魚、烏賊體內的)墨狀物
例 タコが墨を吐く。
譯 章魚吐出墨汁。

08 | そうち【装置】
名・他サ 裝置，配備，安裝；舞台裝置
例 暖房を装置する。
譯 安裝暖氣。

09 | そろばん
名 算盤，珠算
例 そろばんを弾く。
譯 打算盤；計較個人利益。

10 | とだな【戸棚】
名 壁櫥，櫃櫥
例 戸棚から取り出す。
譯 從櫃櫥中拿出。

11 | のり【糊】
名 膠水，漿糊
例 糊をつける。
譯 塗上膠水。

12 | はんこ
名 印章，印鑑
例 はんこを押す。
譯 蓋章。

13 ｜ふで【筆】

名・接尾 毛筆;(用毛筆)寫的字，畫的畫;
(接數詞)表蘸筆次數

例 筆が立つ。

譯 文章寫得好。

---

14 ｜ぶひん【部品】

名 (機械等)零件

例 部品が揃う。

譯 零件齊備。

---

15 ｜ぶんかい【分解】

名・他サ・自サ 拆開，拆卸;(化)分解;
解剖;分析(事物)

例 時計を分解する。

譯 拆開時鐘。

---

16 ｜ペンチ【pinchers】

名 鉗子

例 ペンチを使う。

譯 使用鉗子。

---

17 ｜ほうそう【包装】

名・他サ 包裝，包捆

例 包装紙が新しく変わる。

譯 包裝紙改換新裝。

---

18 ｜ほんばこ【本箱】

名 書箱

例 本箱がもういっぱいだ。

譯 書箱已滿了。

---

19 ｜メモ【memo】

名・他サ 筆記;備忘錄，便條;紀錄

例 メモに書く。

譯 寫在便條上。

23-3 計器、容器、入れ物、衛生器具／
測量儀器、容器、器皿、衛生用具

01 ｜いれもの【入れ物】

名 容器，器皿

例 ポテトの入れ物が変わった。

譯 馬鈴薯外裝改變了。

---

02 ｜かご【籠】

名 籠子，筐，籃

例 かごの鳥になる。

譯 成為籠中鳥(喻失去自由的人)。

---

03 ｜から【空】

名 空的;空，假，虛

例 空にする。

譯 騰出;花淨。

---

04 ｜からっぽ【空っぽ】

名・形動 空，空洞無一物

例 頭の中が空っぽだ。

譯 腦袋空空。

---

05 ｜き【器】

名・漢造 有才能，有某種才能的人;器
具，器皿;起作用的，才幹

例 食器を片付ける。

譯 收拾碗筷。

06 | ぎっしり

(副) （裝或擠的）滿滿的

例 ぎっしりと詰める。

譯 塞滿，排滿。

07 | きんこ【金庫】

(名) 保險櫃；（國家或公共團體的）金融機關，國庫

例 金を金庫にしまう。

譯 錢收在金庫裡。

08 | ケース【case】

(名) 盒，箱，袋；場合，情形，事例

例 ケースに入れる。

譯 裝入盒裡。

09 | しゅうのう【収納】

(名・他サ) 收納，收藏

例 収納スペースが足りない。

譯 收納空間不夠用。

10 | つりあう【釣り合う】

(自五) 平衡，均衡；勻稱，相稱

例 左右が釣り合う。

譯 左右勻稱。

11 | はかり【計り】

(名) 秤，量，計量；份量；限度

例 計りをごまかす。

譯 偷斤減兩。

12 | はかり【秤】

(名) 秤，天平

例 秤で量る。

譯 秤重。

13 | びん【瓶】

(名) 瓶，瓶子

例 花瓶に花を挿す。

譯 把花插入花瓶。

14 | ものさし【物差し】

(名) 尺；尺度，基準

例 物差しにする。

譯 作為尺度。

15 | ようき【容器】

(名) 容器

例 容器に納める。

譯 收進容器。

23-4 照明、光学機器、音響、情報機器 /
燈光照明、光學儀器、音響、信息器具

01 | あかり【明かり】

(名) 燈，燈火；光，光亮；消除嫌疑的證據，證明清白的證據

例 明かりをつける。

譯 點燈。

02 | あっしゅく【圧縮】

(名・他サ) 壓縮；（把文章等）縮短

例 大きいファイルを圧縮する。

譯 壓縮大的檔案。

03 ｜けんびきょう【顕微鏡】

（名）顯微鏡

例 顕微鏡で見る。

譯 用電子顯微鏡觀察。

04 ｜しょうめい【照明】

（名・他サ）照明，照亮，光亮，燈光；舞台燈光

例 照明の明るい部屋だ。

譯 燈光明亮的房間。

05 ｜スイッチ【switch】

（名・他サ）開關；接通電路；(喻)轉換(為另一種事物或方法)

例 スイッチを入れる。

譯 打開開關。

06 ｜スピーカー【speaker】

（名）談話者，發言人；揚聲器；喇叭；散播流言的人

例 スピーカーから音声が流れる。

譯 從擴音器中傳出聲音。

07 ｜スライド【slide】

（名・自サ）滑動，幻燈機，放映裝置；(棒球)滑進(壘)；按物價指數調整工資

例 スライドに映す。

譯 映在幻燈片上。

08 ｜たちあがる【立ち上がる】

（自五）站起，起來；升起，冒起；重振，恢復；著手，開始行動

例 コンピューターが立ち上がる。

譯 電腦開機。

09 ｜ビデオ【video】

（名）影像，錄影；錄影機；錄影帶

例 ビデオ化する。

譯 影像化。

10 ｜ふくしゃ【複写】

（名・他サ）複印，複制；抄寫，繕寫

例 原稿を複写する。

譯 抄寫原稿。

11 ｜プリント【print】

（名・他サ）印刷(品)；油印(講義)；印花，印染

例 楽譜をプリントする。

譯 印刷樂譜。

12 ｜ぼうえんきょう【望遠鏡】

（名）望遠鏡

例 望遠鏡で月を見る。

譯 用望遠鏡賞月。

13 ｜レンズ【(荷) lens】

（名）(理)透鏡，凹凸鏡片；照相機的鏡頭

例 レンズを磨く。

譯 磨鏡片。

職業、仕事

- 職業、工作 -

24-1 仕事、職場 (1) /
工作、職場(1)

01 ｜いちりゅう【一流】

（名）一流，頭等；一個流派；獨特
例 一流になる。
譯 成為第一流。

02 ｜うちあわせ【打ち合わせ】

（名・他サ）事先商量，碰頭
例 打ち合わせをする。
譯 事先商量。

03 ｜うちあわせる【打ち合わせる】

（他下一）使…相碰，（預先）商量
例 出発時間を打ち合わせる。
譯 商量出發時間。

04 ｜うむ【有無】

（名）有無；可否，願意與否
例 欠席者の有無を確かめる。
譯 確認有無缺席者。

05 ｜えんき【延期】

（名・他サ）延期
例 会議を延期する。
譯 會議延期。

06 ｜おうせつ【応接】

（名・自サ）接待，應接
例 客に応接する。
譯 接見客人。

07 ｜かつりょく【活力】

（名）活力，精力
例 活力を与える。
譯 給予活力。

08 ｜かねる【兼ねる】

（他下一・接尾）兼備；不能，無法
例 趣味と実益を兼ねる。
譯 興趣與實利兼具。

09 ｜きにゅう【記入】

（名・他サ）填寫，寫入，記上
例 必要事項を記入する。
譯 記上必要事項。

10 ｜きばん【基盤】

（名）基礎，底座，底子；基岩
例 基盤を固める。
譯 鞏固基礎。

11 ｜きゅうか【休暇】

（名）（節假日以外的）休暇

例 休暇を取る。
譯 請假。

12 ｜きゅうぎょう【休業】

名・自サ 停課
例 都合により本日休業します。
譯 由於私人因素，本日休息。

13 ｜きゅうじょ【救助】

名・他サ 救助，搭救，救援，救濟
例 人命救助につながる。
譯 關係到救命問題。

14 ｜くみあい【組合】

名 （同業）工會，合作社
例 労働組合がない。
譯 沒有工會。

15 ｜けんしゅう【研修】

名・他サ 進修，培訓
例 研修を受ける。
譯 接受培訓。

16 ｜こうぞう【構造】

名 構造，結構
例 構造を分析する。
譯 分析結構。

17 ｜こうたい【交替】

名・自サ 換班，輪流，替換，輪換
例 当番を交替する。
譯 輪流值班。

18 ｜こうどう【行動】

名・自サ 行動，行為
例 行動を起こす。
譯 採取行動。

19 ｜こしかけ【腰掛け】

名 凳子；暫時棲身之處，一時落腳處
例 腰掛けＯＬがやっぱり多い。
譯 （婚前）暫時於此工作的女性果然很多。

20 ｜ころがる【転がる】

自五 滾動，轉動，倒下，躺下，擺著，放著，有
例 機会が転がる。
譯 機會降臨。

N2 24-1(2)

24-1 仕事、職場 (2) ／
工作、職場 (2)

21 ｜さいしゅうてき【最終的】

形動 最後
例 最終的にやめることにした。
譯 最後決定不做。

22 ｜さいそく【催促】

名・他サ 催促，催討
例 返事を催促する。
譯 催促答覆。

23 ｜さぎょう【作業】

名・自サ 工作，操作，作業，勞動
例 作業を進める。
譯 進行作業。

24 | しきゅう【至急】

(名・副) 火速，緊急；急速，加速

例 至急の用件がございます。

譯 有緊急事件。

25 | しじ【指示】

(名・他サ) 指示，指點

例 指示に従う。

譯 聽從指示。

26 | じっせき【実績】

(名) 實績，實際成績

例 実績が上がる。

譯 提高實際成績。

27 | じむ【事務】

(名) 事務(多為處理文件、行政等庶務工作)

例 事務に追われる。

譯 忙於處理事務。

28 | しめきる【締切る】

(他五) (期限)屆滿，截止，結束

例 今日で締め切る。

譯 今日截止。

29 | じゅうし【重視】

(名・他サ) 重視，認為重要

例 実績を重視する。

譯 重視實際成績。

30 | しゅっきん【出勤】

(名・自サ) 上班，出勤

例 9時に出勤する。

譯 九點上班。

31 | しゅっちょう【出張】

(名・自サ) 因公前往，出差

例 米国に出張する。

譯 到美國出差。

32 | しよう【使用】

(名・他サ) 使用，利用，用(人)

例 会議室を使用する。

譯 使用會議室。

33 | しょうしゃ【商社】

(名) 商社，貿易商行，貿易公司

例 商社に勤める。

譯 在貿易公司上班。

34 | じんじ【人事】

(名) 人事，人力能做的事；人事(工作)；世間的事，人情世故

例 人事異動が行われる。

譯 進行人事異動。

35 | すぐれる【優れる】

(自下一) (才能、價值等)出色，優越，傑出，精湛；(身體、精神、天氣)好，爽朗，舒暢

例 優れた人材を招く。

譯 招聘傑出的人才。

36 | せいそう【清掃】

(名・他サ) 清掃，打掃

例 公園を清掃する。

譯 打掃公園。

37 | せっせと

副 拼命地，不停的，一個勁兒地，孜孜不倦的

例 せっせと運ぶ。

譯 拼命地搬運。

38 | そうべつ【送別】

名・自サ 送行，送別

例 同僚の送別会を開く。

譯 幫同事舉辦送別派對。

39 | そしき【組織】

名・他サ 組織，組成；構造，構成；(生)組織；系統，體系

例 労働組合を組織する。

譯 組織勞動公會。

40 | たいする【対する】

自サ 面對，面向；對於，關於；對立，相對，對比；對待，招待

例 政治に対する関心が高まる。

譯 提高對政治的關心。

N2 ◉ 24-1(3)

24-1 仕事、職場 (3) /
工作、職場 (3)

41 | たんとう【担当】

名・他サ 擔任，擔當，擔負

例 担当が決まる。

譯 決定由…負責。

42 | ちゅうと【中途】

名 中途，半路

例 中途でやめる。

譯 中途放棄。

43 | ちょうせい【調整】

名・他サ 調整，調節

例 調整を行う。

譯 進行調整。

44 | つとめ【勤め】

名 工作，職務，差事

例 勤めに出かける。

譯 出門上班。

45 | つとめる【務める】

他下一 任職，工作；擔任(職務)；扮演(角色)

例 司会役を務める。

譯 擔任司儀。

46 | つぶれる【潰れる】

自下一 壓壞，壓碎；坍塌，倒塌；倒產，破產；磨損，磨鈍；(耳)聾，(眼)瞎

例 会社が潰れる。

譯 公司破產。

47 | でいり【出入り】

名・自サ 出入，進出；(因有買賣關係而)常往來；收支；(數量的)出入；糾紛，爭吵

例 出入りがはげしい。

譯 進出頻繁。

48 | どうりょう【同僚】

(名) 同事，同僚
例 昔の同僚に会った。
譯 遇見以前的同事。

49 | どくとく【独特】

(名・形動) 獨特
例 独特なやり方である。
譯 是獨特的做法。

50 | とる【採る】

(他五) 採取，採用，錄取；採集；採光
例 新卒者を採る。
譯 錄取畢業生。

51 | にがす【逃がす】

(他五) 放掉，放跑；使跑掉，沒抓住；錯過，丟失
例 チャンスを逃がす。
譯 錯失機會。

52 | にゅうしゃ【入社】

(名・自サ) 進公司工作，入社
例 企業に入社する。
譯 進企業上班。

53 | のうりつ【能率】

(名) 效率
例 能率を高める。
譯 提高效率。

54 | はっき【発揮】

(名・他サ) 發揮，施展

例 才能を発揮する。
譯 發揮才能。

55 | ひとやすみ【一休み】

(名・自サ) 休息一會兒
例 そろそろ一休みしよう。
譯 休息一下吧！

56 | ぶ【部】

(名・漢造) 部分；部門；冊
例 五つの部に分ける。
譯 分成五個部門。

57 | ふせい【不正】

(名・形動) 不正當，不正派，非法；壞行為，壞事
例 不正を働く。
譯 做壞事；犯規；違法。

58 | プラン【plan】

(名) 計畫，方案；設計圖，平面圖；方式
例 プランを立てる。
譯 訂計畫。

59 | ほうる【放る】

(他五) 拋，扔；中途放棄，棄置不顧，不加理睬
例 仕事を放っておく。
譯 放下工作不做。

60 | ほんらい【本来】

(名) 本來，天生，原本；按道理，本應

例 本来の使命を忘れた。

譯 忘了本來的使命。

61 | やくめ【役目】

名 責任，任務，使命，職務

例 役目を果たす。

譯 完成任務。

62 | やっかい【厄介】

名・形動 麻煩，難為，難應付的；照料，照顧，幫助；寄食，寄宿（的人）

例 厄介な仕事が迫っている。

譯 因麻煩的工作而入困境。

63 | やとう【雇う】

他五 雇用

例 船を雇う。

譯 租船。

64 | ようじ【用事】

名 （應辦的）事情，工作

例 用事が済んだ。

譯 事情辦完了。

65 | りゅう【流】

名・接尾 （表特有的方式、派系）流，流派

例 一流企業に就職する。

譯 在一流企業上班。

66 | ろうどう【労働】

名・自サ 勞動，體力勞動，工作；（經）勞動力

例 労働を強制する。

譯 強制勞動。

24-2 職業、事業 /
職業、事業

01 | がいぶ【外部】

名 外面，外部

例 外部に漏らす。

譯 洩漏出去。

02 | けいび【警備】

名・他サ 警備，戒備

例 警備に当たる。

譯 負責戒備。

03 | しほん【資本】

名 資本

例 資本を増やす。

譯 增資。

04 | しょうぎょう【商業】

名 商業

例 商業振興をはかる。

譯 計畫振興商業。

05 | しょうぼう【消防】

名 消防；消防隊員，消防車

例 消防士になる。

譯 成為消防隊員。

06 | しょく【職】

名・漢造 職業，工作；職務；手藝，技能；官署名

例 職に就く。

譯 就職。

07 ｜しょくぎょう【職業】

名 職業

例 教師を職業とする。

譯 以教師為職業。

08 ｜しょくば【職場】

名 工作崗位，工作單位

例 職場を守る。

譯 堅守工作崗位。

09 ｜ちゃんと

副 端正地，規矩地；按期，如期；整潔，整齊；完全，老早，的確，確鑿

例 ちゃんとした職業を持っていない。

譯 沒有正當職業。

10 ｜つまずく【躓く】

自五 跌倒，絆倒；(中途遇障礙而)失敗，受挫

例 事業に躓く。

譯 在事業上受挫折。

11 ｜はってん【発展】

名・自サ 擴展，發展；活躍，活動

例 発展が目覚ましい。

譯 發展顯著。

24-3 地位 /
地位職稱

01 ｜い【位】

漢造 位；身分，地位；(對人的敬稱)位

例 高い地位に就く。

譯 坐上高位。

02 ｜しゅうにん【就任】

名・自サ 就職，就任

例 社長に就任する。

譯 就任社長。

03 ｜じゅうやく【重役】

名 擔任重要職務的人；重要職位，重任者；(公司的)董事與監事的通稱

例 会社の重役になった。

譯 成為公司董事。

04 ｜そうとう【相当】

名・自サ・形動 相當，適合，相稱；相當於，相等於；值得，應該；過得去，相當好；很，頗

例 能力相当の地位を与える。

譯 授予和能力相稱的地位。

05 ｜ちい【地位】

名 地位，職位，身份，級別

例 地位に就く。

譯 擔任職位。

06 ｜つく【就く】

自五 就位；登上；就職；跟…學習；起程

例 王位に就く。

譯 登上王位。

07 ｜どうかく【同格】

名 同級，同等資格，等級相同；同級的(品牌)；(語法)同格語

例 課長職と同格に扱う。

譯 以課長同等地位看待。

08 | とどまる【留まる】

(自五) 停留，停頓；留下，停留；止於，限於

例 現職に留まる。

譯 留職。

09 | めいじる・めいずる【命じる・命ずる】

(他上一・他サ) 命令，吩咐；任命，委派；命名

例 局長を命じられる。

譯 被任命為局長。

10 | ゆうのう【有能】

(名・形動) 有才能的，能幹的

例 有能な部下に脅威を感じる。

譯 對能幹的部屬頗感威脅。

11 | リード【lead】

(名・自他サ) 領導，帶領；(比賽)領先，贏；(新聞報導文章的)內容提要

例 人をリードする。

譯 帶領人。

N2 ● 24-4

24-4 家事 /
家務

01 | かじ【家事】

(名) 家事，家務；家裡(發生)的事

例 家事の手伝いをする。

譯 幫忙做家務。

02 | つかい【使い】

(名) 使用；派去的人；派人出去(買東西、辦事)，跑腿；(迷)(神仙的)侍者；(前接某些名詞)使用的方法，使用的人

例 母親の使いで出かける。

譯 被母親派出去辦事。

03 | てま【手間】

(名) (工作所需的)勞力、時間與功夫；(手藝人的)計件工作，工錢

例 手間がかかる。

譯 費工夫，費事。

04 | にっか【日課】

(名) (規定好)每天要做的事情，每天習慣的活動；日課

例 日課を書きつける。

譯 寫上每天要做的事情。

05 | はく【掃く】

(他五) 掃，打掃；(拿刷子)輕塗

例 道路を掃く。

譯 清掃道路。

06 | ほす【干す】

(他五) 曬乾；把(池)水弄乾；乾杯

例 洗濯物を干す。

譯 曬衣服。

生産、産業

- 生産、産業 -

25-1 生産、産業 /
生產、產業

01 ｜オートメーション【automation】
⒜ 自動化，自動控制裝置，自動操縱法
例 オートメーションに切り替える。
譯 改為自動化。

02 ｜かんり【管理】
(名・他サ) 管理，管轄；經營，保管
例 品質を管理する。
譯 品質管理。

03 ｜きのう【機能】
(名・自サ) 機能，功能，作用
例 機能を果たす。
譯 發揮作用。

04 ｜けっかん【欠陥】
⒜ 缺陷，致命的缺點
例 欠陥商品に悩まされる。
譯 深受瑕疵商品所苦惱。

05 ｜げんさん【原産】
⒜ 原產
例 原産地が表示される。
譯 標示原產地。

06 ｜こういん【工員】
⒜ 工廠的工人，（產業）工人
例 工員が丁寧に作る。
譯 工人仔細製造。

07 ｜こうば【工場】
⒜ 工廠，作坊
例 工場で働く。
譯 在工廠工作。

08 ｜さかり【盛り】
(名・接尾) 最旺盛時期，全盛狀態；壯年；（動物）發情；（接動詞連用形）表正在最盛的時候
例 盛りを過ぎる。
譯 全盛時期已過。

09 ｜じんこう【人工】
⒜ 人工，人造
例 人工衛星を打ち上げる。
譯 發射人造衛星。

10 ｜じんぞう【人造】
⒜ 人造，人工合成
例 人造湖が出現した。
譯 出現了人造湖。

11｜ストップ【stop】

名・自他サ 停止，中止；停止信號；（口令）站住，不得前進，止住；停車站

例 ストップを掛ける。

譯 命令停止。

12｜せいぞう【製造】

名・他サ 製造，加工

例 紙を製造する。

譯 造紙。

13｜だいいち【第一】

名・副 第一，第一位，首先；首屈一指的，首要，最重要

例 安全第一だ。

譯 安全第一。

14｜ていし【停止】

名・他サ・自サ 禁止，停止；停住，停下；（事物、動作等）停頓

例 作業を停止する。

譯 停止作業。

15｜でんし【電子】

名 （理）電子

例 電子オルガンを弾く。

譯 演奏電子琴。

16｜へる【経る】

自下一 （時間、空間、事物）經過、通過

例 手を経る。

譯 經手。

17｜みやげ【土産】

名 （贈送他人的）禮品，禮物；（出門帶回的）土產

例 お土産をもらう。

譯 收到禮品。

N2 ● 25-2

25-2 農業、漁業、林業 ／
農業、漁業、林業

01｜ぎょぎょう【漁業】

名 漁業，水產業

例 漁業が盛んである。

譯 漁業興盛。

02｜さんち【産地】

名 產地；出生地

例 産地直送にこだわる。

譯 嚴選產地直送。

03｜しゅうかく【収穫】

名・他サ 收獲（農作物）；成果，收穫；獵獲物

例 収穫が多い。

譯 收穫很多。

04｜すいさん【水産】

名 水產（品），漁業

例 水産業を営む。

譯 經營水產業，漁業。

05｜た【田】

名 田地；水稻，水田

例 田を耕す。

譯 耕種稻田。

06 | たうえ【田植え】

名・他サ （農）插秧
例 田植えをする。
譯 插秧。

07 | たがやす【耕す】

他五 耕作，耕田
例 荒れ地を耕す。
譯 開墾荒地。

08 | たんぼ【田んぼ】

名 米田，田地
例 田んぼに水を張る。
譯 放水至田。

09 | のうさんぶつ【農産物】

名 農産品
例 農産物に富む。
譯 農產品豐富。

10 | のうそん【農村】

名 農村，郷村
例 農村の生活が長寿につながって
いる。
譯 農村的生活與長壽息息相關。

11 | のうやく【農薬】

名 農藥
例 農薬の汚染がひどい。
譯 農藥污染很嚴重。

12 | はたけ【畑】

名 田地，旱田；專業的領域
例 畑で働いている。
譯 在田地工作。

13 | ほかく【捕獲】

名・他サ （文）捕獲
例 鯨を捕獲する。
譯 捕獲鯨魚。

14 | ぼくじょう【牧場】

名 牧場
例 牧場を経営する。
譯 經營牧場。

15 | ぼくちく【牧畜】

名 畜牧
例 牧畜を営む。
譯 經營畜牧業。

16 | めいぶつ【名物】

名 名產，特產；（因形動奇特而）有名
的人
例 青森名物のリンゴを買う。
譯 買青森名產的蘋果。

25-3 工業、鉱業、商業／
工業、礦業、商業

01 | えんとつ【煙突】

名 煙囪
例 煙突が立ち並ぶ。
譯 煙囪林立。

02 | かいぞう【改造】

名・他サ 改造，改組，改建
例 ホテルを刑務所に改造する。
譯 把飯店改建成監獄。

03 | かんりょう【完了】

名・自他サ 完了，完畢；（語法）完了，完成
例 工事が完了する。
譯 結束工程。

04 | けんせつ【建設】

名・他サ 建設
例 建設が進む。
譯 工程有進展。

05 | げんば【現場】

名 （事故等的）現場；（工程等的）現場，工地
例 工事現場を囲む。
譯 圍繞工地現場。

06 | こうがい【公害】

名 （污水、噪音等造成的）公害
例 公害を出す。
譯 造成公害。

07 | せいさく【製作】

名・他サ （物品等）製造，製作，生產
例 精密機械を製作する。
譯 製造精密儀器。

08 | せっけい【設計】

名・他サ （機械、建築、工程的）設計；計畫，規則
例 ビルを設計する。
譯 設計高樓。

09 | そうおん【騒音】

名 噪音；吵雜的聲音，吵鬧聲
例 騒音がひどい。
譯 噪音干擾嚴重。

10 | ぞうせん【造船】

名・自サ 造船
例 タンカーを造船する。
譯 造油輪。

11 | たんこう【炭鉱】

名 煤礦，煤井
例 炭鉱を発見する。
譯 發現煤礦。

12 | ちゃくちゃく【着々】

副 逐步地，一步步地
例 着々と進んでいる。
譯 逐步地進行。

13 | てっきょう【鉄橋】

名 鐵橋，鐵路橋
例 鉄橋をかける。
譯 架設鐵橋。

14 ｜てっこう【鉄鋼】

名 鋼鐵

例 鉄鋼製品を販売する。

譯 販賣鋼鐵製品。

15 ｜ほる【掘る】

他五 掘，挖，刨；挖出，掘出

例 穴を掘る。

譯 挖洞。

16 ｜みぞ【溝】

名 水溝；（拉門門框上的）溝槽，切口；（感情的）隔閡

例 溝をさらう。

譯 疏通溝渠。

17 ｜やかましい【喧しい】

形 （聲音）吵鬧的，喧擾的；囉唆的，嘮叨的；難以取悅；嚴格的，嚴屬的

例 工事の音が喧しい。

譯 施工噪音很吵雜。

Memo

_____

_____

_____

_____

_____

_____

_____

_____

_____

_____

_____

パート
26
第二十六章

経済
- 經濟 -

26-1 経済 /
經濟

01 ｜あんてい【安定】

名·自サ 安定，穩定；（物體）安穩

例 安定を図る。

譯 謀求安定。

02 ｜かいふく【回復】

名·自他サ 恢復，康復；挽回，收復

例 景気が回復する。

譯 景氣回升。

03 ｜かいほう【開放】

名·他サ 打開，敞開；開放，公開

例 市場を開放する。

譯 開放市場。

04 ｜かぜい【課税】

名·自サ 課稅

例 輸入品に課税する。

譯 課進口貨物稅。

05 ｜きんゆう【金融】

名·自サ 金融，通融資金

例 国際金融を得意とする。

譯 擅長國際金融。

06 ｜けいき【景気】

名 （事物的）活動狀態，活潑，精力旺盛；
（經濟的）景氣

例 景気が回復する。

譯 景氣好轉。

07 ｜けいこう【傾向】

名 （事物的）傾向，趨勢

例 傾向がある。

譯 有…的傾向。

08 ｜さんにゅう【参入】

名·自サ 進入；進宮

例 市場に参入する。

譯 投入市場。

09 ｜しげき【刺激】

名·他サ （物理的，生理的）刺激；（心理
的）刺激，使興奮

例 景気を刺激する。

譯 刺激景氣。

10 ｜にち【日】

名·漢造 日本；星期天；日子，天，晝間；
太陽

例 対日貿易赤字が解消される。

譯 對日貿易赤字被解除了。

11 │ マーケット【market】

(名) 商場，市場；(商品)銷售地區

例 マーケットを開拓する。

譯 開闢市場。

26-2 取り引き /
交易

01 │ うけたまわる【承る】

(他五) 聽取；遵從，接受；知道，知悉；傳聞

例 ご注文承りました。

譯 收到訂單了。

02 │ うけとり【受け取り】

(名) 收領；收據；計件工作(的工錢)

例 受け取りをもらう。

譯 拿收據。

03 │ うけとる【受け取る】

(他五) 領，接收，理解，領會

例 給料を受け取る。

譯 領薪。

04 │ おろす【卸す】

(他五) 批發，批售，批賣

例 薬品を卸す。

譯 批發藥品。

05 │ かぶ【株】

(名・接尾) 株，顆；(樹的)殘株；股票；(職業等上)特權；擅長；地位

例 株価が上がる。

譯 股票上漲。

06 │ かわせ【為替】

(名) 匯款，匯兌

例 為替で支払う。

譯 用匯款支付。

07 │ きょうきゅう【供給】

(名・他サ) 供給，供應

例 供給を断つ。

譯 斷絕供給。

08 │ しょめい【署名】

(名・自サ) 署名，簽名；簽的名字

例 契約書に署名する。

譯 在契約書上簽名。

09 │ てつづき【手続き】

(名) 手續，程序

例 手続きをする。

譯 辦理手續。

10 │ ふとう【不当】

(形動) 不正當，非法，無理

例 不当な取引だ。

譯 非法交易。

26-3 売買 /
買賣

01 │ うりきれ【売り切れ】

(名) 賣完

例 本日売り切れとなりました。

譯 今日貨已全部售完。

02 │ うりきれる【売り切れる】

(自下一) 賣完，賣光

例 切符が売り切れる。
譯 票賣光了。

---

03 ｜うれゆき【売れ行き】

名 (商品的)銷售狀況，銷路
例 売れ行きが悪い。
譯 銷路不好。

---

04 ｜うれる【売れる】

自下一 商品賣出，暢銷；變得廣為人知，出名，聞名
例 名が売れる。
譯 馳名。

---

05 ｜かんじょう【勘定】

名・他サ 計算；算帳；(會計上的)帳目，戶頭，結帳；考慮，估計
例 勘定を済ます。
譯 付完款，算完帳。

---

06 ｜じゅよう【需要】

名 需要，要求；需求
例 需要が高まる。
譯 需求大增。

---

07 ｜だいきん【代金】

名 貸款，借款
例 代金を請求する。
譯 索取貨款。

---

08 ｜どうよう【同様】

形動 同樣的，一樣的
例 同様の値段で販売している。
譯 同樣的價錢販售。

---

09 ｜とくばい【特売】

名・他サ 特賣；(公家機關不經標投)賣給特定的人
例 夏物を特売する。
譯 特價賣出夏季商品。

---

10 ｜のこり【残り】

名 剩餘，殘留
例 売れ残りの商品をもらえる。
譯 可以得到賣剩的商品。

---

11 ｜ばいばい【売買】

名・他サ 買賣，交易
例 土地を売買する。
譯 土地買賣。

---

12 ｜はつばい【発売】

名・他サ 賣，出售
例 好評発売中。
譯 暢銷中。

---

13 ｜はんばい【販売】

名・他サ 販賣，出售
例 古本を販売する。
譯 販賣舊書。

---

14 ｜わりびき【割引】

名・他サ (價錢)打折扣，減價；(對說話內容)打折；票據兌現
例 割引になる。
譯 可以減價。

26-4 価格 /
價格

01 ｜かかく【価格】
(名) 價格
例 商品の価格をつける。
譯 標示商品價格。

02 ｜がく【額】
(名・漢造) 名額，數額；匾額，畫框
例 予算の額を超える。
譯 超過預算額度。

03 ｜かち【価値】
(名) 價值
例 価値がある。
譯 有價值。

04 ｜こうか【高価】
(名・形動) 高價錢
例 高価な贈り物を渡す。
譯 授與昂貴的禮物。

05 ｜すいじゅん【水準】
(名) 水準，水平面；水平器；(地位、質量、價值等的)水平；(標示)高度
例 水準が高まる。
譯 水準提高。

06 ｜それなり
(名・副) 恰如其分；就那樣
例 良い物はそれなりに高い。
譯 一分錢一分貨。

07 ｜ていか【定価】
(名) 定價
例 定価で購入する。
譯 以定價買入。

08 ｜てごろ【手頃】
(名・形動) (大小輕重)合手，合適，相當；適合(自己的經濟能力、身份)
例 手頃なお値段で食べられる。
譯 能以合理的價錢品嚐。

09 ｜ね【値】
(名) 價錢，價格，價值
例 値をつける。
譯 訂價。

10 ｜むりょう【無料】
(名) 免費；無須報酬
例 無料で提供する。
譯 免費提供。

11 ｜ゆうりょう【有料】
(名) 收費
例 有料駐車場が二つある。
譯 有兩座收費停車場。

12 ｜りょうきん【料金】
(名) 費用，使用費，手續費
例 料金がかかる。
譯 收費。

13 ｜りょうしゅう【領収】
(名・他サ) 收到
例 代金を領収する。
譯 收取費用。

26-5 損得、貸借 /
損益、借貸

01 | うりあげ【売り上げ】
[名]（一定期間的）銷售額，營業額
[例] 売(う)り上(あ)げが伸(の)びる。
[譯] 銷售額增加。

02 | しゃっきん【借金】
[名・自サ] 借款，欠款，舉債
[例] 借金(しゃっきん)を抱(かか)える。
[譯] 負債。

03 | しょうひん【賞品】
[名] 獎品
[例] 賞品(しょうひん)が当(あ)たる。
[譯] 中獎。

04 | せいきゅう【請求】
[名・他サ] 請求，要求，索取
[例] 請求(せいきゅう)に応(おう)じる。
[譯] 答應要求。

05 | せおう【背負う】
[他五] 背；擔負，承擔，肩負
[例] 借金(しゃっきん)を背負(せお)う。
[譯] 肩負債務。

06 | そん【損】
[名・自サ・形動・漢造] 虧損，賠錢；吃虧，不划算；減少；損失
[例] 損(そん)をする。
[譯] 吃虧。

07 | そんがい【損害】
[名・他サ] 損失，損害，損耗
[例] 損害(そんがい)を与(あた)える。
[譯] 造成損失。

08 | そんしつ【損失】
[名・自サ] 損害，損失
[例] 損失(そんしつ)を被(こうむ)る。
[譯] 蒙受損失。

09 | そんとく【損得】
[名] 損益，得失，利害
[例] 損得(そんとく)抜(ぬ)きで付(つ)き合(あ)う。
[譯] 不計得失地交往。

10 | てっする【徹する】
[自サ] 貫徹，貫穿；通宵，徹夜；徹底，貫徹始終
[例] 金儲(かねもう)けに徹(てっ)する。
[譯] 努力賺錢。

11 | ほけん【保険】
[名] 保險；（對於損害的）保證
[例] 保険(ほけん)をかける。
[譯] 投保。

12 | もうかる【儲かる】
[自五] 賺到，得利；賺得到便宜，撿便宜
[例] 1万円(まんえん)儲(もう)かった。
[譯] 賺了一萬日圓。

13 | もうける【儲ける】
[他下一] 賺錢，得利；（轉）撿便宜，賺到
[例] 一割(いちわり)儲(もう)ける。
[譯] 賺一成。

14 | りえき【利益】

名 利益，好處；利潤，盈利

例 利益になる。

譯 有利潤。

15 | りがい【利害】

名 利害，得失，利弊，損益

例 利害が相反する。

譯 與利益相反。

26-6 収支、賃金 /
收支、工資報酬

01 | きゅうよ【給与】

名・他サ 供給(品)，分發，待遇；工資，津貼

例 給与をもらう。

譯 領薪水。

02 | げっきゅう【月給】

名 月薪，工資

例 月給が上がる。

譯 調漲工資。

03 | さしひく【差し引く】

他五 扣除，減去；抵補，相抵(的餘額)；(潮水的)漲落，(體溫的)升降

例 月給から税金を差し引く。

譯 從月薪中扣除稅金。

04 | しきゅう【支給】

名・他サ 支付，發給

例 旅費を支給する。

譯 支付旅費。

05 | しゅうにゅう【収入】

名 收入，所得

例 収入が安定する。

譯 收入穩定。

06 | ただ

名・副・接 免費；普通，平凡；只是，僅僅；(對前面的話做出否定)但是，不過

例 ただで働く。

譯 白幹活。

07 | ちょうだい【頂戴】

名・他サ (「もらう、食べる」的謙虚説法)領受，得到，吃；(女性、兒童請求別人做事)請

例 結構なものを頂戴した。

譯 收到了好東西。

08 | ゆうこう【有効】

形動 有效的

例 有効に使う。

譯 有效地使用。

26-7 消費、費用 /
消費、費用

01 | かいけい【会計】

副・自サ 會計；付款，結帳

例 会計を済ます。

譯 結帳。

02 | きんがく【金額】

名 金額

例 金額が大きい。

譯 金額巨大。

03 ｜きんせん【金銭】

名 錢財，錢款；金幣

例 金銭に細かい。
　　きんせん　こま

譯 錙銖必較。

04 ｜こうか【硬貨】

名 硬幣，金屬貨幣

例 硬貨で支払う。
　　こう か　　 し はら

譯 以硬幣支付。

05 ｜こうきょう【公共】

名 公共

例 公共料金をカードで支払う。
　　こうきょうりょうきん　　　　　　し はら

譯 刷卡支付公共費用。

06 ｜しはらい【支払い】

名・他サ 付款，支付(金錢)

例 支払いを済ませる。
　　し はら　　 す

譯 付清。

07 ｜しはらう【支払う】

他五 支付，付款

例 料金を支払う。
　　りょうきん　 し はら

譯 支付費用。

08 ｜しゅうきん【集金】

名・自他サ (水電、瓦斯等)收款，催收
的錢

例 集金に回る。
　　しゅうきん　まわ

譯 到各處去收款。

09 ｜つり【釣り】

名 釣，釣魚；找錢，找的錢

例 お釣りを渡す。
　　つ　　 わた

譯 找零。

10 ｜はぶく【省く】

他五 省，省略，精簡，簡化；節省

例 経費を省く。
　　けい ひ　 はぶ

譯 節省經費。

11 ｜はらいこむ【払い込む】

他五 繳納

例 税金を払い込む。
　　ぜいきん　 はら　 こ

譯 繳納稅金。

12 ｜はらいもどす【払い戻す】

他五 退還(多餘的錢)，退費；(銀行)
付還(存戶存款)

例 税金を払い戻す。
　　ぜいきん　 はら　 もど

譯 退稅。

13 ｜ひよう【費用】

名 費用，開銷

例 費用を納める。
　　ひ よう　 おさ

譯 繳納費用。

14 ｜ぶんたん【分担】

名・他サ 分擔

例 費用を分担する。
　　ひ よう　 ぶんたん

譯 分擔費用。

15 ｜めんぜい【免税】

名・他サ・自サ 免税

例 空港の免税店で買い物する。
　　くうこう　 めんぜいてん　 か　 もの

譯 在機場免税店購物。

26-8 財産、金銭 /
財産、金銭

01 ｜うんよう【運用】

(名・他サ) 運用，活用
例 有効に運用する。
譯 有效的運用。

02 ｜げんきん【現金】

(名) (手頭的)現款，現金；(經濟的)現款，現金
例 現金で支払う。
譯 以現金支付。

03 ｜こしらえる【拵える】

(他下一) 做，製造；捏造，虛構；化妝，打扮；籌措，填補
例 金をこしらえる。
譯 湊錢。

04 ｜こづかい【小遣い】

(名) 零用錢
例 小遣いをあげる。
譯 給零用錢。

05 ｜ざいさん【財産】

(名) 財產；文化遺產
例 財産を継ぐ。
譯 繼承財產。

06 ｜さつ【札】

(名・漢造) 紙幣，鈔票；(寫有字的)木牌，紙片；信件；門票，車票
例 お札を数える。
譯 數鈔票。

07 ｜しへい【紙幣】

(名) 紙幣
例 1万円紙幣を両替する。
譯 將萬元鈔票換掉(成小鈔)。

08 ｜しょうがくきん【奨学金】

(名) 獎學金，助學金
例 奨学金をもらう。
譯 得到獎學金。

09 ｜ぜい【税】

(名・漢造) 稅，稅金
例 税がかかる。
譯 課稅。

10 ｜そうぞく【相続】

(名・他サ) 承繼(財產等)
例 財産を相続する。
譯 繼承財產。

11 ｜たいきん【大金】

(名) 巨額金錢，巨款
例 大金をつかむ。
譯 獲得巨款。

12 ｜ちょぞう【貯蔵】

(名・他サ) 儲藏
例 地下室に貯蔵する。
譯 儲放在地下室。

13 ｜ちょちく【貯蓄】

(名・他サ) 儲蓄
例 貯蓄を始める。
譯 開始儲蓄。

14｜つうか【通貨】

名 通貨，（法定）貨幣
例 通貨が流通する。
譯 貨幣流通。

15｜つうちょう【通帳】

名 （存款、賒帳等的）折子，帳簿
例 通帳を記入する。
譯 記入帳本。

16｜はさん【破産】

名・自サ 破産
例 破産を宣告する。
譯 宣告破產。

N2 26-9

26-9 貧富 /
貧富

01｜えんじょ【援助】

名・他サ 援助，幫助
例 援助を受ける。
譯 接受援助。

02｜ききん【飢饉】

名 飢饉，飢荒；缺乏，…荒
例 飢饉に見舞われる。
譯 鬧飢荒。

03｜きふ【寄付】

名・他サ 捐贈，捐助，捐款
例 寄付を募る。
譯 募捐。

04｜ごうか【豪華】

形動 奢華的，豪華的

例 豪華な衣装をもらった。
譯 收到奢華的服裝。

05｜さべつ【差別】

名・他サ 輕視，區別
例 差別が激しい。
譯 差別極為明顯。

06｜ぜいたく【贅沢】

名・形動 奢侈，奢華，浪費，鋪張；過份要求，奢望
例 ぜいたくな暮らしを送った。
譯 過著奢侈的生活。

07｜まずしい【貧しい】

形 （生活）貧窮的，窮困的；（經驗、才能的）貧乏，淺薄
例 貧しい家に生まれた。
譯 生於貧窮人家。

08｜めぐまれる【恵まれる】

自下一 得天獨厚，被賦予，受益，受到恩惠
例 恵まれた生活をする。
譯 過著富裕的生活。

パート 27 政治
第二十七章 - 政治 -

27-1 政治 /
政治

01 | あん【案】
名 計畫，提案，意見；預想，意料
例 案を立てる。
譯 草擬計畫。

02 | うちけす【打ち消す】
他五 否定，否認；熄滅，消除
例 事実を打ち消す。
譯 否定事實。

03 | おさめる【治める】
他下一 治理；鎮壓
例 国を治める。
譯 治國。

04 | かいかく【改革】
名・他サ 改革
例 改革を進める。
譯 進行改革。

05 | かげ【陰】
名 日陰，背影處；背面；背地裡，暗中
例 陰で糸を引く。
譯 暗中操縱。

06 | かんする【関する】
自サ 關於，與…有關
例 政治に関する問題を解決する。
譯 解決有關政治問題。

07 | げんじょう【現状】
名 現狀
例 現状を維持する。
譯 維持現狀。

08 | こっか【国家】
名 國家
例 国家試験がある。
譯 有國家考試。

09 | さらに【更に】
副 更加，更進一步；並且，還；再，重新；（下接否定）一點也不，絲毫不
例 更に事態が悪化する。
譯 事情更進一步惡化。

10 | じじょう【事情】
名 狀況，內情，情形；（局外人所不知的）原因，緣故，理由
例 事情が変わる。
譯 情況有所變化。

11 ｜ じつげん【実現】

名・自他サ 實現

例 実現を望む。

譯 期望能實現。

12 ｜ しゅぎ【主義】

名 主義，信條；作風，行動方針

例 社会主義の国が次々に生まれた。

譯 社會主義的國家一個接一個的誕生。

13 ｜ ずのう【頭脳】

名 頭腦，判斷力，智力；（團體的）決策部門，首腦機構，領導人

例 日本の頭脳が挑んでいる。

譯 對日本人才進行挑戰。

14 ｜ せいかい【政界】

名 政界，政治舞台

例 政界の大物が集まる。

譯 集結政界的大人物。

15 ｜ せいふ【政府】

名 政府；內閣，中央政府

例 ひき逃げ事故の被害者に政府が保障する。

譯 政府會保障肇事逃逸事故的被害者。

16 ｜ せんせい【専制】

名 專制，獨裁；獨斷，專斷獨行

例 専制政治が倒れた。

譯 獨裁政治垮台了。

17 ｜ だんかい【段階】

名 梯子，台階，樓梯；階段，時期，步驟；等級，級別

例 面接の段階に進む。

譯 來到面試的階段。

18 ｜ デモ【demonstration】

名 抗議行動

例 デモに参加する。

譯 參加抗議活動。

19 ｜ にらむ【睨む】

他五 瞪著眼看，怒目而視；盯著，注視，仔細觀察；估計，揣測，意料；盯上

例 情勢を睨む。

譯 觀察情勢。

27-2 行政、公務員 /
行政、公務員

01 ｜ こうむ【公務】

名 公務，國家及行政機關的事務

例 公務員になりたい。

譯 想當公務員。

02 ｜ じち【自治】

名 自治，地方自治

例 地方自治を守る。

譯 守護地方自治。

03 ｜ じゅうてん【重点】

名 重點（物）作用點

例 福祉に重点を置いた。

譯 以福利為重點。

04 ｜じょじょに【徐々に】

(副) 徐徐地，慢慢地，一點點；逐漸，漸漸

例 徐々に移行する。

譯 慢慢地轉移。

05 ｜せいど【制度】

(名) 制度；規定

例 社会保障制度が完備する。

譯 完善的社會保障制度。

06 ｜ぜんたい【全体】

(名・副) 全身，整個身體；全體，總體；根本，本來；究竟，到底

例 全体に関わる問題。

譯 和全體有關的問題。

07 ｜ぞうだい【増大】

(名・自他サ) 增多，增大

例 予算が増大する。

譯 預算大幅增加。

08 ｜たいけい【体系】

(名) 體系，系統

例 体系をたてる。

譯 建立體系。

09 ｜たいさく【対策】

(名) 對策，應付方法

例 対策をたてる。

譯 制定對策。

10 ｜とうしょ【投書】

(名・他サ・自サ) 投書，信訪，匿名投書；(向報紙、雜誌)投稿

例 役所に投書する。

譯 向政府機關投書。

11 ｜ぼうし【防止】

(名・他サ) 防止

例 火災を防止する。

譯 防止火災。

12 ｜ほしょう【保証】

(名・他サ) 保証，擔保

例 生活が保証されている。

譯 生活有了保證。

13 ｜やく【役】

(名・漢造) 職務，官職；責任，任務，(負責的)職位；角色；使用，作用

例 役に就く。

譯 就職。

14 ｜やくにん【役人】

(名) 官員，公務員

例 役人になる。

譯 成為公務員。

15 ｜よさん【予算】

(名) 預算

例 予算を立てる。

譯 訂立預算。

16 ｜りんじ【臨時】

(名) 臨時，暫時，特別

例 臨時に雇われる。

譯 臨時雇用。

27-3 議会、選挙 /
議會、選舉

01 ｜えんぜつ【演説】
(名・自サ) 演説
例 演説を行う。
譯 舉行演説。

02 ｜かいごう【会合】
(名・自サ) 聚會，聚餐
例 会合を重ねる。
譯 多次聚會。

03 ｜かけつ【可決】
(名・他サ)（提案等）通過
例 法案が可決する。
譯 通過法案。

04 ｜かたむく【傾く】
(自五) 傾斜；有…的傾向；（日月）偏西；衰弱，衰微
例 賛成に傾く。
譯 傾向贊成。

05 ｜ぎかい【議会】
(名) 議會，國會
例 議会を解散する。
譯 解散國會。

06 ｜きょうさん【共産】
(名) 共産；共産主義
例 共産党が発表した。
譯 共産黨發表了。

07 ｜ぎろん【議論】
(名・他サ) 爭論，討論，辯論
例 議論を交わす。
譯 進行辯論。

08 ｜ぐたい【具体】
(名) 具體
例 具体例を示す。
譯 以具體的例子表示。

09 ｜けつろん【結論】
(名・自サ) 結論
例 結論が出る。
譯 得出結論。

10 ｜こうしゅう【公衆】
(名) 公衆，公共，一般人
例 公衆の前で演説する。
譯 在大衆面前演講。

11 ｜こうほ【候補】
(名) 候補，候補人；候選，候選人
例 候補に上がる。
譯 被提名為候補。

12 ｜こっかい【国会】
(名) 國會，議會
例 国会を解散する。
譯 解散國會。

13 ｜じっさい【実際】

名・副 實際；事實，真面目；確實，真
的，實際上
例 実際は難しい。
譯 實際上很困難。

14 ｜じつれい【実例】

名 實例
例 実例を挙げる。
譯 舉出實例。

15 ｜しゅちょう【主張】

名・他サ 主張，主見，論點
例 自説を主張する。
譯 堅持己見。

16 ｜しょうにん【承認】

名・他サ 批准，認可，通過；同意；承認
例 承認を求める。
譯 請求批准。

17 ｜せいとう【政党】

名 政黨
例 政党政治が展開される。
譯 展開政黨政治。

18 ｜せいりつ【成立】

名・自サ 產生，完成，實現；成立，組成；
達成
例 予算案が成立する。
譯 成立預算案。

19 ｜そうりだいじん【総理大臣】

名 總理大臣，首相
例 内閣総理大臣に任命される。
譯 任命為首相。

20 ｜た【他】

名・漢造 其他，他人，別處，別的事物；
他心二意；另外
例 他に例を見ない。
譯 未見他例。

21 ｜だいじん【大臣】

名 (政府)部長，大臣
例 大臣に任命される。
譯 任命為大臣。

22 ｜だいとうりょう【大統領】

名 總統
例 大統領に就任する。
譯 就任總統。

23 ｜だいり【代理】

名・他サ 代理，代替；代理人，代表
例 代理で出席する。
譯 以代理身份出席。

24 ｜たいりつ【対立】

名・他サ 對立，對峙
例 意見が対立する。
譯 意見相對立。

25 | ちからづよい【力強い】

形 強而有力的；有信心的，有依仗的

例 力強い演説が魅力だった。

譯 有力的演說深具魅力。

---

26 | ちじ【知事】

名 日本都、道、府、縣的首長

例 知事に報告する。

譯 向知事報告。

---

27 | とう【党】

名·漢造 鄉里；黨羽，同夥；黨，政黨

例 党の決定に従う。

譯 服從黨的決定。

---

28 | とういつ【統一】

名·他サ 統一，一致，一律

例 意見を統一する。

譯 統一意見。

---

29 | とうひょう【投票】

名·自サ 投票

例 投票に行く。

譯 去投票。

---

30 | とりいれる【取り入れる】

他下一 收穫，收割；收進，拿入；採用，引進，採納

例 提案を取り入れる。

譯 採用提案。

---

31 | とりけす【取り消す】

他五 取消，撤銷，作廢

例 発言を取り消す。

譯 撤銷發言。

---

32 | もうける【設ける】

他下一 預備，準備；設立，制定；生，得（子女）

例 席を設ける。

譯 準備酒宴。

---

33 | もと【元・基】

名 起源，本源；基礎，根源；原料；原因；本店；出身；成本

例 元首相が出席する。

譯 前首相將出席。

N2 ● 27-4

27-4 国際、外交 /
國際、外交

01 | がいこう【外交】

名 外交；對外事務，外勤人員

例 外交関係を絶つ。

譯 斷絕外交關係。

---

02 | かっこく【各国】

名 各國

例 各国の代表が集まる。

譯 各國代表齊聚。

---

03 | こんらん【混乱】

名·自サ 混亂

例 混乱が起こる。

譯 發生混亂。

04 ｜さいほう【再訪】

(名・他サ) 再訪，重遊

例 大阪を再訪する。

譯 重遊大阪。

05 ｜じたい【事態】

(名) 事態，情形，局勢

例 事態が悪化する。

譯 事態惡化。

06 ｜じっし【実施】

(名・他サ) (法律、計畫、制度的)實施，實行

例 実施に移す。

譯 付諸行動。

07 ｜しゅよう【主要】

(名・形動) 主要的

例 四つの主要な役割がある。

譯 有四個主要的任務。

08 ｜じょうきょう【状況】

(名) 狀況，情況

例 状況が変わる。

譯 狀況有所改變。

09 ｜しょこく【諸国】

(名) 各國

例 アフリカ諸国を歴訪した。

譯 追訪非洲各國。

10 ｜しんこく【深刻】

(形動) 嚴重的，重大的，莊重的；意味深長的，發人省思的，尖銳的

例 深刻な問題を抱えている。

譯 存在嚴重的問題。

11 ｜じんしゅ【人種】

(名) 人種，種族；(某)一類人；(俗)(生活環境、愛好等不同的)階層

例 人種による偏見をなくす。

譯 消除種族歧視。

12 ｜ぜいかん【税関】

(名) 海關

例 税関の検査が厳しくなる。

譯 海關的檢查更加嚴格。

13 ｜たいせい【体制】

(名) 體制，結構；(統治者行使權力的)方式

例 厳戒体制をとる。

譯 實施嚴加戒備的體制。

14 ｜つうよう【通用】

(名・自サ) 通用，通行；兼用，兩用；(在一定期間內)通用，有效；通常使用

例 世界に通用する。

譯 在世界通用。

15 ｜ととのう【整う】

(自五) 齊備，完整；整齊端正，協調；(協議等)達成，談妥

例 条件が整う。

譯 條件齊備。

16 ｜とんでもない

(連語・形) 出乎意料，不合情理；豈有此理，不可想像；（用在堅決的反駁或表示客套）哪裡的話

例 とんでもない要求をする。

譯 做無理的要求。

17 ｜ふり【不利】

(名・形動) 不利

例 不利に陥る。

譯 陷入不利。

18 ｜もとめる【求める】

(他下一) 想要，渴望，需要；謀求，探求；征求，要求；購買

例 協力を求める。

譯 尋求協助。

19 ｜もよおし【催し】

(名) 舉辦，主辦；集會，文化娛樂活動；預兆，兆頭

例 歓迎の催しを開く。

譯 舉行歡迎派對。

20 ｜ようきゅう【要求】

(名・他サ) 要求，需求

例 要求に応じる。

譯 回應要求。

21 ｜らいにち【来日】

(名・自サ) （外國人）來日本，到日本來

例 米大統領が来日する。

譯 美國總統來訪日本。

22 ｜りょうじ【領事】

(名) 領事

例 日本領事が発行する。

譯 日本領事所發行。

23 ｜れんごう【連合】

(名・他サ・自サ) 聯合，團結；（心）聯想

例 国際連合を批判する。

譯 批評聯合國。

27-5 軍事 /
軍事

01 ｜あまい【甘い】

(形) 甜的；淡的；寬鬆，好説話；鈍，鬆動；藐視；天真的；樂觀的；淺薄的；愚蠢的

例 敵を甘く見る。

譯 小看了敵人。

02 ｜えんしゅう【演習】

(名・自サ) 演習，實際練習；（大學內的）課堂討論，共同研究

例 軍事演習を中止する。

譯 中止軍事演習。

03 ｜かいほう【解放】

(名・他サ) 解放，解除，擺脱

例 奴隷を解放する。

譯 解放奴隸。

04 ｜きち【基地】

(名) 基地，根據地

例 基地を建設する。

譯 建設基地。

05 ｜きょうか【強化】

(名・他サ) 強化，加強

例 警備を強化する。

譯 加強警備。

06 ｜くだく【砕く】

(他五) 打碎，弄碎

例 敵の野望を砕く。

譯 粉碎敵人的野心。

07 ｜くっつく【くっ付く】

(自五) 緊貼在一起，附著

例 敵方にくっつく。

譯 支持敵方。

08 ｜ぐん【軍】

(名) 軍隊；(軍隊編排單位)軍

例 軍を率いる。

譯 率領軍隊。

09 ｜ぐんたい【軍隊】

(名) 軍隊

例 軍隊に入る。

譯 入伍當軍人。

10 ｜くんれん【訓練】

(名・他サ) 訓練

例 訓練を受ける。

譯 接受訓練。

11 ｜こうげき【攻撃】

(名・他サ) 攻擊，進攻；抨擊，指責，責難；(棒球)擊球

例 攻撃を受ける。

譯 遭到攻擊。

12 ｜ごうどう【合同】

(名・自他サ) 合併，聯合；(數)全等

例 二国の軍隊が合同演習を行う。

譯 兩國的軍隊舉行聯合演習。

13 ｜ごうりゅう【合流】

(名・自サ) (河流)匯合，合流；聯合，合併

例 本隊に合流する。

譯 與主力部隊會合。

14 ｜サイレン【siren】

(名) 警笛，汽笛

例 サイレンを鳴らす。

譯 鳴放警笛。

15 ｜じえい【自衛】

(名・他サ) 自衛

例 自衛手段をとる。

譯 採取自衛手段。

16 ｜しはい【支配】

(名・他サ) 指使，支配；統治，控制，管轄；決定，左右

例 支配を受ける。

譯 受到控制。

17 ｜しゅくしょう【縮小】

(名・他サ) 縮小

例 軍備を縮小する。

譯 裁減軍備。

18 ｜せめる【攻める】

(他下一) 攻，攻打

例 城を攻める。
しろ　せ

譯 攻打城池。

19 ｜せんすい【潜水】

(名・自サ) 潜水

例 潜水艦が水中を潜航する。
せんすいかん　すいちゅう　せんこう

譯 潛水艇在水中潛行。

20 ｜たいせん【大戦】

(名・自サ) 大戰，大規模戰爭；世界大戰

例 第二次世界大戦が勃発した。
だい に じ せ かいたいせん　ぼっぱつ

譯 爆發第二次世界大戰。

21 ｜たたかい【戦い】

(名) 戰鬥，戰鬥；鬥爭；競賽，比賽

例 戦いに勝つ。
たたか　か

譯 打勝仗。

22 ｜たま【弾】

(名) 子彈

例 弾が当たる。
たま　あ

譯 中彈。

23 ｜ていこう【抵抗】

(名・自サ) 抵抗，抗拒，反抗；(物理)電阻，
阻力；(產生)抗拒心理，不願接受

例 命令に抵抗する。
めいれい　ていこう

譯 違抗命令。

24 ｜てっぽう【鉄砲】

(名) 槍，步槍

例 鉄砲を向ける。
てっぽう　む

譯 舉槍瞄準。

25 ｜はっしゃ【発射】

(名・他サ) 發射(火箭、子彈等)

例 ロケットを発射する。
はっしゃ

譯 發射火箭。

26 ｜ぶき【武器】

(名) 武器，兵器；(有利的)手段，武器

例 武器を捨てる。
ぶ き　す

譯 放下武器。

27 ｜ほんぶ【本部】

(名) 本部，總部

例 本部の指令に従う。
ほん ぶ　しれい　したが

譯 遵照總部的指令。

28-1 規則 /
規則

01 │ あてはまる【当てはまる】

(自五) 適用，適合，合適，恰當

例 条件に当てはまる。

譯 符合條件。

02 │ あてはめる【当てはめる】

(他下一) 適用；應用

例 規則に当てはめる。

譯 適用規則。

03 │ エチケット【etiquette】

(名) 禮節，禮儀，(社交)規矩

例 エチケットを守る。

譯 遵守社交禮儀。

04 │ おこたる【怠る】

(他五) 怠慢，懶惰；疏忽，大意

例 注意を怠る。

譯 疏忽大意。

05 │ かいせい【改正】

(名・他サ) 修正，改正

例 規則を改正する。

譯 修改規定。

06 │ かいぜん【改善】

(名・他サ) 改善，改良，改進

例 改善を図る。

譯 謀求改善。

07 │ ぎむ【義務】

(名) 義務

例 義務を果たす。

譯 履行義務。

08 │ きょか【許可】

(名・他サ) 許可，批准

例 許可が出る。

譯 批准。

09 │ きりつ【規律】

(名) 規則，紀律，規章

例 規律を守る。

譯 遵守紀律。

10 │ けいしき【形式】

(名) 形式，樣式；方式

例 正当な形式をふむ。

譯 走正當程序。

11 │ けいとう【系統】

(名) 系統，體系

例 系統を立てる。

譯 建立系統。

12 │ けん【権】

(名・漢造) 權力；權限

例 兵馬の権を握る。
譯 握有兵權。

13 | けんり【権利】

名 權利
例 権利を持つ。
譯 具有權力。

14 | こうしき【公式】

名・形動 正式;（數）公式
例 公式に認める。
譯 正式承認。

15 | したがう【従う】

自五 跟隨;服從，遵從;按照;順著，
沿著;隨著，伴隨
例 意向にしたがう。
譯 按照意圖。

16 | つけくわえる【付け加える】

他下一 添加，附帶
例 説明を付け加える。
譯 附帶説明。

17 | ふ【不】

漢造 不;壞;醜;笨
例 飲食不可になる。
譯 不可食用。

18 | ふか【不可】

名 不可，不行;（成績評定等級）不及格
例 可もなく不可もなし。
譯 不好不壞，普普通通。

19 | ほう【法】

名・漢造 法律;佛法;方法，作法;禮節;
道理

例 法に従う。
譯 依法。

20 | モデル【model】

名 模型;榜樣，典型，模範;（文學作
品中）典型人物，原型;模特兒

例 モデルにする。
譯 作為原型。

21 | もとづく【基づく】

自五 根據，按照;由…而來，因為，
起因
例 規則に基づく。
譯 根據規則。

N2 ● 28-2

28-2 法律 /
法律

01 | いはん【違反】

名・自サ 違反，違犯
例 交通違反に問われる。
譯 被控違反交通規則。

02 | きる【斬る】

他五 砍;切
例 人を斬る。
譯 砍人。

03 | けいこく【警告】

名・他サ 警告
例 警告を受ける。
譯 受到警告。

04 ｜けんぽう【憲法】

名 憲法

例 憲法に違反する。

譯 違反憲法。

05 ｜しょうじる【生じる】

自他サ 生，長；出生，產生；發生；出現

例 義務が生じる。

譯 具有義務。

06 ｜てきよう【適用】

名・他サ 適用，應用

例 法律に適用しない。

譯 不適用於法律。

28-3 犯罪 /
犯罪

01 ｜あやまり【誤り】

名 錯誤

例 誤りを犯す。

譯 犯錯。

02 ｜あやまる【誤る】

自五・他五 錯誤，弄錯；耽誤

例 道を誤る。

譯 走錯路。

03 ｜いっち【一致】

名・自サ 一致，相符

例 指紋が一致する。

譯 指紋相符。

04 ｜うったえる【訴える】

他下一 控告，控訴，申訴；求助於；使…
感動，打動

例 警察に訴える。

譯 向警察控告。

05 ｜うばう【奪う】

他五 剝奪；強烈吸引；除去

例 命を奪う。

譯 奪去性命。

06 ｜おおよそ【大凡】

副 大體，大概，一般；大約，差不多

例 事件のおおよそを知る。

譯 得知事件的大致狀況。

07 ｜きせる【着せる】

他下一 給穿上(衣服)；鍍上；嫁禍，加罪

例 罪を着せる。

譯 嫁禍罪名。

08 ｜げんじゅう【厳重】

形動 嚴重的，嚴格的，嚴厲的

例 厳重に取り締まる。

譯 嚴格取締。

09 ｜ごうとう【強盗】

名 強盜；行搶

例 強盗を働く。

譯 行搶。

10 ｜こっそり

副 悄悄地，偷偷地，暗暗地

例 こっそりと忍び込む。

譯 悄悄地進入。

11 ｜じりき【自力】

名 憑自己的力量

例 自力で逃げ出す。

譯 自行逃脱。

---

12 ｜しんにゅう【侵入】

名・自サ 浸入，侵略；（非法）闖入

例 賊が侵入する。

譯 盜賊入侵。

---

13 ｜せまる【迫る】

自五・他五 強迫，逼迫；臨近，迫近；變狹窄，縮短；陷於困境，窘困

例 危険が迫る。

譯 危險迫近。

---

14 ｜たいほ【逮捕】

名・他サ 逮捕，拘捕，捉拿

例 現行犯で逮捕する。

譯 以現行犯加以逮捕。

---

15 ｜つながり【繋がり】

名 相連，相關；系列；關係，聯繫

例 繋がりを調べる。

譯 調查關係。

---

16 ｜つみ【罪】

名・形動 （法律上的）犯罪；（宗教上的）罪惡，罪孽；（道德上的）罪責，罪過

例 罪を償う。

譯 贖罪。

---

17 ｜どうか

副 （請求他人時）請；設法，想辦法；（情況）和平時不一樣，不正常；（表示不確定的疑問，多用かどうか）是…還是怎麼樣

例 どうか見逃してください。

譯 請原諒我。

---

18 ｜とうなん【盗難】

名 失竊，被盜

例 盗難に遭う。

譯 遭竊。

---

19 ｜とらえる【捕らえる】

他下一 捕捉，逮捕；緊緊抓住；捕捉，掌握；令陷入…狀態

例 犯人を捕らえる。

譯 抓住犯人。

---

20 ｜はんざい【犯罪】

名 犯罪

例 犯罪を犯す。

譯 犯罪。

---

21 ｜ピストル【pistol】

名 手槍

例 ピストルで撃つ。

譯 用手槍打。

---

22 ｜ぶっそう【物騒】

名・形動 騷亂不安，不安定；危險

例 物騒な世の中だ。

譯 騷亂的世間。

---

23 ｜ぼうはん【防犯】

名 防止犯罪

例 防犯に協力する。

譯 齊心協力防止犯罪。

---

24 ｜みぜん【未然】

名 尚未發生

例 未然に防ぐ。

譯 防患未然。

25 | みとめる【認める】

(他下一) 看出，看到；認識，賞識，器重；承認；斷定，認為；許可，同意

例 彼の犯行と認める。

譯 確認他的犯罪行為。

26 | やっつける【遣っ付ける】

(他下一) （俗）幹完（工作等，「やる」的強調表現）；教訓一頓；幹掉；打敗，擊敗

例 一撃で遣っ付ける。

譯 一拳就把對方擊敗了。

27 | ゆくえ【行方】

(名) 去向，目的地；下落，行蹤；前途，將來

例 行方を探す。

譯 搜尋行蹤。

28 | ゆくえふめい【行方不明】

(名) 下落不明

例 行方不明になる。

譯 下落不明。

29 | ようそ【要素】

(名) 要素，因素；(理、化)要素，因子

例 犯罪要素を構成する。

譯 構成犯罪的要素。

28-4 裁判、刑罰 /
判決、審判、刑罰

01 | かしつ【過失】

(名) 過錯，過失

例 （重大な）過失を犯す。

譯 犯下（重大）過錯。

02 | けいじ【刑事】

(名) 刑事；刑事警察

例 刑事責任を問われる。

譯 被追究刑事責任。

03 | こうせい【公正】

(名・形動) 公正，公允，不偏

例 公正な立場に立つ。

譯 站在公正的立場上。

04 | こうへい【公平】

(名・形動) 公平，公道

例 公平に扱う。

譯 公平對待。

05 | さいばん【裁判】

(名・他サ) 裁判，評斷，判斷；(法)審判，審理

例 裁判を受ける。

譯 接受審判。

06 | しきりに【頻りに】

(副) 頻繁地，再三地，屢次；不斷地，一直地；熱心，強烈

例 警笛がしきりに鳴る。

譯 警笛不停地響。

07 | じじつ【事実】

(名) 事實；(作副詞用)實際上

例 事実を認める。

譯 承認事實。

08 | しじゅう【始終】

(名・副) 開頭和結尾；自始至終；經常，不斷，總是

例 事件の始終を語る。

譯 敘述事件的始末。

09 ｜しだい【次第】

(名・接尾) 順序，次序；依序，依次；經過，緣由；任憑，取決於

例 事の次第を話す。

譯 敘述事情的經過。

10 ｜しょり【処理】

(名・他サ) 處理，處置，辦理

例 処理を頼む。

譯 委託處理。

11 ｜しんぱん【審判】

(名・他サ) 審判，審理，判決；(體育比賽等的)裁判；(上帝的)審判

例 審判が下る。

譯 作出判決。

12 ｜ぜんしん【前進】

(名・他サ) 前進

例 解決に向けて一歩前進する。

譯 朝解決方向前進一步。

13 ｜ていしゅつ【提出】

(名・他サ) 提出，交出，提供

例 証拠物件を提出する。

譯 提出證物。

14 ｜とくしゅ【特殊】

(名・形動) 特殊，特別

例 特殊なケース。

譯 特殊的案子。

15 ｜ばつ【罰】

(名・漢造) 懲罰，處罰

例 罰を受ける。

譯 遭受報應。

16 ｜ばっする【罰する】

(他サ) 處罰，處分，責罰；(法)定罪，判罪

例 違反者を罰する。

譯 處分違反者。

17 ｜ひ【非】

(名・漢造) 非，不是

例 非を認める。

譯 認錯。

パート
29
第二十九章

心理、感情
- 心理、感情 -

01 ｜あきれる【呆れる】

（自下一）吃驚，愕然，嚇呆，發愣

例 呆れて物が言えない。

譯 嚇得說不出話來。

02 ｜あつい【熱い】

（形）熱的，燙的；熱情的，熱烈的

例 熱いものがこみあげてくる。

譯 激起一股熱情。

03 ｜うえる【飢える】

（自下一）飢餓，渴望

例 愛情に飢える。

譯 渴望愛情。

04 ｜うたがう【疑う】

（他五）懷疑，疑惑，不相信，猜測

例 目を疑う。

譯 感到懷疑。

05 ｜うやまう【敬う】

（他五）尊敬

例 師を敬う。

譯 尊師。

06 ｜うらやむ【羨む】

（他五）羨慕，嫉妒

例 人を羨む。

譯 羨慕別人。

07 ｜うん【運】

（名）命運，運氣

例 運がいい。

譯 運氣好。

08 ｜おしい【惜しい】

（形）遺憾；可惜的，捨不得；珍惜

例 時間が惜しい。

譯 珍惜時間。

09 ｜おもいこむ【思い込む】

（自五）確信不疑，深信；下決心

例 できないと思い込む。

譯 一直認為無法達成。

10 ｜おもいやり【思い遣り】

（名）同情心，體貼

例 思い遣りのある言葉だ。

譯 富有同情心的話語。

11 ｜かくご【覚悟】

（名・自他サ）精神準備，決心；覺悟

例 覚悟を決める。
<ruby>覚<rt>かく</rt></ruby><ruby>悟<rt>ご</rt></ruby>を<ruby>決<rt>き</rt></ruby>める。
譯 堅定決心。

12 ｜がっかり

（副・自サ）失望，灰心喪氣；筋疲力盡
例 がっかりさせる。
譯 令人失望。

13 ｜かん【感】

（名・漢造）感覺，感動；感
例 <ruby>隔<rt>かく</rt></ruby><ruby>世<rt>せい</rt></ruby>の<ruby>感<rt>かん</rt></ruby>がある。
譯 有恍如隔世的感覺。

14 ｜かんかく【感覚】

（名・他サ）感覺
例 <ruby>感<rt>かん</rt></ruby><ruby>覚<rt>かく</rt></ruby>が<ruby>鋭<rt>するど</rt></ruby>い。
譯 感覺敏銳。

15 ｜かんげき【感激】

（名・自サ）感激，感動
例 <ruby>感<rt>かん</rt></ruby><ruby>激<rt>げき</rt></ruby>を<ruby>与<rt>あた</rt></ruby>える。
譯 使人感慨。

16 ｜かんじ【感じ】

（名）知覺，感覺；印象
例 <ruby>感<rt>かん</rt></ruby>じがいい。
譯 感覺良好。

17 ｜かんじょう【感情】

（名）感情，情緒
例 <ruby>感<rt>かん</rt></ruby><ruby>情<rt>じょう</rt></ruby>を<ruby>抑<rt>おさ</rt></ruby>える。
譯 壓抑情緒。

18 ｜かんしん【関心】

（名）關心，感興趣
例 <ruby>関<rt>かん</rt></ruby><ruby>心<rt>しん</rt></ruby>を<ruby>持<rt>も</rt></ruby>つ。
譯 關心，感興趣。

19 ｜きがする【気がする】

（慣）好像；有心
例 <ruby>見<rt>み</rt></ruby>たことがあるような<ruby>気<rt>き</rt></ruby>がする。
譯 好像有看過。

20 ｜きたい【期待】

（名・他サ）期待，期望，指望
例 <ruby>期<rt>き</rt></ruby><ruby>待<rt>たい</rt></ruby>を<ruby>裏<rt>うら</rt></ruby><ruby>切<rt>ぎ</rt></ruby>る。
譯 違背期望。

21 ｜きにする【気にする】

（慣）介意，在乎
例 <ruby>失<rt>しっ</rt></ruby><ruby>敗<rt>ぱい</rt></ruby>を<ruby>気<rt>き</rt></ruby>にする。
譯 對失敗耿耿於懷。

22 ｜きになる【気になる】

（慣）擔心，放心不下
例 <ruby>外<rt>そと</rt></ruby>の<ruby>音<rt>おと</rt></ruby>が<ruby>気<rt>き</rt></ruby>になる。
譯 在意外面的聲音。

23 ｜きのどく【気の毒】

（名・形動）可憐的，可悲；可惜，遺憾；過意不去，對不起
例 <ruby>気<rt>き</rt></ruby>の<ruby>毒<rt>どく</rt></ruby>な<ruby>境<rt>きょう</rt></ruby><ruby>遇<rt>ぐう</rt></ruby>にあった。
譯 遭逢悲慘的處境。

24 ｜ きぶんてんかん【気分転換】

(連語・名) 轉換心情

例 気分転換に散歩に出る。

譯 出門散步換個心情。

25 ｜ きらく【気楽】

(名・形動) 輕鬆，安閒，無所顧慮

例 気楽に暮らす。

譯 悠閒度日。

26 ｜ くうそう【空想】

(名・他サ) 空想，幻想

例 空想にふける。

譯 沈溺於幻想。

27 ｜ くるう【狂う】

(自五) 發狂，發瘋，失常，不準確，有毛病；落空，錯誤；過度著迷，沉迷

例 気が狂う。

譯 發瘋。

28 ｜ こいしい【恋しい】

(形) 思慕的，眷戀的，懷戀的

例 ふるさとが恋しい。

譯 思念故鄉。

29 ｜ こううん【幸運】

(名・形動) 幸運，僥倖

例 幸運をつかむ。

譯 抓住機遇。

30 ｜ こうきしん【好奇心】

(名) 好奇心

例 好奇心が強い。

譯 好奇心很強。

29-1 心 (2) /
心、內心 (2)

31 ｜ こころあたり【心当たり】

(名) 想像，(估計、猜想) 得到；線索，苗頭

例 心当たりがある。

譯 有線索。

32 ｜ こらえる【堪える】

(他下一) 忍耐，忍受；忍住，抑制住；容忍，寬恕

例 怒りをこらえる。

譯 忍住怒火。

33 ｜ さいわい【幸い】

(名・形動・副) 幸運，幸福；幸虧，好在；對…有幫助，對…有利，起好影響

例 不幸中の幸い。

譯 不幸中的大幸。

34 ｜ しかたがない【仕方がない】

(連語) 沒有辦法；沒有用處，無濟於事，迫不得已；受不了，…得不得了；不像話

例 仕方がないと思う。

譯 覺得沒有辦法。

35 ｜ じっかん【実感】

(名・他サ) 真實感，確實感覺到；真實的感情

例 実感がない。

譯 沒有真實感。

36 ｜しみじみ
㊙ 痛切，深切地；親密，懇切；仔細，認真的
例 しみじみと感じる。
譯 痛切地感受到。

37 ｜しめた【占めた】
連語・感 (俗)太好了，好極了，正中下懷
例 しめたと思う。
譯 心想太好了。

38 ｜しんけん【真剣】
名・形動 真刀，真劍；認真，正經
例 真剣に考える。
譯 認真的思考。

39 ｜しんじゅう【心中】
名・自サ (古)守信義；(相愛男女因不能在一起而感到悲哀)一同自殺，殉情；(轉)兩人以上同時自殺
例 無理心中を図る。
譯 企圖強迫對方殉情。

40 ｜しんり【心理】
名 心理
例 顧客の心理をつかむ。
譯 抓住顧客心理。

41 ｜すむ【澄む】
自五 清澈；澄清；晶瑩，光亮；(聲音)清脆悅耳；清靜，寧靜
例 心が澄む。
譯 心情平靜。

42 ｜ずるい
形 狡猾，奸詐，耍滑頭，花言巧語
例 ずるい手を使う。
譯 使用奸詐手段。

43 ｜せいしん【精神】
名 (人的)精神，心；心神，精力，意志；思想，心意；(事物的)根本精神
例 精神が強い。
譯 意志堅強。

44 ｜ぜん【善】
名・漢造 好事，善行；善良，優秀，卓越；妥善，擅長；關係良好
例 善は急げ。
譯 好事不宜遲。

45 ｜たいした【大した】
連體 非常的，了不起的；(下接否定詞)沒什麼了不起，不怎麼樣
例 たいしたことはない。
譯 沒什麼大不了的事。

46 ｜たいして【大して】
副 (一般下接否定語)並不太…，並不怎麼
例 たいして面白くない。
譯 並不太有趣。

47 ｜たまらない【堪らない】
連語・形 難堪，忍受不了；難以形容，…的不得了；按耐不住
例 たまらなく好きだ。
譯 喜歡得不得了。

48 | ためらう【躊躇う】

(自五) 猶豫，躊躇，遲疑，踟躕不前

例 ためらわずに実行する。

譯 毫不猶豫地實行。

49 | ちかう【誓う】

(他五) 發誓，起誓，宣誓

例 神に誓う。

譯 對神發誓。

50 | とがる【尖る】

(自五) 尖；發怒；神經過敏，神經緊張

例 神経が尖る。

譯 神經緊張。

51 | なんとなく【何となく】

(副) （不知為何）總覺得，不由得；無意中

例 何となく心が引かれる。

譯 不由自主地被吸引。

52 | なんとも

(副・連) 真的，實在；（下接否定，表無關緊要）沒關係，沒什麼；（下接否定）怎麼也不…

例 結果はなんとも言えない。

譯 結果還不能確定。

53 | ねがい【願い】

(名) 願望，心願；請求，請願；申請書，請願書

例 願いを聞き入れる。

譯 如願所償。

54 | ふくらます【膨らます】

(他五) （使）弄鼓，吹鼓

例 胸を膨らます。

譯 鼓起胸膛；充滿希望。

55 | めんどうくさい【面倒臭い】

(形) 非常麻煩，極其費事的

例 面倒くさい問題を排除する。

譯 排除棘手的問題。

56 | ゆだん【油断】

(名・自サ) 缺乏警惕，疏忽大意

例 油断してしくじる。

譯 因大意而失敗了。

29-2 意志 /
意志

01 | あきらめる【諦める】

(他下一) 死心，放棄；想開

例 諦めきれない。

譯 不放棄。

02 | あくまで(も)【飽くまで(も)】

(副) 徹底，到底

例 あくまで頑張る。

譯 堅持努力到底。

03 | あらた【新た】

(形動) 重新；新的，新鮮的

例 決意を新たにする。

譯 重下決心。

04 ｜あらためる【改める】

(他下一) 改正，修正，革新；檢查

例 行いを改める。

譯 改正行為。

---

05 ｜いき【意気】

(名) 意氣，氣概，氣勢，氣魄

例 意気投合する。

譯 意氣相投。

---

06 ｜いし【意志】

(名) 意志，志向，心意

例 意志が弱い。

譯 意志薄弱。

---

07 ｜おいかける【追い掛ける】

(他下一) 追趕；緊接著

例 流行を追いかける。

譯 追求流行。

---

08 ｜おう【追う】

(他五) 追；趕走；逼催，忙於；趨趕；追求；遵循，按照

例 理想を追う。

譯 追尋理想。

---

09 ｜おくる【贈る】

(他五) 贈送，餽贈；授與，贈給

例 記念品を贈る。

譯 贈送紀念品。

---

10 ｜おもいっきり【思いっ切り】

(副) 死心；下決心；狠狠地，徹底的

例 思いっきり悪口を言う。

譯 痛罵一番。

---

11 ｜きをつける【気を付ける】

(慣) 當心，留意

例 忘れ物をしないように気を付ける。

譯 注意有無遺忘物品。

---

12 ｜けっしん【決心】

(名・自他サ) 決心，決意

例 決心がつく。

譯 下定決心。

---

13 ｜さっさと

(副)（毫不猶豫、毫不耽擱時間地）趕緊地，痛快地，迅速地

例 さっさと帰る。

譯 趕快回去。

---

14 ｜さっそく【早速】

(副) 立刻，馬上，火速，趕緊

例 早速とりかかる。

譯 火速處理。

---

15 ｜しゅうちゅう【集中】

(名・自他サ) 集中；作品集

例 精神を集中する。

譯 集中精神。

---

16 ｜すくう【救う】

(他五) 拯救，搭救，救援，解救；救濟，賑災；挽救

例 信仰に救われる。

譯 因信仰得到救贖。

17 ｜せいぜい【精々】

（副）盡量，盡可能；最大限度，充其量

せいぜいがんば
例 精々頑張る。

譯 盡最大努力。

---

18 ｜せめる【責める】

（他下一）責備，責問；苛責，折磨，摧殘；嚴加催討；馴服馬匹

しっぱい せ
例 失敗を責める。

譯 責備失敗。

---

19 ｜つねに【常に】

（副）時常，經常，總是

つね いっかん
例 常に一貫している。

譯 總是貫徹到底。

---

20 ｜なす【為す】

（他五）（文）做，為

ぜん な
例 善を為す。

譯 為善。

---

21 ｜ねがう【願う】

（他五）請求，請願，懇求；願望，希望；祈禱，許願

ふっこう ねが
例 復興を願う。

譯 祈禱能復興。

---

22 ｜のぞみ【望み】

（名）希望，願望，期望；抱負，志向；眾望

のぞ かな
例 望みが叶う。

譯 實現願望。

---

23 ｜はいけん【拝見】

（名・他サ）（「みる」的自謙語）看，瞻仰

たから はいけん
例 お宝を拝見しましょう。

譯 讓我們看看您收藏的珍寶吧！

---

24 ｜はりきる【張り切る】

（自五）拉緊；緊張，幹勁十足，精神百倍

は き はたら
例 張り切って働く。

譯 幹勁十足地工作。

---

25 ｜ひっし【必死】

（名・形動）必死；拼命，殊死

ひっし に
例 必死に逃げる。

譯 拼命逃走。

---

26 ｜ふきとばす【吹き飛ばす】

（他五）吹跑；吹牛；趕走

まよ ふ と
例 迷いを吹き飛ばす。

譯 拋開迷惘。

---

27 ｜みずから【自ら】

（代・名・副）我；自己，自身；親身，親自

みずか かえり
例 自らを省みる。

譯 反省自己。

---

28 ｜もくひょう【目標】

（名）目標，指標

もくひょう
例 目標とする。

譯 作為目標。

29-3 好き、嫌い /
喜歡、討厭

01 | あいじょう【愛情】

(名) 愛，愛情

例 愛情を持つ。

譯 有熱情。

02 | あいする【愛する】

(他サ) 愛，愛慕；喜愛，有愛情，疼愛，愛護；喜好

例 あなたを愛している。

譯 愛著你。

03 | あこがれる【憧れる】

(自下一) 嚮往，憧憬，愛慕；眷戀

例 スターに憧れる。

譯 崇拜明星偶像。

04 | いやがる【嫌がる】

(他五) 討厭，不願意，逃避

例 嫌がる相手がいる。

譯 我有厭惡的對象。

05 | うらぎる【裏切る】

(他五) 背叛，出賣，通敵；辜負，違背

例 期待を裏切る。

譯 辜負期待。

06 | かかえる【抱える】

(他下一) (雙手)抱著，夾(在腋下)；擔當，負擔；雇傭

例 頭を抱える。

譯 抱頭(思考或發愁等)。

07 | きにいる【気に入る】

(連語) 稱心如意，喜歡，寵愛

例 プレゼントを気に入る。

譯 喜歡禮物。

08 | きらう【嫌う】

(他五) 嫌惡，厭惡；憎惡；區別

例 世間から嫌われる。

譯 被世間所厭惡。

09 | こい【恋】

(名・自他サ) 戀，戀愛；眷戀

例 恋に落ちる。

譯 墜入愛河。

10 | このみ【好み】

(名) 愛好，喜歡，願意

例 好みに合う。

譯 合口味。

11 | このむ【好む】

(他五) 愛好，喜歡，願意；挑選，希望；流行，時尚

例 甘いものを好む。

譯 喜愛甜食。

12 | しつれん【失恋】

(名・自サ) 失戀

例 失恋して落ち込む。

譯 因失戀而消沈。

13 ｜すききらい【好き嫌い】

名 好惡，喜好和厭惡；挑肥揀瘦，挑剔

例 好き嫌いの激しい性格。

譯 好惡分明的激烈性格。

14 ｜すきずき【好き好き】

名・副・自サ （各人）喜好不同，不同的喜好

例 蓼食う虫も好き好き。

譯 人各有所好。

15 ｜ひにく【皮肉】

名・形動 皮和肉；挖苦，諷刺，冷嘲熱諷；
令人啼笑皆非

例 皮肉に聞こえる。

譯 聽起來帶諷刺味。

16 ｜ひはん【批判】

名・他サ 批評，批判，評論

例 批判を受ける。

譯 受到批評。

17 ｜ひひょう【批評】

名・他サ 批評，批論

例 批評を受け止める。

譯 接受批評。

18 ｜ふへい【不平】

名・形動 不平，不滿意，牢騷

例 不平を言う。

譯 發牢騷。

29-4 悲しみ、苦しみ／
悲傷、痛苦

01 ｜あわれ【哀れ】

名・形動 可憐，憐憫；悲哀，哀愁；情趣，
風韻

例 哀れなやつだ。

譯 可憐的傢伙。

02 ｜いきなり

副 突然，冷不防，馬上就…

例 いきなり泣き出す。

譯 突然哭了起來。

03 ｜うかべる【浮かべる】

他下一 浮，泛；露出；想起

例 涙を浮かべる。

譯 熱淚盈眶。

04 ｜うく【浮く】

自五 飄浮；動搖，鬆動；高興，愉快；
結餘，剩餘；輕薄

例 浮かない顔をしている。

譯 一副陰沉的臉。

05 ｜かなしむ【悲しむ】

他五 感到悲傷，痛心，可歎

例 別れを悲しむ。

譯 為離別感傷。

06 ｜かわいそう【可哀相・可哀想】

形動 可憐

例 かわいそうな子が増える。

譯 可憐的小孩增多。

07 ｜きつい

(形) 嚴厲的，嚴苛的；剛強，要強；緊的，瘦小的；強烈的；累人的，費力的
例 仕事がきつい。
譯 費力的工作。

08 ｜くしん【苦心】

(名・自サ) 苦心，費心
例 苦心が実る。
譯 苦心總算得到成果。

09 ｜くたびれる【草臥れる】

(自下一) 疲勞，疲乏
例 人生にくたびれる。
譯 對人生感到疲乏。

10 ｜くつう【苦痛】

(名) 痛苦
例 苦痛を感じる。
譯 感到痛苦。

11 ｜くるしい【苦しい】

(形) 艱苦；困難；難過；勉強
例 家計が苦しい。
譯 生活艱苦。

12 ｜くるしむ【苦しむ】

(自五) 感到痛苦，感到難受
例 理解に苦しむ。
譯 難以理解。

13 ｜くろう【苦労】

(名・形動・自サ) 辛苦，辛勞

例 苦労をかける。
譯 讓…擔心。

14 ｜こんなん【困難】

(名・形動) 困難，困境；窮困
例 困難に打ち勝つ。
譯 克服困難。

15 ｜しつぼう【失望】

(名・他サ) 失望
例 失望を禁じえない。
譯 感到非常失望。

16 ｜つきあたる【突き当たる】

(自五) 撞上，碰上；走到道路的盡頭；(轉)遇上，碰到(問題)
例 厚い壁に突き当たる。
譯 撞上厚牆。

17 ｜つらい【辛い】

(形・接尾) 痛苦的，難受的，吃不消；刻薄的，殘酷的；難…，不便…
例 言い辛い話を伝えた。
譯 説出難以啟齒的話。

18 ｜なぐさめる【慰める】

(他下一) 安慰，慰問；使舒暢；慰勞，撫慰
例 心を慰める。
譯 安撫情緒。

19 ｜ひげき【悲劇】

(名) 悲劇
例 悲劇が重なる。
譯 悲劇接連發生。

20｜ふうん【不運】

(名・形動) 運氣不好的，倒楣的，不幸的

例 不運に見舞われる。

譯 遭到不幸，倒楣。

21｜ます【増す】

(自五・他五) (數量)增加，增長，增多；(程度)增進，增高；勝過，變的更甚

例 不安が増す。

譯 更為不安。

22｜みじめ【惨め】

(形動) 悽慘，慘痛

例 惨めな生活を送る。

譯 過著悲慘的生活。

29-5 驚き、恐れ、怒り／
驚懼、害怕、憤怒

01｜あばれる【暴れる】

(自下一) 胡鬧；放蕩，橫衝直撞

例 大いに暴れる。

譯 橫衝直撞。

02｜あやうい【危うい】

(形) 危險的；令人擔憂，靠不住

例 危ういところを助かる。

譯 在危急之際得救了。

03｜えらい【偉い】

(形) 偉大，卓越，了不起；(地位)高，(身分)高貴；(出乎意料)嚴重

例 えらい目にあった。

譯 吃了苦頭。

04｜おそれる【恐れる】

(自下一) 害怕，恐懼；擔心

例 恐れるものがない。

譯 天不怕地不怕。

05｜おそろしい【恐ろしい】

(形) 可怕；驚人，非常，厲害

例 恐ろしい経験をした。

譯 經歷了恐怖的經驗。

06｜おどかす【脅かす】

(他五) 威脅，逼迫；嚇唬

例 脅かさないで。

譯 別逼迫我。

07｜おどろかす【驚かす】

(他五) 使吃驚，驚動；嚇唬；驚喜；使驚覺

例 世間を驚かす。

譯 震驚世人。

08｜おもいがけない【思い掛けない】

(形) 意想不到的，偶然的，意外的

例 思いがけない出来事に巻き込まれる。

譯 被卷入意想不到的事。

09｜きみがわるい【気味が悪い】

(形) 毛骨悚然的；令人不快的

例 気味が悪い夢を見た。

譯 夢到可怕的夢。

10｜きみょう【奇妙】

形動 奇怪，出奇，奇異，奇妙

例 奇妙な現象に驚く。

譯 對奇怪的現象感到驚訝。

11｜きょうふ【恐怖】

名・自サ 恐怖，害怕

例 恐怖に襲われる。

譯 感到害怕、恐怖。

12｜ぐうぜん【偶然】

名・形動・副 偶然，偶而；(哲)偶然性

例 偶然の一致が起きている。

譯 發生偶然的一致。

13｜くじょう【苦情】

名 不平，抱怨

例 苦情を訴える。

譯 抱怨。

14｜くだらない【下らない】

連語・形 無價值，無聊，不下於…

例 くだらない冗談はやめろ。

譯 別淨説些無聊的笑話。

15｜こうけい【光景】

名 景象，情況，場面，樣子

例 恐ろしい光景を見てしまった。

譯 遭遇恐怖的情景。

16｜ごめん【御免】

名・感 原諒；表拒絕

例 御免なさい。

譯 對不起。

17｜こわがる【怖がる】

自五 害怕

例 お化けを怖がる。

譯 懼怕妖怪。

18｜さいなん【災難】

名 災難，災禍

例 災難に遭う。

譯 遭遇災難。

19｜しまった

連語・感 糟糕，完了

例 しまったと気付く。

譯 發現糟糕了。

20｜てんかい【展開】

名・他サ・自サ 開展，打開；展現；進展；(隊形)散開

例 思わぬ方向に展開した。

譯 向意想不到的方向發展。

21｜どなる【怒鳴る】

自五 大聲喊叫，大聲申訴

例 上司に怒鳴られた。

譯 被上司罵。

22｜なんで【何で】

副 為什麼，何故

例 何で文句ばかりいうんだ。

譯 為什麼老愛發牢騷？

23 ｜にくい【憎い】

(形) 可憎，可惡；(說反話)漂亮，令人佩服

例 冷酷な犯人が憎い。

譯 冷酷的犯人真可恨。

24 ｜にくむ【憎む】

(他五) 憎恨，厭惡；嫉妒

例 戦争を憎む。

譯 憎恨戰爭。

25 ｜のぞく【除く】

(他五) 消除，刪除，除外，剷除；除了…，…除外；殺死

例 不安を除く。

譯 消除不安。

26 ｜はんぱつ【反発】

(名・他サ・自サ) 回彈，排斥；拒絕，不接受；反攻，反抗

例 反発を買う。

譯 遭到反對。

27 ｜びっくり

(副・自サ) 吃驚，嚇一跳

例 ニュースを聞いてびっくりした。

譯 看到新聞嚇了一跳。

28 ｜まねく【招く】

(他五) (搖手、點頭)招呼；招待，宴請；招聘，聘請；招惹，招致

例 災いを招く。

譯 惹禍。

29 ｜みょう【妙】

(名・形動・漢造) 奇怪的，異常的，不可思議；格外，分外；妙處，奧妙；巧妙

例 妙な話が書いてある。

譯 寫著不可思議的事。

30 ｜めったに【滅多に】

(副) (後接否定語)不常，很少

例 めったに怒らない。

譯 很少生氣。

29-6 感謝、後悔 /
感謝、悔恨

01 ｜ありがたい【有り難い】

(形) 難得，少有；值得感謝，感激，值得慶幸

例 ありがたく頂戴する。

譯 拜領了。

02 ｜いわい【祝い】

(名) 祝賀，慶祝；賀禮；慶祝活動

例 お祝いを述べる。

譯 致賀詞。

03 ｜うらみ【恨み】

(名) 恨，怨，怨恨

例 恨みを買う。

譯 招致怨恨。

04 ｜うらむ【恨む】

(他五) 抱怨，恨；感到遺憾，可惜；雪恨，報仇

例 敵を恨む。
譯 怨恨敵人。

---

05 ｜おわび【お詫び】

(名・自サ) 道歉
例 お詫びを言う。
譯 道歉。

---

06 ｜おん【恩】

(名) 恩情，恩
例 恩を売る。
譯 賣人情。

---

07 ｜おんけい【恩恵】

(名) 恩惠，好處，恩賜
例 恩恵を受ける。
譯 領受恩典。

---

08 ｜くやむ【悔やむ】

(他五) 懊悔的，後悔的
例 過去の過ちを悔やむ。
譯 後悔過去錯誤的作為。

---

09 ｜こう【請う】

(他五) 請求，希望
例 許しを請う。
譯 請求原諒。

---

10 ｜(どうも)ありがとう

(感) 謝謝
例 (どうも)ありがとうございます。
譯 非常感謝。

---

11 ｜ほこり【誇り】

(名) 自豪，自尊心；驕傲，引以為榮
例 誇りを持つ。
譯 有自尊心。

---

12 ｜ほこる【誇る】

(自五) 誇耀，自豪
例 成功を誇る。
譯 以成功自豪。

---

13 ｜わびる【詫びる】

(自五) 道歉，賠不是，謝罪
例 心から詫びる。
譯 由衷地道歉。

30-1 思考 /
思考

01 ｜あるいは【或いは】
(接・副) 或者，或是，也許；有的，有時
例 父あるいは母が出席する。
譯 父親或母親出席。

02 ｜あれこれ
(名) 這個那個，種種
例 あれこれと考える。
譯 東想西想。

03 ｜あんい【安易】
(名・形動) 容易，輕而易舉；安逸，舒適，遊手好閒
例 安易に考える。
譯 想得容易。

04 ｜いだく【抱く】
(他五) 抱；懷有，懷抱
例 疑問を抱く。
譯 抱持疑問。

05 ｜うかぶ【浮かぶ】
(自五) 漂，浮起；想起，浮現，露出；(佛) 超度；出頭，擺脱困難
例 名案が浮かぶ。
譯 想出好方法。

06 ｜おそらく【恐らく】
(副) 恐怕，或許，很可能
例 おそらく無理だ。
譯 恐怕沒辦法。

07 ｜およそ【凡そ】
(名・形動・副) 大概，概略；(一句話之開頭) 凡是，所有；大概，大約；完全，全然
例 およそ１トンのカバがいる。
譯 有大約一噸重的河馬。

08 ｜かてい【仮定】
(名・字サ) 假定，假設
例 仮定に基づく。
譯 根據假設。

09 ｜かてい【過程】
(名) 過程
例 過程を経る。
譯 經過過程。

10 ｜きっかけ【切っ掛け】
(名) 開端，動機，契機
例 きっかけを作る。
譯 製造機會。

11 | ぎもん【疑問】

(名) 疑問，疑惑
例 疑問に答える。
譯 回答疑問。

12 | けんとう【見当】

(名) 推想，推測；大體上的方位，方向；
(接尾)表示大致數量，大約，左右
例 見当がつく。
譯 推測出。

13 | こうじつ【口実】

(名) 藉口，口實
例 口実を作る。
譯 編造藉口。

14 | しそう【思想】

(名) 思想
例 東洋思想を学ぶ。
譯 學習東洋思想。

15 | そうぞう【創造】

(名・他サ) 創造
例 創造力がある。
譯 很有創意。

16 | てっきり

(副) 一定，必然；果然
例 てっきり晴れると思った。
譯 以為一定會放晴。

17 | はたして【果たして】

(副) 果然，果真
例 果たして成功するのだろうか。
譯 到底真的能夠成功嗎？

18 | はっそう【発想】

(名・自他サ) 構想，主意；表達，表現；(音樂)表現
例 アメリカ人的な発想だね。
譯 很有美國人的思維邏輯嘛。

19 | りそう【理想】

(名) 理想
例 理想を抱く。
譯 懷抱理想。

30-2 判断 (1) /
判斷 (1)

01 | あいにく【生憎】

(副・形動) 不巧，偏偏
例 あいにく先約があります。
譯 不巧，我有約了。

02 | あらためて【改めて】

(副) 重新；再
例 改めてお願いします。
譯 再次請你。

03 | いらい【依頼】

(名・自他サ) 委託，請求，依靠
例 依頼人から提供してもらう。
譯 委託人所提供。

04 | おうじる・おうずる【応じる・応ずる】

(自上一) 響應；答應；允應，滿足；適應

例 希望に応じる。

譯 滿足希望。

05 | かん【勘】

(名) 直覺，第六感；領悟力

例 勘が鈍い。

譯 反應遲鈍，領悟性低。

06 | きのせい【気の所為】

(連語) 神經過敏；心理作用

例 気のせいかもしれない。

譯 可能是我神經過敏吧。

07 | くべつ【区別】

(名・他サ) 區別，分清

例 区別が付く。

譯 分辨清楚。

08 | けつだん【決断】

(名・自他サ) 果斷明確地做出決定，決斷

例 決断を下す。

譯 下決定。

09 | けってい【決定】

(名・自他サ) 決定，確定

例 決定を待つ。

譯 等待決定。

10 | げんかい【限界】

(名) 界限，限度，極限

例 限界を超える。

譯 超過極限。

11 | けんとう【検討】

(名・他サ) 研討，探討；審核

例 検討を重ねる。

譯 反覆地檢討。

12 | こうりょ【考慮】

(名・他サ) 考慮

例 相手の立場を考慮する。

譯 站在對方的立場考量。

13 | ことわる【断る】

(他五) 預先通知，事前請示；謝絕

例 借金を断られる。

譯 借錢被拒絕。

14 | ざっと

(副) 粗略地，簡略地，大體上的；（估計）大概，大略；潑水狀

例 ざっと拝見します。

譯 大致上已讀過。

15 | しんよう【信用】

(名・他サ) 堅信，確信；信任，相信；信用，信譽；信用交易，非現款交易

例 彼の話は信用できる。

譯 他説的可以信任。

16 | しんらい【信頼】

(名・他サ) 信賴，相信

例 信頼が厚い。

譯 深受信賴。

17 ｜すいてい【推定】

(名・他サ) 推斷，判定；（法）（無反證之前的）推定，假定

例 原因を推定する。

譯 推測原因。

18 ｜せい

(名) 原因，緣故，由於；歸咎

例 人のせいにする。

譯 歸咎於別人。

19 ｜そのため

(接)（表原因）正是因為這樣…

例 そのため電話に出られませんでした。

譯 因為這樣所以沒辦法接電話。

20 ｜それでも

(接續) 儘管如此，雖然如此，即使這樣

例 それでもまだ続ける。

譯 即使這樣，還是持續下去。

N2 ● 30-2(2)

30-2 判斷 (2) /
判斷 (2)

21 ｜それなのに

(他五) 雖然那樣，儘管如此

例 それなのにこの対応はひどい。

譯 儘管如此，這樣的應對真是太差勁了。

22 ｜それなら

(他五) 要是那樣，那樣的話，如果那樣

例 それならこうすればいい。

譯 那樣的話，這樣做就可以了。

23 ｜だけど

(接續) 然而，可是，但是

例 美人だけど、好きになれない。

譯 她人雖漂亮，但我不喜歡。

24 ｜だって

(接・提助) 可是，但是，因為；即使是，就算是

例 あやまる必要はない。だってきみは悪くないんだから。

譯 沒有道歉的必要，再說錯不在你。

25 ｜だとう【妥当】

(名・形動・自サ) 妥當，穩當，妥善

例 妥当な方法を取る。

譯 採取適當的方法。

26 ｜たとえ

(副) 縱然，即使，那怕

例 たとえそうだとしてもぼくは行く。

譯 即使是那樣我還是要去。

27 ｜ためす【試す】

(他五) 試，試驗，試試

例 能力を試す。

譯 考驗一下能力。

28 ｜だんてい【断定】

(名・他サ) 斷定，判斷

例 断定を下す。

譯 做出判斷。

29 | ちがいない【違いない】

(形) 一定是，肯定，沒錯，的確是

例 雨が降るに違いない。

譯 一定會下雨。

30 | どうせ

(副)（表示沒有選擇餘地）反正，總歸就是，無論如何

例 どうせ勝つんだ。

譯 反正怎樣都會贏。

31 | ところが

(接・接助) 然而，可是，不過；一…，剛要

例 ところがそううまくはいかない。

譯 可是，沒那麼好的事。

32 | はんだん【判断】

(名・他サ) 判斷；推斷，推測；占卜

例 判断がつく。

譯 做出判斷。

33 | むし【無視】

(名・他サ) 忽視，無視，不顧

例 事実を無視する。

譯 忽視事實。

34 | もちいる【用いる】

(自五) 使用；採用，採納；任用，錄用

例 意見を用いる。

譯 採納意見。

35 | やむをえない【やむを得ない】

(形) 不得已的，沒辦法的

例 やむをえない事情がある。

譯 有不得已的情由。

36 | よす【止す】

(他五) 停止，做罷；戒掉；辭掉

例 行くのは止そう。

譯 不要去了吧。

30-3 理解 /
理解

01 | あらゆる【有らゆる】

(連體) 一切，所有

例 あらゆる可能性を探る。

譯 探查所有的可能性。

02 | いけん【異見】

(名・他サ) 不同的意見，不同的見解，異議

例 異見を唱える。

譯 持異議。

03 | かいしゃく【解釈】

(名・他サ) 解釋，理解，說明

例 解釈を間違える。

譯 弄錯了解釋。

04 | かんねん【観念】

(名・自他サ) 觀念；決心；斷念，不抱希望

例 時間の観念がない。

譯 沒有時間觀念。

05 ｜くぎる【区切る】

(他四) (把文章)斷句，分段

例 区切って話す。

譯 分段説。

06 ｜くぶん【区分】

(名・他サ) 區分，分類

例 レベルを５段階に区分する。

譯 將層級區分為五個階段。

07 ｜けっきょく【結局】

(名・副) 結果，結局；最後，最終，終究

例 結局だめになる。

譯 結果最後失敗。

08 ｜けんかい【見解】

(名) 見解，意見

例 見解が違う。

譯 有法不同。

09 ｜こうてい【肯定】

(名・他サ) 肯定，承認

例 肯定的な意見を言ってくれた。

譯 提出了肯定的意見。

10 ｜こうもく【項目】

(名) 文章項目，財物項目；(字典的)詞條，條目

例 項目別に分ける。

譯 以項目來分類。

11 ｜こころえる【心得る】

(他下一) 懂得，領會，理解；有體驗；答應，應允記在心上的

例 事情を心得る。

譯 充分理解事情。

12 ｜さすが【流石】

(副・形動) 真不愧是，果然名不虛傳；雖然…，不過還是；就連…也都，甚至

例 さすがに寂しい。

譯 果然很荒涼。

13 ｜しょうち【承知】

(名・他サ) 同意，贊成，答應；知道；許可，允許

例 ご承知の通りです。

譯 誠如您所知。

14 ｜そうい【相違】

(名・自サ) 不同，懸殊，互不相符

例 事実と相違がある。

譯 與事實不符。

15 ｜そうっと

(副) 悄悄地(同「そっと」)

例 秘密をそうっと打ち明ける。

譯 把秘密悄悄地傳出去。

16 ｜ぞんじる・ぞんずる【存じる・存ずる】

(自他サ) 有，存，生存；在於

例 よく存じております。

譯 完全了解。

17 ｜たんなる【単なる】

(連體) 僅僅，只不過

例 単なる好奇心にすぎない。

譯 只不過是好奇心罷了。

18 ｜たんに【単に】

(副) 單，只，僅

例 単に忘れただけだ。

譯 只是忘記了而已。

19 ｜ちゅうしょう【抽象】

(名・他サ) 抽象

例 抽象的な概念を理解する。

譯 理解抽象的概念。

20 ｜ひかく【比較】

(名・他サ) 比，比較

例 比較にならない。

譯 比不上。

21 ｜ひかくてき【比較的】

(副・形動) 比較地

例 比較的やさしい問題だ。

譯 相較來説簡單的問題。

22 ｜ぶんるい【分類】

(名・他サ) 分類，分門別類

例 分類表が作られた。

譯 製作分類表。

23 ｜べつ【別】

(名・形動・漢造) 分別，區分；分別

例 正邪の別を明らかにする。

譯 明白的區分正邪。

24 ｜まさに

(副) 真的，的確，確實

例 まさに君の言った通りだ。

譯 您説得一點都沒錯。

25 ｜みかた【見方】

(名) 看法，看的方法；見解，想法

例 見方が違う。

譯 看法不同。

26 ｜みたい

(助動・形動型) (表示和其他事物相像) 像…一樣；(表示具體的例子) 像…這樣；表示推斷或委婉的斷定

例 子供みたい。

譯 像小孩般。

27 ｜めいかく【明確】

(名・形動) 明確，準確

例 明確に答える。

譯 明確回答。

28 ｜もしも

(副) (強調) 如果，萬一，倘若

例 もしものことがあっても安心だ。

譯 有意外之事也安心。

29 | もって【以って】

(連語・接續)（…をもって形式，格助詞用法）以，用，拿；因為；根據；（時間或數量）到；（加強語氣）把；而且；因此；對此

例 身をもって経験する。

譯 親身經驗。

---

30 | もっとも【尤も】

(連語・接續) 合理，正當，理所當然的；話雖如此，不過

例 もっともな意見を言う。

譯 提出合理的意見。

---

31 | より

(副) 更，更加

例 より深く理解する。

譯 更加深入地理解。

---

32 | れんそう【連想】

(名・他サ) 聯想

例 雲を見て羊を連想する。

譯 看見雲朵就聯想到綿羊。

---

33 | わりと・わりに【割と・割に】

(副) 比較；分外，格外，出乎意料

例 柿が割に甘い。

譯 柿子分外香甜。

N2 ● 30-4(1)

30-4 知識 (1) /
知識 (1)

01 | あきらか【明らか】

(形動) 顯然，清楚，明確；明亮

例 明らかになる。

譯 變得清楚。

---

02 | かいとう【回答】

(名・自サ) 回答，答覆

例 読者の質問に回答する。

譯 答覆讀者的問題。

---

03 | かくじつ【確実】

(形動) 確實，準確；可靠

例 確実な情報を得る。

譯 得到可靠的情報。

---

04 | かつよう【活用】

(名・他サ) 活用，利用，使用

例 知識を活用する。

譯 活用知識。

---

05 | カバー【cover】

(名・他サ) 罩，套；補償，補充；覆蓋

例 欠点をカバーする。

譯 補償缺陷。

---

06 | かんちがい【勘違い】

(名・自サ) 想錯，判斷錯誤，誤會

例 君と勘違いした。

譯 誤以為是你。

---

07 | きおく【記憶】

(名・他サ) 記憶，記憶力；記性

例 記憶に新しい。

譯 記憶猶新。

08 ｜きづく【気付く】

(自五) 察覺，注意到，意識到；（神志昏迷後）甦醒過來

例 誤りに気付く。

譯 意識到錯誤。

09 ｜きゅうしゅう【吸収】

(名・他サ) 吸收

例 知識を吸収する。

譯 吸收知識。

10 ｜げんに【現に】

(副) 做為不可忽略的事實，實際上，親眼

例 現にこの目で見た。

譯 親眼看到。

11 ｜げんり【原理】

(名) 原理；原則

例 てこの原理を使う。

譯 使用槓桿原理。

12 ｜ごうり【合理】

(名) 合理

例 合理性に欠ける。

譯 缺乏合理性。

13 ｜したがって【従って】

(他五) 因此，從而，因而，所以

例 線からはみ出ました。したがってアウトです。

譯 跑出線了，所以是出局。

14 ｜じつよう【実用】

(名・他サ) 實用

例 実用的なものが喜ばれる。

譯 實用的東西備受歡迎。

15 ｜じゅうだい【重大】

(形動) 重要的，嚴重的，重大的

例 重大な誤りにつながる。

譯 導致嚴重的錯誤。

16 ｜じゅん【順】

(名・漢造) 順序，次序；輪班，輪到；正當，必然，理所當然；順利

例 先着順にてご予約を承ります。

譯 按到達先後接受預約。

17 ｜すでに【既に】

(副) 已經，業已；即將，正值，恰好

例 すでに知っている。

譯 已經知道了。

18 ｜すなわち【即ち】

(接) 即，換言之；即是，正是；則，彼時；乃，於是

例 戦えば即ち勝つ。

譯 戰則勝。

19 ｜せつ【説】

(名・漢造) 意見，論點，見解；學說；述説

例 その原因には二つの説があります。

譯 原因有兩種說法。

20 ｜そっちょく【率直】

(形動) 坦率，直率

例 率直な意見を聞きたい。

譯 想聽坦然直率的意見。

21 ｜たくわえる【蓄える・貯える】

(他下一) 儲蓄，積蓄；保存，儲備；留，留存

例 知識を蓄える。

譯 累積知識。

22 ｜ちえ【知恵】

(名) 智慧，智能；腦筋，主意

例 知恵がつく。

譯 有了主意。

23 ｜ちのう【知能】

(名) 智能，智力，智慧

例 知能を持つ。

譯 具有…的智力。

24 ｜てきかく【的確】

(形動) 正確，準確，恰當

例 的確な数字を出す。

譯 提出正確的數字。

25 ｜でたらめ

(名・形動) 荒唐，胡扯，胡説八道，信口開河

例 でたらめを言うな。

譯 別胡説八道。

26 ｜てらす【照らす】

(他五) 照耀，曬，晴天

例 先例に照らす。

譯 參照先例。

27 ｜なぞ【謎】

(名) 謎語；暗示，口風；神秘，詭異，莫名其妙，不可思議，想不透(為何)

例 謎を解く。

譯 解謎。

28 ｜ばか【馬鹿】

(名・形動) 愚蠢，糊塗

例 馬鹿にする。

譯 輕視，瞧不起。

29 ｜ひてい【否定】

(名・他サ) 否定，否認

例 うわさを否定する。

譯 否認謠言。

30 ｜ひねる【捻る】

(他五) (用手)扭，擰；(俗)打敗，擊敗；別有風趣

例 頭を捻る。

譯 轉頭；左思右想。

N2 ● 30-4(2)

30-4 知識 (2) /
知識 (2)

31 ｜ひょうか【評価】

(名・他サ) 定價，估價；評價

例 評価が上がる。

譯 評價提高。

32 ｜ ぶんせき【分析】

(名・他サ) (化)分解，化驗；分析，解剖

例 分析を行う。

譯 進行分析。

33 ｜ ぶんめい【文明】

(名) 文明；物質文化

例 文明が進む。

譯 文明進步。

34 ｜ へん【偏】

(名・漢造) 漢字的(左)偏旁；偏，偏頗

例 偏見を持っている。

譯 有偏見。

35 ｜ ほんと【本当】

(名・形動) 真實，真心；實在，的確；真正；本來，正常

例 ほんとに悪いと思う。

譯 實在是感到很抱歉。

36 ｜ ほんもの【本物】

(名) 真貨，真的東西

例 本物と偽物とを見分ける。

譯 辨別真貨假貨。

37 ｜ まね【真似】

(名・他サ・自サ) 模仿，裝，仿效；(愚蠢糊塗的)舉止，動作

例 まねがうまい。

譯 模仿的很好。

38 ｜ みにつく【身に付く】

(慣) 學到手，掌握

例 技術が身に付く。

譯 學技術。

39 ｜ みにつける【身に付ける】

(慣) (知識、技術等)學到，掌握到

例 一芸を身に付ける。

譯 學得一技之長。

40 ｜ むじゅん【矛盾】

(名・自サ) 矛盾

例 矛盾が起こる。

譯 產生矛盾。

41 ｜ めいしん【迷信】

(名) 迷信

例 迷信を信じる。

譯 相信迷信。

42 ｜ めちゃくちゃ

(名・形動) 亂七八糟，胡亂，荒謬絕倫

例 めちゃくちゃなことを言う。

譯 胡說八道。

43 ｜ もと【元・旧・故】

(名・接尾) 原，從前；原來

例 うわさの元をただす。

譯 追究流言的起源。

44 ｜ ものがたる【物語る】

(他五) 談，講述；說明，表明

例 経験を物語る。

譯 談經驗。

45 | ものごと【物事】

名 事情，事物；一切事情，凡事

例 物事が分かる。

譯 懂事。

46 | もんどう【問答】

名・自サ 問答；商量，交談，爭論

例 人生について問答する。

譯 談論人生的問題。

47 | ようい【容易】

形動 容易，簡單

例 容易にできる。

譯 容易完成。

48 | ようてん【要点】

名 要點，要領

例 要点をつかむ。

譯 抓住要點。

49 | ようりょう【要領】

名 要領，要點；訣竅，竅門

例 要領を得る。

譯 很得要領。

50 | よき【予期】

名・自サ 預期，預料，料想

例 予期せぬ出来事が次々と起こった。

譯 意料之外的事件接二連三地發生。

51 | よそく【予測】

名・他サ 預測，預料

例 予測がつく。

譯 可以預料。

52 | りこう【利口】

名・形動 聰明，伶利機靈；巧妙，周到，能言善道

例 利口な子が揃った。

譯 齊聚了一群機靈的小孩。

53 | わざと【態と】

副 故意，有意，存心；特意地，有意識地

例 わざと意地悪を言う。

譯 故意説話刁難。

N2 ● 30-5(1)

30-5 言語 (1) /
語言 (1)

01 | アクセント【accent】

名 重音；重點，強調之點；語調；（服裝或圖案設計上）突出點，著眼點

例 文章にアクセントをつける。

譯 在文章上標示重音。

02 | いぎ【意義】

名 意義，意思；價值

例 人生の意義を問う。

譯 追問人生意義。

03 | えいわ【英和】

名 英日辭典

例 英和辞典を使う。

譯 使用英日辭典。

04 ｜おくりがな【送り仮名】

名 漢字訓讀時，寫在漢字下的假名；用
日語讀漢文時，在漢字右下方寫的假名
例 送り仮名を付ける。
譯 寫上送假名。

05 ｜かつじ【活字】

名 鉛字，活字
例 活字を読む。
譯 閱讀。

06 ｜かなづかい【仮名遣い】

名 假名的拼寫方法
例 仮名遣いが簡単になった。
譯 假名拼寫方式變簡單了。

07 ｜かんれん【関連】

名・自サ 關聯，有關係
例 関連が深い。
譯 關係深遠。

08 ｜かんわ【漢和】

名 漢語和日語；漢日辭典（用日文解釋
古漢語的辭典）
例 漢和辞典を使いこなす。
譯 善用漢和辭典。

09 ｜くとうてん【句読点】

名 句號，逗點；標點符號
例 句読点を打つ。
譯 標上標點符號。

10 ｜くん【訓】

名 （日語漢字的）訓讀（音）

例 訓読みを覚える。
譯 背誦訓讀（用日本固有語言讀漢字的
方法）。

11 ｜けいようし【形容詞】

名 形容詞
例 形容詞に相当する。
譯 相當於形容詞。

12 ｜けいようどうし【形容動詞】

名 形容動詞
例 形容動詞に付く。
譯 接在形容動詞後面。

13 ｜げんご【言語】

名 言語
例 言語に絶する。
譯 無法形容。

14 ｜ごじゅうおん【五十音】

名 五十音
例 五十音順で並ぶ。
譯 以五十音的順序排序。

15 ｜ことばづかい【言葉遣い】

名 説法，措辭，表達
例 丁寧な言葉遣いをする。
譯 有禮貌的言辭。

16 ｜ことわざ【諺】

名 諺語，俗語，成語，常言
例 ことわざに曰く。
譯 俗話説…。

17 ｜ じゅくご【熟語】

名 成語，慣用語；（由兩個以上單詞組成）
複合詞；（由兩個以上漢字構成的）漢語詞

例 熟語を使う。

譯 引用成語。

18 ｜ しゅご【主語】

名 主語；（邏）主詞

例 主語と述語から成り立つ。

譯 由主語跟述語所構成的。

19 ｜ じゅつご【述語】

名 謂語

例 主語の動作、性質を表わす部分
を述語という。

譯 敘述主語的動作或性質部份叫述語。

20 ｜ せつぞく【接続】

名・自他サ 連續，連接；（交通工具）連軌，
接運

例 文と文を接続する。

譯 把句子跟句子連接起來。

N2 ● 30-5(2)

30-5 言語 (2) /
語言 (2)

21 ｜ だいめいし【代名詞】

名 代名詞，代詞；（以某詞指某物、某事）
代名詞

例 代名詞となる。

譯 成為代名詞。

22 ｜ たんご【単語】

名 單詞

例 単語がわかる。

譯 看懂單詞。

23 ｜ ちゅう【注】

名・漢造 註解，注釋；注入；注目；註釋

例 注をつける。

譯 加入註解。

24 ｜ てき【的】

造語 …的

例 科学的に実証される。

譯 在科學上得到證實。

25 ｜ どうし【動詞】

名 動詞

例 動詞の活用が苦手だ。

譯 動詞的活用最難。

26 ｜ なになに【何々】

代・感 什麼什麼，某某

例 何々会社の人。

譯 某公司的社員。

27 ｜ ノー【no】

名・感・造 表否定；沒有，不；（表示禁止）
不必要，禁止

例 ノースモーキング。

譯 禁止吸菸

28 ｜ ひとこと【一言】

名 一句話；三言兩語

例 一言も言わない。

譯 一言不發。

29 ｜ぶ【無】

漢造 無，沒有，缺乏

例 無愛想な返事をする。

譯 冷淡的回應。

30 ｜ふくし【副詞】

名 副詞

例 様態の副詞を使う。

譯 使用樣態副詞。

31 ｜ぶしゅ【部首】

名 (漢字的)部首

例 部首索引を使ってみる。

譯 嘗試使用部首索引。

32 ｜ふりがな【振り仮名】

名 (在漢字旁邊)標註假名

例 振り仮名をつける。

譯 標上假名。

33 ｜ペラペラ

副・自サ 説話流利貌(特指外語)；單薄
不結實貌；連續翻紙頁貌

例 英語がペラペラだ。

譯 英語流利。

34 ｜ぽい

接尾・形型 (前接名詞、動詞連用形，構
成形容詞)表示有某種成分或傾向

例 忘れっぽい。

譯 健忘。

35 ｜ほうげん【方言】

名 方言，地方話，土話

例 方言で話す。

譯 説方言。

36 ｜めいし【名詞】

名 (語法)名詞

例 名詞は変化が無い。

譯 名詞沒有變化。

37 ｜もじ【文字】

名 字跡，文字，漢字；文章，學問

例 文字を書く。

譯 寫字。

38 ｜やく【訳】

名・他サ・漢造 譯，翻譯；漢字的訓讀

例 訳文を付ける。

譯 加上譯文。

39 ｜ようご【用語】

名 用語，措辭；術語，專業用語

例 ＩＴ用語を解説する。

譯 解説資訊科技專門術語。

40 ｜よみ【読み】

名 唸，讀；訓讀；判斷，盤算；理解

例 この字の読みがわからない。

譯 不知道這個字的讀法。

41 ｜りゃくする【略する】

他サ 簡略；省略，略去；攻佔，奪取

例 マクドナルドを略してマック。
譯 麥當勞簡稱麥克。

---

42 ｜わえい【和英】

⑧ 日本和英國；日語和英語；日英辭典的簡稱

例 和英辞典で調べた。
譯 查日英辭典。

30-6 表現 (1) /
表達(1)

01 ｜あら

⑱（女性用語）（出乎意料或驚訝時發出的聲音）唉呀！唉唷

例 あら、大変だ。
譯 哎呀，可不得了！

---

02 ｜あれ（っ）

⑱（驚訝、恐怖、出乎意料等場合發出的聲音）呀！唉呀？

例 あれっ、今日どうしたの。
譯 唉呀！今天怎麼了？

---

03 ｜あんなに

⑪ 那麼地，那樣地

例 被害があんなにひどいとは思わなかった。
譯 沒想到災害會如此嚴重。

---

04 ｜あんまり

(形動・副) 太，過於，過火

例 あんまりなことを言う。
譯 說過分的話。

---

05 ｜いいだす【言い出す】

(他五) 開始說，說出口

例 言い出しにくい。
譯 難以啟齒的。

---

06 ｜いいつける【言い付ける】

(他下一) 命令；告狀；說慣，常說

例 用事を言い付ける。
譯 吩咐事情。

---

07 ｜いわば【言わば】

(副) 譬如，打個比方，說起來，打個比方說

例 これはいわば一種の宣伝だ。
譯 這可說是一種宣傳。

---

08 ｜いわゆる【所謂】

(連體) 所謂，一般來說，大家所說的，常說的

例 ああいう人たちがいわゆるゲイなんだ。
譯 那樣的人就是所謂的同性戀。

---

09 ｜うんぬん【云々】

(名・他サ) 云云，等等；說長道短

例 理由が云々と言う。
譯 說了種種理由。

---

10 ｜えっ

⑱（表示驚訝、懷疑）啊！；怎麼？

例 えっ、何ですって。
譯 啊，你說甚麼？

11 ｜おきのどくに【お気の毒に】

（連語・感）令人同情；過意不去，給人添麻煩

例 お気の毒に思う。

譯 覺得可憐。

12 ｜おげんきで【お元気で】

（寒暄）請保重

例 では、お元気で。

譯 那麼，請您保重。

13 ｜おめでたい【お目出度い】

（形）恭喜，可賀

例 おめでたい話だ。

譯 可喜可賀的事。

14 ｜かたる【語る】

（他五）説，陳述；演唱，朗讀

例 真実を語る。

譯 陳述事實。

15 ｜かならずしも【必ずしも】

（副）不一定，未必

例 必ずしも正しいとは限らない。

譯 未必一定正確。

16 ｜かまいません【構いません】

（寒暄）沒關係，不在乎

例 私は構いません。

譯 我沒關係。

17 ｜かんぱい【乾杯】

（名・自サ）乾杯

例 乾杯の音頭を取る。

譯 首先帶頭乾杯。

18 ｜きょうしゅく【恐縮】

（名・自サ）（對對方的厚意感覺）惶恐（表感謝或客氣）；（給對方添麻煩表示）對不起，過意不去；（感覺）不好意思，差愧，慚愧

例 恐縮ですが…。

譯（給對方添麻煩，表示）對不起，過意不去。

19 ｜くれぐれも

（副）反覆，周到

例 くれぐれも気をつけて。

譯 請多多留意。

20 ｜ごくろうさま【ご苦労様】

（名・形動）（表示感謝慰問）辛苦，受累，勞駕

例 ご苦労様と声をかける。

譯 説聲「辛苦了」。

21 ｜ごちそうさま【ご馳走様】

（連語）承蒙您的款待了，謝謝

例 ごちそうさまと言って箸を置く。

譯 説「謝謝款待」後，就放下筷子。

22 ｜ことづける【言付ける】

（他下一）託帶口信，託付

例 手紙を言付ける。

譯 托付帶信。

23 ｜ことなる【異なる】

（自五）不同，不一樣

例 習慣が異なる。

譯 習慣不同。

24｜ごぶさた【ご無沙汰】

(名・自サ) 久疏問候，久未拜訪，久不奉函

例 久しくご無沙汰しています。

譯 久疏問候（寫信時致歉）。

25｜こんばんは【今晩は】

(寒暄) 晚安，你好

例 こんばんは、寒くなりましたね。

譯 你好，變冷了呢。

26｜さて

(副・接・感) 一旦，果真；那麼，卻説，於是；(自言自語，表猶豫)到底，那可…

例 さて、本題に入ります。

譯 接下來，我們來進入主題。

27｜しかも

(接) 而且，並且；而，但，卻；反而，竟然，儘管如此還…

例 安くてしかも美味い。

譯 便宜又好吃。

28｜しゃれ【洒落】

(名) 俏皮話，雙關語；(服裝)亮麗，華麗，好打扮

例 洒落をとばす。

譯 説俏皮話。

29｜しようがない【仕様がない】

(慣) 沒辦法

例 負けても仕様がない。

譯 輸了也沒轍。

30｜せっかく【折角】

(名・副) 特意地；好不容易；盡力，努力，拼命的

例 せっかくの努力が水の泡になる。

譯 辛苦努力都成泡影。

N2 30-6(2)

30-6 表現 (2) /
表達(2)

31｜ぜひとも【是非とも】

(副) (是非的強調説法)一定，無論如何，務必

例 是非ともお願いしたい。

譯 務必請您（幫忙）。

32｜せめて

(副) (雖然不夠滿意，但那怕是，至少也，最少

例 せめてもう１度受けなさい。

譯 至少再報考一次吧！

33｜そういえば【そう言えば】

(他五) 這麼説來，這樣一説

例 そう言えばあの件はどうなった。

譯 這樣一説，那件事怎麼樣了？

34｜だが

(接) 但是，可是，然而

例 その日はひどい雨だった。だが、我々は出発した。

譯 那天雖然下大雨，但我們仍然出發前往。

35 | ただし【但し】

(接續) 但是，可是

例 ただし条件がある。

譯 可是有條件。

36 | たとえる【例える】

(他下一) 比喻，比方

例 人生を旅に例える。

譯 把人生比喻為旅途。

37 | で

(接續) 那麼；（表示原因）所以

例 で、結果はどうだった。

譯 那麼，結果如何。

38 | できれば

(連語) 可以的話，可能的話

例 できればもっと早く来てほしい。

譯 希望能盡早來。

39 | ですから

(接續) 所以

例 ですから先ほど話したとおりです。

譯 所以，正如我剛剛說的那樣。

40 | どういたしまして【どう致しまして】

(寒暄) 不客氣，不敢當

例 「ありがとう。」「どう致しまして。」

譯 「謝謝。」「不客氣。」

41 | どうも

(副) （後接否定詞）怎麼也…；總覺得，似乎；實在是，真是

例 どうも調子がおかしい。

譯 總覺得怪怪的。

42 | どころ

(接尾) （前接動詞連用形）值得…的地方，應該…的地方；生產…的地方；們

例 彼の話はつかみどころがない。

譯 他的話沒辦法抓到重點。

43 | ところで

(接續・接助) （用於轉變話題）可是，不過；即使，縱使，無論

例 ところであの話はどうなりましたか。

譯 不過，那件事結果怎麼樣？

44 | とにかく

(副) 總之，無論如何，反正

例 とにかく待ってみよう。

譯 總之先等看看。

45 | ともかく

(副・接) 暫且不論，姑且不談；總之，反正；不管怎樣

例 ともかく先を急ごう。

譯 總之，趕快先走吧！

46 | なお

(副・接) 仍然，還，尚；更，還，再；猶如，如；尚且，而且，再者

例 なお議論の余地がある。

譯 還有議論的餘地。

47 | なにしろ【何しろ】

(副) 不管怎樣，總之，到底；因為，由於

例 なにしろ話してごらん。

譯 不管怎樣，你就説説看。

---

48 | なにぶん【何分】

(名・副) 多少；無奈…

例 何分経験不足なのでできない。

譯 無奈經驗不足故辦不到。

---

49 | なにも

(連語・副) (後面常接否定)什麼也…，全都…；並(不)，(不)必

例 なにも知らない。

譯 什麼也不知道。

---

50 | なんて

(副助) 什麼的，…之類的話；説是…；(輕視) 叫什麼…來的；等等，之類；表示意外，輕視或不以為然

例 勉強なんて大嫌いだ。

譯 我最討厭讀書了。

30-6 表現 (3) /
表達 (3)

---

51 | なんでも【何でも】

(副) 什麼都，不管什麼；不管怎樣，無論怎樣；據説是，多半是

例 何でも出来る。

譯 什麼都會。

---

52 | なんとか【何とか】

(副) 設法，想盡辦法；好不容易，勉強；(不明確的事情、模糊概念)什麼，某事

例 何とか間に合った。

譯 勉強趕上時間了。

---

53 | のべる【述べる】

(他下一) 敘述，陳述，説明，談論

例 意見を述べる。

譯 陳述意見。

---

54 | はあ

(感) (應答聲)是，唉；(驚訝聲)嘿

例 はあ、かしこまりました。

譯 是，我知道了。

---

55 | ばからしい【馬鹿らしい】

(形) 愚蠢的，無聊的；划不來，不值得

例 馬鹿らしくて話にならない。

譯 荒唐得不成體統。

---

56 | はきはき

(副・自サ) 活潑伶俐的樣子；乾脆，爽快；(動作)俐落

例 はきはきと答える。

譯 乾脆地回答。

---

57 | はじめまして【初めまして】

(寒暄) 初次見面

例 初めまして、山田太郎と申します。

譯 初次見面，我叫山田太郎。

---

58 | はっぴょう【発表】

(名・他サ) 發表，宣布，聲明；揭曉

例 発表を行う。

譯 進行發表。

表達 (3) | 245

59 ｜はやくち【早口】

（名）説話快

例 早口でしゃべる。

譯 説話速度快。

---

60 ｜ばんざい【万歳】

（名・感）萬歲；（表示高興）太好了，好極了

例 万歳を三唱する。

譯 三呼萬歲。

---

61 ｜ひとりごと【独り言】

（名）自言自語（的話）

例 独り言を言う。

譯 自言自語。

---

62 ｜ひょうげん【表現】

（名・他サ）表現，表達，表示

例 言葉の表現が面白かった。

譯 言語的表現很有意思。

---

63 ｜ふく【吹く】

（他五・自五）（風）刮，吹；（用嘴）吹；吹（笛等）；吹牛，説大話

例 ほらを吹く。

譯 吹牛。

---

64 ｜ぶつぶつ

（名・副）嘮叨，抱怨，嘟囔；煮沸貌；粒狀物，小疙瘩

例 ぶつぶつ文句を言う。

譯 嘟嚷抱怨。

---

65 ｜まあ

（副・感）（安撫、勸阻）暫且先，一會；躊躇貌；還算，勉強；制止貌；（女性表示驚訝）哎唷，哎呀

例 まあ、かわいそうに。

譯 哎呀！多麼可憐。

---

66 ｜まあまあ

（副・感）（催促、撫慰）得了，好了好了，哎哎；（表示程度中等）還算，還過得去；（女性表示驚訝）哎唷，哎呀

例 まあまあそう言うなよ。

譯 好啦好啦！別再説氣話了！

---

67 ｜むしろ【寧ろ】

（副）與其説…倒不如，寧可，莫如，索性

例 あの人は作家というよりむしろ評論家だ。

譯 那個人與其説是作家不如説是評論家。

---

68 ｜もうしわけ【申し訳】

（名・他サ）申辯，辯解，道歉；敷衍塞責，有名無實

例 申し訳が立たない。

譯 沒辦法辯解。

---

69 ｜ようするに【要するに】

（副・連）總而言之，總之

例 要するにこの話は信用できない。

譯 總而言之，此話不可信。

---

70 ｜ようやく【漸く】

（副）好不容易，勉勉強強，終於；漸漸

例 ようやく完成した。

譯 終於完成了。

30-7 文書、出版物 (1) /
文章文書、出版物 (1)

01 ｜いんよう【引用】

(名・自他サ) 引用
例 名言を引用する。
譯 引用名言。

02 ｜えいぶん【英文】

(名) 用英語寫的文章；「英文學」、「英文學科」的簡稱
例 英文から日本語に翻訳される。
譯 把英文翻譯成日文。

03 ｜おんちゅう【御中】

(名) （用於寫給公司、學校、機關團體等的書信）公啟
例 株式会社丸々商事　御中
譯 丸丸商事株式會社 敬啟

04 ｜がいろん【概論】

(名) 概論
例 経済学概論が刊行された。
譯 經濟學概論出版了。

05 ｜けいぞく【継続】

(名・自他サ) 繼續，繼承
例 連載を継続する。
譯 繼續連載。

06 ｜げんこう【原稿】

(名) 原稿
例 原稿を書く。
譯 撰稿。

07 ｜こう【校】

(名) 學校；校對
例 校を重ねる。
譯 多次校對。

08 ｜さくいん【索引】

(名) 索引
例 索引をつける。
譯 附加索引。

09 ｜さくせい【作成】

(名・他サ) 寫，作，造成（表、件、計畫、文件等）；製作，擬制
例 報告書を作成する。
譯 寫報告。

10 ｜さくせい【作製】

(名・他サ) 製造
例 カタログを作製する。
譯 製作型錄。

11 ｜しあがる【仕上がる】

(自五) 做完，完成；做成的情形
例 論文が仕上がる。
譯 完成論文。

12 ｜したがき【下書き】

(名・他サ) 試寫；草稿，底稿；打草稿；試畫，畫輪廓
例 下書きに手を加える。
譯 在底稿上加工。

13 ｜ したじき【下敷き】

名 墊子；墊板；範本，樣本
例 体験を下敷きにして書く。
譯 根據經驗撰寫。

14 ｜ しっぴつ【執筆】

名・他サ 執筆，書寫，撰稿
例 執筆を依頼する。
譯 請求（某人）撰稿。

15 ｜ しゃせつ【社説】

名 社論
例 社説を読む。
譯 閱讀社論。

16 ｜ しゅう【集】

漢造 （詩歌等的）集；聚集
例 文学全集を編む。
譯 編纂文學全集。

17 ｜ しゅうせい【修正】

名・他サ 修改，修正，改正
例 原稿に修正を加える。
譯 修改原稿。

18 ｜ しゅっぱん【出版】

名・他サ 出版
例 本を出版する。
譯 出版書籍。

19 ｜ しょう【章】

名 （文章，樂章的）章節；紀念章，徽章
例 章を改める。
譯 換章節。

20 ｜ しょせき【書籍】

名 書籍
例 書籍を検索する。
譯 檢索書籍。

30-7 文書、出版物 (2) /
文章文書、出版物 (2)

21 ｜ シリーズ【series】

名 （書籍等的）彙編，叢書，套；（影片、電影等）系列；（棒球）聯賽
例 全シリーズを揃える。
譯 全集一次收集齊全。

22 ｜ しりょう【資料】

名 資料，材料
例 資料を集める。
譯 收集資料。

23 ｜ ずかん【図鑑】

名 圖鑑
例 植物図鑑が送られてきた。
譯 收到植物圖鑑。

24 ｜ する【刷る】

他五 印刷
例 ポスターを刷る。
譯 印刷宣傳海報。

25 ｜ ぜんしゅう【全集】

名 全集

例 世界美術全集を揃える。
譯 搜集全世界美術史全套。

---

26 ｜ぞうさつ【増刷】

(名・他サ) 加印，增印

例 本が増刷になった。
譯 書籍加印。

---

27 ｜たいしょう【対照】

(名・他サ) 對照，對比

例 原文と対照する。
譯 跟原文比對。

---

28 ｜たてがき【縦書き】

(名) 直寫

例 縦書きのほうが読みやすい。
譯 直寫較好閱讀。

---

29 ｜たんぺん【短編】

(名) 短篇，短篇小説

例 短編小説を書く。
譯 寫短篇小説。

---

30 ｜てんけい【典型】

(名) 典型，模範

例 典型とされる作品。
譯 典型作品。

---

31 ｜のせる【載せる】

(他下一) 刊登；載運；放到高處；和著音樂拍子

例 雑誌に記事を載せる。
譯 在雜誌上刊登報導。

---

32 ｜はさむ【挟む】

(他五) 夾，夾住；隔；夾進，夾入；插

例 本にしおりを挟む。
譯 把書籤夾在書裡。

---

33 ｜はっこう【発行】

(名・自サ) （圖書、報紙、紙幣等）發行；發放，發售

例 雑誌を発行する。
譯 發行雜誌。

---

34 ｜ひゃっかじてん【百科辞典】

(名) 百科全書

例 百科事典で調べる。
譯 查閱百科全書。

---

35 ｜ひょうし【表紙】

(名) 封面，封皮，書皮

例 表紙を付ける。
譯 裝封面。

---

36 ｜ぶん【文】

(名・漢造) 文學，文章；花紋；修飾外表，華麗；文字，字體；學問和藝術

例 文に書く。
譯 寫成文章。

---

37 ｜ぶんけん【文献】

(名) 文獻，參考資料

例 文献が残る。
譯 留下文獻。

38 ｜ぶんたい【文体】

名 (某時代特有的)文體；(某作家特有的)風格

例 夏目漱石の文体が非常に美しかった。

譯 夏目漱石的文體極為優美。

39 ｜ぶんみゃく【文脈】

名 文章的脈絡，上下文的一貫性，前後文的邏輯；(句子、文章的)表現手法

例 文脈がはっきりする。

譯 文章脈絡清楚。

40 ｜へんしゅう【編集】

名・他サ 編集；(電腦)編輯

例 雑誌を編集する。

譯 編輯雜誌。

41 ｜みだし【見出し】

名 (報紙等的)標題；目錄，索引；選拔，拔擢；(字典的)詞目，條目

例 見出しを読む。

譯 讀標題。

42 ｜みほん【見本】

名 樣品，貨樣；榜樣，典型

例 見本を提供する。

譯 提供樣品。

43 ｜もくじ【目次】

名 (書籍)目錄，目次；(條目、項目)目次

例 目次を作る。

譯 編目次。

44 ｜ようし【要旨】

名 大意，要旨，要點

例 要旨をまとめる。

譯 彙整重點。

45 ｜ようやく【要約】

名・他サ 摘要，歸納

例 論文を要約する。

譯 做論文摘要。

46 ｜よこがき【横書き】

名 橫寫

例 横書きの雑誌を作っている。

譯 編製橫寫編排的雜誌。

47 ｜ろんぶん【論文】

名 論文；學術論文

例 論文を提出する。

譯 提出論文。

48 ｜わだい【話題】

名 話題，談話的主題、材料；引起爭論的人事物

例 話題が変わる。

譯 改變話題。

必 勝

N1

情境分類單字

パート 1 第一章 時間
- 時間 -

1-1 時、時間、時刻 (1) ／
時候、時間、時刻(1)

01 ｜あいま【合間】
② (事物中間的)空隙，空閒時間；餘暇
例 仕事の合間に小説を書く。
譯 利用工作空檔寫小説。

02 ｜アワー【hour】
②・造 時間；小時
例 ラッシュ・アワー。
譯 尖峰時刻。

03 ｜いっきに【一気に】
劃 一口氣地
例 一気に飲み干す。
譯 一口氣喝乾。

04 ｜いっこく【一刻】
②・形動 一刻；片刻；頑固；愛生氣
例 一刻も早く会いたい。
譯 迫不及待想早點相見。

05 ｜おくらす【遅らす】
他五 延遲，拖延；(時間)調慢，調回
例 予定を遅らす。
譯 延遲預定行程。

06 ｜おり【折】
② 折，折疊；折縫，折疊物；紙盒小匣；時候；機會，時機
例 折に詰める。
譯 裝進紙盒裡。

07 ｜きっかり
劃 正，洽
例 きっかり1時半。
譯 正好一點半。

08 ｜けいか【経過】
②・自サ (時間的)經過，流逝，度過；過程，經過
例 経過は良好。
譯 過程良好。

09 ｜ゴールデンタイム【(和) golden＋time】
② 黃金時段(晚上7到10點)
例 ゴールデンタイムのドラマ。
譯 黃金時段的連續劇。

10 ｜こうりつ【効率】
② 效率
例 効率が悪い。
譯 效率差。

11 ｜さっきゅう・そうきゅう【早急】

(名・形動) 盡量快些，趕快，趕緊

例 早急に手配する。

譯 趕緊安排。

12 ｜さっと

(副)(形容風雨突然到來)倏然，忽然；(形容非常迅速)忽然，一下子

例 さっと顔色が変わる。

譯 臉色突然變了。

13 ｜じこくひょう【時刻表】

(名) 時間表

例 電車の時刻表を検索する。

譯 上網搜尋電車時刻表。

14 ｜じさ【時差】

(名)(各地標準時間的)時差；錯開時間

例 時差ボケする。

譯 時差(而身體疲倦等)。

15 ｜じっくり

(副) 慢慢地，仔細地，不慌不忙

例 じっくり考える。

譯 仔細考慮。

16 ｜しまい

(名) 完了，終止，結束；完蛋，絕望

例 しまいにお茶漬けにしよう。

譯 最後來碗茶泡飯吧！

17 ｜しゅうし【終始】

(副・自サ) 末了和起首；從頭到尾，一貫

例 終始善戦した。

譯 始終頑強抗爭。

18 ｜しょっちゅう

(副) 經常，總是

例 しょっちゅう喧嘩している。

譯 總是在吵架。

19 ｜しろくじちゅう【四六時中】

(名) 一天到晚，一整天；經常，始終

例 四六時中気にしている。

譯 始終耿耿於懷。

20 ｜じんそく【迅速】

(名・形動) 迅速

例 迅速に処理する。

譯 迅速處理。

21 ｜すぎ【過ぎ】

(接尾) 超過；過度

例 3時過ぎにお客さんが来た。

譯 三點過後有來客。

22 ｜すばやい【素早い】

(形) 身體的動作與頭腦的思考很快；迅速，飛快

例 動作が素早い。

譯 動作迅速。

23 ｜すみやか【速やか】

(形動) 做事敏捷的樣子，迅速

例 速やかに行動する。

譯 迅速行動。

24 | スムーズ【smooth】

名·形動 圓滑，順利；流暢

例 話がスムーズに進む。

譯 協商順利進行。

25 | ずるずる

副·自サ 拖拉貌；滑溜；拖拖拉拉

例 ずるずると返事を延ばす。

譯 遲遲不回覆。

26 | ずれ

名 (位置，時間意見等)不一致，分歧；偏離，背離，不吻合

例 ずれが生じる。

譯 產生不一致。

27 | せかす【急かす】

他五 催促

例 仕事をせかす。

譯 催促工作。

28 | せん【先】

名 先前，以前；先走的一方

例 先住民に敬意を払う。

譯 對原住民表示敬意。

29 | そくざに【即座に】

副 立即，馬上

例 即座に返答する。

譯 立刻回答。

30 | そくする【即する】

自サ 就，適應，符合，結合

例 実情に即して考える。

譯 就實際情況來考量。

1-1 時、時間、時刻 (2) ／
時候、時間、時刻 (2)

31 | タイト【tight】

名·形動 緊，緊貼(身)；緊身裙之略

例 タイトなスケジュールが懸念される。

譯 緊湊的行程叫人擔憂。

32 | タイマー【timer】

名 秒錶，計時器；定時器

例 タイマーをセットする。

譯 設定計時器。

33 | タイミング【timing】

名 計時，測時；調時，使同步；時機，事實

例 タイミングが合う。

譯 合時宜。

34 | タイム【time】

名 時，時間；時代，時機；(體)比賽所需時間；(體)比賽暫停

例 タイムを計る。

譯 計時。

35 | タイムリー【timely】

形動 及時，適合的時機

例 タイムリーな企画が好評だ。

譯 切合時宜的企畫大受好評。

36 ｜たんしゅく【短縮】

名・他サ 縮短，縮減

例 時間を短縮する。

譯 縮短時間。

37 ｜ついやす【費やす】

他五 用掉，耗費，花費；白費，浪費

例 歳月を費やす。

譯 虛度光陰。

38 ｜つかのま【束の間】

名 一瞬間，轉眼間，轉瞬

例 束の間のできごと。

譯 瞬間發生的事。

39 ｜ときおり【時折】

副 有時，偶爾

例 時折思い出す。

譯 偶爾想起。

40 ｜とっさに

副 瞬間，一轉眼，轉眼之間

例 とっさに思い出す。

譯 瞬間想了起來。

41 ｜ながなが（と）【長々（と）】

副 長長地；冗長；長久

例 長々と話す。

譯 說話冗長。

42 ｜はやまる【早まる】

自五 倉促，輕率，貿然；過早，提前

例 予定が早まる。

譯 預定提前。

43 ｜はやめる【速める・早める】

他下一 加速，加快；提前，提早

例 時刻を早める。

譯 提早。

44 ｜ひび【日々】

名 天天，每天

例 日々の暮らしが楽しくなる。

譯 對日常平淡的生活感到有趣。

45 ｜まちあわせ【待ち合わせ】

名 （指定的時間地點）等候會見

例 待ち合わせに遅れる。

譯 約好了卻遲到。

46 ｜まっき【末期】

名 末期，最後的時期，最後階段；臨終

例 末期癌の患者を担当する。

譯 負責醫治癌症末期患者。

47 ｜まつ【末】

接尾・漢造 末，底；末尾；末期；末節

例 年末の行事を終わらせる。

譯 完成年底的行程。

48 ｜めど【目途・目処】

名 目標；眉目，頭緒

例 目途が立たない。

譯 無法解決。

49 ｜もちきり【持ち切り】

名 （某一段時期）始終談論一件事

例 その話題で持ち切りだ。

譯 始終談論那個話題。

50 ｜よか【余暇】

名 閒暇，業餘時間

例 余暇を生かす。

譯 利用餘暇。

51 ｜ルーズ【loose】

名・形動 鬆懈，鬆弛，散漫，吊兒郎當

例 ルーズな生活を送る。

譯 過著散漫的生活。

1-2 季節、年、月、週、日 ／
季節、年、月、週、日

01 ｜かくしゅう【隔週】

名 每隔一週，隔週

例 隔週で発刊される。

譯 隔週發行。

02 ｜がんねん【元年】

名 元年

例 平成元年が始まる。

譯 平成元年正式開始。

03 ｜こよみ【暦】

名 暦，暦書

例 暦をめくる。

譯 翻閱日暦。

04 ｜サイクル【cycle】

名 周期，循環，一轉；自行車

例 サイクル・レースに参戦する。

譯 參加自行車競賽。

05 ｜しゅうじつ【終日】

名 整天，終日

例 終日雨が降る。

譯 下一整天的雨。

06 ｜スプリング【spring】

名 春天；彈簧；跳躍，彈跳

例 スプリングベッドが使われ始めた。

譯 開始使用彈簧床。

07 ｜せつ【節】

名・漢造 季節，節令；時候，時期；節操；
（物體的）節；（詩文歌等的）短句，段落

例 その節はよろしく。

譯 那時請多關照。

08 ｜せんだって【先だって】

名 前幾天，前些日子，那一天；事先

例 先だってはありがとう。

譯 前些日子謝謝了。

09 ｜つきなみ【月並み】

名 每月，按月；平凡，平庸；每月的
例會

例 月並みな考え。

譯 平凡的想法。

10 ｜ねんごう【年号】

名 年號
例 年号が変わる。
譯 改年號。

11 ｜ばんねん【晩年】

名 晩年，暮年
例 晩年を迎える。
譯 邁入晩年。

12 ｜ひごろ【日頃】

名・副 平素，平日，平常
例 日頃の努力が実を結んだ。
譯 平素的努力結了果。

13 ｜めざめる【目覚める】

自下一 醒，睡醒；覺悟，覺醒，發現
例 才能に目覚める。
譯 激發出才能。

14 ｜ゆうぐれ【夕暮れ】

名 黃昏；傍晩
例 夕暮れの鐘が鳴る。
譯 傍晚時分鐘聲響起。

15 ｜ゆうやけ【夕焼け】

名 晚霞
例 夕焼けを眺める。
譯 欣賞晚霞。

16 ｜よふかし【夜更かし】

名・自サ 熬夜

例 夜更かしをする。
譯 熬夜。

17 ｜よふけ【夜更け】

名 深夜，深更半夜
例 夜更けに尋ねる。
譯 三更半夜來訪。

18 ｜れんきゅう【連休】

名 連假
例 連休明けに連絡します。
譯 放完連假就聯絡。

19 ｜れんじつ【連日】

名 連日，接連幾天
例 連日の猛練習に励んでいる。
譯 接連好幾天辛苦的練習。

N1● 1-3

1-3 過去、現在、未来 /
過去、現在、未來

01 ｜いきさつ【経緯】

名 原委，經過
例 事の経緯を説明する。
譯 説明事情始末。

02 ｜いぜん【依然】

副・形動 依然，仍然，依舊
例 依然として不景気だ。
譯 依然不景氣。

03 | いにしえ【古】

名 古代
例 古をしのぶ。
譯 思古幽情。

04 | いまだ【未だ】

副 (文)未,還(沒),尚末(後多接否定語)
例 いまだに終わらない。
譯 至今尚未結束。

05 | かつて

副 曾經,以前;(後接否定語)至今(未曾),從來(沒有)
例 かつての名選手。
譯 昔日著名的選手。

06 | かねて

副 事先,早先,原先
例 かねての望みを達する。
譯 達成宿願。

07 | がんらい【元来】

副 本來,原本,生來
例 これは元来外国の物だ。
譯 這個原本是國外的東西喔。

08 | きげん【起源】

名 起源
例 起源を探る。
譯 探究起源。

09 | けいい【経緯】

名 (事情的)經過,原委,細節;經度和緯度

例 経緯を話す。
譯 説明原委。

10 | こだい【古代】

名 古代
例 古代文明を紹介する。
譯 介紹古代文明。

11 | さきに【先に】

副 以前,以往
例 先に述べたように。
譯 如同方才所述。

12 | じきに

副 很接近,就快了
例 じきに追いつくよ。
譯 就快追上了喔。

13 | じゅうらい【従来】

名·副 以來,從來,直到現在
例 従来の考えが覆される。
譯 過去的想法被加以推翻。

14 | せんこう【先行】

名·自サ 先走,走在前頭;領先,佔先;優先施行,領先施行
例 時代に先行する。
譯 走在時代的尖端。

15 | ぜんれい【前例】

名 前例,先例;前面舉的例子
例 前例がない。
譯 沒有前例。

16 ｜でんらい【伝来】

(名・自サ)（從外國）傳來，傳入；祖傳，世傳

例 先祖伝来の土地。

譯 世代相傳的土地。

17 ｜ニュー【new】

(名・造語) 新，新式

例 ニューカップルが誕生する。

譯 新情侶誕生了。

18 ｜ひさしい【久しい】

(形) 過了很久的時間，長久，好久

例 卒業して久しい。

譯 畢業很久了。

19 ｜ひところ【一頃】

(名) 前些日子；曾有一時

例 一頃栄えた町が崩壊した。

譯 曾經繁榮一時的城鎮已衰退。

20 ｜へんせん【変遷】

(名・自サ) 變遷

例 時代の変遷。

譯 時代變遷。

21 ｜ぼうとう【冒頭】

(名) 起首，開頭

例 交渉が冒頭から難行する。

譯 交渉一開始就不順利。

22 ｜みてい【未定】

(名・形動) 未定，未決定

例 日時は未定です。

譯 日期未定。

23 ｜もはや

(副)（事到如今）已經

例 もはやこれまでだ。

譯 事到如今只能這樣了。

24 ｜よ【世】

(名) 世上，人世；一生，一世；時代，年代；世界

例 世も末だ。

譯 世界末日了。

1-4 期間、期限 /
期間、期限

01 ｜うけつける【受け付ける】

(他下一) 受理，接受；容納（特指吃藥、東西不嘔吐）

例 リクエストを受け付ける。

譯 受理要求。

02 ｜おそくとも【遅くとも】

(副) 最晚，至遲

例 遅くとも9時には寝る。

譯 最晚九點就寝。

03 ｜かぎりない【限りない】

(形) 無限，無止盡；無窮無盡；無比，非常

例 限りない悲しみ。

譯 無盡的悲痛。

04 ｜かみつ【過密】

(名・形動) 過密，過於集中

例 過密スケジュール。

譯 行程過於集中。

05 ｜きじつ【期日】

(名) 日期；期限

例 期日に遅れる。

譯 過期。

06 ｜きり

(副助) 只，僅；一…（就…）；（結尾詞用法）只，全然

例 彼とはそれっきりだった。

譯 跟他就只有那些。

07 ｜きり【切り】

(名) 切，切開；限度；段落；（能劇等的）煞尾

例 切りがない。

譯 無止盡。

08 ｜しゅうき【周期】

(名) 周期

例 10 年を周期として。

譯 十年為週期。

09 ｜ひどり【日取り】

(名) 規定的日期；日程

例 日取りを決める。

譯 決定日程。

10 ｜むこう【無効】

(名・形動) 無效，失效，作廢

例 割引券が無効になる。

譯 折價券失效。

Memo

2-1 家 /
住家

01 ｜いえで【家出】

名・自サ 逃出家門，逃家；出家為僧

例 娘が家出する。

譯 女兒逃家。

02 ｜かまえる【構える】

他下一 修建，修築；（轉）自立門戶，住在（獨立的房屋）；採取某種姿勢，擺出姿態；準備好；假造，裝作，假托

例 店を構える。

譯 開店。

03 ｜かまえ【構え】

名 （房屋等的）架構，格局；（身體的）姿勢，架勢；（精神上的）準備

例 構えの大きな家に住んでいた。

譯 住在格局大的房子。

04 ｜きしむ【軋む】

自五 （兩物相摩擦）吱吱嘎嘎響

例 床がきしむ。

譯 地板嘎吱作響。

05 ｜くら【蔵】

名 倉庫，庫房；穀倉，糧倉；財源

例 蔵にしまう。

譯 收進倉庫裡。

06 ｜こうきょ【皇居】

名 皇居

例 皇居前広場。

譯 皇居前廣場。

07 ｜こもる【籠もる】

自五 閉門不出；包含，含蓄；（煙氣等）停滯，充滿，（房間等）不通風

例 部屋にこもる。

譯 閉門不出。

08 ｜じっか【実家】

名 娘家；親生父母家

例 実家に戻る。

譯 回到娘家。

09 ｜しゃたく【社宅】

名 公司的員工住宅，職工宿舍

例 社宅から通勤する。

譯 從員工宿舍去上班。

10 ｜そうしょく【装飾】

名・他サ 裝飾

例 店内を装飾する。

譯 裝飾店內。

11 | つくり【作り・造り】

名 (建築物的)構造，樣式；製造(的樣式)；身材，體格；打扮，化妝

例 頑丈な作りの建物。

譯 堅固結構的建物。

12 | ていたく【邸宅】

名 宅邸，公館

例 大邸宅が並んでいる。

譯 櫛比鱗次的大宅院並排著。

13 | どうきょ【同居】

名・自サ 同居；同住，住在一起

例 三世代が同居する。

譯 三代同堂。

14 | とじまり【戸締まり】

名 關門窗，鎖門

例 戸締りを忘れる。

譯 忘記鎖門。

15 | のきなみ【軒並み】

名・副 屋簷節比，成排的屋簷；家家戶戶，每家；一律

例 軒並みの美しい町を揃えている。

譯 屋簷櫛比的美麗街道整齊排列著。

16 | べっきょ【別居】

名・自サ 分居

例 妻と別居する。

譯 和太太分居。

17 | ようふう【洋風】

名 西式，洋式；西洋風格

例 洋風のたたずまい。

譯 西式外觀。

2-2 家の外側 /
住家的外側

01 | インターホン【interphone】

名 (船、飛機、建築物等的)內部對講機

例 インターホンで確認する。

譯 用對講機確認一下。

02 | えんがわ【縁側】

名 迴廊，走廊

例 縁側に出る。

譯 到走廊。

03 | がいかん【外観】

名 外觀，外表，外型

例 外観を損なう。

譯 外觀破損。

04 | かだん【花壇】

名 花壇，花圃

例 花壇に花を植える。

譯 在花圃上種花。

05 | ガレージ【garage】

名 車庫

例 車をガレージに入れる。

譯 把車停入車庫。

06 ｜がんじょう【頑丈】

形動 （構造）堅固；（身體）健壯
例 頑丈な扉を設置した。
譯 安裝堅固的門。

07 ｜かん【管】

名・漢造・接尾 管子；（接數助詞）支；圓管；
筆管；管樂器
例 ガス管が破裂する。
譯 瓦斯管破裂。

08 ｜さく【柵】

名 柵欄；城寨
例 柵で囲う。
譯 用柵欄圍住。

09 ｜タイル【tile】

名 磁磚
例 タイル張りの床が少ない。
譯 磁磚材質的地板較為稀少。

10 ｜だん【壇】

名・漢造 台，壇
例 花壇の草取りをする。
譯 拔除花園裡的雜草。

11 ｜とびら【扉】

名 門，門扇；（印刷）扉頁
例 扉を開く。
譯 開門。

12 ｜ブザー【buzzer】

名 鈴；信號器

例 ブザーを鳴らす。
譯 鳴汽笛。

13 ｜ほうち【放置】

名・他サ 放置不理，置之不顧
例 駅前の放置自転車は減った。
譯 車站前放置被人丟棄的自行車減少
了。

14 ｜やしき【屋敷】

名 （房屋的）建築用地，宅地；宅邸，
公館
例 お化け屋敷に入る。
譯 進入鬼屋。

N1 ● 2-3

2-3 部屋、設備／
房間、設備

01 ｜こなごな【粉々】

形動 粉碎，粉末
例 粉々に砕ける。
譯 磨成粉末狀。

02 ｜すいせん【水洗】

名・他サ 水洗，水沖；用水沖洗
例 水洗式便所を使用する。
譯 使用沖水馬桶。

03 ｜すえつける【据え付ける】

他下一 安裝，安放，安設；裝配，配備；
固定，連接
例 電話を据え付ける。
譯 裝配電話。

04 ｜すえる【据える】

他下一 安放，設置；擺列，擺放；使坐在…；使就…職位；沉著（不動）；針灸治療；蓋章

例 社長に据える。

譯 安排（他）當經理。

05 ｜ちゃのま【茶の間】

名 茶室；（家裡的）餐廳

例 茶の間で食事をする。

譯 在餐廳吃飯。

06 ｜ながし【流し】

名 流，沖；流理台

例 流しに下げる。

譯 收拾到流理台裡。

07 ｜にゅうよく【入浴】

名・自サ 沐浴，入浴，洗澡

例 入浴剤を入れる。

譯 加入入浴劑。

08 ｜はいすい【排水】

名・自サ 排水

例 排水工事をする。

譯 做排水工程。

09 ｜はいち【配置】

名・他サ 配置，安置，部署，配備；分派點

例 配置を変更する。

譯 變更配置。

10 ｜バス【bath】

名 浴室

例 ジャグジーバスに入る。

譯 進按摩浴缸泡澡。

11 ｜ぼうか【防火】

名 防火

例 防火訓練を行う。

譯 進行防火演練。

12 ｜ユニットバス【（和）unit ＋ bath】

名 （包含浴缸、洗手台與馬桶的）一體成形的衛浴設備

例 最新のユニットバスが取り付けられている。

譯 附有最新型的衛浴設備。

13 ｜ようしき【洋式】

名 西式，洋式，西洋式

例 洋式トイレにリフォームする。

譯 改裝西式廁所。

14 ｜よくしつ【浴室】

名 浴室

例 サウナを完備した浴室。

譯 三溫暖設備齊全的浴室。

15 ｜わしき【和式】

名 日本式

例 和式のトイレ。

譯 和式廁所。

2-4 住む /
居住

01 ｜アットホーム【at home】

(形動) 舒適自在，無拘無束

例 アットホームな雰囲気。

譯 舒適的氣氛。

02 ｜いじゅう【移住】

(名・自サ) 移居；(候鳥)定期遷徙

例 外国に移住する。

譯 移居國外。

03 ｜きょじゅう【居住】

(名・自サ) 居住；住址，住處

例 居住地域。

譯 居住地區。

04 ｜じゅう【住】

(名・漢造) 居住，住處；停住；住宿；住持

例 衣食住に事欠く。

譯 食衣住樣樣貧困。

05 ｜てんきょ【転居】

(名・自サ) 搬家，遷居

例 転居先に転送する。

譯 轉寄到遷居地。

06 ｜ふざい【不在】

(名) 不在，不在家

例 不在通知を受け取る。

譯 收到郵件招領通知。

Memo

パート 3 第三章 食事 -用餐-

3-1 食事、食べる、味／
用餐、吃、味道

01 ｜あじわい【味わい】
名 味，味道；趣味，妙處
例 味わいのある言葉。
譯 富饒趣味的言語。

02 ｜あっさり
副・自サ（口味）清淡；（樣式）樸素，不花俏；（個性）坦率，淡泊；簡單，輕鬆
例 お金にあっさりしている。
譯 對金錢淡泊。

03 ｜あまくち【甘口】
名 帶甜味的；好吃甜食的人；（騙人的）花言巧語，甜言蜜語
例 甘口の酒を飲む。
譯 喝帶甜味的酒。

04 ｜あわせ【合わせ】
名（當造語成分用）合在一起；對照；比賽；（猛拉鉤絲）鉤住魚
例 刺身の盛り合わせを頼む。
譯 叫生魚片拼盤。

05 ｜えんぶん【塩分】
名 鹽分，鹽濃度

例 塩分を取り除く。
譯 除去鹽分。

06 ｜かけ【掛け】
接尾・造語（前接動詞連用形）表示動作已開始而還沒結束，或是中途停了下來；（表示掛東西用的）掛
例 食べかけの饅頭。
譯 吃到一半的豆沙包。

07 ｜かみきる【噛み切る】
他五 咬斷，咬破
例 肉を噛み切る。
譯 咬斷肉。

08 ｜かみ【加味】
名・他サ 調味，添加調味料；添加，放進，採納
例 スパイスを加味する。
譯 添加辛香料。

09 ｜きょう【供】
漢造 供給，供應，提供
例 食事を供する。
譯 供膳。

10 ｜ぐっと
副 使勁；一口氣地；更加；啞口無言；（俗）深受感動

例 ぐっと飲む。
譯 一口氣喝完。

11 ｜しゅしょく【主食】
名 主食（品）
例 米を主食とする。
譯 以米飯為主食。

12 ｜ていしょく【定食】
名 客飯，套餐
例 定食を注文する。
譯 點套餐。

13 ｜なまぐさい【生臭い】
形 發出生魚或生肉的氣味；腥
例 生臭い匂いがする。
譯 發出腥臭味。

14 ｜なめる
他下一 舔；嚐；經歷；小看，輕視；（比喻火）燒，吞沒
例 辛酸をなめる。
譯 飽嚐辛酸。

15 ｜のみこむ【飲み込む】
他五 咽下，吞下；領會，熟悉
例 コツを飲み込む。
譯 掌握要領。

16 ｜ひるめし【昼飯】
名 午飯
例 昼飯を食う。
譯 吃午餐。

17 ｜ふくれる【膨れる・脹れる】
自下一 脹，腫，鼓起來
例 お腹が膨れる。
譯 肚子脹起來。

18 ｜まずい【不味い】
形 難吃；笨拙，拙劣；難看；不妙
例 空腹にまずい物なし。
譯 餓肚子時沒有不好吃的東西。

19 ｜まちまち【区々】
名・形動 形形色色，各式各樣
例 噂がまちまちだ。
譯 傳說不一。

20 ｜みかく【味覚】
名 味覺
例 味覚が鋭い。
譯 味覺敏銳。

21 ｜みずみずしい【瑞瑞しい】
形 水嫩，嬌嫩；新鮮
例 みずみずしい果物が旬を迎えます。
譯 新鮮的水果正當季好吃。

22 ｜み【味】
漢造 （舌的感覺）味道；事物的內容；鑑賞，玩味；（助數詞用法）（食品、藥品、調味料的）種類
例 旨味がある。
譯 （食物）好滋味。

23 ｜めす【召す】

他五（敬語）召見，召喚；吃；喝；穿；乘；入浴；感冒；買

例 お召しになりますか。

譯 您要嚐一下嗎。

3-2 食べ物 /
食物

01 ｜うめぼし【梅干し】

名 鹹梅，醃的梅子

例 梅干しを漬ける。

譯 醃製酸梅。

02 ｜おせちりょうり【お節料理】

名 年菜

例 お節料理を作る。

譯 煮年菜。

03 ｜かいとう【解凍】

名·他サ 解凍

例 解凍してから焼く。

譯 先解凍後烤。

04 ｜カクテル【cocktail】

名 雞尾酒

例 カクテルを飲む。

譯 喝雞尾酒。

05 ｜かしら【頭】

名 頭，腦袋；頭髮；首領，首腦人物；頭一名，頂端，最初

例 お頭つきの鯛を買った。

譯 買了頭尾俱全的鯛魚。

06 ｜こうしんりょう【香辛料】

名 香辣調味料（薑，胡椒等）

例 香辛料を入れる。

譯 加入香辣調味料。

07 ｜ゼリー【jelly】

名 果凍；膠狀物

例 ゼリー状から液状になっていく。

譯 從膠狀變成液狀。

08 ｜ぜん【膳】

名·接尾·漢造（吃飯時放飯菜的）方盤，食案，小飯桌；擺在食案上的飯菜；（助數詞用法）（飯等的）碗數；一雙（筷子）；飯菜等

例 お膳にお椀を並べる。

譯 在飯桌上擺放碗筷。

09 ｜ぞうに【雑煮】

名 日式年糕湯

例 うちのお雑煮は醤油味だ。

譯 我們家的年糕湯是醬油風味。

10 ｜そえる【添える】

他下一 添，加，附加，配上；伴隨，陪同

例 口を添える。

譯 替人美言。

11 ｜とろける

自下一 溶化，溶解；心盪神馳

例 とろけるチーズ。

譯 入口即化的起司。

12 ｜ねつりょう【熱量】

名 熱量

例 熱量を測る。

譯 計算熱量。

13 ｜はいきゅう【配給】

名・他サ 配給，配售，定量供應

例 配給制度に移行する。

譯 更換為配給制度。

14 ｜はごたえ【歯応え】

名 咬勁，嚼勁；有幹勁

例 この煎餅は歯応えがある。

譯 這個煎餅咬起來很脆。

15 ｜はちみつ【蜂蜜】

名 蜂蜜

例 蜂蜜を塗る。

譯 塗蜂蜜。

16 ｜ぶっし【物資】

名 物資

例 救援物資を送る。

譯 運送救援物資。

17 ｜ふんまつ【粉末】

名 粉末

例 粉末状にする。

譯 弄成粉末狀。

18 ｜ほし【干し】

造語 乾，晒乾

例 干しあわびを食べる。

譯 吃乾鮑魚。

19 ｜もちこむ【持ち込む】

他五 攜入，帶入；提出(意見，建議，問題)

例 飲食物をホテルに持ち込む。

譯 將外食攜入飯店。

20 ｜ゆ【油】

漢造 …油

例 ラー油をたらす。

譯 淋上辣油。

21 ｜ライス【rice】

名 米飯

例 ライスを注文する。

譯 點米飯。

22 ｜れいぞう【冷蔵】

名・他サ 冷藏，冷凍

例 肉を冷蔵する。

譯 冷藏肉。

23 ｜わふう【和風】

名 日式風格，日本風俗；和風，微風

例 和風だしで料理する。

譯 用和風高湯烹調。

3-3 調理、料理、クッキング /
調理、菜餚、烹調

01 ｜いためる【炒める】
(他下一) 炒（菜、飯等）
例 にんにくを炒める。
譯 爆炒蒜瓣。

02 ｜うでまえ【腕前】
(名) 能力，本事，才幹，手藝
例 腕前を披露する。
譯 展現才能。

03 ｜かきまわす【掻き回す】
(他五) 攪和，攪拌，混合；亂翻，翻弄，翻攪；攪亂，擾亂，胡作非為
例 お湯をかき回す。
譯 攪拌熱水。

04 ｜きれめ【切れ目】
(名) 間斷處，裂縫；間斷，中斷；段落；結束
例 文の切れ目をつける。
譯 標出文章的段落來。

05 ｜けむる【煙る】
(自五) 冒煙；模糊不清，朦朧
例 部屋が煙る。
譯 房間煙霧瀰漫。

06 ｜こす
(他五) 過濾，濾

例 濾紙で濾す。
譯 用濾紙過濾。

07 ｜しあげ【仕上げ】
(名・他サ) 做完，完成；做出的結果；最後加工，潤飾
例 みごとな仕上げだ。
譯 成果很棒。

08 ｜したあじ【下味】
(名) 預先調味，底味
例 下味をつける。
譯 事先調好底味。

09 ｜しみる【滲みる】
(自上一) 滲透，浸透
例 水がしみる。
譯 水滲透進去。

10 ｜すくう【掬う】
(他五) 抄取，撈取，掬取，舀，捧；抄起對方的腳使跌倒
例 匙ですくう。
譯 用湯匙舀。

11 ｜せいほう【製法】
(名) 製法，作法
例 独特の製法を用いる。
譯 使用獨特的製造方法。

12 ｜だいよう【代用】
(名・他サ) 代用
例 ご飯粒を糊の代用にする。
譯 以飯粒代替糨糊使用。

13 ┃ちょうり【調理】

(名・他サ) 烹調，作菜；調理，整理，管理
例 魚を調理する。
譯 烹調魚肉。

14 ┃ちょうわ【調和】

(名・自サ) 調和，(顔色，聲音等)和諧，(關係)協調
例 調和を取る。
譯 取得和諧。

15 ┃てがる【手軽】

(名・形動) 簡便；輕易；簡單
例 手軽にできる。
譯 容易做到。

16 ┃デコレーション【decoration】

(名) 裝潢，裝飾
例 デコレーションケーキ。
譯 花式蛋糕。

17 ┃ねっとう【熱湯】

(名) 熱水，開水
例 熱湯を注ぐ。
譯 注入熱水。

18 ┃はぐ【剥ぐ】

(他五) 剝下；強行扒下，揭掉；剝奪
例 皮を剥ぐ。
譯 剝皮。

19 ┃ひたす【浸す】

(他五) 浸，泡

例 水に浸す。
譯 浸水。

20 ┃ほおん【保温】

(名・自サ) 保溫
例 保温効果がある。
譯 有保溫效果。

21 ┃みずけ【水気】

(名) 水分
例 水気をふき取る。
譯 拭去水分。

4-1 衣服、洋服、和服 /
衣服、西服、和服

01 ┃ いしょう【衣装】
⒜ 衣服，（外出或典禮用的）盛裝；（戲）戲服，劇裝
例 衣装をつけた俳優たちが役に入る。
譯 穿上戲服的演員開始入戲。

02 ┃ いりょう【衣料】
⒜ 衣服；衣料
例 衣料品を購入する。
譯 購買衣物。

03 ┃ いるい【衣類】
⒜ 衣服，衣裳
例 衣類をまとめる。
譯 整理衣物。

04 ┃ おりもの【織物】
⒜ 紡織品，織品
例 織物の腕を磨く。
譯 磨練紡織手藝。

05 ┃ サイズ【size】
⒜ （服裝，鞋，帽等）尺寸，大小；尺碼，號碼；（婦女的）身材
例 サイズが大きい。
譯 尺寸很大。

06 ┃ さける【裂ける】
(自下一) 裂，裂開，破裂
例 袋が裂ける。
譯 袋子破了。

07 ┃ しける【湿気る】
(自五) 潮濕，帶潮氣，受潮
例 洗濯物が湿気る。
譯 換洗衣物受潮。

08 ┃ しゃれる【洒落る】
(自下一) 漂亮打扮，打扮得漂亮；説俏皮話，詼諧；別緻，風趣；狂妄，自傲
例 洒落た格好で外出する。
譯 打扮得漂漂亮亮的出門。

09 ┃ ジャンパー【jumper】
⒜ 工作服，運動服；夾克，短上衣
例 ジャンパー姿で散歩する。
譯 穿運動服散步。

10 ┃ スラックス【slacks】
⒜ 西裝褲，寬鬆長褲；女褲
例 スラックスをはく。
譯 穿長褲。

11 ┃ そろい【揃い】
(名・接尾) 成套，成組，一樣；（多數人）聚在一起，齊全；（助數詞用法）套，副，組

例 娘とお揃いの着物を着た。
譯 與女兒穿上成套一樣的衣服。

12 ｜たけ【丈】

名 身高，高度；尺寸，長度；罄其所有，毫無保留
例 丈を 3 センチつめた。
譯 長度縮短三公分。

13 ｜だぶだぶ

副・自サ （衣服等）寬大，肥大；（人）肥胖，肌肉鬆弛；（液體）滿，盈
例 だぶだぶのズボンを買った。
譯 買了一件寬鬆的褲子。

14 ｜たるみ

名 鬆弛，鬆懈，遲緩
例 靴下のたるみ。
譯 襪子的鬆緊。

15 ｜ハイネック【high-necked】

名 高領
例 ハイネックのセーターが欲しかった。
譯 想要高領的毛衣。

16 ｜パジャマ【pajamas】

名 （分上下身的）西式睡衣
例 パジャマを着る。
譯 穿睡衣。

17 ｜ハンガー【hanger】

名 衣架
例 ハンガーに掛ける。
譯 掛在衣架上。

18 ｜ひっかける【引っ掛ける】

他下一 掛起來；披上；欺騙
例 コートを洋服掛けに引っ掛ける。
譯 將外套掛在衣架上。

19 ｜ほころびる

自上一 （縫接處線斷開）開線，開綻；微笑，露出笑容
例 ズボンの裾が綻びる。
譯 褲子的下擺開線了。

20 ｜ほしもの【干し物】

名 曬乾物；（洗後）晾曬的衣服
例 干し物をする。
譯 曬衣服。

21 ｜ユニフォーム【uniform】

名 制服；（統一的）運動服，工作服
例 ユニフォームを着用する。
譯 穿制服。

22 ｜りゅうこう【流行】

名 流行
例 流行を追う。
譯 趕流行。

23 ｜レース【lace】

名 花邊，蕾絲
例 レース使いがかわいい。
譯 蕾絲花邊很可愛。

4-2 着る、装身具 /
穿戴、服飾用品

01 ｜きかざる【着飾る】
他五 盛裝，打扮
例 派手に着飾る。
譯 盛裝打扮。

02 ｜キャップ【cap】
名 運動帽，棒球帽；筆蓋
例 万年筆のキャップ。
譯 鋼筆筆蓋。

03 ｜くびかざり【首飾り】
名 項錬
例 花の首飾りを渡す。
譯 遞給花做的項錬。

04 ｜ジーパン【(和)jeans+pants 之略】
名 牛仔褲
例 ジーパンを履く。
譯 穿牛仔褲。

05 ｜せいそう【盛装】
名・自サ 盛裝，華麗的裝束
例 盛装で出かける。
譯 盛裝外出。

06 ｜ねじれる
自下一 彎曲，歪扭；（個性）乖僻，彆扭
例 ネクタイがねじれる。
譯 領帶扭歪了。

07 ｜はえる【映える】
自下一 照，映照；（顯得）好看；顯眼，奪目
例 スーツに映えるネクタイ。
譯 襯托西裝的領帶。

08 ｜はげる【剥げる】
自下一 剝落；褪色
例 塗装が剥げる。
譯 噴漆剝落。

09 ｜ブーツ【boots】
名 長筒鞋，長筒靴，馬靴
例 ブーツを履く。
譯 穿靴子。

10 ｜ぶかぶか
副・自サ （帽、褲）太大不合身；漂浮貌；（人）肥胖貌；（笛子、喇叭等）大吹特吹貌
例 ぶかぶかの靴を履く。
譯 穿著太大的鞋子。

11 ｜ほどける【解ける】
自下一 解開，鬆開
例 帯がほどける。
譯 鬆開和服腰帶。

12 ｜ゆるめる【緩める】
他下一 放鬆，使鬆懈；鬆弛；放慢速度
例 ベルトを緩める。
譯 放鬆皮帶。

パート
5
第五章

人体
- 人體 -

5-1 身体、体 /
胴體、身體

01 | あおむけ【仰向け】
③ 向上仰
例 仰向けに寝る。
譯 仰著睡。

02 | あか【垢】
③（皮膚分泌的）污垢；水鏽，水漬，污點
例 垢を落とす。
譯 除掉汙垢。

03 | うつぶせ【俯せ】
③ 臉朝下趴著，俯臥
例 うつぶせに倒れる。
譯 臉朝下跌倒，摔了個狗吃屎。

04 | うるおう【潤う】
（自五）潤濕；手頭寬裕；受惠，沾光
例 肌が潤う。
譯 肌膚潤澤。

05 | おおがら【大柄】
（名・形動）身材大，骨架大；大花樣
例 大柄な女が騒ぎ出した。
譯 身材高大的女人大鬧起來。

06 | かする
（他五）掠過，擦過；揩油，剝削；（書法中）寫出飛白；（容器中東西過少）見底
例 弾が耳をかする。
譯 砲彈擦過耳際。

07 | がっしり
（副・自サ）健壯，堅實；嚴密，緊密
例 がっしりとした体格を生かした。
譯 運用健壯的體格。

08 | からだつき【体付き】
③ 體格，體型，姿態
例 体付きがよい。
譯 體格很好。

09 | きたえる【鍛える】
（他下一）鍛，錘鍊；鍛鍊
例 体を鍛える。
譯 鍛鍊身體。

10 | きゃしゃ【華奢】
（形動）身體或容姿纖細，高雅，柔弱；東西做得不堅固，容易壞；纖細，苗條；嬌嫩，不結實
例 華奢な体で可愛らしい。
譯 纖瘦的體格真是小巧玲瓏。

11 ｜くぐる

⑩五 通過，走過；潛水；猜測

例 暖簾をくぐる。

譯 從門簾底下走過。

12 ｜けっかん【血管】

⑧ 血管

例 血管が詰まる。

譯 血管栓塞。

13 ｜こがら【小柄】

⑧・形動 身體短小；（布料、裝飾等的）小花樣，小碎花

例 小柄な女性が好まれる。

譯 小個子的女性比較受歡迎。

14 ｜じんたい【人体】

⑧ 人體，人的身體

例 人体に害がある。

譯 對人體有害。

15 ｜スリーサイズ【(和)three + size】

⑧ （女性的）三圍

例 スリーサイズを計る。

譯 測量三圍。

16 ｜たいかく【体格】

⑧ 體格；（詩的）風格

例 体格がよい。

譯 體格很好。

17 ｜だっしゅつ【脱出】

⑧・自サ 逃出，逃脫，逃亡

例 危険から脱出する。

譯 逃離危險。

18 ｜つかる【浸かる】

⑩五 淹，泡；泡在（浴盆裡）洗澡

例 お風呂につかる。

譯 洗澡。

19 ｜つやつや

副・自サ 光潤，光亮，晶瑩剔透

例 肌がつやつやと光る。

譯 皮膚晶瑩剔透。

20 ｜でっぱる【出っ張る】

⑩五 （向外面）突出

例 腹が出っ張る。

譯 肚子突出。

21 ｜デブ

⑧ （俗）胖子，肥子

例 ずいぶんデブだな。

譯 好一個大胖子啊。

22 ｜どう【胴】

⑧ （去除頭部和四肢的）軀體；腹部；（物體的）中間部分

例 胴まわりがかなり大きい。

譯 腰圍頗大。

23 ｜なまみ【生身】

⑧ 肉身，活人，活生生；生魚，生肉

例 生身の人間。

譯 活生生的人。

24 ｜にくたい【肉体】

名 肉體

例 肉体労働を強いる。

譯 強迫身體勞動。

25 ｜ひやけ【日焼け】

名・自サ （皮膚）曬黑；（因為天旱田裡的水被）曬乾

例 日焼けした肌が元に戻る。

譯 讓曬黑的皮膚白回來。

26 ｜ふるわす【震わす】

他五 使哆嗦，發抖，震動

例 肩を震わして泣く。

譯 哭得渾身顫抖。

27 ｜ふるわせる【震わせる】

他下一 使震驚（哆嗦、發抖）

例 怒りに声を震わせる。

譯 因憤怒而聲音顫抖。

28 ｜ふれあう【触れ合う】

自五 相互接觸，相互靠著

例 人ごみで、体が触れ合う。

譯 在人群中身體相互擦擠。

29 ｜また【股】

名 開襠，褲襠

例 大股で歩く。

譯 大步走路。

30 ｜まるまる【丸々】

名・副 雙圈；(指隱密的事物)某某；全部，完整，整個；胖嘟嘟

例 丸々と太った豚を喰う。

譯 大啖圓胖肥美的豬肉。

31 ｜みがる【身軽】

名・形動 身體輕鬆，輕便；身體靈活，靈巧

例 その身軽な動作に驚いた。

譯 對那敏捷的動作感到驚歎不已。

32 ｜みぶり【身振り】

名 （表示意志、感情的)姿態；（身體的）動作

例 身振り手振りで示す。

譯 比手劃腳地示意。

33 ｜もがく

自五 (痛苦時)掙扎，折騰；焦急，著急，掙扎

例 水におぼれてもがく。

譯 溺水不斷掙扎著。

34 ｜やせっぽち

名 (俗)瘦小(的人)，瘦皮猴

例 やせっぽちの少年。

譯 瘦小的少年。

35 ｜よりかかる【寄り掛かる】

自五 倚，靠；依賴，依靠

例 壁に寄り掛かる。

譯 倚靠著牆壁。

5-2 顔 (1) /
臉 (1)

01 ｜あおぐ【仰ぐ】
(他五) 仰,抬頭;尊敬;仰賴,依靠;請,求;服用
例 空を仰ぐ。
譯 仰望天空。

02 ｜いちべつ【一瞥】
(名・サ変) 一瞥,看一眼
例 一瞥もくれない。
譯 一眼也不看。

03 ｜いちもく【一目】
(名・自サ) 一隻眼睛;一看,一目;(項目)一項,一款
例 一目してそれと分かる。
譯 一眼就看出。

04 ｜いっけん【一見】
(名・副・他サ) 看一次,一看;一瞥,看一眼;乍看,初看
例 百聞は一見に如かず。
譯 百聞不如一見。

05 ｜うつむく【俯く】
(自五) 低頭,臉朝下;垂下來,向下彎
例 恥ずかしそうにうつむく。
譯 害羞地低下頭。

06 ｜かおつき【顔付き】
(名) 相貌,臉龐;表情,神色

07 ｜かたむける【傾ける】
(他下一) 使…傾斜,使…歪偏;飲(酒)等;傾注;傾,敗(家),使(國家)滅亡
例 耳を傾ける。
譯 傾聽。

08 ｜がんきゅう【眼球】
(名) 眼球
例 眼球が痛い。
譯 眼球疼痛。

09 ｜くちずさむ【口ずさむ】
(他五) (隨興之所致)吟,詠,誦
例 歌を口ずさむ。
譯 哼著歌。

10 ｜くっきり
(副・自サ) 特別鮮明,清楚
例 富士山がくっきり見える。
譯 清楚看到富士山。

11 ｜コンタクト【contact lens 之略】
(名) 隱形眼鏡
例 相手とコンタクトをとる。
譯 與對方取得連繫。

12 ｜しかく【視覚】
(名) 視覺
例 視覚に訴える。
譯 訴諸視覺。

顔付きが変わる。
譯 改變相貌。

13 | したじ【下地】

[名] 準備，基礎，底子；素質，資質；真心；布等的底色

[例] 化粧(けしょう)下地(したじ)を塗(ぬ)る。

[譯] 擦上粉底霜。

14 | すます【澄ます・清ます】

[自五·他五·接尾] 澄清（液體）；使晶瑩，使清澈；洗淨；平心靜氣；集中注意力；裝模作樣，假正經，擺架子；裝作若無其事；（接在其他動詞連用形下面）表示完全成為…

[例] 耳(みみ)を澄(す)まして聞(き)く。

[譯] 注意聆聽。

15 | そらす【反らす】

[他五] 向後仰，（把東西）弄彎

[例] 体(からだ)をそらす。

[譯] 身體向後仰。

16 | そらす【逸らす】

[他五]（把視線、方向）移開，離開，轉向別方；佚失，錯過；岔開（話題、注意力）

[例] 視線(しせん)をそらす。

[譯] 移開視線。

17 | だんりょく【弾力】

[名] 彈力，彈性

[例] 計画(けいかく)に弾力(だんりょく)を持(も)たせる。

[譯] 讓計劃保有彈性空間。

18 | ちょうかく【聴覚】

[名] 聽覺

[例] 聴覚(ちょうかく)が鋭(するど)い。

[譯] 聽覺很敏銳。

19 | ちらっと

[副] 一閃，一晃；隱約，斷斷續續

[例] ちらっと見(み)る。

[譯] 稍微看了一下。

20 | つば【唾】

[名] 唾液，口水

[例] 手(て)に唾(つば)する。

[譯] 躍躍欲試。

21 | つぶやき【呟き】

[名] 牢騷，嘟囔；自言自語的聲音

[例] 呟(つぶや)きをもらす。

[譯] 發牢騷。

N1 5-2 (2)

5-2 顔 (2) / 臉 (2)

22 | つぶやく【呟く】

[自五] 喃喃自語，嘟囔

[例] ぶつぶつと呟(つぶや)く。

[譯] 喃喃自語發牢騷。

23 | つぶら

[形動] 圓而可愛的；圓圓的

[例] つぶらな目(め)が可愛(かわい)い。

[譯] 圓溜溜的眼睛可愛極了。

24 | つぶる

[他五]（把眼睛）閉上

[例] 目(め)をつぶる。

[譯] 閉上眼睛；對於缺點、過失裝作沒看見。

25 ｜できもの【でき物】

名 疙瘩，腫塊；出色的人

例 足に出来物ができた。

譯 腳上長了疙瘩。

26 ｜なめらか

形動 物體的表面滑溜溜的；光滑，光潤；流暢的像流水一樣；順利，流暢

例 滑らかな肌触りに仕上げた。

譯 打造出光滑細緻的觸感。

27 ｜にきび

名 青春痘，粉刺

例 ニキビを潰す。

譯 擠破青春痘。

28 ｜はつみみ【初耳】

名 初聞，初次聽到，前所未聞

例 その話は初耳だ。

譯 第一次聽到這件事。

29 ｜はり【張り】

名・接尾 當力，拉力；緊張而有力；勁頭，信心

例 張りのある肌。

譯 有彈力的肌膚。

30 ｜ひといき【一息】

名 一口氣；喘口氣；一把勁

例 一息入れる。

譯 喘一口氣；稍事休息。

31 ｜ほっぺた【頰っぺた】

名 面頰，臉蛋

例 ほっぺたをたたく。

譯 甩耳光。

32 ｜ぼつぼつ

名・副 小斑點；漸漸，一點一點地

例 腕にぼつぼつができた。

譯 手臂長了一點一點的疹子。

33 ｜ぼやける

自下一 （物體的形狀或顏色）模糊，不清楚

例 視界がぼやける。

譯 視線模糊不清。

34 ｜まばたき・またたき【瞬き】

名・自サ 瞬，眨眼

例 瞬きもせずに見つめる。

譯 不眨眼地盯著看。

35 ｜まゆ【眉】

名 眉毛，眼眉

例 眉をひそめる。

譯 皺眉。

36 ｜みとどける【見届ける】

他下一 看到，看清；看到最後；預見

例 成長を見届ける。

譯 見證其成長。

37 ｜みのがす【見逃す】

他五 看漏；饒過，放過；錯過；沒看成

例 決定的瞬間を見逃す。
けっていてきしゅんかん　み のが

譯 錯過決定性的瞬間。

5-3 手足 /
手腳

---

38 ｜みはらし【見晴らし】

名 眺望，遠望；景致

例 見晴らしのいい展望台。
み　は　　　　　　てんぼうだい

譯 景致美麗的瞭望台。

---

39 ｜みわたす【見渡す】

他五 瞭望，遠望；看一遍，環視

例 見渡す限りの青空。
み わた　 かぎ　　あおぞら

譯 一望無際的藍天。

---

40 ｜めつき【目付き】

名 眼神

例 目付きが悪い。
め つ　　 わる

譯 眼神兇狠。

---

41 ｜もうてん【盲点】

名 （眼球中的）盲點，暗點；空白點，漏洞

例 敵の盲点をつく。
てき　 もうてん

譯 乘敵之虛，攻其不備。

---

42 ｜よそみ【余所見】

名・自サ 往旁處看；給他人看見的樣子

例 よそみ運転する。
うんてん

譯 左顧右盼的開車。

---

01 ｜あゆみ【歩み】

名 步行，走；腳步，步調；進度，發展

例 歩みが止まる。
あゆ　　　 と

譯 停下腳步。

---

02 ｜あゆむ【歩む】

自五 行走；向前進，邁進

例 苦難の道を歩む。
く なん　 みち　 あゆ

譯 在艱難的道路上前進。

---

03 ｜おしこむ【押し込む】

自五 闖入，硬擠；闖進去行搶 **他五** 塞進，硬往裡塞

例 トランクに押し込む。
お　 こ

譯 硬塞進行李箱裡。

---

04 ｜おてあげ【お手上げ】

名 束手無策，毫無辦法，沒轍

例 お手上げの状態になった。
て あ　　　 じょうたい

譯 變成束手無策的狀況。

---

05 ｜かけあし【駆け足】

名・自サ 快跑，快步；跑步似的，急急忙忙；策馬飛奔

例 駆け足で回る。
か　 あし　 まわ

譯 走馬看花。

---

06 ｜さす【指す】

他五 （用手)指，指示；點名指名；指向；下棋；告密
例 指で指す。
譯 用手指指出。

---

07 ｜しのびよる【忍び寄る】

自五 偷偷接近，悄悄地靠近
例 すりが忍び寄る。
譯 扒手偷偷接近。

---

08 ｜しもん【指紋】

名 指紋
例 指紋押なつが廃止される。
譯 捺按指紋制度被廢止。

---

09 ｜ジャンプ【jump】

名・自サ （體)跳躍；(商)物價暴漲
例 ジャンプしてボールを取る。
譯 跳起來接球。

---

10 ｜しょじ【所持】

名・他サ 所持，所有；攜帶
例 証明書を所持する。
譯 持有證明文件。

---

11 ｜たちさる【立ち去る】

自五 走開，離去
例 黙って立ち去る。
譯 默默離去。

---

12 ｜たばねる【束ねる】

他下一 包，捆，扎，束；管理，整飭，整頓

例 札を束ねる。
譯 把紙鈔捆成一束。

---

13 ｜ちゃくしゅ【着手】

名・自サ 著手，動手，下手；(法)(罪行的)開始
例 制作に着手する。
譯 開始進行製作。

---

14 ｜つまむ【摘む】

他五 （用手指尖)捏，撮；(用手指尖或筷子)夾，捏

例 キツネにつままれる。
譯 被狐狸迷住了。

---

15 ｜つむ【摘む】

他五 夾取，摘，採，掐；(用剪刀等)剪，剪齊
例 花を摘む。
譯 摘花。

---

16 ｜てすう【手数】

名 費事；費心；麻煩
例 手数をかける。
譯 費功夫。

---

17 ｜てはず【手筈】

名 程序，步驟；(事前的)準備
例 手はずを整える。
譯 準備好了。

---

18 ｜とほ【徒歩】

名・自サ 步行，徒步

例 徒歩で行く。
譯 步行前往。

19｜とりもどす【取り戻す】

他五 拿回，取回；恢復，挽回
例 元気を取り戻す。
譯 恢復精神。

20｜はたく

他五 撣；拍打；傾囊，花掉所有的金錢
例 布団をはたく。
譯 拍打棉被。

21｜はだし【裸足】

名 赤腳，赤足，光著腳；敵不過
例 裸足で歩く。
譯 赤腳走路。

22｜ひっかく【引っ掻く】

他五 搔
例 引っ掻き傷をつくる。
譯 被抓傷。

23｜ふみこむ【踏み込む】

自五 陷入，走進，跨進；闖入，擅自進入
例 一歩踏み込む勇気に期待する。
譯 對向前跨進的勇氣寄予期望。

24｜ほうりこむ【放り込む】

他五 扔進，拋入
例 ごみをごみ箱に放り込む。
譯 把垃圾扔進垃圾桶。

25｜むしる【毟る】

他五 揪，拔；撕，剔（骨頭）；也寫作「挘る」
例 草をむしる。
譯 拔草。

26｜ゆびさす【指差す】

他五 （用手指）指
例 犯人を指差す。
譯 指出犯人。

N1 5-4

5-4 内臓、器官 /
內臟、器官

01｜かんじん【肝心・肝腎】

名・形動 肝臟與心臟；首要，重要，要緊；感激
例 肝心要なとき。
譯 關鍵時刻。

02｜きかん【器官】

名 器官
例 消化器官を休息させる。
譯 讓消化器官休息。

03｜こつ【骨】

名・漢造 骨；遺骨，骨灰；要領，祕訣；品質；身體
例 こつを覚える。
譯 掌握竅門。

04 ｜じんぞう【腎臓】

(名) 腎臓

例 腎臓移植が行われる。

譯 進行腎臟移植。

---

05 ｜ちょう【腸】

(名・漢造) 腸，腸子

例 胃腸が弱い。

譯 胃腸虛弱。

---

06 ｜ないぞう【内臓】

(名) 内臓

例 内臓脂肪が増える。

譯 內臟脂肪增加。

07 ｜のう【脳】

(名・漢造) 脳；頭脳，脳筋；脳力，記憶力；主要的東西

例 脳を働かせる。

譯 讓腦活動。

---

08 ｜はい【肺】

(名・漢造) 肺；肺腑

例 肺ガンになる。

譯 得到肺癌。

---

09 ｜はれつ【破裂】

(名・自サ) 破裂

例 内臓が破裂する。

譯 內臟破裂。

Memo

パート 6 第六章

生理
- 生理（現象）-

6-1 誕生、生命 /
誕生、生命

01 ｜いかす【生かす】
(他五) 留活口；弄活，救活；活用，利用；恢復；讓食物變美味；使變生動
例 腕を生かす。
譯 發揮本領。

02 ｜いきがい【生き甲斐】
(名) 生存的意義，生活的價值，活得起勁
例 生き甲斐を持つ。
譯 有生活目標。

03 ｜うまれつき【生まれつき】
(名・副) 天性；天生，生來
例 生まれつきの才能に恵まれている。
譯 擁有天生的才能。

04 ｜うんめい【運命】
(名) 命，命運；將來
例 運命に導かれる。
譯 受命運的牽引。

05 ｜おさん【お産】
(名) 生孩子，分娩
例 お産の準備が整った。
譯 分娩的準備已準備妥當。

06 ｜おないどし【同い年】
(名) 同年齡，同歲
例 同い年の子供が 3 人いる。
譯 有三個同齡的小孩。

07 ｜しゅくめい【宿命】
(名) 宿命，注定的命運
例 宿命のライバルに出会った。
譯 遇到宿命的敵手。

08 ｜しゅっさん【出産】
(名・自他サ) 生育，生產，分娩
例 男児を出産した。
譯 生了個男孩。

09 ｜しゅっしょう・しゅっせい【出生】
(名・自サ) 出生，誕生；出生地
例 出生率が低下する。
譯 出生率降低。

10 ｜しんぴ【神秘】
(名・形動) 神秘，奧秘
例 生命の神秘を探る。
譯 摸索生命的奧秘。

11 | セックス【sex】

[名] 性，性別；性慾；性交

[例] セックスに目覚(めざ)める。

[譯] 情竇初開。

12 | ちぢまる【縮まる】

[自五] 縮短，縮小；慌恐，捲曲

[例] 命(いのち)が縮(ちぢ)まる。

[譯] 壽命縮短。

13 | にんしん【妊娠】

[名·自サ] 懷孕

[例] 安定期(あんていき)は妊娠(にんしん) 6 ヶ月(かげつ)が目安(めやす)だ。

[譯] 安定期約在懷孕六個月時。

14 | はんしょく【繁殖】

[名·自サ] 繁殖；滋生

[例] 細菌(さいきん)が繁殖(はんしょく)する。

[譯] 滋生細菌。

N1 6-2

6-2 老い、死 / 老年、死亡

01 | あんぴ【安否】

[名] 平安與否；起居

[例] 安否(あんぴ)を気遣(きづか)う。

[譯] 擔心是否平安。

02 | いしきふめい【意識不明】

[名] 失去意識，意識不清

[例] 意識不明(いしきふめい)になる。

[譯] 昏迷不醒。

03 | おいる【老いる】

[自上一] 老，上年紀；衰老；(雅)(季節)將盡

[例] 老(お)いた母(はは)。

[譯] 年邁的母親。

04 | おとろえる【衰える】

[自下一] 衰落，衰退

[例] 体力(たいりょく)が衰(おとろ)える。

[譯] 體力衰退。

05 | かいご【介護】

[名·他サ] 照顧病人或老人

[例] 親(おや)を介護(かいご)する。

[譯] 看護照顧父母。

06 | くちる【朽ちる】

[自上一] 腐朽，腐爛，腐壞；默默無聞而終，埋沒一生；(轉)衰敗，衰亡

[例] 朽(く)ち果(は)てる。

[譯] 默默無聞而終。

07 | けんぜん【健全】

[形動] (身心)健康，健全；(運動、制度等)健全，穩固

[例] 健全(けんぜん)に発達(はったつ)する。

[譯] 健全的發育。

08 | こ【故】

[漢造] 陳舊，故；本來；死去；有來由的事；特意

[例] 故人(こじん)を弔(とむら)う。

[譯] 追悼故人。

09 ｜しいん【死因】

名 死因

例 死因は心臓発作だ。

譯 死因是心臟病發作。

10 ｜し【死】

名 死亡；死罪；無生氣，無活力；殊死，拼命

例 死を恐れる。

譯 恐懼死亡。

11 ｜しょうがい【生涯】

名 一生，終生，畢生；（一生中的）某一階段，生活

例 生涯にわたる。

譯 終其一生。

12 ｜せいし【生死】

名 生死；死活

例 生死にかかわる問題が起きる。

譯 發生了攸關生死的問題。

13 ｜たえる【絶える】

自下一 斷絕，終了，停止，滅絕，消失

例 消息が絶える。

譯 音信斷絕。

14 ｜とだえる【途絶える】

自下一 斷絕，杜絕，中斷

例 息が途絶える。

譯 呼吸中斷。

15 ｜としごろ【年頃】

名・副 大約的年齡；妙齡，成人年齡；幾年來，多年來

例 年頃の女の子が４人集まる。

譯 聚集了四位妙齡女子。

16 ｜はてる【果てる】

自下一 完畢，終，終；死 接尾 （接在特定動詞連用形後）達到極點

例 力が朽ち果てる。

譯 力量用盡。

17 ｜ぼける【惚ける】

自下一 （上了年紀）遲鈍；（形象或顏色等）褪色，模糊

例 年とともにぼけてきた。

譯 年紀越長越遲鈍了。

18 ｜ろうすい【老衰】

名・自サ 衰老

例 老衰で亡くなる。

譯 衰老而死去。

N1 6-3

6-3 発育、健康 /
發育、健康

01 ｜きがい【危害】

名 危害，禍害；災害，災禍

例 危害を加える。

譯 施加危害。

02 ｜ししゅんき【思春期】

名 青春期
例 思春期の少女の心を描く。
譯 描繪青春期的少女心。

---

03 ｜すこやか【健やか】

形動 身心健康；健全，健壯
例 健やかな精神が宿る。
譯 富有健全的身心。

---

04 ｜せいいく【生育・成育】

名・自他サ 生育，成長，發育，繁殖(寫「生育」主要用於植物，寫「成育」則用於動物)
例 作物が生育する。
譯 農作物生長。
例 稚魚が成育する。
譯 魚苗成長。

---

05 ｜せいしゅん【青春】

名 春季；青春，歲月
例 青春を楽しむ。
譯 享受青春。

---

06 ｜せいじゅく【成熟】

名・自サ (果實的)成熟；(植)發育成樹；(人的)發育成熟
例 心身ともに成熟する。
譯 身心都發育成熟。

---

07 ｜せいり【生理】

名 生理；月經
例 生理的現象。
譯 生理現象。

---

08 ｜そだち【育ち】

名 發育，生長；長進，成長
例 育ちが早い。
譯 長得快。

---

09 ｜たくましい【逞しい】

形 身體結實，健壯的樣子，強壯；充滿力量的樣子，茁壯，旺盛，迅猛
例 たくましく成長する。
譯 茁壯地成長。

---

10 ｜たっしゃ【達者】

名・形動 精通，熟練；健康；精明，圓滑
例 達者で暮らす。
譯 健康地生活著。

---

11 ｜たもつ【保つ】

自五・他五 保持不變，保存住；保持，維持；保，保住，支持
例 面目を保つ。
譯 保住面子。

---

12 ｜ちち【乳】

名 奶水，乳汁；乳房
例 乳を与える。
譯 餵奶。

---

13 ｜ねぐるしい【寝苦しい】

他下一 難以入睡
例 暑くて寝苦しい。
譯 熱得難以入睡。

14 ｜ほきゅう【補給】

(名・他サ) 補給，補充，供應

例 カルシウムを補給する。

譯 補充鈣質。

15 ｜みだれ【乱れ】

(名) 亂；錯亂；混亂

例 食生活の乱れ。

譯 飲食不正常。

16 ｜みなもと【源】

(名) 水源，發源地；(事物的)起源，根源

例 水は命の源だ。

譯 水是生命之源。

6-4 体調、体質 ∕
身體狀況、體質

01 ｜うたたね【うたた寝】

(名・自サ) 打瞌睡，假寐

例 ソファーでうたた寝する。

譯 在沙發上假寐。

02 ｜かぶれる

(自下一) (由於漆、膏藥等的過敏與中毒而)發炎，起疹子；(受某種影響而)熱中，著迷

例 肌がかぶれる。

譯 皮膚起疹子。

03 ｜かろう【過労】

(名) 勞累過度

例 過労死する。

譯 過勞死。

04 ｜くうふく【空腹】

(名) 空腹，空肚子，餓

例 空腹を満たす。

譯 填飽肚子。

05 ｜ぐったり

(副・自サ) 虛軟無力，虛脱

例 ぐったりと横たわる。

譯 虛脱躺平。

06 ｜こうしょきょうふしょう【高所恐怖症】

(名) 懼高症

例 高所恐怖症なので観覧車には乗りたくない。

譯 我有懼高症所以不想搭摩天輪。

07 ｜ぜんかい【全快】

(名・自サ) 痊癒，病全好

例 全快祝いの手紙を贈る。

譯 寄出祝賀痊癒的信。

08 ｜ぞうしん【増進】

(名・自他サ) (體力，能力)增進，增加

例 食欲を増進させる。

譯 增加食慾。

09 ｜だるい

(形) 因生病或疲勞而身子沉重不想動；懶；酸

例 体がだるい。

譯 身體疲憊。

10 | ちくせき【蓄積】

(名・他サ) 積蓄，積累，儲蓄，儲備

例 これまでの蓄積。

譯 至今的積蓄。

11 | ちっそく【窒息】

(名・自サ) 窒息

例 酸欠で窒息する。

譯 缺乏氧氣而窒息。

12 | デリケート【delicate】

(形動) 美味，鮮美；精緻，精密；微妙；纖弱；纖細，敏感

例 デリケートな問題に触れられた。

譯 被提到敏感問題。

13 | ひとねむり【一眠り】

(名・自サ) 睡一會兒，打個盹

例 車中で一眠りする。

譯 在車上打了個盹。

14 | ひろう【疲労】

(名・自サ) 疲勞，疲乏

例 疲労感がぬけない。

譯 無法去除疲勞感。

15 | ひんじゃく【貧弱】

(名・形動) 軟弱，瘦弱；貧乏，欠缺；遜色

例 貧弱な体は逞しくなった。

譯 瘦弱的身體變得強壯結實。

16 | ふしん【不振】

(名・形動)（成績）不好，不興旺，蕭條，（形勢）不利

例 最近食欲不振だ。

譯 最近感到食慾不振。

17 | ふちょう【不調】

(名・形動)（談判等）破裂，失敗；不順利，萎靡

例 体の不調を訴える。

譯 訴說身體不適的狀況。

18 | ふらふら

(名・自サ・形動) 蹣跚，搖晃；（心情）遊蕩不定，悠悠蕩蕩；恍惚，神不守己；蹓躂

例 体がふらふらする。

譯 身體搖搖晃晃。

19 | べんぴ【便秘】

(名・自サ) 便秘，大便不通

例 生活が不規則で便秘しがちだ。

譯 因為生活不規律有點便秘的傾向。

20 | まんせい【慢性】

(名) 慢性

例 慢性的な症状がある。

譯 有慢性的症狀。

21 | むかむか

(副・自サ) 噁心，作嘔；怒上心頭，火冒三丈

例 胸がむかむかする。

譯 感到噁心。

22 | むくむ

(自五) 浮腫，虛腫

例 むくんだ足が軽くなる。

譯 浮腫的腳消腫了。

23 ｜むせる

自下一 噎，嗆

例 煙が立ってむせてしようがない。

譯 直冒煙，嗆得厲害。

24 ｜やすめる【休める】

他下一（活動等）使休息，使停歇；（身心等）使休息，使安靜

例 体を休める。

譯 讓身體休息。

N1● 6-5

6-5 痛み／
痛疼

01 ｜あざ【痣】

名 痣；（被打出來的）青斑，紫斑

例 全身あざだらけになる。

譯 全身上下青一塊紫一塊。

02 ｜がんがん

副・自サ 噹噹，震耳的鐘聲；強烈的頭痛或耳鳴聲；喋喋不休的責備貌

例 風邪で頭ががんがんする。

譯 因感冒而頭痛欲裂。

03 ｜さする

他五 摩，擦，搓，撫摸，摩挲

例 腰をさする。

譯 撫摸腰部。

04 ｜しみる【染みる】

自上一 染上，沾染，感染；刺，殺，痛；銘刻（在心），痛（感）

例 身に染みる。

譯 感銘在心。

05 ｜すれる【擦れる】

自下一 摩擦；久經世故，（失去純真）變得油滑；磨損，磨破

例 葉の擦れる音が聞こえた。

譯 聽到樹葉沙沙作響。

06 ｜だぼく【打撲】

名・他サ 打，碰撞

例 手を打撲した。

譯 手部挫傷。

07 ｜つねる

他五 掐，掐住

例 ほっぺたをつねる。

譯 掐臉頰。

08 ｜とりのぞく【取り除く】

他五 除掉，清除；拆除

例 異物を取り除く。

譯 清除異物。

09 ｜ふかい【不快】

名・形動 不愉快；不舒服

例 のどの不快感が残っている。

譯 留下喉嚨的不適感。

10 ｜やわらげる【和らげる】

他下一 緩和；使明白

例 痛みを和らげる薬。

譯 緩和疼痛的藥。

6-6 病気、治療 (1) /
疾病、治療 (1)

01 ｜あっか【悪化】

(名・自サ) 惡化，變壞

例 急速に悪化する。

譯 急速惡化。

02 ｜あっぱく【圧迫】

(名・他サ) 壓力；壓迫

例 圧迫を受ける。

譯 受壓迫。

03 ｜アトピーせいひふえん【atopy 性皮膚炎】

(名) 過敏性皮膚炎

例 アトピー性皮膚炎を改善する。

譯 改善過敏性皮膚炎。

04 ｜アフターケア【aftercare】

(名) 病後調養

例 アフターケアを怠る。

譯 疏於病後調養。

05 ｜アルツハイマーびょう・アルツハイマーがたにんちしょう【alzheimer 病・alzheimer 型認知症】

(名) 阿茲海默症

例 アルツハイマー病を防ぐ。

譯 預防阿茲海默症。

06 ｜あんせい【安静】

(名・形動) 安靜；靜養

例 心身の安静を保つ。

譯 保持心身的平靜安穩。

07 ｜うつびょう【鬱病】

(名) 憂鬱症

例 うつ病を治す。

譯 治療憂鬱症。

08 ｜がいする【害する】

(他サ) 損害，危害，傷害；殺害

例 環境を害する。

譯 破壞環境。

09 ｜かいほう【介抱】

(名・他サ) 護理，服侍，照顧(病人、老人等)

例 酔っ払いを介抱する。

譯 照顧醉酒人士。

10 ｜かんせん【感染】

(名・自サ) 感染；受影響

例 感染症にかかる。

譯 罹患傳染病。

11 ｜がん【癌】

(名) (醫)癌；癥結

例 癌を患う。

譯 罹患癌症。

12 ｜きかんしえん【気管支炎】

(名) (醫)支氣管炎

例 気管支炎になる。

譯 得支氣管炎。

13 ｜ききめ【効き目】

（名）効力，效果，靈驗

例 効き目が速い。

譯 效果迅速。

---

14 ｜きんがん【近眼】

（名）(俗)近視眼；目光短淺

例 近眼のメガネ。

譯 近視眼鏡。

---

15 ｜きんきゅう【緊急】

（名・形動）緊急，急迫，迫不及待

例 緊急地震速報が流れる。

譯 發出緊急地震快報。

---

16 ｜きんし【近視】

（名）近視，近視眼

例 近視を矯正する。

譯 矯正近視。

---

17 ｜きん【菌】

（名・漢造）細菌，病菌，霉菌；蘑菇

例 サルモネラ菌。

譯 沙門氏菌。

---

18 ｜けっかく【結核】

（名）結核，結核病

例 結核に罹る。

譯 罹患肺結核。

---

19 ｜げっそり

（副・自サ）突然減少；突然消瘦很多；(突然)灰心，無精打采

例 げっそりと痩せる。

譯 突然爆瘦。

---

20 ｜けつぼう【欠乏】

（名・自サ）缺乏，不足

例 ビタミンが欠乏する。

譯 欠缺維他命。

---

21 ｜げり【下痢】

（名・自サ）(醫)瀉肚子，腹瀉

例 下痢をする。

譯 腹瀉。

---

22 ｜げんかく【幻覚】

（名）幻覺，錯覺

例 幻覚を見る。

譯 產生幻覺。

---

23 ｜こうせいぶっしつ【抗生物質】

（名）抗生素

例 抗生物質を投与する。

譯 投藥抗生素。

---

24 ｜こじらせる【拗らせる】

（他下一）搞壞，使複雜，使麻煩；使加重，使惡化，弄糟

例 問題をこじらせる。

譯 使問題複雜化。

---

25 ｜さいきん【細菌】

（名）細菌

例 細菌を培養する。

譯 培養細菌。

26 | さいはつ【再発】

名·他サ （疾病）復發，（事故等）又發生；
（毛髮）再生

例 再発を防止する。

譯 預防再次發生。

---

27 | さいぼう【細胞】

名 （生）細胞；（黨的）基層組織，成員

例 細胞分裂を繰り返す。

譯 不斷的進行細胞分裂。

---

28 | さむけ【寒気】

名 寒冷，風寒，發冷；憎惡，厭惡感，
極不愉快感覺

例 寒気がする。

譯 發冷。

---

29 | じかく【自覚】

名·他サ 自覺，自知，認識；覺悟；自我
意識

例 自覚症状がある。

譯 有自覺症狀。

---

30 | しっしん【湿疹】

名 濕疹

例 湿疹がでる。

譯 長濕疹。

---

31 | しっちょう【失調】

名 失衡，不調和；不平衡，失常

例 栄養失調で亡くなった。

譯 因營養失調而死亡。

---

32 | しゃぜつ【謝絶】

名·他サ 謝絕，拒絕

例 面会謝絶にする。

譯 現在謝絕會客。

---

33 | しょう【症】

漢造 病症

例 炎症を起こす。

譯 造成發炎。

6-6 病気、治療 (2) /
疾病、治療 (2)

---

34 | しょち【処置】

名·他サ 處理，處置，措施；（傷、病的）
治療

例 応急処置をする。

譯 緊急處置。

---

35 | しんこう【進行】

名·自他サ 前進，行進；進展；（病情等）
發展，惡化

例 進行が速い。

譯 進展迅速。

---

36 | しんぞうまひ【心臓麻痺】

名 心臟麻痺

例 心臓麻痺で亡くなる。

譯 心臟麻痺死亡。

---

37 | じんましん【蕁麻疹】

名 蕁麻疹

例 じんましんが出る。

譯 出蕁麻疹。

38 ｜せっかい【切開】

名・他サ（醫）切開，開刀

例 帝王切開を受ける。

譯 接受剖腹生產。

39 ｜ぜんそく【喘息】

名（醫）喘息，哮喘

例 喘息を改善する。

譯 改善哮喘病。

40 ｜せんてんてき【先天的】

形動 先天（的），與生俱來（的）

例 先天的な病気がある。

譯 患有先天的疾病。

41 ｜だっすい【脱水】

名・自サ 脱水；（醫）脱水

例 脱水してから干す。

譯 脱水之後曬乾。

42 ｜ちゅうどく【中毒】

名・自サ 中毒

例 ガス中毒。

譯 瓦斯中毒 。

43 ｜つきそう【付き添う】

自五 跟隨左右，照料，管照，服侍，護理

例 病人に付き添う。

譯 照料病人。

44 ｜つきる【尽きる】

自上一 盡，光，沒了；到頭，窮盡

例 力が尽きる。

譯 力量耗盡。

45 ｜つぐ【接ぐ】

他五 縫補；接在一起

例 骨を接ぐ。

譯 接骨。

46 ｜ておくれ【手遅れ】

名 為時已晚，耽誤

例 措置が手遅れになる。

譯 處理延誤了。

47 ｜どわすれ【度忘れ】

名・自サ 一時記不起來，一時忘記

例 ど忘れが激しい。

譯 常常會一時記不起來。

48 ｜にんちしょう【認知症】

名 老人癡呆症

例 アルツハイマー型認知症が起こる。

譯 引起阿茲海默型老人癡呆症。

49 ｜ねっちゅうしょう【熱中症】

名 中暑

例 熱中症を予防する。

譯 預防中暑。

50 ｜ねんざ【捻挫】

名・他サ 扭傷、挫傷

例 足を捻挫する。

譯 扭傷腳。

51 | ノイローゼ【(德) Neurose】

[名] 精神官能症，神經病；神經衰竭；神經崩潰

[例] ノイローゼになる。

[譯] 精神崩潰。

52 | はいえん【肺炎】

[名] 肺炎

[例] 肺炎(はいえん)を起(お)こす。

[譯] 引起肺炎。

53 | はつびょう【発病】

[名·自サ] 病發，得病

[例] ガンが発病(はつびょう)する。

[譯] 癌症病發。

54 | ばてる

[自下一] (俗)精疲力倦，累到不行

[例] 暑(あつ)さでばてる。

[譯] 熱到疲憊不堪。

55 | はれる【腫れる】

[自下一] 腫，脹

[例] 顔(かお)が腫(は)れる。

[譯] 臉腫脹。

56 | ひふえん【皮膚炎】

[名] 皮炎

[例] 皮膚炎(ひふえん)を治(なお)す。

[譯] 治好皮膚炎。

57 | ふしょう【負傷】

[名·自サ] 負傷，受傷

[例] 手足(てあし)を負傷(ふしょう)する。

[譯] 手腳受傷。

58 | ほっさ【発作】

[名·自サ] (醫)發作

[例] 発作(ほっさ)を起(お)こす。

[譯] 發作。

59 | ほよう【保養】

[名·自サ] 保養，(病後)修養，療養；(身心的)修養；消遣

[例] 保養施設(ほようしせつ)で過(す)ごす。

[譯] 住在療養中心。

60 | ますい【麻酔】

[名] 麻醉，昏迷，不省人事

[例] 麻酔(ますい)をかける。

[譯] 施打麻醉。

61 | まひ【麻痺】

[名·自サ] 麻痺，麻木；癱瘓

[例] 交通(こうつう)マヒに陥(おちい)る。

[譯] 交通陷入癱瘓。

62 | めんえき【免疫】

[名] 免疫；習以為常

[例] 免疫(めんえき)を高(たか)める。

[譯] 增強免疫。

63 | やまい【病】

[名] 病；毛病；怪癖

[例] 病(やまい)に倒(たお)れる。

[譯] 病倒。

64 ｜よわる【弱る】

自五 衰弱，軟弱；困窘，為難

例 体が弱る。

譯 身體虛弱。

65 ｜リハビリ【rehabilitation 之略】

名 （為使身障人士與長期休養者能回到正常生活與工作能力的）醫療照護，心理指導，職業訓練

例 彼は今リハビリ中だ。

譯 他現在正復健中。

66 ｜りょうこう【良好】

名·形動 良好，優秀

例 日当たり良好が嬉しい。

譯 日照良好真叫人高興。

67 ｜レントゲン【roentgen】

名 Ｘ光線

例 レントゲンを撮る。

譯 照X光。

6-7 体の器官の働き／
身體器官功能

01 ｜いきぐるしい【息苦しい】

形 呼吸困難；苦悶，令人窒息

例 息苦しく感じる。

譯 感到沈悶。

02 ｜いびき

名 鼾聲

例 いびきをかく。

譯 打呼。

03 ｜かんしょく【感触】

名 觸感，觸覺；（外界給予的）感觸，感受

例 感触が伝わる。

譯 傳達出內心的感受。

04 ｜けむたい【煙たい】

形 煙氣嗆人，煙霧瀰漫；（因為自己理虧覺得對方）難以親近，使人不舒服

例 たき火が煙たい。

譯 篝火的火堆煙氣嗆人。

05 ｜しにょう【屎尿】

名 屎尿，大小便

例 し尿処理が滞る。

譯 大小便的處理難以進行。

06 ｜しゅっけつ【出血】

名·自サ 出血；（戰時士兵的）傷亡，死亡；虧本，犧牲血本

例 出血大サービスのチラシを見る。

譯 看到跳樓大拍賣的傳單。

07 ｜だいべん【大便】

名 大便，糞便

例 大便が臭い。

譯 大便很臭。

08 ｜にょう【尿】

名 尿，小便

例 尿検査をする。

譯 進行尿液檢查。

09 ｜ひだりきき【左利き】

名 左撇子；愛好喝酒的人

例 左利きをなおす。

譯 改正左撇子。

10 ｜ひんけつ【貧血】

名・自サ （醫）貧血

例 貧血に効く。

譯 對改善貧血有效。

11 ｜みゃく【脈】

名・漢造 脈，血管；脈搏；（山脈、礦脈、葉脈等）脈；（表面上看不出的）關連

例 脈をとる。

譯 看脈。

Memo

パート 7 人物
第七章
- 人物 -

7-1 人物 /
人物

01 ｜あかのたにん【赤の他人】
(連語) 毫無關係的人；陌生人
例 赤の他人になる。
譯 變為陌生人。

02 ｜あがり【上がり】
(名・接尾) …出身；剛
例 彼は役人上がりだ。
譯 他剛剛成為公務員。

03 ｜うごき【動き】
(名) 活動，動作；變化，動向；調動，更動
例 動きを止める。
譯 停止動作。

04 ｜えいゆう【英雄】
(名) 英雄
例 彼は国民的英雄だ。
譯 他是人民的英雄。

05 ｜かんろく【貫録】
(名) 尊嚴，威嚴；威信；身份
例 貫禄がある。
譯 有威嚴。

06 ｜けいれき【経歴】
(名) 經歷，履歷；經過，體驗；周遊
例 経歴を詐称する。
譯 經歷造假。

07 ｜こんけつ【混血】
(名・自サ) 混血
例 混血児が生まれる。
譯 生了混血兒。

08 ｜しょうたい【正体】
(名) 原形，真面目；意識，神志
例 正体をあらわす。
譯 現出原形。

09 ｜たしゃ【他者】
(名) 別人，其他人
例 他者の言うことに惑わされる。
譯 被他人之言所迷惑。

10 ｜ただのひと【ただの人】
(連語) 平凡人，平常人，普通人
例 一度別れてしまえば、ただの人になる。
譯 一旦分手之後，就變成了一介普通的人。

11 ｜てきせい【適性】
(名) 適合某人的性質，資質，才能；適應性
例 適性がある。
譯 有…的條件。

12 ｜てんさい【天才】
(名) 天才
例 天才的な技を繰り出す。
譯 渾身解數展現出天才般的手藝。

13 ｜ひとかげ【人影】
(名) 人影；人
例 人影もまばらだ。
譯 連人影也少見。

14 ｜ひとけ【人気】
(名) 人的氣息
例 人気の無い場所に行かない。
譯 不到人跡罕至的地方。

15 ｜まるめる【丸める】
(他下一) 弄圓，糅成團；攏絡，拉攏；剃成光頭；出家
例 頭を丸める。
譯 剃光頭。

16 ｜みじゅく【未熟】
(名・形動) 未熟，生；不成熟，不熟練
例 未熟児が生まれる。
譯 生下早產兒。

17 ｜みのうえ【身の上】
(名) 境遇，身世，經歷；命運，運氣
例 身の上話をする。
譯 談論身世境遇。

18 ｜みもと【身元】
(名) (個人的)出身，來歷，經歷；身份，身世
例 身元保証人を引き受ける。
譯 答應當保證人。

19 ｜むのう【無能】
(名・形動) 無能，無才，無用
例 無能な連中を追い出す。
譯 把無能之輩攆出去。

20 ｜りれき【履歴】
(名) 履歷，經歷
例 履歴書を送る。
譯 寄送履歷。

21 ｜わるもの【悪者】
(名) 壞人，壞傢伙，惡棍
例 悪者を懲らしめる。
譯 懲治惡人。

7-2 老若男女 /
男女老少

01 ｜いせい【異性】
(名) 異性；不同性質
例 異性関係を持つ。
譯 有男女關係。

02 ｜しんし【紳士】

② 紳士；（泛指）男人

例 紳士靴を履く。

譯 穿上男士鞋。

03 ｜じ【児】

漢造 幼兒；兒子；人；可愛的年輕人

例 新生児を抱く。

譯 抱新生兒。

04 ｜せいねん【成年】

② 成年（日本現行法律為二十歲）

例 成年に達する。

譯 達到成年。

05 ｜ミセス【Mrs.】

② 女士，太太，夫人；已婚婦女，主婦

例 ミセス向けの服。

譯 適合仕女的服裝。

06 ｜ヤング【young】

名・造語 年輕人，年輕一代；年輕的

例 ヤングとアダルトに分かれる。

譯 分開年輕人與成年人。

07 ｜レディー【lady】

② 貴婦人；淑女；婦女

例 レディーファースト。

譯 女士優先。

7-3 いろいろな人を表すことば⑴ ／
各種人物的稱呼(1)

01 ｜いちいん【一員】

② 一員；一份子

例 あなたも家族の一員だ。

譯 你也是家族的一份子。

02 ｜いみん【移民】

名・自サ 移民；（移往外國的）僑民

例 ブラジルへ移民する。

譯 移民到巴西。

03 ｜エリート【(法)elite】

② 菁英，傑出人物

例 エリート意識が強い。

譯 優越感特別強烈。

04 ｜がくし【学士】

② 學者；（大學）學士畢業生

例 学士の学位が授与される。

譯 授予學士學位。

05 ｜かん【官】

名・漢造 （國家、政府的）官，官吏；國家機關，政府；官職，職位

例 官職に就く。

譯 就任官職。

06 ｜きぞく【貴族】

② 貴族

例 独身貴族を貫く。

譯 堅持走單身貴族的路線。

07 ｜ぎょうしゃ【業者】

名 工商業者
例 業者を集める。
訳 召集同業者。

08 ｜くろうと【玄人】

名 內行，專家
例 玄人の腕前。
訳 專家的本事。

09 ｜ゲスト【guest】

名 客人，旅客；客串演員
例 ゲストに招く。
訳 邀請客人。

10 ｜こじん【故人】

名 故人，舊友；死者，亡人
例 故人を偲ぶ。
訳 緬懷故人。

11 ｜さむらい【侍】

名 （古代公卿貴族的）近衛；古代的武士；有骨氣，行動果決的人
例 侍ジャパンが勝ち越す。
訳 日本武士領先。

12 ｜サンタクロース【Santa Claus】

名 聖誕老人
例 サンタクロースがやってくる。
訳 聖誕老人來了。

13 ｜じつぎょうか【実業家】

名 實業鉅子

例 青年実業家を目指す。
訳 以成為年輕實業家為目標。

14 ｜じぬし【地主】

名 地主，領主
例 因業な地主に取り上げられた。
訳 被殘忍的地主給剝奪了。

15 ｜じゅうぎょういん【従業員】

名 工作人員，員工，職工
例 従業員組合が組織される。
訳 組織工會。

16 ｜しゅうし【修士】

名 碩士；修道士
例 修士の学位が授与される。
訳 頒授碩士學位。

17 ｜しゅ【主】

名・漢造 主人；主君；首領；主體，中心；居首者；東道主
例 主イエスキリストを信じる。
訳 信奉主耶穌基督。

18 ｜しようにん【使用人】

名 佣人，雇工
例 使用人を雇う。
訳 雇用傭人。

19 ｜しょうにん【証人】

名 （法）證人；保人，保證人
例 証人に立てる。
訳 成為證人。

20 ｜じょう【嬢】

名・漢造 姑娘，少女；（敬）小姐，女士

例 財閥のご令嬢と婚約する。

譯 與財團千金訂婚。

21 ｜しょくいん【職員】

名 職員，員工

例 大学の職員を採用する。

譯 錄用大學職員。

22 ｜じょしこうせい【女子高生】

名 女高中生

例 今どきの女子高生を集めてみた。

譯 嘗試集結了時下的女高中生。

23 ｜じょし【女史】

名・代・接尾 （敬語）女士，女史

例 山田女史が独自に開発した。

譯 山田女士所獨自開發的。

24 ｜しんいり【新入り】

名 新參加（的人），新手；新入獄（者）

例 新入りをいじめる。

譯 欺負新人。

25 ｜しんじゃ【信者】

名 信徒；…迷，崇拜者，愛好者

例 仏教信者を擁護する。

譯 擁護佛教徒。

26 ｜しんじん【新人】

名 新手，新人；新思想的人，新一代的人

例 新人が活躍する。

譯 新人大顯身手。

27 ｜し【士】

漢造 人（多指男性），人士；武士；士宦；軍人；（日本自衛隊中最低的一級）士；有某種資格的人；對男子的美稱

例 消防士になる。

譯 當消防員。

28 ｜し【師】

名 軍隊；（軍事編制單位）師；老師；從事專業技術的人

例 師を敬う。

譯 尊敬師長。

29 ｜セレブ【celeb】

名 名人，名媛，著名人士

例 セレブな私生活に憧れる。

譯 嚮往貴婦般的私生活。

30 ｜せんぽう【先方】

名 對方；那方面，那裡，目的地

例 先方の言い分にも一理ある。

譯 對方也有一番道理。

7-3 いろいろな人を表すことば (2) /
各種人物的稱呼 (2)

31 ｜たいか【大家】

名 大房子；專家，權威者；名門，富豪，大戶人家

例 音楽の大家が奏でる。

譯 音樂大師進行演奏。

32 | タイピスト【typist】

[名] 打字員

[例] タイピストになる。

[譯] 成為打字員。

33 | たんしん【単身】

[名] 單身，隻身

[例] 単身(たんしん)赴任(ふにん)する。

[譯] 隻身赴任。

34 | ちょめい【著名】

[名·形動] 著名，有名

[例] 著名(ちょめい)な観光地(かんこうち)を訪(おとず)れる。

[譯] 遊覽知名的觀光地區。

35 | どうし【同志】

[名] 同一政黨的人；同志，同夥，伙伴

[例] 同志(どうし)を募(つの)る。

[譯] 招募同志。

36 | とうにん【当人】

[名] 當事人，本人

[例] 当人(とうにん)を調(しら)べる。

[譯] 調查當事者。

37 | どくしゃ【読者】

[名] 讀者

[例] 読者(どくしゃ)アンケートに答(こた)える。

[譯] 回答讀者問卷。

38 | とのさま【殿様】

[名]（對貴族、主君的敬稱）老爺，大人

[例] 殿様(とのさま)に謁見(えっけん)する。

[譯] 謁見大人。

39 | ドライバー【driver】

[名]（電車、汽車的）司機

[例] ドライバーを雇(やと)う。

[譯] 雇用司機。

40 | なこうど【仲人】

[名] 媒人，婚姻介紹人

[例] 仲人(なこうど)を立(た)てる。

[譯] 當媒人。

41 | ぬし【主】

[名·代·接尾]（一家人的）主人，物主；丈夫；（敬稱）您；者，人

[例] 世帯主(せたいぬし)は父(ちち)です。

[譯] 戶長是父親。

42 | ばんにん【万人】

[名] 萬人，眾人

[例] 万人(ばんにん)受(う)けする。

[譯] 老少咸宜，萬眾喜愛。

43 | ひ【被】

[漢造] 被…，蒙受；被動

[例] 被保険者(ひほけんしゃ)になる。

[譯] 成為被保險人。

44 | ファン【fan】

[名] 電扇，風扇；（運動，戲劇，電影等）影歌迷，愛好者

[例] ファンに感謝(かんしゃ)する。

[譯] 感謝影（歌）迷。

45 ｜ふごう【富豪】

名 富豪，百萬富翁
例 大富豪の邸宅に忍び込んだ。
譯 悄悄潛入大富豪的宅邸。

46 ｜ペーパードライバー【(和) paper + driver】

名 有駕照卻沒開過車的駕駛
例 ペーパードライバーから脱出する。
譯 脫離紙上駕駛身份。

47 ｜へいし【兵士】

名 兵士，戰士
例 兵士を率いる。
譯 率領士兵。

48 ｜ぼくし【牧師】

名 牧師
例 牧師から洗礼を受ける。
譯 請牧師為我們受洗。

49 ｜ほりょ【捕虜】

名 俘虜
例 捕虜を捕らえる。
譯 捕捉俘虜。

50 ｜マニア【mania】

名・造語 狂熱，癖好；瘋子，愛好者，…迷，…癖
例 カメラマニア。
譯 相機迷。

51 ｜やつ【奴】

名・代 (蔑)人，傢伙；(粗魯的)指某物，某事情或某狀況；(蔑)他，那小子
例 おまえみたいな奴はもう知らない。
譯 我再也不管你這傢伙了。

52 ｜よそのひと【よその人】

名 旁人，閒雜人等
例 よその人に慣れさせる。
譯 讓…習慣旁人。

53 ｜りょきゃく・りょかく【旅客】

名 旅客，乘客
例 旅客機に乗る。
譯 搭乘民航機。

7-4 人の集まりを表すことば／各種人物相關團體的稱呼

01 ｜いちどう【一同】

名 大家，全體
例 一同が立ち上がる。
譯 全體都站起來。

02 ｜かんしゅう【観衆】

名 觀眾
例 観衆が沸く。
譯 觀眾情緒沸騰。

03 ｜ぐんしゅう【群集】

名・自サ 群集，聚集；人群，群
例 アリの群集を観察する。
譯 仔細觀察螞蟻群。

04 ｜ぐんしゅう【群衆】

名 群眾，人群

例 群衆が押し寄せる。

譯 人群一擁而上。

05 ｜ぐん【群】

名 群，類；成群的；數量多的

例 群を抜く。

譯 出類拔萃。

06 ｜げきだん【劇団】

名 劇團

例 劇団に入る。

譯 加入劇團。

07 ｜けっせい【結成】

名・他サ 結成，組成

例 劇団を結成する。

譯 組劇團。

08 ｜げんじゅうみん【原住民】

名 原住民

例 アメリカ原住民。

譯 美國原住民。

09 ｜しゅう【衆】

名・漢造 眾多，眾人；一夥人

例 烏合の衆で危機を乗り越える。

譯 烏合之眾化解危機。

10 ｜しょくん【諸君】

名・代 （一般為男性用語，對長輩不用）
各位，諸君

例 諸君によろしく。

譯 向大家問好。

11 ｜しょみん【庶民】

名 庶民，百姓，群眾

例 庶民階級が台頭する。

譯 庶民階級勢力抬頭。

12 ｜じんみん【人民】

名 人民

例 人民の福祉を追求する。

譯 追求人民的福利。

13 ｜じん【陣】

名・漢造 陣勢；陣地；行列；戰鬥，戰役

例 背水の陣が意志力を高める。

譯 背水一戰讓意志力更為高漲。

14 ｜たいしゅう【大衆】

名 大眾，群眾；眾生

例 大衆に訴える。

譯 訴諸民眾。

15 ｜たい【隊】

名・漢造 隊，隊伍，集體組織；（有共同
目標的）幫派或及集團

例 隊を組んで進む。

譯 排隊前進。

16 ｜どうし【同士】

名・接尾 （意見、目的、理想、愛好相同者）
同好；（彼此關係、性質相同的人）彼此，
伙伴，們

例 気の合う者同士が友達になる。
譯 交到志同道合的好友。

17 ｜ペア【pair】
名 一雙，一對，兩個一組，一隊
例 2名様ペアでご招待。
譯 兩名一組給予招待。

18 ｜ぼうりょくだん【暴力団】
名 暴力組織
例 暴力団の資金源を断つ。
譯 斷絕暴力組織的資金來源。

19 ｜みんぞく【民俗】
名 民俗，民間風俗
例 民俗学を研究する。
譯 研究民俗學。

20 ｜みんぞく【民族】
名 民族
例 少数民族に出会う。
譯 遇見少數民族。

21 ｜れんちゅう【連中】
名 伙伴，一群人，同夥；（演藝團體的）成員們
例 とんでもない連中だ。
譯 亂七八糟的一群傢伙。

7-5 容姿 / 姿容

01 ｜エレガント【elegant】
形動 雅致(的)，優美(的)，漂亮(的)
例 エレガントな身のこなし。
譯 優雅的姿態。

02 ｜かび【華美】
名・形動 華美，華麗
例 華美な服装で参列する。
譯 穿著華麗的衣服觀禮。

03 ｜きひん【気品】
名 （人的容貌、藝術作品的）品格，氣派
例 気品が高い。
譯 風度高雅。

04 ｜きらびやか
形動 鮮豔美麗到耀眼的程度；絢麗，華麗
例 きらびやかな装い。
譯 華麗的裝扮。

05 ｜こうしょう【高尚】
形動 高尚；（程度）高深
例 高尚な趣味を持つ。
譯 擁有高雅的趣味。

06 ｜しこう【志向】
名・他サ 志向；意向
例 高い志向をもつ。
譯 有很大的志向。

姿容｜307

07 ｜シック【(法) chic】

(形動) 時髦，漂亮；精緻

例 シックに着こなす。

譯 衣著時髦。

08 ｜チェンジ【change】

(名・自他サ) 交換，兌換；變化；（網球，排球等）交換場地

例 イメージチェンジ。

譯 改變形象。

09 ｜ひらたい【平たい】

(形) 沒有多少深度或廣度，少凹凸而橫向擴展；平，扁，平坦；容易，淺顯易懂

例 平たい顔が多い。

譯 有許多扁平臉的人。

10 ｜ふくめん【覆面】

(名・自サ) 蒙上臉；不出面，不露面

例 覆面強盗が民家に押し入る。

譯 蒙面強盜闖入民宅。

11 ｜ぶさいく【不細工】

(名・形動)（技巧，動作）笨拙，不靈巧；難看，醜

例 不細工な顔が歪んでいる。

譯 難看的臉扭曲著。

12 ｜ポーズ【pose】

(名)（人在繪畫、舞蹈等）姿勢；擺樣子，擺姿勢

例 ポーズをとる。

譯 擺姿勢。

13 ｜みすぼらしい

(形) 外表看起來很貧窮的樣子；寒酸；難看

例 みすぼらしい格好が嫌いだ。

譯 不喜歡衣衫襤褸。

14 ｜みちがえる【見違える】

(他下一) 看錯

例 見違えるほど変わった。

譯 變得都認不出來了。

15 ｜みなり【身なり】

(名) 服飾，裝束，打扮

例 身なりに構わない。

譯 不修邊幅。

16 ｜ゆうび【優美】

(名・形動) 優美

例 優美なアーチを描く。

譯 描繪優美的拱門。

17 ｜りりしい【凛凛しい】

(形) 凜凜，威嚴可敬

例 りりしいすがたに成長した。

譯 長成威風凜凜的相貌。

7-6 態度、性格 (1) ／
態度、性格(1)

01 ｜あいそう・あいそ【愛想】

(名)（接待客人的態度、表情等）親切；接待，款待；（在飲食店）算帳，客人付的錢

例 愛想がいい。
譯 和藹可親。

---

02 | あからむ【赤らむ】

自五 變紅，變紅了起來；臉紅
例 顔が赤らむ。
譯 臉紅了起來。

---

03 | あからめる【赤らめる】

他下一 使…變紅
例 顔を赤らめる。
譯 漲紅了臉。

---

04 | あさましい【浅ましい】

形 (情形等悲慘而可憐的樣子)慘，悲慘；(作法或想法卑劣而下流)卑鄙，卑劣
例 浅ましい行為を重ねる。
譯 一次又一次的做出卑鄙的行為。

---

05 | あっとう【圧倒】

名・他サ 壓倒；勝過；超過
例 相手の勢いに圧倒される。
譯 被對方的氣勢壓倒。

---

06 | あらっぽい【荒っぽい】

形 性情、語言行為等粗暴、粗野；對工作等粗糙、草率
例 行動が荒っぽい。
譯 行動粗野。

---

07 | いいかげん【いい加減】

連語・形動・副 適當；不認真；敷衍，馬虎；牽強，靠不住；相當，十分

例 いい加減にしろ。
譯 你給我差不多一點。

---

08 | いき【粋】

名・形動 漂亮，瀟灑，俏皮，風流
例 粋な服装をしている。
譯 穿著漂亮。

---

09 | いさぎよい【潔い】

形 勇敢，果斷，乾脆，毫不留戀，痛痛快快
例 潔く罪を認める。
譯 痛快地認罪。

---

10 | いっそ

副 索性，倒不如，乾脆就
例 いっそ歩いて行く。
譯 乾脆走路去。

---

11 | いっぺん【一変】

名・自他サ 一變，完全改變；突然改變
例 病勢が一変する。
譯 病情急變。

---

12 | いやらしい【嫌らしい】

形 使人產生不愉快的心情，令人討厭；令人不愉快，不正經，不規矩
例 いやらしい目つきで見る。
譯 用令人不愉快的眼神看。

---

13 ｜いんき【陰気】

（名・形動）鬱悶，不開心；陰暗，陰森；陰鬱之氣

例 陰気な顔つきをしている。

譯 一副愁眉苦臉的樣子。

14 ｜インテリ【（俄）intelligentsiya 之略】

（名）知識份子，知識階層

例 インテリの集まり。

譯 人才濟濟。

15 ｜おおまか【大まか】

（形動）不拘小節的樣子，大方；粗略的樣子，概略，大略

例 大まかに見積もる。

譯 粗略估計。

16 ｜おおらか【大らか】

（形動）落落大方，胸襟開闊，豁達

例 おおらかな性格になりたい。

譯 我希望自己能落落大方的待人接物。

17 ｜おくびょう【臆病】

（名・形動）戰戰兢兢的；膽怯，怯懦

例 臆病者と呼ばれる。

譯 被稱做膽小鬼。

18 ｜おごそか【厳か】

（形動）威嚴而莊重的樣子；莊嚴，嚴肅

例 厳かに行われる。

譯 嚴肅的舉行。

19 ｜おせっかい

（名・形動）愛管閒事，多事

例 おせっかいを焼く。

譯 好管他人閒事。

20 ｜おちつき【落ち着き】

（名）鎮靜，沉著，安詳；（器物等）穩當，放得穩；穩妥，協調

例 落ち着きを取り戻す。

譯 恢復鎮靜。

21 ｜おつかい【お使い】

（名）被打發出去辦事，跑腿

例 お使いを頼む。

譯 受指派外出辦事。

22 ｜おっちょこちょい

（名・形動）輕浮，冒失，不穩重；輕浮的人，輕佻的人

例 おっちょこちょいなところがある。

譯 有冒失之處。

23 ｜おどおど

（副・自サ）提心吊膽，忐忑不安

例 人前ではいつもおどおどしている。

譯 在人面前總是提心吊膽。

24 ｜おんわ【温和】

（名・形動）（氣候等）溫和，溫暖；（性情、意見等）柔和，溫和

例 温和な性格。

譯 溫和的個性。

25 ｜かって【勝手】

(名・形動) 廚房；情況；任意

例 勝手にしろ。

譯 隨便你啦。

26 ｜かっぱつ【活発】

(形動) 動作或言談充滿活力；活潑，活躍

例 取引が活発である。

譯 交易活絡。

27 ｜がんこ【頑固】

(名・形動) 頑固，固執；久治不癒的病，痼疾

例 頑固親父が出演した。

譯 由頑固老爹來扮演演出。

28 ｜かんにさわる【癇に障る】

(慣) 觸怒，令人生氣

例 あの話し方が癇に障る。

譯 那種説話方式真令人生氣。

29 ｜かんよう【寛容】

(名・形動・他サ) 容許，寬容，容忍

例 寛容な態度で向き合う。

譯 以寬宏的態度對待。

30 ｜きがきく【気が利く】

(慣) 機伶，敏慧

例 新人なのに気が利く。

譯 雖是新人但做事機敏。

31 ｜きさく【気さく】

(形動) 坦率，直爽，隨和

例 気さくな人柄。

譯 隨和的性格。

7-6 態度、性格 (2) ／
態度、性格(2)

32 ｜きざ【気障】

(形動) 裝模作樣，做作；令人生厭，刺眼

例 気障な男が現れる。

譯 出現了一位裝模作樣的男人。

33 ｜きしつ【気質】

(名) 氣質，脾氣；風格

例 気質が優しい。

譯 性情溫柔。

34 ｜きだて【気立て】

(名) 性情，性格，脾氣

例 気立てが優しい。

譯 性情溫和。

35 ｜きちょうめん【几帳面】

(名・形動) 規規矩矩，一絲不苟；(自律)嚴格，(注意)周到

例 几帳面な性格。

譯 一絲不苟的個性。

36 ｜きなが【気長】

(名・形動) 緩慢，慢性；耐心，耐性

例 気長に待つ。

譯 耐心等待。

37 ｜きふう【気風】

⒜ 風氣，習氣；特性，氣質；風度，氣派

例 関西人の気風。

譯 關西人的習性。

38 ｜きまぐれ【気紛れ】

⒜·形動 反覆不定，忽三忽四；反復不定，變化無常

例 気まぐれな性格を直す。

譯 改善反復無常的個性。

39 ｜きまじめ【生真面目】

⒜·形動 一本正經，非常認真；過於耿直

例 生真面目な性格から脱却する。

譯 改掉一本正經的性格。

40 ｜きょう【強】

⒜·漢造 強者；（接尾詞用法）強，有餘；強，有力；加強；硬是，勉強

例 強弱をつける。

譯 區分強弱。

41 ｜きょよう【許容】

⒜·他サ 容許，允許，寬容

例 許容範囲が広い。

譯 允許範圍非常廣泛。

42 ｜きんべん【勤勉】

⒜·形動 勤勞，勤奮

例 勤勉な学生。

譯 勤勞的學生。

43 ｜くっせつ【屈折】

⒜·自サ 彎曲，曲折；歪曲，不正常，不自然

例 光が屈折する。

譯 光線折射。

44 ｜けいせい【形成】

⒜·他サ 形成

例 人格を形成する。

譯 人格形成。

45 ｜けいそつ【軽率】

⒜·形動 輕率，草率，馬虎

例 軽率な発言は控えたい。

譯 發言草率希望能加以節制。

46 ｜けんめい【賢明】

⒜·形動 賢明，英明，高明

例 賢明な行い。

譯 高明的作法。

47 ｜こうい【行為】

⒜ 行為，行動，舉止

例 親切な行為を行う。

譯 施行舉止親切之禮節。

48 ｜こせい【個性】

⒜ 個性，特性

例 個性を出す。

譯 凸出特色。

49 ｜こだわる【拘る】

⒜五 拘泥；妨礙，阻礙，抵觸

例 学歴にこだわる。

譯 拘泥於學歷。

---

50 ｜こつこつ

副 孜孜不倦，堅持不懈，勤奮；（硬物相敲擊）咚咚聲

例 こつこつと勉強する。

譯 孜孜不倦的讀書。

---

51 ｜こまやか【細やか】

形動 深深關懷對方的樣子；深切，深厚

例 細やかな気配りができる。

譯 能得到深切的關注。

---

52 ｜ざつ【雑】

名・形動 雜類；（不單純的）混雜；摻雜；（非主要的）雜項；粗雜；粗糙；粗枝大葉

例 雑に扱う。

譯 隨便處理。

---

53 ｜ざんこく【残酷】

形動 殘酷，殘忍

例 残酷な仕打ちをする。

譯 殘酷對待。

---

54 ｜じが【自我】

名 我，自己，自我；（哲）意識主體

例 自我が芽生える。

譯 萌生主體意識。

---

55 ｜しっとり

副・サ変 寧靜，沈靜；濕潤，潤澤

例 しっとりした感じの女性の方が良い。

譯 我比較喜歡文靜的女子。

---

56 ｜しとやか

形動 說話與動作安靜文雅；文靜

例 しとやかな女性に惹かれる。

譯 被舉止優雅，文靜的女子所吸引。

---

57 ｜しぶとい

形 對痛苦或逆境不屈服，倔強，頑強

例 しぶとい人間が勝つ。

譯 頑強的人將獲勝。

---

58 ｜じゃく【弱】

名・接尾・漢造 （文）弱，弱者；不足；年輕

例 弱肉強食が露骨になっている。

譯 弱肉強食顯得毫不留情。

---

59 ｜しゃこう【社交】

名 社交，交際

例 社交的な人と言われる。

譯 被認為是善於社交的人。

---

60 ｜じょうねつ【情熱】

名 熱情，激情

例 情熱にあふれる。

譯 熱情洋溢。

---

61 ｜じんかく【人格】

名 人格，人品；（獨立自主的）個人

例 人格が優れる。

譯 人品出眾。

7-6 態度、性格 (3) /
態度、性格 (3)

62 | すねる【拗ねる】
〔自下一〕 乖戾，鬧彆扭，任性撒野
例 世をすねる。
譯 玩世不恭；憤世嫉俗。

63 | せいじつ【誠実】
〔名・形動〕 誠實，真誠
例 誠実な人柄を表している。
譯 呈現出誠實的人格特質。

64 | せいじゅん【清純】
〔名・形動〕 清純，純真，清秀
例 清純な少女を絵に描いた。
譯 描繪著清純可人的少女。

65 | ぜんりょう【善良】
〔名・形動〕 善良，正直
例 善良な風俗に反する。
譯 違反善良風俗。

66 | そうたい【相対】
〔名〕 對面，相對
例 空間的な相対関係を用いた。
譯 使用空間上的相對關係。

67 | そっけない【素っ気ない】
〔形〕 不表示興趣與關心；冷淡的
例 素っ気なく断る。
譯 冷淡地拒絕。

68 | ぞんざい
〔形動〕 粗率，潦草，馬虎；不禮貌，粗魯
例 ぞんざいな扱いを受ける。
譯 受到粗魯無禮的對待。

69 | だいたん【大胆】
〔名・形動〕 大膽，有勇氣，無畏；厚顏，膽大妄為
例 大胆な行動を取る。
譯 採取大膽的行動。

70 | だらだら
〔副・自サ〕 滴滴答答地，冗長，磨磨蹭蹭的；斜度小而長
例 汗がだらだらと流れる。
譯 汗流夾背。

71 | たんき【短気】
〔名・形動〕 性情急躁，沒耐性，性急
例 短気を起こす。
譯 犯急躁。

72 | ちかよりがたい【近寄りがたい】
〔形〕 難以接近
例 近寄りがたい人。
譯 難以親近的人。

73 | ちっぽけ
〔名〕 (俗) 極小
例 ちっぽけな悩みがぶっ飛んだ。
譯 小小的煩惱被吹走了。

74 | チャーミング【charming】

形動 有魅力，迷人，可愛

例 チャーミングな目をする。

譯 有迷人的眼睛。

---

75 | つつしむ【慎む・謹む】

他五 謹慎，慎重；控制，節制；恭，恭敬

例 お酒を慎む。

譯 節制飲酒。

---

76 | つよい【強い】

形 強，強勁；強壯，健壯；強烈，有害；堅強，堅決；對…強，有抵抗力；（在某方面）擅長

例 意志が強い。

譯 意志堅強。

---

77 | つよがる【強がる】

自五 逞強，裝硬漢

例 弱い者に限って強がる。

譯 唯有弱者愛逞強。

---

78 | でかい

形 （俗）大的

例 態度がでかい。

譯 態度傲慢。

---

79 | どうどう【堂々】

形動・副 （儀表等）堂堂；威風凜凜；冠冕堂皇，光明正大；無所顧忌，勇往直前

例 堂々と行進する。

譯 威風凜凜的前進。

---

80 | どきょう【度胸】

名 膽子，氣魄

例 度胸がある。

譯 有膽識。

---

81 | ドライ【dry】

名・形動 乾燥，乾旱；乾巴巴，枯燥無味；（處事）理智，冷冰冰；禁酒，（宴會上）不提供酒

例 ドライな性格を直したい。

譯 想改掉鐵面無私的性格。

---

82 | なごむ【和む】

自五 平靜下來，溫和起來

例 心が和む。

譯 心情平靜下來。

---

83 | なまぬるい【生ぬるい】

形 還沒熱到熟的程度，該冰的東西尚未冷卻；溫和；不嚴格，馬馬虎虎；姑息

例 生ぬるい考えにイライラした。

譯 被優柔寡斷的想法弄得情緒焦躁。

---

84 | なれなれしい

形 非常親近，完全不客氣的態度；親近，親密無間

例 馴れ馴れしい態度が嫌い。

譯 不喜歡過份親暱的態度。

---

85 | ネガティブ・ネガ【negative】

名・形動 （照相）軟片，底片；否定的，消極的

例 ネガティブな思考に陥る。

譯 陷入負面思考。

86 ｜はいりょ【配慮】

(名・他サ) 關懷，照料，照顧，關照

例 住民に配慮する。

譯 關懷居民。

---

87 ｜びしょう【微笑】

(名・自サ) 微笑

例 微笑を浮かべる。

譯 浮上微笑。

---

88 ｜ひとがら【人柄】

(名・形動) 人品，人格，品質；人品好

例 人柄がいい。

譯 人品好。

---

89 ｜ファザコン【(和)father + complex 之略】

(名) 戀父情結

例 彼女はファザコンだ。

譯 她有戀父情結。

---

90 ｜ぶれい【無礼】

(名・形動) 沒禮貌，不恭敬，失禮

例 無礼な奴に絡まれる。

譯 被無禮的傢伙糾纏住。

---

91 ｜ほうりだす【放り出す】

(他五) (胡亂)扔出去，抛出去；擱置，丟開，扔下

例 仕事を途中で放り出す。

譯 把做到一半工作丟開。

---

92 ｜ほしゅ【保守】

(名・他サ) 保守；保養

例 保守主義を導入する。

譯 導入保守主義。

---

93 ｜まえむき【前向き】

(名) 面像前方，面向正面；向前看，積極

例 前向きに考える。

譯 積極檢討。

---

94 ｜まけずぎらい【負けず嫌い】

(名・形動) 不服輸，好強

例 負けず嫌いな人。

譯 不服輸的人。

---

95 ｜マザコン【(和)mother + complex 之略】

(名) 戀母情結

例 あいつはマザコンなんだ。

譯 那傢伙有戀母情結。

---

96 ｜みえっぱり【見栄っ張り】

(名) 虛飾外表(的人)

例 見栄っ張りなやつ。

譯 追求虛榮的人。

---

97 ｜みくだす【見下す】

(他五) 輕視，藐視，看不起；往下看，俯視

例 人を見下した態度。

譯 輕視別人的態度。

98 | みならう【見習う】

(他五) 學習，見習，熟習；模仿

例 見習うべき手本を残した。

譯 留下值得學習的範本。

99 | むくち【無口】

(名・形動) 沈默寡言，不愛説話

例 無口な青年を誘惑する。

譯 引誘沈默寡言的年輕人。

100 | むじゃき【無邪気】

(名・形動) 天真爛漫，思想單純，幼稚

例 無邪気な子供。

譯 天真爛漫的孩子。

101 | むちゃくちゃ【無茶苦茶】

(名・形動) 毫無道理，豈有此理；混亂，亂七八糟；亂哄哄

例 無茶苦茶忙しい日々を過ごす。

譯 過著忙亂的生活。

102 | むちゃ【無茶】

(名・形動) 毫無道理，豈有此理；胡亂，亂來；格外，過分

例 それは無茶というものです。

譯 這簡直是胡來。

103 | めいろう【明朗】

(形動) 明朗；清明，公正，光明正大，不隱諱

例 健康で明朗な少年。

譯 健康開朗的少年。

104 | もはん【模範】

(名) 模範，榜樣，典型

例 模範を示す。

譯 作為典範。

105 | よくぼう【欲望】

(名) 慾望；欲求

例 欲望を満たす。

譯 滿足慾望。

106 | らっかん【楽観】

(名・他サ) 樂觀

例 楽観的な性格。

譯 樂觀的個性。

107 | れいこく【冷酷】

(名・形動) 冷酷無情

例 彼は冷酷な人間だ。

譯 他是個冷酷無情的人。

108 | れいたん【冷淡】

(名・形動) 冷淡，冷漠，不熱心；不熱情，不親熱

例 冷淡な態度をとる。

譯 採冷淡的態度。

109 | ろこつ【露骨】

(名・形動) 露骨，坦率，明顯；毫不客氣，毫無顧忌；赤裸裸

例 露骨に悪口を言う。

譯 毫不留情的罵。

110 ｜ワンパターン【(和) one + pattern】

(名・形動) 一成不變，同樣的

例 ワンパターンな人間になる。

譯 成為一成不變的人。

7-7 人間関係 (1) /
人際關係 (1)

01 ｜あいだがら【間柄】

(名) (親屬、親戚等的)關係；來往關係，交情

例 親子の間柄。

譯 親子關係。

02 ｜あらかじめ【予め】

(副) 預先，先

例 あらかじめアポをとる。

譯 事先預約。

03 ｜えん【縁】

(名) 廊子；關係，因緣；血緣，姻緣；邊緣；緣分，機緣

例 縁がある。

譯 有緣份。

04 ｜おとも【お供】

(名・自サ) 陪伴，陪同，跟隨；陪同的人，隨員

例 社長にお供する。

譯 陪同社長。

05 ｜かたとき【片時】

(名) 片刻

例 片時も忘れられない。

譯 片刻難忘。

06 ｜かわるがわる【代わる代わる】

(副) 輪流，輪換，輪班

例 代る代る看病する。

譯 輪流看護。

07 ｜かんしょう【干渉】

(名・自サ) 干預，參與，干涉；(理)(音波，光波的)干擾

例 他人に干渉する。

譯 干涉他人。

08 ｜がっちり

(副・自サ) 嚴密吻合

例 がっちりと組む。

譯 牢牢裝在一起。

09 ｜きずく【築く】

(他五) 築，建築，修建；構成，(逐步)形成，累積

例 キャリアを築く。

譯 累積工作經驗。

10 ｜きゅうち【旧知】

(名) 故知，老友

例 旧知を訪ねる。

譯 拜訪老友。

11 ｜きゅうゆう【旧友】

(名) 老朋友

例 旧友と再会する。
譯 和老友重聚。

12 ｜きょうちょう【協調】

名・自サ 協調；合作
例 協調性がある。
譯 具有協調性。

13 ｜こうご【交互】

名 互相，交替
例 交互に使う。
譯 交替使用。

14 ｜こじれる【拗れる】

自下一 彆扭，執拗;(事物)複雜化，惡化，
(病)纏綿不癒
例 風邪が拗れる。
譯 感冒越來越嚴重。

15 ｜コネ【connection 之略】

名 關係，門路
例 コネを頼って就職する。
譯 利用關係找工作。

16 ｜さいかい【再会】

名・自サ 重逢，再次見面
例 再会を約束する。
譯 約定再會。

17 ｜したしまれる【親しまれる】

自五 (「親しむ」的受身形)被喜歡
例 子供に親しまれる。
譯 被小孩所喜歡。

18 ｜したしむ【親しむ】

自五 親近，親密，接近；愛好，喜愛
例 親しみやすい人には笑顔が多い。
譯 容易接近的人經常笑容滿面。

19 ｜しょたいめん【初対面】

名 初次見面，第一次見面
例 初対面の挨拶を交わした。
譯 初次見面相互寒暄致意。

20 ｜すくい【救い】

名 救，救援；挽救，彌補；(宗)靈魂
的拯救
例 救いの手をさしのべる。
譯 伸出援手。

21 ｜すれちがい【擦れ違い】

名 交錯，錯過去，差開
例 擦れ違いの夫婦が増えていった。
譯 沒有交集的夫妻增多。

N1 7-7 (2)

7-7 人間関係 (2) /
人際關係 (2)

22 ｜たいとう【対等】

形動 對等，同等，平等
例 対等な立場が理想だ。
譯 對等的立場是最為理想的。

23 ｜たいめん【対面】

名・自サ 會面，見面
例 初対面が苦手だ。
譯 初次見面時最為尷尬。

24 | たすけ【助け】

[名] 幫助，援助；救濟，救助；救命

[例] なんの助(たす)けにもならない。

[譯] 一點幫助也沒有。

25 | ちゅうしょう【中傷】

[名·他サ] 重傷，毀謗，污衊

[例] 人(ひと)を中傷(ちゅうしょう)する。

[譯] 中傷別人。

26 | つかえる【仕える】

[自下一] 服侍，侍候，侍奉；（在官署等）當官

[例] 神(かみ)に仕(つか)える。

[譯] 侍奉神佛。

27 | どうちょう【同調】

[名·自他サ] 調整音調；同調，同一步調，同意

[例] 相手(あいて)に同調(どうちょう)する。

[譯] 贊同對方。

28 | とも【供】

[名]（長輩、貴人等的）隨從，從者；伴侶；夥伴，同伴

[例] 供(とも)に分(わ)かち合(あ)う。

[譯] 與伙伴共同分享。

29 | にあい【似合い】

[名] 相配，合適

[例] 似合(にあ)いのカップル。

[譯] 登對的情侶。

30 | はしわたし【橋渡し】

[名] 架橋；當中間人，當介紹人

[例] 橋渡(はしわた)し役(やく)になる。

[譯] 扮演介紹人的角色。

31 | ひきたてる【引き立てる】

[他下一] 提拔，關照；穀粒；使…顯眼；（強行）拉走，帶走；關門（拉門）

[例] 後輩(こうはい)を引(ひ)き立(た)てる。

[譯] 提拔晚輩。

32 | ふさわしい

[形] 顯得均衡，使人感到相稱；適合，合適；相稱，相配

[例] ふさわしい服装(ふくそう)に仕上(しあ)げる。

[譯] 完成了一件合身的衣服。

33 | ペアルック【（和）pair + look】

[名] 情侶裝，夫妻裝

[例] 恋人(こいびと)とペアルック。

[譯] 與情人穿情侶裝。

34 | ほうかい【崩壊】

[名·自サ] 崩潰，垮台；（理）衰變，蛻變

[例] 家庭(かてい)が崩壊(ほうかい)する。

[譯] 家庭瓦解。

35 | まじえる【交える】

[他下一] 夾雜，摻雜；（使細長的東西）交叉；互相接觸，交

[例] 私情(しじょう)を交(まじ)える。

[譯] 參雜私人情感。

36 ｜みせもの【見せ物】

名 雜耍（指雜技團、馬戲團、魔術等）；
被眾人耍弄的對象

例 見せ物にされる。

譯 被當作耍弄的對象。

37 ｜みっせつ【密接】

名・自サ・形動 密接，緊連；密切

例 密接な関係にある。

譯 有密切的關係。

38 ｜ムード【mood】

名 心情，情緒；氣氛；(語)語氣；情趣；
樣式，方式

例 ムードをぶち壊す。

譯 破壞氣氛。

39 ｜むすびつき【結び付き】

名 聯繫，聯合，關係

例 結び付きが強い。

譯 結合得很堅固。

40 ｜むすびつける【結び付ける】

他下一 繫上，拴上；結合，聯繫

例 運命が彼らを結び付ける。

譯 命運把他們結合在一起。

41 ｜めんかい【面会】

名・自サ 會見，會面

例 面会謝絶になる。

譯 謝絕會面。

42 ｜もてなす【持て成す】

他五 接待，招待，款待；(請吃飯)宴請，
招待

例 お客様を持て成す。

譯 宴請客人。

43 ｜ゆうずう【融通】

名・他サ 暢通(錢款)，通融；腦筋靈活，
臨機應變

例 融通がきく。

譯 善於臨機應變。

44 ｜ライバル【rival】

名 競爭對手；情敵

例 よきライバルを見つける。

譯 找到好的對手。

7-8 神仏、化け物／
神佛、怪物

01 ｜おみや【お宮】

名 神社

例 お宮参りをする。

譯 去參拜神社；孩子出生後第一次參拜
神社。

02 ｜かいじゅう【怪獣】

名 怪獸

例 怪獣が火を噴く。

譯 怪獸噴火。

03 ｜ごくらく【極楽】

名 極樂世界；安定的境界，天堂
例 極楽浄土に往生する。
譯 往生極樂世界。

04 ｜ささげる【捧げる】

他下一 雙手抱拳，捧拳；供，供奉，敬獻；
獻出，貢獻
例 神様に捧げる。
譯 供奉給神明。

05 ｜じごく【地獄】

名 地獄；苦難；受苦的地方；（火山的）
噴火口
例 地獄耳が聞き逃す。
譯 耳朵靈竟漏聽了。

06 ｜しゅう【宗】

名 （宗）宗派；宗旨
例 日蓮宗の宗徒が柱を寄付する。
譯 日蓮宗的門徒捐贈柱子。

07 ｜しんせい【神聖】

名・形動 神聖
例 神聖な山が鎮座している。
譯 聖山在此坐鎮。

08 ｜しんでん【神殿】

名 神殿，神社的正殿
例 神殿を営造する。
譯 修建神殿。

09 ｜すうはい【崇拜】

名・他サ 崇拜；信仰
例 個人崇拝が批判された。
譯 個人崇拜受到批判。

10 ｜せいしょ【聖書】

名 （基督教的）聖經；古聖人的著述，
聖典
例 新約聖書を研究する。
譯 研究新約聖經。

11 ｜せんきょう【宣教】

名・自サ 傳教，佈道
例 宣教師を希望する。
譯 希望成為傳教士。

12 ｜ぜん【禅】

漢造 （佛）禪，靜坐默唸；禪宗的簡稱
例 座禅を組む。
譯 坐禪。

13 ｜たてまつる【奉る】

他五・補動・五型 奉，獻上，恭維，捧；（文）
（接動詞連用型）表示謙遜或恭敬
例 会長に奉る。
譯 抬舉（他）做會長。

14 ｜たましい【魂】

名 靈魂；魂魄；精神，精力，心魂
例 魂を入れる。
譯 注入靈魂。

15 | つりがね【釣鐘】

名 （寺院等的）吊鐘

例 釣鐘をつき鳴らす。

譯 敲鐘。

---

16 | てんごく【天国】

名 天國，天堂；理想境界，樂園

例 歩行者天国を守る。

譯 守住步行天國制度。

---

17 | でんせつ【伝説】

名 傳説，口傳

例 伝説が伝わる。

譯 傳説流傳。

---

18 | とりい【鳥居】

名 （神社入口處的）牌坊

例 鳥居をくぐる。

譯 穿過牌坊。

---

19 | ばける【化ける】

自下一 變成，化成；喬裝，扮裝；突然變成

例 白蛇が美しい娘に化ける。

譯 白蛇變成一個美麗的姑娘。

---

20 | ぶつぞう【仏像】

名 佛像

例 仏像を拝む。

譯 參拜佛像。

---

21 | ぶつだん【仏壇】

名 佛龕

例 仏壇に手を合わせる。

譯 對著佛龕膜拜。

---

22 | ゆうれい【幽霊】

名 幽靈，鬼魂，亡魂；有名無實的事物

例 幽霊が出る屋敷。

譯 鬼魂出沒的屋子。

パート
8
第八章

親族

- 親屬 -

N1 8-1

8-1 家族 /
家族

01 | きょうぐう【境遇】

[名] 境遇，處境，遭遇，環境

[例] 恵(めぐ)まれた境遇(きょうぐう)に生(う)まれた。

[譯] 生長在得天獨厚的環境下。

02 | ぎり【義理】

[名]（交往上應盡的）情意，禮節，人情；緣由，道理

[例] 義理(ぎり)の兄弟(きょうだい)。

[譯] 大伯，小叔，姊夫，妹夫。

03 | せたい【世帯】

[名] 家庭，戶

[例] 三世帯住宅(さんせたいじゅうたく)に建(た)て替(か)える。

[譯] 翻蓋為三代同堂的住宅。

04 | ふよう【扶養】

[名・他サ] 扶養，撫育

[例] 扶養控除(ふようこうじょ)の対象(たいしょう)にならない。

[譯] 無法成為受撫養減稅的對象。

05 | みうち【身内】

[名] 身體內部，全身；親屬；（俠客、賭徒等的）自家人，師兄弟

[例] 身内(みうち)だけで晩(ばん)ご飯(はん)を食(た)べる。

[譯] 只有親屬共進晚餐。

06 | むこ【婿】

[名] 女婿；新郎

[例] 婿養子(むこようし)をもらう。

[譯] 招贅。

07 | やしなう【養う】

[他五]（子女）養育，撫育；養活，扶養；餵養；培養；保養，休養

[例] 妻(つま)と子(こ)を養(やしな)う。

[譯] 撫養妻子與小孩。

08 | ゆらぐ【揺らぐ】

[自五] 搖動，搖晃；意志動搖；搖搖欲墜，岌岌可危

[例] 決心(けっしん)が揺(ゆ)らぐ。

[譯] 決心產生動搖。

09 | よりそう【寄り添う】

[自五] 挨近，貼近，靠近

[例] 母(はは)に寄(よ)り添(そ)う。

[譯] 靠在母親身上。

N1 8-2

8-2 夫婦 /
夫婦

01 | えんまん【円満】

[形動] 圓滿，美滿，完美

[例] 円満(えんまん)な夫婦(ふうふ)。

[譯] 幸福美滿的夫妻。

02 | だんな【旦那】

③ 主人；特稱別人丈夫；老公；先生，老爺

例 お宅の旦那が悪い。

譯 是您的丈夫不對。

---

03 | なれそめ【馴れ初め】

③（男女）相互親近的開端，產生戀愛的開端

例 なれそめのことを懐かしく思い出す。

譯 想起兩人相戀的契機。

---

04 | にかよう【似通う】

⑤ 類似，相似

例 似通った感じ。

譯 類似的感覺。

---

05 | はいぐうしゃ【配偶者】

③ 配偶；夫婦當中的一方

例 配偶者有無の欄に書く。

譯 填在配偶有無的欄位上。

8-3 先祖、親 /
祖先、父母

01 | おふくろ【お袋】

③（俗；男性用語）母親，媽媽

例 お袋に孝行する。

譯 孝順媽媽。

---

02 | おやじ【親父】

③（俗；男性用語）父親，我爸爸；老頭子

例 厳格な親父に育てられた。

譯 在父親嚴格的教管下成長。

---

03 | けんざい【健在】

③・形動 健在

例 両親は健在です。

譯 雙親健在。

---

04 | せんだい【先代】

③ 上一輩，上一代的主人；以前的時代；前代（的藝人）

例 先代の社長が倒れた。

譯 前任社長病倒了。

---

05 | にくしん【肉親】

③ 親骨肉，親人

例 肉親を探す。

譯 尋找親人。

---

06 | パパ【papa】

③（兒）爸爸

例 パパに懐く。

譯 很黏爸爸。

8-4 子、子孫 /
孩子、子孫

01 | おんぶ

③・他サ（幼兒語）背，背負；（俗）讓他人負擔費用，依靠別人

例 子供をおんぶする。

譯 背小孩。

02 | こじ【孤児】

名 孤兒；沒有伴兒的人，孤獨的人

例 震災孤児を支援する。

譯 支援地震孤兒。

---

03 | こもりうた【子守歌・子守唄】

名 搖籃曲

例 子守唄を聞く。

譯 聽搖籃曲。

---

04 | しそく【子息】

名 兒子(指他人的)，令郎

例 ご子息が後を継ぐ。

譯 令郎將繼承衣缽。

---

05 | せがれ【倅】

名 （對人謙稱自己的兒子）犬子；（對他人兒子、晚輩的蔑稱）小傢伙，小子

例 私のせがれです。

譯 （這是）犬子。

---

06 | だっこ【抱っこ】

名・他サ 抱

例 赤ちゃんを抱っこする。

譯 抱起嬰兒。

---

07 | ねかす【寝かす】

他五 使睡覺

例 赤ん坊を寝かす。

譯 哄嬰兒睡覺。

---

08 | ねかせる【寝かせる】

他下一 使睡覺，使躺下；使平倒；存放著，賣不出去；使發酵

例 子供を寝かせる。

譯 哄孩子睡覺。

---

09 | ねんちょう【年長】

名・形動 年長，年歲大，年長的人

例 年長者を敬う。

譯 尊敬年長者。

---

10 | はいはい

名・自サ （幼兒語）爬行

例 はいはいができるようになった。

譯 小孩會爬行了。

---

11 | はんえい【繁栄】

名・自サ 繁榮，昌盛，興旺

例 子孫が繁栄する。

譯 子孫興旺。

---

12 | ようし【養子】

名 養子；繼子

例 弟の子を養子にもらう。

譯 領養弟弟的小孩。

8-5 自分を指して言うことば／
指自己的稱呼

01 | おれ【俺】

代 （男性用語）(對平輩、晚輩的自稱)我，俺

例 俺様とは何様のつもりだ。

譯 你以為你是誰啊！

02 | じこ【自己】

[名] 自己，自我

[例] 自己催眠(じこさいみん)をかける。

[譯] 自我催眠。

03 | どくじ【独自】

[形動] 獨自，獨特，個人

[例] 独自(どくじ)に編(あ)み出(だ)す。

[譯] 獨創。

04 | マイ【my】

[造語] 我的(只用在「自家用、自己專用」時)

[例] マイホームを購入(こうにゅう)する。

[譯] 買了自己的房子。

05 | われ【我】

[名·代] 自我，自己，本身；我，吾，我方

[例] 我(われ)を忘(わす)れる。

[譯] 忘我。

Memo

パート
9
第九章

動物

- 動物 -

N1 9-1

9-1 動物の仲間 / 動物類

01 | えもの【獲物】

[名] 獵物；掠奪物，戰利品

[例] 獲物(えもの)を仕留(しと)める。

[譯] 射死獵物。

02 | おす【雄】

[名] (動物的)雄性，公；牡

[例] 雄(おす)の闘争心(とうそうしん)。

[譯] 雄性的鬥爭心。

03 | かえる【蛙】

[名] 青蛙

[例] 蛙(かえる)が鳴(な)く。

[譯] 蛙鳴。

04 | かり【狩り】

[名] 打獵；採集；遊看，觀賞；搜查，拘捕

[例] 狩(か)りに出(で)る。

[譯] 去打獵。

05 | くびわ【首輪】

[名] 狗，貓等的脖圈

[例] 首輪(くびわ)をはめる。

[譯] 戴上項圈。

06 | けだもの【獣】

[名] 獸；畜生，野獸

[例] この獣(けだもの)め。

[譯] 這個畜生。

07 | けもの【獣】

[名] 獸；野獸

[例] 獣(けもの)に遭遇(そうぐう)する。

[譯] 遇到野獸。

08 | こんちゅう【昆虫】

[名] 昆蟲

[例] 昆虫類(こんちゅうるい)は苦手(にがて)だ。

[譯] 我最怕昆蟲類了。

09 | しかけ【仕掛け】

[名] 開始做，著手；製作中，做到中途；找碴，挑釁；裝置，結構；規模；陷阱

[例] 自動的(じどうてき)に閉(し)まる仕掛(しか)け。

[譯] 自動開關裝置。

10 | しんか【進化】

[名·自サ] 進化，進步

[例] 進化(しんか)を妨(さまた)げる。

[譯] 妨礙進步。

11 | ぜんめつ【全滅】

[名·自他サ] 全滅，徹底消滅

例 害虫を全滅させる。
譯 徹底消滅害蟲。

12 ｜たいか【退化】

（名・自サ）（生）退化；退步，倒退
例 文明の退化が凄まじい。
譯 文明嚴重倒退。

13 ｜ちょう【蝶】

（名）蝴蝶
例 蝶々結びにする。
譯 打蝴蝶結。

14 ｜つの【角】

（名）（牛、羊等的）角，犄角；（蝸牛等的）觸角；角狀物
例 しかの角を川で拾った。
譯 在河裡撿到鹿角。

15 ｜でくわす【出くわす】

（自五）碰上，碰見
例 森で熊に出くわす。
譯 在森林裡遇到熊。

16 ｜とうみん【冬眠】

（名・自サ）冬眠；停頓
例 冬眠する動物は長寿である。
譯 冬眠的動物較為長壽。

17 ｜なつく

（自五）親近；喜歡；馴（服）
例 犬が懐く。
譯 狗和人親近。

18 ｜ならす【馴らす】

（他五）馴養，調馴
例 怒りの虎を飼い馴らすに至った。
譯 馴服了憤怒咆哮的老虎。

19 ｜はなしがい【放し飼い】

（名）放養，放牧
例 猫を放し飼いにする。
譯 將貓放養。

20 ｜ひな【雛】

（名・接頭）雛鳥，雛雞；古裝偶人；（冠於某名詞上）表小巧玲瓏
例 ヒナを育てる。
譯 飼養幼鳥。

21 ｜ほご【保護】

（名・他サ）保護
例 自然を保護する。
譯 保護自然。

22 ｜めす【雌】

（名）雌，母；（罵）女人
例 雌に求愛する。
譯 向雌性求愛。

23 ｜やせい【野生】

（名・自サ・代）野生；鄙人
例 野生動物を保護する。
譯 保護野生動物。

N1

9

動物

動物類 ｜ 329

24 ｜わたりどり【渡り鳥】

名 候鳥；到處奔走謀生的人

例 渡（わた）り鳥（どり）が旅立（たびだ）つ。

譯 候鳥開始旅行了。

9-2 動物の動作、部位 /
動物的動作、部位

01 ｜お【尾】

名 (動物的)尾巴；(事物的)尾部；山腳

例 尾（お）を引（ひ）く。

譯 留下影響。

02 ｜くちばし【嘴】

名 (動)鳥嘴，嘴，喙

例 くちばしでつつく。

譯 用鳥嘴啄。

03 ｜さえずる

自五 (小鳥)婉轉地叫，嘰嘰喳喳地叫，歌唱

例 小鳥（ことり）がさえずる。

譯 小鳥歌唱。

04 ｜ぴんぴん

副・自サ 用力跳躍的樣子；健壯的樣子

例 魚（さかな）がぴんぴん（と）はねる。

譯 魚活蹦亂跳。

05 ｜むらがる【群がる】

自五 聚集，群集，密集，林立

例 アリが群（むら）がる。

譯 螞蟻群聚。

Memo

_____

_____

_____

_____

_____

_____

_____

_____

_____

_____

_____

_____

10-1 植物の仲間 /
植物類

01 ｜かふん【花粉】
名 (植)花粉
例 花粉症になる。
譯 得了花粉症。

02 ｜きゅうこん【球根】
名 (植)球根，鱗莖
例 球根を植える。
譯 種植球根。

03 ｜くき【茎】
名 茎；梗；柄；稈
例 茎が折れる。
譯 折斷花莖。

04 ｜こずえ【梢】
名 樹梢，樹枝
例 梢を切り落とす。
譯 剪去樹枝。

05 ｜しば【芝】
名 (植)(鋪草坪用的)矮草，短草
例 芝を刈り込む。
譯 剪草坪。

06 ｜じゅもく【樹木】
名 樹木

例 樹木に囲まれる。
譯 四周被樹木環繞。

07 ｜しゅ【種】
名・漢造 種類；(生物)種；種植；種子
例 種子植物を分類する。
譯 將種子植物加以分類。

08 ｜ぞうき【雑木】
名 雜樹，不成材的樹木
例 雑木林が見えてきた。
譯 看得到雜木林了。

09 ｜つぼみ【蕾】
名 花蕾，花苞；(前途有為而)未成年的人
例 つぼみが付く。
譯 長花苞。

10 ｜とげ【棘・刺】
名 (植物的)刺；(扎在身上的)刺；(轉)講話尖酸，話中帶刺
例 とげが刺さる。
譯 被刺刺到。

11 ｜なえ【苗】
名 苗，秧子，稻秧
例 野菜の苗を植えた。
譯 種植菜苗。

12 ｜ねんりん【年輪】

名（樹）年輪；技藝經驗；經年累月的歷史
例 年輪を重ねる。
譯 累積經驗。

13 ｜はす【蓮】

名 蓮花
例 蓮の花が見頃だ。
譯 現在正是賞蓮的時節。

14 ｜はなびら【花びら】

名 花瓣
例 花びらが舞う。
譯 花瓣飛舞。

15 ｜ほ【穂】

名（植）稻穗；（物的）尖端
例 稲穂が稔る。
譯 稻穗結實。

16 ｜みき【幹】

名 樹幹；事物的主要部分
例 木の幹と枝が絡んでいる。
譯 樹幹與樹枝纏在一起。

17 ｜わら【藁】

名 稻草，麥桿
例 藁を束ねる。
譯 綁稻草成束。

10-2 植物関連のことば／
植物相關用語

01 ｜おちば【落ち葉】

名 落葉

例 落ち葉を掃く。
譯 打掃落葉。

02 ｜かれる【涸れる・枯れる】

自下一（水分）乾涸；（能力、才能等）涸竭；
（草木）凋零，枯萎，枯死（木材）乾燥；
（修養、藝術等）純熟，老練；（身體等）
枯瘦，乾癟，（機能等）衰萎
例 涙が涸れる。
譯 淚水乾涸。

03 ｜しなびる【萎びる】

自上一 枯萎，乾癟
例 野菜が萎びる。
譯 青菜枯萎了。

04 ｜はつが【発芽】

名・自サ 發芽
例 種が発芽する。
譯 種子發芽。

05 ｜ひりょう【肥料】

名 肥料
例 肥料を与える。
譯 施肥。

06 ｜ひんしゅ【品種】

名 種類；（農）品種
例 品種改良する。
譯 改良品種。

07 ｜ほうさく【豊作】

名 豐收
例 豊作を祝う。
譯 慶祝豐收。

11-1 物、物質 /
物、物質

01 ｜アルカリ【alkali】
(名) 鹼；強鹼
例 純アルカリソーダ。
譯 純鹼蘇打。

02 ｜アルミ【aluminium】
(名) 鋁（「アルミニウム」的縮寫）
例 アルミ製品を一通り揃えた。
譯 鋁製品全部都備齊了。

03 ｜えき【液】
(名・漢造) 汁液，液體
例 液状化現象を起こした。
譯 引起液態化現象。

04 ｜おうごん【黄金】
(名) 黃金；金錢
例 黄金の仏像。
譯 黃金佛像。

05 ｜かごう【化合】
(名・自サ) （化）化合
例 化合物が検出された。
譯 被檢驗出含有化合物。

06 ｜かせき【化石】
(名・自サ) （地）化石；變成石頭
例 アンモナイトの化石。
譯 鸚鵡螺化石。

07 ｜がんせき【岩石】
(名) 岩石
例 岩石を採取する。
譯 採集岩石。

08 ｜けつごう【結合】
(名・自他サ) 結合；黏接
例 分子が結合する。
譯 結合分子。

09 ｜けっしょう【結晶】
(名・自サ) 結晶；（事物的）成果，結晶
例 雪の結晶を撮影する。
譯 拍攝雪的結晶。

10 ｜げんけい【原形】
(名) 原形，舊觀，原來的形狀
例 原形を留めていない。
譯 沒有留下舊貌。

11 ｜げんし【原子】

名 (理)原子；原子核

例 <ruby>原<rt>げん</rt></ruby><ruby>子<rt>し</rt></ruby><ruby>爆<rt>ばく</rt></ruby><ruby>弾<rt>だん</rt></ruby>を<ruby>投<rt>とう</rt></ruby><ruby>下<rt>か</rt></ruby>する。

譯 投下原子彈。

12 ｜げんそ【元素】

名 (化)元素；要素

例 <ruby>元<rt>げん</rt></ruby><ruby>素<rt>そ</rt></ruby><ruby>記<rt>き</rt></ruby><ruby>号<rt>ごう</rt></ruby>を<ruby>覚<rt>おぼ</rt></ruby>える。

譯 背誦元素符號。

13 ｜ごうせい【合成】

名·他サ (由兩種以上的東西合成)合成(一個東西)；(化)(元素或化合物)合成(化合物)

例 <ruby>合<rt>ごう</rt></ruby><ruby>成<rt>せい</rt></ruby><ruby>着<rt>ちゃく</rt></ruby><ruby>色<rt>しょく</rt></ruby><ruby>料<rt>りょう</rt></ruby>を<ruby>用<rt>もち</rt></ruby>いる。

譯 使用化學色素。

14 ｜さんか【酸化】

名·自サ (化)氧化

例 <ruby>鉄<rt>てつ</rt></ruby>が<ruby>酸<rt>さん</rt></ruby><ruby>化<rt>か</rt></ruby>する。

譯 鐵氧化。

15 ｜さん【酸】

名 酸味；辛酸，痛苦；(化)酸

例 アミノ<ruby>酸<rt>さん</rt></ruby><ruby>飲<rt>いん</rt></ruby><ruby>料<rt>りょう</rt></ruby>を<ruby>飲<rt>の</rt></ruby>む。

譯 喝氨基酸飲料。

16 ｜じき【磁器】

名 瓷器

例 <ruby>磁<rt>じ</rt></ruby><ruby>器<rt>き</rt></ruby>と<ruby>陶<rt>とう</rt></ruby><ruby>器<rt>き</rt></ruby>を<ruby>焼<rt>や</rt></ruby>き<ruby>合<rt>あ</rt></ruby>わせた。

譯 瓷器與陶器混在一起燒。

17 ｜じき【磁気】

名 (理)磁性，磁力

例 <ruby>磁<rt>じ</rt></ruby><ruby>気<rt>き</rt></ruby>で<ruby>治<rt>ち</rt></ruby><ruby>療<rt>りょう</rt></ruby>する。

譯 用磁力治療。

18 ｜しずく【滴】

名 水滴，水點

例 しずくが<ruby>落<rt>お</rt></ruby>ちる。

譯 水滴滴落。

19 ｜じゃり【砂利】

名 沙礫，碎石子

例 <ruby>道<rt>どう</rt></ruby><ruby>路<rt>ろ</rt></ruby>に<ruby>砂<rt>じゃ</rt></ruby><ruby>利<rt>り</rt></ruby>を<ruby>敷<rt>し</rt></ruby>く。

譯 在路上鋪碎石子。

20 ｜じょうりゅう【蒸留】

名·他サ 蒸餾

例 <ruby>海<rt>かい</rt></ruby><ruby>水<rt>すい</rt></ruby>を<ruby>蒸<rt>じょう</rt></ruby><ruby>留<rt>りゅう</rt></ruby>する。

譯 蒸餾海水。

21 ｜しんじゅ【真珠】

名 珍珠

例 <ruby>真<rt>しん</rt></ruby><ruby>珠<rt>じゅ</rt></ruby>を<ruby>採<rt>さい</rt></ruby><ruby>取<rt>しゅ</rt></ruby>する。

譯 採集珍珠。

22 ｜せいてつ【製鉄】

名 煉鐵，製鐵

例 <ruby>製<rt>せい</rt></ruby><ruby>鉄<rt>てつ</rt></ruby><ruby>所<rt>じょ</rt></ruby>を<ruby>新<rt>あら</rt></ruby>たに<ruby>建<rt>けん</rt></ruby><ruby>設<rt>せつ</rt></ruby>する。

譯 建設新的煉鐵廠。

23 ｜たれる【垂れる】

自下一·他下一 懸垂，掛拉；滴，流，滴答；垂，使下垂，懸掛；垂飾

例 しずくが垂れる。
譯 水滴滴落。

24 | たんそ【炭素】

名 (化)碳
例 二酸化炭素が使用される。
譯 使用二氧化碳。

25 | ちゅうわ【中和】

名・自サ 中正溫和；(理，化)中和，平衡
例 酸とアルカリが中和する。
譯 酸鹼中和。

26 | ちんでん【沈澱】

名・自サ 沈澱
例 沈殿物を生成する。
譯 產生沈澱物。

27 | なまり【鉛】

名 (化)鉛
例 鉛を含む。
譯 含鉛。

28 | はる【張る】

自他五 伸展；覆蓋；膨脹，(負擔)過重，
(價格)過高；拉；設置；盛滿(液體等)
例 湖に氷が張った。
譯 湖面結冰。

29 | びりょう【微量】

名 微量，少量
例 微量の毒物が検出される。
譯 檢驗出少量毒物。

30 | ぶったい【物体】

名 物體，物質
例 未確認飛行物体が見られる。
譯 可以看到未知物體(UFO)。

31 | ふっとう【沸騰】

名・自サ 沸騰；群情激昂，情緒高漲
例 お湯が沸騰する。
譯 熱水沸騰。

32 | ぶんし【分子】

名 (理・化・數)分子；…份子
例 分子を発見する。
譯 發現分子。

33 | ほうわ【飽和】

名・自サ (理)飽和；最大限度，極限
例 飽和状態に陥る。
譯 陷入飽和狀態。

34 | まく【膜】

名・漢造 膜；(表面)薄膜，薄皮
例 膜が張る。
譯 貼上薄膜。

35 | まやく【麻薬】

名 麻藥，毒品
例 麻薬中毒を治療する。
譯 治療毒癮。

36 ｜やく【薬】

（名・漢造）藥；化學藥品

例 弾薬を詰める。

譯 裝彈藥。

---

37 ｜ようえき【溶液】

（名）（理、化）溶液

例 溶液の濃度を測定する。

譯 測量溶液的濃度。

11-2 エネルギー、燃料 /
能源、燃料

01 ｜げんばく【原爆】

（名）原子彈

例 原爆を投下する。

譯 投下原子彈。

---

02 ｜げんゆ【原油】

（名）原油

例 原油価格が高騰する。

譯 石油價格居高不下。

---

03 ｜こう【光】

（漢造）光亮；光；風光；時光；榮譽；

例 太陽光で発電する。

譯 以太陽能發電。

---

04 ｜さかる【盛る】

（自五）旺盛；繁榮；（動物）發情

例 火が盛る。

譯 火勢旺盛。

05 ｜さよう【作用】

（名・自サ）作用；起作用

例 薬の副作用が心配だ。

譯 擔心藥物的副作用。

---

06 ｜ソーラーシステム【the solar system】

（名）太陽系；太陽能發電設備

例 ソーラーシステムを設置する。

譯 裝設太陽能發電設備。

---

07 ｜たきび【たき火】

（名）爐火，灶火；（用火）燒落葉

例 焚き火をする。

譯 點篝火。

---

08 ｜てんか【点火】

（名・自サ）點火

例 ろうそくに点火する。

譯 點蠟燭。

---

09 ｜どうりょく【動力】

（名）動力，原動力

例 動力を供給する。

譯 供給動力。

---

10 ｜ねんしょう【燃焼】

（名・自サ）燃燒；竭盡全力

例 石油が燃焼する。

譯 燃燒石油。

---

11 ｜ねんりょう【燃料】

（名）燃料

例 燃料をくう。

譯 耗費燃料。

12 ｜ばくは【爆破】

名・他サ 爆破，炸毀

例 建物を爆破する。

譯 炸毀建築物。

13 ｜はんしゃ【反射】

名・自他サ（光、電波等）折射，反射；（生理上的）反射（機能）

例 条件反射する。

譯 條件反射。

14 ｜ひばな【火花】

名 火星；（電）火花

例 火花が散る。

譯 迸出火星。

15 ｜ふりょく【浮力】

名（理）浮力

例 浮力が作用する。

譯 浮力起作用。

16 ｜ほうしゃせん【放射線】

名（理）放射線

例 放射線を浴びる。

譯 暴露在放射線之下。

17 ｜ほうしゃのう【放射能】

名（理）放射線

例 放射能は怖い。

譯 輻射很可怕。

18 ｜ほうしゃ【放射】

名・他サ 放射，輻射

例 放射性物質を垂れ流す。

譯 流放出放射性物質。

19 ｜ほうしゅつ【放出】

名・他サ 放出，排出，噴出；（政府）發放，投放

例 熱を放出する。

譯 放出熱能。

20 ｜まんタン【満 tank】

名（俗）油加滿

例 ガソリンを満タンにする。

譯 加滿了油。

21 ｜りょうしつ【良質】

名・形動 質量良好，上等

例 良質のタンパク質を摂る。

譯 攝取良好的蛋白質。

N1 11-3

11-3 原料、材料 /
原料、材料

01 ｜エコ【ecology 之略】

名・接頭 環保

例 エコグッズを活用する。

譯 活用環保商品。

02 ｜かいしゅう【回収】

名・他サ 回收，收回

例 資源回収を実施する。

譯 施行資源回收。

03 ｜かせん【化繊】

⒜ 化學纖維
⒕ 化繊の肌着。
⒤ 化學纖維材質的內衣。

---

04 ｜さいくつ【採掘】

⒜·他サ 採掘，開採，採礦
⒕ 金山を採掘する。
⒤ 開採金礦。

---

05 ｜しぼう【脂肪】

⒜ 脂肪
⒕ 脂肪を取る。
⒤ 去除脂肪。

---

06 ｜せんい【繊維】

⒜ 繊維
⒕ 化学繊維が生産される。
⒤ 生產化學纖維。

---

07 ｜そざい【素材】

⒜ 素材，原材料；題材
⒕ 素材の味を生かした料理。
⒤ 發揮食材原味的料理。

---

08 ｜たんぱくしつ【蛋白質】

⒜ （生化）蛋白質
⒕ タンパク質を取る。
⒤ 攝取蛋白質。

---

09 ｜はいき【廃棄】

⒜·他サ 廢除

⒕ 廃棄処分する。
⒤ 廢棄處理。

---

10 ｜ひんしつ【品質】

⒜ 品質，質量
⒕ 品質を疑う。
⒤ 對品質有疑慮。

天体、気象
- 天體、氣象 -

12-1 天体 /
天體

01 | うず【渦】
(名) 漩渦，漩渦狀；混亂狀態，難以脫身的處境
例 渦を巻く。
譯 打轉；呈現混亂狀態。

02 | えいせい【衛星】
(名) (天)衛星；人造衛星
例 人工衛星を打ち上げる。
譯 發射人造衛星。

03 | かせい【火星】
(名) (天)火星
例 火星人と出会いました。
譯 遇到了火星人。

04 | じてん【自転】
(名・自サ) (地球等的)自轉；自行轉動
例 地球の自転を証明した。
譯 證明地球是自轉的。

05 | せいざ【星座】
(名) 星座
例 星座占いを学ぶ。
譯 學占星術。

06 | てんたい【天体】
(名) (天)天象，天體

例 天体観測会が開かれた。
譯 舉辦觀察天象大會。

07 | てん【天】
(名・漢造) 天，天空；天國；天理；太空；上天；天然
例 天を仰ぐ。
譯 仰望天空。

08 | ともる
(自五) (燈火)亮，點著
例 明かりがともる。
譯 燈亮了。

09 | にしび【西日】
(名) 夕陽；西照的陽光，午後的陽光
例 西日がまぶしい。
譯 夕陽炫目。

10 | ひなた【日向】
(名) 向陽處，陽光照到的地方；處於順境的人
例 日向ぼっこをする。
譯 曬太陽；做日光浴。

11 | まんげつ【満月】
(名) 滿月，圓月
例 満月の夜が好きだ。
譯 我喜歡望月之夜。

12 ｜わくせい【惑星】

名 （天）行星；前途不可限量的人

例 惑星に探査機を送り込んだ。

訳 送上行星探測器。

12-2 気象、天気、気候 ／
気象、天氣、氣候

01 ｜あつくるしい【暑苦しい】

形 悶熱的

例 暑苦しい部屋が涼しくなった。

訳 悶熱的房間變得涼爽了。

02 ｜あまぐ【雨具】

名 防雨的用具（雨衣、雨傘、雨鞋等）

例 雨具の用意がない。

訳 沒有準備雨具。

03 ｜あられ【霰】

名 （較冰雹小的）霰；切成小碎塊的年糕

例 あられが降る。

訳 下冰霰。

04 ｜いなびかり【稲光】

名 閃電，閃光

例 稲光がする。

訳 出現閃電。

05 ｜うてん【雨天】

名 雨天

例 雨天でも決行する。

訳 風雨無阻。

06 ｜かいじょ【解除】

名・他サ 解除；廢除

例 警報を解除する。

訳 解除警報。

07 ｜かすむ【霞む】

自五 有霞，有薄霧，雲霧朦朧

例 霞んだ空が幻想的だった。

訳 雲霧朦朧的天空如同幻夢世界一般。

08 ｜かんき【寒気】

名 寒冷，寒氣

例 寒気がきびしい。

訳 酷冷。

09 ｜きざし【兆し】

名 預兆，徵兆，跡象；萌芽，頭緒，端倪

例 兆しが見える。

訳 看得到徵兆。

10 ｜きしょう【気象】

名 氣象；天性，秉性，脾氣

例 気象情報を放送する。

訳 播放氣象資訊。

11 ｜きょうれつ【強烈】

形動 強烈

例 強烈な光を放つ。

訳 放出刺眼的光線。

12 ｜きりゅう【気流】

名 氣流

例 気流に乗る。

訳 乘著氣流。

13 ｜こうすい【降水】

名 （氣）降水（指雪雨等的）

例 降水量が多い。
譯 降雨量很高。

---

14 ｜ざあざあ

副 (大雨)嘩啦嘩啦聲；(電視等)雜音
例 雨がざあざあ降っている。
譯 雨嘩啦嘩啦地下。

---

15 ｜じょうしょう【上昇】

名・自サ 上升，上漲，提高
例 気温が上昇する。
譯 氣溫上升。

---

16 ｜ずぶぬれ【ずぶ濡れ】

名 全身濕透
例 ずぶぬれの着物が張り付いてしまった。
譯 濕透了的衣服緊貼在身上。

---

17 ｜せいてん【晴天】

名 晴天
例 晴天に恵まれる。
譯 遇上晴天。

---

18 ｜つゆ【露】

名・副 露水；淚；短暫，無常；(下接否定)一點也不…
例 露にぬれる。
譯 被露水打濕。

---

19 ｜てりかえす【照り返す】

他五 反射
例 西日が照り返す。
譯 夕陽反射。

---

20 ｜とつじょ【突如】

副・形動 突如其來，突然
例 突如爆発する。
譯 突然爆發。

---

21 ｜ふじゅん【不順】

名・形動 不順，不調，異常
例 天候不順が続く。
譯 氣候異常持續不斷。

---

22 ｜もる【漏る】

自五 (液體、氣體、光等)漏，漏出
例 雨が漏る。
譯 漏雨。

---

23 ｜よける

他下一 躲避；防備
例 雨をよける。
譯 避雨。

N1 12-3

12-3 さまざまな自然現象／各種自然現象

---

01 ｜あいつぐ【相次ぐ・相継ぐ】

自五 (文)接二連三，連續不斷
例 相次ぐ災難に見舞われる。
譯 遭受接二連三的天災人禍。

---

02 ｜おおみず【大水】

名 大水，洪水
例 大水が出る。
譯 發生大洪水。

03 ｜おさまる【治まる】

(自五) 安定，平息

例 嵐が治まる。

譯 暴風雨平息。

04 ｜おしよせる【押し寄せる】

(自下一) 湧進來；蜂擁而來 (他下一) 挪到一旁

例 津波が押し寄せる。

譯 海嘯席捲而來。

05 ｜おそう【襲う】

(他五) 襲擊，侵襲；繼承，沿襲；衝到，闖到

例 人を襲う。

譯 襲擊他人。

06 ｜きょくげん【局限】

(名・他サ) 侷限，限定

例 一部に局限される。

譯 侷限於其中一部份。

07 ｜けいかい【警戒】

(名・他サ) 警戒，預防，防範；警惕，小心

例 警戒態勢をとる。

譯 採取警戒狀態。

08 ｜こうずい【洪水】

(名) 洪水，淹大水；洪流

例 洪水が起こる。

譯 引發洪水。

09 ｜さいがい【災害】

(名) 災害，災難，天災

例 災害を予防する。

譯 防災。

10 ｜しずめる【沈める】

(他下一) 把…沉入水中，使沉沒

例 ソファに身を沈める。

譯 癱坐在沙發上。

11 ｜しんどう【振動】

(名・自他サ) 搖動，振動；擺動

例 窓ガラスが振動する。

譯 窗戶玻璃震動。

12 ｜じょうりく【上陸】

(名・自サ) 登陸，上岸

例 無事に上陸する。

譯 平安登陸。

13 ｜せいりょく【勢力】

(名) 勢力，權勢，威力，實力；(理)力，能

例 勢力を伸ばす。

譯 擴大勢力。

14 ｜そうなん【遭難】

(名・自サ) 罹難，遇險

例 遭難現場に駆けつけた。

譯 急忙趕到遇難地點。

15 ｜ただよう【漂う】

(自五) 漂流，飄蕩；洋溢，充滿；露出

例 水面に花びらが漂う。

譯 花瓣漂在水面上。

16 ｜たつまき【竜巻】

(名) 龍捲風

例 竜巻が起きる。

譯 發生龍捲風。

17 ｜つなみ【津波】

名 海嘯
例 津波が発生する。
譯 發生海嘯。

18 ｜てんさい【天災】

名 天災，自然災害
例 天災に見舞われる。
譯 遭受天災。

19 ｜どしゃ【土砂】

名 土和沙，沙土
例 土砂災害が多発した。
譯 經常發生山崩災難。

20 ｜なだれ【雪崩】

名 雪崩；傾斜，斜坡；雪崩一般，蜂擁
例 雪崩を打って敗走する。
譯 一群人落荒而逃。

21 ｜はっせい【発生】

名・自サ 發生；（生物等）出現，蔓延
例 問題が発生する。
譯 發生問題。

22 ｜はんらん【氾濫】

名・自サ 氾濫；充斥，過多
例 川が氾濫する。
譯 河川氾濫。

23 ｜ひなん【避難】

名・自サ 避難
例 避難訓練をする。
譯 執行避難訓練。

24 ｜ふんしゅつ【噴出】

名・自他サ 噴出，射出
例 マグマが噴出する。
譯 炎漿噴出。

25 ｜ぼうふう【暴風】

名 暴風
例 暴風雨になる。
譯 變成暴風雨。

26 ｜もうれつ【猛烈】

形動 氣勢或程度非常大的樣子，猛烈；特別；厲害
例 猛烈に後悔する。
譯 非常後悔。

27 ｜よしん【余震】

名 餘震
例 余震が続く。
譯 餘震不斷。

28 ｜らっか【落下】

名・自サ 下降，落下；從高處落下
例 落下物に注意する。
譯 小心掉落物。

パート 13 第十三章 地理、場所
- 地理、地方 -

13-1 地理 /
地理

01 | あ【亜】
接頭 亞，次；（化）亞（表示無機酸中氧原子較少）；用在外語的音譯；亞細亞，亞洲
例 台湾の北は亜熱帯気候だ。
譯 台灣的北邊是亞熱帶氣候。

02 | えんがん【沿岸】
名 沿岸
例 地中海沿岸は風が強い。
譯 地中海沿岸風勢很強。

03 | おおぞら【大空】
名 太空，天空
例 晴れ渡る大空。
譯 萬里晴空。

04 | かいがら【貝殻】
名 貝殻
例 貝殻を拾う。
譯 撿拾貝殻。

05 | かいきょう【海峡】
名 海峡
例 海峡を越える。
譯 越過海峽。

06 | かいぞく【海賊】
名 海盗
例 海賊に襲われる。
譯 被海盜襲擊。

07 | かいりゅう【海流】
名 海流
例 海流に乗る。
譯 乘著海流。

08 | かい【海】
漢造 海；廣大
例 日本海を眺める。
譯 眺望日本海。

09 | がけ【崖】
名 斷崖，懸崖
例 崖から落ちる。
譯 從懸崖上落下。

10 | かせん【河川】
名 河川
例 河川が氾濫する。
譯 河川氾濫。

11 | ききょう【帰京】
名・自サ 回首都，回東京
例 来月帰京する。
譯 下個月回東京。

12 ｜きふく【起伏】

(名・自サ) 起伏，凹凸；榮枯，盛衰，波瀾，起落

例 起伏が激しい。

譯 起伏劇烈。

13 ｜きょうそん・きょうぞん【共存】

(名・自サ) 共處，共存

例 自然と共存する。

譯 與自然共存。

14 ｜けいしゃ【傾斜】

(名・自サ) 傾斜，傾斜度；傾向

例 後方へ傾斜する。

譯 向後傾斜。

15 ｜こうげん【高原】

(名)（地）高原

例 チベット高原。

譯 西藏高原。

16 ｜こくさん【国産】

(名) 國產

例 国産自動車。

譯 國產汽車。

17 ｜さんがく【山岳】

(名) 山岳

例 山岳地帯に住む。

譯 住在山區。

18 ｜さんみゃく【山脈】

(名) 山脈

例 山脈を越える。

譯 越過山脈。

19 ｜しお【潮】

(名) 海潮；海水，海流，時機，機會

例 潮の満ち引き。

譯 潮氣潮落。

20 ｜ジャングル【jungle】

(名) 叢林

例 ジャングルを探検する。

譯 進到叢林探險。

21 ｜じょうくう【上空】

(名) 高空，天空；（某地點的）上空

例 上空を横切る。

譯 橫越上空。

22 ｜すいげん【水源】

(名) 水源

例 水源を探す。

譯 尋找水源。

23 ｜そびえる【聳える】

(自下一) 聳立，峙立

例 雲に聳える塔。

譯 高聳入雲的高塔。

24 ｜たどる【辿る】

(他五) 沿路前進，邊走邊找；走難行的路，走艱難的路；追尋，追溯，探索；（事物向某方向）發展，走向

例 記憶をたどる。

譯 追尋記憶。

25 ｜ちけい【地形】

名 地形，地勢，地貌

例 地形が盆地だから夏は暑い。

譯 盆地地形所以夏天很熱。

26 ｜つらなる【連なる】

自五 連，連接；列，參加

例 山が連なる。

譯 山脈連綿。

27 ｜てんぼう【展望】

名・他サ 展望；眺望，瞭望

例 展望が開ける。

譯 視野開闊。

28 ｜とおまわり【遠回り】

名・自サ・形動 使其繞道，繞遠路

例 遠回りして帰る。

譯 繞遠路回家。

29 ｜ないりく【内陸】

名 内陸，内地

例 内陸性気候に属する。

譯 屬於大陸性氣候。

30 ｜なぎさ【渚】

名 水濱，岸邊，海濱

例 渚を駆ける。

譯 在海邊奔跑。

31 ｜ぬま【沼】

名 池塘，池沼，沼澤

例 底無し沼につく。

譯 探到無底深淵的底部。

32 ｜はま【浜】

名 海濱，河岸

例 浜に打ち上げられる。

譯 被海水打上岸邊。

33 ｜はらっぱ【原っぱ】

名 雜草叢生的曠野；空地

例 原っぱを駆ける。

譯 在曠野奔跑。

34 ｜みかい【未開】

名 不開化，未開化；未開墾；野蠻

例 未開の地に踏み入る。

譯 進入未開墾的土地。

35 ｜ゆるやか【緩やか】

形動 坡度或彎度平緩；緩慢

例 緩やかな坂に注意しよう。

譯 走慢坡要多加小心。

13-2 場所、空間 /
地方、空間

01 ｜あらす【荒らす】

他五 破壞，毀掉，損傷，糟蹋；擾亂；偷竊，行搶

例 トラックが道を荒らす。

譯 卡車毀壞道路。

02 ｜いただき【頂】

名 (物體的)頂部；頂峰，樹尖

例 山の頂に立つ。

譯 站在山頂上。

03 ｜いち【市】

名 市場，集市；市街
例 蚤の市を開く。
譯 舉辦跳蚤市場。

04 ｜かいどう【街道】

名 大道，大街
例 裏街道を歩む。
譯 走上邪道。

05 ｜がいとう【街頭】

名 街頭，大街上
例 街頭演説が開かれる。
譯 開始街頭演講。

06 ｜きゅうくつ【窮屈】

名・形動 (房屋等)窄小，狹窄，(衣服等)緊；
感覺拘束，不自由；死板
例 窮屈な部屋に住む。
譯 住在狹窄的房間。

07 ｜きょう【橋】

名・漢造 (解)腦橋；橋
例 歩道橋を渡る。
譯 走過天橋。

08 ｜くうかん【空間】

名 空間，空隙
例 快適な空間を提案する。
譯 就舒適的空間提出議案。

09 ｜げんち【現地】

名 現場，發生事故的地點；當地

例 現地に向かう。
譯 前往現場。

10 ｜コーナー【corner】

名 小賣店，專櫃；角，拐角；(棒、足球)
角球
例 特産品コーナーを設ける。
譯 設置特産品專櫃。

11 ｜こてい【固定】

名・自他サ 固定
例 足場を固定する。
譯 站穩腳步。

12 ｜さんばし【桟橋】

名 碼頭；跳板
例 桟橋を渡る。
譯 走過碼頭。

13 ｜さんぷく【山腹】

名 山腰，山腹
例 山腹を歩く。
譯 行走山腰。

14 ｜しがい【市街】

名 城鎮，市街，繁華街道
例 市街地に住む。
譯 住在繁華地段。

15 ｜しょざい【所在】

名 (人的)住處，所在；(建築物的)地址；
(物品的)下落
例 所在がわかる。
譯 知道所在處。

16 | スペース【space】

名 空間，空地；（特指）宇宙空間；紙面的空白，行間寬度

例 スペースを取る。

譯 留出空白。

17 | たちよる【立ち寄る】

自五 靠近，走進；順便到，中途落腳

例 本屋に立ち寄る。

譯 順便去書店。

18 | たどりつく【辿り着く】

自五 好不容易走到，摸索找到，掙扎走到；到達（目的地）

例 頂上にたどり着く。

譯 終於到達山頂。

19 | たまり【溜まり】

名 積存，積存處；休息室；聚集的地方

例 溜まり場ができた。

譯 有一個聚會地。

20 | ちゅうふく【中腹】

名 半山腰

例 山の中腹。

譯 半山腰。

21 | でんえん【田園】

名 田園；田地

例 のどかな田園風景。

譯 悠閒恬靜的田園風光。

22 | どて【土手】

名 （防風、浪的）堤防

例 土手を築く。

譯 築提防。

23 | どぶ

名 水溝，深坑，下水道，陰溝

例 金を溝に捨てる。

譯 把錢丟到水溝裡。

24 | ぼち【墓地】

名 墓地，墳地

例 墓地にお参りする。

譯 去墓地上香祭拜。

25 | よち【余地】

名 空地；容地，餘地

例 考える余地を与える。

譯 給人思考的空間。

13-3 地域、範囲 (1) /
地域、範囲 (1)

01 | アラブ【Arab】

名 阿拉伯，阿拉伯人

例 ドバイのアラブ人と結婚した。

譯 跟杜拜的阿拉伯人結婚。

02 | いちぶぶん【一部分】

名 一冊，一份，一套；一部份

例 一部分だけ切り取る。

譯 只切除一部分。

03 | いったい【一帯】

名 一帶；一片；一條

例 付近一帯がお花畑になる。
<small>ふ きんいったい</small> <small>はなばたけ</small>

譯 這附近將會變成一片花海。

04 ｜おいだす【追い出す】

他五 趕出，驅逐；解雇
例 家を追い出す。
<small>うち お だ</small>

譯 趕出家門。

05 ｜および【及び】

接續 和，與，以及
例 生徒及び保護者。
<small>せい と およ ほ ごしゃ</small>

譯 學生與家長。

06 ｜およぶ【及ぶ】

自五 到，到達；趕上，及
例 被害が及ぶ。
<small>ひ がい およ</small>

譯 遭受災害。

07 ｜かい【界】

漢造 界限；各界；(地層的)界
例 芸能界に入る。
<small>げいのうかい はい</small>

譯 進入演藝圈。

08 ｜がい【街】

漢造 街道，大街
例 商店街で買い物をする。
<small>しょうてんがい か もの</small>

譯 在商店街購物。

09 ｜きぼ【規模】

名 規模；範圍；榜樣，典型
例 規模が大きい。
<small>き ぼ おお</small>

譯 規模龐大。

10 ｜きょうど【郷土】

名 故鄉，鄉土；鄉間，地方
例 郷土料理を食べる。
<small>きょう ど りょう り た</small>

譯 吃有鄉土風味的料理。

11 ｜きょうり【郷里】

名 故鄉，鄉里
例 郷里を離れる。
<small>きょう り はな</small>

譯 離鄉背井。

12 ｜ぎょそん【漁村】

名 漁村
例 漁村の漁師。
<small>ぎょそん りょう し</small>

譯 漁村的漁夫。

13 ｜きんこう【近郊】

名 郊區，近郊
例 東京近郊に住む。
<small>とうきょうきんこう す</small>

譯 住在東京近郊。

14 ｜くかく【区画】

名 區劃，劃區；(劃分的)區域，地區
例 土地を区画する。
<small>と ち く かく</small>

譯 劃分土地。

15 ｜くかん【区間】

名 區間，段
例 区間快速に乗る。
<small>く かんかいそく の</small>

譯 搭乘區間快速列車。

16 ｜く【区】

名 地區，區域；區
例 東京 23 区を比較してみた。
<small>とうきょう く ひ かく</small>

譯 嘗試比較了東京23區。

17 ｜けん【圏】

漢造 圓圈；區域，範圍
例 首都圏で雪が舞う。
譯 整個首都雪花飛舞。

18 ｜こうはい【荒廃】

名・自サ 荒廢，荒蕪；(房屋)失修；(精神)頹廢，散漫
例 荒廃した大地。
譯 荒廢了的土地。

19 ｜こゆう【固有】

名 固有，特有，天生
例 固有の文化を繁栄させる。
譯 使特有文化興盛繁榮。

20 ｜さしかかる【差し掛かる】

自五 來到，路過(某處)，靠近；(日期等)臨近，逼近，緊迫；垂掛，籠罩在…之上
例 分岐点に差し掛かる。
譯 來到分歧點。

21 ｜じもと【地元】

名 當地，本地；自己居住的地方，故鄉
例 地元に帰る。
譯 回到家鄉。

22 ｜じょうか【城下】

名 城下；(以諸侯的居城為中心發展起來的)城市，城邑
例 城下の盟をする。
譯 訂城下之盟。

23 ｜ずらっと

副 (俗)一大排，成排地

例 ずらっと並べる。
譯 排成一列。

24 ｜そうだい【壮大】

形動 雄壯，宏大
例 壮大な建築物に圧倒された。
譯 對雄偉的建築物讚嘆不已。

25 ｜そこら【其処ら】

代 那一代，那裡；普通，一般；那樣，那種程度，大約
例 そこら中にある。
譯 到處都有。

26 ｜その【園】

名 園，花園
例 エデンの園を追い出される。
譯 被逐出伊甸園。

27 ｜たい【帯】

漢造 帶，帶子；佩帶；具有；地區；地層
例 火山帯を形成する。
譯 形成火山帶。

13-3 地域、範囲 (2) ／
地域、範圍 (2)

28 ｜とおざかる【遠ざかる】

自五 遠離；疏遠；不碰，節制，克制
例 危機が遠ざかる。
譯 遠離危機。

29 ｜とくゆう【特有】

形動 特有

例 日本人特有の性質。

譯 日本人特有性格。

---

30 ｜ないぶ【内部】

名 內部，裡面；內情，內幕

例 内部を窺う。

譯 詢問內情。

---

31 ｜はてしない【果てしない】

形 無止境的，無邊無際的

例 果てしない大宇宙。

譯 無邊無際的大宇宙。

---

32 ｜はて【果て】

名 邊際，盡頭；最後，結局，下場；結果

例 果てのない道が広がる。

譯 無邊無際的道路展現在眼前。

---

33 ｜はまべ【浜辺】

名 海濱，湖濱

例 浜辺を歩く。

譯 步行在海邊。

---

34 ｜はみだす【はみ出す】

自五 溢出；超出範圍

例 引き出しからはみ出す。

譯 滿出抽屜外。

---

35 ｜ふうしゅう【風習】

名 風俗，習慣，風尚

例 風習に従う。

譯 遵從風俗習慣。

---

36 ｜ふうど【風土】

名 風土，水土

例 風土になれる。

譯 服水土。

---

37 ｜ベッドタウン【(和)bed ＋ town】

名 衛星都市，郊區都市

例 ベッドタウン計画を実現する。

譯 實現衛星都市計畫。

---

38 ｜ぼこく【母国】

名 祖國

例 母国に帰りたい。

譯 想回到祖國。

---

39 ｜ほとり【辺】

名 邊，畔，旁邊

例 池のほとりに佇む。

譯 在池畔駐足。

---

40 ｜ほんごく【本国】

名 本國，祖國；老家，故鄉

例 本国に戻る。

譯 回到祖國。

---

41 ｜ほんば【本場】

名 原產地，正宗產地；發源地，本地

例 本場の料理を食べる。

譯 食用道地的菜餚。

42 ｜みぢか【身近】

（名・形動）切身；身邊，身旁

例 危険が身近に迫る。

譯 危險臨到眼前。

43 ｜みね【峰】

（名）山峰；刀背；東西突起部分

例 峰打ちする。

譯 用刀背砍。

44 ｜みのまわり【身の回り】

（名）身邊衣物(指衣履、攜帶品等)；日常生活；(工作或交際上)應由自己處裡的事情

例 身の回りを整頓する。

譯 整頓日常生活。

45 ｜めいさん【名産】

（名）名產

例 台湾の名産を買う。

譯 購買台灣名產。

46 ｜もう【網】

（漢造）網；網狀物；聯絡網

例 連絡網を作成する。

譯 制作聯絡網。

47 ｜やがい【野外】

（名）野外，郊外，原野；戶外，室外

例 野外活動をする。

譯 從事郊外活動。

48 ｜やみ【闇】

（名）（夜間的)黑暗；(心中)辨別不清，不知所措；黑暗；黑市

例 闇をさまよう。

譯 在黑暗中迷失方向。

49 ｜よう【洋】

（名・漢造）東洋和西洋；西方，西式；海洋；大而寬廣

例 洋画を見る。

譯 欣賞西畫。

50 ｜りょういき【領域】

（名）領域，範圍

例 領域が狭まる。

譯 範圍狹窄。

51 ｜りょうかい【領海】

（名）（法)領海

例 領海侵犯に反発する。

譯 反抗侵犯領海。

52 ｜りょうち【領地】

（名）領土；(封建主的)領土，領地

例 領地を保有する。

譯 保有領土。

53 ｜りょうど【領土】

（名）領土

例 北方領土問題に関心をもつ。

譯 對北方領土問題感興趣。

54 ｜わく【枠】

（名）框；(書的)邊線；範圍，界線，框線

例 枠^{わく}にはまった表現^{ひょうげん}。

譯 拘泥於框框的表現。

13-4 方向、位置 (1) /
方向、位置(1)

01 ｜いちめん【一面】

名 一面；另一面；全體，滿；(報紙的)頭版

例 一面^{いちめん}の記事^{きじ}が掲載^{けいさい}された。

譯 被刊登在頭版新聞上。

02 ｜うらがえし【裏返し】

名 表裡相反，翻裡作面

例 裏返^{うらがえ}しにして使^{つか}う。

譯 裡外顛倒使用。

03 ｜えんぽう【遠方】

名 遠方，遠處

例 遠方^{えんぽう}へ赴^{おもむ}く。

譯 遠行。

04 ｜おもてむき【表向き】

名・副 表面(上)，外表(上)

例 表向^{おもてむ}きは知^しらんぷりをする。

譯 表面上裝作不知情。

05 ｜おもむく【赴く】

自五 赴，往，前往；趨向，趨於

例 現場^{げんば}に赴^{おもむ}く。

譯 前往現場。

06 ｜おりかえす【折り返す】

他五・自五 折回；翻回；反覆；折回去

例 折^おり返^{かえ}し連絡^{れんらく}する。

譯 再跟你聯絡。

07 ｜かく【核】

名・漢造 (生)(細胞)核；(植)核，果核；要害；核(武器)

例 戦争^{せんそう}に核兵器^{かくへいき}が使^{つか}われた。

譯 戰爭中使用核武器。

08 ｜かたわら【傍ら】

名 旁邊；在…同時還…，一邊…一邊…

例 家事^{かじ}の傍^{かたわ}ら小説^{しょうせつ}を書^かく。

譯 打理家務的同時還邊寫小說。

09 ｜かた【片】

漢造 (表示一對中的)一個，一方；表示遠離中心而偏向一方；表示不完全；表示極少

例 片足^{かたあし}で立^たつ。

譯 單腳站立。

10 ｜きてん【起点】

名 起點，出發點

例 Ａ点^{エイてん}を起点^{きてん}とする。

譯 以A點為起點。

11 ｜げんてん【原点】

名 (丈量土地等的)基準點，原點；出發點

例 原点^{げんてん}に戻^{もど}る。

譯 回到原點。

12 | こみあげる【込み上げる】

(自下一) 往上湧，油然而生

例 涙がこみあげる。

譯 淚水盈眶。

13 | さき【先】

(名) 尖端，末梢；前面，前方；事先，先；優先，首先；將來，未來；後來(的情況)；以前，過去；目的地；對方

例 目と鼻の先に岸壁がある。

譯 碼頭近在眼前。

14 | さなか【最中】

(名) 最盛期，正當中，最高

例 忙しい最中に友達が訪ねて来た。

譯 正忙著的時候朋友來了。

15 | ざひょう【座標】

(名)(數)座標；標準，基準

例 座標で示す。

譯 用座標表示。

16 | すすみ【進み】

(名) 進，進展，進度；前進，進步；嚮往，心願

例 進みが遅い。

譯 進展速度緩慢。

17 | ぜんと【前途】

(名) 前途，將來；(旅途的)前程，去路

例 前途が開ける。

譯 前程似錦。

18 | そう【沿う】

(自五) 沿著，順著；按照

例 方針に沿う。

譯 按照方針的指示。

19 | そくめん【側面】

(名) 側面，旁邊；(具有複雜內容事物的)一面，另一面

例 側面から援助する。

譯 從側面協助。

20 | そっぽ【外方】

(名) 一邊，外邊，別處

例 そっぽを向く。

譯 把頭轉向一邊；恍若未聞。

21 | そる【反る】

(自五)(向後或向外)彎曲，捲曲，翹；身子向後彎，挺起胸膛

例 本の表紙が反る。

譯 書的封面翹起。

22 | たほう【他方】

(名・副) 另一方面；其他方面

例 他方から見ると、～。

譯 從另一方面來看…。

23 | だんめん【断面】

(名) 斷面，剖面；側面

例 社会の断面が見事に描かれた。

譯 精彩地描繪出社會的一個縮影。

24 | ちゅうすう【中枢】

(名) 中樞，中心；樞組，關鍵

例 神経中枢を刺激する。

譯 刺激神經中樞。

25 | ちゅうりつ【中立】

名·自サ 中立

例 中立を守る。

譯 保持中立。

26 | ちょくれつ【直列】

名 （電）串聯

例 直列に接続する。

譯 串聯。

27 | てぢか【手近】

形動 手邊，身旁，左近；近人皆知，常見

例 手近な問題を無視された。

譯 眼前的問題遭到忽視。

28 | てっぺん

名 頂，頂峰；頭頂上；(事物的)最高峰，頂點

例 幸福のてっぺんにある。

譯 在幸福的頂點。

29 | でむく【出向く】

自五 前往，前去

例 こちらから出向きます。

譯 由我到您那裡去。

30 | てんかい【転回】

名·自他サ 回轉，轉變

例 180度転回する。

譯 180度迴轉。

13-4 方向、位置 (2) /
方向、位置 (2)

31 | てんじる【転じる】

自他上一 轉變，轉換，改變；遷居，搬家
自他サ 轉變

例 攻勢に転じる。

譯 轉為攻勢。

32 | てんずる【転ずる】

自五·他下一 改變（方向、狀態）；遷居；調職

例 話題を転ずる。

譯 轉移話題。

33 | てんち【天地】

名 天和地；天地，世界；宇宙，上下

例 天地ほどの差がある。

譯 天壤之別。

34 | とうたつ【到達】

名·自サ 到達，達到

例 山頂に到達する。

譯 到達山頂。

35 | とりまく【取り巻く】

他五 圍住，圍繞；奉承，奉迎

例 群集に取り巻かれる。

譯 被群眾包圍。

36 | なかほど【中程】

名 (場所、距離的)中間；(程度)中等；(時間、事物進行的)途中，半途

例 来月の中程までに。

譯 到下個月中旬為止。

37 ｜はいご【背後】

名 背後；暗地，背地，幕後
例 背後に立つ。
譯 站在背後。

38 ｜はるか【遥か】

副・形動 （時間、空間、程度上）遠，遙遠
例 遥かに富士山を望む。
譯 遙望富士山。

39 ｜ふち【縁】

名 邊；緣；框
例 ハンカチの縁取りがピンク色だった。
譯 手帕的鑲邊是粉紅色的。

40 ｜ふりかえる【振り返る】

他五 回頭看，向後看；回顧
例 過去を振り返る。
譯 回顧過去。

41 ｜ふりだし【振り出し】

名 出發點；開始，開端；（經）開出（支票、匯票等）
例 振り出しに戻る。
譯 回到出發點。

42 ｜へいこう【並行】

名・自サ 並行；並進，同時舉行
例 線路に並行して歩く。
譯 與鐵路並行走路。

43 ｜へり【縁】

名 （河岸、懸崖、桌子等）邊緣，帽簷；鑲邊

例 縁を取る。

譯 鑲邊。

44 ｜まうえ【真上】

名 正上方，正當頭
例 真上を仰ぐ。
譯 仰望頭頂上方。

45 ｜ました【真下】

名 正下方，正下面
例 机の真下に潜る。
譯 躲在書桌正下方。

46 ｜まじわる【交わる】

自五 （線狀物）交，交叉；（與人）交往，交際
例 線が交わる。
譯 線條交叉。

47 ｜まと【的】

名 標的，靶子；目標；要害，要點
例 的を外す。
譯 沒中目標；沒中要害。

48 ｜みぎて【右手】

名 右手，右邊，右面
例 右手に見えるのが公園です。
譯 右邊可看到的是公園。

49 ｜みちばた【道端】

名 道旁，路邊
例 道端で喧嘩をする。
譯 在路邊吵架。

50 | めさき【目先】

(名) 目前，眼前；當前，現在；遇見；外觀，外貌，當場的風趣

例 目先の利益にとらわれる。

譯 只著重眼前利益。

51 | めんする【面する】

(自サ)（某物)面向，面對著，對著;（事件等)面對

例 道路に面する。

譯 面對著道路。

52 | もろに

(副) 全面，迎面，沒有不…

例 もろにぶつかる。

譯 直接撞上。

53 | ユーターン【U-turn】

(名·自サ)（汽車的)U 字形轉彎，180 度迴轉

例 この道路では U ターン禁止だ。

譯 這條路禁止迴轉。

54 | より【寄り】

(名) 偏，靠；聚會，集會

例 最寄りの駅を選ぶ。

譯 選擇最近的車站。

55 | りょうきょく【両極】

(名) 兩極，南北極，陰陽極；兩端，兩個極端

例 磁石の両極に擬えられる。

譯 比喻為磁鐵的兩極。

Memo

14-1 施設、機関 /
設施、機關單位

01 | うんえい【運営】

(名・他サ) 領導（組織或機構使其發揮作用），經營，管理

例 運営資金を借りた。

譯 借營運資金。

02 | きこう【機構】

(名) 機構，組織；（人體、機械等）結構，構造

例 機構を改革する。

譯 機構改革。

03 | しせつ【施設】

(名・他サ) 設施，設備；（兒童，老人的）福利設施

例 施設に入る。

譯 進入孤兒院。

04 | しゅうよう【収容】

(名・他サ) 收容，容納；拘留

例 被災者を収容する。

譯 收容災民。

05 | すたれる【廃れる】

(自下一) 成為廢物，變成無用，廢除；過時，不再流行；衰微，衰弱，被淘汰

例 廃れた風習が田舎に残されている。

譯 已廢棄的風俗在鄉下被流傳了下來。

06 | せっち【設置】

(名・他サ) 設置，安裝；設立

例 クーラーを設置する。

譯 安裝冷氣。

07 | せつりつ【設立】

(名・他サ) 設立，成立

例 学校を設立する。

譯 設立學校。

08 | そうりつ【創立】

(名・他サ) 創立，創建，創辦

例 専門学校を創立する。

譯 創辦職業學校。

09 | どだい【土台】

(名・副) （建）地基，底座；基礎；本來，根本，壓根兒

例 土台を固める。

譯 穩固基礎。

10 | とりあつかう【取り扱う】

(他五) 對待，接待；（用手）操縱，使用；處理；管理，經辦

例 高級品を取り扱う。

譯 經辦高級商品。

11 | ふくごう【複合】

(名・自他サ) 複合，合成

例 複合施設を建設する。
<small>ふくごう し せつ けんせつ</small>
譯 建設複合設施。

14-2 いろいろな施設 /
各種設施

01 ｜いせき【遺跡】

名 故址，遺跡，古蹟
例 遺跡を発見する。
<small>い せき はっけん</small>
譯 發現遺跡。

02 ｜きゅうでん【宮殿】

名 宮殿；祭神殿
例 バッキンガム宮殿。
<small>きゅうでん</small>
譯 白金漢宮。

03 ｜しきじょう【式場】

名 舉行儀式的場所，會場，禮堂
例 式場を予約する。
<small>しきじょう よ やく</small>
譯 預約禮堂。

04 ｜スタジオ【studio】

名 藝術家工作室；攝影棚，照相館；播音室，錄音室
例 スタジオで撮影する。
<small>さつえい</small>
譯 在攝影棚錄音。

05 ｜タワー【tower】

名 塔
例 コントロールタワー。
譯 塔台。

06 ｜ひ【碑】

漢造 碑
例 記念碑を建てる。
<small>き ねん ひ た</small>
譯 建立紀念碑。

07 ｜ふうしゃ【風車】

名 風車
例 風車を回す。
<small>ふうしゃ まわ</small>
譯 風車運轉。

08 ｜ほんかん【本館】

名 （對別館、新館而言）原本的建築物，主要的樓房；此樓，本樓，本館
例 本館と別館に分かれる。
<small>ほんかん べっかん わ</small>
譯 分為本館與分館。

09 ｜みんしゅく【民宿】

名・自サ （觀光地的）民宿，家庭旅店；（旅客）在民家投宿
例 民宿に泊まる。
<small>みんしゅく と</small>
譯 住在民宿。

10 ｜モーテル【motel】

名 汽車旅館，附車庫的簡易旅館
例 モーテルに泊まる。
<small>と</small>
譯 留宿在汽車旅館。

14-3 病院 /
醫院

01 ｜いいん【医院】

名 醫院，診療所
例 医院の院長を務める。
<small>い いん いんちょう つと</small>
譯 就任醫院的院長。

02 ｜うけいれる【受け入れる】

他下一 收，收下；收容，接納；採納，接受
例 要求を受け入れる。
<small>ようきゅう う い</small>
譯 接受要求。

03 ｜うけいれ【受け入れ】

图（新成員或移民等的）接受，收容；（物品或材料等的）收進，收入；答應，承認

例 受け入れ計画書を作成する。

譯 製作接收計畫書。

04 ｜おうきゅう【応急】

图 應急，救急

例 応急処置をする。

譯 進行緊急處置。

05 ｜おうしん【往診】

图·自サ（醫生的）出診

例 週１回の往診を頼む。

譯 請大夫一週一次出診。

06 ｜ガーゼ【(德) Gaze】

图 紗布，藥布

例 ガーゼを傷口に当てる。

譯 把紗布蓋在傷口上。

07 ｜かいぼう【解剖】

图·他サ（醫）解剖；（事物、語法等）分析

例 カエルを解剖する。

譯 解剖青蛙。

08 ｜がいらい【外来】

图 外來，舶來；（醫院的）門診

例 外来種が繁殖する。

譯 繁殖外來品種。

09 ｜カルテ【(德) Karte】

图 病歷

例 カルテに記載する。

譯 記載在病歷裡。

10 ｜がんか【眼科】

图（醫）眼科

例 眼科を受診する。

譯 看眼科。

11 ｜きょうせい【矯正】

图·他サ 矯正，糾正

例 悪癖を矯正する。

譯 糾正惡習。

12 ｜さんふじんか【産婦人科】

图（醫）婦產科

例 産婦人科を受診する。

譯 到婦產科就診。

13 ｜しか【歯科】

图（醫）牙科，齒科

例 歯科検診を受ける。

譯 去牙醫檢查。

14 ｜じびか【耳鼻科】

图 耳鼻科

例 耳鼻科医にかかる。

譯 去看耳鼻喉科醫生。

15 ｜しょうにか【小児科】

图 小兒科，兒科

例 小児科病院に支援物資を送った。

譯 送支援物資到小兒科醫院。

16 ｜しょほうせん【処方箋】

图 處方籤

例 処方箋をもらう。

譯 領取處方籤。

17 ｜しんりょう【診療】

名·他サ 診療，診察治療

例 診療を受ける。

譯 接受治療。

18 ｜ばいきん【ばい菌】

名 細菌，微生物

例 ばい菌を退治する。

譯 去除霉菌。

N1 ● 14-4

14-4 店／
商店

01 ｜あつかい【扱い】

名 使用，操作；接待，待遇；（當作…）
對待；處理，調停

例 客の扱いが丁寧だ。

譯 待客周到。

02 ｜アフターサービス【（和）
after ＋ service】

名 售後服務

例 アフターサービスがいい。

譯 售後服務良好。

03 ｜ざいこ【在庫】

名 庫存，存貨；儲存

例 在庫が切れる。

譯 沒有庫存。

04 ｜セール【sale】

名 拍賣，大減價

例 閉店セールを開催する。

譯 舉辦歇業大拍賣。

05 ｜ちめいど【知名度】

名 知名度，名望

例 知名度が高い。

譯 知名度很高。

06 ｜ちんれつ【陳列】

名·他サ 陳列

例 棚に陳列する。

譯 陳列在架子上。

07 ｜てがける【手掛ける】

他下一 親自動手，親手

例 工事を手掛ける。

譯 親自施工。

08 ｜ドライブイン【drive-in】

名 免下車餐廳（銀行、郵局、加油站）；
快餐車道

例 ドライブインに入る。

譯 開進快餐車道。

09 ｜とりかえ【取り替え】

名 調換，交換；退換，更換

例 取り替え時期が来る。

譯 換季的時期到來。

10 ｜にぎわう【賑わう】

自五 熱鬧，擁擠；繁榮，興盛

例 商店街が賑わう。

譯 商店街很繁榮。

11 ｜バー【bar】

名 （鐵、木的）條，桿，棒；小酒吧，酒館

例 バーで飲む。

譯 在酒吧喝酒。

12 ｜まねき【招き】

（名）招待，邀請，聘請；（招攬顧客的）招牌，裝飾物

例 招き猫を飾る。

譯 用招財貓裝飾。

14-5 団体、会社 /
團體、公司行號

01 ｜がっぺい【合併】

（名・自他サ）合併

例 二社が合併する。

譯 兩家公司合併。

02 ｜かんゆう【勧誘】

（名・他サ）勸誘，勸説；邀請

例 入会を勧誘する。

譯 勸人加入會員。

03 ｜きょうかい【協会】

（名）協會

例 協会を設立する。

譯 成立協會。

04 ｜じちたい【自治体】

（名）自治團體

例 自治体の権限を強化する。

譯 強化自治團體的權限。

05 ｜しょうちょう【象徴】

（名・他サ）象徵

例 平和の象徴をモチーフにした。

譯 以和平的象徵為創作靈感。

06 ｜しょうれい【奨励】

（名・他サ）獎勵，鼓勵

例 貯蓄を奨励する。

譯 獎勵儲蓄。

07 ｜つぐ【継ぐ】

（他五）繼承，承接，承襲；添，加，續

例 家業を継ぐ。

譯 繼承家業。

08 ｜ていけい【提携】

（名・自サ）提攜，攜手；協力，合作

例 業務提携を結ぶ。

譯 締結業務合作協議。

09 ｜ぬけだす【抜け出す】

（自五）溜走，逃脱，擺脱；（髮、牙）開始脱落，掉落

例 迷路から抜け出す。

譯 從迷宮中找到出路（找到對的路）。

10 ｜ふどうさんや【不動産屋】

（名）房地產公司

例 不動産屋でアパートを探す。

譯 透過房地產公司找公寓。

11 ｜へいしゃ【弊社】

（名）敝公司

例 弊社の商品が紹介される。

譯 介紹敝公司的產品。

パート
15
第十五章
交通
- 交通 -

15-1 交通、運輸 /
交通、運輸

01 | うんそう【運送】
名·他サ 運送，運輸，搬運
例 救援物資を運送する。
譯 運送救援物資。

02 | うんゆ【運輸】
名 運輸，運送，搬運
例 海上運輸を担った。
譯 負責海上運輸。

03 | かいそう【回送】
名·他サ （接人、裝貨等）空車調回；轉送，轉遞；運送
例 回送車。
譯 空車返回總站。

04 | きりかえる【切り替える】
他下一 轉換，改換，掉換；兌換
例 レバーを切り替える。
譯 切換變速裝置。

05 | きりかえ【切り替え】
名 轉換，切換；兌換；（農）開闢森林成田地（過幾年後再種樹）
例 運転免許の切替。
譯 更換駕照。

06 | けいろ【経路】
名 路徑，路線
例 経路を変える。
譯 改變路線。

07 | さえぎる【遮る】
他五 遮擋，遮住，遮蔽；遮斷，遮攔，阻擋
例 日差しを遮る。
譯 遮住陽光。

08 | せっしょく【接触】
名·自サ 接觸；交往，交際
例 接触を断つ。
譯 斷絕來往。

09 | せんよう【専用】
名·他サ 專用，獨佔，壟斷，專門使用
例 婦人専用車両に乗る。
譯 搭乘女性專用車輛。

10 | ふうさ【封鎖】
名·他サ 封鎖；凍結
例 国境を封鎖する。
譯 封鎖國界。

11 ｜ゆうせん【優先】

名・自サ 優先

例 優先席に座る。

譯 坐博愛座。

15-2 鉄道、船、飛行機 /
鐵路、船隻、飛機

01 ｜えんせん【沿線】

名 沿線

例 鉄道沿線の住民。

譯 鐵路沿線的居民。

02 ｜かいろ【海路】

名 海路

例 帰りは海路をとる。

譯 回程走海路。

03 ｜きせん【汽船】

名 輪船，蒸汽船

例 汽船で行く。

譯 坐輪船前去。

04 ｜ぎょせん【漁船】

名 漁船

例 マグロ漁船。

譯 捕鮪船。

05 ｜ぐんかん【軍艦】

名 軍艦

例 軍艦を派遣する。

譯 派遣軍艦。

06 ｜こうかい【航海】

名・自サ 航海

例 航海に出る。

譯 出海航行。

07 ｜シート【seat】

名 座位，議席；防水布

例 シートベルトを着用しよう。

譯 請繫上安全帶吧！

08 ｜しはつ【始発】

名 （最先）出發；始發（車，站）；第一班車

例 始発電車に乗る。

譯 搭乘首班車。

09 ｜じゅんきゅう【準急】

名 （鐵）平快車，快速列車

例 準急に乗る。

譯 搭乘快速列車。

10 ｜せんぱく【船舶】

名 船舶，船隻

例 船舶無線局が閉鎖する。

譯 關閉船隻無線電台。

11 ｜そうじゅう【操縦】

名・他サ 駕駛；操縱，駕馭，支配

例 飛行機を操縦する。

譯 駕駛飛機。

12 ｜ちゃくりく【着陸】

名・自サ （空）降落，著陸

例 飛行機が着陸する。
譯 飛機降落。

例 電力が復旧する。
譯 恢復電力。

13 | ちんぼつ【沈没】

名・自サ 沈没；醉得不省人事；（東西）進
了當鋪
例 船が沈没する。
譯 船沈沒。

14 | ついらく【墜落】

名・自サ 墜落，掉下
例 飛行機が墜落する。
譯 飛機墜落。

15 | つりかわ【つり革】

名 （電車等的）吊環，吊帶
例 つり革につかまる。
譯 抓住吊環。

16 | のりこむ【乗り込む】

自五 坐進，乘上（車）；開進，進入；（和
大家）一起搭乘；（軍隊）開入；（劇團、
體育團體等）到達
例 船に乗り込む。
譯 上船。

17 | フェリー【ferry】

名 渡口，渡船（フェリーボート之略）
例 フェリーが出航する。
譯 渡船出航。

18 | ふっきゅう【復旧】

名・自他サ 恢復原狀；修復

19 | みうごき【身動き】

名 （下多接否定形）轉動（活動）身體；
自由行動
例 満員で身動きもできない。
譯 人滿為患，擠得動彈不得。

20 | ロープウェー【ropeway】

名 空中纜車，登山纜車
例 ロープウェーで山を登る。
譯 搭乘空中纜車上山。

15-3 自動車、道路 / 汽車、道路

01 | アクセル【accelerator 之略】

名 （汽車的）加速器
例 アクセルを踏む。
譯 踩油門。

02 | いかれる

自下一 破舊，（機能）衰退
例 エンジンがいかれる。
譯 引擎破舊。

03 | インターチェンジ【interchange】

名 高速公路的出入口；交流道
例 インターチェンジが閉鎖される。
譯 交流道被封鎖。

04 ｜ オートマチック【automatic】

名·形動·造 自動裝置，自動機械；自動裝置的，自動式的

例 オートマチックな仕掛け。

譯 自動化設備。

05 ｜ かんせん【幹線】

名 主要線路，幹線

例 幹線道路を走る。

譯 走主要幹線。

06 ｜ じゅうじろ【十字路】

名 十字路，岐路

例 十字路に立つ。

譯 站在十字路口；不知所向。

07 ｜ じょこう【徐行】

名·自サ (電車，汽車等)慢行，徐行

例 自動車が徐行する。

譯 汽車慢慢行駛。

08 ｜ スポーツカー【sports car】

名 跑車

例 スポーツカーを買う。

譯 買跑車。

09 ｜ そうこう【走行】

名·自サ (汽車等)行車，行駛

例 走行距離が短い。

譯 行車距離過短。

10 ｜ たまつき【玉突き】

名 撞球；連環(車禍)

例 玉突き事故が起きた。

譯 引起連環車禍。

11 ｜ ダンプ【dump】

名 傾卸卡車、翻斗車的簡稱(ダンプカー之略)

例 ダンプを運転する。

譯 駕駛傾卸卡車。

12 ｜ みち【道】

名 道路；道義，道德；方法，手段；路程；專門，領域

例 道を譲る。

譯 讓路。

13 ｜ レンタカー【rent-a-car】

名 出租汽車

例 レンタカーを運転する。

譯 開租來的車。

通信、報道
- 通訊、報導 -

16-1 通信、電話、郵便 /
通訊、電話、郵件

01 ｜あてる【宛てる】
他下一 寄給
例 兄にあてたはがきを出す。
譯 寄明信片給哥哥。

02 ｜あて【宛】
造語（寄、送）給…；每（平分、平均）
例 社長あての手紙。
譯 寄給社長的信。

03 ｜エアメール【airmail】
名 航空郵件，航空信
例 エアメールを送る。
譯 寄送航空郵件。

04 ｜オンライン【on-line】
名（球）落在線上，壓線；（電・計）在線上
例 オンラインで検索する。
譯 在線上搜尋。

05 ｜さしだす【差し出す】
他五（向前）伸出，探出；（把信件等）寄出，發出；提出，交出，獻出；派出，派遣，打發
例 ハンカチを差し出す。
譯 拿出手帕。

06 ｜しゅうはすう【周波数】
名 頻率
例 ラジオの周波数が合う。
譯 調準無線電廣播的頻率。

07 ｜つうわ【通話】
名・自サ（電話）通話
例 通話時間が長い。
譯 通話時間很長。

08 ｜といあわせる【問い合わせる】
他下一 打聽，詢問
例 発売元に問い合わせる。
譯 洽詢經銷商。

09 ｜どうふう【同封】
名・他サ 隨信附寄，附在信中
例 同封のはがきで返事をする。
譯 用附在信中的明信片回覆。

10 ｜とぎれる【途切れる】
自下一 中斷，間斷
例 連絡が途切れる。
譯 聯絡中斷。

11 ｜とりつぐ【取り次ぐ】

(他五) 傳達；(在門口)通報，傳遞；經銷，代購，代辦；轉交

例 電話を取り次ぐ。

譯 轉接電話。

12 ｜ふう【封】

(名・漢造) 封口，封上；封條；封疆；封閉

例 手紙に封をする。

譯 封上信封。

13 ｜ぼうがい【妨害】

(名・他サ) 妨礙，干擾

例 妨害電波を出す。

譯 發出干擾電波。

14 ｜むせん【無線】

(名) 無線，不用電線；無線電

例 無線機で話す。

譯 用無線電説話。

16-2 伝達、通知、情報 /
傳達、告知、信息

01 ｜インフォメーション【information】

(名) 通知，情報，消息；傳達室，服務台；見聞

例 インフォメーションセンターに問い合わせる。

譯 詢問服務中心。

02 ｜かいらん【回覧】

(名・他サ) 傳閱；巡視，巡覽

例 回覧板を回す。

譯 傳閱通知。

03 ｜かくさん【拡散】

(名・自サ) 擴散；(理)漫射

例 核拡散防止条約。

譯 禁止擴張核武條約。

04 ｜かんこく【勧告】

(名・他サ) 勸告，説服

例 社員に辞職を勧告する。

譯 勸員工辭職。

05 ｜こうかい【公開】

(名・他サ) 公開，開放

例 一般に公開する。

譯 全面公開。

06 ｜こくち【告知】

(名・他サ) 通知，告訴

例 患者に病名を告知する。

譯 告知患者疾病名稱。

07 ｜ことづける【言付ける】

(他下一) 託付，帶口信 (自下一) 假託，藉口

例 月曜日来てもらうように言づける。

譯 捎個口信説請星期一來一趟。

08 ｜ことづて【言伝】

(名) 傳聞；帶口信

例 言伝に聞く。

譯 傳聞。

09 | コマーシャル【commercial】

[名] 商業(的)，商務(的)；商業廣告

[例] コマーシャルに出(で)る。

[譯] 在廣告中出現。

10 | しょうそく【消息】

[名] 消息，信息；動靜，情況

[例] 消息(しょうそく)をつかむ。

[譯] 掌握消息。

11 | つげる【告げる】

[他下一] 通知，告訴，宣布，宣告

[例] 別(わか)れを告(つ)げる。

[譯] 告別。

12 | テレックス【telex】

[名] 電報，電傳

[例] テレックスを使用(しよう)する。

[譯] 使用電報。

13 | てんそう【転送】

[名·他サ] 轉寄

[例] Eメールを転送(てんそう)する。

[譯] 轉寄e-mail。

14 | はりがみ【張り紙】

[名] 貼紙；廣告，標語

[例] 張(は)り紙(がみ)をする。

[譯] 張貼廣告紙。

16-3 報道、放送 / 報導、廣播

01 | えいぞう【映像】

[名] 映像，影像；(留在腦海中的)形象，印象

[例] 映像(えいぞう)を映(うつ)し出(だ)す。

[譯] 放映出影像。

02 | おおやけ【公】

[名] 政府機關，公家，集體組織；公共，公有；公開

[例] 公(おおやけ)の場(ば)で披露(ひろう)した。

[譯] 在公開的場合宣布。

03 | かいけん【会見】

[名·自サ] 會見，會面，接見

[例] 会見(かいけん)を開(ひら)く。

[譯] 召開會面。

04 | さんじょう【参上】

[名·自サ] 拜訪，造訪

[例] 参上(さんじょう)いたします。

[譯] 登門拜訪。

05 | しゅざい【取材】

[名·自他サ] (藝術作品等)取材；(記者)採訪

[例] 現場(げんば)で取材(しゅざい)する。

[譯] 在現場採訪。

06 | たんぱ【短波】

(名) 短波

例 短波放送が受信できない。

譯 無法收聽短波廣播。

07 | チャンネル【channel】

(名) (電視，廣播的)頻道

例 チャンネルを合わせる。

譯 調整頻道。

08 | ちゅうけい【中継】

(名・他サ) 中繼站，轉播站；轉播

例 生中継。

譯 現場轉播。

09 | とくしゅう【特集】

(名・他サ) 特輯，專輯

例 核問題を特集する。

譯 專題介紹核能問題。

10 | はんきょう【反響】

(名・自サ) 迴響，回音；反應，反響

例 反響を呼ぶ。

譯 引起迴響。

11 | ほうじる【報じる】

(他上一) 通知，告訴，告知，報導；報答，報復

例 ニュースの報じるところによると。

譯 根據電視新聞報導。

12 | ほうずる【報ずる】

(自他サ) 通知，告訴，告知，報導；報答，報復

例 新聞が報ずる内容。

譯 報紙報導的內容。

13 | ほうどう【報道】

(名・他サ) 報導

例 報道機関向けに提供する。

譯 提供給新聞媒體。

14 | メディア【media】

(名) 手段，媒體，媒介

例 マスメディアが発する。

譯 宣傳媒體發出訊息。

パート 17 スポーツ

第十七章 - 體育運動 -

17-1 スポーツ / 體育運動

01 | あがく
(自五) 掙扎；手腳亂動
例 水中であがく。
譯 在水裡掙扎。

02 | きわめる【極める】
(他下一) 查究；到達極限
例 山頂を極める。
譯 攻頂。

03 | けっそく【結束】
(名・自他サ) 捆綁，捆束；團結；準備行裝，穿戴（衣服或盔甲）
例 結束して戦う。
譯 團結抗戰。

04 | さかだち【逆立ち】
(名・自サ)（體操等）倒立，倒豎；顛倒
例 逆立ちで歩く。
譯 倒立行走。

05 | さらなる【更なる】
(連體) 更
例 更なるご活躍をお祈りします。
譯 預祝您有更好的發展。

06 | しゅぎょう【修行】
(名・自サ) 修（學），練（武），學習（技藝）

例 剣道を修行する。
譯 修行劍道。

07 | じっとり
(副) 濕漉漉，濕淋淋
例 じっとりと汗をかく。
譯 汗流浹背。

08 | すばしっこい
(形) 動作精確迅速，敏捷，靈敏
例 すばしっこく動き回る。
譯 靈活地四處活動。

09 | ちゅうがえり【宙返り】
(名・自サ)（在空中）旋轉，翻筋斗
例 宙返り飛行を楽しむ。
譯 享受飛機的花式飛行。

10 | ついほう【追放】
(名・他サ) 流逐，驅逐（出境）；肅清，流放；洗清，開除
例 国外に追放する。
譯 驅逐出境。

11 | てつぼう【鉄棒】
(名) 鐵棒，鐵棍；（體）單槓
例 鉄棒運動を始めた。
譯 開始做單槓運動。

12 ｜どうじょう【道場】

<ruby>名<rt></rt></ruby> 道場，修行的地方；教授武藝的場所，練武場

例 <ruby>柔道<rt>じゅうどう</rt></ruby>の<ruby>道場<rt>どうじょう</rt></ruby>が<ruby>建設<rt>けんせつ</rt></ruby>された。

譯 修建柔道的道場。

13 ｜どひょう【土俵】

名 （相撲）比賽場，摔角場；緊要關頭

例 <ruby>土俵<rt>どひょう</rt></ruby>に<ruby>上<rt>あ</rt></ruby>がる。

譯 （相撲選手）上場。

14 ｜ひきずる【引きずる】

自・他五 拖，拉；硬拉著走；拖延

例 <ruby>過去<rt>かこ</rt></ruby>を<ruby>引<rt>ひ</rt></ruby>きずる。

譯 耽溺於過去。

15 ｜びっしょり

副 溼透

例 <ruby>汗<rt>あせ</rt></ruby>びっしょりになる。

譯 汗濕。

16 ｜フォーム【form】

名 形式，樣式；（體育運動的）姿勢；月台，站台

例 フォームが<ruby>崩<rt>くず</rt></ruby>れる。

譯 動作姿勢不對。

17 ｜ふっかつ【復活】

名・自他サ 復活，再生；恢復，復興，復辟

例 <ruby>敗者復活戦<rt>はいしゃふっかつせん</rt></ruby>が<ruby>開催<rt>かいさい</rt></ruby>される。

譯 進行敗部復活戰。

18 ｜まかす【負かす】

他五 打敗，戰勝

例 <ruby>議論<rt>ぎろん</rt></ruby>で<ruby>相手<rt>あいて</rt></ruby>を<ruby>負<rt>ま</rt></ruby>かす。

譯 憑辯論駁倒對方。

19 ｜またがる【跨がる】

自五 （分開兩腿）騎，跨；跨越，橫跨

例 <ruby>馬<rt>うま</rt></ruby>にまたがる。

譯 騎馬。

20 ｜みうしなう【見失う】

他五 迷失，看不見，看丟

例 <ruby>目標<rt>もくひょう</rt></ruby>を<ruby>見失<rt>みうしな</rt></ruby>う。

譯 迷失目標。

21 ｜みちびく【導く】

他五 引路，導遊；指導，引導，導致，導向

例 <ruby>勝利<rt>しょうり</rt></ruby>に<ruby>導<rt>みちび</rt></ruby>く。

譯 引向勝利。

22 ｜めいちゅう【命中】

名・自サ 命中

例 <ruby>彼女<rt>かのじょ</rt></ruby>のハートに<ruby>命中<rt>めいちゅう</rt></ruby>する。

譯 命中她的心，得到她的心。

23 ｜よこづな【横綱】

名 （相撲）冠軍選手繫在腰間標示身份的粗繩；（相撲冠軍選手稱號）橫綱；手屈一指

例 <ruby>横綱<rt>よこづな</rt></ruby>に<ruby>昇進<rt>しょうしん</rt></ruby>する。

譯 晉級為橫綱。

17-2 試合 (1) ／
比賽 (1)

01 ｜あっけない【呆気ない】

形 因為太簡單而不過癮；沒意思；簡單；草草

例 あっけなく<ruby>終<rt>お</rt></ruby>わる。

譯 草草結束。

02 ｜かんせい【歓声】

名 歓呼聲

例 歓声を上げる。

譯 發出歡呼聲。

03 ｜きけん【棄権】

名・他サ 棄權

例 試合を棄権する。

譯 比賽棄權。

04 ｜ぎゃくてん【逆転】

名・自他サ 倒轉，逆轉；反過來；惡化，倒退

例 逆転勝利で初戦を飾る。

譯 以逆轉勝讓初賽增添光彩。

05 ｜きゅうせん【休戦】

名・自サ 休戰，停戰

例 一時休戦する。

譯 暫時休兵。

06 ｜けいせい【形勢】

名 形勢，局勢，趨勢

例 形勢が逆転する。

譯 形勢逆轉。

07 ｜けっしょう【決勝】

名 （比賽等）決賽，決勝負

例 決勝戦に出る。

譯 參加決賽。

08 ｜ゴールイン【(和) goal＋in】

名・自サ 抵達終點，跑到終點；（足球）射門；結婚

例 ゴールインして夫婦になる。

譯 抵達愛情的終點，而結婚了。

09 ｜さくせん【作戦】

名 作戰，作戰策略，戰術；軍事行動，戰役

例 作戦を練る。

譯 反覆思考作戰策略。

10 ｜しかける【仕掛ける】

他下一 開始做，著手；做到途中；主動地作；挑釁，尋釁；裝置，設置，布置；準備，預備

例 わなを仕掛ける。

譯 裝設陷阱。

11 ｜じたい【辞退】

名・他サ 辭退，謝絕

例 彼はその賞を辞退した。

譯 他謝絕了那個獎。

12 ｜しっかく【失格】

名・自サ 失去資格

例 失格して退場する。

譯 失去參賽資格而退場。

13 ｜じょうい【上位】

名 上位，上座

例 上位を占める。

譯 居於上位。

14 ｜しょうり【勝利】

名・自サ 勝利

例 勝利をあげる。

譯 獲勝。

15 ｜しんてい【進呈】

（名・他サ）贈送，奉送

例 見本を進呈する。

譯 奉送樣本。

16 ｜せいし【静止】

（名・自サ）靜止

例 静止状態に保つ。

譯 保持靜止狀態。

17 ｜せんじゅつ【戦術】

（名）（戰爭或鬥爭的）戰術；策略；方法

例 戦術を練る。

譯 在戰術上下功夫。

18 ｜ぜんせい【全盛】

（名）全盛，極盛

例 全盛を極める。

譯 盛極一時。

19 ｜せんて【先手】

（名）（圍棋）先下；先下手

例 先手を取る。

譯 先發制人。

20 ｜せんりょく【戦力】

（名）軍事力量，戰鬥力，戰爭潛力；工作能力強的人

例 戦力を増強する。

譯 加強戰鬥力。

21 ｜そうごう【総合】

（名・他サ）綜合，總合，集合

例 総合ビタミンを摂る。

譯 攝取綜合維他命。

22 ｜たいこう【対抗】

（名・自サ）對抗，抵抗，相爭，對立

例 侵略に対抗する。

譯 抵抗侵略。

23 ｜たっせい【達成】

（名・他サ）達成，成就，完成

例 目標を達成する。

譯 達成目標。

17-2 試合 (2) ／
比賽 (2)

24 ｜だんけつ【団結】

（名・自サ）團結

例 団結を図る。

譯 謀求團結。

25 ｜ちゅうせん【抽選】

（名・自サ）抽籤

例 抽選に当たる。

譯 （抽籤）被抽中。

26 ｜ちゅうだん【中断】

（名・自他サ）中斷，中輟

例 会議を中断する。

譯 使會議暫停。

27 ｜てんさ【点差】

（名）（比賽時）分數之差

例 点差が縮まる。

譯 縮小比數的差距。

28 ｜どうてき【動的】

形動 動的，變動的，動態；生動的，
活潑的，積極的
例 動的な描写が見事だ。
訳 生動的描繪真是精彩。

29 ｜とくてん【得点】

名 (學藝、競賽等的)得分
例 得点を稼ぐ。
訳 爭取得分。

30 ｜トロフィー【trophy】

名 獎盃
例 栄光のトロフィーを守る。
訳 守住無限殊榮的獎盃。

31 ｜ナイター【(和)night＋er】

名 棒球夜場賽
例 ナイター中継を観る。
訳 觀看棒球夜場賽轉播。

32 ｜にゅうしょう【入賞】

名・自サ 得獎，受賞
例 入賞を果たす。
訳 完成得獎心願。

33 ｜のぞむ【臨む】

自五 面臨，面對；瀕臨；遭逢；蒞臨；
君臨，統治
例 本番に臨む。
訳 正式上場。

34 ｜はいせん【敗戦】

名・自サ 戰敗
例 日本が敗戦する。
訳 日本戰敗。

35 ｜はい・ぱい【敗】

名・漢造 輸；失敗；腐敗；戰敗
例 1勝1敗になった。
訳 最後一勝一敗。

36 ｜はいぼく【敗北】

名・自サ (戰爭或比賽)敗北，戰敗；被擊
敗；敗逃
例 敗北を喫する。
訳 吃敗仗。

37 ｜はんげき【反撃】

名・自サ 反撃，反攻，還撃
例 反撃をくらう。
訳 遭受反撃。

38 ｜ハンディ【handicap 之略】

名 讓步(給實力強者的不利條件，以使
勝負機會均等的一種競賽)；障礙
例 ハンディがもらえる。
訳 取得讓步。

39 ｜ふんとう【奮闘】

名・自サ 奮鬥；奮戰
例 君の孤軍奮闘に声援を送る。
訳 給孤軍奮鬥的你熱烈的聲援。

40 ｜まさる【勝る】

自五 勝於，優於，強於
例 勝るとも劣らない。
訳 有過之而無不及。

41 | まとまり【纏まり】

[名] 解決，結束，歸結；一貫，連貫；統一，一致

[例] このクラスはまとまりがある。

[譯] 這個班級很團結。

42 | もてる【持てる】

[自下一] 受歡迎；能維持；能有

[例] 持(も)てる力(ちから)を出(だ)し切(き)る。

[譯] 發揮所有的力量。

43 | やっつける

[他下一]（俗）幹完；（狠狠的）教訓一頓，整一頓；打敗，擊敗

[例] 相手(あいて)チームをやっつける。

[譯] 擊敗對方隊伍。

44 | ゆうせい【優勢】

[名·形動] 優勢

[例] 優勢(ゆうせい)に立(た)つ。

[譯] 處於優勢。

45 | よせあつめる【寄せ集める】

[他下一] 收集，匯集，聚集，拼湊

[例] 素人(しろうと)を寄(よ)せ集(あつ)めたチーム。

[譯] 外行人組成的隊伍。

46 | レース【race】

[名] 速度比賽，競速（賽車、游泳、遊艇及車輛比賽等）；競賽；競選

[例] F1のレースを見(み)る。

[譯] 看F1賽車比賽。

47 | レギュラー【regular】

[名·造語] 正式成員；正規兵；正規的，正式的；有規律的

[例] レギュラーで番組(ばんぐみ)に出(で)る。

[譯] 以正式成員出席電視節目。

N1 17-3

17-3 球技、陸上競技 / 球類、田徑賽

01 | うけとめる【受け止める】

[他下一] 接住，擋下；阻止，防止；理解，認識

[例] 忠告(ちゅうこく)を受(う)け止(と)める。

[譯] 接受忠告。

02 | キャッチ【catch】

[名·他サ] 捕捉，抓住；（棒球）接球

[例] ボールをキャッチする。

[譯] 接住球。

03 | けいかい【軽快】

[形動] 輕快；輕鬆愉快；輕便；（病情）好轉

[例] 軽快(けいかい)な身(み)のこなし。

[譯] 一身輕裝。

04 | けとばす【蹴飛ばす】

[他五] 踢；踢開，踢散，踢倒；拒絕

[例] 布団(ふとん)を蹴飛(けと)ばす。

[譯] 踢被子。

05 | コントロール【control】

[名·他サ] 支配，控制，節制，調節

[例] 感情(かんじょう)をコントロールする。

[譯] 控制情感。

06 | しゅび【守備】

[名·他サ] 守備，守衛；（棒球）防守

例 守備に就く。
譯 擔任防守。

07 ｜せめ【攻め】

名 進攻，圍攻
例 攻めのチームを作っていく。
譯 組成一個善於進攻的隊伍。

08 ｜だげき【打撃】

名 打擊，衝擊
例 打撃を与える。
譯 給予打擊。

09 ｜チームワーク【teamwork】

名 (隊員間的)團隊精神，合作，配合，默契

例 チームワークがいい。
譯 團隊合作良好。

10 ｜てもと【手元】

名 手邊，手頭；膝下，身邊；生計；手法，技巧
例 手元に置く。
譯 放在手邊。

11 ｜にぶる【鈍る】

自五 不利，變鈍；變遲鈍，減弱
例 腕が鈍る。
譯 技巧生疏。

12 ｜ぬかす【抜かす】

他五 遺漏，跳過，省略
例 腰を抜かす。
譯 閃了腰；嚇呆了。

13 ｜バット【bat】

名 球棒
例 バットを振る。
譯 揮球棒。

14 ｜バトンタッチ【(和)baton ＋ touch】

名・他サ (接力賽跑中)交接接力棒；(工作、職位)交接
例 次の選手にバトンタッチする。
譯 交給下一個選手。

15 ｜びり

名 最後，末尾，倒數第一名

例 びりになる。
譯 拿到最後一名。

趣味、娯楽

- 愛好、嗜好、娛樂 -

01 ｜あいこ　　　　N1● 18
㊀ 不分勝負，不相上下
例 あいこになる。
譯 不分勝負。

02 ｜アダルトサイト【adult site】
㊀ 成人網站
例 アダルトサイトを抜く。
譯 去除成人網站。

03 ｜いじる【弄る】
㊀ （俗）（毫無目的地）玩弄，擺弄；（做為娛樂消遣）玩弄，玩賞；隨便調動，改動（機構）
例 髪をいじる。
譯 玩弄頭髮。

04 ｜おとずれる【訪れる】
㊀ 拜訪，訪問；來臨；通信問候
例 チャンスが訪れる。
譯 機會降臨。

05 ｜ガイドブック【guidebook】
㊀ 指南，入門書；旅遊指南手冊
例 ガイドブックを見る。
譯 閱讀導覽書。

06 ｜かけっこ【駆けっこ】
㊀·㊀ 賽跑

例 かけっこで勝つ。
譯 賽跑跑贏。

07 ｜かける【賭ける】
㊀ 打賭，賭輸贏
例 お金を賭ける。
譯 賭錢。

08 ｜かけ【賭け】
㊀ 打賭；賭（財物）
例 賭けに勝つ。
譯 賭贏。

09 ｜かざぐるま【風車】
㊀ （動力、玩具）風車
例 風車を回す。
譯 轉動風車。

10 ｜かんらん【観覧】
㊀·㊀ 觀覽，參觀
例 観覧車に乗る。
譯 坐摩天輪。

11 ｜くうぜん【空前】
㊀ 空前
例 空前の大ブーム。
譯 空前盛況。

12 ｜くじびき【籤引き】

名·自サ 抽籤

例 くじ引きで当たる。

譯 抽籤抽中。

13 ｜ごばん【碁盤】

名 圍棋盤

例 道が碁盤の目のように走っている。

譯 道路如棋盤般延伸。

14 ｜にづくり【荷造り】

名·自他サ 準備行李，捆行李，包裝

例 引っ越しの荷造り。

譯 搬家的行李。

15 ｜パチンコ

名 柏青哥，小鋼珠

例 パチンコで負ける。

譯 玩小鋼珠輸了。

16 ｜ひきとる【引き取る】

自五 退出，退下；離開，回去 他五 取回，領取；收購；領來照顧

例 荷物を引き取る。

譯 領回行李。

17 ｜マッサージ【massage】

名·他サ 按摩，指壓，推拿

例 マッサージをする。

譯 按摩。

18 ｜まり【鞠】

名 （用橡膠、皮革、布等做的）球

例 蹴鞠に熱中していた。

譯 熱衷於(平安末期以後貴族的)踢球遊戲。

19 ｜よきょう【余興】

名 餘興

例 宴会の余興に大ウケした。

譯 宴會的餘興節目大受歡迎。

20 ｜りょけん【旅券】

名 護照

例 旅券を申請する。

譯 申請護照。

19-1 芸術、絵画、彫刻 /
藝術、繪畫、雕刻

01 ┃ あぶらえ【油絵】
② 油畫
例 油絵を描く。
譯 畫油畫。

02 ┃ いける【生ける】
他下一 把鮮花，樹枝等插到容器裡；種植物
例 花を生ける。
譯 插花。

03 ┃ がくげい【学芸】
② 學術和藝術；文藝
例 学芸会を開く。
譯 舉辦發表會。

04 ┃ カット【cut】
名・他サ 切，削掉，刪除；剪頭髮；插圖
例 給料をカットする。
譯 減薪。

05 ┃ が【画】
漢造 畫；電影，影片；（讀做「かく」）策劃，筆畫
例 洋画を見る。
譯 看西部片。

06 ┃ げい【芸】
② 武藝，技能；演技；曲藝，雜技；藝術，遊藝
例 芸を磨く。
譯 磨練技能。

07 ┃ こっとうひん【骨董品】
② 古董
例 骨董品を集める。
譯 收集古董。

08 ┃ コンテスト【contest】
② 比賽；比賽會
例 コンテストに参加する。
譯 參加競賽。

09 ┃ さいく【細工】
名・自他サ 精細的手藝（品），工藝品；耍花招，玩弄技巧，搞鬼
例 細工を施す。
譯 施展精巧的手藝。

10 ┃ さく【作】
② 著作，作品；耕種，耕作；收成；振作；動作
例 ピカソ作の絵画が保管されている。
譯 保管著畢卡索的畫作。

11 ｜しあげる【仕上げる】

（他下一）做完，完成，（最後）加工，潤飾，做出成就

例 作品を仕上げる。

譯 完成作品。

12 ｜しゅっぴん【出品】

（名・自サ）展出作品，展出產品

例 展覧会に出品する。

譯 在展覽會上展出。

13 ｜しゅほう【手法】

（名）（藝術或文學表現的）手法

例 新しい手法を取り入れる。

譯 採取新的手法。

14 ｜ショー【show】

（名）展覽，展覽會；（表演藝術）演出，表演；展覽品

例 ショールームを巡る。

譯 巡游陳列室。

15 ｜すい【粋】

（名・漢造）精粹，精華；通曉人情世故，圓通；瀟灑，風流；純粹

例 技術の粋を集める。

譯 集中技術的精華。

16 ｜せいこう【精巧】

（名・形動）精巧，精密

例 精巧な細工を施した。

譯 以精巧的手工製作而成。

17 ｜せいてき【静的】

（形動）靜的，靜態的

例 静的に描写する。

譯 靜態描寫。

18 ｜せんこう【選考】

（名・他サ）選拔，權衡

例 作品を選考する。

譯 評選作品。

19 ｜ぞう【像】

（名・漢造）相，像；形象，影像

例 像を建てる。

譯 立(銅)像。

20 ｜ちゃのゆ【茶の湯】

（名）茶道，品茗會；沏茶用的開水

例 茶の湯を習う。

譯 學習茶道。

21 ｜デッサン【(法) dessin】

（名）（繪畫、雕刻的）草圖，素描

例 木炭でデッサンする。

譯 用炭筆素描。

22 ｜てんじ【展示】

（名・他サ）展示，展出，陳列

例 見本を展示する。

譯 展示樣品。

23 ┃ どくそう【独創】

名·他サ 獨創
例 独創性にあふれる。
譯 充滿獨創性。

24 ┃ はいけい【背景】

名 背景；(舞台上的)布景；後盾，靠山
例 背景を描く。
譯 描繪背景。

25 ┃ はんが【版画】

名 版畫，木刻
例 版画を彫る。
譯 雕刻版畫。

26 ┃ びょうしゃ【描写】

名·他サ 描寫，描繪，描述
例 情景を描写する。
譯 描寫情境。

27 ┃ ひろう【披露】

名·他サ 披露；公布；發表
例 腕前を披露する。
譯 大展身手。

28 ┃ び【美】

漢造 美麗；美好；讚美
例 美を演出する。
譯 詮釋美麗。

29 ┃ ぶんかざい【文化財】

名 文物，文化遺產，文化財富

例 文化財に指定する。
譯 指定為文化遺產。

30 ┃ わざ【技】

名 技術，技能；本領，手藝；(柔道、劍術、拳擊、摔角等)招數
例 技を磨く。
譯 磨練技能。

19-2 音楽 /
音樂

01 ┃ アンコール【encore】

名·自サ (要求)重演，再來(演，唱)一次；呼聲
例 アンコールを求める。
譯 安可。

02 ┃ がくふ【楽譜】

名 (樂)譜，樂譜
例 楽譜を読む。
譯 看樂譜。

03 ┃ しき【指揮】

名·他サ 指揮
例 指揮をとる。
譯 指揮。

04 ┃ しゃみせん【三味線】

名 三弦
例 三味線を弾く。
譯 彈三弦琴；説廢話來掩飾真心。

05 ｜ジャンル【(法) genre】

(名) 種類，部類；（文藝作品的）風格，體裁，流派

(例) ジャンル別に探す。

(譯) 以類別來搜尋。

06 ｜すいそう【吹奏】

(名・他サ) 吹奏

(例) 行進曲を吹奏する。

(譯) 吹奏進行曲。

07 ｜たんか【短歌】

(名) 短歌（日本傳統和歌，由五七五七七形式組成，共三十一音）

(例) 短歌を嗜む。

(譯) 喜愛短歌。

08 ｜トーン【tone】

(名) 調子，音調；色調

(例) トーンを変える。

(譯) 變調。

09 ｜ねいろ【音色】

(名) 音色

(例) きれいな音色を出す。

(譯) 發出優美的音色。

10 ｜ね【音】

(名) 聲音，音響，音色；哭聲

(例) 音を上げる。

(譯) 叫苦，發出哀鳴。

11 ｜ミュージック【music】

(名) 音樂，樂曲

(例) ポップミュージックを聴く。

(譯) 聽流行音樂。

12 ｜メロディー【melody】

(名) （樂）旋律，曲調；美麗的音樂

(例) メロディーを奏でる。

(譯) 演奏音樂。

13 ｜もれる【漏れる】

(自下一) （液體、氣體、光等)漏，漏出；(秘密等)洩漏；落選，被淘汰

(例) 声が漏れる。

(譯) 聲音傳出。

N1● 19-3

19-3 演劇、舞踊、映画 /
戲劇、舞蹈、電影

01 ｜えいしゃ【映写】

(名・他サ) 放映（影片、幻燈片等）

(例) アニメを映写する。

(譯) 播放卡通片。

02 ｜えんしゅつ【演出】

(名・他サ) （劇）演出，上演；導演

(例) 演出家が指導する。

(譯) 舞台劇導演給予指導。

03 ｜えんじる【演じる】

(他上一) 扮演，演；做出

(例) ヒロインを演じる。

(譯) 扮演主角。

04 | ぎきょく【戯曲】

名 劇本，腳本；戲劇

例 シェイクスピアの戯曲。

譯 莎士比亞的劇本。

05 | きげき【喜劇】

名 喜劇，滑稽劇；滑稽的事情

例 吉本新喜劇。

譯 吉本新喜劇。

06 | きゃくほん【脚本】

名 （戲劇、電影、廣播等）劇本；腳本

例 脚本を書く。

譯 寫劇本。

07 | げんさく【原作】

名 原作，原著，原文

例 原作者が語る。

譯 原作者進行談話。

08 | こうえん【公演】

名·自他サ 公演，演出

例 初公演を行う。

譯 舉辦首演。

09 | シナリオ【scenario】

名 電影劇本，腳本；劇情說明書；走向

例 シナリオを書く。

譯 寫電影劇本。

10 | しゅえん【主演】

名·自サ 主演，主角

例 映画に主演する。

譯 電影的主角。

11 | しゅじんこう【主人公】

名 （小説等）主人公，主角

例 物語の主人公が立ち上がる。

譯 故事的主人翁發奮圖強。

12 | しゅつえん【出演】

名·自サ 演出，登台

例 芝居に出演する。

譯 登台演戲。

13 | じょうえん【上演】

名·他サ 上演

例 桃太郎を上演する。

譯 上演《桃太郎》。

14 | ソロ【solo】

名 （樂）獨唱；獨奏；單獨表演

例 ソロで踊る。

譯 單獨跳舞。

15 | だいほん【台本】

名 （電影，戲劇，廣播等）脚本，劇本

例 台本どおりに物事が運ぶ。

譯 事情如劇本般的進展。

20-1 数 /
數目

01 ｜ここ【個々】

(名) 每個，各個，各自

例 個々に相談する。

譯 個別談話。

02 ｜こべつ【個別】

(名) 個別

例 個別に指導する。

譯 個別指導。

03 ｜こ【戸】

(漢造) 戶

例 この地区は約 100 戸ある。

譯 這地區約有一百戶。

04 ｜じゃっかん【若干】

(名) 若干；少許，一些

例 若干不審な点がある。

譯 多少有些可疑的地方。

05 ｜ダース【dozen】

(名・接尾) (一)打，十二個

例 えんぴつ 1 ダースを買う。

譯 購買一打鉛筆。

06 ｜だいたすう【大多数】

(名) 大多數，大部分

例 大多数の意見が反映される。

譯 反應出多數人的意見。

07 ｜たすうけつ【多数決】

(名) 多數決定，多數表決

例 多数決で決める。

譯 以少數服從多數來決定。

08 ｜たんいつ【単一】

(名) 單一，單獨；單純；(構造)簡單

例 単一の行動を取る。

譯 採取統一的行動。

09 ｜たん【単】

(漢造) 單一；單調；單位；單薄；(網球、乒乓球的)單打比賽

例 単位が取れる。

譯 得到學分。

10 ｜ちょう【超】

(漢造) 超過；超脱；(俗)最，極

例 超大型の巨人が現れる。

譯 出現了超大型巨人。

11 ｜つい【対】

名·接尾 成雙，成對；對句；(作助數詞用)
一對，一雙
例 対の着物。
譯 成對的和服。

12 ｜とう【棟】

漢造 棟梁；(建築物等)棟，一座房子
例 子ども病棟を訪れる。
譯 探訪兒童醫院大樓。

13 ｜とっぱ【突破】

名·他サ 突破；超過
例 難関を突破する。
譯 突破難關。

14 ｜ないし【乃至】

接 至，乃至；或是，或者
例 5 名ないし 8 名。
譯 5人至8人。

15 ｜のべ【延べ】

名 (金銀等)金屬壓延(的東西)；延長；
共計
例 延べ人数が 1000 名を突破した。
譯 合計人數突破1000名。

16 ｜まっぷたつ【真っ二つ】

名 兩半
例 真っ二つに裂ける。
譯 分裂成兩半。

17 ｜ワット【watt】

名 瓦特，瓦(電力單位)
例 100 ワットの電球に交換したい。
譯 想換一百瓦的燈泡。

20-2 計算 /
計算

01 ｜あわす【合わす】

他五 合在一起，合併；總加起來；混合，
配在一起；配合，使適應；對照，核對
例 力を合わす。
譯 合力。

02 ｜あんざん【暗算】

名·他サ 心算
例 暗算が苦手だ。
譯 不善於心算。

03 ｜かく【欠く】

他五 缺，缺乏，缺少；弄壞，少(一部分)；
欠，欠缺，怠慢
例 転んで前歯を欠く。
譯 跌倒弄壞了門牙。

04 ｜かんさん【換算】

名·他サ 換算，折合
例 日本円に換算する。
譯 折合成日圓。

05 ｜きっちり

副·自サ 正好，恰好
例 期限にきっちりと借金を返す。
譯 期限到來前還清借款，一分也不少。

06 ｜きんこう【均衡】

名・自サ 均衡，平衡，平均

例 均衡を保つ。

譯 保持平衡。

07 ｜げんしょう【減少】

名・自他サ 減少

例 減少傾向にある。

譯 有減少的傾向。

08 ｜さくげん【削減】

名・自他サ 削減，縮減；削弱，使減色

例 給料５パーセント削減。

譯 薪水縮減百分之五。

09 ｜しゅうけい【集計】

名・他サ 合計，總計

例 売上げを集計する。

譯 合計營業額。

10 ｜ダウン【down】

名・自他サ 下，倒下，向下，落下；下降，減退；(棒)出局；(拳擊)擊倒

例 コストダウンが進まない。

譯 降低成本無法推展。

11 ｜ばいりつ【倍率】

名 倍率，放大率；(入學考試的)競爭率

例 倍率が高い。

譯 放大倍率。

12 ｜ぴたり（と）

副 突然停止貌；緊貼的樣子；恰合，正對

例 計算がぴたりと合う。

譯 計算恰好符合。

13 ｜ひりつ【比率】

名 比率，比

例 比率を変える。

譯 改變比率。

14 ｜ひれい【比例】

名・自サ (數)比例；均衡，相稱，成比例關係

例 比例して大きくなる。

譯 依照比例放大。

15 ｜ぶんぼ【分母】

名 (數)分母

例 分子を分母で割る。

譯 分子除以分母。

16 ｜マイナス【minus】

名 (數)減，減號；(數)負號；(電)負，陰極；(溫度)零下；虧損，不足；不利

例 彼の将来にとってマイナスだ。

譯 對他的將來不利。

N1● 20-3

20-3 量、長さ、広さ、重さ など／
量、容量、長度、面積、重量等

01 ｜いくた【幾多】

副 許多，多數

例 幾多の困難を乗り越える。

譯 克服無數困難。

02 ｜いっさい【一切】

(名・副) 一切，全部；(下接否定)完全，都

例 家財の一切を失う。

譯 失去所有財產。

03 ｜おおかた【大方】

(名・副) 大部分，多半，大體；一般人，大家，諸位

例 大方の読者が望んでいる。

譯 大部分的讀者都期待著。

04 ｜おおはば【大幅】

(名・形動) 寬幅(的布)；大幅度，廣泛

例 支出を大幅に削減する。

譯 大幅減少支出。

05 ｜おおむね【概ね】

(名・副) 大概，大致，大部分

例 おおむね分かった。

譯 大致上明白了。

06 ｜おびただしい【夥しい】

(形) 數量很多，極多，眾多；程度很大，厲害的，激烈的

例 おびただしい量の水が噴き出した。

譯 噴出極大量的水。

07 ｜おもい【重い】

(形) 重；(心情)沉重，(腳步，行動等)遲鈍；(情況，程度等)嚴重

例 何だか気が重い。

譯 不知為何心情沉重。

08 ｜かいばつ【海抜】

(名) 海拔

例 海抜３メートル以上ある。

譯 有海拔三公尺以上。

09 ｜かくしゅ【各種】

(名) 各種，各樣，每一種

例 各種取り揃える。

譯 各樣齊備。

10 ｜かさばる【かさ張る】

(自五) (體積、數量等)增大，體積大，增多

例 荷物がかさばる。

譯 行李龐大。

11 ｜かさむ

(自五) (體積、數量等)增多

例 経費がかさむ。

譯 經費增加。

12 ｜かすか【微か】

(形動) 微弱，些許；微暗，朦朧；貧窮，可憐

例 かすかなにおい。

譯 些微氣味。

13 ｜かそ【過疎】

(名) (人口)過稀，過少

例 過疎現象が起きている。

譯 發生人口過稀現象。

14 ｜げんてい【限定】

(名・他サ) 限定，限制(數量，範圍等)

[例] 100名限定で招待する。
[譯] 限定招待一百人。

15 | ことごとく

[副] 所有，一切，全部

[例] ことごとく否定する。
[譯] 全部否定。

16 | しゃめん【斜面】

[名] 斜面，傾斜面，斜坡

[例] 丘の斜面に畑を作る。
[譯] 在山坡的斜面種田。

17 | ジャンボ【jumbo】

[名·造] 巨大的

[例] ジャンボサイズを販売する(jumbo size)。
[譯] 銷售超大尺寸。

18 | しゅじゅ【種々】

[名·副] 種種，各種，多種，多方

[例] 種々様々ずらっと並ぶ。
[譯] 各種各樣排成一排。

19 | そこそこ

[副·接尾] 草草了事，慌慌張張；大約，左右

[例] 二十歳そこそこの青年。
[譯] 二十歲上下的青年。

20 | たかが【高が】

[副] (程度、數量等)不成問題，僅僅，不過是…罷了

[例] たかが5,000円くらいにくよくよするな。
[譯] 不過是五千日幣而已不要放在心上啦。

21 | だけ

[副助] (只限於某範圍)只，僅僅；(可能的程度或限度)盡量，儘可能；(以「…ば…だけ」等的形式，表示相應關係)越…越…；(以「…だけに」的形式)正因為…更加…；(以「…(のこと)あって」的形式)不愧，值得

[例] できるだけ。
[譯] 盡力而為…。

22 | ダブル【double】

[名] 雙重，雙人用；二倍，加倍；雙人床；夫婦，一對

[例] ダブルパンチを食らう。
[譯] 遭到雙重的打擊。

23 | たよう【多様】

[名·形動] 各式各樣，多種多樣

[例] 多様な問題が含まれている。
[譯] 隱含各式各樣的問題。

24 | ちょうだい【長大】

[名·形動] 長大；高大；寬大

[例] 長大なアマゾン川。
[譯] 壯闊的亞馬遜河。

25 | はんぱ【半端】

(名・形動) 零頭，零星；不徹底；零數，尾數；無用的人

例 半端な意見に左右される。

譯 被模稜兩可的意見所影響。

26 | ひじゅう【比重】

(名) 比重，（所占的）比例

例 比重が増大する。

譯 增加比重。

27 | ひってき【匹敵】

(名・自サ) 匹敵，比得上

例 彼に匹敵する者はない。

譯 沒有人比得上他。

28 | ふんだん

(形動) 很多，大量

例 ふんだんに使う。

譯 大量使用。

29 | へいほう【平方】

(名) （數）平方，自乘；（面積單位）平方

例 平方メートル。

譯 平方公尺。

30 | ほどほど【程程】

(副) 適當的，恰如其分的；過得去

例 酒はほどほどに飲むのがよい。

譯 喝酒要適度。

31 | まみれ【塗れ】

(接尾) 沾污，沾滿

例 泥まみれで遊ぶ。

譯 玩得滿身是泥。

32 | まるごと【丸ごと】

(副) 完整，完全，全部地，整個（不切開）

例 丸ごと食べる。

譯 整個直接吃。

33 | みじん【微塵】

(名) 微塵；微小(物)，極小(物)；一點，少許；切碎，碎末

例 反省の色が微塵もない。

譯 完全沒有反省的樣子。

34 | みたす【満たす】

(他五) 裝滿，填滿，倒滿；滿足

例 需要を満たす。

譯 滿足需要。

35 | みっしゅう【密集】

(名・自サ) 密集，雲集

例 保育園は住宅密集地帯にある。

譯 育幼院住宅密集地區。

36 | みつど【密度】

(名) 密度

例 人口密度が高い。

譯 人口密度高。

37 | めかた【目方】

(名) 重量，分量

例 目方を量る。

譯 秤重。

38｜やたら（と）

㊐（俗）胡亂，隨便，不分好歹，沒有差別；過份，非常，大量

例 やたらと長い映画。

譯 冗長的電影。

39｜りっぽう【立方】

㊅（數）立方

例 立方体の箱に入れる。

譯 放進立體的箱子裡。

20-4 回数、順番／
次数、順序

01｜あべこべ

㊅・形動（順序、位置、關係等）顛倒，相反

例 あべこべに着る。

譯 穿反。

02｜うわまわる【上回る】

㊒五 超過，超出；（能力）優越

例 記録を上回る。

譯 打破記錄。

03｜おつ【乙】

㊅・形動（天干第二位）乙；第二（位），乙

例 甲乙つけがたい。

譯 難分軒輊。

04｜かい【下位】

㊅ 低的地位；次級的地位

例 下位分類。

譯 下層分類。

05｜こう【甲】

㊅ 甲冑，鎧甲；甲殼；手腳的表面；（天干的第一位）甲；第一名

例 契約書の甲と乙。

譯 契約書上的甲乙雙方。

06｜したまわる【下回る】

㊒五 低於，達不到

例 平年を下回る気温。

譯 低於常年的溫度。

07｜せんちゃく【先着】

㊅・自サ 先到達，先來到

例 先着順でご利用いただけます。

譯 請按到達的先後順序取用。

08｜ちょうふく・じゅうふく【重複】

㊅・自サ 重複

例 内容が重複している。

譯 內容是重複的。

09｜ちょくちょく

㊐（俗）往往，時常

例 ちょくちょく遊びにいく。

譯 時常去玩耍。

10｜つらねる【連ねる】

㊓下一 排列，連接；聯，列

例 名を連ねる。

譯 聯名。

11 ｜てじゅん【手順】

名 （工作的）次序，步驟，程序

例 手順に従う。

譯 按照順序。

---

12 ｜はいれつ【配列】

名・他サ 排列

例 五十音順に配列する。

譯 依照五十音順排列。

---

13 ｜はつ【初】

名 最初；首次

例 初の海外旅行にわくわくする。

譯 第一次出國旅行真叫人欣喜雀躍。

---

14 ｜ひんぱん【頻繁】

名・形動 頻繁，屢次

例 頻繁に出入りする。

譯 出入頻繁。

---

15 ｜へいれつ【並列】

名・自他サ 並列，並排

例 同じレベルの単語を並列する。

譯 把同一程度的單字並列在一起。

---

16 ｜ゆうい【優位】

名 優勢；優越地位

例 優位に立つ。

譯 處於優勢。

20-5 図形、模様、色彩 /
圖形、花紋、色彩

---

01 ｜あざやか【鮮やか】

形動 顏色或形象鮮明美麗，鮮豔；技術或動作精彩的樣子，出色

例 鮮やかな対照をなす。

譯 形成鮮明的對比。

---

02 ｜あせる【褪せる】

自下一 褪色，掉色

例 色が褪せる。

譯 褪色。

---

03 ｜あわい【淡い】

形 顏色或味道等清淡；感覺不這麼強烈，淡薄，微小；物體或光線隱約可見

例 淡いピンクのバラが好きだ。

譯 我喜歡淺粉紅色的玫瑰。

---

04 ｜いろちがい【色違い】

名 一款多色

例 色違いのブラウスを買う。

譯 購買一款多色的襯衫。

---

05 ｜かく【角】

名・漢造 角；隅角；四方形，四角形；稜角，四方；競賽

例 大根を 5cm 角に切る。

譯 把白蘿蔔切成五公分左右的四方形。

---

06 ｜くみあわせる【組み合わせる】

他下一 編在一起，交叉在一起，搭在一起；配合，編組

例 色を組み合わせる。
譯 搭配顏色。

07 ｜グレー【gray】

名 灰色；銀髮

例 グレーゾーンになる。
譯 成為灰色地帶。

08 ｜こうたく【光沢】

名 光澤
例 光沢がある。
譯 有光澤。

09 ｜こげちゃ【焦げ茶】

名 濃茶色，深棕色，古銅色
例 焦げ茶色が絶妙でした。
譯 深棕色真是精彩絕妙。

10 ｜コントラスト【contrast】

名 對比，對照；（光）反差，對比度
例 画像のコントラストを上げる。
譯 提高影像的對比度。

11 ｜しきさい【色彩】

名 彩色，色彩；性質，傾向，特色
例 色彩感覚に優れる。
譯 色彩的敏感度非常好。

12 ｜ずあん【図案】

名 圖案，設計，設計圖
例 図案を募集する。
譯 徵求設計圖。

13 ｜そまる【染まる】

自五 染上；受(壞)影響
例 血に染まる。
譯 被血染紅。

14 ｜そめる【染める】

他下一 染顏色；塗上(映上)顏色；(轉)沾染，著手
例 黒に染める。
譯 染成黑色。

15 ｜ちゃくしょく【着色】

名・自サ 著色，塗顏色
例 人工着色料を使用する。
譯 使用人工染料。

16 ｜てんせん【点線】

名 點線，虛線
例 点線のところから切り取る。
譯 從虛線處剪下。

17 ｜ブルー【blue】

名 青，藍色；情緒低落
例 ブルーの瞳に目を奪われる。
譯 深深被藍色眼睛吸引住。

18 ｜りったい【立体】

名 (數)立體
例 立体的な画像を作成できる。
譯 製作立體畫面。

教育
- 教育 -

21-1 教育、学習 /
教育、學習

01 ｜いくせい【育成】
名·他サ 培養，培育，扶植，扶育
例 エンジニアを育成する。
譯 培育工程師。

02 ｜がくせつ【学説】
名 學説
例 学説を立てる。
譯 建立學説。

03 ｜きょうざい【教材】
名 教材
例 教材を作る。
譯 編寫教材。

04 ｜きょうしゅう【教習】
名·他サ 訓練，教習
例 教習を受ける。
譯 接受訓練。

05 ｜こうがく【工学】
名 工學，工程學
例 工学製図を履修する。
譯 學工程繪圖課程。

06 ｜こうこがく【考古学】
名 考古學
例 考古学博士。
譯 考古學博士。

07 ｜こうさく【工作】
名·他サ （機器等）製作；（土木工程等）修理工程；（小學生的）手工；（暗中計畫性的）活動
例 工作の時間。
譯 製作時間。

08 ｜ざだんかい【座談会】
名 座談會
例 座談会を開く。
譯 召開座談會。

09 ｜しつける【躾ける】
他下一 教育，培養，管教，教養（子女）
例 子供をしつける。
譯 管教小孩。

10 ｜しつけ【躾】
名 （對孩子在禮貌上的）教養，管教，訓練；習慣
例 しつけに厳しい母だったが、優しい人だった。
譯 母親雖管教嚴格，但非常慈愛。

11 ｜ しゅうとく【習得】

(名・他サ) 學習，學會

例 日本語を習得する。

譯 學會日語。

12 ｜ じゅく【塾】

(名・漢造) 補習班；私塾

例 塾を開く。

譯 開私塾；開補習班。

13 ｜ しんど【進度】

(名) 進度

例 進度が速い。

譯 進度快。

14 ｜ せっきょう【説教】

(名・自サ) 説教；教誨

例 先生に説教される。

譯 被老師説教。

15 ｜ てびき【手引き】

(名・他サ) (輔導)初學者，啟蒙；入門，初級；推薦，介紹；引路，導向

例 独学の手引き。

譯 自學輔導。

16 ｜ てほん【手本】

(名) 字帖，書帖；模範，榜樣；標準，示範

例 手本を示す。

譯 做出榜樣。

17 ｜ ドリル【drill】

(名) 鑽頭；訓練，練習

例 算数のドリルをやる。

譯 做算數的練習題。

18 ｜ ひこう【非行】

(名) 不正當行為，違背道德規範的行為

例 非行に走る。

譯 鋌而走險。

19 ｜ ほいく【保育】

(名・他サ) 保育

例 保育園に通う。

譯 上幼稚園。

20 ｜ ほうがく【法学】

(名) 法學，法律學

例 法学を学ぶ。

譯 學法學。

21 ｜ ゆうぼう【有望】

(形動) 有希望，有前途

例 将来有望な学生たちを支援する。

譯 對前途有望的學生加以支援。

22 ｜ ようせい【養成】

(名・他サ) 培養，培訓；造就

例 技術者を養成する。

譯 培訓技師。

23 ｜レッスン【lesson】

名 一課；課程，課業；學習
例 レッスンを受ける。
譯 上課。

21-2 学校 /
學校

01 ｜うけもち【受け持ち】

名 擔任，主管；主管人，主管的事情
例 受け持ちの先生。
譯 負責的老師。

02 ｜かがい【課外】

名 課外
例 課外活動に参加する。
譯 參加課外活動。

03 ｜がんしょ【願書】

名 申請書
例 願書を出す。
譯 提出申請書。

04 ｜きぞう【寄贈】

名・他サ 捐贈，贈送
例 本を図書館に寄贈する。
譯 把書捐贈給圖書館。

05 ｜きょうがく【共学】

名 （男女或黑白人種）同校，同班（學習）
例 男女共学を推奨する。
譯 獎勵男女共學。

06 ｜こうりつ【公立】

名 公立（不包含國立）
例 公立の学校に通う。
譯 上公立學校。

07 ｜さずける【授ける】

他下一 授予，賦予，賜給；教授，傳授
例 学位を授ける。
譯 授予學位。

08 ｜しぼう【志望】

名・他サ 志願，希望
例 進学を志望する。
譯 志願要升學。

09 ｜しゅうがく【就学】

名・自サ 學習，求學，修學
例 就学年齢に達する。
譯 達到就學年齡。

10 ｜とうこう【登校】

名・自サ （學生）上學校，到校
例 8時前に登校する。
譯 八點前上學。

11 ｜へいさ【閉鎖】

名・自他サ 封閉，關閉，封鎖
例 学級閉鎖になった。
譯 將年級加以隔離（防止疾病蔓延，該年級學生自行在家隔離）。

12 ｜ぼこう【母校】

名 母校

例 母校を訪ねる。

譯 拜訪母校。

---

13 ｜めんじょ【免除】

名・他サ 免除（義務、責任等）

例 学費を免除する。

譯 免除學費。

N1 ● 21-3

21-3 学生生活 /
學生生活

01 ｜いいんかい【委員会】

名 委員會

例 学級委員会に出る。

譯 出席班聯會。

---

02 ｜うかる【受かる】

自五 考上，及格，上榜

例 入学試験に受かる。

譯 入學考試及格。

---

03 ｜オリエンテーション【orientation】

名 定向，定位，確定方針；新人教育，事前説明會

例 オリエンテーションに参加する。

譯 參加新人教育。

---

04 ｜カンニング【cunning】

名・自サ （考試時的）作弊

例 カンニングペーパーを隠し持つ。

譯 暗藏小抄。

05 ｜ききとり【聞き取り】

名 聽見，聽懂，聽後記住；（外語的）聽力

例 聞き取りのテスト。

譯 聽力考試。

---

06 ｜きじゅつ【記述】

名・他サ 描述，記述；闡明

例 記述式のテスト。

譯 申論題考試。

---

07 ｜きまつ【期末】

名 期末

例 期末テストが始まります。

譯 開始期末考。

---

08 ｜きゅうがく【休学】

名・自サ 休學

例 大学を休学する。

譯 大學休學。

---

09 ｜きゅうしょく【給食】

名・自サ （學校、工廠等）供餐，供給飲食

例 給食が出る。

譯 有供餐。

---

10 ｜きょうか【教科】

名 教科，學科，課程

例 教科書が見つからない。

譯 找不到教科書。

11 | げんてん【減点】

名・他サ 扣分；減少的分數

例 減点の対象となる。

譯 成為扣分的依據。

12 | こうしゅう【講習】

名・他サ 講習，學習

例 講習を受ける。

譯 聽講。

13 | サボる【sabotage 之略】

他五 （俗）怠工；偷懶，逃（學），曠（課）

例 授業をサボる。

譯 蹺課。

14 | しゅうりょう【修了】

名・他サ 學完（一定的課程）

例 課程を修了する。

譯 學完課程。

15 | しゅつだい【出題】

名・自サ （考試、詩歌）出題

例 試験を出題する。

譯 出試題。

16 | しょう【証】

名・漢造 證明；證據；證明書；證件

例 学生証を紛失した。

譯 遺失學生證了。

17 | しょぞく【所属】

名・自サ 所屬；附屬

例 サッカー部に所属する。

譯 隸屬於足球部。

18 | しんにゅうせい【新入生】

名 新生

例 小学校の新入生を迎える。

譯 迎接小學新生。

19 | せいれつ【整列】

名・自他サ 整隊，排隊，排列

例 一列に整列する。

譯 排成一列。

20 | せんしゅう【専修】

名・他サ 主修，專攻

例 芸術を専修する。

譯 主修藝術。

21 | そうかい【総会】

名 總會，全體大會

例 生徒総会の準備をする。

譯 進行學生大會的籌備工作。

22 | たいがく【退学】

名・自サ 退學

例 退学を決意した。

譯 決定休學。

23 | ちょうこう【聴講】

名・他サ 聽講，聽課；旁聽

例 聴講生に限る。

譯 只限旁聽生。

24 ｜てんこう【転校】

名・自サ 轉校，轉學

例 町の学校に転校する。

譯 轉學到鄉鎮的學校。

25 ｜どうきゅう【同級】

名 同等級，等級相同；同班，同年級

例 同級生が結婚した。

譯 同學結婚了。

26 ｜はん【班】

名・漢造 班，組；集團，行列；分配；席位，班次

例 班に分かれる。

譯 分班。

27 ｜ひっしゅう【必修】

名 必修

例 必修科目になる。

譯 變成必修科目。

28 ｜ヒント【hint】

名 啟示，暗示，提示

例 ヒントを与える。

譯 給予提示。

29 ｜ほそく【補足】

名・他サ 補足，補充

例 資料を補足する。

譯 補足資料。

30 ｜ぼっしゅう【没収】

名・他サ （法）（司法處分的）沒收，查抄，充公

例 タバコを没収された。

譯 香菸被沒收了。

31 ｜ゆう【優】

名・漢造 （成績五分四級制的）優秀；優美，雅致；優異，優厚；演員；悠然自得

例 優の成績を残す。

譯 留下優異的成績。

32 ｜よこく【予告】

名・他サ 預告，事先通知

例 テストを予告する。

譯 預告考期。

行事、一生の出来事
- 儀式活動、一輩子會遇到的事情 -

01 | いんきょ【隠居】　N1◉22

(名・自サ) 隠居，退休，閒居；(閒居的)老人

例 郊外に隠居する。

譯 隱居郊外。

02 | うちあげる【打ち上げる】

(他下一) (往高處)打上去，發射

例 花火を打ち上げる。

譯 放煙火。

03 | えんだん【縁談】

(名) 親事，提親，説媒

例 縁談がまとまる。

譯 親事談成了。

04 | かいさい【開催】

(名・他サ) 開會，召開；舉辦

例 オリンピックを開催する。

譯 舉辦奧林匹克運動會。

05 | かんれき【還暦】

(名) 花甲，滿 60 周歲的別稱

例 還暦を迎える。

譯 迎接花甲之年。

06 | きこん【既婚】

(名) 已婚

例 既婚者を見分ける。

譯 如何分辨已婚者。

07 | きたる【来る】

(自五・連體) 來，到來；引起，發生；下次的

例 来る一日に開く。

譯 下次的一號召開。

08 | さいこん【再婚】

(名・自サ) 再婚，改嫁

例 父は再婚した。

譯 父親再婚了。

09 | さんご【産後】

(名) (婦女)分娩之後

例 産後の肥立ちが悪い。

譯 產後發福恢復狀況不佳。

10 | しゅくが【祝賀】

(名・他サ) 祝賀，慶祝

例 祝賀を受ける。

譯 接受祝賀。

11 | しゅさい【主催】

(名・他サ) 主辦，舉辦

例 新聞社が主催する座談会。

譯 由報社舉辦的座談會。

12 | しんこん【新婚】

(名) 新婚(的人)

例 新婚生活が羨ましい。

譯 欣羨新婚生活。

13 | せいだい【盛大】

形動 盛大，規模宏大；隆重

例 盛大に祝う。

譯 盛大慶祝。

14 | セレモニー【ceremony】

名 典禮，儀式

例 セレモニーに参加する。

譯 參加典禮。

15 | ていねん【定年】

名 退休年齡

例 定年になる。

譯 到了退休年齡。

16 | ねんが【年賀】

名 賀年，拜年

例 年賀はがきを買う。

譯 買賀年明信片。

17 | はき【破棄】

名・他サ （文件、契約、合同等）廢棄，廢除，撕毀

例 婚約を破棄する。

譯 解除婚約。

18 | バツイチ

名 （俗）離過一次婚

例 バツイチになった。

譯 離了一次婚。

19 | ひなまつり【雛祭り】

名 女兒節，桃花節，偶人節

例 ひな祭りパーティーをする。

譯 開女兒節慶祝派對。

20 | みあい【見合い】

名 （結婚前的）相親；相抵，平衡，相稱

例 見合い結婚する。

譯 相親結婚。

21 | みこん【未婚】

名 未婚

例 未婚の母になる。

譯 成為未婚媽媽。

22 | もよおす【催す】

他五 舉行，舉辦；產生，引起

例 イベントを催す。

譯 舉辦活動。

23 | も【喪】

名 服喪；喪事，葬禮

例 喪に服す。

譯 服喪。

24 | らいじょう【来場】

名・自サ 到場，出席

例 お車でのご来場はご遠慮下さい。

譯 請勿開車前來會場。

パート 23
第二十三章

道具
- 工具 -

23-1 道具 /
工具

01 ｜あみ【網】

㊌ （用繩、線、鐵絲等編的）網；法網

例 網にかかった魚を引き上げた。

譯 打撈起落網之魚。

02 ｜あやつる【操る】

㊌ 操控，操縱；駕駛，駕馭；掌握，精通（語言）

例 機械を操る。

譯 操作機器。

03 ｜うちわ【団扇】

㊌ 團扇；（相撲）裁判扇

例 うちわで扇ぐ。

譯 用團扇搧風。

04 ｜え【柄】

㊌ 柄，把

例 傘の柄を持つ。

譯 拿著傘把。

05 ｜がんぐ【玩具】

㊌ 玩具

例 玩具メーカーが集結している。

譯 集合了玩具製造商。

06 ｜クレーン【crane】

㊌ 吊車，起重機

例 クレーンで引き上げる。

譯 用起重機吊起。

07 ｜げんけい【原型】

㊌ 原型，模型

例 原型を作る。

譯 製作模型。

08 ｜けんよう【兼用】

㊌・他サ 兼用，兩用

例 晴雨兼用の傘。

譯 晴雨兩用傘。

09 ｜さお【竿】

㊌ 竿子，竹竿；釣竿；船篙；（助數詞用法）杆，根

例 物干し竿を替える。

譯 換了曬衣杆。

10 ｜ざっか【雑貨】

㊌ 生活雑貨

例 アジアン雑貨の店が沢山ある。

譯 有許多亞洲風的雜貨店。

11 ｜じく【軸】

(名・接尾・漢造) 車軸；畫軸；(助數詞用法)書，畫的軸；(理)運動的中心線

例 チームの軸となって活躍する。

譯 成為隊上的中心人物而大顯身手。

12 ｜じぞく【持続】

(名・自他サ) 持續，繼續，堅持

例 効果を持続させる。

譯 讓效果持續。

13 ｜じゅうばこ【重箱】

(名) 多層方木盒，套盒

例 お節料理を重箱に詰める。

譯 將年菜裝入多層木盒中。

14 ｜スチーム【steam】

(名) 蒸汽，水蒸氣；暖氣(設備)

例 部屋にスチームヒーターを設置する。

譯 房間裡裝設暖氣。

15 ｜ストロー【straw】

(名) 吸管

例 ストローで飲む。

譯 用吸管喝。

16 ｜そなえつける【備え付ける】

(他下一) 設置，備置，裝置，安置，配置

例 消火器を備え付ける。

譯 設置滅火器。

17 ｜そり【橇】

(名) 雪橇

例 そりを引く。

譯 拉雪橇。

18 ｜たて【盾】

(名) 盾，擋箭牌；後盾

例 盾に取る。

譯 當擋箭牌。

19 ｜たんか【担架】

(名) 擔架

例 担架で運ぶ。

譯 用擔架搬運。

20 ｜ちょうしんき【聴診器】

(名) (醫)聽診器

例 聴診器を胸に当てる。

譯 把聽診器貼在胸口上。

21 ｜ちょうほう【重宝】

(名・形動・他サ) 珍寶，至寶；便利，方便；珍視，愛惜

例 重宝な道具を手にする。

譯 將珍愛的工具歸為己有。

22 ｜ちりとり【塵取り】

(名) 畚箕

例 ほうきとちり取りセット。

譯 掃把與畚斗組。

23 ｜つえ【杖】

名 枴杖，手杖；依靠，靠山
例 杖を突く。
譯 拄拐杖。

24 ｜つかいみち【使い道】

名 用法；用途，用處
例 使い道を考える。
譯 思考如何使用。

25 ｜つつ【筒】

名 筒，管；炮筒，槍管
例 竹の筒を手で揺らす。
譯 用手搖動竹筒。

26 ｜つぼ【壺】

名 罐，壺，甕；要點，關鍵所在
例 茶壺を取り出した。
譯 取出茶葉罐。

27 ｜ティッシュペーパー【tissue paper】

名 衛生紙
例 ティッシュペーパーで拭き取る。
譯 用衛生紙擦拭。

28 ｜でんげん【電源】

名 電力資源；（供電的）電源
例 電源を切る。
譯 切斷電源。

29 ｜とうき【陶器】

名 陶器

例 陶器の花瓶が可愛らしい。
譯 陶瓷器花瓶小巧玲瓏。

30 ｜とって【取っ手】

名 把手
例 取っ手を握る。
譯 握把手。

31 ｜とりあつかい【取り扱い】

名 對待，待遇；（物品的）處理，使用，（機器的）操作；（事務、工作的）處理，辦理
例 取り扱いに注意する。
譯 請小心處理。

32 ｜とりつける【取り付ける】

他下一 安裝（機器等）；經常光顧；（商）擠兌；取得
例 アンテナを取り付ける。
譯 安裝天線。

33 ｜に【荷】

名 （攜帶、運輸的）行李，貨物；負擔，累贅
例 肩の荷が下りる。
譯 如釋重負。

34 ｜はた【機】

名 織布機
例 機を織る。
譯 織布。

35 ｜バッジ【badge】

名 徽章

例 弁護士バッジをつける。

譯 戴上律師徽章。

36│バッテリー【battery】

名 電池，蓄電池

例 バッテリーがあがる。

譯 電池耗盡。

37│フィルター【filter】

名 過濾網，濾紙；濾波器，濾光器

例 フィルターを取り替える。

譯 換濾紙。

38│ホース【(荷)hoos】

名 （灑水用的)塑膠管，水管

例 ホースを巻く。

譯 捲起塑膠水管。

39│ポンプ【(荷)pomp】

名 抽水機，汲筒

例 ポンプで水を汲む。

譯 用抽水機汲水。

40│もけい【模型】

名 （用於展覽、實驗、研究的實物或抽象的)模型

例 模型を組み立てる。

譯 組裝模型。

41│もの【物】

名·接頭·造語 （有形或無形的)物品，事情；所有物；加強語氣用；表回憶或希望；不由得…；值得…的東西

例 忘れ物をする。

譯 遺失物品。

42│や【矢】

名 箭；楔子；指針

例 白羽の矢が立つ。

譯 雀屏中選。

43│ゆみ【弓】

名 弓；弓形物

例 弓を引く。

譯 拉弓。

44│ようひん【用品】

名 用品，用具

例 スポーツ用品を買う。

譯 購買運動用品。

45│ロープ【rope】

名 繩索，纜繩

例 洗濯ロープをかける。

譯 掛起洗衣繩。

N1 23-2

23-2 家具、工具、文房具 /
傢俱、工作器具、文具

01│いんかん【印鑑】

名 印，圖章；印鑑

例 印鑑が必要だ。

譯 需要印章。

02 ｜こたつ【炬燵】

⑧（架上蓋著被，用以取暖的）被爐，暖爐

例 こたつに入る。

譯 坐進被爐。

03 ｜コンパス【(荷)kompas】

⑧ 圓規；羅盤，指南針；腿（的長度），腳步（的幅度）

例 コンパスで円を描く。

譯 用圓規畫圓。

04 ｜ちゃくせき【着席】

⑧·自サ 就坐，入座，入席

例 順番に着席する。

譯 依序入座。

05 ｜とぐ【研ぐ・磨ぐ】

他五 磨；擦亮，磨光；淘（米等）

例 包丁を研ぐ。

譯 研磨菜刀。

06 ｜ドライバー【driver】

⑧（「screwdriver」之略稱）螺絲起子

例 ドライバー1本で組み立てられる。

譯 用一支螺絲起子組裝完成。

07 ｜にじむ【滲む】

自五（顏色等）滲出，滲入；（汗水、眼淚、血等）慢慢滲出來

例 インクがにじむ。

譯 墨水滲出。

08 ｜ねじまわし【ねじ回し】

⑧ 螺絲起子

例 ねじ回しでねじを締める。

譯 用螺絲起子拴螺絲。

09 ｜ばらす

⑧（把完整的東西）弄得七零八落；（俗）殺死，殺掉；賣掉，推銷出去；揭穿，洩漏（秘密等）

例 機械をばらして修理する。

譯 把機器拆得七零八落來修理。

10 ｜ばんのう【万能】

⑧ 萬能，全能，全才

例 万能包丁が一番好まれる。

譯（一般家庭使用的）萬用菜刀最愛不釋手。

11 ｜はん【判】

⑧·漢造 圖章，印鑑；判斷，判定；判讀，判明；審判

例 判をつく。

譯 蓋圖章。

12 ｜は【刃】

⑧ 刀刃

例 刃を研ぐ。

譯 磨刀。

13 ｜ボルト【bolt】

⑧ 螺栓，螺絲

例 ボルトで締める。

譯 拴上螺絲。

14 ｜やぐ【夜具】

名 寝具，臥具，被褥

例 夜具を揃える。

譯 寝具齊備。

15 ｜ようし【用紙】

名 （特定用途的）紙張，規定用紙

例 コピー用紙を補充する。

譯 補充影印紙。

16 ｜レンジ【range】

名 微波爐（「電子レンジ」之略稱）；範圍；射程；有效距離

例 おかずをレンジで温める。

譯 菜餚用微波爐加熱。

23-3 計器、容器、入れ物、衛生器具 /
測量儀器、容器、器皿、衛生用具

01 ｜うつわ【器】

名 容器，器具；才能，人才；器量

例 器が大きい。

譯 器量大。

02 ｜おさまる【収まる・納まる】

自五 容納；（被）繳納；解決，結束；滿意，泰然自若；復原

例 事態が収まる。

譯 事情平息。

03 ｜おむつ

名 尿布

例 おむつを変える。

譯 換尿布。

04 ｜けいき【計器】

名 測量儀器，測量儀表

例 計器を取り付ける。

譯 裝設測量儀器。

05 ｜ナプキン【napkin】

名 餐巾；擦嘴布；衛生綿

例 ナプキンを置く。

譯 擺放餐巾。

06 ｜さかずき【杯】

名 酒杯；推杯換盞，酒宴；飲酒為盟

例 杯を交わす。

譯 觥籌交錯。

07 ｜はじく【弾く】

他五 彈；打算盤；防抗，排斥

例 そろばんを弾く。

譯 打算盤。

08 ｜ふきん【布巾】

名 抹布

例 布巾を除菌する。

譯 將抹布做殺菌處理。

09 | ヘルスメーター【(和) health ＋ meter】

名（家庭用的）體重計，磅秤

例 様々な機能のヘルスメーターが並ぶ。

譯 整排都是多功能的體重計。

10 | ほじゅう【補充】

名・他サ 補充

例 調味料を補充する。

譯 補充調味料。

11 | ポット【pot】

名 壺；熱水瓶

例 電動ポットでお湯を沸かす。

譯 用電熱水瓶燒開水。

12 | めもり【目盛・目盛り】

名（量表上的）度數，刻度

例 目盛りを読む。

譯 看（計器的）刻度。

23-4 照明、光学機器、音響、情報機器 /
燈光照明、光學儀器、音響、信息器具

01 | かいぞうど【解像度】

名 解析度

例 解像度が高い。

譯 解析度很高。

02 | かいろ【回路】

名（電）回路，線路

例 電気回路を学ぶ。

譯 學習電路。

03 | こうこう（と）【煌々（と）】

副（文）光亮，通亮

例 煌々と輝く。

譯 光輝閃耀。

04 | ストロボ【strobe】

名 閃光燈

例 ストロボがまぶしい。

譯 閃光燈很刺目。

05 | トランジスタ【transistor】

名 電晶體；（俗）小型

例 コンピューターのトランジスタ。

譯 電腦的電晶體。

06 | ぶれる

自下一（攝）按快門時（照相機）彈動

例 カメラがぶれて撮れない。

譯 相機晃動無法拍照。

07 | モニター【monitor】

名 監聽器，監視器；監聽員；評論員

例 モニターで監視する。

譯 以監視器監控著。

08 | ランプ【(荷・英) lamp】

名 燈，煤油燈；電燈

例 ランプに火を灯す。

譯 點煤油燈。

09 ｜げんぞう【現像】

(名・他サ) 顯影，顯像，沖洗

例 フィルムを現像する。

譯 洗照片。

---

10 ｜さいせい【再生】

(名・自他サ) 重生，再生，死而復生；新生，（得到）改造；（利用廢物加工，成為新產品）再生；（已錄下的聲音影像）重新播放

例 再生ボタンを押す。

譯 按下播放鍵。

11 ｜ないぞう【内蔵】

(名・他サ) 裡面包藏，內部裝有；內庫，宮中的府庫

例 カメラが内蔵されている。

譯 內部裝有攝影機。

---

12 ｜バージョンアップ【version up】

(名) 版本升級

例 バージョン アップができる。

譯 版本可以升級。

Memo

_____ _____

_____ _____

_____ _____

_____ _____

_____ _____

_____ _____

_____ _____

_____ _____

_____ _____

_____ _____

職業、仕事

- 職業、工作 -

24-1 仕事、職場 (1) /
工作、職場 (1)

01 | あっせん【斡旋】

名·他サ 幫助；關照；居中調解，斡旋；介紹

例 就職の斡旋を頼む。

譯 請求幫助找工作。

02 | いっきょに【一挙に】

副 一下子；一次

例 問題を一挙に解決する。

譯 一口氣解決問題。

03 | いどう【異動】

名·自他サ 異動，變動，調動

例 人事異動を行う。

譯 進行人事調動。

04 | おう【負う】

他五 負責；背負，遭受；多虧，借重；背

例 責任を負う。

譯 負起責任。

05 | おびる【帯びる】

他上一 帶，佩帶；承擔，負擔；帶有，帶著

例 重い任務を帯びる。

譯 身負重任。

06 | カムバック【comeback】

名·自サ （名聲、地位等）重新恢復，重回政壇；東山再起

例 芸能界にカムバックする。

譯 重回演藝圈。

07 | かんご【看護】

名·他サ 護理（病人），看護，看病

例 病人を看護する。

譯 看護病人。

08 | きどう【軌道】

名 （鐵路、機械、人造衛星、天體等的）軌道；正軌

例 軌道に乗る。

譯 步上正軌。

09 | キャリア【career】

名 履歷，經歷；生涯，職業；（高級公務員考試及格的）公務員

例 キャリアを積む。

譯 累積經歷。

10 | ぎょうむ【業務】

名 業務，工作

例 業務用スーパーへ行く。

譯 前往業務超市。

11 ｜きんむ【勤務】

(名・自サ) 工作，勤務，職務

例 勤務形態が変わる。

譯 職務型態有了變化。

12 ｜きんろう【勤労】

(名・自サ) 勤勞，勞動（狹意指體力勞動）

例 勤労学生が対象になる。

譯 以勤勞的學生為對象。

13 ｜くぎり【区切り】

(名) 句讀；文章的段落；工作的階段

例 区切りをつける。

譯 使（工作）告一段落。

14 ｜くみこむ【組み込む】

(他五) 編入；入伙；（印）排入

例 予定に組み込む。

譯 排入預定行程中。

15 ｜こうぼ【公募】

(名・他サ) 公開招聘，公開募集

例 作品を公募する。

譯 公開徵求作品。

16 ｜ごえい【護衛】

(名・他サ) 護衛，保衛，警衛（員）

例 首相を護衛する。

譯 護衛首相。

17 ｜こよう【雇用】

(名・他サ) 雇用；就業

例 終身雇用制度が揺らぎはじめる。

譯 終身雇用制開始動搖。

18 ｜さいよう【採用】

(名・他サ) 採用（意見），採取；錄用（人員）

例 採用試験を受ける。

譯 參加錄用考試。

19 ｜さしず【指図】

(名・自サ) 指示，吩咐，派遣，發號施令；指定，指明；圖面，設計圖

例 指図を受けない。

譯 不接受命令。

20 ｜さしつかえる【差し支える】

(自下一) （對工作等）妨礙，妨害，有壞影響；感到不方便，發生故障，出問題

例 仕事に差し支える。

譯 妨礙工作。

21 ｜さんきゅう【産休】

(名) 產假

例 産休に入る。

譯 休產假。

22 ｜じしょく【辞職】

(名・自他サ) 辭職

例 辞職を余儀なくされる。

譯 不得不辭職。

23 ｜システム【system】

㊇ 組織；體系，系統；制度

例 システムを変える。

譯 改變體系。

---

24 ｜しめい【使命】

㊇ 使命，任務

例 使命を果たす。

譯 完成使命。

---

25 ｜しゅうぎょう【就業】

㊇・自サ 開始工作，上班；就業（有一定職業），有工作

例 農業就業人口が減少する。

譯 農業就業人口減少。

24-1 仕事、職場 (2) /
工作、職場 (2)

26 ｜じゅうじ【従事】

㊇・自サ 作，從事

例 研究に従事する人が多い。

譯 從事研究的人增多。

---

27 ｜しゅえい【守衛】

㊇ （機關等的）警衛，守衛；（國會的）警備員

例 守衛を置く。

譯 設置守衛。

---

28 ｜しゅっしゃ【出社】

㊇・自サ 到公司上班

例 8時に出社する。

譯 八點到公司上班。

---

29 ｜しゅつどう【出動】

㊇・自サ （消防隊、警察等）出動

例 警官が出動する。

譯 警察出動。

---

30 ｜しょうしん【昇進】

㊇・自サ 升遷，晉升，高昇

例 昇進が早い。

譯 晉升快速。

---

31 ｜しよう【私用】

㊇・他サ 私事；私用，個人使用；私自使用，盜用

例 私用に供する。

譯 提供給私人使用。

---

32 ｜しょくむ【職務】

㊇ 職務，任務

例 職務に就く。

譯 就任…職務。

---

33 ｜しょむ【庶務】

㊇ 總務，庶務，雜物

例 庶務課が所管する。

譯 總務課所管轄。

---

34 ｜じんざい【人材】

㊇ 人才

例 人材がそろう。

譯 人才濟濟。

---

35 ｜しんにゅう【新入】

㊇ 新加入，新來（的人）

例 新入社員が入社する。
譯 新進員工正式上班。

36 ｜スト【strike 之略】

名 罷工
例 電車がストで参った。
譯 電車罷工，真受不了。

37 ｜ストライキ【strike】

名・自サ 罷工；（學生）罷課
例 ストライキを打つ。
譯 斷然舉行罷工。

38 ｜せきむ【責務】

名 職責，任務
例 国家に対する責務。
譯 對國家的責任。

39 ｜セクション【section】

名 部分，區劃，段，區域；節，項，科；（報紙的）欄
例 セクション別に分ける。
譯 依據部門來劃分。

40 ｜たぼう【多忙】

名・形動 百忙，繁忙，忙碌
例 多忙を極める。
譯 繁忙至極。

41 ｜つとまる【務まる】

自五 勝任
例 議長の役が務まる。
譯 勝任議長的職務。

42 ｜つとまる【勤まる】

自五 勝任，能擔任
例 私には勤まりません。
譯 我無法勝任。

43 ｜つとめさき【勤め先】

名 工作地點，工作單位
例 勤め先を訪ねる。
譯 到工作地點拜訪。

44 ｜デモンストレーション・デモ【demonstration】

名 示威活動；（運動會上正式比賽項目以外的）公開表演
例 デモンストレーションを見せる。
譯 示範表演。

45 ｜てわけ【手分け】

名・自サ 分頭做，分工
例 手分けして作業する。
譯 分工作業。

46 ｜てんきん【転勤】

名・自サ 調職，調動工作
例 北京へ転勤する。
譯 調職到北京。

47 ｜てんにん【転任】

名・自サ 轉任，調職，調動工作
例 地方支店に転任する。
譯 調職到地方的分店。

48 ｜とくは【特派】

名·他サ 特派，特別派遣

例 パリ駐在の特派員に申し込んだ。

譯 提出駐巴黎特派記者的申請。

49 ｜ともかせぎ【共稼ぎ】

名·自サ 夫妻都上班

例 共稼ぎで頑張る。

譯 夫妻共同努力工作。

50 ｜ともなう【伴う】

自他五 隨同，伴隨；隨著；相符

例 リスクを伴う。

譯 伴隨著危險。

24-1 仕事、職場 (3) ／
工作、職場 (3)

51 ｜ともばたらき【共働き】

名·自サ 夫妻都工作

例 夫婦共働きの方が多い。

譯 雙薪家庭佔較多數。

52 ｜トラブル【trouble】

名 糾紛，糾葛，麻煩；故障

例 トラブルを解決する。

譯 解決麻煩。

53 ｜とりこむ【取り込む】

自他五 (因喪事或意外而)忙碌；拿進來；
騙取，侵吞；拉攏，籠絡

例 突然の不幸で取り込んでいる。

譯 因突如其來的不幸而忙碌著。

54 ｜になう【担う】

他五 擔，挑；承擔，肩負

例 責任を担う。

譯 負責。

55 ｜にんむ【任務】

名 任務，職責

例 任務を果たす。

譯 達成任務。

56 ｜ねまわし【根回し】

名 (為移栽或使果樹增產的)修根，砍
掉一部份樹根；事先協調，打下基礎，
醞釀

例 根回しが上手い。

譯 擅長事先協調。

57 ｜はいふ【配布】

名·他サ 散發

例 資料を配布する。

譯 分發資料。

58 ｜はかどる

自五 (工作、工程等)有進展

例 仕事がはかどる。

譯 工作進展。

59 ｜はけん【派遣】

名·他サ 派遣；派出

例 派遣社員として働く。

譯 以派遣員工的身份工作。

60 ｜ はっくつ【発掘】

(名・他サ) 發掘，挖掘；發現

例 遺跡を発掘する。

譯 發掘了遺跡。

61 ｜ ひとまかせ【人任せ】

(名) 委託別人，託付他人

例 人任せにできない性分。

譯 事必躬親的個性。

62 ｜ ふくぎょう【副業】

(名) 副業

例 民芸品作りを副業としている。

譯 以做手工藝品為副業。

63 ｜ ふくし【福祉】

(名) 福利，福祉

例 福祉が遅れている。

譯 福祉政策落後。

64 ｜ ぶしょ【部署】

(名) 工作崗位，職守

例 部署に付く。

譯 各就各位。

65 ｜ ふにん【赴任】

(名・自サ) 赴任，上任

例 単身赴任する。

譯 隻身上任。

66 ｜ ぶもん【部門】

(名) 部門，部類，方面

例 部門別に分ける。

譯 依部門分別。

67 ｜ ぶらぶら

(副・自サ)（懸空的東西）晃動，搖晃；蹓躂；沒工作；（病）拖長，纏綿

例 街をぶらぶらする。

譯 在街上溜達。

68 ｜ ブレイク【break】

(名・サ変)（拳擊）抱持後分開；休息；突破，爆紅

例 ティーブレイクにしましょう。

譯 稍事休息吧。

69 ｜ フロント【front】

(名) 正面，前面；（軍）前線，戰線；櫃臺

例 フロントに電話する。

譯 打電話給服務台。

70 ｜ ぶんぎょう【分業】

(名・他サ) 分工；專業分工

例 仕事を分業する。

譯 分工作業。

71 ｜ ほうし【奉仕】

(名・自サ)（不計報酬而）效勞，服務；廉價賣貨

例 奉仕活動に専念する。

譯 專心於服務活動。

72 ｜まかす【任す】

他五 委託，託付

例 仕事を任す。

譯 託付工作。

---

73 ｜むすびつく【結び付く】

自五 連接，結合，繫；密切相關，有聯繫，有關連

例 成功に結び付く。

譯 成功結合。

---

74 ｜むすび【結び】

名 繫，連結，打結；結束，結尾；飯糰

例 話の結びを変える。

譯 改變故事的結局。

---

75 ｜ようご【養護】

名・他サ 護養；扶養；保育

例 特別養護老人ホームに入る。

譯 進入特殊老人照護中心。

---

76 ｜ラフ【rough】

形動 粗略，大致；粗糙，毛躁；輕毛紙；簡樸的大花案

例 仕事ぶりがラフだ。

譯 工作做得很粗糙。

---

77 ｜リストラ【restructuring 之略】

名 重建，改組，調整；裁員

例 リストラで首になった。

譯 在重建之中遭到裁員了。

---

78 ｜りょうりつ【両立】

名・自サ 兩立，並存

例 家事と仕事を両立させる。

譯 家事與工作相調和。

---

79 ｜れんたい【連帯】

名・自サ 團結，協同合作；(法)連帶，共同負責

例 連帯責任を負う。

譯 負連帶責任。

---

80 ｜ろうりょく【労力】

名 (經)勞動力，勞力；費力，出力

例 労力を費やす。

譯 耗費勞力。

24-2 職業、事業 /
職業、事業

---

01 ｜あとつぎ【跡継ぎ】

名 後繼者，接班人；後代，後嗣

例 家業の跡継ぎになる。

譯 繼承家業。

---

02 ｜うけつぐ【受け継ぐ】

他五 繼承，後繼

例 事業を受け継ぐ。

譯 繼承事業。

---

03 ｜かぎょう【家業】

名 家業；祖業；(謀生的)職業，行業

例 家業を継ぐ。

譯 繼承家業。

---

04 ｜ガイド【guide】

(名・他サ) 導遊；指南，入門書；引導，導航

例 ガイドを務める。

譯 擔任導遊。

05 ｜ぎせい【犠牲】

(名) 犠牲；（為某事業付出的）代價

例 犠牲を出す。

譯 付出代價。

06 ｜きゅうじ【給仕】

(名・自サ) 伺候（吃飯）；服務生

例 ホテルの給仕。

譯 旅館的服務生。

07 ｜きょうしょく【教職】

(名) 教師的職務；（宗）教導信徒的職務

例 教職に就く。

譯 擔任教師一職。

08 ｜けいぶ【警部】

(名) 警部（日本警察職稱之一）

例 警視庁警部を任命される。

譯 被任命為警視廳警部。

09 ｜けらい【家来】

(名) （效忠於君主或主人的）家臣，臣下；
僕人

例 家来になる。

譯 成為家臣。

10 ｜サイドビジネス【(和) side＋ business】

(名) 副業，兼職

例 サイドビジネスを始める。

譯 開始兼職副業。

11 ｜じぎょう【事業】

(名) 事業；（經）企業；功業，業績

例 事業を始める。

譯 開創事業。

12 ｜じつぎょう【実業】

(名) 產業，實業

例 実業に従事する。

譯 從事買賣。

13 ｜じにん【辞任】

(名・自サ) 辭職

例 大臣を辞任する。

譯 請辭大臣職務。

14 ｜しんこう【振興】

(名・自他サ) 振興（使事物更為興盛）

例 産業を振興する。

譯 振興產業。

15 ｜しんしゅつ【進出】

(名・自サ) 進入，打入，擠進，參加；向…
發展

例 映画界に進出する。

譯 向電影界發展。

16 | しんてん【進展】

(名・自サ) 發展，進展
例 事業を進展させる。
譯 發展事業。

17 | そう【僧】

(漢造) 僧侶，出家人
例 僧侶を目指す。
譯 以成為僧侶為目標。

18 | たずさわる【携わる】

(自五) 參與，參加，從事，有關係
例 農業に携わる。
譯 從事農業。

19 | だったい【脱退】

(名・自サ) 退出，脱離
例 グループを脱退する。
譯 退出團體。

20 | タレント【talent】

(名) (藝術，學術上的)才能；演出者，播音員；藝人
例 タレントが人気を博す。
譯 藝人廣受歡迎。

21 | たんてい【探偵】

(名・他サ) 偵探；偵查
例 探偵を雇う。
譯 雇用偵探。

22 | とうごう【統合】

(名・他サ) 統一，綜合，合併，集中
例 力を統合する。
譯 匯集力量。

23 | とっきょ【特許】

(名・他サ) (法)(政府的)特別許可；專利
特許，專利權
例 特許を申請する。
譯 申請專利。

24 | ひしょ【秘書】

(名) 祕書；祕藏的書籍
例 秘書を目指す。
譯 以秘書為終生職志。

25 | ほうさく【方策】

(名) 方策
例 方策を立てる。
譯 制訂對策。

26 | ほっそく【発足】

(名・自サ) 出發，動身；(團體、會議等)開始活動
例 新プロジェクトが発足する。
譯 新企畫開始進行。 .

27 | ゆうびんやさん【郵便屋さん】

(名) (口語)郵差
例 郵便屋さんが配達に来る。
譯 郵差來送信。

24-3 地位 /
地位職稱

01 | かいきゅう【階級】

名 (軍隊)級別;階級;(身份的)等級;
階層

例 階級制度を廃止する。

譯 廢除階級制度。

02 | かく【格】

名·漢造 格調,資格,等級;規則,格式,
規格

例 格が違う。

譯 等級不同。

03 | かんぶ【幹部】

名 主要部分;幹部(特指領導幹部)

例 幹部候補に選抜される。

譯 被選為候補幹部。

04 | けんい【権威】

名 權勢,權威,勢力;(具説服力的)
權威,專家

例 親の権威。

譯 父母的權威。

05 | けんげん【権限】

名 權限,職權範圍

例 権限がない。

譯 沒有權限。

06 | しゅっせ【出世】

名·自サ 下凡;出家,入佛門;出生;出息,
成功,發跡

例 出世を願う。

譯 祈求出人頭地。

07 | しゅにん【主任】

名 主任

例 会計主任が押印する。

譯 會計主任蓋上印章。

08 | しりぞく【退く】

自五 後退;離開;退位

例 第一線から退く。

譯 從第一線退下。

09 | とうきゅう【等級】

名 等級,等位

例 等級をつける。

譯 訂出等級。

10 | どうとう【同等】

名 同等(級);同樣資格,相等

例 男女を同等に扱う。

譯 男女平等對待。

11 | ひく【引く】

自五 後退;辭退;(潮)退,平息

例 身を引く。

譯 引退。

12 | ぶか【部下】

名 部下,屬下

例 部下を褒める。

譯 稱讚屬下。

13 ｜ポジション【position】
名 地位，職位；(棒)守備位置
例 ポジションに就く。
譯 就任…位置。

14 ｜やくしょく【役職】
名 官職，職務；要職
例 役職に就く。
譯 就任要職。

15 ｜らんよう【濫用】
名・他サ 濫用，亂用
例 職権を濫用する。
譯 濫用職權。

24-4 家事 /
家務

01 ｜あつらえる
他下一 點，訂做
例 スーツをあつらえる。
譯 訂作西裝。

02 ｜オーダーメイド【(和)order ＋ made】
名 訂做的貨，訂做的西服
例 この服はオーダーメイドだ。
譯 這件西服是訂做的。

03 ｜おる【織る】
他五 織；編
例 機を織る。
譯 織布。

04 ｜からむ【絡む】
自五 纏在…上；糾纏，無理取鬧，找碴；密切相關，緊密糾纏
例 糸が絡む。
譯 線纏繞在一起。

05 ｜きちっと
副 整潔，乾乾淨淨；恰當；準時；好好地
例 きちっと入れる。
譯 整齊放入。

06 ｜ごしごし
副 使力的，使勁的
例 床をごしごし拭く。
譯 使勁地擦洗地板。

07 ｜しあがり【仕上がり】
名 做完，完成；(迎接比賽)做好準備
例 仕上がりがいい。
譯 做得很好。

08 ｜ししゅう【刺繡】
名・他サ 刺繡
例 刺繡を施す。
譯 刺繡加工。

09 ｜したてる【仕立てる】
他下一 縫紉，製作(衣服)；培養，訓練；準備，預備；喬裝，裝扮
例 洋服を仕立てる。
譯 縫製洋裝。

10 ｜しゅげい【手芸】

⒝ 手工藝（刺繡、編織等）

例 手芸を習う。

譯 學習手工藝。

11 ｜すすぐ

⒣五 （用水）刷，洗滌；漱口

例 口をすすぐ。

譯 漱口。

12 ｜たがいちがい【互い違い】

⒭動 交互，交錯，交替

例 白黒互い違いに編む。

譯 黑白交錯編織。

13 ｜ちり【塵】

⒝ 灰塵，垃圾；微小，微不足道；少許，絲毫；世俗，塵世；污點，骯髒

例 ちりも積もれば山となる。

譯 積少成多。

14 ｜つぎめ【継ぎ目】

⒝ 接頭，接繼；家業的繼承人；骨頭的關節

例 糸の継ぎ目。

譯 線的接頭。

15 ｜つくろう【繕う】

⒣五 修補，修繕；修飾，裝飾，擺；掩飾，遮掩

例 屋根を繕う。

譯 修補屋頂。

16 ｜ドライクリーニング【dry cleaning】

⒝ 乾洗

例 ドライクリーニングする。

譯 乾洗。

17 ｜はそん【破損】

⒝·自他サ 破損，損壞

例 破損箇所を修復する。

譯 修補破損處。

18 ｜ゆすぐ【濯ぐ】

⒣五 洗滌，刷洗，洗濯；漱

例 口をゆすぐ。

譯 漱口。

19 ｜よごれ【汚れ】

⒝ 污穢，污物，骯髒之處

例 汚れが目立つ。

譯 污漬顯眼。

25-1 生産、産業 /
生産、産業

01 | あたいする【値する】

(自サ) 值,相當於;值得,有…的價值

例 議論に値しない。

譯 不值得討論下去。

02 | かくしん【革新】

(名・他サ) 革新

例 技術革新を支える。

譯 支持技術革新。

03 | かこう【加工】

(名・他サ) 加工

例 食品を加工する。

譯 加工食品。

04 | きかく【規格】

(名) 規格,標準,規範

例 規格に合う。

譯 符合規定。

05 | グレードアップ【grade-up】

(名) 提高水準

例 商品のグレードアップを図る。

譯 訴求提高商品的水準。

06 | こうぎょう【興業】

(名) 振興工業,發展事業

例 殖産興業。

譯 振興產業。

07 | さんしゅつ【産出】

(名・他サ) 生產;出產

例 石油を産出する。

譯 產出石油。

08 | さんぶつ【産物】

(名) （某地方的)產品,物產,物產;（某種行為的結果所產生的)產物

例 時代の産物を主題にした。

譯 以時代下的產物為主題。

09 | ていたい【停滞】

(名・自サ) 停滯,停頓;（貨物的)滯銷

例 生産が停滞する。

譯 生產停滯。

10 | どうにゅう【導入】

(名・他サ) 引進,引入,輸入;(為了解決懸案) 引用(材料、證據)

例 新技術の導入が必要だ。

譯 引進新科技是必須的。

11 | とくさん【特産】

(名) 特産,土産

例 地方の特産品を買う。

譯 購買地方特産。

12 ｜ バイオ【biotechnology 之略】

名 生物技術，生物工程學

例 バイオテクノロジーを用いる。

譯 運用生命科學。

13 ｜ ハイテク【high-tech】

名 （ハイテクノロジー之略）高科技

例 ハイテク産業が集中している。

譯 匯集著高科技產業。

14 ｜ へんかく【変革】

名・自他サ 變革，改革

例 技術上の新しい変革は何もなかった。

譯 沒有任何技術上的改革。

15 ｜ メーカー【maker】

名 製造商，製造廠，廠商

例 一流のメーカー。

譯 一流廠商。

16 ｜ むら【斑】

名 （顔色）不均勻，有斑點；（事物）不齊，不定；忽三忽四，（性情）易變

例 製品の出来に斑がある。

譯 成品參差不齊。

N1 25-2

25-2 農業、漁業、林業 ／
農業、漁業、林業

01 ｜ かいりょう【改良】

名・他サ 改良，改善

例 品種改良が試みられる。

譯 嘗試進行品種改良。

02 ｜ かちく【家畜】

名 家畜

例 家畜を飼育する。

譯 飼養家畜。

03 ｜ かんがい【灌漑】

名・他サ 灌漑

例 灌漑水が供給される。

譯 供應灌溉用水。

04 ｜ きょうさく【凶作】

名 災荒，欠收

例 作物が凶作だ。

譯 農作物欠收。

05 ｜ けんぎょう【兼業】

名・他サ 兼營，兼業

例 兼業農家の生活をスタートした。

譯 開始兼做務農的生活。

06 ｜ こうさく【耕作】

名・他サ 耕種

例 田畑を耕作する。

譯 下田耕種。

07 ｜ さいばい【栽培】

名・他サ 栽培，種植

例 野菜を栽培する。

譯 種植蔬菜。

08 ｜ しいく【飼育】

名・他サ 飼養（家畜）

例 家畜を飼育する。

譯 飼養家畜。

09 ｜すいでん【水田】

名 水田，稲田

例 畑を水田にする。

譯 旱田改為水田。

10 ｜ちくさん【畜産】

名 （農）家畜；畜産

例 畜産業に携わる。

譯 從事畜產業。

11 ｜のうこう【農耕】

名 農耕，耕作，種田

例 農耕生活を送る。

譯 過著農耕生活。

12 ｜のうじょう【農場】

名 農場

例 農場を経営する。

譯 經營農場。

13 ｜のうち【農地】

名 農地，耕地

例 農地を開拓する。

譯 開發農耕地。

14 ｜ほげい【捕鯨】

名 掠捕鯨魚

例 捕鯨を非難する。

譯 批評掠捕鯨魚。

15 ｜ゆうき【有機】

名 （化）有機；有生命力

例 有機栽培の野菜。

譯 有機蔬菜。

16 ｜ゆうぼく【遊牧】

名・自サ 游牧

例 遊牧民の生活を体験している。

譯 體驗游牧民族的生活。

17 ｜らくのう【酪農】

名 （農）（飼養奶牛、奶羊生產乳製品的）酪農業

例 酪農を経営する。

譯 經營酪農業。

18 ｜りんぎょう【林業】

名 林業

例 林業が盛んである。

譯 林業興盛。

25-3 工業、鉱業、商業 /
工業、礦業、商業

01 ｜うめたてる【埋め立てる】

他下一 填拓（海，河），填海（河）造地

例 海を埋め立てる。

譯 填海造地。

02 ｜かいうん【海運】

名 海運，航運

例 海運業界に興味がある。

譯 對航運業深感興趣。

03 ｜かいしゅう【改修】

名・他サ 修理，修復；修訂

例 改修工事を行う。

譯 進行修復工程。

04 | かいたく【開拓】

名·他サ 開墾，開荒；開闢
例 市場を開拓する。
譯 開拓市場。

05 | かいはつ【開発】

名·他サ 開發，開墾；啟發；(經過研究而)
實用化；開創，發展
例 新商品の開発に力を注ぐ。
譯 傾力開發新商品。

06 | こうぎょう【鉱業】

名 礦業
例 鉱業権を得る。
譯 取得採礦權。

07 | こうざん【鉱山】

名 礦山
例 鉱山の採掘。
譯 採掘礦山。

08 | さいけん【再建】

名·他サ 重新建築，重新建造；重新建設
例 焼けた校舎を再建する。
譯 重建燒毀的校舍。

09 | しんちく【新築】

名·他サ 新建，新蓋；新建的房屋
例 事務所を新築する。
譯 新建辦公室。

10 | ゼネコン【general contractor 之略】

名 承包商
例 大手ゼネコンから依頼される。
譯 來自大承包商的委託。

11 | ちゃっこう【着工】

名·自サ 開工，動工
例 工事は来月着工する。
譯 下個月動工。

12 | ていぼう【堤防】

名 堤防
例 堤防が決壊する。
譯 提防決口。

13 | どぼく【土木】

名 土木；土木工程
例 土木工事をする。
譯 進行土木工程。

14 | とんや【問屋】

名 批發商
例 そうは問屋が卸さない。
譯 事情不會那麼稱心如意。

15 | ど【土】

名·漢造 土地，地方；(五行之一)土；土
壤；地區；(國)土
例 土に帰す。
譯 歸土；死亡。

16 | ぼうせき【紡績】

名 紡織，紡紗
例 紡績工場で働く。
譯 在紡織工廠工作。

17 | ほきょう【補強】

名·他サ 補強，增強，強化
例 補強工事を行う。
譯 進行強化工程。

経済
- 經濟 -

26-1 経済 /
經濟

01 ｜いとなむ【営む】
他五 舉辦，從事；經營；準備；建造
例 生活を営む。
譯 營生。

02 ｜インフレ【inflation 之略】
名（經）通貨膨脹
例 インフレを引き起こす。
譯 引發通貨膨脹。

03 ｜うわむく【上向く】
自五（臉）朝上，仰；（行市等）上漲
例 景気が上向く。
譯 景氣回升。

04 ｜えい【営】
漢造 經營；軍營
例 私の父は自営業だ。
譯 父親是獨資開業的。

05 ｜オーバー【over】
名・自他サ 超過，超越；外套
例 予算をオーバーする。
譯 超過預算。

06 ｜オイルショック【(和)oil ＋ shock】
名 石油危機
例 オイルショックの与えた影響。
譯 石油危機帶來的影響。

07 ｜かけい【家計】
名 家計，家庭經濟狀況
例 家計を支える。
譯 支援家庭經濟。

08 ｜けいき【契機】
名 契機；轉機，動機，起因
例 失敗を契機にする。
譯 把危機化為轉機。

09 ｜こうきょう【好況】
名（經）繁榮，景氣，興旺
例 景気が好況に向かう。
譯 景氣逐漸回升。

10 ｜こうたい【後退】
名・自サ 後退，倒退
例 景気が後退する。
譯 景氣衰退。

11 ｜ざいせい【財政】
名 財政；（個人）經濟情況

例 財政が破綻する。

譯 財政出現困難。

12 | しじょう【市場】

名 菜市場，集市；銷路，銷售範圍，市場；交易所

例 市場調査する。

譯 進行市場調查。

13 | したび【下火】

名 火勢漸弱，火將熄滅；(流行，勢力的)衰退；底火

例 人気が下火になる。

譯 人氣減弱。

14 | せいけい【生計】

名 謀生，生計，生活

例 生計に困る。

譯 為生計所苦。

15 | そうば【相場】

名 行情，市價；投機買賣，買空賣空；常例，老規矩；評價

例 外国為替相場に変動がない。

譯 國外匯兌行情沒有變動。

16 | だっする【脱する】

自他サ 逃出，逃脱；脱離，離開；脱落，漏掉；脱稿；去掉，除掉

例 危機を脱する。

譯 解除危機。

17 | どうこう【動向】

名 (社會、人心等)動向，趨勢

例 景気の動向がわかる。

譯 得知景氣動向。

18 | とうにゅう【投入】

名・他サ 投入，扔進去；投入(資本、勞力等)

例 資金を投入する。

譯 投入資金。

19 | はっそく・ほっそく【発足】

名・自サ 開始(活動)，成立

例 新プロジェクトが発足する。

譯 開始進行新企畫。

20 | バブル【bubble】

名 泡泡，泡沫；泡沫經濟的簡稱

例 バブルの崩壊が始まる。

譯 泡沫經濟開始崩解了。

21 | はんじょう【繁盛】

名・自サ 繁榮昌茂，興隆，興旺

例 商売が繁盛する。

譯 生意興隆。

22 | ビジネス【business】

名 事務，工作；商業，生意，實務

例 ビジネスマンが集まる。

譯 匯集了許多公司職員。

23 | ブーム【boom】

名 (經)突然出現的景氣，繁榮；高潮，熱潮

例 ブームが去る。

譯 熱潮消退。

24 ｜ふきょう【不況】

名 (經)不景氣，蕭條
例 不況に陥る。
譯 陷入景氣不佳的境地。

25 ｜ふけいき【不景気】

名・形動 不景氣，經濟停滯，蕭條；沒精神，憂鬱
例 不景気な顔に写っちゃった。
譯 拍到灰溜溜的表情。

26 ｜ぼうちょう【膨張】

名・自サ (理)膨脹；增大，增加，擴大發展
例 予算が膨張する。
譯 預算增大。

27 ｜ほけん【保険】

名 保險；(對於損害的)保證
例 生命保険をかける。
譯 投保人壽險。

28 ｜みつもり【見積もり】

名 估計，估量
例 見積もりを出す。
譯 提交估價單。

29 ｜みつもる【見積もる】

他五 估計
例 予算を見積もる。
譯 估計預算。

30 ｜りゅうつう【流通】

名・自サ (貨幣、商品的)流通，物流

例 流通を促す。
譯 促進流通。

26-2 取り引き /
交易

01 ｜いたく【委託】

名・他サ 委託，託付；(法)委託，代理人
例 任務を代理人に委託する。
譯 把任務委託給代理人。

02 ｜うちきる【打ち切る】

他五 (「切る」的強調説法)砍，切；停止，截止，中止；(圍棋)下完一局
例 交渉を打ち切る。
譯 停止談判。

03 ｜オファー【offer】

名・他サ 提出，提供；開價，報價
例 オファーが来る。
譯 報價單來了。

04 ｜こうえき【交易】

名・自サ 交易，貿易；交流
例 外国と交易する。
譯 國際貿易。

05 ｜こうしょう【交渉】

名・自サ 交涉，談判；關係，聯繫
例 交渉が成立する。
譯 交涉成立。

06 ｜こきゃく【顧客】

名 顧客

例 顧客名簿を管理する。

譯 保管顧客名冊。

---

07 ｜じょうほ【譲歩】

(名・自サ) 讓步

例 一歩も譲歩しない。

譯 寸步不讓。

---

08 ｜そうきん【送金】

(名・自他サ) 匯款，寄錢

例 大学生の息子に送金する。

譯 寄錢給唸大學的兒子。

---

09 ｜とりひき【取引】

(名・自サ) 交易，貿易

例 取引が成立する。

譯 交易成立。

---

10 ｜なりたつ【成り立つ】

(自五) 成立；談妥，達成協議；划得來，有利可圖；能維持；（古）成長

例 契約が成り立つ。

譯 契約成立。

---

11 ｜はいぶん【配分】

(名・他サ) 分配，分割

例 利益を配分する。

譯 分紅。

---

12 ｜ボイコット【boycott】

(名) 聯合抵制，拒絕交易（某貨物），聯合排斥（某勢力）

例 ボイコットする。

譯 聯合抵制。

26-3 売買 / 買賣

---

01 ｜うりだし【売り出し】

(名) 開始出售；減價出售，賤賣；出名，嶄露頭角

例 売り出し中の歌手を招く。

譯 邀請開始嶄露頭角的歌手。

---

02 ｜うりだす【売り出す】

(他五) 上市，出售；出名，紅起來

例 新商品を売り出す。

譯 新品上市。

---

03 ｜おまけ【お負け】

(名・他サ) （作為贈品）另外贈送；另外附加（的東西）；算便宜

例 100円おまけしてくれた。

譯 算我便宜一百日圓。

---

04 ｜おろしうり【卸売・卸売り】

(名) 批發

例 卸売業者から卸値で買う。

譯 向批發商以批發價購買。

---

05 ｜かいこむ【買い込む】

(他五) （大量）買進，購買

例 食糧を買い込む。

譯 大量購買食物。

---

06 ｜かにゅう【加入】

(名・自サ) 加上，參加

例 保険に加入する。

譯 加入保險。

---

07 ｜こうにゅう【購入】

(名・他サ) 購入，買進，購置，採購

例 日用品を購入する。

譯 採買日用品。

08 ｜こうばい【購買】

(名・他サ) 買，購買

例 購買意欲。

譯 購買欲。

09 ｜こうり【小売り】

(名・他サ) 零售，小賣

例 小売り店に卸す。

譯 供貨給零售店。

10 ｜しいれる【仕入れる】

(他下一) 購入，買進，採購（商品或原料）；
(喻)由他處取得，獲得

例 商品を仕入れる。

譯 採購商品。

11 ｜したどり【下取り】

(名・他サ) （把舊物）折價貼錢換取新物

例 車を下取りに出す。

譯 車子舊換新。

12 ｜そくしん【促進】

(名・他サ) 促進

例 販売促進活動をサポートする。

譯 支援特賣會。

13 ｜とうし【投資】

(名・他サ) 投資

例 新事業に投資する。

譯 投資新事業。

14 ｜どくせん【独占】

(名・他サ) 獨占，獨斷；壟斷，專營

例 独占販売する。

譯 獨家販賣。

15 ｜まえうり【前売り】

(名・他サ) 預售

例 前売り券を買う。

譯 買預售券。

16 ｜りょうしゅうしょ【領収書】

(名) 收據

例 領収書をもらう。

譯 拿收據。

26-4 価格 /
價格

01 ｜あたい【値】

(名) 價值；價錢；(數)值

例 値がある。

譯 值得(做)…。

02 ｜さがく【差額】

(名) 差額

例 差額を返金する。

譯 退還差額。

03 ｜たんか【単価】

(名) 單價

例 単価は 100 円。

譯 單價為一百日圓。

---

04 ｜ねうち【値打ち】

名 估價，定價；價錢；價值；聲價，品格

例 値打ちがある。

譯 有價值。

---

05 ｜ひきあげる【引き上げる】

他下一 吊起；打撈；撤走；提拔；提高(物價)；收回　自下一 歸還，返回

例 税金を引き上げる。

譯 提高税金。

---

06 ｜ひきさげる【引き下げる】

他下一 降低；使後退；撤回

例 コストを引き下げる。

譯 降低成本。

---

07 ｜へんどう【変動】

名・自サ 變動，改變，變化

例 物価が変動する。

譯 物價變動。

---

08 ｜やすっぽい【安っぽい】

形 很像便宜貨，品質差的樣子，廉價，不值錢；沒有品味，低俗，俗氣；沒有價值，沒有內容，不足取

例 安っぽい服を着ている。

譯 穿著廉價的衣服。

26-5 損得 / 損益

---

01 ｜あかじ【赤字】

名 赤字，入不敷出；(校稿時寫的)紅字，校正的字

例 赤字を埋める。

譯 彌補虧空。

---

02 ｜かくとく【獲得】

名・他サ 獲得，取得，爭得

例 賞金を獲得する。

譯 獲得獎金。

---

03 ｜かんげん【還元】

名・自他サ (事物的)歸還，回復原樣；(化)還原

例 利益の一部を社会に還元する。

譯 把一部份的利益還原給社會。

---

04 ｜きょうじゅ【享受】

名・他サ 享受；享有

例 恩恵を享受する。

譯 享受恩惠。

---

05 ｜ぎょうせき【業績】

名 (工作、事業等)成就，業績

例 業績を伸ばす。

譯 提高業績。

---

06 ｜きんり【金利】

名 利息；利率

例 金利を引き下げる。

譯 降低利息。

---

07 ｜くろじ【黒字】

名 黒色的字；（經）盈餘，賺錢

例 黒字に転じる。

譯 轉虧為盈。

08 ｜ゲット【get】

名・他サ （籃球、兵上曲棍球等）得分；（俗）取得，獲得

例 欲しいものをゲットする。

譯 取得想要的東西。

09 ｜けんしょう【懸賞】

名 懸賞；賞金，獎品

例 懸賞に当たる。

譯 得獎。

10 ｜しゅうえき【収益】

名 收益

例 収益が上がる。

譯 獲得利益。

11 ｜しょとく【所得】

名 所得，收入；（納稅時所報的）純收入；所有物

例 所得税を払う。

譯 支付所得稅。

12 ｜そこなう【損なう】

他五・接尾 損壊，破損；傷害妨害（健康、感情等）；損傷，死傷；（接在其他動詞連用形下）沒成功，失敗，錯誤；失掉時機，耽誤；差一點，險些

例 健康を損なう。

譯 有害健康。

13 ｜たまわる【賜る】

他五 蒙受賞賜；賜，賜予，賞賜

例 賞を賜る。

譯 給我賞賜。

14 ｜つぐない【償い】

名 補償；賠償；贖罪

例 事故の償いをする。

譯 事故賠償。

15 ｜てんらく【転落】

名・自サ 掉落，滾下；墜落，淪落；暴跌，突然下降

例 第５位に転落する。

譯 突然降到第五名。

16 ｜とりぶん【取り分】

名 應得的份額

例 取り分のお金が入ってくる。

譯 取得應得的份額。

17 ｜にゅうしゅ【入手】

名・他サ 得到，到手，取得

例 入手困難が予想された。

譯 估計很難取得。

18 ｜ねびき【値引き】

名・他サ 打折，減價

例 在庫品を値引きする。

譯 庫存品打折販售。

19 ｜ふんしつ【紛失】

名・自他サ 遺失，丟失，失落

例 カードを紛失する。
譯 弄丟信用卡。

20 ｜べんしょう【弁償】
(名・他サ) 賠償
例 弁償させられる。
譯 被要求賠償。

21 ｜ほうび【褒美】
(名) 褒獎，獎勵；獎品，獎賞
例 褒美をいただく。
譯 領獎賞。

22 ｜ほしょう【補償】
(名・他サ) 補償，賠償
例 補償が受けられる。
譯 接受賠償。

23 ｜ゆうえき【有益】
(名・形動) 有益，有意義，有好處
例 有益な情報を得る。
譯 獲得有益的情報。

24 ｜りじゅん【利潤】
(名) 利潤，紅利
例 利潤を追求する。
譯 追求利潤。

25 ｜りそく【利息】
(名) 利息
例 利息を支払う。
譯 支付利息。

26-6 収支, 賃金 / 收支、工資報酬

01 ｜かくほ【確保】
(名・他サ) 牢牢保住，確保
例 食料を確保する。
譯 確保糧食。

02 ｜かせぎ【稼ぎ】
(名) 做工；工資；職業
例 稼ぎが少ない。
譯 賺得很少。

03 ｜ギャラ【guarantee 之略】
(名) (預約的)演出費，契約費
例 ギャラを支払う。
譯 支付演出費。

04 ｜けっさん【決算】
(名・自他サ) 結帳；清算
例 決算セール。
譯 清倉大拍賣。

05 ｜げっぷ【月賦】
(名) 月賦，按月分配；按月分期付款
例 月賦で支払う。
譯 按月支付。

06 ｜さいさん【採算】
(名) (收支的)核算，核算盈虧
例 採算が合う。
譯 合算，有利潤。

07 ｜さしひき【差し引き】

（名・自他サ）扣除，減去；（相抵的）餘額，結算（的結果）；（潮水的）漲落，（體溫的）升降

例 差し引き 10000 円です。

譯 餘額一萬日圓。

08 ｜しゅうし【収支】

（名）收支

例 収支を合計する。

譯 統計收支。

09 ｜たいぐう【待遇】

（名・他サ・接尾）接待，對待，服務；工資，報酬

例 待遇を改善する。

譯 改善待遇，提高工資。

10 ｜ちょうしゅう【徴収】

（名・他サ）徵收，收費

例 税金を徴収する。

譯 徵稅。

11 ｜ちんぎん【賃金】

（名）租金；工資

例 賃金を支払う。

譯 付租金。

12 ｜てどり【手取り】

（名）（相撲）技巧巧妙（的人；）（除去稅金與其他費用的）實收款，淨收入

例 手取りが少ない。

譯 實收款很少。

13 ｜にっとう【日当】

（名）日薪

例 日当をもらう。

譯 領日薪。

14 ｜プラスアルファ【（和）plus ＋（希臘）alpha】

（名）加上若干，（工會與資方談判提高工資時）資方在協定外可自由支配的部分；工資附加部分，紅利

例 本給にプラスアルファの手当てがつく。

譯 在本薪外加發紅利。

15 ｜ほうしゅう【報酬】

（名）報酬；收益

例 報酬を支払う。

譯 支付報酬。

16 ｜みいり【実入り】

（名）（五穀）節食；收入

例 実入りがいい。

譯 收入好。

26-7 貸借 / 借貸

01 ｜かり【借り】

（名）借，借入；借的東西；欠人情；怨恨，仇恨

例 借りを返す。

譯 報恩，報怨。

02 ｜せいさん【精算】

（名・他サ）計算，精算；結算；清理財產；結束

例 料金を精算する。
譯 細算費用。

03 ｜たいのう【滞納】

名·他サ （税款，會費等）滞納，拖欠，逾期未繳
例 会費を滞納する。
譯 拖欠會費。

04 ｜たてかえる【立て替える】

他下一 墊付，代付
例 電車賃を立て替える。
譯 代墊電車車資。

05 ｜とどこおる【滞る】

自五 拖延，耽擱，遲延；拖欠
例 支払いが滞る。
譯 拖延付款。

06 ｜とりたてる【取り立てる】

他下一 催繳，索取；提拔
例 借金を取り立てる。
譯 討債。

07 ｜はいしゃく【拝借】

名·他サ （謙）拜借
例 お手を拝借。
譯 請求幫忙。

08 ｜ふさい【負債】

名 負債，欠債；飢荒
例 負債を背負う。
譯 背負債務。

09 ｜へんかん【返還】

名·他サ 退還，歸還（原主）
例 土地を返還する。
譯 歸還土地。

10 ｜へんきゃく【返却】

副·他サ 還，歸還
例 本を返却する。
譯 還書。

11 ｜へんさい【返済】

名·他サ 償還，還債
例 返済を迫る。
譯 催促償還。

12 ｜まえがり【前借り】

名·他サ 借，預支
例 給料を前借りする。
譯 預支工錢。

13 ｜ゆうし【融資】

名·自サ （經）通融資金，貸款
例 融資を受ける。
譯 接受貸款。

14 ｜りし【利子】

名 （經）利息，利錢
例 利子が付く。
譯 有利息。

26-8 消費、費用 /
消費、費用

01 ｜いっかつ【一括】

(名・他サ) 總括起來，全部
例 一括して購入する。
譯 全部買下。

02 ｜うちわけ【内訳】

(名) 細目，明細，詳細內容
例 内訳を示す。
譯 出示明細。

03 ｜かんぜい【関税】

(名) 關稅，海關稅
例 関税がかかる。
譯 課徵關稅。

04 ｜けいげん【軽減】

(名・自他サ) 減輕
例 負担を軽減する。
譯 減輕負擔。

05 ｜けいひ【経費】

(名) 經費，開銷，費用
例 経費を削減する。
譯 削減經費。

06 ｜げっしゃ【月謝】

(名) (每月的)學費，月酬
例 月謝を支払う。
譯 支付每月費用。

07 ｜けんやく【倹約】

(名・他サ) 節省，節約，儉省
例 倹約家の奥さんに支えられてきた。
譯 我得到了克勤克儉的妻子的支持。

08 ｜こうじょ【控除】

(名・他サ) 扣除
例 扶養控除に入る。
譯 加入扶養扣除。

09 ｜ざんきん【残金】

(名) 餘款，餘額；尾欠，差額
例 残金を支払う。
譯 支付尾款。

10 ｜じっぴ【実費】

(名) 實際所需費用；成本
例 実費で売る。
譯 按成本出售。

11 ｜しゅっぴ【出費】

(名・自サ) 費用，出支，開銷
例 出費を節約する。
譯 節省開銷。

12 ｜てあて【手当て】

(名・他サ) 準備，預備；津貼；生活福利；醫療，治療；小費
例 手当てがつく。
譯 有補助費。

13 ｜とりよせる【取り寄せる】

(他下一) 請(遠方)送來，寄來；訂貨；函購

例 品物を取り寄せる。

譯 訂購商品。

14 ｜のうにゅう【納入】

(名・他サ) 繳納，交納

例 納入期限を守る。

譯 遵守繳納期限。

15 ｜ばらまく【ばら撒く】

(他五) 撒播，撒；到處花錢，散財

例 お金をばら撒く。

譯 散財。

16 ｜まえばらい【前払い】

(名・他サ) 預付

例 工事費の一部を前払いする。

譯 預付一部份的施工費。

17 ｜むだづかい【無駄遣い】

(名・自サ) 浪費，亂花錢

例 税金の無駄遣いをしている。

譯 浪費稅金。

18 ｜ろうひ【浪費】

(名・他サ) 浪費；糟蹋

例 時間の浪費を招く。

譯 造成時間的浪費。

N1 26-9

26-9 財產、金錢 /
財產、金錢

01 ｜がいか【外貨】

(名) 外幣，外匯

例 外貨準備高。

譯 外匯存底。

02 ｜かけ【掛け】

(名) 賒帳；帳款，欠賬；重量

例 掛けにする。

譯 記在帳上。

03 ｜かぶしき【株式】

(名)（商）股份；股票；股權

例 株式会社を設立する。

譯 設立股份公司。

04 ｜かへい【貨幣】

(名)（經）貨幣

例 貨幣経済。

譯 貨幣經濟。

05 ｜カンパ【(俄) kampanija】

(名・他サ)（「カンパニア」之略）勸募，募集的款項募集金；應募捐款

例 救援資金をカンパする。

譯 募集救援資金。

06 ｜ききん【基金】

(名) 基金

例 基金を募る。

譯 募集基金。

07 ｜こぎって【小切手】

(名) 支票

例 小切手を切る。

譯 開支票。

08 ｜ざいげん【財源】

名 財源

例 財源を求める。

譯 尋求財源。

09 ｜ざい【財】

名 財産，錢財；財寶，商品，物資

例 巨額の財を築く。

譯 累積巨額的財富。

10 ｜ざんだか【残高】

名 餘額

例 残高を確認する。

譯 確認餘額。

11 ｜しきん【資金】

名 資金，資本

例 資金が底をつく。

譯 資金見底。

12 ｜しさん【資産】

名 資産，財産；（法）資産

例 資産を運用する。

譯 運用財產。

13 ｜しぶつ【私物】

名 個人私有物件

例 会社の物品を私物化する。

譯 把公司的物品佔為己有。

14 ｜じゅうほう【重宝】

名 貴重寶物

例 重宝を保管する。

譯 保管寶物。

15 ｜しゆう【私有】

名・他サ 私有

例 私有地に入ってはいけない。

譯 請勿進入私有地。

16 ｜しょゆう【所有】

名・他サ 所有

例 土地を所有する。

譯 擁有土地。

17 ｜ふどうさん【不動産】

名 不動産

例 不動産を売買する。

譯 買賣不動產。

18 ｜ぶんぱい【分配】

名・他サ 分配，分給，配給

例 財産の分配が行われる。

譯 進行財產分配。

19 ｜ほかん【保管】

名・他サ 保管

例 金庫に保管する。

譯 放在保險櫃裡保管。

20 ｜ぼきん【募金】

名・自サ 募捐

例 募金活動を行う。

譯 進行募款活動。

21 ｜ほじょ【補助】

名・他サ 補助

例 生活費を補助する。

譯 補助生活費。

22 ｜まいぞう【埋蔵】

名·他サ 埋蔵，蘊藏

例 埋蔵金を探す。

譯 尋找寶藏。

23 ｜ゆうする【有する】

他サ 有，擁有

例 広大な土地を有する。

譯 擁有莫大的土地。

24 ｜よきん【預金】

名·自他サ 存款

例 預金を下ろす。

譯 提領存款。

25 ｜わりあてる【割り当てる】

名 分配，分擔，分配額；分派，分擔(的任務)

例 費用を等分に割り当てる。

譯 費用均等分配。

N1 ● 26-10

26-10 貧富 /
貧富

01 ｜いやしい【卑しい】

形 地位低下；非常貧窮，寒酸；下流，低級；貪婪

例 卑しい身なりをする。

譯 寒酸的打扮。

02 ｜かいそう【階層】

名 (社會)階層；(建築物的)樓層

例 富裕な階層をますます豊かにする。

譯 富裕階層越來越富裕。

03 ｜かくさ【格差】

名 (商品的)級別差別，差價，質量差別；資格差別

例 格差をつける。

譯 劃定級別。

04 ｜かんそ【簡素】

名·形動 簡單樸素，簡樸

例 簡素な結婚式。

譯 簡單的婚禮。

05 ｜きゅうさい【救済】

名·他サ 救濟

例 救済を受ける。

譯 接受救濟。

06 ｜きゅうぼう【窮乏】

名·自サ 貧窮，貧困

例 生活が窮乏する。

譯 生活窮困。

07 ｜しっそ【質素】

名·形動 素淡的，質樸的，簡陋的，樸素的

例 質素な家が並んでいる。

譯 街上整排都是簡陋的房屋。

08 ｜とぼしい【乏しい】

形 不充分，不夠，缺乏，缺少；生活貧困，貧窮

例 知識が乏しい。

譯 缺乏知識。

09 ｜とみ【富】

(名) 財富，資產，錢財；資源，富源；彩券

例 富を生む。

譯 生財致富。

10 ｜とむ【富む】

(自五) 有錢，富裕；豐富

例 バラエティーに富む。

譯 有豐富的綜藝節目。

11 ｜ひんこん【貧困】

(名·形動) 貧困，貧窮；(知識、思想等的) 貧乏，極度缺乏

例 貧困に耐える。

譯 忍受貧困。

12 ｜びんぼう【貧乏】

(名·形動·自サ) 貧窮，貧苦

例 貧乏は厭だ。

譯 討厭貧窮。

13 ｜ぼつらく【没落】

(名·自サ) 没落，衰敗；破産

例 没落した貴族を幽閉する。

譯 幽禁没落的貴族。

14 ｜ほどこす【施す】

(他五) 施，施捨，施予；施行，實施；添加；露，顯露

例 食糧を施す。

譯 周濟食糧。

Memo

27-1 政治 /
政治

01 ｜きき【危機】
名 危機，險關
例 危機を脱する。
譯 解除危機。

02 ｜きょうわ【共和】
名 共和
例 共和国を崩壊させた。
譯 讓共和國倒台。

03 ｜くんしゅ【君主】
名 君主，國王，皇帝
例 君主に背く。
譯 背叛國王。

04 ｜けんりょく【権力】
名 權力
例 権力を誇示する。
譯 炫耀權力。

05 ｜こうしん【行進】
名・自サ （列隊）進行，前進
例 デモ行進を行った。
譯 舉行遊行示威。

06 ｜こうぜん【公然】
副・形動 公然，公開
例 公然の秘密が公になる。
譯 公開的秘密被公開了。

07 ｜こうにん【公認】
名・他サ 公認，國家機關或政黨正式承認
例 公認会計士になる。
譯 成為有執照的會計師。

08 ｜こうよう【公用】
名 公用；公務，公事；國家或公共集團的費用
例 公用文の書き方。
譯 公務文書的寫法。

09 ｜しっきゃく【失脚】
名・自サ 失足（落水、跌跤）；喪失立足地，下台；賠錢
例 大統領が失脚する。
譯 總統下台。

10 ｜しほう【司法】
名 司法
例 司法官が決定を下す。
譯 法官作出決定。

11 ｜じゅりつ【樹立】

名・自他サ 樹立，建立

例 新党を樹立する。

譯 建立新黨。

12 ｜じょうせい【情勢】

名 形勢，情勢

例 情勢が悪化する。

譯 情勢惡化。

13 ｜せいけん【政権】

名 政權；參政權

例 政権を失う。

譯 喪失政權。

14 ｜せいさく【政策】

名 政策，策略

例 政策を実施する。

譯 實施政策。

15 ｜せいふく【征服】

名・他サ 征服，克服，戰勝

例 敵国を征服する。

譯 征服敵國。

16 ｜せっちゅう【折衷】

名・他サ 折中，折衷

例 両案を折衷する。

譯 折衷兩個方案。

17 ｜そうどう【騒動】

名・自サ 騷動，風潮，鬧事，暴亂

例 騒動が起こる。

譯 掀起風波。

18 ｜ちょうかん【長官】

名 長官，機關首長；(都道府縣的)知事

例 文化庁長官。

譯 文化廳廳長。

19 ｜てんか【天下】

名 天底下，全國，世間，宇內；(幕府的)將軍

例 天下を取る。

譯 奪取政權。

20 ｜とうち【統治】

名・他サ 統治

例 国を統治する。

譯 統治國家。

21 ｜どくさい【独裁】

名・自サ 獨斷，獨行；獨裁，專政

例 独裁政治をする。

譯 施行獨裁政治。

22 ｜はくがい【迫害】

名・他サ 迫害，虐待

例 異民族を迫害する。

譯 迫害異族。

23 ｜は【派】

名・漢造 派，派流；衍生；派出

例 反対派と推進派。

譯 反對派與促進派。

24 ｜ひきいる【率いる】

他上一 帶領；率領

例 部下を率いる。
譯 率領部下。

25 ｜ふはい【腐敗】

(名・自サ) 腐敗，腐壞；墮落
例 腐敗が進む。
譯 腐敗日趨嚴重。

26 ｜ぶんり【分離】

(名・自他サ) 分離，分開
例 政教分離制度が成立した。
譯 政治宗教分離制通過了。

27 ｜ほうけん【封建】

(名) 封建
例 封建的な考え方が多い。
譯 許多人思想很封建。

28 ｜ぼうどう【暴動】

(名) 暴動
例 暴動を起こす。
譯 發生暴動。

29 ｜ほうむる【葬る】

(他五) 葬，埋葬；隱瞞，掩蓋；葬送，抛棄
例 世間から葬られる。
譯 被世人遺忘。

30 ｜もっか【目下】

(名・副) 當前，當下，目前
例 目下の急務になる。
譯 成為當前緊急任務。

31 ｜やとう【野党】

(名) 在野黨
例 野党が不信任決議案を提出する。
譯 在野黨提出不信任案。

32 ｜ようせい【要請】

(名・他サ) 要求，請求
例 救助を要請する。
譯 請求幫助。

33 ｜よとう【与党】

(名) 執政黨；志同道合的伙伴
例 与党と野党の意見が分かれた。
譯 執政黨與在野黨的意見分歧了。

34 ｜りゃくだつ【略奪】

(名・他サ) 掠奪，搶奪，搶劫
例 資源を略奪する。
譯 掠奪資源。

35 ｜れんぽう【連邦】

(名) 聯邦，聯合國家
例 アラブ首長国連邦を結成した。
譯 組成阿拉伯聯合大公國。

N1 27-2

27-2 行政、公務員 /
行政、公務員

01 ｜がいしょう【外相】

(名) 外交大臣，外交部長，外相
例 外相と会談する。
譯 與外交部長會談。

02 | かいにゅう【介入】

名・自サ 介入，干預，參與，染指

例 政府が介入する。

譯 政府介入。

03 | かんりょう【官僚】

名 官僚，官吏

例 高級官僚に憧れる。

譯 嚮往高級官員的官場世界。

04 | ぎょうせい【行政】

名 (相對於立法、司法而言)行政；(行政機關執行的)政務

例 行政改革に取り組む。

譯 專心致志從事行政改革。

05 | げんしゅ【元首】

名 (國家的)元首(總統、國王、國家主席等)

例 一国の元首。

譯 國家元首。

06 | こうふ【交付】

名・他サ 交付，交給，發給

例 免許証を交付する。

譯 發給駕照。

07 | こくてい【国定】

名 國家制訂，國家規定

例 国定公園。

譯 國家公園。

08 | こくど【国土】

名 國土，領土，國家的土地；故鄉

例 国土計画。

譯 (日本)國土開發計畫。

09 | こくゆう【国有】

名 國有

例 国有企業を民営化する。

譯 國營事業民營化。 。

10 | こせき【戸籍】

名 戶籍，戶口

例 戸籍に入れる。

譯 列入戶口。

11 | さかえる【栄える】

自下一 繁榮，興盛，昌盛；榮華，顯赫

例 町が栄える。

譯 城鎮繁榮。

12 | しさつ【視察】

名・他サ 視察，考察

例 工場を視察する。

譯 視察工廠。

13 | しゅのう【首脳】

名 首腦，領導人

例 首脳会談は明日開かれる。

譯 明天舉辦首腦會議。

14 | しんこく【申告】

名・他サ 申報，報告

例 税関に申告する。

譯 向海關申報。

15 | ぜいむしょ【税務署】

名 税務局

例 税務署に連絡する。
譯 聯絡稅捐處。

16 ｜そち【措置】

名・他サ 措施，處理，處理方法
例 万全の措置を取る。
譯 採取萬全措施。

17 ｜たいじ【退治】

名・他サ 打退，討伐，征服；消滅，肅清；
治療
例 悪者を退治する。
譯 懲治惡人。

18 ｜つかさどる【司る】

他五 管理，掌管，擔任
例 会計を司る。
譯 擔任會計。

19 ｜とうせい【統制】

名・他サ 統治，統歸，統一管理；控制能力
例 言論を統制する。
譯 限制言論自由。

20 ｜とっけん【特権】

名 特權
例 特権を与える。
譯 給予特權。

21 ｜とどけ【届け】

名 （提交機關、工作單位、學校等）申
報書，申請書
例 届けを出す。
譯 提出申請書。

22 ｜にんめい【任命】

名・他サ 任命
例 大臣に任命する。
譯 任命為大臣。

23 ｜ひのまる【日の丸】

名 （日本國旗）太陽旗；太陽形
例 日の丸を揚げる。
譯 升起太陽旗。

24 ｜ふっこう【復興】

名・自他サ 復興，恢復原狀；重建
例 復興の目途が立たない。
譯 無法設立重建的目標。

25 ｜ぶんれつ【分裂】

名・自サ 分裂，裂變，裂開
例 細胞分裂を繰り返す。
譯 細胞不斷地分裂。

26 ｜やくば【役場】

名 （町、村）鄉公所；辦事處
例 役場に届けを出す。
譯 向區公所提出申請。

27-3 議会、選挙 /
議會、選舉

N1 27-3

01 ｜いちれん【一連】

名 一連串，一系列；（用細繩串著的）
一串
例 一連の措置をとる。
譯 採一連串措施。

02 | ぎあん【議案】

名 議案

例 議案を提出する。

譯 提出議案。

03 | ぎけつ【議決】

名・他サ 議決，表決

例 満場一致で議決する。

譯 全場一致通過。

04 | ぎじどう【議事堂】

名 國會大廈；會議廳

例 国会議事堂。

譯 國會大廈。

05 | ぎだい【議題】

名 議題，討論題目

例 議題にする。

譯 作為議題。

06 | きょうぎ【協議】

名・他サ 協議，協商，磋商

例 協議がまとまる。

譯 達成協議。

07 | けつぎ【決議】

名・他サ 決議，決定；議決

例 決議案を採択する。

譯 採納決議案。

08 | けつ【決】

名 決定，表決；(提防)決堤；決然，毅然；
(最後)決心，決定

例 多数決で決める。

譯 以多數決來表決。

09 | ごうぎ【合議】

名・自他サ 協議，協商，集議

例 合議のうえで決める。

譯 協商之後再決定。

10 | さいけつ【採決】

名・自サ 表決

例 採決に従う。

譯 遵守裁決。

11 | さいたく【採択】

名・他サ 採納，通過；選定，選擇

例 決議が採択される。

譯 決議被採納。

12 | さんぎいん【参議院】

名 参議院，参院(日本國會的上院)

例 参議院の選挙に参加した。

譯 角逐參議院選舉。

13 | しじ【支持】

名・他サ 支撐；支持，擁護，贊成

例 内閣を支持する。

譯 擁護內閣。

14 | しゅうぎいん【衆議院】

名 (日本國會的)眾議院

例 衆議院議員に当選する。

譯 當選眾議院議員。

15 ｜しりぞける【退ける】

他五 斥退；擊退；拒絕；撤銷

例 案を退ける。

譯 撤銷法案。

16 ｜しんぎ【審議】

名・他サ 審議

例 審議を打ち切る。

譯 停止審議。

17 ｜とうぎ【討議】

名・自他サ 討論，共同研討

例 討議に入る。

譯 開始討論。

18 ｜とうせん【当選】

名・自サ 當選，中選

例 当選の見込みがある。

譯 有當選希望。

19 ｜ないかく【内閣】

名 內閣，政府

例 内閣総理大臣に指名される。

譯 被提名為首相。

20 ｜はかる【諮る】

他五 商量，協商；諮詢

例 会議に諮る。

譯 在會議上商討。

21 ｜ばらばら

副 分散貌；凌亂的樣子，支離破碎的樣子；（雨點，子彈等）帶著聲響落下或飛過

例 意見がばらばらに割れる。

譯 意見紛歧。

22 ｜ひけつ【否決】

名・他サ 否決

例 議会で否決される。

譯 在會議上被否決了。

23 ｜ひょう【票】

名・漢造 票，選票；（用作憑證的）票；表決的票

例 票を投じる。

譯 投票。

24 ｜ほうあん【法案】

名 法案，法律草案

例 法案が可決される。

譯 通過法案。

25 ｜まんじょう【満場】

名 全場，滿場，滿堂

例 満場一致で可決される。

譯 全場一致贊成通過。

26 ｜ゆうりょく【有力】

形動 有勢力，有權威；有希望；有努力；有效力

例 有力者に近づく。

譯 接近有勢力者。

27-4 国際、外交 /
國際、外交

01 ｜インターナショナル【international】

名·形動 國際；國際歌；國際間的

例 インターナショナルフォーラムを開催する。

譯 舉辦國際論壇。

02 ｜きょうてい【協定】

名·他サ 協定

例 協定を結ぶ。

譯 締結協定。

03 ｜こくれん【国連】

名 聯合國

例 国連の大使。

譯 聯合國大使。

04 ｜こっこう【国交】

名 國交，邦交

例 国交を回復する。

譯 恢復邦交。

05 ｜しんぜん【親善】

名 親善，友好

例 親善訪問が始まった。

譯 友好訪問開始進行。

06 ｜たいがい【対外】

名 對外（國）；對外（部）

例 対外政策を討論する。

譯 討論外交政策。

07 ｜たつ【断つ】

他五 切，斷；絕，斷絕；消滅；截斷

例 外交関係を断つ。

譯 斷絕外交關係。

08 ｜ちょういん【調印】

名·自サ 簽字，蓋章，簽署

例 条約に調印する。

譯 在契約書上蓋章。

09 ｜どうめい【同盟】

名·自サ 同盟，聯盟，聯合

例 軍事同盟を結ぶ。

譯 結為軍事同盟。

10 ｜ほうべい【訪米】

名·自サ 訪美

例 首相が訪米する。

譯 首相出訪美國。

11 ｜れんめい【連盟】

名 聯盟；聯合會

例 連盟に加わる。

譯 加入聯盟。

27-5 軍事 /
軍事

01 ｜あらそい【争い】

名 爭吵，糾紛，不合；爭奪

例 争いが起こる。

譯 發生糾紛。

02 ｜いくさ【戦】

（名）戦爭

例 長い戦となる。

譯 演變為久戰。

03 ｜かくめい【革命】

（名）革命；（某制度等的）大革新，大變革

例 革命を起こす。

譯 掀起革命。

04 ｜きゅうえん【救援】

（名・他サ）救援；救濟

例 救援活動が開始された。

譯 開始進行救援活動。

05 ｜きょうこう【強行】

（名・他サ）強行，硬幹

例 強行突破を図る。

譯 企圖強行突破。

06 ｜ぐんじ【軍事】

（名）軍事，軍務

例 軍事機密を漏らす。

譯 泄漏軍事機密。

07 ｜ぐんび【軍備】

（名）軍備，軍事設備；戰爭準備，備戰

例 軍備が整う。

譯 已做好備戰準備。

08 ｜ぐんぷく【軍服】

（名）軍服，軍裝

例 軍服を着用する。

譯 穿軍服。

09 ｜こうそう【抗争】

（名・自サ）抗爭，對抗，反抗

例 内部抗争が起こる。

譯 引起內部的對立。

10 ｜こうふく【降伏】

（名・自サ）降服，投降

例 無条件降伏する。

譯 無條件投降。

11 ｜こくぼう【国防】

（名）國防

例 国防会議を開く。

譯 召開國防會議。

12 ｜しゅうげき【襲撃】

（名・他サ）襲擊

例 襲撃を受ける。

譯 受到攻擊。

13 ｜しょくみんち【植民地】

（名）殖民地

例 植民地を開発する。

譯 開發殖民地。

14 ｜しんりゃく【侵略】

（名・他サ）侵略

例 侵略に抵抗する。

譯 抵禦侵略。

15 ｜せんさい【戦災】

（名）戰爭災害，戰禍

例 戦災孤児を救う。

譯 拯救戰爭孤兒。

16 ｜せんとう【戦闘】

（名・自サ）戦闘

例 戦闘に参加する。
せんとう　　さん か

譯 參加戰鬥。

17 ｜せんにゅう【潜入】

（名・自サ）潜入，溜進；打進

例 スパイの潜入を防ぐ。
せんにゅう　　ふせ

譯 防間諜潛入。

18 ｜せんりょう【占領】

（名・他サ）（軍）武力佔領；佔據

例 敵の占領下におかれる。
てき　　せんりょう か

譯 在敵人的佔領之下。

19 ｜ぞうきょう【増強】

（名・他サ）（人員，設備的）増強，加強

例 兵力を増強する。
へいりょく　　ぞうきょう

譯 增強兵力。

20 ｜そうび【装備】

（名・他サ）装備，配備

例 装備を整える。
そう び　　ととの

譯 準備齊全。

21 ｜たいせい【態勢】

（名）姿態，様子，陣式，狀態

例 緊急態勢に入る。
きんきゅうたいせい　　はい

譯 進入緊急情勢。

22 ｜ちあん【治安】

（名）治安

例 治安を維持する。
ち あん　　い じ

譯 維持治安。

23 ｜どういん【動員】

（名・他サ）動員，調動，發動

例 軍隊を動員する。
ぐんたい　　どういん

譯 動員軍隊。

24 ｜とうそつ【統率】

（名・他サ）統率

例 一軍を統率する。
いちぐん　　とうそつ

譯 統帥一軍。

25 ｜ないらん【内乱】

（名）内亂，叛亂

例 内乱が起こる。
ないらん　　お

譯 引起內亂。

26 ｜ばくだん【爆弾】

（名）炸彈

例 爆弾を仕掛ける。
ばくだん　　し か

譯 裝設炸彈。

27 ｜はんらん【反乱】

（名）叛亂，反亂，反叛

例 反乱を起こす。
はんらん　　お

譯 挑起叛亂。

28 ｜ぶそう【武装】

（名・自サ）武装，軍事装備

例 武装兵が待機する。
ぶ そうへい　　たい き

譯 武裝兵整裝待發。

29 ｜ぶたい【部隊】

（名）部隊；一群人

例 陸軍第一部隊が攻撃してきた。
りくぐんだいいち ぶ たい　　こうげき

譯 陸軍第一部隊攻過來了。

30 | ぶりょく【武力】

名 武力，兵力

例 武力を行使する。

譯 行使武力。

31 | ふんそう【紛争】

名・自サ 紛争，糾紛

例 紛争が起こる。

譯 引起紛争。

32 | ベース【base】

名 基礎，基本；基地(特指軍事基地)，根據地

例 二塁ベースが空いている。

譯 二壘壘上無人。

33 | へいき【兵器】

名 兵器，武器，軍火

例 核兵器を保有する。

譯 持有核子武器。

34 | ぼうえい【防衛】

名・他サ 防衛，保衛

例 防衛本能がはたらく。

譯 發揮防衛本能。

35 | ほろびる【滅びる】

自上一 滅亡，淪亡，消亡

例 国が滅びる。

譯 國家滅亡。

36 | ほろぶ【滅ぶ】

自五 滅亡，滅絕

例 人類もいつかは滅ぶ。

譯 人類終究會滅亡。

37 | ほろぼす【滅ぼす】

他五 消滅，毀滅

例 一族を滅ぼす。

譯 全族滅亡。

38 | めつぼう【滅亡】

名・自サ 滅亡

例 滅亡に瀕する。

譯 瀕於滅亡。

パート 28 第二十八章 法律
- 法律 -

28-1 規則 /
規則

01 | あやまち【過ち】
(名) 錯誤，失敗；過錯，過失
例 過ちを犯す。
譯 犯下過錯。

02 | あらたまる【改まる】
(自五) 改變；更新；革新，一本正經，故裝嚴肅，鄭重其事
例 規則が改まる。
譯 改變規則。

03 | いこう【移行】
(名・自サ) 轉變，移位，過渡
例 新制度に移行する。
譯 改行新制度。

04 | おかす【犯す】
(他五) 犯錯；冒犯；汙辱
例 犯罪を犯す。
譯 犯罪。

05 | かいあく【改悪】
(名・他サ) 改壞了，危害，壞影響，毒害
例 憲法を改悪する。
譯 把憲法改壞了。

06 | かいてい【改定】
(名・他サ) 重新規定
例 明日から運賃が改定される。
譯 明天開始調整運費。

07 | かいてい【改訂】
(名・他サ) 修訂
例 改訂版が発行された。
譯 發行修訂版。

08 | かんこう【慣行】
(名) 例行，習慣行為；慣例，習俗
例 慣行に従う。
譯 遵從慣例。

09 | かんしゅう【慣習】
(名) 習慣，慣例
例 慣習を破る。
譯 打破慣例。

10 | かんれい【慣例】
(名) 慣例，老規矩，老習慣
例 慣例に従う。
譯 遵照慣例。

11 | かんわ【緩和】
(名・自他サ) 緩和，放寬
例 規制を緩和する。
譯 放寬限制。

12 ｜きせい【規制】

(名・他サ) 規定（章則），規章；限制，控制

例 昨年、飲酒運転に対する規制が強化された。

譯 去年開始針對酒後駕駛進行嚴格取締。

13 ｜きてい【規定】

(名・他サ) 規則，規定

例 規定の書式。

譯 規定的格式。

14 ｜きはん【規範】

(名) 規範，模範

例 社会生活の規範。

譯 社會生活的規範。

15 ｜きやく【規約】

(名) 規則，規章，章程

例 規約に違反する。

譯 違反規則。

16 ｜きょうせい【強制】

(名・他サ) 強制，強迫

例 参加を強制する。

譯 強制參加。

17 ｜きんもつ【禁物】

(名) 嚴禁的事物；忌諱的事物

例 油断は禁物。

譯 大意是禁忌。

18 ｜げんこう【現行】

(名) 現行，正在實行

例 現行犯で捕まる。

譯 以現行犯逮捕。

19 ｜げんそく【原則】

(名) 原則

例 原則から外れる。

譯 偏離原則。

20 ｜さだまる【定まる】

(自五) 決定，規定；安定，穩定，固定；確定，明確；（文）安靜

例 目標が定まる。

譯 確立目標。

21 ｜さだめる【定める】

(他下一) 規定，決定，制定；平定，鎮定；奠定；評定，論定

例 憲法を定める。

譯 制定憲法。

22 ｜しこう・せこう【施行】

(名・他サ) 施行，實施；實行

例 法律を施行する。

譯 施行法律。

23 ｜じこう【事項】

(名) 事項，項目

例 注意事項を説明する。

譯 説明注意事項。

24 ｜しゅけん【主権】

(名) （法）主權

例 主権を確立する。

譯 確立主權。

25 ｜じゅんじる・じゅんずる【準じる・準ずる】

（自上一）以…為標準，按照；當作…看待

例 先例に準じる。

譯 參照先例（處理）。

26 ｜しょてい【所定】

（名）所定，規定

例 所定の時間を超えた。

譯 超過規定的時間。

27 ｜しょぶん【処分】

（名・他サ）處理，處置；賣掉，丟掉；懲處，處罰

例 処分を与える。

譯 作出懲處。

28 ｜せい【制】

（名・漢造）（古）封建帝王的命令；限制；制度；支配；製造

例 4年制大学を卒業する。

譯 畢業於四年制大學。

29 ｜せいき【正規】

（名）正規，正式規定；（機）正常，標準；道義；正確的意思

例 正規の教育を受ける。

譯 接受正規教育。

30 ｜せいやく【制約】

（名・他サ）（必要的）條件，規定；限制，制約

例 制約を受ける。

譯 受到制約。

31 ｜せってい【設定】

（名・他サ）制定，設立，確定

例 規則を設定する。

譯 訂定規則。

32 ｜ちつじょ【秩序】

（名）秩序，次序

例 秩序が乱れる。

譯 秩序混亂。

33 ｜ノルマ【（俄）norma】

（名）基準，定額

例 ノルマを果たす。

譯 完成銷售定額。

34 ｜もうける【設ける】

（他下一）預備，準備；設立，設置，制定

例 規則を設ける。

譯 訂立規則。

28-2 法律／
法律

01 ｜きんじる【禁じる】

（他上一）禁止，不准；禁忌，戒除；抑制，控制

例 私語を禁じる。

譯 禁止竊竊私語。

02 ｜じょうやく【条約】

（名）（法）條約

例 条約を締結する。

譯 締結條約。

03 ｜じょう【条】

(名・接助・接尾) 項，款；由於，所以；(計算細長物)行，條

例 条を追って討議する。

譯 逐條討論。

04 ｜せいてい【制定】

(名・他サ) 制定

例 法律を制定する。

譯 制訂法律。

05 ｜そむく【背く】

(自五) 背著，背向；違背，不遵守；背叛，辜負；抛棄，背離，離開(家)

例 命令に背く。

譯 違抗命令。

06 ｜とりしまり【取り締まり】

(名) 管理，管束；控制，取締；監督

例 取り締まりを強化する。

譯 加強取締。

07 ｜とりしまる【取り締まる】

(他五) 管束，監督，取締

例 犯罪を取り締まる。

譯 取締犯罪。

08 ｜はいし【廃止】

(名・他サ) 廢止，廢除，作廢

例 制度を廃止する。

譯 廢除制度。

09 ｜ほしょう【保障】

(名・他サ) 保障

例 自由が保障される。

譯 自由受到保障。

10 ｜りっぽう【立法】

(名) 立法

例 立法府で審議する。

譯 經立法院審議。

N1● 28-3 (1)

28-3 犯罪 (1) ／
犯罪 (1)

01 ｜あく【悪】

(名・接頭) 惡，壞；壞人；(道德上的)惡，壞；(性質)惡劣，醜惡

例 悪を懲らす。

譯 懲惡。

02 ｜ありさま【有様】

(名) 樣子，光景，情況，狀態

例 事件の有様を語る。

譯 敘述事情發生的情況。

03 ｜あんさつ【暗殺】

(名・他サ) 暗殺，行刺

例 暗殺を謀る。

譯 圖謀暗殺。

04 ｜いっそう【一掃】

(名・他サ) 掃盡，清除

例 暴力を一掃する。

譯 肅清暴力。

05 ｜おおごと【大事】

㊅ 重大事件，重要的事情
例 それは大事だ。
譯 那事情很重要。

06 ｜おかす【侵す】

㊉五 侵犯，侵害；侵襲；患，得（病）
例 病魔に侵される。
譯 遭病魔侵襲。

07 ｜かんし【監視】

㊅・他サ 監視；監視人
例 監視カメラを設置する。
譯 安裝監視攝影機。

08 ｜かんよ【関与】

㊅・自サ 干與，參與
例 事件に関与する。
譯 參與事件。

09 ｜ぎぞう【偽造】

㊅・他サ 偽造，假造
例 パスポートを偽造する。
譯 偽造護照。

10 ｜きょうはく【脅迫】

㊅・他サ 脅迫，威脅，恐嚇
例 脅迫状を書く。
譯 寫恐嚇信。

11 ｜きょう【共】

㊸造 共同，一起
例 共犯者は別の男だ。
譯 共犯是另一位男性。

12 ｜こうそく【拘束】

㊅・他サ 約束，束縛，限制；截止
例 身がらを拘束する。
譯 限制人身自由。

13 ｜さぎ【詐欺】

㊅ 詐欺，欺騙，詐騙
例 詐欺に遭う。
譯 遭到詐騙。

14 ｜さらう

㊉五 攫，奪取，拐走；（把當場所有的全部）拿走，取得，贏走
例 子供をさらう。
譯 誘拐小孩。

15 ｜じしゅ【自首】

㊅・自サ（法）自首
例 警察に自首する。
譯 向警察自首。

16 ｜セキュリティー【security】

㊅ 安全，防盜；擔保
例 セキュリティーシステムを備えた。
譯 設置防盜裝置。

17 ｜ぜんか【前科】

㊅（法）前科，以前服過刑
例 前科一犯が知られた。
譯 被知道犯有前科。

18 ｜セクハラ【sexual harassment 之略】

㊅ 性騷擾

例 セクハラで訴える。

譯 以性騷擾提出告訴。

19 ｜そうさく【捜索】

(名・他サ) 尋找，搜；（法）搜查（犯人、罪狀等）

例 家宅捜索を受ける。

譯 接受強行進入住宅搜查。

20 ｜そうさ【捜査】

(名・他サ) 搜查（犯人、罪狀等）；查訪，查找

例 捜査を開始する。

譯 開始搜查。

21 ｜ついせき【追跡】

(名・他サ) 追蹤，追緝，追趕

例 追跡調査を依頼する。

譯 委託跟蹤調查。

22 ｜つきとばす【突き飛ばす】

(他五) 用力撞倒，撞出很遠

例 老人を突き飛ばす。

譯 撞飛老人。

N1 ● 28-3 (2)

28-3 犯罪 (2) /
犯罪 (2)

23 ｜つながる【繋がる】

(自五) 連接，聯繫；（人）列隊，排列；牽連，有關係；（精神）連接在一起；被繫在…上，連成一排

例 事件につながる容疑者。

譯 與事件有關的嫌疑犯。

24 ｜てがかり【手掛かり】

(名) 下手處，著力處；線索

例 手掛かりをつかむ。

譯 掌握線索。

25 ｜てぐち【手口】

(名) （做壞事等常用的）手段，手法

例 使い古した手口。

譯 故技，老招式。

26 ｜てじょう【手錠】

(名) 手銬

例 手錠をかける。

譯 帶手銬。

27 ｜てはい【手配】

(名・自他サ) 籌備，安排；（警察逮捕犯人的）部署，布置

例 犯人を指名手配する。

譯 指名通緝犯人。

28 ｜どうき【動機】

(名) 動機；直接原因

例 犯行の動機を調べる。

譯 審問犯罪動機。

29 ｜とうそう【逃走】

(名・自サ) 逃走，逃跑

例 逃走経路が判明した。

譯 弄清了逃亡路線。

30 ｜とうぼう【逃亡】

(名・自サ) 逃走，逃跑，逃遁；亡命

例 外国へ逃亡する。

譯 亡命於國外。

31 ｜なぐる【殴る】

(他五) 毆打，揍；（接某些動詞下面成複合動詞）草草了事

例 横面を殴る。

譯 呼巴掌。

32 ｜にげだす【逃げ出す】

(自五) 逃出，溜掉；拔腿就跑，開始逃跑

例 試練から逃げ出す。

譯 從考驗中逃脱。

33 ｜ぬすみ【盗み】

(名) 偷盗，竊盗

例 盗みを働く。

譯 行竊。

34 ｜のがす【逃す】

(他五) 錯過，放過；（接尾詞用法）放過，漏掉

例 犯人を逃す。

譯 讓犯人跑掉。

35 ｜のがれる【逃れる】

(自下一) 逃跑，逃脱；逃避，避免，躲避

例 責任を逃れる。

譯 逃避責任。

36 ｜のっとる【乗っ取る】

(他五) (「のりとる」的音便)侵占，奪取，劫持

例 会社を乗っ取られる。

譯 奪取公司。

37 ｜パトカー【patrolcar】

(名) 警車（「パトロールカー之略」）

例 パトカーに追われる。

譯 被警車追逐。

38 ｜ひきおこす【引き起こす】

(他五) 引起，引發；扶起，拉起

例 事件を引き起こす。

譯 引發事件。

39 ｜ひとじち【人質】

(名) 人質

例 人質になる。

譯 成為人質。

40 ｜まぬがれる【免れる】

(他下一) 免，避免，擺脱

例 責任を免れようとする。

譯 想推卸責任。

41 ｜もほう【模倣】

(名・他サ) 模仿，仿照，仿效

例 模倣犯を防ぐ。

譯 防止模仿犯罪。

42 ｜ゆうかい【誘拐】

(名・他サ) 拐騙，誘拐，綁架

例 子供を誘拐する。

譯 拐騙兒童。

43 ｜ゆうどう【誘導】

(名・他サ) 引導，誘導；導航

例 誘導尋問を受ける。

譯 接受誘導問話。

44 ｜らち【拉致】

(名・他サ) 擄人劫持，強行帶走

例 社長が拉致される。

譯 社長被綁架。

N1 ○ 28-4

28-4 裁判、刑罰 /
判決、審判、刑罰

01 ｜いぎ【異議】

(名) 異議，不同的意見

例 異議を申し立てる。

譯 提出異議。

02 ｜かんい【簡易】

(名・形動) 簡易，簡單，簡便

例 簡易裁判所。

譯 簡便法庭。

03 ｜けいばつ【刑罰】

(名) 刑罰

例 刑罰を与える。

譯 判刑。

04 ｜けい【刑】

(名) 徒刑，刑罰

例 刑に服す。

譯 服刑。

05 ｜けんじ【検事】

(名)（法）檢察官

例 検事長を務める。

譯 擔任檢察長。

06 ｜さつじん【殺人】

(名) 殺人，兇殺

例 殺人を犯す。

譯 犯下殺人罪。

07 ｜さばく【裁く】

(他五) 裁判，審判；排解，從中調停，評理

例 罪人を裁く。

譯 審判罪犯。

08 ｜しけい【死刑】

(名) 死刑，死罪

例 死刑を執行する。

譯 執行死刑。

09 ｜しっこう【執行】

(名・他サ) 執行

例 死刑を執行する。

譯 執行死刑。

10 ｜しょうこ【証拠】

(名) 證據，證明

例 証拠が見つかる。

譯 找到證據。

11 ｜しょばつ【処罰】

(名・他サ) 處罰，懲罰，處分

例 厳重に処罰する。

譯 嚴重處罰。

12 ｜せいさい【制裁】

(名・他サ) 制裁，懲治
例 制裁を加える。
譯 加以制裁。

13 ｜そしょう【訴訟】

(名・自サ) 訴訟，起訴
例 訴訟を起こす。
譯 起訴。

14 ｜たいけつ【対決】

(名・自サ) 對證，對質；較量，對抗
例 対決を避ける。
譯 避免交鋒。

15 ｜ちょうてい【調停】

(名・他サ) 調停
例 いさかいを調停する。
譯 調停爭論。

16 ｜とりしらべる【取り調べる】

(他下一) 調查，偵查
例 容疑者を取り調べる。
譯 對嫌疑犯進行調查。

17 ｜ばいしょう【賠償】

(名・他サ) 賠償
例 賠償請求する。
譯 請求賠償。

18 ｜はんけつ【判決】

(名・他サ) (法)判決；(是非直曲的)判斷，
鑑定，評價

例 判決が出る。
譯 做出判決。

19 ｜べんご【弁護】

(名・他サ) 辯護，辯解；(法)辯護
例 弁護を依頼する。
譯 請求辯護。

20 ｜ほうてい【法廷】

(名) (法)法庭
例 法廷で審理する。
譯 在法院審理。

パート
29
第二十九章

心理、感情

- 心理、感情 -

N1 29-1 (1)

29-1 心 (1) / 心、內心 (1)

01 | あくどい

[形] (顏色)太濃艷；(味道)太膩；(行為)太過份讓人討厭，惡毒

[例] あくどいやり方(かた)。

[譯] 惡毒的作法。

02 | あせる【焦る】

[自五] 急躁，著急，匆忙

[例] 焦(あせ)って失敗(しっぱい)する。

[譯] 因急躁而失敗。

03 | あんじ【暗示】

[名·他サ] 暗示，示意，提示

[例] 暗示(あんじ)をかける。

[譯] 得到暗示。

04 | いきちがい・ゆきちがい【行き違い】

[名] 走岔開；(聯繫)弄錯，感情失和，不睦

[例] 行(い)き違(ちが)いになる。

[譯] 走岔開，沒遇上。

05 | いじ【意地】

[名] (不好的)心術，用心；固執，倔強，意氣用事；志氣，逞強心

[例] 意地(いじ)を張(は)る。

[譯] 堅持己見。

06 | いたわる【労る】

[他五] 照顧，關懷；功勞；慰勞，安慰；(文)患病

[例] やさしい言葉(ことば)で病人(びょうにん)をいたわる。

[譯] 用溫柔的話語安慰病人。

07 | いっしんに【一心に】

[副] 專心，一心一意

[例] 一心(いっしん)に神(かみ)に祈(いの)る。

[譯] 一心一意向上天祈求。

08 | いっしん【一新】

[名·自他サ] 刷新，革新

[例] 気分(きぶん)を一新(いっしん)する。

[譯] 轉換心情。

09 | うけみ【受け身】

[名] 被動，守勢，招架；(語法)被動式

[例] 受(う)け身(み)にまわる。

[譯] 轉為被動。

10 | うちあける【打ち明ける】

[他下一] 吐露，坦白，老實説

[例] 秘密(ひみつ)を打(う)ち明(あ)ける。

[譯] 吐露秘密。

11 ｜うわき【浮気】

名・自サ・形動 見異思遷，心猿意馬；外遇

例 浮気がばれる。

譯 外遇被發現。

12 ｜うわのそら【上の空】

名・形動 心不在焉，漫不經心

例 上の空でいる。

譯 發呆，心不在焉。

13 ｜うんざり

副・形動・自サ 厭膩，厭煩，（興趣）索然

例 うんざりする仕事はもう嫌だ。

譯 令人煩厭的工作，我已經受不了了。

14 ｜えぐる

他五 挖；深挖，追究；（喻）挖苦，刺痛；絞割

例 心をえぐる。

譯 心如刀絞。

15 ｜おいこむ【追い込む】

他五 趕進；逼到，迫陷入；緊要，最後關頭加把勁；緊排，縮排（文字）；讓（病毒等）內攻

例 窮地に追い込まれる。

譯 被逼到絕境。

16 ｜おだてる

他下一 慫恿，搧動；高捧，拍

例 おだてても無駄だ。

譯 拍馬屁也沒用。

17 ｜おもいつめる【思い詰める】

他下一 想不開，鑽牛角尖

例 あまり思い詰めないで。

譯 別想不開。

18 ｜かばう【庇う】

他五 庇護，袒護，保護

例 子供をかばう。

譯 袒護孩子。

19 ｜かんがい【感慨】

名 感慨

例 感慨深い。

譯 感觸很深。

20 ｜かんど【感度】

名 敏感程度，靈敏性

例 感度がよい。

譯 敏鋭度高。

21 ｜きあい【気合い】

名 運氣，運氣時的聲音，吶喊；（聚精會神時的）氣勢；呼吸；情緒，性情

例 気合いを入れる。

譯 施加危害。

22 ｜きがおもい【気が重い】

慣 心情沉重

例 試験のことで気が重い。

譯 因考試而心情沉重。

23 ｜きがきでない【気が気でない】

慣 焦慮，坐立不安

例 彼女のことを思うと気が気でない。

譯 一想到她就坐立難安。

24 ｜きがすむ【気が済む】

慣 滿意，心情舒暢

例 謝
あやま
られて気
き
が済
す
んだ。

譯 得到道歉後就不氣了。

25 ｜きがね【気兼ね】

名·自サ 多心，客氣，拘束

例 隣近所
となりきんじょ
に気
き
兼
が
ねする。

譯 敦親睦鄰。

26 ｜きがむく【気が向く】

慣 心血來潮；有心

例 気
き
が向
む
いたら来
き
てください。

譯 等你有意願時請過來。

27 ｜きがる【気軽】

形動 坦率，不受拘束；爽快；隨便

例 気
き
軽
がる
に話
はな
しかける。

譯 隨時跟我説。

28 ｜きごころ【気心】

名 性情，脾氣

例 気
き
心
ごころ
の知
し
れた友人
ゆうじん
。

譯 知心朋友。

29 ｜きっぱり

副·自サ 乾脆，斬釘截鐵；清楚，明確

例 きっぱり断
ことわ
る。

譯 斬釘截鐵地拒絕。

30 ｜きまりわるい【きまり悪い】

形 趕不上的意思；不好意思，拉不下
臉，難為情，害羞，尷尬

例 きまり悪
わる
そうな顔
かお
。

譯 尷尬的表情。

31 ｜きょうかん【共感】

名·自サ 同感，同情，共鳴

例 共感
きょうかん
を覚
おぼ
える。

譯 產生共鳴。

32 ｜きょうしゅう【郷愁】

名 鄉愁，想念故鄉；懷念，思念

例 郷愁
きょうしゅう
を覚
おぼ
える。

譯 思念故鄉。

33 ｜きよらか【清らか】

形動 沒有污垢；清澈秀麗；清澈

例 清
きよ
らかな小川
おがわ
。

譯 清澈的小河。

34 ｜ここち【心地】

名 心情，感覺

例 心地
ここち
よい風
かぜ
。

譯 舒服的涼風。

35 ｜こころえ【心得】

名 知識，經驗，體會；規章制度，須知；
（下級代行上級職務）代理，暫代

例 接客
せっきゃく
の心得
こころえ
を学
まな
ぶ。

譯 學習待人接客的應對之道。

36 ｜こころがける【心掛ける】

他下一 留心，注意，記在心裡

例 健康
けんこう
を心掛
こころが
ける。

譯 注意健康。

37 ｜こころがけ【心掛け】

（名）留心，注意；努力，用心；人品，風格

例 心掛けがよい。

譯 心地善良。

38 ｜こころぐるしい【心苦しい】

（形）感到不安，過意不去，擔心

例 辛い思いをさせて心苦しいんだ。

譯 讓您吃苦了，真過意不去。

39 ｜こころづかい【心遣い】

（名）關照，關心，照料

例 温かい心遣い。

譯 熱情關照。

40 ｜こころづよい【心強い】

（形）因為有可依靠的對象而感到安心；有信心，有把握

例 心強い話が嬉しい。

譯 鼓舞人心的消息真叫人開心。

41 ｜こめる【込める】

（他下一）裝填；包括在內，計算在內；集中（精力），貫注（全神）

例 気持ちを込める。

譯 誠心誠意。

42 ｜さっかく【錯覚】

（名・自サ）錯覺；錯誤的觀念；誤會，誤認為

例 錯覚を起こす。

譯 產生錯覺。

43 ｜さわる【障る】

（自五）妨礙，阻礙，障礙；有壞影響，有害

例 気に障る。

譯 讓人不開心。

44 ｜じざい【自在】

（名）自在，自如

例 自在に操る。

譯 自由操縱。

45 ｜じぜん【慈善】

（名）慈善

例 慈善団体が資金を受ける。

譯 慈善團體接受資金的贈與。

46 ｜じそんしん【自尊心】

（名）自尊心

例 自尊心が強い。

譯 自尊心很強。

47 ｜したごころ【下心】

（名）內心，本心；別有用心，企圖，（特指）壞心腸

例 下心が見え見えだ。

譯 明顯的別有居心。

48 ｜しゅうちゃく【執着】

（名・自サ）迷戀，留戀，不肯捨棄，固執

例 生に執着する。

譯 貪生。

49 ｜じょうちょ【情緒】

（名）情緒，情趣，風趣

例 情緒不安定になりやすい。

譯 容易導致情緒不穩定。

50 ｜じょう【情】

(名・漢造) 情，情感；同情；心情；表情；情慾

例 情に厚い。

譯 感情深厚。

51 ｜じりつ【自立】

(名・自サ) 自立，獨立

例 自立して働く。

譯 憑自己的力量工作。

52 ｜しんじょう【心情】

(名) 心情

例 心情を述べる。

譯 描述心情。

53 ｜しん【心】

(名・漢造) 心臟；內心；(燈、蠟燭的)芯；(鉛筆的)芯；(水果的)核心；(身心的)深處；精神，意識；核心

例 義俠心にかられる。

譯 激發俠義精神。

54 ｜すがすがしい【清清しい】

(形) 清爽，心情舒暢；爽快

例 すがすがしい気持ちになる。

譯 感到神清氣爽。

55 ｜せつじつ【切実】

(形動) 切實，迫切

例 切実な願いを込めた。

譯 懷著殷切的期望。

56 ｜そう【添う】

(自五) 增添，加上，添上；緊跟，不離地跟隨；結成夫妻一起生活，結婚

例 ご要望に添いかねます。

譯 無法滿足您的願望。

57 ｜そうかい【爽快】

(名・形動) 爽快

例 気分が爽快になる。

譯 精神爽快。

58 ｜たるむ

(自五) 鬆，鬆弛；彎曲，下沉；(精神)不振，鬆懈

例 気持ちがたるむ。

譯 情緒鬆懈。

59 ｜たんちょう【単調】

(名・形動) 單調，平庸，無變化

例 単調な生活が始まる。

譯 開始過著單調的生活。

60 ｜ちやほや

(副・他サ) 溺愛，嬌寵；捧，奉承

例 ちやほやされていい気になる。

譯 一吹捧就蹺屁股了。

N1 ● 29-1 (3)

29-1 心 (3) ／
心、內心 (3)

61 ｜ちょっかん【直感】

(名・他サ) 直覺，直感；直接觀察到

例 直感が働く。

譯 依靠直覺。

62 ｜つうかん【痛感】

名・他サ 痛感；深切地感受到

例 力の差を痛感する。

譯 深切感到力量差距之大。

63 ｜つくづく

副 仔細；痛切，深切；(古)呆呆，呆然

例 つくづくと眺める。

譯 仔細地看。

64 ｜つっぱる【突っ張る】

自他五 堅持，固執；(用手)推頂；繃緊，板起；抽筋，劇痛

例 欲の皮が突っ張っている。

譯 得寸進尺。

65 ｜つのる【募る】

自他五 加重，加劇；募集，招募，徵集

例 思いが募る。

譯 心事重重。

66 ｜てんかん【転換】

名・自他サ 轉換，轉變，調換

例 気分転換に釣りに行く。

譯 為轉換心情去釣魚。

67 ｜テンション【tension】

名 緊張，激動緊張

例 テンションがあがる。

譯 心情興奮。

68 ｜どうかん【同感】

名・自サ 同感，同意，贊同，同一見解

例 全く同感です。

譯 完全同意。

69 ｜どうじょう【同情】

名・自サ 同情

例 同情を寄せる。

譯 寄予同情。

70 ｜とうてい【到底】

副 (下接否定，語氣強)無論如何也，怎麼也

例 到底間に合わない。

譯 無論如何也趕不上。

71 ｜とうとい【尊い】

形 價值高的，珍貴的，寶貴的，可貴的

例 尊い犠牲を払う。

譯 付出極大犠牲。

72 ｜とうとぶ【尊ぶ】

他五 尊敬，尊重；重視，珍重

例 神仏を尊ぶ。

譯 敬奉神佛。

73 ｜とがる【尖る】

自五 尖；(神經)緊張；不高興，冒火

例 神経をとがらせる。

譯 讓神經過敏。

74 ｜トラウマ【trauma】

名 精神性上的創傷，感情創傷，情緒創傷

例 トラウマを克服したい。

譯 想克服感情創傷。

75 ｜どんかん【鈍感】

(名・形動) 對事情的感覺或反應遲鈍；反應
慢；遲鈍

例 鈍感な男はモテない。

譯 遲鈍的男人不受歡迎。

76 ｜ないしょ【内緒】

(名) 瞞著別人，秘密

例 内緒話をする。

譯 講秘密。

77 ｜ないしん【内心】

(名・副) 內心，心中

例 内心ほっとする。

譯 心中放下一塊大石頭。

78 ｜なごり【名残】

(名)（臨別時）難分難捨的心情，依戀；
臨別紀念；殘餘，遺跡

例 名残を惜しむ。

譯 依依不捨。

79 ｜なさけぶかい【情け深い】

(形) 對人熱情，有同情心的樣子；熱心腸；
仁慈

例 情け深い人が多い。

譯 富有同情心的人相當多。

80 ｜なさけ【情け】

(名) 仁慈，同情；人情，情義；(男女)戀情，
愛情

例 情けをかける。

譯 同情。

81 ｜なれ【慣れ】

(名) 習慣，熟習

例 慣れからくる油断。

譯 因習慣過頭而疏於防備。

82 ｜なんだかんだ

(連語) 這樣那樣；這個那個

例 なんだかんだ言って。

譯 説東説西的。

83 ｜なんでもかんでも【何でもかんでも】

(連語) 一切，什麼都…，全部…；無論如
何，務必

例 何でもかんでもすぐに欲しがる。

譯 全部都想要。

84 ｜にんじょう【人情】

(名) 人情味，同情心；愛情

例 人情の厚い人が多く住んでいる。

譯 住著許多富有人情濃厚的居民。

85 ｜ねつい【熱意】

(名) 熱情，熱忱

例 熱意を示す。

譯 展現熱情。

86 ｜ねんいり【念入り】

(名) 精心，用心

例 念入りに掃除する。

譯 用心打掃。

87 ｜のどか

(形動) 安靜悠閒；舒適，閒適；天氣晴朗，氣溫適中；和煦

例 のどかな気分が満ちあふれている。

譯 洋溢著悠閒寧靜的氣氛。

88 ｜はじらう【恥じらう】

(他五) 害羞，羞澀

例 恥じらう姿が可愛らしい。

譯 害羞的樣子真是可愛。

89 ｜はじる【恥じる】

(自上一) 害羞；慚愧

例 失態を恥じる。

譯 恥於自己的失態。

90 ｜はじ【恥】

(名) 恥辱，羞恥，丟臉

例 恥をかく。

譯 丟臉。

29-1 心 (4) /
心、內心 (4)

91 ｜はんのう【反応】

(名・自サ) （化學）反應；（對刺激的）反應；反響，效果

例 反応をうかがう。

譯 觀察反應。

92 ｜びんかん【敏感】

(名・形動) 敏感，感覺敏鋭

例 敏感な肌が合わない。

譯 不適合敏感的皮膚。

93 ｜ファイト【fight】

(名) 戰鬥，搏鬥，鬥爭；鬥志，戰鬥精神

例 ファイト！

譯 大喊「加油！」。

94 ｜ふい【不意】

(名・形動) 意外，突然，想不到，出其不意

例 不意をつかれる。

譯 冷不防被襲擊。

95 ｜ふきつ【不吉】

(名・形動) 不吉利，不吉祥

例 不吉な予感がする。

譯 有不祥的預感。

96 ｜ふける【耽る】

(自五) 沉溺，耽於；埋頭，專心

例 読書に耽る。

譯 埋頭讀書。

97 ｜ふじゅん【不純】

(名・形動) 不純，不純真

例 不純な動機が隠れている。

譯 隱藏著不單純的動機。

98 ｜ふたん【負担】

(名・他サ) 背負；負擔

例 負担を軽減する。

譯 減輕負擔。

99 ｜ぶなん【無難】

(名・形動) 無災無難，平安；無可非議，説得過去

例 無難な日を送る。

譯 過著差強人意的日子。

---

100 ｜プレッシャー【pressure】

名 壓強，壓力，強制，緊迫

例 プレッシャーがかかる。

譯 有壓力。

---

101 ｜へいじょう【平常】

名 普通；平常，平素，往常

例 平常心を失う。

譯 失去平常心。

---

102 ｜へいぜん【平然】

形動 沉著，冷靜；不在乎；坦然

例 平然としている。

譯 漫不在乎。

---

103 ｜ぼうぜん【呆然】

形動 茫然，呆然，呆呆地

例 呆然と立ち尽くす。

譯 茫然地呆站著。

---

104 ｜ほろにがい【ほろ苦い】

形 稍苦的

例 ほろ苦い思い出。

譯 略為苦澀的回憶。

---

105 ｜ほんき【本気】

名・形動 真的，真實；認真

例 本気になって働く。

譯 認真工作。

---

106 ｜ほんね【本音】

名 真正的音色；真話，真心話

例 本音で話す。

譯 推心置腹的説話。

---

107 ｜ほんのう【本能】

名 本能

例 本能で動く。

譯 依本能行動。

---

108 ｜まごころ【真心】

名 真心，誠心，誠意

例 真心を込めて働く。

譯 忠心耿耿地工作。

---

109 ｜まごつく

自五 慌張，驚慌失措，不知所措；徘徊，傍徨

例 初めてのことでまごついた。

譯 因為是第一次所以慌了手腳。

---

110 ｜まめ

名・形動 勤快，勤肯；忠實，認真，表裡一致，誠懇

例 まめに働く。

譯 認真工作。

N1 ● 29-1 (5)

29-1 心 (5) /
心、內心 (5)

---

111 ｜マンネリ【mannerism 之略】

名 因循守舊，墨守成規，千篇一律，老套

例 マンネリに陥る。

譯 落入俗套。

112 ｜みだす【乱す】

他五 弄亂，攪亂
例 秩序を乱す。
譯 弄亂秩序。

113 ｜みだれる【乱れる】

自下一 亂，凌亂；紊亂，混亂
例 服装が乱れる。
譯 服裝凌亂。

114 ｜みれん【未練】

名・形動 不熟練，不成熟；依戀，戀戀不
捨；不乾脆，怯懦
例 未練が残る。
譯 留戀。

115 ｜むかんしん【無関心】

名・形動 不關心；不感興趣
例 無関心を装う。
譯 裝作沒興趣。

116 ｜ものたりない【物足りない】

形 感覺缺少什麼而不滿足；有缺憾，不
完美；美中不足
例 物足りない説明。
譯 說明不夠充分。

117 ｜もりあがる【盛り上がる】

自五 （向上或向外）鼓起，隆起；（情緒、
要求等）沸騰，高漲
例 話が盛り上がる。
譯 聊得很開心。

118 ｜やけに

副 （俗）非常，很，特別

例 表がやけに騒がしい。
譯 外面非常吵鬧。

119 ｜やしん【野心】

名 野心，雄心；陰謀
例 野心に燃える。
譯 野心勃勃。

120 ｜やわらぐ【和らぐ】

自五 變柔和，和緩起來
例 怒りが和らぐ。
譯 讓憤怒的心情平靜下來。

121 ｜ゆうえつ【優越】

名・自サ 優越
例 優越感に浸る。
譯 沈浸在優越感中。

122 ｜ゆうかん【勇敢】

名・形動 勇敢
例 勇敢に立ち向かう。
譯 勇敢前行。

123 ｜ゆうわく【誘惑】

名・他サ 誘惑；引誘
例 甘い誘惑に克つ。
譯 戰勝甜美的誘惑。

124 ｜ゆさぶる【揺さぶる】

他五 搖晃；震撼
例 心が揺さぶられる。
譯 內心動搖。

125 ｜ゆとり

名 餘地，寬裕

例 ゆとりのある生活。

訳 寬裕的生活。

126 ｜ゆるむ【緩む】

自五 鬆散，緩和，鬆弛

例 緊張感が緩む。

訳 緩和緊張感。

127 ｜ようじんぶかい【用心深い】

形 十分小心，十分謹慎

例 用心深く行動する。

訳 小心行事。

128 ｜りせい【理性】

名 理性

例 理性を失う。

訳 失去理性。

129 ｜りょうしん【良心】

名 良心

例 良心の呵責に耐えない。

訳 無法承受良心的苛責。

130 ｜ロマンチック【romantic】

形動 浪漫的，傳奇的，風流的，神祕的

例 ロマンチックな考え。

訳 浪漫的想法。

29-2 意志 (1) ／
意志(1)

01 ｜あきらめ【諦め】

名 斷念，死心，達觀，想得開

例 あきらめがつかない。

訳 不死心。

02 ｜あとまわし【後回し】

名 往後推，緩辦，延遲

例 それは後回しにしよう。

訳 那件事稍後再辦吧。

03 ｜いこう【意向】

名 打算，意圖，意向

例 意向を確かめる。

訳 弄清(某人的)意圖。

04 ｜いざ

感 (文)喂，來吧，好啦(表示催促、勸誘他人)；一旦(表示自己決心做某件事)

例 いざとなれば、やるしかない。

訳 一旦發生問題，也只有硬著頭皮幹了。

05 ｜いし【意思】

名 意思，想法，打算

例 意思が通じる。

訳 互相了解對方的意思。

06 ｜いどむ【挑む】

自他五 挑戰；找碴；打破紀錄，征服；挑逗，調情

例 試合に挑む。

訳 挑戰比賽。

07 ｜いと【意図】

(名・他サ) 心意，主意，企圖，打算

例 意図を隠す。

譯 隱瞞企圖。

08 ｜いのり【祈り】

(名) 祈禱，禱告

例 祈りを捧げる。

譯 祈禱。

09 ｜いよく【意欲】

(名) 意志，熱情

例 意欲を燃やす。

譯 激起熱情。

10 ｜うちこむ【打ち込む】

(他五) 打進，釘進；射進，扣殺；用力扔到；猛撲，（圍棋）攻入對方陣地；灌水泥 (自五) 熱衷，埋頭努力；迷戀

例 受験勉強に打ち込む。

譯 埋頭準備升學考試。

11 ｜おかす【冒す】

(他五) 冒著，不顧；冒充

例 危険を冒す。

譯 冒著危險。

12 ｜おしきる【押し切る】

(他五) 切斷；排除（困難、反對）

例 押し切ってやる。

譯 大膽地做。

13 ｜おもいきる【思い切る】

(他五) 斷念，死心

例 思い切ってやってみる。

譯 狠下心做看看。

14 ｜おろそか【疎か】

(形動) 將該做的事放置不管的樣子；忽略；草率

例 仕事をおろそかにする。

譯 工作草率。

15 ｜かためる【固める】

(他下一) （使物質等）凝固，堅硬；堆集到一處；堅定，使鞏固；加強防守；使安定，使走上正軌；組成

例 守備を固める。

譯 加強防守。

16 ｜かなえる【叶える】

(他下一) 使…達到（目的），滿足…的願望

例 夢をかなえる。

譯 讓夢想成真。

17 ｜きよ【寄与】

(名・自サ) 貢獻，奉獻，有助於…

例 世界平和に寄与する。

譯 為世界和平奉獻。

18 ｜げきれい【激励】

(名・他サ) 激勵，鼓勵，鞭策

例 叱咤激励。

譯 大大地激勵。

19 ｜けしさる【消し去る】

(他五) 消滅，消除

例 記憶を消し去る。

譯 消除記憶。

20 ｜けつい【決意】

（名・自他サ）決心，決意；下決心

例 決意を表明する。

譯 表明決心。

21 ｜けっこう【決行】

（名・他サ）斷然實行，決定實行

例 雨天決行を提言する。

譯 提議風雨無阻。

22 ｜こうじょう【向上】

（名・自サ）向上，進步，提高

例 向上心が強い。

譯 很有上進心。

23 ｜こうちょう【好調】

（名・形動）順利，情況良好

例 絶好調だ。

譯 非常順利。

24 ｜こころざし【志】

（名）志願，志向，意圖；厚意，盛情；表達心意的禮物；略表心意

例 志が高い。

譯 志向高。

25 ｜こころざす【志す】

（自他五）立志，志向，志願

例 医者を志す。

譯 立志成為醫生。

26 ｜こんき【根気】

（名）耐性，毅力，精力

例 根気のいる仕事を始める。

譯 著手開始進行需要毅力的工作。

27 ｜しいて【強いて】

（副）強迫；勉強；一定…

例 強いて言えば彼を好きだと思う。

譯 如果硬要説的話我覺得我喜歡他。

28 ｜しいる【強いる】

（他上一）強迫，強使

例 苦戦を強いられる。

譯 陷入苦戰。

29 ｜じっせん【実践】

（名・他サ）實踐，自己實行

例 実践に移す。

譯 付諸實踐。

30 ｜しのぐ【凌ぐ】

（他五）忍耐，忍受，抵禦；躲避，排除；闖過，擺脱，應付，冒著；凌駕，超過

例 寒さをしのぐ。

譯 熬過寒冬。

31 ｜しゅどう【主導】

（名・他サ）主導；主動

例 主導性を発揮する。

譯 發揮主導性。

32 ｜しょうきょ【消去】

（名・自他サ）消失，消去，塗掉；(數)消去法

例 文字を消去する。

譯 刪除文字。

33 ┃ しんぼう【辛抱】

名･自サ 忍耐，忍受；(在同一處)耐，耐心工作

例 辛抱が足りない。

譯 耐性不足。

34 ┃ すんなり (と)

副･自サ 苗條，細長，柔軟又有彈力；順利，容易，不費力

例 議案がすんなりと通る。

譯 議案順利通過。

35 ┃ せいいっぱい【精一杯】

形動･副 竭盡全力

例 精一杯頑張る。

譯 拚了老命努力。

29-2 意志 (2) /
意志 (2)

36 ┃ たいぼう【待望】

名･他サ 期待，渴望，等待

例 待望の雨が降った。

譯 期待已久的雨終於降落。

37 ┃ たえる【耐える】

自下一 忍耐，忍受，容忍；擔負，禁得住；(堪える)(不)值得，(不)堪

例 苦痛に耐える。

譯 忍受痛苦。

38 ┃ たんとうちょくにゅう【単刀直入】

名･形動 一人揮刀衝入敵陣；直截了當

例 単刀直入に言う。

譯 開門見山地説。

39 ┃ ちゃくもく【着目】

名･自サ 著眼，注目；著眼點

例 未来に着目する。

譯 著眼於未來。

40 ┃ ちゅうとはんぱ【中途半端】

名･形動 半途而廢，沒有完成，不夠徹底

例 中途半端なやり方。

譯 模稜兩可的做法。

41 ┃ ちょうせん【挑戦】

名･自サ 挑戰

例 挑戦に応じる。

譯 面對挑戰。

42 ┃ ちょくめん【直面】

名･自サ 面對，面臨

例 危機に直面する。

譯 面臨危機。

43 ┃ つくす【尽くす】

他五 盡，竭盡；盡力

例 力を尽くす。

譯 盡力。

44 ┃ つとめて【努めて】

副 盡力，盡可能，竭力；努力，特別注意

例 努めて元気を出す。

譯 盡量打起精神。

45 ┃ つらぬく【貫く】

他五 穿，穿透，穿過，貫穿；貫徹，達到

例 一生を貫く。

譯 貫穿一生。

46 | でなおし【出直し】

[名] 回去再來，重新再來

[例] 原点から出直しする。

[譯] 從原點重新再來。

47 | とどめる

[他下一] 停住；阻止；留下，遺留；止於(某限度)

[例] 心にとどめる。

[譯] 遺留在心中。

48 | なげだす【投げ出す】

[他五] 抛出，扔下；抛棄，放棄；拿出，豁出，獻出

[例] 仕事を投げ出す。

[譯] 扔下工作。

49 | にんたい【忍耐】

[名] 忍耐

[例] 忍耐強いが恨みも忘れない。

[譯] 會忍耐但也會記仇。

50 | ねばり【粘り】

[名] 黏性，黏度；堅韌頑強

[例] 粘りをみせる。

[譯] 展現韌性。

51 | ねばる【粘る】

[自五] 黏；有耐性，堅持

[例] 最後まで粘る。

[譯] 堅持到底。

52 | ねんがん【念願】

[名·他サ] 願望，心願

[例] 長年の念願が叶う。

[譯] 實現多年來的心願。

53 | のぞましい【望ましい】

[形] 所希望的；希望那樣；理想的；最好的…

[例] 望ましい環境が整った。

[譯] 理想的環境完備到位了。

54 | はいじょ【排除】

[名·他サ] 排除，消除

[例] よそ者を排除する。

[譯] 排除外來者。

55 | はかい【破壊】

[名·自他サ] 破壞

[例] 環境を破壊する。

[譯] 破壞環境。

56 | はげます【励ます】

[他五] 鼓勵，勉勵；激發；提高嗓門，聲音，厲聲

[例] 子供を励ます。

[譯] 鼓勵孩子。

57 | はげむ【励む】

[自五] 努力，勤勉

[例] 勉学に励む。

[譯] 努力唸書。

58 ｜はたす【果たす】

(他五) 完成，實現，履行；（接在動詞連用形後）表示完了，全部等；（宗）還願；（舊）結束生命

例 使い果たす。

譯 全部用完。

59 ｜はんする【反する】

(自サ) 違反；相反；造反

例 予期に反する。

譯 與預期相反。

60 ｜ひたすら

(副) 只願，一味

例 ひたすら描き続ける。

譯 一心一意作畫。

61 ｜ひとくろう【一苦労】

(名・自サ) 費一些力氣，費一些力氣，操一些心

例 説得するのに一苦労する。

譯 費了一番功夫説服。

62 ｜まちどおしい【待ち遠しい】

(形) 盼望能盡早實現而等待的樣子；期盼已久的

例 会える日が待ち遠しい。

譯 期盼已久的會面日。

63 ｜まちのぞむ【待ち望む】

(他五) 期待，盼望

例 待ち望んだマイホームが完成した。

譯 期盼已久的新家終於落成了

64 ｜みこみ【見込み】

(名) 希望；可能性；預料，估計，預定

例 見込みが薄い。

譯 希望不大。

65 ｜もたらす【齎す】

(他五) 帶來；造成；帶來（好處）

例 幸福をもたらす。

譯 帶來幸福。

66 ｜やりとおす【遣り通す】

(他五) 做完，完成

例 最後までやり通す。

譯 做到最後。

67 ｜やりとげる【遣り遂げる】

(他下一) 徹底做到完，進行到底，完成

例 目標を遣り遂げる。

譯 徹底完成目標。

68 ｜ようぼう【要望】

(名・他サ) 要求，迫切希望

例 要望がかなう。

譯 如願以償。

69 ｜よくぶかい【欲深い】

(形) 貪而無厭，貪心不足的樣子

例 欲深い頼み。

譯 貪而無厭的要求。

70 ｜よく【欲】

(名・漢造) 慾望，貪心；希求

例 欲の皮が突っ張る。

譯 得寸進尺。

29-3 好き、嫌い／
喜歡、討厭

01 ｜あこがれ【憧れ】
㉝ 憧憬，嚮往
例 憧れの人に会えた。
譯 見到了仰慕已久的人。

02 ｜あざわらう【嘲笑う】
㉑他五 嘲笑
例 人の失敗を嘲笑う。
譯 嘲笑他人的失敗。

03 ｜あまえる【甘える】
㉑自下一 撒嬌；利用…的機會，既然…就順從
例 お母さんに甘える。
譯 跟媽媽撒嬌。

04 ｜いやいや
㉝・副（小孩子搖頭表示不願意）搖頭；勉勉強強，不得已而…
例 赤ん坊がいやいやをする。
譯 小嬰兒搖頭（表示不願意）。

05 ｜いや（に）【嫌（に）】
形動・副 不喜歡；厭煩；不愉快；（俗）太；非常；離奇
例 今日はいやに暑い。
譯 今天真是熱。

06 ｜うぬぼれ【自惚れ】
㉝ 自滿，自負，自大
例 うぬぼれが強い。
譯 過於自大。

07 ｜かたおもい【片思い】
㉝ 單戀，單相思
例 片思いをする。
譯 單相思。

08 ｜きずつける【傷付ける】
他下一 弄傷；弄出瑕疵，缺陷，毛病，傷痕，損害，損傷；敗壞
例 人を傷つける。
譯 傷害他人。

09 ｜きにくわない【気に食わない】
慣 不稱心；看不順眼
例 気に食わない奴だ。
譯 我看他不順眼。

10 ｜くわずぎらい【食わず嫌い】
㉝ 沒嘗過就先說討厭，（有成見而）不喜歡；故意討厭
例 夫のジャズ嫌いは食わず嫌いだ。
譯 我丈夫對爵士樂抱有成見。

11 ｜けいべつ【軽蔑】
名・他サ 輕視，藐視，看不起
例 軽蔑の眼差し。
譯 輕蔑的眼神。

12 ｜けがす【汚す】
他五 弄髒；拌和
例 名誉を汚す。
譯 敗壞名聲。

N1 29 心理、感情

13 ｜けがらわしい【汚らわしい】

形 好像對方的污穢要感染到自己身上一樣骯髒，討厭，卑鄙

例 汚らわしい金なんて使いたくない。

譯 不義之財我才不用。

14 ｜けがれる【汚れる】

自下一 髒

例 汚れた金。

譯 髒錢。

15 ｜こいする【恋する】

自他サ 戀愛，愛

例 恋する乙女がかわいらしい。

譯 戀愛中的少女真是可愛迷人。

16 ｜こうい【好意】

名 好意，善意，美意

例 好意を抱く。

譯 懷有好感。

17 ｜こうひょう【好評】

名 好評，稱讚

例 好評発売中。

譯 好評發售中。

18 ｜このましい【好ましい】

形 因為符合心中的愛好與期望而喜歡；理想的，滿意的

例 好ましい状態を目指す。

譯 以理想狀態為目標。

19 ｜しこう【嗜好】

名・他サ 嗜好，愛好，興趣

例 酒やタバコなどの嗜好品。

譯 酒或香煙等愛好品。

20 ｜したう【慕う】

他五 愛慕，懷念，思慕；敬慕，敬仰，景仰；追隨，跟隨

例 先生を慕う。

譯 仰慕老師。

21 ｜しっと【嫉妬】

名・他サ 嫉妒

例 嫉妬深い性格。

譯 善妒的性格。

22 ｜しぶい【渋い】

形 澀的；不高興或沒興致，悶悶不樂，陰沉；吝嗇的；厚重深沉，渾厚，雅致

例 好みが渋い。

譯 興趣很典雅。

23 ｜たんどく【単独】

名 單獨行動，獨自

例 単独行動が好きだ。

譯 喜歡單獨行動。

24 ｜つつく

他五 捅，叉，叮，啄；指責，挑毛病

例 人の欠点をつつく。

譯 挑人毛病。

25 ｜にくしみ【憎しみ】

名 憎恨，憎惡

例 憎しみを消し去る。

譯 消除憎恨。

26 ｜ねたむ【妬む】

他五 忌妒，吃醋；妒恨
例 他人の幸せを妬む。
譯 嫉妒他人幸福。

27 ｜はまる

他五 吻合，嵌入；剛好合適；中計，掉進；陷入；(俗)沉迷
例 ツボにはまる。
譯 正中下懷。

28 ｜はんかん【反感】

名 反感
例 反感をかう。
譯 引起反感。

29 ｜ひとめぼれ【一目惚れ】

名・自サ (俗)一見鍾情
例 受付嬢に一目惚れする。
譯 對櫃臺小姐一見鍾情。

30 ｜ぶじょく【侮辱】

名・他サ 侮辱，凌辱
例 侮辱的な言動に激怒した。
譯 對屈辱人的言行感到極為憤怒。

31 ｜みぐるしい【見苦しい】

形 令人看不下去的；不好看，不體面；難看
例 見苦しい言い訳をする。
譯 丟人現眼的藉口。

32 ｜むかつく

自五 噁心，反胃；生氣，發怒

例 彼をみるとむかつく。
譯 一看到他就生氣。

33 ｜ものずき【物好き】

名・形動 從事或觀看古怪東西；也指喜歡這樣的人；好奇
例 物好きな人がいる。
譯 有好事之徒。

34 ｜もめる【揉める】

自下一 發生糾紛，擔心
例 兄弟間でもめる。
譯 兄弟鬩牆。

35 ｜れんあい【恋愛】

名・自サ 戀愛
例 職場恋愛に陥る。
譯 陷入辦公室戀情。

N1● 29-4

29-4 喜び、笑い /
高興、笑

01 ｜かんむりょう【感無量】

名・形動 (同「感慨無量」)感慨無量
例 感無量な面持ち。
譯 感慨萬千的神情。

02 ｜きょうじる【興じる】

自上一 (同「興ずる」)感覺有趣，愉快，以…自娛，取樂
例 遊びに興じる。
譯 玩得很起勁。

03 ｜くすぐったい
形 被搔癢到想發笑的感覺；發癢，癢癢的
例 首がくすぐったい。
譯 脖子發癢。

04 ｜こころよい【快い】
形 高興，愉快，爽快；（病情）良好
例 快い環境を創出する。
譯 創造出愉快的環境來。

05 ｜こっけい【滑稽】
形動 滑稽，可笑；詼諧
例 滑稽な格好をする。
譯 打扮滑稽的模樣。

06 ｜じゅうじつ【充実】
名・自サ 充實，充沛
例 充実した内容が盛り込まれている。
譯 加入充實的内容。

07 ｜なごやか【和やか】
形動 心情愉快，氣氛和諧；和睦
例 和やかな雰囲気。
譯 和諧的氣氛。

08 ｜はずむ【弾む】
自五 跳，蹦；（情緒）高漲；提高（聲音）；（呼吸）急促 他五（狠下心來）花大筆錢買
例 心が弾む。
譯 心情雀躍。

09 ｜ふく【福】
名・漢造 福，幸福，幸運

例 笑う門には福来る。
譯 笑口常開有福報。

29-5 悲しみ、苦しみ /
悲傷、痛苦

01 ｜あつりょく【圧力】
名 （理）壓力；制伏力
例 圧力を感じる。
譯 備感壓力。

02 ｜いたいめ【痛い目】
名 痛苦的經驗
例 痛い目に遭う。
譯 難堪；倒楣。

03 ｜うざい
俗語 陰鬱，鬱悶（「うざったい」之略）
例 うざい天気が続きます。
譯 接連不斷的陰霾天氣。

04 ｜うずめる【埋める】
他下一 掩埋，填上；充滿，擠滿
例 彼の胸に顔をうずめて泣く。
譯 臉埋在他的胸前哭了。

05 ｜うつろ
名・形動 空，空心，空洞；空虛，發呆
例 うつろな目で見つめた。
譯 以空洞的眼神注視著。

06 ｜おちこむ【落ち込む】
自五 掉進，陷入；下陷；（成績、行情）下跌；得到，落到手裡

例 景気が落ち込む。
譯 景氣下滑。

---

07 ｜かかえこむ【抱え込む】

他五 雙手抱
例 悩みを抱え込む。
譯 懷抱著煩惱。

---

08 ｜がっくり

副・自サ 頹喪，突然無力地
例 がっくりと首を垂れる。
譯 沮喪地垂下頭。

---

09 ｜きずつく【傷付く】

自五 受傷，負傷；弄出瑕疵，缺陷，毛病(威信、名聲等)遭受損害或敗壞，(精神)受到創傷
例 心が傷つく。
譯 精神受到創傷。

---

10 ｜ぐち【愚痴】

名 (無用的，於事無補的)牢騷，抱怨
例 愚痴をこぼす。
譯 發牢騷。

---

11 ｜くよくよ

副・自サ 鬧彆扭；放在心上，想不開，煩惱
例 小さいことにくよくよするな。
譯 別為小事想不開。

---

12 ｜く【苦】

名・漢造 苦(味)；痛苦；苦惱；辛苦
例 苦になる。
譯 為…而苦惱。

---

13 ｜こころぼそい【心細い】

形 因為沒有依靠而感到不安；沒有把握
例 心細い思いをする。
譯 感到不安害怕。

---

14 ｜こどく【孤独】

名・形動 孤獨，孤單
例 孤独な人生。
譯 孤獨的人生。

---

15 ｜こりつ【孤立】

名・自サ 孤立
例 周辺から孤立する。
譯 被周遭孤立。

---

16 ｜せつない【切ない】

形 因傷心或眷戀而心中煩悶；難受；苦惱，苦悶
例 切ない思いを描く。
譯 描繪痛苦郁悶的心情。

---

17 ｜ぜつぼう【絶望】

名・自サ 絕望，無望
例 絶望のどん底から這い上がった。
譯 從絕望的深淵中爬出來。

---

18 ｜だいなし【台無し】

名 弄壞，毀損，糟蹋，完蛋
例 計画が台無しになる。
譯 破壞了計畫。

19 ｜つうせつ【痛切】

形動 痛切，深切，迫切

例 痛切に実感する。

譯 深切的感受到。

---

20 ｜とまどい【戸惑い】

名・自サ 困惑，不知所措

例 戸惑いを隠せない。

譯 掩不住困惑。

---

21 ｜とまどう【戸惑う】

自五 （夜裡醒來）迷迷糊糊，不辨方向；找不到門；不知所措，困惑

例 急に質問されて戸惑う。

譯 突然被問不知如何回答。

---

22 ｜なげく【嘆く】

自五 嘆氣；悲嘆；嘆惋，慨嘆

例 悲運を嘆く。

譯 感嘆命運的悲哀。

---

23 ｜なさけない【情けない】

形 無情，沒有仁慈心；可憐，悲慘；可恥，令人遺憾

例 情け無いことが書かれている。

譯 羞恥的事情被拿來做文章。

---

24 ｜なやましい【悩ましい】

形 因疾病或心中有苦處而難過，難受；特指性慾受刺激而情緒不安定；煩惱，惱

例 悩ましい日々を送る。

譯 過著苦難的日子。

---

25 ｜なやます【悩ます】

他五 使煩惱，煩擾，折磨；惱人，迷人

例 頭を悩ます。

譯 傷惱筋。

---

26 ｜なやみ【悩み】

名 煩惱，苦惱，痛苦；病，患病

例 悩みを相談する。

譯 商談苦惱。

---

27 ｜なん【難】

名・漢造 困難；災，苦難；責難，問難

例 食糧難に陥る。

譯 陷入糧荒。

---

28 ｜はかない

形 不確定，不可靠，渺茫；易變的，無法長久的，無常

例 人の命ははかない。

譯 人的生命無常。

---

29 ｜ひさん【悲惨】

名・形動 悲慘，悽慘

例 悲惨な情景が目に浮かぶ。

譯 悲慘的情景浮現在眼前。

---

30 ｜むなしい【空しい・虚しい】

形 沒有內容，空的，空洞的；付出努力卻無成果，徒然的，無效的（名詞形為「空しさ」）

例 むなしい一生を送っていた。

譯 度過虛幻的一生。

---

31 ｜もろい【脆い】

形 易碎的，容易壞的，脆的；容易動感情的，心軟，感情脆弱；容易屈服，軟弱，窩囊

例 涙にもろい人。
譯 心軟愛掉淚的人。

32｜ゆううつ【憂鬱】

(名・形動) 憂鬱，鬱悶；愁悶
例 憂鬱な気分になる。
譯 心情憂鬱。

29-6 驚き、恐れ、怒り／
驚懼、害怕、憤怒

01｜あざむく【欺く】

(他五) 欺騙；混淆，勝似
例 甘言をもって欺く。
譯 用甜言蜜語騙人。

02｜いかり【怒り】

(名) 憤怒，生氣
例 怒りがこみ上げる。
譯 怒上心頭。

03｜うっとうしい

(形) 天氣，心情等陰鬱不明朗；煩厭的，不痛快的
例 前髪がうっとうしい。
譯 瀏海很惱人。

04｜おそれいる【恐れ入る】

(自五) 真對不起；非常感激；佩服，認輸；感到意外；吃不消，為難
例 恐れ入ります。
譯 不好意思。

05｜おそれ【恐れ】

(名) 害怕，恐懼；擔心，擔憂，疑慮

例 失敗の恐れがある。
譯 恐怕會失敗。

06｜おっかない

(形) （俗）可怕的，令人害怕的，令人提心吊膽的
例 おっかない客が店長を呼べって。
譯 令人提心吊膽的顧客粗聲說:「叫店長來」。

07｜おどす【脅す・威す】

(他五) 威嚇，恐嚇，嚇唬
例 刃物で脅す。
譯 拿刀威嚇。

08｜おどろき【驚き】

(名) 驚恐，吃驚，驚愕，震驚
例 驚きを隠せない。
譯 掩不住心中的驚訝。

09｜おびえる【怯える】

(自下一) 害怕，懼怕；做惡夢感到害怕
例 恐怖に怯える。
譯 恐懼害怕。

10｜おびやかす【脅かす】

(他五) 威脅；威嚇，嚇唬；危及，威脅到
例 安全を脅かす。
譯 威脅到安全。

11｜かんかん

(副・形動) 硬物相撞聲；火、陽光等炙熱強烈貌；大發脾氣
例 父はかんかんになって怒った。
譯 父親批哩啪啦地大發雷霆。

12 | きょうい【驚異】

名 驚異，奇事，驚人的事

例 大自然の驚異。

譯 大自然的奇觀。

13 | キレる

自下一 (俗)突然生氣，發怒

例 キレる子供たち。

譯 暴怒的孩子們。

14 | こりる【懲りる】

自上一 (因為吃過苦頭)不敢再嘗試

例 失敗して懲りた。

譯 一朝被蛇咬，十年怕草繩。

15 | しょうげき【衝撃】

名 (精神的)打擊，衝擊；(理)衝撞

例 衝撃を与える。

譯 給予打擊。

16 | たいまん【怠慢】

名・形動 怠慢，玩忽職守，鬆懈；不注意

例 職務怠慢が挙げられる。

譯 被檢舉疏忽職守。

17 | ちくしょう【畜生】

名 牲畜，畜生，動物；(罵人)畜生，混帳

例 失敗した、畜生！

譯 混帳！失敗了。

18 | どうよう【動揺】

名・自他サ 動搖，搖動，搖擺；(心神)不安，不平靜；異動

例 人心が動揺する。

譯 人心動搖。

19 | とぼける【惚ける・恍ける】

自下一 (腦筋)遲鈍，發呆；裝糊塗，裝傻；出洋相，做滑稽愚蠢的言行

例 とぼけた顔をする。

譯 裝出一臉糊塗樣。

20 | なじる【詰る】

他五 責備，責問

例 部下をなじる。

譯 責備部下。

21 | なんと

副 怎麼，怎樣

例 なんと立派な庭だ。

譯 多棒的庭院啊。

22 | ののしる【罵る】

自五 大聲吵鬧 他五 罵，説壞話

例 人を罵る。

譯 罵人。

23 | ばかばかしい【馬鹿馬鹿しい】

形 毫無意義與價值，十分無聊，非常愚蠢

例 馬鹿馬鹿しいことをいう。

譯 説蠢話。

24 | はらだち【腹立ち】

名 憤怒，生氣

例 腹立ちを抑える。

譯 壓抑憤怒。

25 ｜はらはら

(副・自サ)（樹葉、眼淚、水滴等）飄落或是簌簌落下貌；非常擔心的樣子

例 はらはらドキドキする。

譯 心頭噗通噗通地跳。

26 ｜はんぱつ【反発】

(名・自他サ)排斥，彈回；抗拒，不接受；反抗；（行情）回升

例 反発を招く。

譯 遭到反抗。

27 ｜ひめい【悲鳴】

(名)悲鳴，哀鳴；驚叫，叫喊聲；叫苦，感到束手無策

例 悲鳴を上げる。

譯 慘叫。

28 ｜ぶきみ【不気味】

(形動)（不由得）令人毛骨悚然，令人害怕

例 不気味な笑い声が聞こえてくる。

譯 聽到令人毛骨悚然的笑聲。

29 ｜ふふく【不服】

(名・形動)不服從；抗議，異議；不滿意，不心服

例 不服を申し立てる。

譯 提出異議。

30 ｜ふんがい【憤慨】

(名・自サ)憤慨，氣憤

例 ひどく憤慨する。

譯 非常氣憤。

31 ｜へいこう【閉口】

(名・自サ)閉口（無言）；為難，受不了；認輸

例 彼の喋りには閉口する。

譯 他的喋喋不休叫人吃不消。

32 ｜へきえき【辟易】

(名・自サ)畏縮，退縮，屈服；感到為難，感到束手無策

例 彼のわがままに辟易する。

譯 對他的任性感到束手無策。

33 ｜めざましい【目覚ましい】

(形)好到令人吃驚的；驚人；突出

例 目覚しい発展を遂げる。

譯 取得了驚人的發展。

34 ｜やばい

(形)（俗）（對作案犯法的人警察將進行逮捕）不妙，危險

例 見つかったらやばいぞ。

譯 如果被發現就不好了啦。

35 ｜よくあつ【抑圧】

(名・他サ)壓制，壓迫

例 抑圧を受ける。

譯 受壓迫。

36 ｜わずらわしい【煩わしい】

(形)複雜紛亂，非常麻煩；繁雜，繁複

例 煩わしい人間関係は面倒だ。

譯 複雜的人際關係真是麻煩。

29-7 感謝、後悔 /
感謝、悔恨

01 ｜あしからず【悪しからず】
(連語・副) 不要見怪；原諒
例 あしからずご了承願います。
譯 請予原諒。

02 ｜おおめ【大目】
(名) 寬恕，饒恕，容忍
例 大目に見る。
譯 寬恕，不追究。

03 ｜おしむ【惜しむ】
(他五) 吝惜，捨不得；惋惜，可惜
例 努力を惜しまない。
譯 努力不懈。

04 ｜かなう【叶う】
(自五) 適合，符合，合乎；能，能做到；(希望等)能實現，能如願以償
例 望みがかなう。
譯 實現願望。

05 ｜かんべん【勘弁】
饒恕，原諒，容忍；明辨是非
例 勘弁してください。
譯 請饒了我吧。

06 ｜こうかい【後悔】
(名・他サ) 後悔，懊悔
例 後悔先に立たず。
譯 後悔莫及。

07 ｜サンキュー【thank you】
(感) 謝謝
例 サンキューカードを出す。
譯 寄出感謝卡。

08 ｜しゃざい【謝罪】
(名・自他サ) 謝罪；賠禮
例 失礼を謝罪する。
譯 為失禮而賠不是。

09 ｜たまう
(他五・補動・五型) (敬)給，賜予；(接在動詞連用形下)表示對長上動作的敬意
例 お言葉を賜う。
譯 拜賜良言。

10 ｜どげざ【土下座】
(名・自サ) 跪在地上；低姿態
例 土下座して謝る。
譯 下跪道歉。

11 ｜むねん【無念】
(名・形動) 什麼也不想，無所牽掛；懊悔，悔恨，遺憾
例 無念な死に方。
譯 遺憾的死法。

12 ｜めいよ【名誉】
(名・造語) 名譽，榮譽，光榮；體面；名譽頭銜
例 名誉教授になる。
譯 當上榮譽教授。

13│めぐみ【恵み】

⊛ 恩惠，恩澤；周濟，施捨

例 恵みの雨が降る。

譯 降下恩澤之雨。

14│めぐむ【恵む】

他五 同情，憐憫；施捨，周濟

例 恵まれた環境にいる。

譯 生在得天獨厚的環境裡。

15│めんぼく・めんもく【面目】

⊛ 臉面，面目；名譽，威信，體面

例 面目が立たない。

譯 丟臉。

Memo

パート 30
第三十章
思考、言語
- 思考、語言 -

30-1 思考 /
思考

01 ｜あやぶむ【危ぶむ】
他五 操心，擔心；認為靠不住，有風險
例 事業の成功を危ぶむ。
譯 擔心事業是否能成功。

02 ｜ありふれる
自下一 常有，不稀奇
例 それはありふれた考えだ。
譯 那是大家都想得到的普通想法。

03 ｜い【意】
名 心意，心情；想法；意思，意義
例 哀悼の意を表す。
譯 表達哀悼之意。

04 ｜いまさら【今更】
副 現在才…;(後常接否定語)現在開始；(後常接否定語)現在重新…；(後常接否定語)事到如今，已到了這種地步
例 いまさら言うまでもない。
譯 事到如今也不用再提了。

05 ｜いそん・いぞん【依存】
名・自サ 依存，依靠，賴以生存
例 人民の力に依存する。
譯 依靠人民的力量。

06 ｜おこない【行い】
名 行為，形動；舉止，品行
例 行いを改める。
譯 改正言行舉止。

07 ｜おもいつき【思いつき】
名 想起，(未經深思)隨便想；主意
例 思い付きでものを言う。
譯 到什麼就說什麼。

08 ｜かえりみる【省みる】
他上一 反省，反躬，自問
例 自らを省みる。
譯 自我反省。

09 ｜かえりみる【顧みる】
他上一 往回看，回頭看；回顧；顧慮；關心，照顧
例 家庭を顧みる。
譯 照顧家庭。

10 ｜かっきてき【画期的】
形動 劃時代的
例 画期的な発明。
譯 劃時代的發明。

11 ｜かなわない

連語（「かなう」的未然形＋ない）不是
對手，敵不過，趕不上的

例 暑くてかなわない。

譯 熱得受不了。

12 ｜がる

接尾 覺得…；自以為…

例 面白がる。

譯 覺得好玩。

13 ｜かろうじて【辛うじて】

副 好不容易才…，勉勉強強地…

例 かろうじて間に合う。

譯 好不容易才趕上。

14 ｜きょくたん【極端】

名・形動 極端；頂端

例 極端な例。

譯 極端的例子。

15 ｜くいちがう【食い違う】

自五 不一致，有分歧；交錯，錯位

例 意見が食い違う。

譯 意見紛歧。

16 ｜けんち【見地】

名 觀點，立場；（到建築預定地等）勘
查土地

例 教育的な見地に立つ。

譯 站在教育的立場上。

17 ｜こうそう【構想】

名・他サ （方案、計畫等）設想；（作品、
文章等）構思

例 構想を練る。

譯 推敲構思。

18 ｜こらす【凝らす】

他五 凝集，集中

例 目を凝らす。

譯 凝視。

19 ｜さえる【冴える】

自下一 寒冷，冷峭；清澈，鮮明；（心情、
目光等）清醒，清爽；（頭腦、手腕等）
靈敏，精巧，純熟

例 今日は気分が冴えない。

譯 今天精神狀況不佳。

20 ｜さく【策】

名 計策，策略，手段；鞭策；手杖

例 解決策を見出す。

譯 找出解決的方法。

21 ｜しこう【思考】

名・自他サ 思考，考慮；思維

例 思考を巡らせる。

譯 多方思考。

22 ｜じゅうなん【柔軟】

形動 柔軟；頭腦靈活

例 柔軟な考え方が身につく。

譯 學會靈活的思考。

23 │たてまえ【建前】

名 主義，方針，主張；外表；（建）上
樑儀式

例 本音と建前。

譯 真心話與場面話。

---

24 │どうい【同意】

名·自サ 同義；同一意見，意見相同；同
意，贊成

例 同意を求める。

譯 徵求同意。

---

25 │とって

提助·接助 （助詞「とて」添加促音）（表
示不應視為例外）就是，甚至；（表示把
所説的事物做為對象加以提示）所謂；
説是；即使説是；（常用「…こととて」
表示不得已的原因）由於，因為

例 私にとって一大事だ。

譯 對於我來説是件大事。

---

26 │とんだ

連體 意想不到的（災難）；意外的（事故）；
無法挽回的

例 とんだ勘違いをする。

譯 意想不到地會錯意了。

---

27 │ネタ

名 （俗）材料；證據

例 小説のネタを考える。

譯 思考小説的題材。

---

28 │ねる【練る】

他五 （用灰汁、肥皂等）熬成熟絲，熟
絹；推敲，錘鍊（詩文等）；修養，鍛鍊

成隊遊行

例 策略を練る。

譯 推敲策略。

---

29 │ねん【念】

名·漢造 念頭，心情，觀念；宿願；用心；
思念，考慮

例 念を押す。

譯 反覆確認。

---

30 │はくじゃく【薄弱】

形動 （身體）軟弱，孱弱；（意志）不堅定，
不強；不足

例 意思が薄弱だ。

譯 意志薄弱。

---

31 │ひそか【密か】

形動 悄悄地不讓人知道的樣子；祕密，
暗中；悄悄，偷偷

例 密かに進める。

譯 暗中進行。

---

32 │ひとちがい【人違い】

名·自他サ 認錯人，弄錯人

例 後ろ姿がそっくりなので人違い
する。

譯 因為背影相似所以認錯人。

---

33 │もうしぶん【申し分】

名 可挑剔之處，缺點；申辯的理由，
意見

例 申し分ない。

譯 無可挑剔。

30-2 判断（1）/
判斷（1）

01 | あえて【敢えて】
[副] 敢；硬是，勉強；(下接否定)毫(不)，不見得
[例] あえて危険(きけん)を冒(おか)す。
[譯] 鋌而走險。

02 | あかし【証】
[名] 證據，證明
[例] 身(み)の証(あかし)を立(た)てる。
[譯] 證明自身清白。

03 | あて【当て】
[名] 目的，目標；期待，依賴；撞，擊；墊敷物，墊布
[例] 当(あ)てのない旅(たび)に出(で)た。
[譯] 出發進行一場沒有目的地的旅行。

04 | あやふや
[形動] 態度不明確的；靠不住的樣子；含混的；曖昧的
[例] あやふやな返事(へんじ)をする。
[譯] 含糊其詞的回答。

05 | あんのじょう【案の定】
[副] 果然，不出所料
[例] 案(あん)の定(じょう)失敗(しっぱい)した。
[譯] 果然失敗了。

06 | イエス【yes】
[名·感] 是，對；同意
[例] イエス・マンになった。
[譯] 變成唯唯諾諾的人。

07 | いかなる
[連體] 如何的，怎樣的，什麼樣的
[例] いかなる危険(きけん)も恐(おそ)れない。
[譯] 不怕任何危險。

08 | いかに
[副·感] 如何，怎麼樣；(後面多接「ても」)無論怎樣也；怎麼樣；怎麼回事；(古)喂
[例] いかにすべきかわからない。
[譯] 不知如何是好。

09 | いかにも
[副] 的的確確，完全；實在；果然，的確
[例] いかにもそうだ。
[譯] 的確是那樣。

10 | いずれも【何れも】
[連語] 無論哪一個都，全都
[例] いずれも優(すぐ)れた短編(たんぺん)を集(あつ)める。
[譯] 集結所有傑出的短篇。

11 | うちけし【打ち消し】
[名] 消除，否認，否定；(語法)否定
[例] 打(う)ち消(け)し合(あ)う。
[譯] 相互否定。

12 | かくしん【確信】
[名·他サ] 確信，堅信，有把握
[例] 確信(かくしん)を持(も)つ。
[譯] 有信心。

13 ｜かくてい【確定】

名・自他サ 確定，決定

例 当選確定のメールが来た。

譯 收到確定當選電子郵件。

14 ｜かくりつ【確立】

名・自他サ 確立，確定

例 信頼関係を確立する。

譯 確立互信關係。

15 ｜かりに【仮に】

副 暫時；姑且；假設；即使

例 仮に定める。

譯 暫定。

16 ｜かり【仮】

名 暫時，暫且；假；假説

例 仮契約を作る。

譯 製作臨時契約。

17 ｜きょくげん【極限】

名 極限

例 極限を超える。

譯 超過極限。

18 ｜きょぜつ【拒絶】

名・他サ 拒絶

例 拒絶反応を抑える。

譯 （醫）抑制抗拒反應。

19 ｜きょひ【拒否】

名・他サ 拒絶，否決

例 受け取り拒否。

譯 拒絶領取。

20 ｜ぎわく【疑惑】

名 疑惑，疑心，疑慮

例 疑惑が晴れる。

譯 解除疑惑。

21 ｜きわめて【極めて】

副 極，非常

例 極めて難しい。

譯 非常困難。

22 ｜くつがえす【覆す】

他五 打翻，弄翻，翻轉；（將政權、國家）推翻，打倒；徹底改變，推翻（學説等）

例 常識を覆す。

譯 顛覆常識。

23 ｜げんみつ【厳密】

形動 嚴密；嚴格

例 厳密に言う。

譯 嚴格來説。

24 ｜ごうい【合意】

名・自サ 同意，達成協議，意見一致

例 合意に達する。

譯 達成協議。

25 ｜ことによると

副 可能，説不定，或許

例 ことによると病気かもしれない。

譯 也許是生病了也説不定。

26 ｜こんどう【混同】

(名・自他サ) 混同，混淆，混為一談

例 公私を混同する。

譯 公私混淆。

27 ｜さぞ

(副) 想必，一定是

例 さぞ疲れたことでしょう。

譯 想必一定很累了吧。

28 ｜さぞかし

(副)（「さぞ」的強調）想必，一定

例 さぞかし喜ぶでしょう。

譯 想必很開心吧。

29 ｜さっする【察する】

(他サ) 推測，觀察，判斷，想像；體諒，諒察

例 気持ちを察する。

譯 理解對方的感受。

30 ｜さほど

(副)（後多接否定語）並(不是)，並(不像)，也(不是)

例 さほど問題ではない。

譯 問題沒有多嚴重。

N1 ● 30-2 (2)

30-2 判斷 (2) /
判斷 (2)

31 ｜さも

(副)（從一旁看來）非常，真是；那樣，好像

例 さもうれしそうな顔をする。

譯 神情看起來似乎非常開心。

32 ｜じしゅ【自主】

(名) 自由，自主，獨立

例 自主トレーニングを行った。

譯 進行自由練習。

33 ｜したしらべ【下調べ】

(名・他サ) 預先調查，事前考察；預習

例 下調べを怠る。

譯 預習偷懶。

34 ｜しまつ【始末】

(名・他サ)（事情的）始末，原委；情況，狀況；處理，應付；儉省，節約

例 始末がつく。

譯 得以解決。

35 ｜しんさ【審査】

(名・他サ) 審查

例 応募者を審査する。

譯 審查應徵者。

36 ｜しんにん【信任】

(名・他サ) 信任

例 信任が厚い。

譯 深受信任。

37 ｜すいそく【推測】

(名・他サ) 推測，猜測，估計

例 推測が当たる。

譯 猜對了。

38 ｜すいり【推理】

(名・他サ) 推理，推論，推斷

例 推理小説が流行している。

譯 推理小説正流行。

---

39 ｜せいする【制する】

(他サ) 制止，壓制，控制；制定

例 はやる気持ちを制する。

譯 抑止焦急的心情。

---

40 ｜せいみつ【精密】

(名・形動) 精密，精確，細緻

例 精密な検査を受ける。

譯 接受精密的檢查。

---

41 ｜ぜせい【是正】

(名・他サ) 更正，糾正，訂正，矯正

例 格差を是正する。

譯 修正差價。

---

42 ｜そうおう【相応】

(名・自サ・形動) 適合，相稱，適宜

例 身分相応な暮らしをする。

譯 過著與身份相符的生活。

---

43 ｜そくばく【束縛】

(名・他サ) 束縛，限制

例 時間に束縛される。

譯 受時間限制。

---

44 ｜そし【阻止】

(名・他サ) 阻止，擋住，阻塞

例 反対派の入場を阻止する。

譯 阻止反對派的進場。

---

45 ｜それゆえ【それ故】

(連語・接續) 因為那個，所以，正因為如此

例 それ故申請を却下する。

譯 因此駁回申請。

---

46 ｜たいおう【対応】

(名・自サ) 對應，相對，對立；調和，均衡；適應，應付

例 対応策を検討する。

譯 商討對策。

---

47 ｜たいがい【大概】

(名・副) 大概，大略，大部分；差不多，不過份

例 ふざけるのも大概にしろ。

譯 開玩笑也該適可而止。

---

48 ｜たいしょ【対処】

(名・自サ) 妥善處置，應付，應對

例 新情勢に対処する。

譯 應付新情勢。

---

49 ｜だきょう【妥協】

(名・自サ) 妥協，和解

例 妥協をはかる。

譯 謀求妥協。

---

50 ｜だけつ【妥結】

(名・自サ) 妥協，談妥

例 交渉が妥結する。

譯 談判達成協議。

51 | だったら

接續 這樣的話，那樣的話

例 だったら明日にしよう。

譯 這樣的話，明天再做吧。

52 | だと

格助 （表示假定條件或確定條件）如果是…的話…

例 毎日が日曜日だといいな。

譯 如果每天都是星期天就好了。

53 | だんげん【断言】

名・他サ 斷言，斷定，肯定

例 失敗はないと断言する。

譯 斷言絕不失敗。

54 | だんぜん【断然】

副・形動タルト 斷然；顯然，確實；堅決；（後接否定語）絕（不）

例 断然認めない。

譯 絕不承認。

55 | てまわし【手回し】

名 準備，安排，預先籌畫；用手搖動

例 手回しがいい。

譯 準備周到。

56 | てきぎ【適宜】

副・形動 適當，適宜；斟酌；隨意

例 適宜に指示を与える。

譯 適當給予意見。

57 | どうにか

副 想點法子；（經過一些曲折）總算，好歹，勉勉強強

例 どうにかなるだろう。

譯 總會有辦法的。

58 | とかく

副・自サ 種種，這樣那樣（流言、風聞等）；動不動，總是；不知不覺就，沒一會就

例 とかく日本人の口には合わない。

譯 總之，不合日本人的胃口。

59 | とがめる【咎める】

他下一 責備，挑剔；盤問　自下一 （傷口等）發炎，紅腫

例 罪を咎める。

譯 問罪。

60 | とりあえず【取りあえず】

副 匆忙，急忙；（姑且）首先，暫且先

例 取るものもとりあえず。

譯 急急忙忙。

N1 30-2 (3)

30-2 判斷 (3) /
判斷 (3)

61 | とりまぜる【取り混ぜる】

他下一 攙混，混在一起

例 大小取り混ぜる。

譯 （尺寸）大小混在一起。

62 ｜なおさら

副 更加，越，更

例 なおさらよくない。

譯 更加不好了。

63 ｜なるたけ

副 盡量，儘可能

例 なるたけ早く来てください。

譯 請盡可能早點前來。

64 ｜なんだか【何だか】

連語 是什麼；（不知道為什麼）總覺得，不由得

例 何だかとても眠い。

譯 不知道為什麼很睏。

65 ｜にんしき【認識】

名・他サ 認識，理解

例 認識を深める。

譯 加深理解。

66 ｜はかる【図る・謀る】

他五 圖謀，策劃；謀算，欺騙；意料；謀求

例 自殺を図る。

譯 意圖自殺。

67 ｜はばむ【阻む】

他五 阻礙，阻止

例 行く手を阻む。

譯 妨礙將來。

68 ｜はんてい【判定】

名・他サ 判定，判斷，判決

例 判定で負ける。

譯 被判定輸了比賽。

69 ｜ひかえる【控える】

自下 在旁等候，待命 他下 拉住，勒住；控制，抑制；節制；暫時不…；面臨，靠近；（備忘）記下；（言行）保守，穩健

例 支出を控える。

譯 節制支出。

70 ｜ひつぜん【必然】

名 必然

例 その必然性を問う。

譯 追究其必然性。

71 ｜ふかけつ【不可欠】

名・形動 不可缺，必需

例 これは不可欠の要素だ。

譯 這是必不可欠缺的條件。

72 ｜ふしん【不審】

名・形動 懷疑，疑惑；不清楚，可疑

例 不審な人物を見掛ける。

譯 發現可疑人物。

73 ｜ベスト【best】

名 最好，最上等，最善，全力

例 ベストを尽くす。

譯 盡全力。

74 ｜べんぎ【便宜】

(名・形動) 方便，便利；權宜

例 便宜を図る。

譯 謀求方便。

---

75 ｜ほうき【放棄】

(名・他サ) 放棄，喪失

例 権利を放棄する。

譯 放棄權利。

---

76 ｜まぎれる【紛れる】

(自下一) 混入，混進；（因受某事物吸引）注意力分散，暫時忘掉，消解

例 人混みに紛れて見失った。

譯 混入人群看不見了。

---

77 ｜まして

(副) 何況，況且；（古）更加

例 ましてや私にできるわけがない。

譯 何況我不可能做得來的。

---

78 ｜みあわせる【見合わせる】

(他下一) （面面）相視；暫停，暫不進行；對照

例 予定を見合わせる。

譯 預定計畫暫緩。

---

79 ｜みとおし【見通し】

(名) 一直看下去；（對前景等的）預料，推測

例 見通しが甘かった。

譯 預想得太樂觀。

---

80 ｜みなす【見なす】

(他五) 視為，認為，看成；當作

例 正解と見なす。

譯 當作是正確答案。

---

81 ｜みはからう【見計らう】

(他五) 斟酌，看著辦，選擇

例 タイミングを見計らう。

譯 斟酌時機。

---

82 ｜むだん【無断】

(名) 擅自，私自，事前未經允許，自作主張

例 無断欠勤する。

譯 擅自缺席。

---

83 ｜むやみ(に)【無闇(に)】

(名・形動) （不加思索的）胡亂，輕率；過度，不必要

例 むやみにお金を使う。

譯 胡亂花錢。

---

84 ｜むよう【無用】

(名) 不起作用，無用處；無需，沒必要

例 心配無用です。

譯 無須擔心。

---

85 ｜もくろむ【目論む】

(他五) 計畫，籌畫，企圖，圖謀

例 大事業をもくろむ。

譯 籌畫一項大事業。

86 ｜もしくは

接續 （文）或，或者
例 火曜日もしくは木曜日に。
譯 在週二或週四。

87 ｜もっぱら【専ら】

副 專門，主要，淨；（文）專擅，獨攬
例 専ら練習に励む。
譯 專心致志努力練習。

88 ｜ゆえ（に）【故（に）】

接續・接助 理由，緣故；（某）情況；（前皆體言表示原因）因為
例 ユダヤ人であるが故に迫害された。
譯 因為是猶太人因此遭到迫害。

89 ｜ようする【要する】

他サ 需要；埋伏；摘要，歸納
例 長い時間を要する。
譯 需要很長的時間。

90 ｜よくせい【抑制】

名・他サ 抑制，制止
例 感情を抑制する。
譯 抑制情感。

91 ｜よし【良し】

形 （「よい」的文語形式）好，行，可以
例 終わりよければすべて良し。
譯 結果好就是好的。

92 ｜よしあし【善し悪し】

名 善惡，好壞；有利有弊，善惡難明

例 善し悪しを見分ける。
譯 分辨是非。

93 ｜るいすい【類推】

名・他サ 類推；類比推理
例 類推して問題を解決する。
譯 以此類推解決問題。

94 ｜ろく

名・形動・副 （物體的形狀）端正，平正；正常，普通；像樣的，令人滿意的；好的；正經的，好好的，認真的；（下接否定）很好地，令人滿意地，正經地
例 ろくな話をしない。
譯 不說正經話。

95 ｜わざわざ

副 特意，特地；故意地
例 わざわざ出かける。
譯 特地出門。

30-3 理解 (1) /
理解 (1)

01 ｜アプローチ【approach】

名・自サ 接近，靠近；探討，研究
例 科学的なアプローチで作られた。
譯 以科學的探討程序製作而成。

02 ｜オプション【option】

名 選擇，取捨
例 オプション機能を追加する。
譯 增加選項的功能。

03 ｜がいとう【該当】

名・自サ 相當，適合，符合（某規定、條件等）

例 該当する項目にチェックする。

譯 核對符合的項目。

04 ｜かいめい【解明】

名・他サ 解釋清楚

例 真実を解明する。

譯 解開真相。

05 ｜がたい【難い】

接尾 上接動詞連用形，表示「很難（做）…」的意思

例 忘れ難い。

譯 難忘。

06 ｜がっち【合致】

名・自サ 一致，符合，吻合

例 事実に合致する。

譯 與事實相符。

07 ｜カテゴリ（ー）【(德) Kategorie】

名 種類，部屬；範疇

例 カテゴリー別に分ける。

譯 依類別區分。

08 ｜ぎんみ【吟味】

名・他サ （吟頌詩歌）仔細體會，玩味；（仔細）斟酌，考慮

例 食材を吟味する。

譯 仔細斟酌食材。

09 ｜けいせき【形跡】

名 形跡，痕跡

例 形跡を残す。

譯 留下痕跡。

10 ｜けいたい【形態】

名 型態，形狀，樣子

例 新しい政治形態を受け入れる。

譯 接受新的政治形態。

11 ｜けい【系】

漢造 系統；系列；系別；（地層的年代區分）系

例 ヴィジュアル系。

譯 視覺系。

12 ｜けん【件】

名 事情，事件；（助數詞用法）件

例 その件について。

譯 關於那件事。

13 ｜こころみる【試みる】

他上一 試試，試驗一下

例 あれこれ試みる。

譯 多方嘗試。

14 ｜こころみ【試み】

名 試，嘗試

例 最初の試みが上手くいかなかった。

譯 第一次嘗試並不順利。

15 ｜ことがら【事柄】

名 事情，情況，事態
例 重要な事柄。
譯 重要的事情。

16 ｜さいしゅう【採集】

名・他サ 採集，搜集
例 植物採集に出掛ける。
譯 出門採集植物標本。

17 ｜さい【差異】

名 差異，差別
例 差異がない。
譯 沒有差別。

18 ｜さとる【悟る】

他五 醒悟，覺悟，理解，認識；察覺，發覺，看破；(佛)悟道，了悟
例 真理を悟る。
譯 領悟真理。

19 ｜しきる【仕切る】

他五・自五 隔開，間隔開，區分開；結帳，清帳；完結，了結
例 カーテンで部屋を仕切る。
譯 用窗簾把房間隔開。

20 ｜しゅうしゅう【収集】

名・他サ 收集，蒐集
例 資料を収集する。
譯 收集資料。

21 ｜しゅつげん【出現】

名・自サ 出現
例 新しい問題が出現した。
譯 出現了新問題。

22 ｜しょうごう【照合】

名・他サ 對照，校對，核對(帳目等)
例 書類を照合する。
譯 核對文件。

23 ｜しょうだく【承諾】

名・他サ 承諾，應允，允許
例 承諾を得る。
譯 得到承諾。

24 ｜しらべ【調べ】

名 調查；審問；檢查；(音樂的)演奏；調音；(音樂、詩歌)音調
例 調べを受ける。
譯 接受調查。

25 ｜せいぜん【整然】

形動 整齊，井然，有條不紊
例 整然と並ぶ。
譯 排得整整齊齊。

26 ｜せいだく【清濁】

名 清濁；(人的)正邪，善惡；清音和濁音
例 水の清濁を試験する。
譯 檢驗水的清濁。

27 ｜そなわる【具わる・備わる】

（自五）具有，設有，具備

例 必要なものが備わった。

譯 必需品都已備齊。

28 ｜だいたい【大体】

（名・副）大抵，概要，輪廓；大致，大部分；本來，根本

例 話は大体わかった。

譯 大概了解説話的內容。

29 ｜たいひ【対比】

（名・他サ）對比，對照

例 両者を対比する。

譯 對照兩者。

30 ｜だかい【打開】

（名・他サ）打開，開闢（途徑），解決（問題）

例 現状を打開する。

譯 突破現狀。

N1 ● 30-3 (2)

30-3 理解 (2) /
理解 (2)

31 ｜たんけん【探検】

（名・他サ）探險，探查

例 探検隊に参加する。

譯 加入探險隊。

32 ｜ついきゅう【追及】

（名・他サ）追上，趕上；追究

例 真相を追究する。

譯 探究真相。

33 ｜つじつま【辻褄】

（名）邏輯，條理，道理；前後，首尾

例 つじつまを合わせる。

譯 使其順理成章。

34 ｜てきおう【適応】

（名・自サ）適應，適合，順應

例 事態に適応した処置。

譯 順應事情的狀態來處置。

35 ｜てんけん【点検】

（名・他サ）檢點，檢查

例 戸締まりを点検する。

譯 檢查門窗。

36 ｜とげる【遂げる】

（他下一）完成，實現，達到；終於

例 急成長を遂げる。

譯 實現快速成長的目標。

37 ｜ととのえる【整える・調える】

（他下一）整理，整頓；準備；達成協議，談妥

例 支度を整える。

譯 準備就緒。

38 ｜とりくむ【取り組む】

（自五）（相撲）互相扭住；和…交手；開（匯票）；簽訂（合約）；埋頭研究

例 研究に取り組む。

譯 埋首於研究。

39 ｜とりわけ【取り分け】

(名・副) 分成份；(相撲)平局，平手；特別，
格外，分外

例 今日はとりわけ暑い。

譯 今天特別地熱。

40 ｜なんか

(副助) (推一個例子意指其餘)之類，等等，
什麼的

例 お前なんかにわかるもんか。

譯 像你這種人能懂什麼。

41 ｜ばくぜん【漠然】

(形動) 含糊，籠統，曖昧，不明確

例 漠然とした考え。

譯 籠統的想法。

42 ｜ぶんさん【分散】

(名・自サ) 分散，開散

例 負荷を分散する。

譯 分散負荷。

43 ｜ぶんべつ【分別】

(名・他サ) 分別，區別，分類

例 ごみの分別作業。

譯 垃圾的分類作業。

44 ｜まるっきり

(副) (「まるきり」的強調形式，後接否
定語)完全，簡直，根本

例 まるっきり知らない。

譯 完全不知道。

45 ｜めいはく【明白】

(名・形動) 明白，明顯

例 結果は明白だ。

譯 結果顯而易見。

46 ｜めいりょう【明瞭】

(形動) 明白，明瞭，明確

例 それは明瞭な事実だ。

譯 那是一樁明顯的事實。

47 ｜もさく【模索】

(名・自サ) 摸索；探尋

例 方法を模索する。

譯 探詢方法。

48 ｜よういん【要因】

(名) 主要原因，主要因素

例 要因を探る。

譯 探詢主要原因。

49 ｜ようそう【様相】

(名) 樣子，情況，形勢；模樣

例 田舎は様相を一変した。

譯 農村完全改變了面貌。

50 ｜よし【由】

(名) (文)緣故，理由；方法手段；線索；(所
講的事情的)內容，情況；(以「…のよ
し」的形式)聽説

例 知る由もない。

譯 無從得知。

51 ｜よみとる【読み取る】

（自五）領會，讀懂，看明白，理解

例 真意を読み取る。

譯 理解真正的涵意。

52 ｜りょうかい【了解】

（名・他サ）了解，理解；領會，明白；諒解

例 了解しました。

譯 明白了。

53 ｜るいじ【類似】

（名・自サ）類似，相似

例 類似点がある。

譯 有相似之處。

54 ｜るい【類】

（名・接尾・漢造）種類，類型，同類；類似

例 類は友を呼ぶ。

譯 物以類聚。

30-4 知識 (1) ／
知識 (1)

01 ｜あんじる【案じる】

（他上一）掛念，擔心；（文）思索

例 父の健康を案じる。

譯 擔心父親的身體健康。

02 ｜いざしらず【いざ知らず】

（慣）姑且不談；還情有可原

例 そのことはいざ知らず。

譯 那件事先姑且不談。

03 ｜いたって【至って】

（副・連語）（文）很，極，甚；（用「に至って」的形式）至，至於

例 至って健康だ。

譯 非常健康。

04 ｜いちがいに【一概に】

（副）一概，一律，沒有例外地（常和否定詞相應）

例 一概に論じられない。

譯 無法一概而論。

05 ｜いちじるしい【著しい】

（形）非常明顯；顯著地突出；顯然

例 著しい差異がある。

譯 有很大差別。

06 ｜いちよう【一様】

（名・形動）一樣；平常；平等

例 一様に取り扱う。

譯 同樣對待。

07 ｜いちりつ【一律】

（名）同樣的音律；一樣，一律，千篇一律

例 すべてを一律に扱う。

譯 全部一視同仁。

08 ｜いろん【異論】

（名）異議，不同意見

例 異論を唱える。

譯 提出不同意見。

09 | い【異】

(名・形動) 差異，不同；奇異，奇怪；別的，別處的

例 異を唱える。

譯 提出異議。

---

10 | うそつき【嘘つき】

(名) 説謊；説謊的人；吹牛的廣告

例 嘘つきは泥棒の始まり。

譯 小錯不改，大錯難改。

---

11 | おおすじ【大筋】

(名) 內容提要，主要內容，要點，梗概

例 事件の大筋。

譯 事件的概要。

---

12 | おのずから【自ずから】

(副) 自然而然地，自然就

例 おのずから明らかになる。

譯 真相自然得以大白。

---

13 | おのずと【自ずと】

(副) 自然而然地

例 おのずと分かってくる。

譯 自然會明白。

---

14 | おぼえ【覚え】

(名) 記憶，記憶力；體驗，經驗；自信，信心；信任，器重；記事

例 覚えがない。

譯 不記得；想不起。

---

15 | おもむき【趣】

(名) 旨趣，大意；風趣，雅趣；風格，韻味，景象；局面，情形

例 景色に趣がある。

譯 景色雅緻優美。

---

16 | おもんじる・おもんずる【重んじる・重んずる】

(他上一・他サ) 注重，重視；尊重，器重，敬重

例 名誉を重んじる。

譯 注重名譽。

---

17 | おろか【愚か】

(形動) 智力或思考能力不足的樣子；不聰明；愚蠢，愚昧，糊塗

例 愚かな行い。

譯 愚蠢的行為。

---

18 | がいせつ【概説】

(名・他サ) 概説，概述，概論

例 内容を概説する。

譯 概述內容。

---

19 | がいねん【概念】

(名) （哲）概念；概念的理解

例 概念をつかむ。

譯 掌握概念。

---

20 | がいりゃく【概略】

(名・副) 概略，梗概，概要；大致，大體

例 概略を話す。

譯 講述概要。

21 | かんけつ【簡潔】

名·形動 簡潔

例 簡潔に述べる。

譯 簡潔陳述。

22 | かんてん【観点】

名 觀點，看法，見解

例 観点を変える。

譯 改變觀點。

23 | ぎのう【技能】

名 技能，本領

例 技能を身に付ける。

譯 有一技之長。

24 | きゃっかん【客観】

名 客觀

例 客観的に言う。

譯 客觀地説。

25 | きゅうきょく【究極】

名·自サ 畢竟，究竟，最終

例 究極の選択を迫られた。

譯 被迫做出最終的選擇。

26 | きょうくん【教訓】

名·他サ 教訓，規戒

例 教訓を得る。

譯 得到教訓。

27 | けがれ【汚れ】

名 污垢

例 汚れを洗い流す。

譯 洗淨髒污。

28 | こうみょう【巧妙】

形動 巧妙

例 巧妙な手口ですり抜けられた。

譯 被巧妙的手法給蒙混過去。

29 | ごさ【誤差】

名 誤差；差錯

例 誤差が生じる。

譯 產生誤差。

30 | こつ

名 訣竅，技巧，要訣

例 コツをつかむ。

譯 掌握要領。

N1 ● 30-4 (2)

30-4 知識 (2) /
知識 (2)

31 | ことに【殊に】

副 特別，格外

例 殊に重要である。

譯 格外重要。

32 | ごもっとも【御尤も】

形動 對，正確；肯定

例 おっしゃることはごもっともです。

譯 您説得沒錯。

33 ｜こんきょ【根拠】

名 根據
例 根拠にとぼしい。
譯 缺乏根據。

34 ｜こんてい【根底】

名 根底，基礎
例 常識を根底から覆す。
譯 徹底推翻常識。

35 ｜こんぽん【根本】

名 根本，根源，基礎
例 根本的な問題を解決する。
譯 解決根本的問題。

36 ｜さいぜん【最善】

名 最善，最好；全力
例 最善を尽くす。
譯 盡最大努力。

37 ｜さくご【錯誤】

名 錯誤；（主觀認識與客觀實際的）不相符，謬誤
例 時代錯誤も甚だしい。
譯 極度不符合時代精神。

38 ｜しくみ【仕組み】

名 結構，構造；（戲劇，小説等）結構，劇情；企畫，計畫
例 仕組みを理解する。
譯 瞭解計畫。

39 ｜しかしながら

接續（「しかし」的強調）可是，然而；完全
例 しかしながら彼はまだ若い。
譯 但是他還很年輕。

40 ｜じっしつ【実質】

名 實質，本質，實際的內容
例 彼が実質的なリーダーだ。
譯 他才是真正的領導者。

41 ｜じつじょう【実情】

名 實情，真情；實際情況
例 実情を知る。
譯 明白實情。

42 ｜じったい【実態】

名 實際狀態，實情
例 実態を調べる。
譯 調查實際情況。

43 ｜じつ【実】

名・漢造 實際，真實；忠實，誠意；實質，實體；實的；籽
例 実の兄と再会する。
譯 與親哥哥重逢。

44 ｜してん【視点】

名（書）（遠近法的）視點；視線集中點；觀點
例 視点を変える。
譯 改變觀點。

45 ｜しや【視野】

名 視野；（觀察事物的）見識，眼界，眼光

例 視野を広げる。

譯 擴大視野。

46 ｜しゅかん【主観】

名 （哲）主觀

例 主観に走る。

譯 過於主觀。

47 ｜しゅし【趣旨】

名 宗旨，趣旨；（文章、説話的）主要內容，意思

例 趣旨に沿う。

譯 符合主旨。

48 ｜しゅたい【主体】

名 （行為，作用的）主體；事物的主要部分，核心；有意識的人

例 主体的な行動を促す。

譯 促進主要的行動。

49 ｜しよう【仕様】

名 方法，辦法，作法

例 仕様がない。

譯 沒有辦法。

50 ｜しんじつ【真実】

名・形動・副 真實，事實，實在；實在地

例 真実がわかる。

譯 明白事實。

51 ｜しんそう【真相】

名 （事件的）真相

例 真相を解明する。

譯 弄清真相。

52 ｜しんり【真理】

名 道理；合理；真理，正確的道理

例 真理を探究する。

譯 探求真理。

53 ｜ずばり

副 鋒利貌，喀嚓；（説話）一語道破，擊中要害，一針見血

例 ずばりと言い当てる。

譯 一語道破。

54 ｜せいかい【正解】

名・他サ 正確的理解，正確答案

例 この問題の正解を求めよ。

譯 請解出此題的正確答案。

55 ｜せいか【成果】

名 成果，結果，成績

例 成果を挙げる。

譯 取得成果。

56 ｜せいぎ【正義】

名 正義，道義；正確的意思

例 正義の味方を求めている。

譯 找尋正義的使者。

57 ｜せいじょう【正常】

(名・形動) 正常
例 正常な状態を保つ。
譯 正常的狀態。

58 ｜せいとうか【正当化】

(名・他サ) 使正當化，使合法化
例 自分の行動を正当化する。
譯 把自己的行為合理化。

59 ｜せいとう【正当】

(名・形動) 正當，合理，合法，公正
例 正当に評価する。
譯 公正的評價。

60 ｜ぜんあく【善悪】

(名) 善惡，好壞，良否
例 善悪を判断する。
譯 判斷善惡。

30-4 知識 (3) /
知識 (3)

61 ｜センス【sense】

(名) 感覺，官能，靈機；觀念；理性，理智；判斷力，見識，品味
例 センスがない。
譯 沒品味。

62 ｜ぜんてい【前提】

(名) 前提，前提條件
例 ～を前提として。
譯 以…為前提。

63 ｜たくみ【巧み】

(名・形動) 技巧，技術；取巧，矯揉造作；詭計，陰謀；巧妙，精巧
例 巧みな手口に騙された。
譯 被陰謀詭計給矇騙了。

64 ｜たやすい

(形) 不難，容易做到，輕而易舉
例 たやすくできる。
譯 容易做到。

65 ｜ちがえる【違える】

(他下一) 使不同，改變；弄錯，錯誤；扭到（筋骨）
例 順序を違える。
譯 順序錯誤。

66 ｜ちせい【知性】

(名) 智力，理智，才智，才能
例 知性にあふれる。
譯 才氣洋溢。

67 ｜ちてき【知的】

(形動) 智慧的；理性的
例 知的財産権。
譯 智慧財產權。

68 ｜つうじょう【通常】

(名) 通常，平常，普通
例 通常どおり営業する。
譯 如往常般營業。

69 ｜ていぎ【定義】

(名・他サ) 定義

例 敬語の用法を定義する。

譯 給敬語的用法下定義。

70 | てぎわ【手際】

名 （處理事情的）手法，技巧；手腕，本領；做出的結果

例 手際がいい。

譯 手腕高明。

71 | とくぎ【特技】

名 特別技能（技術）

例 特技を活かす。

譯 發揮特殊技能。

72 | なだかい【名高い】

形 有名，著名；出名

例 研究者として名高い。

譯 以研究員的身份而聞名。

73 | なまなましい【生々しい】

形 生動的；鮮明的；非常新的

例 生々しい体験談を語る。

譯 講述彷彿令人身歷其境的經驗談。

74 | なみ【並・並み】

名・造語 普通，一般，平常；排列；同樣；每

例 並の人間には計算できない。

譯 一般人是無法計算出來的。

75 | にかよう【似通う】

自五 類似，相似

例 似通った感じ。

譯 類似的感覺。

76 | にせもの【にせ物】

名 假冒者，冒充者，假冒的東西

例 偽物にまんまとだまされた。

譯 不知道是假貨就這樣乖乖的受騙。

77 | にもかかわらず

連語・接續 雖然…可是；儘管…還是；儘管…可是

例 休日にもかかわらず店内は閑散としている。

譯 儘管是休假日店內也很冷清。

78 | はあく【把握】

名・他サ 掌握，充分理解，抓住

例 状況を把握する。

譯 充分理解狀況。

79 | ばっちり

副 完美地，充分地

例 準備はばっちりだ。

譯 準備很充分。

80 | ひかん【悲観】

名・自他サ 悲觀

例 将来を悲観する。

譯 對將來感到悲觀。

81 | ひずみ【歪み】

名 歪斜，曲翹；（喻）不良影響；（理）形變

例 政策のひずみを是正する。

譯 導正政策的失調。

82 ｜ひずむ

(自五) 變形，歪斜
例 心が歪む。
譯 心態不正。

---

83 ｜ひとなみ【人並み】

(名・形動) 普通，一般
例 人並みの暮らしがしたい。
譯 想過普通人的生活。

---

84 ｜ぶつぎ【物議】

(名) 群眾的批評
例 物議を醸す。
譯 引起群眾的批評。

---

85 ｜ふへん【普遍】

(名) 普遍；(哲)共性
例 普遍的な真理になるのだ。
譯 成為普遍的真理。

---

86 ｜ふまえる【踏まえる】

(他下一) 踏，踩；根據，依據
例 要点を踏まえる。
譯 根據重點。

---

87 ｜ふめい【不明】

(名) 不詳，不清楚；見識少，無能；盲目，沒有眼光
例 意識不明に陥る。
譯 陷入意識不明的狀態。

---

88 ｜へんけん【偏見】

(名) 偏見，偏執

例 偏見を持つ。
譯 持有偏見。

---

89 ｜ポイント【point】

(名) 點，句點；小數點；重點；地點；(體)得分
例 ポイントを押さえる。
譯 抓住要點。

30-4 知識 (4) ／
知識 (4)

---

90 ｜ほうしき【方式】

(名) 方式；手續；方法
例 方式を変える。
譯 改變方式。

---

91 ｜ほんかく【本格】

(名) 正式
例 本格的なフランス料理。
譯 道地的法國料理。

---

92 ｜ほんしつ【本質】

(名) 本質
例 本質を見抜く。
譯 看破本質。

---

93 ｜ほんたい【本体】

(名) 真相，本來面目；(哲)實體，本質；本體，主要部份
例 計略の本体を明かす。
譯 揭露陰謀的真相。

94 ｜まこと【誠】

（名・副）真實，事實；誠意，真誠，誠心；誠然，的確，非常

例 嘘か真かを評する。

譯 評判是真還是假？

95 ｜まさしく

（副）的確，沒錯；正是

例 これぞまさしく日本の夏だ。

譯 這才是正宗的日本夏天啊。

96 ｜みおとす【見落とす】

（他五）看漏，忽略，漏掉

例 間違いを見落とす。

譯 漏看錯誤之處。

97 ｜みしらぬ【見知らぬ】

（連體）未見過的

例 見知らぬ人に声をかけられた。

譯 被陌生人搭話。

98 ｜みち【未知】

（名）未定，不知道，未決定

例 未知の世界に飛び込む。

譯 闖入未知的世界。

99 ｜むいみ【無意味】

（名・形動）無意義，沒意思，沒價值，無聊

例 無意味な行動をする。

譯 做無謂的行動。

100 ｜むち【無知】

（名）沒知識，無智慧，愚笨

例 相手の無知につけ込む。

譯 抓住對手的弱點。

101 ｜もくろみ【目論見】

（名）計畫，意圖，企圖

例 もくろみが外れる。

譯 計畫落空。

102 ｜ややこしい

（形）錯綜複雜，弄不明白的樣子，費解，繁雜

例 ややこしい問題を解く。

譯 解開錯綜複雜的問題。

103 ｜ゆがむ【歪む】

（自五）歪斜，歪扭；（性格等）乖僻，扭曲

例 顔がゆがむ。

譯 臉扭曲。

104 ｜ようしき【様式】

（名）樣式，方式；一定的形式，格式；（詩、建築等）風格

例 様式にこだわる。

譯 嚴格要求格式。

105 ｜ようほう【用法】

（名）用法

例 用法を把握する。

譯 掌握用法。

106 ｜よかん【予感】

（名・他サ）預感，先知，預兆

例 いやな予感がする。

譯 有不祥的預感。

107 | よって

接續 因此，所以

例 これによって無罪とする。

譯 因此獲判無罪。

108 | よほど【余程】

副 頗，很，相當，在很大程度上；很想…，差一點就…

例 よほどの技術がないと無理だ。

譯 沒有相當技術是辦不到的。

109 | りくつ【理屈】

名 理由，道理；（為堅持己見而捏造的）歪理，藉口

例 理屈をこねる。

譯 強詞奪理。

110 | りてん【利点】

名 優點，長處

例 利点を活かす。

譯 活用長處。

111 | りょうしき【良識】

名 正確的見識，健全的判斷力

例 良識を疑う。

譯 懷疑是否有健全的判斷力。

112 | りろん【理論】

名 理論

例 理論を述べる。

譯 闡述理論。

113 | ろんり【論理】

名 邏輯；道理，規律；情理

例 論理性を欠く。

譯 欠缺邏輯性。

30-5 言語 (1) / 語言 (1)

01 | あてじ【当て字】

名 借用字，假借字；別字

例 当て字を書く。

譯 寫假借字。

02 | いちじちがい【一字違い】

名 錯一個字

例 一字違いで大違い。

譯 錯一個字便大不同。

03 | かく【画】

名 （漢字的）筆劃

例 11画の漢字を使う。

譯 使用11劃的漢字。

04 | かたこと【片言】

名 （幼兒，外國人的）不完全的詞語，隻字片語，單字羅列；一面之詞

例 片言の日本語。

譯 隻字片語的日語。

05 | かんご【漢語】

名 中國話；音讀漢字

例 漢語を用いる。

譯 使用漢語。

06 ｜かんよう【慣用】

名・他サ 慣用，慣例

例 慣用的な表現。

譯 慣用的表現方式。

07 ｜げんぶん【原文】

名（未經刪文或翻譯的）原文

例 原文を翻訳する。

譯 翻譯原文。

08 ｜ごい【語彙】

名 詞彙，單字

例 語彙を増やす。

譯 增加單字量。

09 ｜ごく【語句】

名 語句，詞句

例 よく使う語句を登録する。

譯 收錄經常使用的語句。

10 ｜ごげん【語源】

名 語源，詞源

例 語源を調べる。

譯 查詢詞彙來源。

11 ｜じたい【字体】

名 字體；字形

例 字体を変える。

譯 變換字體。

12 ｜じどうし【自動詞】

名（語法）自動詞

例 自動詞の活用を覚える。

譯 記住自動詞的活用。

13 ｜しゅうしょく【修飾】

名・他サ 修飾，裝飾；（文法）修飾

例 名詞を修飾する。

譯 修飾名詞。

14 ｜じょし【助詞】

名（語法）助詞

例 助詞を間違える。

譯 弄錯助詞。

15 ｜じょどうし【助動詞】

名（語法）助動詞

例 助動詞の役割を担う。

譯 起助動詞的作用。

16 ｜すうし【数詞】

名 數詞

例 数詞をつける。

譯 加上數詞。

17 ｜せいめい【姓名】

名 姓名

例 姓名を名乗る。

譯 自報姓名。

18 ｜せつぞくし【接続詞】

名 接續詞，連接詞

例 接続詞を間違える。

譯 接續詞錯誤。

19 | だいする【題する】

(他サ) 題名，標題，命名；題字，題詞

例「資本論」と題する著作。

訳 以「資本論」為題的著作。

---

20 | だいべん【代弁】

(名・他サ) 替人辯解，代言

例 友人の代弁をする。

訳 替朋友辯解。

---

21 | たどうし【他動詞】

(名) 他動詞，及物動詞

例 他動詞は目的語を取る。

訳 他動詞必須有受詞。

30-5 言語 (2) /
語言 (2)

22 | ちょくやく【直訳】

(名・他サ) 直譯

例 英語の文を直訳する。

訳 直譯英文的文章。

---

23 | つかいこなす【使いこなす】

(他五) 運用自如，掌握純熟

例 日本語を使いこなす。

訳 日語能運用自如。

---

24 | つづり【綴り】

(名) 裝訂成冊；拼字，拼音

例 書類の綴りを出した。

訳 取出裝訂成冊的文件。

---

25 | ていせい【訂正】

(名・他サ) 訂正，改正，修訂

例 内容を訂正する。

訳 修訂內容。

---

26 | と

(格助・並助) (接在助動詞「う、よう、まい」之後，表示逆接假定前題) 不管…也，即使…也；(表示幾個事物並列) 和

例 なんと言われようと構わない。

訳 不管誰説什麼都不在乎。

---

27 | どうじょう【同上】

(名) 同上，同上所述

例 同上の理由により。

訳 基於同上的理由。

---

28 | とくめい【匿名】

(名) 匿名

例 匿名の手紙が届いた。

訳 收到匿名信。

---

29 | なづけおや【名付け親】

(名) (給小孩) 取名的人；(某名稱) 第一個使用的人

例 新製品の名付け親は娘だ。

訳 新商品的命名者是女兒。

---

30 | なづける【名付ける】

(他下一) 命做；叫做，稱呼為

例 子供に名付ける。

訳 給孩子取名字。

31 ｜なふだ【名札】

㈎ (掛在門口的、行李上的)姓名牌，(掛在胸前的)名牌

例 名札をつける。

譯 戴名牌。

32 ｜ならす【慣らす】

㈤ 使習慣，使適應

例 体を慣らす。

譯 使身體習慣。

33 ｜ならびに【並びに】

㈹ (文)和，以及

例 氏名並びに電話番号。

譯 姓名與電話號碼。

34 ｜ぶんご【文語】

㈎ 文言；文章語言，書寫語言

例 文語を使う。

譯 使用文言文。

35 ｜ほんみょう【本名】

㈎ 本名，真名

例 本名を名乗る。

譯 報上真名。

36 ｜マーク【mark】

㈎·他サ (劃)記號，符號，標記；商標；標籤，標示，徽章

例 マークを付ける。

譯 作上記號。

37 ｜まえおき【前置き】

㈎ 前言，引言，序語，開場白

例 前置きが長い。

譯 開場白冗長。

38 ｜めいしょう【名称】

㈎ 名稱(一般指對事物的稱呼)

例 名称を変える。

譯 改變名稱。

39 ｜よびすて【呼び捨て】

㈎ 光叫姓名(不加「様」、「さん」、「君」等敬稱)

例 人を呼び捨てにする。

譯 直呼別人的名(姓)。

40 ｜りゃくご【略語】

㈎ 略語；簡語

例 略語を濫用する。

譯 濫用略語。

41 ｜ろうどく【朗読】

㈎·他サ 朗讀，朗誦

例 詩を朗読する。

譯 朗讀詩句。

42 ｜わぶん【和文】

㈎ 日語文章，日文

例 和文英訳の仕事を依頼する。

譯 委托日翻英的工作。

30-6 表現 (1) /
表達 (1)

01 | あかす【明かす】

他五 説出來；揭露；過夜，通宵；證明

例 秘密を明かす。

譯 揭露祕密。

---

02 | ありのまま

名·形動·副 據實；事實上，實事求是

例 ありのままを話す。

譯 説出實情。

---

03 | いいはる【言い張る】

他五 堅持主張，固執己見

例 知らないと言い張る。

譯 堅稱不知情。

---

04 | いいわけ【言い訳】

名·自サ 辯解，分辯；道歉，賠不是；語言用法上的分別

例 知らなかったと言い訳する。

譯 辯説不知情。

---

05 | いきごむ【意気込む】

自五 振奮，幹勁十足，踴躍

例 意気込んで参加する。

譯 鼓足幹勁參加。

---

06 | うったえ【訴え】

名 訴訟，控告；訴苦，申訴

例 訴えを退ける。

譯 撤銷訴訟。

---

07 | うながす【促す】

他五 促使，促進

例 注意を促す。

譯 提醒注意。

---

08 | エスカレート【escalate】

名·自他サ 逐步上升，逐步升級

例 紛争がエスカレートする。

譯 衝突與日俱增。

---

09 | えんかつ【円滑】

名·形動 圓滑；順利

例 運営が円滑に進む。

譯 順利經營。

---

10 | えんきょく【婉曲】

形動 婉轉，委婉

例 婉曲に断る。

譯 委婉拒絕。

---

11 | オーケー【OK】

名·自サ·感 好，行，對，可以；同意

例 先方のオーケーを取る。

譯 取得對方的同意。

---

12 | おおい

感 (在遠方要叫住他人)喂，嗨(亦可用「おい」)

例 おおい、ここだ。

譯 喂！在這裡啦。

13 | おおげさ

形動 做得或説得比實際誇張的樣子；誇張，誇大

例 おおげさに言う。

譯 誇大其詞。

14 | おせじ【お世辞】

名 恭維(話)，奉承(話)，獻殷勤的(話)

例 お世辞を言う。

譯 説客套話。

15 | かいだん【会談】

名・自サ 面談，會談；(特指外交等)談判

例 会談を打ち切る。

譯 中止會談。

16 | かかげる【掲げる】

他下一 懸，掛，升起；舉起，打著；挑，掀起，撩起；刊登，刊載；提出，揭出，指出

例 目標を掲げる。

譯 高舉目標。

17 | かきとる【書き取る】

他五 (把文章字句等)記下來，紀錄，抄錄

例 要点を書き取る。

譯 記錄下要點。

18 | かわす【交わす】

他五 交，交換；交結，交叉，互相…

例 言葉を交わす。

譯 交談。

19 | きかく【企画】

名・他サ 規劃，計畫

例 旅行を企画する。

譯 計畫去旅行。

20 | きさい【記載】

名・他サ 刊載，寫上，刊登

例 結果を記載する。

譯 記錄結果。

21 | きめい【記名】

名・自サ 記名，簽名

例 無記名で提出する。

譯 以不記名方式提出。

22 | きゃくしょく【脚色】

名・他サ (小説等)改編成電影或戲劇；添枝加葉，誇大其詞

例 話を映画に脚色する。

譯 把故事改編成電影。

23 | きょうめい【共鳴】

名・自サ (理)共鳴，共振；共鳴，同感，同情

例 共鳴を呼ぶ。

譯 引起共鳴。

24 | ぐちゃぐちゃ

副 (因飽含水分)濕透；出聲咀嚼；抱怨，發牢騷的樣子

例 ぐちゃぐちゃと文句を言う。

譯 不斷抱怨。

25 ｜けなす【貶す】

(他五) 譏笑，貶低，排斥
例 他社商品をけなす。
譯 貶低其他公司的商品。

26 ｜げんろん【言論】

(名) 言論
例 言論の自由を保障する。
譯 保障言論自由。

27 ｜こうぎ【抗議】

(名・自サ) 抗議
例 審判に抗議する。
譯 對判決提出抗議。

28 ｜こうとう【口頭】

(名) 口頭
例 口頭で説明する。
譯 口頭說明。

29 ｜こくはく【告白】

(名・他サ) 坦白，自白；懺悔；坦白自己的感情
例 好きな人に告白する。
譯 向喜歡的人告白。

30 ｜ございます

(自・特殊型) 有；在；來；去
例 お探しの商品はこちらにございます。
譯 您要的商品在這邊。

30-6 表現 (2) ／
表達 (2)

31 ｜こちょう【誇張】

(名・他サ) 誇張，誇大
例 誇張して表現する。
譯 表現誇張。

32 ｜ごまかす

(他五) 欺騙，欺瞞，蒙混，愚弄；蒙蔽，掩蓋，搪塞，敷衍；作假，搞鬼，舞弊，侵吞（金錢等）
例 年をごまかす。
譯 年齡作假。

33 ｜コメント【comment】

(名・自サ) 評語，解說，註釋
例 ノーコメントを貫いてきた。
譯 堅持一切均無可奉告。

34 ｜ごらんなさい【御覧なさい】

(敬) 看，觀賞
例 お手本をよくご覧なさい。
譯 請仔細看範本。

35 ｜さ

(終助) 向對方強調自己的主張，說法較隨便；（接疑問詞後）表示抗議、追問的語氣；（插在句中）表示輕微的叮嚀
例 僕だってできるさ。
譯 我也會做啊。

36 ｜さいげん【再現】

(名・自他サ) 再現，再次出現，重新出現

例 事件の状況を再現する。
譯 重現案發現場。

---

37 ｜さけび【叫び】

(名) 喊叫，尖叫，呼喊
例 叫び声が聞こえた。
譯 聽到尖叫聲。

---

38 ｜ざつだん【雑談】

(名·自サ) 閒談，說閒話，閒聊天
例 雑談にふける。
譯 聊得很起勁。

---

39 ｜さんび【賛美】

(名·他サ) 讚美，讚揚，歌頌
例 口をそろえて賛美する。
譯 異口同聲稱讚。

---

40 ｜しつぎ【質疑】

(名·自サ) 質疑，疑問，提問
例 論文の質疑応答は英語により行う。
譯 以英語回答對論文的質疑。

---

41 ｜してき【指摘】

(名·他サ) 指出，指摘，揭示
例 弱点を指摘する。
譯 指出弱點。

---

42 ｜しょうげん【証言】

(名·他サ) 證言，證詞，作證
例 法廷で証言する。
譯 出庭作證。

---

43 ｜しょうさい【詳細】

(名·形動) 詳細
例 詳細に述べる。
譯 詳細描述。

---

44 ｜しょうする【称する】

(他サ) 稱做名字叫…；假稱，偽稱；稱讚
例 病気と称して会社を休む。
譯 謊稱生病向公司請假。

---

45 ｜じょげん【助言】

(名·自サ) 建議，忠告；從旁教導，出主意
例 助言を与える。
譯 給予勸告。

---

46 ｜しるす【記す】

(他五) 寫，書寫；記述，記載；記住，銘記
例 氏名を記す。
譯 寫上姓名。

---

47 ｜しれい【指令】

(名·他サ) 指令，指示，通知，命令
例 指令が下る。
譯 下達命令。

---

48 ｜すいしん【推進】

(名·他サ) 推進，推動
例 積極的に推進する。
譯 大力推動。

49 ｜すすめ【勧め】

(名) 規勸，勸告，勸誡；鼓勵；推薦

例 医者の勧めに従う。

譯 聽從醫師的勸告。

50 ｜すべる【滑る】

(自五) 滑行；滑溜，打滑；(俗)不及格，落榜；失去地位，讓位；説溜嘴，失言

例 言葉が滑る。

譯 説錯話。

51 ｜すらすら

(副) 痛快的，流暢的，流暢的，順利的

例 日本語ですらすらと話す。

譯 用日文流利的説話。

52 ｜せいめい【声明】

(名・自サ) 聲明

例 声明を発表する。

譯 發表聲明。

53 ｜せじ【世辞】

(名) 奉承，恭維，巴結

例 (お)世辞がうまい。

譯 善於奉承。

54 ｜せっとく【説得】

(名・他サ) 説服，勸導

例 説得に負ける。

譯 被説服。

55 ｜せんげん【宣言】

(名・他サ) 宣言，宣布，宣告

例 独立を宣言する。

譯 宣佈獨立。

56 ｜たいけん【体験】

(名・他サ) 體驗，體會，(親身)經驗

例 体験を生かす。

譯 活用經驗。

57 ｜たいだん【対談】

(名・自サ) 對談，交談，對話

例 対談中、笑いが止まらなかった。

譯 面談中笑聲不斷。

58 ｜たいわ【対話】

(名・自サ) 談話，對話，會話

例 対話がうまい。

譯 善於交談。

59 ｜たとえ

(名・副) 比喻，譬喻；常言，寓言；(相似的)例子

例 例えを引く。

譯 舉例。

60 ｜だまりこむ【黙り込む】

(自五) 沉默，緘默

例 急に黙り込んだ。

譯 突然安靜下來。

30-6 表現 (3) /
表達 (3)

61 | ちゅうこく【忠告】
名・自サ 忠告，勸告
例 忠告を聞き入れる。
譯 接受忠告。

62 | ちゅうじつ【忠実】
名・形動 忠實，忠誠；如實，照原樣
例 忠実に再現する。
譯 如實呈現。

63 | ちんもく【沈黙】
名・自サ 沈默，默不作聲，沈寂
例 沈黙を破る。
譯 打破沈默。

64 | つげぐち【告げ口】
名・他サ 嚼舌根，告密，搬弄是非
例 先生に告げ口をする。
譯 向老師打小報告。

65 | つづる【綴る】
他五 縫上，連綴；裝訂成冊；(文)寫，
寫作；拼字，拼音
例 着物の破れを綴る。
譯 縫補和服的破洞。

66 | ていきょう【提供】
名・他サ 提供，供給
例 情報を提供する。
譯 提供情報。

67 | ていさい【体裁】
名 外表，樣式，外貌；體面，體統；(應
有的)形式，局面
例 体裁を繕う。
譯 裝飾門面。

68 | ていじ【提示】
名・他サ 提示，出示
例 証明書を提示する。
譯 提出證明。

69 | でんたつ【伝達】
名・他サ 傳達，轉達
例 伝達事項をお知らせします。
譯 傳遞轉達事項。

70 | てんで
副 (後接否定或消極語)絲毫，完全，
根本；(俗)非常，很
例 話しがてんで違う。
譯 內容完全不同。

71 | どうやら
副 好歹，好不容易才…；彷彿，大概
例 どうやら明日も雨らしい。
譯 明天大概會下雨。

72 | とうろん【討論】
名・自サ 討論
例 討論に加わる。
譯 參與討論。

73 ｜とう【問う】

(他五) 問，打聽；問候；徵詢；做為問題(多用否定形)；追究；問罪

例 選挙で民意を問う。

譯 以選舉徵詢民意。

---

74 ｜とく【説く】

(他五) 説明；説服，勸；宣導，提倡

例 説法を説く。

譯 説明道理。

---

75 ｜どころか

(接續・接助) 然而，可是，不過；(用「…たところが的形式」)一…，剛要…

例 他人どころか家族さえも～。

譯 不用説是旁人了，就連家人也…。

---

76 ｜となえる【唱える】

(他下一) 唸，頌；高喊；提倡；提出，聲明；喊價，報價

例 スローガンを唱える。

譯 高喊口號。

---

77 ｜とりいそぎ【取り急ぎ】

(副)(書信用語)急速，立即，趕緊

例 取り急ぎご返事申し上げます。

譯 謹此奉覆。

---

78 ｜なにげない【何気ない】

(形) 沒什麼明確目的或意圖而行動的樣子；漫不經心的；無意的

例 何気ない一言。

譯 無心的一句話。

---

79 ｜なにとぞ【何とぞ】

(副)(文)請；設法，想辦法

例 何卒宜しくお願いします。

譯 務必請您多多指教。

---

80 ｜なにより【何より】

(連語・副) 沒有比這更…；最好

例 お元気で何よりです。

譯 您能身體健康比什麼都重要。

---

81 ｜ナンセンス【nonsense】

(名・形動) 無意義的，荒謬的，愚蠢的

例 ナンセンスなことを言う。

譯 説廢話。

---

82 ｜なんなり(と)

(連語・副) 無論什麼，不管什麼

例 なんなりとお申し付け下さい。

譯 無論什麼事您儘管吩咐。

---

83 ｜ニュアンス【(法)nuance】

(名) 神韻，語氣；色調，音調；(意義、感情等)微妙差別，(表達上的)細膩

例 言葉のニュアンスが違う。

譯 詞義有細微的差別。

---

84 ｜ねだる

(他五) 賴著要求；勒索，纏著，強求

例 小遣いをねだる。

譯 鬧著要零用錢。

85 ｜はくじょう【白状】

名·他サ 坦白，招供，招認，認罪

例 犯人が白状する。

譯 嫌犯招供了。

86 ｜ばくろ【暴露】

名·自他サ 曝曬，風吹日曬；暴露，揭露，洩漏

例 秘密を暴露する。

譯 洩漏秘密。

87 ｜はつげん【発言】

名·自サ 發言

例 発言を求める。

譯 要求發言。

88 ｜はなはだ【甚だ】

副 很，甚，非常

例 成績が甚だ悪い。

譯 成績非常差。

89 ｜ばれる

自下一 (俗)暴露，散露；破裂

例 うそがばれる。

譯 揭穿謊言。

90 ｜ひいては

副 進而

例 国のため、ひいては世界のために。

譯 為了國家，進而為了世界。

30-6 表現 (4) ／
表達 (4)

91 ｜ひなん【非難】

名·他サ 責備，譴責，責難

例 非難を浴びる。

譯 遭到責備。

92 ｜ひやかす【冷やかす】

他五 冰鎮，冷卻，使變涼；嘲笑，開玩笑；只問價錢不買

例 そう冷やかすなよ。

譯 不要那麼挖苦。

93 ｜ひょっと

副 突然，偶然

例 ひょっと口に出す。

譯 不經意説出口。

94 ｜ひょっとして

連語·副 該不會是，萬一，一旦，如果

例 ひょっとして道に迷ったら大変だ。

譯 萬一迷路就糟糕了。

95 ｜ひょっとすると

連語·副 也許，或許，有可能

例 ひょっとするとあの人が犯人かもしれない。

譯 那個人也許就是犯人。

96 | ふこく【布告】

(名・他サ) 佈告，公告；宣告，宣布

例 宣戦を布告する。

譯 宣戰。

97 | ふひょう【不評】

(名) 聲譽不佳，名譽壞，評價低

例 不評を買う。

譯 獲得不好的評價。

98 | プレゼン【presentation 之略】

(名) 簡報；（對音樂等的）詮釋

例 新企画のプレゼンをする。

譯 進行新企畫的簡報。

99 | ぺこぺこ

(名・自サ・形動副) 癟，不鼓；空腹；諂媚

例 ぺこぺこして謝る。

譯 叩頭作揖地道歉。

100 | へりくだる

(自五) 謙虛，謙遜，謙卑

例 へりくだった表現。

譯 謙虛的表現。

101 | べんかい【弁解】

(名・自他サ) 辯解，分辯，辯明

例 弁解の余地が無い。

譯 沒有辯解的餘地。

102 | へんとう【返答】

(名・他サ) 回答，回信，回話

例 返答に困る。

譯 不知道如何回答。

103 | べんろん【弁論】

(名・自サ) 辯論；（法）辯護

例 弁論大会に出場する。

譯 參加辯論大會。

104 | ぼやく

(自他五) 發牢騷

例 安い給料をぼやく。

譯 抱怨薪水低。

105 | まぎらわしい【紛らわしい】

(形) 因為相像而容易混淆；以假亂真的

例 紛らわしいことをする。

譯 以假亂真。

106 | まことに【誠に】

(副) 真，誠然，實在

例 誠に申し訳ございません。

譯 實在非常抱歉。

107 | みせびらかす【見せびらかす】

(他五) 炫耀，賣弄，顯示

例 見せびらかして自慢する。

譯 驕傲的炫耀。

108 | むごん【無言】

(名) 無言，不說話，沈默

例 無言でうなずく。

譯 默默地點頭。

109 | むろん【無論】

副 當然，不用説

例 無論心配は要りません。

譯 當然無須擔心。

110 | もうしいれる【申し入れる】

他下一 提議，（正式）提出

例 援助を申し入れる。

譯 申請援助。

111 | もうしこみ【申し込み】

名 提議，提出要求；申請，應徵，報名；
預約

例 申し込みの締め切り。

譯 報名期限。

112 | もうしでる【申し出る】

他下一 提出，申述，申請

例 申し出てください。

譯 請提出申請。

113 | もうしで【申し出】

名 建議，提出，聲明，要求；（法）申訴

例 申し出の順に処理する。

譯 依申請順序處理。

114 | もらす【漏らす】

他五 （液體、氣體、光等）漏，漏出；（秘密等）洩漏；遺漏；發洩；尿褲子

例 秘密を漏らす。

譯 洩漏秘密。

115 | ユニーク【unique】

形動 獨特而與其他東西無雷同之處；獨到的，獨自的

例 ユニークな発想をする。

譯 獨到的想法。

116 | ようけん【用件】

名 （應辦的）事情；要緊的事情；事情的內容

例 用件を述べる。

譯 陳述事情內容。

117 | よっぽど

副 （俗）很，頗，大量；在很大程度上；（以「よっぽど…ようと思った」形式）很想…，差一點就…

例 よっぽど好きだね。

譯 你真的很喜歡呢。

118 | よびとめる【呼び止める】

他下一 叫住

例 警察に呼び止められる。

譯 被警察叫住。

119 | よみあげる【読み上げる】

他下一 朗讀；讀完

例 判決文を読み上げる。

譯 朗讀判決書。

120 | よろん・せろん【世論・世論】

名 輿論

例 世論を無視する。

譯 無視於輿論。

121 | リップサービス【lip service】

[名] 口惠，口頭上説好聽的話

[例] リップサービスが上手(じょうず)だ。

[譯] 擅於説好聽的話。

122 | りょうしょう【了承】

[名·他サ] 知道，曉得，諒解，體察

[例] ご了承(りょうしょう)下(くだ)さい。

[譯] 請您見諒。

123 | ろんぎ【論議】

[名·他サ] 議論，討論，辯論，爭論

[例] 論議(ろんぎ)が盛(さか)んだ。

[譯] 激烈爭辯。

124 | わるいけど【悪いけど】

[慣] 不好意思，但…，抱歉，但是…

[例] 悪(わる)いけど、金貸(かねか)して。

[譯] 不好意思，借錢給我。

N1 💿 30-7

30-7 文書、出版物 /
文章文書、出版物

01 | うつし【写し】

[名] 拍照，攝影；抄本，摹本，複製品

[例] 住民票(じゅうみんひょう)の写(うつ)しを持参(じさん)する。

[譯] 帶上戶籍謄本影本。

02 | うわがき【上書き】

[名·自サ] 寫在(信件等)上(的文字)；(電腦用語)數據覆蓋

[例] 荷物(にもつ)の上書(うわが)きを確(たし)かめる。

[譯] 核對貨物上的收件人姓名及地址。

03 | えいじ【英字】

[名] 英語文字(羅馬字)；英國文學

[例] 毎朝英字新聞(まいあさえいじしんぶん)を読(よ)む。

[譯] 每天閱讀英文報。

04 | えつらん【閲覧】

[名·他サ] 閱覽；查閱

[例] 新聞(しんぶん)を閲覧(えつらん)する。

[譯] 閱覽報紙。

05 | おうぼ【応募】

[名·自サ] 報名參加；認購(公債，股票等)，認捐；投稿應徵

[例] 求人(きゅうじん)に応募(おうぼ)する。

[譯] 應徵求才職缺。

06 | かじょうがき【箇条書き】

[名] 逐條地寫，引舉，列舉

[例] 箇条書(かじょうが)きで記(しる)す。

[譯] 逐條記錄。

07 | かんこう【刊行】

[名·他サ] 刊行；出版，發行

[例] 雑誌(ざっし)を刊行(かんこう)する。

[譯] 發行雜誌。

08 | きかん【季刊】

[名] 季刊

[例] 季刊誌(きかんし)。

[譯] 季刊。

09 | けいぐ【敬具】

[名] (文)敬啟，謹具

例 拝啓と敬具。
譯 敬啟與謹具。

10 ｜けいさい【掲載】

名・他サ 刊登，登載
例 雑誌に掲載する。
譯 刊登在雜誌上。

11 ｜げんしょ【原書】

名 原書，原版本；（外語的）原文書
例 英語の原書を読む。
譯 閱讀英文原文書。

12 ｜げんてん【原典】

名 （被引證，翻譯的）原著，原典，原來的文獻
例 原典を引用する。
譯 引用原著。

13 ｜こうどく【講読】

名・他サ 講解（文章）
例 源氏物語を講読する。
譯 講解源氏物語。

14 ｜こうどく【購読】

名・他サ 訂閱，購閱
例 雑誌を購読する。
譯 訂閱雜誌。

15 ｜さんしょう【参照】

名・他サ 參照，參看，參閱
例 別紙を参照して下さい。
譯 請參閱其他文件。

16 ｜しゅだい【主題】

名 （文章、作品、樂曲的）主題，中心思想
例 映画の主題歌を書き下ろす。
譯 新寫電影的主題曲。

17 ｜しょはん【初版】

名 （印刷物，書籍的）初版，第一版
例 初版を発行する。
譯 發行書籍。

18 ｜しょひょう【書評】

名 書評（特指對新刊的評論）
例 書評を書く。
譯 撰寫書評。

19 ｜しょ【書】

名・漢造 書，書籍；書法；書信；書寫；字述；五經之一
例 書を習う。
譯 學習書法。

20 ｜ぜっぱん【絶版】

名 絕版
例 絶版にする。
譯 不再出版。

21 ｜そうかん【創刊】

名・他サ 創刊
例 創刊号が書店に並ぶ。
譯 書店陳列著創刊號。

22 | ださく【駄作】

[名] 拙劣的作品，無價值的作品

[例] 駄作映画（ださくえいが）がヒットした。

[譯] 拙劣的電影竟然大賣。

23 | ちょうへん【長編】

[名] 長篇；長篇小説

[例] 長編小説（ちょうへんしょうせつ）に挑（いど）む。

[譯] 挑戰撰寫長篇小說。

24 | ちょしょ【著書】

[名] 著書，著作

[例] 著書（ちょしょ）を出（だ）す。

[譯] 發表著作。

25 | ちょ【著】

[名·漢造] 著作，寫作；顯著

[例] 著名（ちょめい）な音楽家（おんがくか）を招（まね）く。

[譯] 邀請赫赫有名的音樂家。

26 | でんき【伝記】

[名] 傳記

[例] 伝記（でんき）を書（か）く。

[譯] 寫傳記。

27 | とじる【綴じる】

[他上一] 訂起來，訂綴；（把衣的裡和面）縫在一起

[例] 資料（しりょう）を綴（と）じる。

[譯] 裝訂資料。

28 | ねんかん【年鑑】

[名] 年鑑

[例] 年鑑（ねんかん）を発行（はっこう）する。

[譯] 發行年鑑。

29 | はいけい【拝啓】

[名] （寫在書信開頭的）敬啟者

[例] 「拝啓（はいけい）」と「敬具（けいぐ）」。

[譯] 「敬啟者」與「謹具」。

30 | はん・ばん【版】

[名·漢造] 版；版本，出版；版圖

[例] 保存版（ほぞんばん）にする。

[譯] 作為保存版。

31 | ふろく【付録】

[名·他サ] 附錄；臨時增刊

[例] 付録（ふろく）をつける。

[譯] 附加附錄。

32 | ぶんしょ【文書】

[名] 文書，公文，文件，公函

[例] 文書（ぶんしょ）を校正（こうせい）する。

[譯] 校對文件。

33 | ベストセラー【bestseller】

[名] （某一時期的）暢銷書

[例] ベストセラーになる。

[譯] 成為暢銷書。

34 | ほんぶん【本文】

[名] 本文，正文

[例] 本文（ほんぶん）を参照（さんしょう）せよ。

[譯] 請參看正文。

35 ｜ まとめ【纏め】

⟨名⟩ 總結，歸納；匯集；解決，有結果；
達成協議；調解（動詞為「纏める」）

例 1年間の総まとめ。

譯 一年的總結。

---

36 ｜ ミスプリント【misprint】

⟨名⟩ 印刷錯誤，印錯的字

例 ミスプリントを訂正する。

譯 訂正印刷錯誤。

37 ｜ めいぼ【名簿】

⟨名⟩ 名簿，名冊

例 同窓会名簿が届いた。

譯 收到同學會名冊。

---

38 ｜ もくろく【目録】

⟨名⟩ （書籍目錄的）目次；（圖書、財產、
商品的）目錄；（禮品的）清單

例 目録を進呈する。

譯 呈上目錄。

Memo

索引

索引

索引

索引

索引

索引

Memo

山田社日語 45

日本語
單字分類辭典

N1,N2 單字分類辭典

自學考上 N1,N2 就靠這一本！　　（25K+MP3）

■ 發行人／**林德勝**

■ 著者／**吉松由美、田中陽子、西村惠子、千田晴夫、**
　　　　山田社日檢題庫小組

■ 出版發行／**山田社文化事業有限公司**
　　　臺北市大安區安和路一段112巷17號7樓
　　　電話　02-2755-7622
　　　傳真　02-2700-1887

■ 郵政劃撥／**19867160號　大原文化事業有限公司**

■ 總經銷／**聯合發行股份有限公司**
　　　新北市新店區寶橋路235巷6弄6號2樓
　　　電話　02-2917-8022
　　　傳真　02-2915-6275

■ 印刷／**上鎰數位科技印刷有限公司**

■ 法律顧問／**林長振法律事務所　林長振律師**

■ 書＋MP3／**定價　新台幣 460 元**

■ 初版／**2020年 8 月**

© ISBN : 978-986-6692-192
2020, Shan Tian She Culture Co. , Ltd.